Midnight Pleasures
by Eloisa James

花嫁は夜の窓辺で

エロイザ・ジェームズ
白木智子［訳］

ライムブックス

MIDNIGHT PLEASURES
by Eloisa James

花嫁は夜の窓辺で

主要登場人物

ソフィー・ヨーク……………………………………ブランデンバーグ侯爵令嬢
パトリック・フォークス…………………………伯爵家の次男。貿易商
シャーロット……………………………………………ソフィーの友人。アレックスの妻
アレクサンダー（アレックス）・フォークス……パトリックの双子の兄。シェーフィールド・ダウンズ伯爵
ブラッドン・チャトウィン…………………………ソフィーの婚約者。パトリックの友人。スラスロウ伯爵
エロイーズ………………………………………………ソフィーの母
ジョージ…………………………………………………ソフィーの父
マドレーヌ（マディー）・ガルニエ………………馬の調教師の娘

1

一八〇二年一二月、ロンドン、メイフェア
ブランデンバーグ・ハウス

ブランデンバーグ侯爵のひとり娘であるレディ・ソフィー・ヨークは、ある男爵からバルコニーで求婚され、それを断った。すでにオノラブル――伯爵の次男以下、子爵や男爵の息子――ふたりと数人の准男爵、それに子爵からの申しこみも断っている。全員が作法どおりに彼女の父親の書斎を訪れ、求婚する許しを正式に得てから拒絶された。ほかにも彼女は狩りの最中に侯爵を拒み、アスコットでは称号を持たないただのミスター・キスラーからの申し出を断った。それほどの幸運に恵まれない若い娘たちからすれば、理解しがたい行動に違いない。なにしろソフィーはこのふたシーズンで、結婚相手として望ましい社交界の独身男性のほとんどを拒んでいるのだ。けれども、今夜以降は状況が変わるだろう。性急であろうが、落ち着きなく歩きまわりながらであろうが、口ごもりながらであろうが、これ以上結婚を申しこまれることはなくなる。無慈悲な娘がとうとう結婚に同意するのだ。結局のところ、身分の高い男性と。レディ・ソフィー・ヨークは伯爵と婚約し、来シーズンまでには伯爵夫人になっているだろう。

ソフィーは眉をひそめて鏡を見つめた。今夜のデューランド家の舞踏会ではじろじろ見られるはめになりそうだ。彼女に挨拶《あいさつ》をしようと大勢の人が寄ってくるだろう。ソフィーは不安で胃がよじれ、いつになく自分に自信が持てなかった。婚約を発表するのにこのドレスでよかったのだろうか？　淡い銀色の、透き通るように薄いシルクのドレスだ。舞踏室できらびやかに着飾った女性たちに囲まれれば、生気なく見えるかもしれない。社交界の女性たちの半数が凝ったドレスに身を包み、胸もとを大胆に露出させ、頬を赤く染めているに違いなかった。銀色は修道女の色だと考え、ソフィーは愉快に思って瞳をきらめかせた。もっとも修道女なら、このドレスを着ると考えるだけで卒倒してしまうでしょうけど。フランス風に仕立てた身ごろは襟ぐりが深く、胸のすぐ下に銀色のリボンがあしらわれ、体の線に沿って流れる細いスカートが、ヒップにまつわりついて丸みをあらわにしていた。

そのとき、颯爽《さっそう》とした足取りで侯爵夫人が寝室に入ってきた。

「支度はできたの、ソフィー？」

「ええ、お母さま」ソフィーは答えた。ドレスを着替えるのはあきらめよう。舞踏会にはもうすでに遅れている。

ソフィーの装いを見て、侯爵夫人は目を細めた。エロイーズ自身のドレスは花の刺繡《ししゅう》を施した灰色のサテン地で、裾《すそ》に房飾りがついている。フープを入れてスカートを膨らませていなければ、二〇年ほど前に彼女が結婚したばかりのころのスタイルとそっくりだった。

「そのドレスは恥だわ」エロイーズは辛辣《しんらつ》に言い放った。

「そうね、お母さま」それは服装に関して母から意見を言われたときの、ソフィーのいつもの返答だった。ショールと手提げ袋《レティキュール》を持つと、彼女はドアへ向かおうとした。

そのときエロイーズの顔にためらいがよぎったのに気づき、ソフィーは驚いて見つめ直した。彼女の母親はフランス人で、人生を戦場と見なしている節があった。軍を率いる将軍は自分ひとりだと思っているらしく、躊躇《ちゅうちょ》することはめったにない。

エロイーズが口を開いた。

「今夜、あなたがスラスロウ伯爵の求婚を受け入れたことが公表されるわ」

「ええ、お母さま」ソフィーは同意した。

沈黙が広がった。いったいどうしたのかしら、とソフィーは不思議に思った。お母さまが言葉に詰まるなんて、これまで一度もなかったわ。

「彼はあなたに好意のしるしを求めるかもしれない」

「ええ、お母さま」面白そうに輝いている目を見られないように、ソフィーは視線をさげた。

かわいそうなお母さま！　お母さまはずっと修道院にいたから、ひどく準備不足のまま初夜を迎えたに違いない。エロイーズが結婚したイングランドの侯爵は、称号をわざわざフランス風に綴《つづ》りたがるほどフランスとフランスのものに夢中なのだ。従ってその娘は、フランスからの移住者が数多く雇われている家で育てられることになった。ソフィーの乳母《ナニー》はフランス人で、使用人たちもフランス人、もちろん料理人もフランス人だった。ソフィーが社交界にデビューするずっと前から、子供部屋でどれほどあからさまな会話が交わされてきたか、エロイーズには想像もつかないだろう。男が女に求めることについて、ソフィーは母から教えてもらう必要はまったくなかった。

「スラスロウ伯爵にキスを許してもかまわないわ。二度くらいなら。でも、それ以上はだめよ」エロイーズが重々しい口調で言った。「制限を設けることが重要なのは理解しているわね、ソフィー。わたしはあなたのためを思って言っているの。あなたの評判は……」

ソフィーは瞳をきらめかせた。彼女は我慢できなくなって顔をあげたが、母親は遠くの壁の一点を見つめていた。

「薄い布切れのつぎはぎにすぎないそのドレスを着ると言い張ったのはあなたよ。コルセットをつけていないことにみんなが気づくでしょうね。ときどき、あなたがドレスではなくシュミーズを着ているのではないかと思うことがあるの。これまであなたのふるまいには、ずいぶん恥ずかしい思いをさせられてきたわ。浮ついた行動と言ってもいいでしょう。そのあなたがやっと、このうえなくすばらしい結婚をする機会を得たのよ。スラスロウ伯爵をそそのかしてなれなれしい態度を取らせて、自分の将来を台なしにするようなことは絶対にやめてちょうだい」

ソフィーは怒りで鼓動が速まり、血管が喉もとで脈打つのを感じた。

「わたしのふるまいが間違っていたと言いたいの、お母さま？」

「ええ、そうですとも」エロイーズが答える。「わたしがあなたの年のころは、男性とふたりきりで過ごそうなんて夢にも思わなかったわ。アメリカへ行こうと考えるようなものよ。父の前でわたしにキスをしようとする男性もいなかった。自分の身のほどをわきまえていたし、わたしの立場ではどうするのがふさわしいかを承知していたの。ところがあなたときたら、自分の身分に対してまったく敬意を払わない。好き放題にふるまって、お父さまとわたしに絶えず恥ずかしい思いをさせているのよ」

認めたくはなかったが、ソフィーは悔しくて胃がよじれそうだった。

「恥ずべきことはなにもしていないわ、お母さま」彼女は抗議の声をあげた。「こういうドレスはみんな着ているし、お母さまだってわたしくらいの年のころは今よりもっと開放的だったはずよ」

「わたしにも責任があるわ。あなたが向こうみずなふるまいを続けるのを許してきたんですもの。多くの過ちを大目に見てしまった。だけど、あなたはもうすぐ伯爵夫人になるの。これまで若気の至りとして見過ごしてもらえたことでも、伯爵夫人ともなればそうはいかないのよ」

「過ちってなんのこと？　今まで男性の好きにさせたことなんて一度もないわ！」

「貞淑なんて時代遅れの言葉でしょうけど、その概念まで廃れたわけではないわ」エロイーズが鋭く言い返した。

「絶えず冗談を言ったり男性の気を引いたりするから、実際より世慣れた女性に見えてしまうの。ソフィー、あなたはまさに一人前の娼婦《しょうふ》みたいにふるまっているのよ」

ソフィーは一瞬、激しい怒りにのまれて母親をにらみつけた。意識して深く息を吸ってから口を開く。

「恥ずべきことはなにもしていないわ、お母さま」彼女はきっぱりと繰り返した。

「応接室で、パトリック・フォークスの腕に抱かれてふたりきりでいるところをレディ・プレストルフィールドに見つかったというのに、よくもそんなことが言えるわね」エロイーズが切り返す。「あなたはみずから軽率で恥ずべきことをしたあげく、ロンドンじゅうの誰よりもおしゃべりな人に目撃されたのよ。フォークスと婚約するなら話は別だったでしょうけれど。それにしても、隅でこそこそキスをしているところを見つかるなんて。あなたにはおおいに恥をかかされたのよ、ソフィー。だから、もう一度言うわ。形ばかりの愛情表現以上のことをスラスロウ伯爵に許してはだめよ。これ以上熱に浮かされて抱き合ったりしたら、あなたの評判は永遠に地に落ちてしまうわ。それにあなたが浮気な性分だと疑いを抱けば、スラスロウ伯爵は婚約を破棄しても差し支えないと考えるでしょうね」

「お母さま！」

「あなたの浮気な性分は」エロイーズがさらにつけ加える。「お父さまから受け継いだのよ。お父さまはこれまであなたの後押しをしてきたわ。外国語をいくつも習いたがるあなたを支持して、レディにふさわしくない素養を助長させてしまった。ラテン語を学ぶ以上にはしたないことなんてほとんど存在しないわ」

口を開きかけたソフィーをエロイーズは片手で制した。

「でも、幸いなことにそれも終わりよ。伯爵夫人になれば大所帯を管理するのに忙しくて、無益な趣味にふける暇なんてないでしょうから」

そこで不意にもともとの不満を思い出したらしい。

「フォークスと結婚していれば、噂《うわさ》は消えていたでしょうに。だけどあなたは彼の申し出を断ったから、当然ながら評判が悪くなってしまったわ」間髪をいれずに続ける。「フォークスのほうから取り消したなんて、誰が信じるものですか」侯爵夫人の口調は辛辣で、首筋に不穏な赤みが広がっていた。

「パトリック・フォークスの求婚を受けることはできなかったの」ソフィーは反論した。

「レディ・プレストルフィールドが部屋に入ってきたから、申しこんだにすぎないんですもの。パトリックは放蕩《ほうとう》者で、彼のキスにはなんの意味もないのよ」

「意味のないキスについてはよく知らないけれど」エロイーズが尊大に意見を述べた。「わたしは人としての慎みを保ってきたわ。娘にもその慎みを備えていてほしかった。フォークスが放蕩者だからといって、なにが問題なの？　ほかの男性たちと変わらない、いい夫になれるわ。彼には潤沢な財産がある。それ以上なにを求めるの？」

ソフィーはうつむいて華奢《きゃしゃ》な靴の爪先を見つめた。放蕩者に対する嫌悪感を説明しようとすると、愛する父親に言及せずにいられない。彼女の父は、ロンドンにやってきたフランス人女性をひとり残らず追いかけている。フランスの情勢が混乱しているおかげで、父はこの七年ほどずっと忙しかった。

「わたしを尊重してくれる人と結婚したいの」

「あなたを尊重するですって！　それが目標なら、あなたのやり方は賢明ではないわね」エロイーズが唇をゆがめる。「断言してもいいけれど、ロンドンの紳士はみんな、あなたを近づきやすい浮ついた娘だと思っているわ。もっとひどい言葉を思い浮かべているかもしれない。わたしが社交界にデビューしたとき、わたしの慎み深さをたたえる詩が詠《よ》まれたの。だけど残念ながら、あなたにはひと言もあてはまらない。実際のところ」彼女は苦々しげに締めくくった。「あなたはお父さまにそっくりだと思うことがときどきあるわ。ふたりとも必ずと言っていいほど、わたしをロンドンじゅうの笑い物にするのよ」

ソフィーはもう一度深く息を吸いこんだ。こみあげる涙でまぶたの奥がちくちくする。

エロイーズは表現を和らげた。「うるさいことを言いたくはないけれど、あなたが心配なの、ソフィー。スラスロウ伯爵というすばらしい夫が手に入るのよ。お願いだから婚約を危険にさらすようなまねはしないで」

ソフィーの怒りは消え、うしろめたい気持ちが押し寄せてきた。人前でも平気でフランス人女性を追いまわす夫の目に余る行動のせいで、母はただでさえ屈辱に耐えなければならないのに、娘までもが人に噂される軽率なふるまいをしたのだ。

「恥をかかせるつもりはなかったのよ、お母さま」ソフィーは静かに言った。「パトリック・フォークスといるところへレディ・プレストルフィールドが現れるなんて、思いもしなかったの」

「そもそも男性とふたりきりにならなければ、不意を突かれて驚くこともなかったはずよ」

母の指摘に、ソフィーは反論できなかった。「評判は取るに足りない問題ではないの。まさか自分の娘が、スカートが軽いと評されるなんて思いもしなかったわ。でもね、ソフィー、あなたはまさにそう呼ばれているのよ」

それだけ言うとエロイーズは背を向けて歩き出し、部屋を出てドアを閉めた。

ソフィーの目から涙があふれそうになった。ギリシア悲劇に出てくる復讐《ふくしゅう》の女神さながらの様子で、母親が部屋まで押しかけてきて説教するというのは、取り立てて珍しいことではなかった。怒りに満ちた言葉を投げかけられても、たいていは無視できる。

けれども今夜の母は痛いところをついてきた。自分が無作法すれすれのふるまいをしているのは自覚していた。ドレスのデザインはロンドンじゅうの誰よりも大胆で、態度は男性の気を引くものだったのだから。

ソフィーは母のために書かれたという退屈な頌歌《オード》を何度も耳にしていた。〝あなたの乙女のなかにあって、この世のものとも思えぬ美女よ。女神ダイアナのごとく、その髪は――〟エロイーズの髪はソフィーと同じく赤みがかった金色だが、いつもきっちりとシニョンにまとめていて、ひと筋たりとも乱れているのを見たことがなかった。一方ソフィーの髪はカールしているので、リボンやピンをどれだけ使っても言うことを聞いてくれない。しかも彼女は、ロンドンの女性たちがフランス風のスタイルをまねようと思いつくずっと以前に髪を短く切り、若い娘たちみんなが短髪にしている今では、ふたたび長く伸ばし始めていた。

お母さまはわかっていないわ、とソフィーは思った。パトリック・フォークスの求婚を断るのがどれほど難しかったか。彼女は鏡に映る自分の姿をぼんやりと眺めていたが、ベッドに腰をおろし、先月のカンバーランド公爵家の舞踏会を思い返した。パトリックにあからさまに追いかけられて、うれしくてたまらなかった。複雑なコティヨンのステップを踏みながらちらりと彼のほうをうかがい、ふたりの目が合ったときには胸がよじれるほどの興奮を覚えた。

物憂げな瞳をしたパトリックがソフィーの視線に気づき、そのしるしに右の眉をあげて、いかにも男性らしい尊大なまなざしで見つめてくる。そのときのことを考えるだけでソフィーの胸が高鳴った。あの晩、ソフィーの鼓動はずっと速まったままで、ぞくぞくする興奮が手足まで広がり、膝に力が入らなかった。一〇時になるころには、彼女はすっかりパトリックに引きつけられていて、彼が突然近くに現れる瞬間や、ダンスで回転した拍子に部屋の反対側に銀色まじりの黒髪を見つける瞬間のために自分が生きているとさえ思うようになっていた。晩餐《ばんさん》のときには、小さな円卓を囲んでおしゃべりに興じる人々のなかにいながらも、互いの脚や腕が偶然に触れるたびに心臓がひっくり返りそうになり、ヴェルヴェットのようになめらかな興奮が脚を伝いおりていくのを意識した。

ふたりは一緒にダンスを踊った。それからもう一度。同じ相手と三度踊れば、それは婚約を発表したも同然になってしまう。

二度目のダンスは、離れたかと思うとまた急に近づくマルティーズ・ブランルだったので、ソフィーはあえて口をきかなかった。ダンスのステップが互いを近づけるたびに、彼女の体にめまいがするほど甘い震えが走ることを、パトリックに気づかれるのが怖かったからだ。

　やがて彼が無言でソフィーの腕をつかみ、シラバブのグラスを取りに行くかのようなそぶりで舞踏室の外へ導いたが、向かった先は飲み物のところではなく、華奢なテーブルと椅子が置かれた静かな部屋だった。ソフィーは異議を唱えなかった。淡褐色の壁にもたれかかったパトリックが、からかいのこもった目で彼女を見おろした。すでに何時間も感情を刺激され続けていたせいで、頭がうまく働かなくなっていたとしか考えられない。気づけば、いたずらっぽく彼にほほえみ返していた。母の言うとおり、まさにふしだらなふるまいだ。

　だがパトリックの胸に引き寄せられたとたん、こうなるのは正しくて避けられないことだとわかった。純粋な欲望に突き動かされた、切迫して熱を帯びたキスに、ソフィーは衝撃を受けた。キス自体は初めてではなく、母親が知れば気絶しそうなくらい何度も経験しているが、彼とのキスはそれまでのような、彼女を崇《あが》め、穏やかに称賛するたぐいのものではなかった。

　探りながら始まったキスが突然夏の稲妻のような閃光《せんこう》を放ったかと思うと、触れ合った唇が燃えるように熱くなり、押し殺したうめきがこぼれ出た。パトリックが急に顔をあげた。驚きに満ちた声で悪態をついた彼は、すぐさまもう一度頭を傾けた。パトリックの両手は通ったあとに炎をくすぶらせながらソフィーの背中をたどり、なだらかな曲線を描くヒップへおりていった。

厳密に言うと、レディ・セーラ・プレストルフィールドが客間へ入ってきた――むしろ忍び足で近づいてきた――のは、わたしたちがキスをしている最中ではなかったわ、とソフィーは苦々しい思いで記憶をたどった。ふたりは何度もキスを繰り返したが、レディ・プレストルフィールドが現れた瞬間は顔を離していたはずだ。互いに身を寄せて立ち、パトリックが指で彼女の下唇に触れていた。洗練された優雅なふるまいや世慣れた戯れの手法は頭からすっかり消えてしまい、気のきいた言葉をなにも言えないほど混乱して、ソフィーは魅入られたように彼の顔を見つめていた。

「いやだわ《メルド》」ソフィーは小声で言うと、記憶を振り払った。遠く離れた控えの間で吠《ほ》えているらしい父親の声が耳に届く。早く来いとソフィーをせき立てているのだ。父が急ぐ理由は察しがついた。最近新しく火遊びを始めた相手、フランス出身の若い未亡人ミセス・ダリンダ・ボーマリスと、舞踏会で会う約束でもしているのだろう。

そう考えたところで、ソフィーは決意を固めた。パトリック・フォークスの申し出を断ってから一カ月間、毎晩むせび泣いていることは関係ない。大事なのは、彼を拒んだのが間違いではないことだ。翌朝、図書室で求婚され、わたしが断りの言葉を口にしたとき、パトリックの目にかすかによぎった安堵《あんど》の表情を思い出すのよ、と彼女は自分に言い聞かせた。忘れてはだめ。

お母さまみたいに、放蕩者のせいで心をずたずたに引き裂かれるのはごめんだ。ダリンダだかルシンダだかと踊る夫を、苦々しげに目で追うだけの妻になるつもりはない。将来の夫がほかの女性を追いかけるのを完全には止められないとしても、気に病む回数を減らすことはできるはずだ。

「わたしは愚か者じゃないわ」ソフィーが自分に向かってそう言うのは初めてではなかった。そのときドアをノックする音を聞いて、彼女は立ちあがった。

「どうぞ」

「よろしければ控えの間へお越しいただきたいと、侯爵さまからのご伝言です」従僕のひとりのフィリップが告げた。

この伝言が実際の表現どおりだとは思えない。おそらくソフィーの父に〝あの小娘をすぐさま連れてこい！〟と怒鳴られた執事のカロルが小さくうなずいて合図を送り、フィリップをここへ来させたのだろう。堂々とした物腰でフランス人らしく威厳を重要視するカロルは、侯爵の言葉をそのまま伝達しないよう使用人を教育しているに違いない。

ソフィーはにっこりした。「すぐに行くと伝えてちょうだい」

フィリップがさがると、彼女は化粧台から扇を取りあげ、もう一度鏡の前に立った。そこに映っているのは、ロンドンじゅうの男性の心に火をつけ、そのうちの二人を求婚に駆り立て、数えきれないほど多くを陶酔させて賛辞の言葉を引き出した女性の姿だった。

背が低いわ。パトリックの肩までしかない、とソフィーはぼんやり思った。霞《かすみ》のように薄い銀色のドレスはあらゆる曲線を強調し、とりわけ胸を目立たせていた。ハイウエストの上で布地が引っぱられ、今にも中身がこぼれ出しそうに見える。

ソフィーの体に小さな震えが走った。最近は鏡を見るたびに、パトリックの引きしまった胸が自分の柔らかい胸に押しつけられたときのことを考えずにいられない。もう行かなければ。彼女はショールをつかんで部屋をあとにした。

2

　デューランド家の舞踏会当日の午後、外務省では若い紳士たちを集めて大臣のブレクスビー卿みずからが取り仕切る、これまでに例のない会合が開かれた。ブレクスビーは年を重ねるにつれて、権力をふるう立場にあることをますます心地よく感じるようになっていた。だから紳士たちを迎える姿勢がいくぶん前かがみであろうと、うしろできちんとまとめたはずの白髪が右方向にゆがんでいようと、彼は至って真剣だった。

　外務大臣に就任してすでに七年が過ぎた。ブレクスビーの目に映る文明世界は、多くのひともを自分で操る人形劇のようなものだった。よく妻に話すとおり、ピットなど問題ではなかった。あの男は決断を下せないのだから。ウィリアム・ピットと英国政府にとって、ブレクスビーの最大の長所のひとつは、彼の巧妙に人を操縦する能力だろう。

「手近にある道具は使わなければ」ブレクスビーはデザートのオレンジゼリーを食べながら妻に言った。

　レディ・ブレクスビーは同意するように息をついたものの、頭では別のことを考えていた。田舎のあの小さなコテージ。妹の家の隣にあるあそこなら、バラを育てるのにうってつけだわ。

「イングランドはこれまで貴族階級を十分に活用してこなかった」ブレクスビーが話を続ける。「もちろん、高貴な生まれの者たちが放蕩を好む傾向にあるのは事実だ。チャールズ二世の取り巻きだった、堕落した貴族たちがいい例だ」

レディ・ブレクスビーはシャーロット王妃にちなんで名づけられた、新種のバラを思い浮かべた。あれを壁に這《は》わせられないかしら？　南側の壁が蔓《つる》バラに覆われているところを想像してみた彼女は、その光景がかなり気に入った。

ブレクスビーのほうは、いにしえの放蕩者たちに思いを馳《は》せていた。なんといっても最悪なのは、娼婦を題材に卑猥《ひわい》な詩を書いたロチェスターだ。どれほど乱れた生活をしていたか、わかったものではない。厄介者とはああいう男のことを言うのだ。おそらくロチェスターは世の中に退屈していたのだろう。

「だが、それも過去の話だ」ブレクスビーはオレンジゼリーをスプーンですくいながら、考えこむように言った。「現代の道楽者たちは、こちらが正しく接しさえすれば役に立つ。金を持っているんだ。要職にこそ就いていないが、彼らにはいわゆる格が備わっているのだよ。外国人を相手にする場合、その点がきわめて重要になってくる」彼自身の爵位は言わば肩書きだけのものだったが、それでもかなりの恩恵をもたらしてくれていた。イングランドが海軍よりも貴族階級を頼りにする日がいずれやってくると、ブレクスビーはひそかに考えていた。

「たとえばセリム三世だ」

レディ・ブレクスビーが礼儀正しく顔をあげてうなずいた。

「現在、オスマントルコ帝国を支配している人物だよ」

彼女は考えていた。〈プリンセス・シャーロット〉では、壁を這わせるには花が大きすぎるかもしれないわ。蔓バラに仕立てるなら、もっと小さな花をつける品種がいい。村にいたころ、確かミセス・バーネットが前庭でかわいらしいピンク色のバラを育てているのを見たわ。あのバラの名前を調べるにはどうすればいいかしら？

「セリムはナポレオンに惑わされている。エジプトへ侵攻されてからわずか四年しかたっていないというのに。聞いたところでは、ナポレオンをまるで神のごとく崇めているらしい。皇帝と認めているのだ。そればかりか、セリムはみずからもスルタンの称号を改めて、皇帝を名乗るつもりでいる。彼の父親が知れば、墓のなかでのたうちまわることだろう」オレンジゼリーをもう少し食べるかどうか、ブレクスビーは迷っていた。いや、やめておこう。すでにベストがきつくなっている。

彼は目の前の問題に意識を戻した。「今度はわれわれがセリムを惑わす番だ。さもなければ彼はあの愚かなナポレオンと手を組み、イングランドに宣戦布告するに違いない。そこでだ、セリムを驚嘆させるにはいったいどうすればいいと思う？」

ブレクスビーが誇らしげな顔でレディ・ブレクスビーを見た。しかし結婚して三〇年にもなると、夫と同様に、彼女はそれが形だけの質問にすぎないとわかっていた。夫に顔を向けつつも、レディ・ブレクスビーはミセス・バーネットのバラを細部まで思い出そうと懸命に記憶をたどっていた。花弁の内側に少しだけ深紅の部分がのぞいていたのではなかったかしら？

「最高位の貴族を送りこむのだよ。王族にも負けないほどの格を見せつけて、セリムを圧倒する。それが答えだ」

レディ・ブレクスビーは従順にうなずいた。「とてもすばらしいわ、あなた」

このような会話を交わした成果として——あるいはオレンジゼリーのおかげかもしれないが——ふたつの思いつきが実行に移された。ブレクスビーは流麗な字で記された何通かの通知を出し、公文書の伝達人のひとりがそれらをロンドンじゅうに散らばる宛先《あてさき》へ届けてまわった。レディ・ブレクスビーは、生まれ故郷であるホグルズドンの小さな村に今も暮らす妹に宛《あ》てて長い手紙をしたため、ミセス・バーネットを訪ねてバラの名前を訊《き》いてほしいと依頼した。

結果的に思いつきがうまく実を結んだのは、レディ・ブレクスビーよりもブレクスビー卿のほうだった。残念ながらミセス・バーネットはすでに亡くなっていて、彼女の娘もバラの名前を知らなかったのだ。一方で外務省へ戻ってきた伝達人は、五人の貴族が全員ロンドンの町屋敷に在宅しており、ブレクスビー卿の希望どおりうかがうとの返答を得たと、誇らしげに報告した。

最初に外務省へやってきたのは、シェフィールド・ダウンズ伯爵であるアレクサンダー・

フォークスだった。双子の兄のほうの到着を告げられて、ブレクスビーは顔をあげた。立ちあがって愛想よく手を差し出す。自分の手腕のすばらしさがもっともよく現れたのがシェフィールドの一件だったと、彼は内心で誇らしく思っていた。一年ほど前、ブレクスビーはシェフィールドをイタリアへ赴かせた。細心の注意を要する任務だったが、シェフィールドはみごとに成功をおさめて戻ってきた。

「ようこそ、伯爵」ブレクスビーは言った。「美しい奥方とご令嬢たちはいかがお過ごしかな？」

「家族は元気にしていますよ」アレックスが答えて席についた。「今日呼ばれたのはどういう理由ですか、ブレクスビー卿？」彼は黒い瞳をまっすぐ外務大臣に向けた。

ブレクスビーは穏やかにほほえんだ。彼ほどの年になれば、若者の性急さに気分を害することもなくなる。ブレクスビーは椅子の背にもたれて両手の指を合わせた。

「全員が揃《そろ》うまで待ちたいのだが、とりあえずきみには話しておこう、伯爵。今回来てもらったのは、政府の任務を依頼するためではないのだ。そうとも、子供がいるというのに、家庭生活を妨げるようなまねはしたくない」

アレックスがそっけなく片方の眉をあげた。「一般市民の召集を決める際には、そんなことを気にされているようには思えませんが」アレックスは政府が男たちをかき集めて、いやおうなしに戦地へと送りこむやり方のことを言っているに違いない、とブレクスビーは思った。

「そうだな」彼は静かに言った。「だが、われわれは決して無理強いはしていない。国の助けになりたいという人々の、善良な心と高潔な願いに頼っているだけだ」

アレックスは思わず鼻先で笑いそうになったが我慢した。ブレクスビーは狡猾《こうかつ》な策士だ。敵にまわすのは賢明ではないだろう。

「それはともかく、理由もなく呼び立てたわけではない」ブレクスビーが続ける。「きみの弟に、ある提案をしたいのだ」

「興味を持つかもしれません」アレックスは言った。パトリックなら旅をする機会に飛びつくに違いなかった。イングランドに戻ってまだ一年ほどしかたっていないが、弟はどうにかなりそうなほど退屈して見えた。とりわけソフィー・ヨークに結婚の申しこみを断られてからは、まるで猫のように怒りっぽくなっていた。

「そうだろうとも、そうだろうとも」ブレクスビーがつぶやいた。

「どこへ送りこむつもりなんです？」

「来年の秋にオスマン帝国を訪れてもらいたい。どうやらセリム三世は、みずからを皇帝の地位に就かせるつもりらしいのだ。ムッシュ・ナポレオン流に。その戴冠式《たいかんしき》には、イングランドからも絶対に参列者を出したい。ただし、王族の誰かを送るのは得策ではない」愚かな飲んだくれ揃いのジョージ王の息子たちに対する評価を、ブレクスビーはただ眉を動かすだけで表明してみせた。「きみの弟ならイングランドの大使として申し分ないだろう」

アレックスはうなずいた。おそらくパトリックは任務を終えたあと、船に高価な荷を積んで戻ってくるはずだ。妥当な見返りと言えそうだった。

「ところで今回のささやかな集まりにきみを呼んだのは、身分の問題があるからなのだ」ブレクスビーが言った。

「身分ですって？」アレックスはいぶかしく思ってブレクスビーを見た。

「この際はっきり言うが、きみの弟がイングランドの代表を立派に務めてくれるのは間違いない。相応の支度を整えられるだけの個人資産があるのだから。もちろん政府のほうでも大使を派遣するだけではなく、高価な贈答品を用意して持たせるつもりだ。エドワード二世が用いたのと同じような、まわりをルビーで取り囲んだ笏《しゃく》はどうかと考えている。もっともセリムはかなり悪趣味だから、ルビーの数をもっと増やさなければならないだろうが。彼はとりわけ宝石を重要視するらしい。だが、本当の問題はそこではない。セリムはパトリック・フォークスをどう思うだろうか？　両国の微妙な関係をかんがみれば、そこが大事な点となってくる」

「パトリックはすでに、アルバニアやインドの指導者たちに認められていますよ」アレックスは言った。「実際のところ、アルバニアのアリ・パシャからは大臣になってほしいと乞《こ》われたようです。ご存じでしょうが、アルバニアにはトルコ人が大勢います。セリムがパトリックを不満に思うとは考えられませんが」

「わかっていないみたいだな、伯爵。セリムは肩書きに魅了されているのだ。ふん、セリム皇帝だと！」ブレクスビーが鼻息を荒くした。

それまでオーク材の机に目を向けていたアレックスは、顔をあげてブレクスビーを見つめた。

「あなたはパトリックに爵位を与えるおつもりですか」それは質問ではなかった。アレックスは笑みを浮かべた。「それはすばらしい」

「当然ながら、困難はあるだろう」それでも自分にとっては取るに足りない問題だと、ブレクスビーはほのめかしたいらしい。「乗り越えられるとは思うが」

アレックスはにっこりした。「ぼくの領地と爵位の半分を持てばいいんです」アレックスはシェフィールド及びダウンズ伯爵だった。すなわち、名目上ではあるものの、イングランドの二箇所の土地をおさめていることになる。

「なんと、伯爵！」ブレクスビーはその提案に驚いた声をあげた。「そんなことは絶対にできない。代々受け継がれてきた称号を分けるだと？　だめだ、だめだ、ありえない。しかし……」彼の顔に狡猾な表情がよぎった。「ほかの称号のひとつをきみが手放すよう申請するのは可能だろう」

アレックスは考えながらうなずいた。実際、持っている称号はシェフィールド・ダウンズ伯爵だけではなかった。彼はスペンサー子爵でもあるのだ。

「スコットランドの爵位はどうだろう」ブレクスビーが続ける。

アレックスにはわけがわからなかった。「スコットランド？」

「きみの曾祖母《そうそぼ》が曾祖父と結婚した際、まだ幼い子供だったために、彼女の父親の称号であるジズル公爵位が空位になっている」

「ああ、なるほど」曾祖母がスコットランド出身なのは知っていたが、その父親の爵位がどうなったかはこれまで考えたこともなかった。

「その称号の復活を請願したい」ブレクスビーがきっぱりと言った。「セリム三世をイングランド側に引き入れることは非常に重要な問題であるから、わたしの主張は理にかなっていると判断されるはずだ。われわれが送りこむ大使が強い印象を与えられなければ、オスマン帝国は近い将来、ナポレオンにならってイングランドに宣戦布告するに違いない。思うに、きみと弟が双子だという点を議員たちは喜ぶだろう。結局のところ、パトリック・フォークスは、兄より一、二分遅れて生まれただけなのだから」

アレックスはうなずいた。うまくいく確信がないことを、ブレクスビーは決して口にしないはずだった。パトリックが数カ月以内にジズル公爵となるのは間違いなさそうだ。

「ですが――」アレックスが言いかけたところで、ドアが開いた。

ブレクスビーの使用人が来訪者の名前を告げる。

「ミスター・パトリック・フォークス、スラスロウ伯爵、レジナルド・ピーターシャム卿、ミスター・ピーター・デューランドです」

ブレクスビーはすぐに会話の主導権を握った。

「諸君、今日ご足労願ったのは、きみたちがそれぞれ快速帆船《クリッパー》を所有しているからだ」

「困ったな」スラスロウ伯爵ことブラッドン・チャトウィンが困惑気味に口を開いた。「クリッパーは持っていませんよ。管理を任せている者が内緒で購入したというのなら話は別ですが」

ブレクスビーは厳しい視線を向けた。スラスロウの知能に関する報告は大げさではなかったらしい。「カードゲームでクリッパーを手に入れたと聞いたのだが……」彼は言葉を切り、机上の書類を読むために眼鏡を手に取った。「やはりそうだ、ミスター・シェリダン・ジェイムソンという男性を相手にエカルテをしたのでは？　商人の」

「ああ、そうでした」明らかにほっとした様子でブラッドンが答えた。「あれはアスコットへ行く途中で、きみとふたりで宿屋に泊まった夜だったな、ピーターシャム。覚えているだろう？」

ピーターシャムがうなずく。

「ぼくが部屋に引きあげたあともずっと、きみはさいころを振っていた」

「ああ、それで船を手に入れたんだった」ブラッドンは陽気に言った。「なにもかも思い出したよ」

「政府はぼくたちのクリッパーを徴用しようというのですか？」パトリック・フォークスが尋ねた。かすかに刺《とげ》のある口調だ。彼は三隻のクリッパーを所有しているが、一隻だろうと差し出したくはなかった。

「いやいや、それは違う」ブレクスビーが断言した。「せっかく築いた城を奪うようなまねをするつもりはない。きみたちのうちの誰かに、数カ月かけて船でウェールズの沿岸をまわってもらいたいのだ。すでに防備施設の建設を命じてあるが、西部地方を管理するのはきわめて難しいのでね」彼は眉をひそめた。「あちらの人々が素直に命令に従うことはまずないだろう」

　五人の紳士たちは続きを促すようにブレクスビーを見た。

「それだけだ、諸君」ブレクスビーが言った。「情報源によれば、ナポレオンがブローニュから海岸線をまわってウェールズ沿岸に上陸する、言わば背後からのイングランド侵攻を試みる可能性が、わずかながらあるらしい」

　ブラッドンが顔をしかめた。「どうしてまたそんなことを？　フランスからなら海峡を渡るほうがずっと早いのに。六時間で渡った経験がありますよ」

　子供のころはさぞ母親をいらだたせていたに違いない！　このうすのろは海峡が封鎖されていることを知りもしないのだ。ブレクスビーは可能なかぎり丁寧に説明した。

「伯爵、わたしはナポレオン側が封鎖を突破して侵攻してくるのを恐れている。わたしが諸君の誰かにこの任務を引き受けてほしいと頼んでいるのはそのためなのだ。もちろん、海軍に命じてウェールズの防備を調査させてもいいのだが、海峡の制海権を狙《ねら》うナポレオンの動きに対処しなければならないこのときに、軍艦を海峡から引き離すことになってしまう。従って諸君のうちの誰かが船を出してくれれば非常にありがたい」

「社交シーズンが終わるまでは無理ですね」ブラッドンがすかさず言った。「今朝婚約したばかりで、これから多くの社交行事に出席しなければならないと母から言われているんです」そこで間を置く。「それにもちろん、結婚式も挙げなければならないですし」

ブレクスビーは興味を引かれてブラッドンを見た。上流階級内の縁組みは正確に把握しておきたかった。

「では、レディ・ソフィーはきみの求婚を承諾したのかな？」

「そうです」ブラッドンの顔が明るくなった。

アレックスはパトリックとともに立ちあがって未来の花婿に祝いの言葉を述べながら、双子の弟をうかがった。黒い瞳に冷笑を浮かべ、あざけるように唇をゆがめている。

パトリックが不意にブレクスビーのほうを向いた。

「わたしが引き受けましょう」早口でそっけなく言う。

ブレクスビーの顔が輝いた。彼も立ちあがると、広げた手を机についてバランスを取り、少し前かがみになった。

「すばらしい、すばらしい。そういうことなら、きみの貴重な時間をもう少し割いてもらいたい。防備施設が建設されているはずの場所を教えよう」ブレクスビーの口調は皮肉に満ちていた。頑固で厄介なウェールズ人たちには、いつまでたってもイングランドの統治に慣れる兆しが見られない。防備施設が今も存在している望みはほとんどないだろう。

パトリックはうなずいた。ほっとした様子で手短に挨拶して帰っていく紳士たちを見送り、彼はふたたび椅子に腰をおろした。アレックスも部屋に残った。

そうして三人だけになると、ブレクスビーはオスマン帝国の状況を簡潔に説明した。

「爵位は必要ありません」議論を受けつけない口調でパトリックが言った。

アレックスは内心でにやりとした。先ほど彼はブレクスビーに、パトリックに公爵位を与えるよう議会を説得しても、当の本人が爵位を受け取らないだろうと言いかけたのだ。けれども、ブレクスビーは行動に出る前に深く調査をするのがつねだった。彼はパトリック・フォークスがロンドンのたいていの紳士より裕福で、兄と同程度かそれ以上の資産を有していると知っていた。肩書きになんの関心も持っておらず、従って爵位を欲しがる理由がないことも承知のうえだった。一例をあげれば、ブレクスビーの調査員たちの知るかぎり、パトリック・フォークスは兄の身分に対して一度も不満をあらわにしていない。

だが、彼は優れた策士でもある。東方を旅していたあいだ、多くの困難に対処せざるをえなかったせいだ。西洋の虚飾――たとえば爵位――にセリム三世が寄せる熱情を理解できる者がいるとすれば、それはパトリック・フォークスにほかならないだろう。

「名乗り続けなくても差し支えない」ブレクスビーは無関心を装った。「オスマン帝国から戻ってきたあとで返上してもかまわないのだ。われわれは気にしない。しかし、初めから爵位を拒んで大使の任務を危険にさらすのはいかがなものかな」

椅子に座るパトリックの体から力が抜けるのがわかった。彼は考えをめぐらしているようだ。

ブレクスビーは両手の指を合わせてフォークス兄弟をうかがった。人目を引く双子だ。ふたりとも脚が長く、気味が悪いほどそっくりな顔をしている。どちらも銀色の筋が入った癖のある黒髪で、眉が大きく弧を描いていた。引きしまった筋肉の緊張をつかのま緩め、ゆったりと腰をおろしている様子は、まどろんでいるところを突然の明かりにとらえられた縞模《しま》様の猫を思わせる。ブレクスビーにもっと想像力が備わっていれば、二頭の虎《とら》を思い浮かべていたかもしれない。うりふたつで、危険で、今この瞬間は、くつろいでいる姿が絵のように美しい。

やがてパトリックが肩をすくめ、爵位の申請に同意を示した。ブレクスビーの胸に満足感がこみあげた。

彼は打ち解けた調子で言った。「爵位が確定するまでに六カ月ほどかかるだろう。夏の終わりか秋に旅立てば、戴冠式に間に合うよう余裕を持ってコンスタンティノープルに到着できるはずだ。四月には職人たちが、国王からの贈り物のルビーの笏を仕上げているに違いない。なにも問題はなさそうだな」

「この件は公にしたくありません」パトリックがそっけなく言った。けれども彼がジズル公爵になれば、ロンドン社交界は何カ月もその話題で持ちきりになる。互いに内心ではそのことがわかっていた。

ブレクスビーは用心深く返答を避け、席を立って机をまわった。アレックスとパトリックも同様に立ちあがった。ドアの前で足を止めたブレクスビーは、口もとに満足げな笑みを浮かべた。

「先に失礼してよろしいかな？　公爵……」彼がお辞儀をすると、髪がおかしな具合に右側にはねた。

　パトリックは我慢していたのか、外務省の建物を出たとたんに堰《せき》を切ったように話し出した。「気取った愚か者め！　わざとあんなまねをして楽しんでいたに違いない。そんなにオスマン帝国に大使を送りたいなら、王族の誰かに行かせればいいんだ」

　アレックスはにやりとした。「ごまかすなよ、パトリック。戴冠式に出たくてたまらないんだろう？　オスマン帝国へ行く機会をおまえがみすみす逃すわけがない」

「確かにそうだ」パトリックもにやりとした。笑うと頬骨のあたりに漂う険しさが緩み、顔が明るくなる。「ラサにいたころ、セリムの噂をずいぶん耳にしたよ」彼は四年のあいだ、チベットやインドやペルシャを旅していた。

「そうなのか？　どんな人物だ？」

　パトリックの顔にふたたび笑みが浮かんだ。「根っからの目立ちたがり屋だよ、セリムは。当時は視察旅行でヨーロッパの大都市を訪れていた。風習や衣服や女までもコンスタンティノープルに持ち帰って、父親をひどくいらだたせていたな」

「彼がナポレオンを支持して、軍を投じてくる可能性が本当にあると思うか？」

「ありうるだろうな」口もとをこわばらせてパトリックが答えた。

　ふたりは待たせておいた馬車のところまで来た。

「ところで、弟よ」アレックスはふざけた口調で言った。「おまえのほうがぼくより身分が高くなったな」

パトリックは一瞬驚いた顔になり、それから目を輝かせた。

「そうだ、兄さんはただの伯爵だけど、こっちは公爵だ」

アレックスは声をあげて笑った。称号は無用の長物にすぎないというのが、昔からふたりに共通する認識だった。

ふとパトリックが目を細め、鋭い口調で言った。

「先月公爵になっていたら、彼女も拒まなかっただろうな」

弟が誰の話をしているのか、アレックスにはわかった。彼は首を振った。

「レディ・ソフィーはそんな女性じゃないぞ、パトリック」ソフィー・ヨークはアレックスの妻の親友だ。彼女がパトリックの求婚を断った理由はわからないものの、爵位がないせいだとはとても考えられない。

「それなら、なぜブラッドンを受け入れたんだ？　ブラッドンだぞ！」パトリックの声には激しい怒りが満ちていた。

「おまえがレディ・ソフィーの将来にそれほど関心を持っているとは知らなかったよ」アレックスは弟の顔をじっとうかがった。

パトリックは意に介さない様子で続けた。

「ブラッドンなんて太った愚か者で、財産だってぼくの三分の一くらいしかない。だが、あいつは伯爵なんだ、兄さん。名誉ある貴族のひとりなんだよ」

「その言い方はひどいな。彼女に愛されているのかもしれないじゃないか」アレックスは言った。

パトリックがあざ笑うように鼻を鳴らした。

「愛だって？　そんな愚かなものを信じている女性が社交界にいるわけがない」彼は急いでつけ加えた。「もちろんシャーロットは別だが」

妻の名を出されてほほえんだものの、アレックスは繰り返した。

「レディ・ソフィーにそこまで興味があるとは思わなかった」

「今は違う」パトリックが肩をすくめる。「彼女の好きにすればいい」アレックスに向けた目は悲しげだった。「負けるのが気に入らないだけなんだ。ほかの誰より、兄さんならわかるだろう？　爵位がないという理由でブラッドンに負けたのが、腹が立ってしかたがないんだ」

アレックスは黙っていた。ソフィー・ヨークがブラッドンを選んだ理由は別にあるかもしれないと主張したところで、弟が耳を貸すとは思えなかった。それに、本当の理由は誰にもわからない。彼女は伯爵夫人になりたいのかもしれない。

「今夜のデューランド家の舞踏会には出席するのか？」

「そのつもりはなかったんだが、今夜はブラッドンと食事の約束をしているんだ。やつはそのあとで舞踏会へ行きたがるだろうな」パトリックはアレックスと目を合わせた。「おそらく花婿の付添人を頼まれると思う」唇に皮肉な笑みをたたえて言う。

「ぼくも舞踏会に顔を出すよ」アレックスは弟の肩に腕をまわしていたずらっぽく言った。

「未婚の娘を持つ母親たちが今度の一件を知れば、おまえはとびきり人気者になるだろうな」

パトリックが肩をすくめた。

「ウェールズへ向けて出発を急ぐ理由がさらに増えるだけだよ」

3

デューランド家の舞踏室にレディ・ソフィー・ヨークの到着が告げられると、あたりにざわめきが起こった。〝奔放で向こう見ずな娘だわ〟とか、〝最近の若い人たちのなかでも、とりわけたちが悪いわね〟と、婚期を過ぎた未婚女性たちは部屋の隅でささやき合った。

ロンドンの流行を牽引《けんいん》する男性たちの意見は違った。彼らに言わせれば、ソフィーはイングランドでいちばんの美女だった。小柄だが魅力的で、男を惑わせる女性でありながら、ロンドン社交界でもっとも堅苦しいブランデンバーグ侯爵夫人の娘でもある。フランス人のエロイーズはこれまでに、ふしだらと紙一重の不謹慎な行動を取る大勢の若い娘たちを冷たく戒め、彼女たちの評判を少なからず損なってきた。そんなふうに礼儀作法にうるさいエロイーズを母に持つからこそ、ソフィーの無遠慮なふるまいはいっそう面白く、目立って見えた。

ソフィーは舞踏室に向かう階段の上で足を止め、動きまわる人々のなかへ突き進んでいく父の姿を目で追った。麗しのダリンダを捜しているに違いない。母は背筋をまっすぐに伸ばし、年月を経てもほとんど減らないらしい憤りをあらわにしながら夫のあとを追っている。

ソフィーは室内にすばやく目を走らせた。スラスロウ伯爵を捜しているのよ、と自分に言い訳をしながら。

　けれども内心では、自分を偽ったところで心の弱さや道徳心の不足を強調するだけだとわかっていた。少なくとも、母ならそう表現しそうだ。ソフィーが本当に捜しているのは、背が高く、上質のブロード地に包まれているのが窮屈に見えるほど広い肩幅をした男性だった。本当に見つけたいのは、わざと乱したような銀色まじりの黒髪だ。結婚の申しこみを断って以来、彼女はパトリックの姿を見かけていなかった。彼は今夜も来ていないようだ。

　階段の下で、エロイーズがいらだたしそうに振り返った。

「ソフィー！」小声ではあるが、語気は強い。

　ソフィーがしぶしぶ重い足取りで階段の残りをおりていくと、エロイーズにきつく手首をつかまれた。

「自分を見せびらかして恥をさらすのはやめなさい！」すでに紳士たちがソフィーを取り囲み始めていた。自分とダンスを踊ってほしいと懇願してダンスカードを手渡し、すがるような目で彼女を見ている。エロイーズはしかたがなく、警告をこめた目でソフィーをひとにらみするだけであきらめて、付き添い《シャペロン》の女性が集まる一角へ向かって歩き出した。自分の役目に妥協しない厳格なレディたちだけが、そこに座ることを許されている。

　ソフィーは朗らかに笑いながら、懇願する紳士たちに自分の時間を振り分けていった。だが、心のなかではむなしさを感じていた。明日には、あるいは遅くとも二日以内には、『タイムズ』に控え目な告知が掲載されるだろう。

スラスロウ伯爵はブランデンバーグ侯爵令嬢レディ・ソフィー・ヨークとの婚約を発表する。式はセント・ジョージ教会で執り行われ、セント・ジェームズ宮殿で開催される、ガーター騎士団総会にて正式披露の予定である。

そうなるとおしゃべり好きな人々がいっせいに話題にし始め、有名な女相続人であるソフィー・ヨークがついに夫を決めたニュースが、ロンドンじゅうに知れ渡るに違いない。二月までには、彼女は〝気立てのいい伯爵〟と呼ばれることもあるブラッドン・チャトウィンと結婚しているはずだ。ブラッドンは確かに人あたりがいい。一緒にいて心地よい夫になるだろう。もしかすると人より馬のほうが好きなのではないかと思うこともあるが、競馬で過度に大金を賭《か》けるわけではなかった。

それに、彼は穏やかな愛情を示す男性だ。ソフィーが結婚相手に対して抱くのも、それと同じ感情になるだろう。きっとかわいらしい子供たちに恵まれるに違いない。この点も重要だ。そのうえブラッドンなら、目立たないように愛人を囲ってくれるだろう。頼りになるとは決して言えないけれど、とソフィーは思った。わたしの知るかぎり彼は親切だし、大きな罪は犯していない。たぶん幸せに暮らしていけるはずだわ。

夜はだんだんと更けていったが、婚約者だけでなく、気になる人は誰も姿を見せなかった。ソフィーは優雅なしぐさで、このうえなく上品にダンスを踊った。敏感な一部の人々だけが、まわりを明るくする彼女のユーモアのセンスが失われたとは言わないまでも、今夜はあまり発揮されないでいることに気づいた。また、ソフィーに愛を訴えかけた若い紳士は、普段のように優しい言葉を返されるのではなく、そっけなくはねつけられて驚いた。

ソフィー自身のほうでは、まるで若い男性客たちのあいだにかけられた綱の上を、めまいに襲われながら歩いて渡っている気分だった。彼らの愚かな発言や汗ばんだてのひらのせいで、綱渡りがいっそう困難になる。彼女は足を止め、銀色のまじる黒髪を捜した。そんなことをしてどうなるの？　わたしはパトリック・フォークスの妻ではなく、伯爵夫人になるのよ、とソフィーは陰鬱《いんうつ》に思った。

晩餐の席へは、舞踏会の主催者の息子であるピーター・デューランドにエスコートされた。ピーターは優しい目をした上品な紳士で、ソフィーとは数年来の知り合いだった。彼はほかの人たちと違って、ロンドン社交界に君臨する美女があわよくば自分に身を任せるのではないかと期待するそぶりを見せないので、一緒にいてものんびり過ごせる。実際のところ、どんな方法であろうと、ピーターが彼女に言い寄ったことは一度もなかった。

「お兄さまはいかが？」ソフィーは尋ねた。ピーターの兄は乗馬中の事故でひどい怪我《けが》をして、ここ数年はずっと寝たきりも同然だった。

「かなりよくなっています」ピーターが顔を輝かせた。「数カ月前から王宮を訪れているドイツ人医師の治療を受けているんです。ご存じありませんか？　トランケルスタインという名前ですよ。個人的には、どうせ戯言《たわごと》にすぎないと思っていました。ところが、トランケルスタインのマッサージは本当に効果があるみたいなんです。クイルは……ぼくの家族はアースキンをそう呼んでいるんですが、今では寝室を出られるようになりました。痛みも少なくなったらしくて、実はほぼ毎日庭園で過ごしているんです。もう二度と室内にこもるのはごめんだと言って」

今夜初めて、ソフィーは心からの笑みを浮かべた。表情が明るくなる。

「まあ、ピーター、すばらしい奇跡だわ！」彼をファーストネームで呼んでいるのに気づきもせず、彼女は言った。

ピーターが少しはにかみながら続けた。「もしよければ、クイルに会ってやってください、レディ・ソフィー。今夜は図書室にいるはずですから。あなたが花火の手配を手伝ってくださった件で、兄もきっと直接お礼を言いたがると思いますよ」

「感謝していただくようなことはなにもしていないわ」ソフィーは異議を唱えた。「花火は全部シェフィールド・ダウンズ伯爵夫妻のおかげなの。わたしはあのとき、たまたま一緒にヴォクスホールへ行っていただけよ」ヴォクスホールを訪れ、そのあとデューランド家の奥の庭園で花火をあげることになったのは、一年以上も前の出来事だった。夏のロンドンの夜更け、ソフィーは取り巻きの紳士たちに囲まれて庭園に立ち、夜空を照らし出すみごとな花火を見あげた。さすがにあのときは取り巻きたちも花火を見ていた。だが彼女は花火だけでなく、親友のシャーロットの様子もうかがっていた。シャーロットはパトリック・フォークスの双子の兄である、シェフィールド・ダウンズ伯爵のそばに立っていた。ヴェルヴェットトのような夜の闇《やみ》と空にはじける光のおかげで噂好きな人々の目を逃れ、シャーロットはひそかに頬を染めながら、アレックスの胸に背中をもたせかけていた。

ソフィーは翌日、親友がアレックスにぴったりくっついていたことや、彼にウエストに腕をまわすのを許したこと、夢中で彼を見あげていたことを指摘してシャーロットをからかった。あのときのシャーロットの反応が今なら理解できる。

ソフィーもまた、自分の体が自分のものでないように思える経験をした。フォークス家の双子のもうひとりがこの場にいないことが強く意識される。それまで知らなかった親密さが恋しかった。ソフィーの心は裏切り者だ。将来の夫となるはずのブラッドンのことだけを考えていようと思うのに、魅力的な黒い瞳や笑みをたたえた口もとのほうに、絶えず意識がさまよってしまう。

こんな状態は卑劣でおぞましくて屈辱的だ。彼女は罪の意識を振り払うと、椅子から立ちあがった。「今からお兄さまに会いに行きましょうよ」

ピーターは躊躇なく、いいにおいのする雉肉《きじにく》がのった皿をそっと押しやった。

「喜んで。母に同席を頼みましょう」

ソフィーはうなずいたものの、ピーターに言われるまでその点に思い至らなかった自分に驚いた。評判を落とさないために今の彼女が絶対にしてはならないのが、再度別の男性とふたりで姿を消すことだった。

おしゃべりに興じていたデューランド子爵夫人は若いふたりの話を聞いて満足げにほほえ

み、図書室へ向かうために友人たちの輪を離れた。ソフィー・ヨークを悪く言うのはやめよう、と彼女は思った。こんなに優しい心の持ち主なんですもの。

母親としての注意深い目で見た結果、キティ・デューランドは愛する息子ピーターが本気でレディ・ソフィーに惹《ひ》かれているわけではないと気づいていた。それに勘違いでなければ――実際めったに間違わないというのがキティの自慢なのだが――レディ・ソフィーにはスラスロウ伯爵を愛していると思われるあらゆる兆候が見受けられた。婚約発表の噂を聞いて、彼女はさらに確信を強めた。

キティの口からうっとりしたため息がもれる。わたしと愛《いと》しいサーロウの婚約が発表されたあの晩は、本当にすばらしかった。若い娘たちが集まる前を通り過ぎたときにはこれで将来は安泰だと感じられ、あさましいと思いながらも優越感がこみあげて体が震えた。キティは心のなかで自分をたしなめると、レディ・ソフィーにクイルを紹介しようと図書室へ急いだ。

クイル――アースキン――はソフィーの予想とはまったく違っていた。彼女はデューランド家の庭園で花火が打ちあげられた際に、窓のところに見えた痩《や》せて青白い顔をおぼろげに記憶していた。けれども図書室の肘掛け椅子から振り返った顔は日に焼けており、室内での娯楽や屋根つき馬車での外出を好むロンドンのしゃれ者たちよりもずっと浅黒い肌をしている。クイルの細面の顔には痛みによるものと思われる皺《しわ》が刻まれていたが、そこには明らかな知性が感じられ、非常にハンサムな顔立ちと言えた。

彼はソフィーの目の前に立ち、彼女の手を取って冷たい唇で甲に触れた。問題なく立っているふうに思えたが、椅子に座り直す姿を見て初めて、ソフィーはクイルが努力して体をまっすぐにしていたのだと気づいた。彼女は急いで、目についた最初のもの――暖炉の手前に置かれた詰め物をしたスツール――に腰をおろした。レディを前にしながら立ったままでいられないことで、クイルに気まずい思いをしてほしくなかった。

ピーターが重厚な革張りの椅子のひとつを引き寄せた。ピーターの母親は、痛風の左足を休めに図書室へ来ていたシルヴェスター・ブレドベックと話をするため、彼に近づいていった。

クイルは半ば閉じたまぶたの下からソフィーをうかがっていた。もしなにか気まり悪さを感じていたとしても、表情にはまったく表れていなかった。

「舞踏会を楽しんでいますか、レディ・ソフィー？」クイルがゆったりした口調で尋ねた。

ソフィーの顔がかすかに赤くなった。彼の声にあざけりの響きを感じ取ったのだ。けれども今夜の彼女は、機転をきかせられる状態ではなかった。社交界の男女はたいてい機知に富んだ会話を交わすものだが、疲れきった脳はうまく働いてくれそうにない。

「あまり」ソフィーは正直に答えた。

「そうですか」クイルはつぶやいた。確かに彼女の口の端はさがっているようだ、と彼は見て取った。「騒がしい場所を離れてひと休みするといいかもしれません。よろしければ、一緒にバックギャモンをするのはいかがです？」

ソフィーはすばやく頭を働かせた。舞踏会が開かれている最中に、図書室に引きこもってバックギャモンをするのはレディにあるまじき行為だ。一方で、彼女には主催者の女主人みずからが付き添っている。それにいらだつ神経をなだめられれば、きっと楽になるに違いない。ブラッドンもパトリックもまさか図書室には入ってこないだろうから、舞踏室へ戻る前に静かなひとときを過ごせそうだ。

ソフィーは視線をあげてクイルの緑の瞳を見つめた。「喜んでお相手しますわ」

うなずく兄を見てピーターが立ちあがり、バックギャモンの盤がはめこまれた小さなテーブルを運んできた。ソフィーとクイルは無言で駒《こま》を並べ始めた。暖炉の火明かりが胡桃材の羽目板張りの壁を照らし、白と黒の駒の上で、ソフィーのほっそりした指の上で、ワイン色をしたクイルの髪の上でちらちらと揺れる。

ゲームが静かに進んだのも、ソフィーが二度目のダブルを宣言するまでだった。

クイルが顔をあげ、瞳をきらめかせて弟を見た。

「孤独なわたしを元気づけようとして、いったい誰を連れてきたんだ、ピーター？」ソフィーに向けられた目は笑っている。「紳士として金は賭けなかったが、賭けていればどうなっていたか」

ソフィーは控え目にほほえんだ。ダブルは彼女が知っている唯一の技で、子供のころはゲーム相手の祖父をよくこれでいらだたせたものだ。ソフィーは楽しい気分になって、かたわらに置いたシャンパンのグラスに口をつけた。暖炉の明かりが揺れる図書室は、居心地のいい隠れ家のようだった。彼女の体を支配していた激しい渇望から逃れられる、静かなオアシスだ。

次にまたダブルをかけたソフィーは、クイルがぶつぶつと文句を言う声を聞いて上機嫌になった。勝敗を決する最後のさいころを振ろうと、満面に笑みを浮かべて顔をあげる。

そのとき、彼女が今夜ずっと捜していたふたりの男性――スラスロウ伯爵ブラッドン・チャトウィンと、その親友のパトリック・フォークス――が図書室に姿を現した。ブラッドンは自分が誇りに思っている女性のほうへまっすぐ近づいていった。たった今も、学生時代からの古い友人にソフィーの自慢をしていたばかりだった。

一方パトリックは、図書室に入ってすぐのところで足を止めた。背後の暖炉で燃える炎に照らされたソフィーの髪は、熟れた桃のような、あるいはガラスの瓶に詰めたアプリコットワインのような輝きを放っていた。彼女は頭のてっぺんで髪をまとめていたが、言うことを聞かない巻き毛がいく房か背中にこぼれ落ちていた。髪はくるりと一回転するごとに、赤や金色や澄んだ日光の黄色など、何十もの色に姿を変えた。巻き毛の房がさらに小さな巻き毛に分かれて散らばり、頭全体にまるで桃のごとく柔らかな印象を与えていた。ゆらゆら揺れる暖かな太陽にも似た色合いが、熟した夏の果物に唇を寄せたときと同じく、ふんわりとした感触の髪に違いないと思わせる。

彼はきびすを返して部屋を出たくなった。ソフィーは目をきらきら輝かせて笑っていた。パトリックの姿をとらえるまでは。だが彼に気づいたとたん、ほほえみはあっというまに消え去った。彼女はすぐにまた口の端を上向かせたものの、その目はもう笑っていなかった。自分がどれほど巧みにキスをしていたか、ぼくからブラッドンに知れるのではないかと不安に思っているのかもしれない、とパトリックは不機嫌に考えた。

大喜びする子犬のような勢いでテーブルに近づいたブラッドンは、それぞれに挨拶をすませると、にこにこして未来の花嫁のかたわらに立った。パトリックはゆっくりとした足取りで暖炉へ向かった。彼を惹きつけてやまない娘のせいで平静を失うのだけは絶対に避けたかった。ソフィーはより高い身分のためにパトリックを拒み、望みのものを手に入れた。今年の結婚市場で唯一の伯爵と婚約したのだから。ほかにめぼしい独身男は八人の子持ちの年老いたシスキンド公爵だけなので、彼女は最良の相手をつかまえたと言えるだろう。少なくとも、パトリックが公爵となるまでは。彼の瞳は激しい怒りに燃えていた。

パトリックをちらりと見たソフィーは、慌てて顔をそむけた。手に持っているピンクのシャンパンと同じ色に頬が染まる。ブラッドンはすでに敷物の上に座りこみ、バックギャモンの駒を熱心に並べ直していた。未来の花嫁がゲームのやり方を知っているとわかってうれしそうだ。ソフィーは無理やり笑顔を作った。

クイルは肘掛け椅子の高い背もたれで陰になった場所から、チャーミングなレディ・ソフィーが凍りつき、慌てて陽気にふるまう様子を見つめた。魅力的な乙女を面白みのない社交界の女性に変えたのが誰か、確かめようと体をよじる。

それがわかった彼は、日に焼けた痩せた手を肘掛け椅子の陰から伸ばし、皮肉まじりの声でゆっくりと言った。「パトリック、わが友よ、こちらに顔を見せてくれ」

「クイル！」

たちまちパトリックが長い脚で肘掛け椅子の正面にやってきた。黒い瞳を喜びに輝かせている。「驚いたな、きみはベッドから出られないものとばかり思っていたよ」

「そのとおりだったんだ、数カ月前までは」

「元気そうじゃないか」

「生きているよ」クイルはそれだけ言った。

パトリックが椅子の前にしゃがみこんで言った。

「インドにいたとき、偶像の前でひざまずかないと首をはねるとあるマハラジャに脅されて、学校時代のきみの暴君ぶりを思い出したんだ」

ソフィーには耐えがたかった。パトリックがかかとに重心を置いてしゃがむと、スツールに腰かけた彼女とほぼ同じ高さになる。肩のすぐそばに彼がいるのだ。ソフィーの視線は無意識にパトリックの全身をさまよい、筋肉質の腿をぴったりと覆うズボンに引き寄せられた。背の高い草のあいだにいる兎《うさぎ》のように神経を高ぶらせ、ソフィーは顔をあげた。だが、手遅れだった。彼女はごくりと音をたてて唾《つば》をのみこむと、房飾りのついたスツールをわずかに横へずらした。

パトリックは野心的な小娘にまだこの体を目覚めさせる力があると気づき、落ち着かない気分になり始めていた。右肩のすぐ向こうから漂ってくる柔らかな香りが鼻腔《びこう》をくすぐる。

桜の花のような、甘くけがれのない香りがパトリックの感覚に火をつけた。今すぐソフィーを肩に担いで、寝室へ連れ去りたい。

パトリックは表情をこわばらせて唐突に立ちあがると、スツールに座る女性を嘲笑《ちょうしょう》のこもった目で見おろした。

「これはこれは、レディ・ソフィー」彼は丁重に頭をさげた。「失礼をお許しください。いらっしゃるのが見えませんでした」

ソフィーはふたたび頬を染めた。もちろん、パトリックは彼女に気づいていたはずだ。彼に視線を向けられると、ソフィーは身動きすらできなくなった。冷静な声が出せるとは思えなかったので、礼儀正しく顎を引いて会釈に応《こた》えた。

パトリックはひと月前と変わらずとてもハンサムだったが、以前は陶然とソフィーを見つめていた瞳に、今ではあざけりが満ちていた。ロンドンの紳士たちが好む上品な髪型に比べると、彼の髪は乱れて見えた。けれどもそれはパトリックがポマードもヘアオイルも使わず、新鮮な空気のなかで風に吹かれながら馬に乗っていたことを雄弁に物語っている。黒檀《こくたん》のような漆黒の髪にはところどころ銀色の筋がまじり、まるで月光を浴びているかに見えた。

ソフィーは気持ちを落ち着かせようとした。おとなしい娘が世慣れた放蕩者にからかわれているみたい。すっかり委縮してしまっているわ。それにデューランド子爵夫人はまだシルヴェスター・ブレドベックとおしゃべりをしているけれど、明らかに不安そうな目でこちらをうかがっている。

背筋を伸ばしたソフィーは優雅な動作で立ちあがり、クイルにほほえみかけた。瞳を輝かせてにっこりする、心からの笑みだった。続いて立とうとした彼がかすかによろめき、椅子の肘掛けをつかんで体を支えた。

ソフィーは膝を深く曲げてお辞儀をした。「どうぞ、お座りになって」

口もとをゆがめるほど強い痛みを感じているはずなのに、クイルの声は思いやりにあふれていた。「レディ・ソフィー、またお会いできるときを楽しみにしていますよ。ぼくにもう少し運が向いてきたら、ぜひまたお手合わせ願いたい」

「喜んでお相手させていただきますわ」ソフィーは言った。

彼女はクイルの弟のピーターに向き直ってにこやかにほほえんだ。その視線は無関心な様子でパトリックを通り過ぎ、背の高い婚約者にたどり着いた。ソフィーはブラッドンに近づいて声をかけた。

「伯爵」

ブラッドンが差し出した腕に手をかけ、彼女はペルシャ絨毯《じゆうたん》の上を横切って歩いた。銀色の靴の爪先が濃い赤と深い赤の花模様を踏んでいく。ソフィーはふたりの男性に見られているのを強く意識した。まだ立ったままのクイルに半ばほほえむように同情のこもった視線を向けられ、思わず泣き出したい気持ちになった。だがパトリックのばかにしたような薄笑いには、花瓶を投げつけたくなった。絶対に振り返るものですか。あんな……あんな信用できない女たらしになんて。ソフィーはそう決意し、実際に振り返らなかった。

パトリックはこみあげる憤りに体じゅうが熱く燃え立つのを感じながら、ブラッドン・チャトウィンとの婚約を発表するために歩み去るソフィーを見送った。部屋を突っきって彼女をつかまえたいという、ぞっとする衝動に駆られる。ブラッドンのそばで自信たっぷりにヒップを揺らす、あの歩き方をやめさせたい。

パトリックにはわかっていた。ほんの一瞬で、ソフィーをふたたび、頬を紅潮させて彼の腕のなかで震えていた女性に戻せることを。あのときの彼女はかわいそうなくらい混乱して見えた。本当は上品ぶった浮気な女だと知らなければ、ロンドン社交界に属する大勢の男とキスをしたふしだらな女だと知らなければ、ぼくは……いったいどうしていただろう?

ピーターが断りを入れて急ぎ足で舞踏室へ戻っていったが、パトリックは動こうとしなかった。彼はソフィーが座っていたスツールにどさりと腰をおろすと、日に焼けた大きな手でバックギャモンの駒を分け始めた。しばらくしてようやく顔をあげたとき、クイルに冷静な目で見られていたのに気づいた。

クイルは昔から鉄の自制心の持ち主だった。まだ彼らが少年で、学校での集団生活になじめないでいたころから。当時パトリックはすぐに怒りを爆発させて双子の兄に飛びかかり、アレックスのほうは必死で弟の頭を床に打ちつけようとしていた。そんななか、クイルは無言で自分の意思を表明したものだ。

現在の彼は、目を閉じて濃い茶色の革の背もたれに頭を預けていた。口を開いたとき、その声に嫌みやあてこすりはまったく感じられなかった。

「確かブラッドンは、以前にもきみの女性を手に入れたんじゃなかったかい？　赤毛の女優だったかな？」

「アラベラ・カルフーンだ。今も関係を持っているはずだよ。彼女はこの夏からブラッドンの恋人なんだ」パトリックは険しい目で、感情の読めないクイルの冷静な顔を探り、不機嫌につけ加えた。「レディ・ソフィーがぼくの女性のひとりになったことは一度もない。彼女はきっぱりと断った」

それを聞いて、クイルが目を開けた。「ちゃんと頭をさげて頼んだのか？」

面白がっているクイルの視線を前にしてようやく緊張が解け、パトリックは口もとをほころばせた。

「愕然《がくぜん》としたよ」

「当然だろうな。このところ、きみは多くの女性たちに追いかけられていたんだから……」

クイルが物憂げに手を振った。「世の中に遅れを取らないように、ロンドンでなにが起こっているかピーターが教えてくれるんだ。確か、一年か二年前にアレックスが結婚して、それ以来きみは社交界のちょっとした人気者になっているんだろう？」

「まあ、そうだ」

「年ごろの女性たちの注目から逃れて、インドでは言葉も出なくなるくらい派手に儲《もう》けたらしいな」クイルがからかうようにつけ加える。

「勝負しないか？」

「美しいレディ・ソフィーに徹底的に負かされたんだ。母に頼んで、彼女をお茶に呼んでもらうべきだな」

「レディ・ソフィーはこれからしばらく忙しくなるだろう」パトリックは無関心を装って言った。「今ごろは向こうで祝いの言葉をかけられているはずだ」

クイルが一瞬沈黙した。「そこまで話が進んでいるのか?」

「ああ。レディ・ソフィーは愚か者じゃない、クイル」ソフィーがみずからを評して言った言葉を、パトリックはそれとは知らずに引用していた。「爵位を選んだんだ」

「気の毒に。ブラッドンは鈍いやつだ。ひと月もたたないうちに、彼女をひどくいらだたせるだろうな」クイルは子供時代からの友人を無頓着《むとんちゃく》に見つめた。

「勝負しないか?」じれた耳障りな声で、パトリックは再度言った。

「いいだろう」

胡桃材の厚いドアの向こうから、舞踏会のざわめきが大きくなったり小さくなったりを繰り返しながらかすかに聞こえてくる。けれども図書室のなかは静まり返り、磨きこまれたテーブルの表面を転がるさいころの音だけが響いた。盤にかがみこむふたりの男性の頭を、大理石のシェイクスピアの胸像が無言で見おろしていた。

クイルの落ち着きと音をたてて燃える炎が作り出す穏やかな雰囲気は、三ゲーム目が終わったところで突然パトリックによってぶち壊しになった。

彼は自嘲まじりの顔でクイルを見た。「幸せなふたりを祝いに行くべきかな?」

半ば閉じられたクイルの目からはなにも読み取れなかった。しばらくして、彼がゆっくりと口を開いた。「もう寝ることにするよ。きみの感情に接していると、疲れてしまった」立ちあがったクイルは動きを止め、革張りの肘掛け椅子の背もたれに寄りかかった。

「無事に東洋から戻ってこられてよかったな、パトリック」

「馬の件は残念だった」

クイルが静かに笑った。

「ぼくの乗り方が悪かったんだ。またすぐに会えるとうれしいな」

ふたりは一緒に図書室をあとにした。片方の男性は、ロンドンの紳士らしくぴったりしたズボンに包まれた引きしまった脚をなめらかな動きで優雅に運んで。もうひとりの男性も同じく引きしまった体つきだが、その筋肉は張りつめて引きつり、主人の命令に従おうとしなかった。ペルシャ絨毯の上を横切り、カーテンの奥で待ち受けるベッドの安らぎへとクイルを動かしていたのは、みずからの鉄の自制心だった。それとは反対の方向へ、パトリックが自分で自分がいやになるほど激しく求めてしまう、赤みがかった金色の巻き毛の浮気な女がいるほうへと彼を動かしていたのは、懸命に抑えつけていた自身の熱情だった。

4

パトリックが図書室を出て階段をおりていくと、大理石の玄関にはまだ暗赤色のお仕着せを着た従僕たちが堅苦しく立っていた。だが、デューランド家の舞踏会は終わりを迎えつつあった。大理石の床にあたるブーツの音が壁に反響してはっきり聞こえることからも、人が少なくなってきているのがわかる。一時間ほど前に彼がこの同じ階段をあがったときは、足音や話し声や弦楽器の奏でる音があたりに満ちていた。

パトリックは舞踏室へ入った。部屋じゅうの壁に取りつけられた燭台《しょくだい》では、まだ蠟燭《ろうそく》が燃えていた。けれども中央に置かれた巨大な燭台は、何時間も前にともされた蠟燭が溶けて流れ出し、炎が弱まっている。広い舞踏室の真ん中はがらんとして、明るい壁のほうへ向かって長い影が伸びていた。鮮やかなドレスをまとったレディたちとくすんだ灰色の服を着た紳士たちの小さな集まりが、まだあちこちで見受けられた。夜明けが好きな者たちにとって午前六時より早い帰宅は、その夜が失敗だったことを意味するのだろう。

もちろん、ソフィーはすでに帰っていた。彼女は決して最後まで舞踏会に残らない。洗練された行為ではないからだ。誰かがあくびをし始める前に、あるいは取り巻きの誰かがみっともなく酔っ払う前に立ち去るのが好ましいとされている。しかしブラッドンは……いつが帰りどきかなど、一度も考えたことがないだろう。哀れな愚か者だ。

ブラッドンはすぐに見つかった。隅の椅子に座りこんで誰かと話しているが、彼が振りまわす両手に視界をさえぎられ、パトリックからは相手の姿が見えない。ブラッドンはしきりにまくし立てていた。きっと馬の話をしているのだろう。不本意ながらこみあげてきた愛情に、パトリックの胸はうずいた。ブラッドンはいいやつだ。残念ながらイングランドの上流社会は狭いので、イートン校の寒い廊下で出会った六、七歳のころから互いを知っている仲間たちと、必然的に女性を分け合わざるをえなかった。

そのとき、ブラッドンの話し相手が誰かわかって、パトリックは足を速めた。

「兄さん！」人がまばらな部屋に、彼の声が鈍く響く。

双子の兄が顔をあげ、黒い瞳をほほえみできらめかせた。

「ずっと待っていたんだぞ。大変だったんだ。ブラッドンにまた例のあれが起こったらしい」

アレックスの隣に腰をおろしたパトリックは、緊張が消えていくのを感じた。

ブラッドンが前に身を乗り出した。目を輝かせ、興奮して広い顎を震わせている。

「いつものとは違うんだ、パトリック。今度は本物だよ。やっと人生が落ち着いた。完璧《かんぺき》になったんだ」彼はにっこりして、刺繡を施したベストの上で手を組み合わせた。

「おめでとう」パトリックは静かに言った。

パトリックの口調にひそむ、抑制された危険な響きは聞き取れなかったらしく、ブラッドンが早口で続けた。

「ああ、彼女はすごいんだ。ヒップは小さくて、見たこともないほど美しい曲線を描いている。それにあの胸。あれはまるで……まるで……」彼の想像力が尽きるのはいつものことだった。「ええと、大きいんだ。美しくて、あんな小柄な娘にしては大きい」

氷のように冷たいものがパトリックの背筋を這いおり、両手が小刻みに震えた。この最低な男を殴り倒してやる。こめかみで血管がどくどくと脈打った。

「厩舎《きゅうしゃ》の扉にもたれているところをつかまえたんだ」幸せなことに、ブラッドンはパトリックの表情に気づかないまま先を続けた。「まあ、つかまえたというか、うしろからつかんで、ちょっとひねったんだよ。あんな感触は初めて――」

言葉が途中で途切れた。向かい側から突き出された手がブラッドンのクラヴァットをつかんできつくねじったのだ。食いこんだ布地が気管を圧迫する。ブラッドンは逃れようともせず、口を開けたまま凍りついていた。

実際のところ、凍りついたのは彼だけではなかった。未来の妻に触ったからといって、パトリックがブラッドンに警告する権利はまったくない。彼はブラッドンを椅子に押し戻した。一〇〇キロを優に超える体がヴェルヴェットの肘掛けにぶつかり、椅子が不気味な音をたてきしんだ。

冷静なアレックスもさすがに黙りこんだ。沈黙は部屋全体に広がっていた。まだ舞踏室に残っていた少数の人々は、乱暴に扱われる椅子の音を耳にして驚き、鹿《しか》のにおいを嗅《か》いだ猟犬のように神経を研ぎ澄ました。なにかが起こっている。古いゴシップのかけらを蒸し返すよりずっと面白いなにかが。

アレックスは口を開いた。

「ブラッドンは新しい恋人を見つけた話をしているんだ、パトリック」

ブラッドンはまだ啞然《あぜん》としてパトリックを見ていた。子犬のような目に困惑した表情を浮かべている。

「きみはアラベラに興味がなくなったとばかり思っていたよ」彼が不満げに言う。「ぼくが彼女を引き受けたことに腹を立てているなら、もっと早く言ってくれればよかったんだ」

パトリックは椅子に座り直すと、意識して体の力を抜いた。

「次は横取りする前にひと声かけてくれ」ゆっくりと言う。

舞踏室の反対側にいた数人が背を向けてふたたび輪になり、好奇心もあらわにおしゃべりを始めた。パトリック・フォークスの恋人だった女優のアラベラ・カルフーンがスラスロウ伯爵に乗り換えた話は、すでに周知の事実だ。だが、興味はそそられる。まさかフォークスが気にしているとは誰も思っていなかった。

いや、パトリック・フォークスはアラベラのために六カ月先まで家賃を負担してやり、その領収書の控えに自筆で感謝の言葉を添えてスラスロウに送ったらしい。実に興味深い。人々はしばらくのあいだスラスロウとフォークス兄弟に視線を注いでいたが、今夜はこれ以上の見ものはなさそうだと判断すると、徐々にドアのほうへと移動していった。クラブに場所を変えて、帰宅する前にもう一杯ブランデーを楽しむつもりなのだろう。

パトリックが目を細めて穏やかでない視線を送り続けてくるので、ブラッドンは座っていても落ち着かなかった。

「まいったな。アラベラの面倒を見始めたのはだいぶ前だぞ！　きみだって、ぼくが永遠に関係を続けるとは思っていないはずだ」言っているうちに、ブラッドンの怒りはますます増していった。「アラベラにはこの先六カ月分の家賃を払ってやったし、エメラルドのネックレスまで贈った。ぼくにどうしろというんだ、パトリック？　彼女と結婚しろとでも？」

パトリックは口を開きかけたが、思い直したようにまた閉じた。

アレックスが冷静な声で割って入った。

「きみのマドレーヌの話が聞きたいな。どこで見つけたんだい？」

ブラッドンは不安に駆られてアレックスをうかがい、それからパトリックに視線を戻した。とたんに本物の怒りに突き動かされ、背筋を伸ばした。

「まさかマドレーヌと知り合いじゃないだろうな？　彼女はぼくのものだぞ、パトリック、ぼくのものだ！」

パトリックは思わずにやりとした。

「なあ、ブラッドン、ぼくがこれ以上、女性を共有したがると思うか？」

「アラベラとは違う」今やブラッドンの目は燃えていた。「マドレーヌは特別なんだ。彼女はぼくのものになる。永遠にぼくだけのものだ」

「珍しい取り決めだな」アレックスが意見を述べた。

ブラッドンが闘争心をむき出しにしてアレックスに向き直った。ふたりの主人から声をかけられたブルドッグが、それぞれに顔を向ける姿を思わせた。

「そんなことはない。父はひとりの愛人との関係を三六年間続けた。今はぼくが彼女の生活費を支払っている。別にかまわないんだ。いい人だし、優しいし、母と違って美人だ。ときどき彼女を訪ねて、お茶を飲みながら父の話をするんだよ」

アレックスが明白な事実を指摘した。

「きみの奥方は……未来の妻は……非常に美しい女性だが」

「そういうことじゃない」ブラッドンは友人たちに説明しようと真剣な顔になった。父親に初めてミセス・バーンズを紹介されて以来、何年もかかってようやく理解したことだった。前スラスロウ伯爵は跡継ぎであるブラッドンに、ミセス・バーンズに対して心からの敬意を払うよう求めた。紹介されてすぐさまお辞儀をしなかった息子に、骨の髄まで震えあがる表情を向けたのだ。だからブラッドンは、ミセス・バーンズがジョージ王その人であるかのように深々と頭をさげた。

それから彼ら――ブラッドンと父親とミセス・バーンズ――は座って紅茶を飲んだ。好奇心をかきたてられたブラッドンは、美しく飾られた室内や、広いヴェネチア窓から見える優雅な庭園に目をやった。やがて視線はピアノの上に置かれた子供の絵にとどまった。ぼくの弟だ！　だが、その子はすでに亡くなっていた。七歳だったとミセス・バーンズが説明すると、父は彼女に身を寄せて両肩をきつく抱いた。

そしてブラッドンは気づいた。恨みには思わなかった。ただ、わかったのだ。父がブラッドンや姉たち以上にその男の子を愛していたと。妻ではなく、ミセス・バーンズを愛していると。

苦手な〝考える〟ということに懸命に取り組む必要があったものの、ブラッドンは父がミセス・バーンズとなにを分かち合っていたかを理解し、自分もそれを手に入れたいと思っているのに気づいた。だから父が亡くなる直前、主寝室のベッドに横たわる大きなかたまりにすぎなくなったとき、彼は父の側仕《そばつか》えに金を渡して一時間ほど部屋に人を近づけないようにさせると、こっそりミセス・バーンズをなかへ入れた。

部屋を出ようとしたブラッドンは、それまで二日間ひと言も発していなかった父が、ベッドに腰かけて身を乗り出した彼女に〝愛しい人〟とささやくのを聞いた。その夜、スラスロウ伯爵がそれ以上なにも言わずに亡くなると、ブラッドンは決心を固めた。

母の要求に従って結婚しよう。跡継ぎの男子が育つまで、必要なだけ子供をもうけよう。彼は社交界のレディに次々と結婚を申しこみ、三人目でようやく獲物を釣りあげるのに成功した。人生の計画の一部が達成されたわけだが、まだ思い人は見つかっていなかった。

そこへ突然の奇跡が起こり、彼のミセス・バーンズと出会ったのだ。

「彼女の名前はマドレーヌ、ミス・マドレーヌ・ガルニエだ」ブラッドンは言った。パトリックが優先権を主張してくるのではないかと、顎をこわばらせて身構える。「彼女を知っているのか？」

けれどもほっとしたことに、友人の目はもうすごんでいなかった。

「聞いたこともないよ。心配するな、他人の権利は侵害しない。名誉に懸けて誓う」少なくとも、そのマドレーヌに関しては、とパトリックは心のなかでつけ加えた。ところが口に出していないのに、アレックスが鋭い視線を向けてきた。省略されたせりふを感じ取ったに違いない。頭で考えただけでも気づかれてしまうのが、双子の不便な点のひとつだ。

パトリックは咳払《せきばら》いをした。「マドレーヌとは知り合って長いのか？」

ブラッドンの口もとがふたたびこわばった。「ミス・ガルニエと呼んでくれ」反射的にそう言ったものの、ばかげて聞こえると思ったのか目をしばたたいた。

「初めて会ったのは数週間前だ。きみが来たとき、ちょうどアレックスにその話をしているところだった。これは神の導きに違いない。きっとそうだ。ぼくはやっとふさわしい妻を手に入れた。母は大喜びだよ。そうしたら、とたんにマドレーヌと出会ったんだ。同じ週のうちにだぞ。それだけじゃない」ブラッドンは急に自信たっぷりになって続けた。「ソフィー・ヨークと結婚するのはいい考えだと思う。彼女なら精神的に強いから、母を遠ざけておけるかもしれない。もしかするとふたりが喧嘩《けんか》になって、母はうちを訪ねたくないと言い出すかも」

まるで天国をかいま見た男のように、彼は満面に笑みを浮かべた。

「きみは彼女の母親を満足させなければならないんだぞ」パトリックはゆっくりした口調で指摘した。ブランデンバーグ侯爵夫人は厳格な女性だが、彼自身は好感を抱いていた。しかしブラッドンなら怯《おび》えてしまうだろう。

案の定、ブラッドンは見てわかるほど体を震わせた。

「あまり近づかないようにするよ。マドレーヌのためにメイフェアに家を買おうと考えているんだが、どう思う？」

パトリックはふたたび神経がいらだつのを感じた。「それはだめだ」彼はぴしゃりと言った。「メイフェアにはきみの家があるんだぞ。ミス・ガルニエはショーディッチにでも住まわせるといい」

「いやだ」ブラッドンが長い顎を引いた。

パトリックは心が沈んだ。この表情なら何度も見たことがある。ブラッドンがとんでもない愚行を決意したときの顔だ。

「マドレーヌは近くに置きたい。ぼくは彼女のことを恥じてなんかいないんだから」

「きみが恥じているかどうかは関係ない」アレックスが口をはさんだ。「未来の妻を傷つけたくはないだろう？　レディ・ソフィーが伯爵夫人になったら、彼女は毎週のようにきみの愛人と顔を合わせることになるんだぞ」

「だからこそ、ぼくはソフィーを選んだんだ」ブラッドンが勝ち誇った顔で言った。「彼女なら問題ない。気にも留めないだろう。実は、時機を見てふたりを会わせようと思っているんだ」

パトリックはあきれて友人を見つめた。ブラッドンはとうとう正気を失ってしまったに違いない。そうとしか説明がつかなかった。ソフィーが手に入るというのに、愛人を欲しがるやつがどこにいる？

ああ、ソフィー！　愚かな夫が通りのあちこちで愛人を見せびらかし始めたら、いったい彼女はどうなる？　想像するだけで胸が痛む。パトリックは助けを求めるように兄を見た。

「レディ・ソフィーとは昨年、何度も顔を合わせた」アレックスがゆっくりと口を開いた。

「知ってのとおり、彼女はぼくの妻の親友だ。ぼくはレディ・ソフィーが世慣れているとは思わないな。社交シーズンを二回も経験しているにしては、かなりうぶなところがある」

「そうかもしれないが」ブラッドンがいらだった様子で反論した。「ぼくには信じられない。きみだっていろいろと耳にしているはずだ。彼女は……ロンドンじゅうの男とキスをしたという話だぞ。でも、ぼくは気にしていない。ともかく、たとえうぶだとしても、結婚がどういうものかを理解しているのは間違いないよ。父親を見るといい。彼の行動に気づかないわけがないだろう？　ぼくはソフィーの父親のようなふるまいは絶対にしない。それに、マドレーヌは社交行事に出たがらないはずだ。そういう女性ではないんだよ。だから、ぼくが妻の目の前で愛人とワルツを踊ることはありえない。むしろ、かなり平和な家庭生活を送れるだろう。ソフィーに恥ずかしい思いをさせたり、多くを求めすぎたりしないよう気をつけるつもりだ。跡継ぎが生まれたら、ぼくはぼくで好きなようにして、彼女とは友だちになるよ。

結局のところ、女性は体形が崩れるのを嫌うから、子供を産みたがらないものだろう？　運がよければ、すぐにきみたちみたいな双子ができるかもしれない。そうしたら、それ以上思い悩む必要もなくなる。いい考えだと思わないか、パトリック？」彼は訴えかけるようにパトリックを見た。

パトリックは見間違えようのない脅しをこめた目でにらみ返した。

たちまちブラッドンが唇をとがらせる。

「ひどいじゃないか！　わがままだぞ。きみはもうアラベラを欲しがっていなかった。さよならも告げずに置き去りにしたんだからな。しかもそのあと、六日も戻ってこなかった。六日だぞ！　いったいどうしてほしいんだ？　当時は気にも留めなかったのに、ぼくが彼女と別れることになったら文句を言うなんて、どういうつもりだ？」

「きみがアラベラと別れようが別れまいが、そんなのはどうでもいい」パトリックは叫び返した。「アラベラとはなんの関係もないんだ！」がらんとした舞踏室に言葉が響いた。彼は体が熱くなるほどの激しい怒りに駆られていた。

ブラッドンが椅子から飛びあがり、興奮して二、三歩前に進み出た。

「それなら、なぜぼくに怒っているんだ？　ぼくが愛人を持とうが持たなかろうが、きみが気にする筋合いはないだろう？　ましてマドレーヌには会ったこともないんだから」

パトリックはまばたきをした。右側から興味深げな兄の視線を感じる。くそっ、面倒なことになったぞ。

「気になる」彼は慎重に言葉を選んだ。「きみがレディ・ソフィーをどう扱うのか、気になるんだ」

「それこそわがままだ！」怒りに目を見開いたブラッドンは感情を爆発させた。「きみは彼女に結婚を申しこまなかったじゃないか！　なにもかも聞いているんだぞ。誰もいない部屋でソフィーの体をまさぐっていたくせに、彼女は妻には不十分だと考えたんだろう。いいか、パトリック・フォークス、きみとぼくとでは基準が違う。ぼくにはソフィーで十分なんだ」

　ブラッドンの間の抜けた長い顔でも、いざというときには多少の威厳を感じられるようになるものだな。アレックスはそう考えると、上機嫌で脚を組んだ。

　パトリックがはじかれたように立ちあがって怒鳴り返した。

「底抜けの愚か者だな、きみは！　ぼくは彼女に申しこんだ。求婚したんだよ！」

　一瞬、沈黙が広がった。ブラッドンは唇を嚙《か》みながらびっくりした顔でパトリックを見ている。そんなふうにすると、ますますブルドッグに似てくるぞ、とアレックスは容赦なく思った。

「彼女に申しこんだ？　きみが？　それを彼女が断った？」

　パトリックは急に笑い出したくなった。まったく、ブラッドンみたいな鈍いやつに、いつまでも腹を立てているのは不可能だ。彼は椅子に座り直した。

「ああ、そうだ。ぼくは翌朝一〇時にレディ・ソフィーの家を訪ねた。景気づけに少しだけブランデーを引っかけてね。そして、彼女の父親から求婚の許しを得た。だが、レディ・ソフィーから期待していたような返事は得られなかった」

ためらいを宿したソフィーの大きな瞳を思い出すと、パトリックの胸に奇妙な保護欲が押し寄せた。彼女は明らかに、パトリックが来るとは思っていなかったのだ。自分の評判がよくないことを思い知らされたものの、彼は気を取り直して訪問の意図を伝えた。ソフィーの答えはノーだった。なぜ断られたのか、ここで理由を議論する気にはなれない。

「信じられないな」ブラッドンは呆然《ぼうぜん》としていた。「ぼくが……ブラッドン・チャトウィンがフォークス兄弟のひとりから女性を奪ったというのか？　その、つまり、アラベラは別だけど。そうだ、思い出した」彼は急に頭をめぐらし、肘掛け椅子に座ってにやにやしているアレックスのほうを見た。「思い出したぞ。きみがイタリアから戻ってきたとき、ぼくはロンドンでいちばんの美女の話をしたんだ。結婚したいと思っていることも。そうしたらわずか二週間足らずで、きみはその女性と婚約していた。忘れたとは言わないだろうな？」

アレックスが声をあげて笑った。「それが今の妻だ」彼はうつむきながら皮肉まじりに言った。「すべてきみのおかげだよ、ブラッドン」

「ソフィーがきみを拒んで、ぼくを受け入れただって？」ブラッドンはパトリックに向き直って繰り返した。

パトリックはあきれてぐるりと目をまわした。うれしさのあまり、跳ねまわる気か？

アレックスが立ちあがった。

「諸君、非常に興味深い会話の途中で残念だが、失礼して家に帰らなければならない」

　パトリックはアレックスを見あげた。「妻の尻に敷かれているのか？」

　双子の兄は恥じる様子もなくほほえんだ。「あまり遅いとシャーロットが心配するんだ。セーラはまだときどき、夜中に目を覚まして乳を――」

「ううっ！」ブラッドンがさえぎる。「妻がみずから授乳するのを許すなんて、とても理解できないよ、アレックス。悪趣味だ」彼は下唇を突き出した。考え事をしているしるしだ。「マドレーヌにはそういうことをいっさい許可しないつもりだ。いい乳母《ウエット・ナース》を見つければすむ話なんだから。彼女を乳牛にはしたくない」

「ぼくの妻が乳牛だというほのめかしは、聞かなかったことにするよ」アレックスはつぶやき、パトリックと目を合わせた。「明日の晩餐会で会えるのかな？」

「もちろん、パトリックも行くよ」ブラッドンが割って入った。「ぼくの花婿付添人なんだ。婚約祝いの晩餐会にはぜひ出席してもらわないと」

　パトリックは肩をすくめた。

「行かないわけがないだろう？　兄さんの子牛たちにも会いたいし」

「ううっ」先ほどより強調して繰り返したブラッドンが、ふと警戒の表情を浮かべた。「まさかソフィーがきみの奥方に影響されて、自分で授乳するようになると思っていないだろうな、アレックス？　絶対にありえない。ぼくの家でそんなことを許すつもりはないぞ。悪趣味だ」

　アレックスが警告するように双子の弟を見た。

パトリックは背骨に穴があきそうなほど煮えたぎる怒りを感じていたものの、アレックスが発する無言の声を聞き取った。〝ソフィー・ヨークのことはおまえにはなんのかかわりもない。彼女についてブラッドンがどんな言い方をしようと、おまえには関係ないんだぞ〟

「ところで」刺繍を施したベストを引っぱりおろしながら、ブラッドンが快活に言った。「アラベラのところに立ち寄ってみたらどうだい、パトリック？　彼女は近ごろ、ドーセット・ガーデンのデューク劇場に出ているんだ。きっときみに会いたがると思うよ。ジュリエットを演じている。アラベラにうってつけの役だと思わないか？　もっとも、彼女はジュリエットと違って愛のためには死なないだろうが。関係を終わらせようと伝えたら、アラベラはぼくに手紙を送ってきたんだ。あなたはわたしのすべてだったとか喜びだったとか、至って冷静に無意味な戯言が書いてあったよ。そしてもう情熱を傾けてもらえないなら、せめて安心を与えてほしいと言ってきた。要するに、家をくれってことさ。とんだ女狐《めぎつね》だ」

パトリックは先頭に立って舞踏室を出た。

「それで、買ってやるのか？」彼は肩越しに尋ねた。

ブラッドンは返事をしなかった。パトリックは振り返り、からかうように言った。「きみはいいカモだな。そうだろう？」速度を落とし、友人と並んで歩く。「彼女が適当な家を見つけたら、ぼくに知らせてくれ。半額を負担しよう」人けのなくなった大理石の玄関広間に彼らのブーツの音が響いた。デューランド子爵夫妻はとうにベッドに入っていて、疲れた目をした執事がひとりで一行を見送った。

「それくらいの余裕はある」ブラッドンは身構えるように言った。

「ぼくが家を買ってきみに売ってもいいな」パトリックはのんびりと続けた。「アラベラが家を持つ手伝いをしてやりたいんだ」

パトリックを見るブラッドンの目には、ねたみではなく好奇心が浮かんでいた。

「きみがインドの太守並みの金持ちになって戻ってきたという噂は本当だったのか？」

パトリックは肩をすくめると、目にかかった髪をうしろに払いのけた。

「知ってのとおり、父はぼくをひとりで東方に行かせた。アレックスがいなければ、遊んだところでたいして面白くないからな。自然のなりゆきだろう」

確かにそうだった。機転がきいて物怖《ものお》じしない性分のパトリックは、匙《さじ》かげんの難しいインド流の駆け引きをして品物を買いつけることに、計り知れない喜びを感じた。

貿易ルートを考え、珍しい香辛料を見つけて、華奢な金の鳥かごや、爪が触れただけで破れてしまうほど繊細なシルクや、樽《たる》いっぱいの孔雀《くじゃく》の羽根を船倉に積みこむのが楽しかった。パトリックは大きなリスクを負い、それ以上の見返りを得た。おそらく現在のところ、イングランドでパトリックに匹敵する資産を持っているのは、彼の兄のほかに数人だけだろう。ブラッドンは次回のアスコット競馬に向けて馬の調教ができれば満足で、金儲けに対する熱意はそれほどないが、最近は彼のような紳士は少なくなってきている。

アレックスが手を振ってほかのふたりに別れを告げて、自分の馬車に乗りこんだ。デューク劇場の裏口を訪ねようというブラッドンの誘いを断ったパトリックは、そこで急に思い立ち、合図して御者を先に帰した。彼は誰もいない通りにたたずんで、自分の馬車が角を曲がるまで見送った。

小雨が降っていた。たまったごみと馬糞《ばふん》のにおいがあたりに漂っている。パトリックは外套《がいとう》を着こみ、敷石を踏みしめて通りを歩き始めた。しばらくすると脚の筋肉のこわばりがほぐれ、自分では気づいてもいなかった胸のつかえも消え、頭がすっきりしてきた。

以前にも広東の黄埔《ホワンプー》地区の路地を暑さのなか徘徊《はいかい》したり、バグダードで精巧なアーチの下を散策したり、チベットの山村の脇道《わきみち》を歩いたりしたことがあった。そんなふうにしてラサの細い裏通りをぶらついていたとき、パトリックは紅雀《べにすずめ》がいっせいに鳴くのを聞いた。彼はその黒と赤の小さな鳥をイングランドに輸入し、ロンドンで大流行させたのだ。

パトリックは普段からあまりよく眠れないたちで、そういうときは散歩することにしていた。すると、思いがけないアイディアが自然と頭に浮かんでくる。けれども今の彼は、考えるというよりむしろ、くよくよ思い悩んでいるだけだった。美しい曲線を描くソフィーの胸――あんな非常識なドレスを着て、世界中にさらけ出しているも同然じゃないか！――を思い出すだけで、股間《こかん》が張りつめるのを感じた。ソフィー・ヨークのことは忘れろ。自分にそう言い聞かせながら、パトリックは歩き続けた。

アラビア半島に滞在していたとき、彼には恋人がいた。なんという名前だっただろう？そうだ、パーリスだ。だがパーリスがある高官《パシャ》に見染められ、彼女も望んだために、パトリックとは別れることになった。その数時間後には、パーリスはパシャの名誉ある妻の地位を得ていた。二四番目か、それとも二五番目の妻だったかもしれない。数日間はパーリスの巧みな技と優雅な長い脚が恋しかったものの、パトリックは平気だった。

それが今はどうだ。あの娘には二、三度キスをしただけだぞ。冗談じゃない！　キスをする以前にもソフィーを腕に抱いたことがあったが、あれはぼくの義理の姉が向かいの部屋で死にかけているときだった。そんな状況にもかかわらず、パトリックは腕のなかのソフィーを強く意識した。ソフィーのほうは彼の存在にすら気づいていないとわかっていながら。ソフィーはシャーロットの死を嘆き悲しんでいた。実際には、シャーロットは亡くなっていなかったのだが。

パトリックは機が熟すまで待つことにした。シャーロットの赤ん坊が無事に生まれた翌日、ソフィーは家族のもとへ帰っていった。女性を自分のものにするにはどうすればいいか熟知していた彼は、わざと追いかけなかった。一一月の終わりになって、貴族たちがロンドンへ戻り始めるまで待ったのだ。

ところが、いざパトリックが眠れる美女を目覚めさせ、顔を紅潮させながら体を押しつけて無言で懇願する女性に変貌《へんぼう》させたとたん、ソフィーは彼を拒んだ。確かに本気で結婚したいと思っていたわけではないが、状況を考えれば……。

パトリックが結婚の申しこみをしてから数週間がたっていた。あれ以来、ほかの女性とは関係を持っていない。ソフィーの体が頭から離れなかった。欲求不満のせいに違いない。単純に、性的な欲求不満だ。まともな知能の持ち主なら、デューク劇場へ行ってアラベラを訪ね、昔のよしみでベッドに招いてくれないかどうか確かめるべきだろう。

ところがパトリックの足は言うことを聞いてくれなかった。体じゅうの血管を脈打たせる獰猛《どうもう》な欲求を無視して、家へ向かってまっすぐ歩いていく。ソフィーをブラッドンと結婚させたくない。脳裏に浮かぶ光景に、パトリックは思わず目を細めた。ブラッドンが刺繡入りのベストを几帳面《きちょうめん》に脱ぎ、務めを果たす準備をしている――跡継ぎを得るという目的のためだけに。

跡取り息子ができたら、そのあとソフィーはどうなるのだろう？　浅はかでうんざりする社交界の既婚女性のひとりになって、上流社会のなかで愛人を作るのだろうか？　あるいはもっと悪いことに、庭師とでも寝るのか？

いつのまにか、パトリックは家にたどり着いていた。今夜ばかりは、いくら歩いても魔法のような効果は得られなかった。心臓が激しく打ち、無意識に両手を強く握りしめていた。婚約祝いの晩餐会か。パトリックはのろのろと階段をあがった。ようやく主《あるじ》が帰宅して務めから解放された執事が、使用人の居住区にあるベッドへと急ぎ足で向かう。パトリックはその姿に注意を払いもせず、ぼんやりと寝室に入ると、片手を振って眠そうな目の側仕えをさがらせた。

シャーロットがソフィーのために開く晩餐会だ。

彼女と話をしよう、とパトリックは思った。話をするだけだぞ。だが彼は、なだらかな弧を描く彼女の胸の頂に親指で触れたくてたまらなかった。ソフィーを硬い体に引き寄せ、彼とつながるためだけに作られた、しなやかで柔らかな曲線の感触に酔いしれたかった。ソフィーと話そう。パトリックは決意した。彼女と話をする。それだけだ。

その夜ブレクスビー卿は、すっかり自己満足に浸りつつベッドに入った。横になり、ナイトキャップでぴったり覆った頭のうしろに両手を置く。

「だから言っただろう。ときどき、自分でも天才じゃないかと思うことがあるよ。本当だ」

彼は眠たげな妻に言った。

それに対して、レディ・ブレクスビーはなんの異論も唱えなかった。実際のところ、つぶやき声が聞こえてきただけだ。ブレクスビーはしかたがなく、気持ちを切り替えて眠ることにした。

彼はルビーで飾った笏の夢を見た。レディ・ブレクスビーが見たのはバラの夢だ。

パトリックは公爵のしるしである大きな記章を身につけて、ソフィーとダンスを踊る夢を見た。ソフィーは未来の夫のブラッドン・チャトウィンにキスをしようとする夢を見た。ところが突然、ブラッドンが垂れ耳の兎に姿を変えてぴょんぴょん跳ねていってしまい、彼女は少しほっとした。

その夜、アレックスだけは夢を見なかった。歯が生えかけている赤ん坊のセーラが、ひと晩の半分は泣き声をあげていたのだ。

「少なくとも健康な肺を持っているのだから、喜ぶべきよね」午前三時、彼の妻は眠そうに言った。アレックスはため息をつくと、妻に背を向けて子供部屋へ向かった。シェフィールド・ダウンズ伯爵が、寝間着を濡《ぬ》らして泣き叫ぶ腕のなかの赤ん坊から逃れて、弟とともにオスマン帝国へ出帆する自分を夢想したとして、誰も彼を責められはしないだろう。

5

入浴を終え、ドレスを着て髪を整え、婚約祝いの晩餐会へ向かうため馬車に乗りこむと、ソフィーの胸に幸福感が押し寄せた。やっとひとりになれた。彼女はシャーロットとおしゃべりできるように、晩餐の一時間前にシェフィールド・ハウスを訪ねることになっていた。ソフィーはくつろいで、サーモンピンクのヴェルヴェットで覆われた座席にもたれかかった。

彼女の母の侯爵夫人は、いつも前のめり気味に座る。まるで鋼の棒でも入っているかのように背筋をこわばらせ、馬車の内側に取りつけられた革ひもをつかむのだ。わたしは背中を曲げて自然に座ろう、とソフィーは心に決めた。

今日の彼女は向こう見ずで、どこか気分が高揚していた。ちくちくする神経が胸を躍らせる。目がくらむほどのこの幸せは、晩餐会にパトリック・フォークスが来るという、ささやかな事実のせいだった。もうすぐ彼に会える。もしかすると食事のあとで、堅苦しくないダンスが行われるかもしれない。そうだといいのに。ことによると、いいえ、きっとパトリックの腕に抱かれるに違いないわ。可能性はある。シャーロットはダンスが大好きだもの。それに彼女は、わたしとパトリックの将来にかなり関心があるみたいだ。もちろん、パトリックとわたしに将来なんてあるはずがないけれど、とソフィーは急いで自分に言い聞かせた。

馬車はガタガタと音をたてて進んだ。丸みを帯びた敷石の上で車輪をきしらせ、速度を落とさないまま勢いよく角を曲がる。ソフィーは慌てて革ひもをつかんだが、それでも大きく揺さぶられ、詰め物をした壁に体をぶつけた。小柄だと、こういうときがつらい。男性たちがするように、隅に身を寄せて踏ん張ることができなかった。アンドレがまたスピードをあげすぎているらしい。御者だけでなく、急使の務めも担っているつもりだろうか。彼は空を切って戻る鞭《むち》を手でつかむという華麗な芸当まで披露してみせた。

馬たちが速歩《トロット》になり、馬車の音や揺れが普段どおりに戻った。ソフィーは片足を前に突き出して、履いている靴をじっと眺めた。今日は褐色がかった金色のドレスを着ている。手持ちの衣装のなかで、いちばん白に近いのがこのドレスだった。彼女は絶対に白を着ない。白いドレスは母の好みだった。ロンドンにいる、ソフィー以外のほとんどすべての未婚の娘が好む色。無垢《むく》と婚約と処女性を表す色だ。彼女は憤慨して足をおろした。

金色は無垢を象徴する色じゃないわ。先週、わたしが見たお芝居の題名はなんだったかしら？『本物のエロス《エロス・アンダウテッド》』？違う気がする。『敗れたキューピッド《キューピット・ディフィーテッド》』？いいえ、キューピッドではなくてエロスだった。キューピッドは愛の神だけど、エロスは欲望の神だ。いずれにしても、芝居のなかのエロスは淡い金色の外衣《トーガ》に身を包み、人々に金色の矢を放ちながら舞台を駆けまわっていた。芝居そのものはひどい内容で、敬虔《けいけん》な若い女性がエロスのせいで悪党に恋をしてしまう悲劇だった。最終的にその女性は――ソフィーに言わせれば著しく説得力に欠ける理由で——橋から身を投げてしまった。

　今のわたしに必要なのはそれかもしれない。わたしのドレスとお揃いの服を着た小さな神さまが、パトリック・フォークスの背中に太い矢を突き刺してくれないかしら？　もっとも、芝居のなかでエロスはそのとおりのことを悪党にして、その結果ヒロインは小さな子供を抱えたまま彼に捨てられたのだが。

　ソフィーの赤い唇の端が小さく持ちあがった。パトリックのわたしへの欲望が不足する心配はほとんどなさそうだわ。ふたりが会った瞬間に色濃くなる彼の目を見ればわかる。だからわたしに必要なのは、エロスではなくてキューピッドのほうだ……そうよ、汚れのない白い寝間着を着たキューピッドに、その矢でパトリックを射てもらわないと。人生にはひとつ確かなことがある。放蕩者は決して恋に落ちたりしない。とりわけ、自分の妻とは。万が一恋することがあっても、長くは続かないだろう。

　そう考えると、ソフィーの心は落ち着いた。彼女は深呼吸をした。パトリック・フォークスがわたしと恋に落ちるかもしれないという夢は、まさにただの夢だ。彼がわたしに求めているのは結婚ではない。確かに今夜、わたしはパトリックと顔を合わせるだろう。けれども、それは別の男性との婚約を祝う晩餐会においてだ。

　そうとわかっていても……ソフィーは胸が躍るのを止められなかった。背中を流れ落ちる巻き毛のひと房までもが、ふわりとしてつややかで、彼に触れてもらうのを待ち構えているかに感じられる。

そのときアンドレが手綱を引き、馬車はシェフィールド・ハウスの前で大きな音をたてて停《と》まった。一列に並んだ馬たちは後ろ足で立ちあがり、馬具の音を派手に響かせながらふたたび地面におり立つと、不機嫌そうに足を踏み鳴らした。

「だんなさまにはこんな馬の扱いを見せないほうがいいぞ、アンドレ」従僕のひとりが生意気な口調で言った。彼は高い位置にある座席から飛びおりると、すばやく側面にまわって馬車の扉を開けた。お嬢さまなら乱暴な運転にも文句を言わないだろうと誰もが承知していたものの、気が変わってひどく怒り出す可能性がないとは言いきれない。

実を言うと、ソフィーは少々ぐったりしていた。初めに座席の角に肩をぶつけ、馬車が急停車した際には体が前に投げ出されて、中央の床に両膝をついてしまったのだ。

「フィリップ」手を借りて馬車の外へ出ながら、彼女は従僕に声をかけた。「アンドレに伝えてもらえる？　料理人がバターを作るときに使うクリームの桶《おけ》に入って、なかで撹拌《かくはん》されている気分だったわ」

思わずにやりとしたフィリップは、うつむいて笑みを隠した。「承知しました、お嬢さま。伝えておきます」その声はクラヴァットにさえぎられてくぐもっていた。

ソフィーはシェフィールド・ハウスへ続く大理石の階段を軽やかな足取りであがると、ドアを開けて待っていた恰幅《かっぷく》のいい執事にほほえみかけた。

「調子はいかが、マクドゥーガル？」

「レディ・ソフィー、今夜はとくにお美しくていらっしゃいます」ドアを押し戻しながらマクドゥーガルが言った。ソフィーはヴェルヴェットの外套を彼に渡した。問いかけるように眉をあげた彼女に、マクドゥーガルが片目をつぶる。

「伯爵夫人はご自分のお部屋にいらっしゃるはずですよ」

大理石の大階段をあがり、角を曲がってシェフィールド・ハウスの階上へと向かうソフィーを、マクドゥーガルは姿が見えなくなるまで見送った。ひとりでに笑みが浮かぶ。レディ・ソフィーは魅力的なお嬢さんだ。蜜蜂《みつばち》のように小さく、妖精《ようせい》のように軽やかなのに、その笑顔は冷たい月すら温められそうだ。

ソフィーが主寝室に入ると、化粧台の前に座っていたシャーロットが振り返り、顔を輝かせた。

「ソフィー！　早く来てくれてうれしいわ」

「いいの、そのまま座っていて」ソフィーはすばやくかがんでシャーロットの頬にキスをした。「マリーはとても複雑な髪型にするつもりみたいね」シャーロットのメイドは女主人の髪を梳《す》いているところだった。これから髪を編み、サテンのリボンと花を使って手のこんだ髪型を作り出す準備をしているのだ。

「こんばんは《ボンソワール》、マリー」

「まあ《モン・デュー》！」マリーが甲高い叫びで応えた。「そのドレスを見てくださいな！」

ソフィーは言われたとおりに自分のドレスを見おろした。案の定、馬車の床に投げ出されたせいで、ドレスの前の部分に皺が寄っていた。

マリーが急いで部屋を横切り、呼び鈴のひもを引いた。「レディ・ソフィー、今すぐ人を呼んでなんとかさせますから。どうぞ、ドレスをお脱ぎください」彼女は優雅な化粧着《ペニョワール》を引ったくった。「ドレスにアイロンをかけ終わるまでは、こちらをお召しください」

「シュミーズを湿らせて、体にぴったり張りつくようにしたいの。忘れないでおいてね、マリー」ソフィーはいたずらっぽく言った。

「もちろんですとも《メ・ウィ》、お嬢さま。当然ですわ《ナチュラルモン》」マリーは小声で言うと、戸口に現れたメイドに慎重な手つきでソフィーのドレスを渡した。ペニョワールにくるまったソフィーは両袖《りょうそで》をたくしあげた。

「女の子たちはどうしているの、シャーロット？」

「ふたりとも元気よ。ただピッパは目下のところ、みんなを命令に従わせるのに夢中になっているの。まるで小さな暴君よ」

「以前からその素質はあったじゃないの」ソフィーは笑い声をあげた。「次から次へとナニーを追い出していたのを覚えているでしょう？　まだ一歳だったのに。今はいくつになるの？　二歳？　それとも三歳かしら？　一六歳になったらどうなることか」

「そのとおりね」シャーロットが悲しげに認めた。

「ねえ、これを見て、シャーロット。わたしと比べたら、あなたは正真正銘の巨人よ！」ペニョワールのレースの袖はつるつるしていて、いくら押しあげてもすぐに手のところまでさがってきた。

シャーロットはソフィーに向かって鏡越しに顔をしかめた。

「あなたと並んで歩くと、本当に巨人のような気分になるわ」

「おかしなことを言わないで！　あなたがプリンセスで、わたしはお供の小姓にしか見えないのに」ソフィーは生意気な口調で言い、淡い青の瞳を愉快そうにきらめかせた。

「やったわ！」シャーロットが叫んだ。「いつものあなたが戻ってきたわね」

ソフィーは眉根を寄せた。「どういう意味？」

「また幸せそうに見えるという意味よ」シャーロットが答える。「この数週間はずっと元気のない顔をしていたから……」

「蠟燭の炎で焼かれる蛾《が》みたいな？」

「わたしならそういうたとえは選ばないわ」シャーロットは言った。「難しい決断を下したけれど、本当にそれでいいのかどうか悩んでいる人のような顔よ」

「遠慮なく言うのね」ソフィーは鏡越しにシャーロットと目を合わせた。

シャーロットがスツールの上で体をひねった。その拍子にマリーはヘアピンを床に落としてしまい、非難の声をあげた。けれどもシャーロットは意に介さなかった。

「本当にそれでいいの、ソフィー？　絶対に？」

ソフィーはたじろがず、シャーロットの目をまっすぐに見てうなずいた。

「だけど……」シャーロットの声が小さくなって途切れた。「もちろん、ブラッドンはいい人だわ。でも、決して――」

「ハンサムとは言えない？　面白みがない？　知的じゃない？」ソフィーは口もとを皮肉っぽくゆがめて肩をすくめた。

「どうして彼と結婚できるのよ！」シャーロットが声を強める。「ハンサムで知的な人と結婚するほうがどれほどいいか、あなただってわかっているでしょう？」

「あなたの義理の弟とは結婚したくないの、シャーロット」ソフィーは我慢強く言った。「なにが自分にとって最適かは、自分で判断させてほしいわ。わたしは放蕩者とは結婚したくない」

「だけど、ブラッドンも放蕩者じゃないの」シャーロットは引きさがらなかった。「はっきり覚えているわ。弁護士ひとりが扱う訴訟の数より、彼が面倒を見ている女性の数のほうが多いと教えてくれたのはあなたよ」

ソフィーは面白そうに瞳を輝かせた。「ブラッドンが放蕩者だろうが、そうでなかろうが、問題はそこじゃないわ。わたしは彼が好きなんですもの。ブラッドンは信頼できるの。確かに深い感情を理解できる人ではないけれど、愛人たちとの関係を表に出さないように配慮してくれるはずよ。本人が請け合ってくれたわ」

「ちょっと待って。ブラッドンと愛人の問題を話し合ったの？」シャーロットは驚くと同時に、興味をかきたてられたらしい。

「彼のほうからその話を持ち出してきたの。本当のことを言えば、少し驚いたわ」不安が声に出ないように、ソフィーは懸命に努力した。「わたしたちがしようとしているのは、そういう種類の結婚なのよ、シャーロット。穏やかで、理性的で、友だち同士みたいな関係。わたしは平穏な結婚生活を送りたいの。あなたはそんな関係を望んでいないから、アレックスと一緒になって幸せなのよ。だけどわたしは、お互いへの情熱で目がくらんだりしない結婚がいいわ。アレックスがあなたにどんな態度を取ったか、覚えているでしょう?」彼女はためらいながらも続けた。「スコットランドへ旅をせざるをえなかったときのことよ」

「気をつかって言葉を選ばなくてもいいわ」シャーロットは眉をひそめた。「アレックスのふるまいは悪魔のようにひどかった。本当のことだわ。でも、わたしたちはうまくいったの。今では……」彼女は鏡に映る自分の姿に目をやった。髪の半分は耳にかかったままだが、もう半分はきれいに編まれて頭部を飾っている。マリーが忙しく手を動かして、髪に深紅のリボンをくぐらせていた。編みあがったら、ほかの房と同様にたくしこんでまとめるのだ。夫のことを考えるだけで、シャーロットの頬はリボンと同じ色合いに染まった。

「あなたが言いたいことは理解できるわ」ソフィーの声は、冷静なようにも、落胆しているようにも聞こえた。「だけどわたしの場合、大恋愛《グラン・アムール》はうまくいかないのよ、シャーロット。わかっているの。あなたは自分が手に入れたのと同じ幸せを、わたしも見つけられるよう願ってくれているのよね。だけど、人によって幸せの感じ方は違うものなの。あなたが愛するアレックスみたいに、わたしも激しく愛する人と結婚したら、きっと喜びより不安のほうが勝ってしまうわ。あなたのご両親は幸せな夫婦だけど、わたしの両親はそうじゃない」

反論しようと口を開いたシャーロットを無視して、ソフィーは急いで続けた。

「あなたのご両親の結婚生活の内情を詮索《せんさく》するつもりはもちろんないのよ。ただ、わたしの両親のことは広く知れ渡っているでしょう？　イニシャルだろうと仮名だろうと、『モーニング・ポスト』に父が一度も載らなかった月は珍しいわ。母は七〇歳以下のフランス人女性を雇いたがらない。あなたのお母さまが嫁いでからこれまでに雇った使用人の数より、わが家で手当を渡して辞めさせた使用人の数のほうが多いかもしれないわ」

シャーロットはため息をついた。ソフィーの理論には隙《すき》がない。ばかばかしい戯言なのは間違いないのに。

「ブラッドンと結婚するかパトリックと結婚するかの問題に、ご両親が関係してくるとは思えないわ」

「わたしはブラッドンが好きなの」ソフィーは言い張った。「彼を情熱的に愛することは絶対にないでしょうね。それはつまり、ブラッドンの関心が愛人にばかり向いても、わたしは母みたいに辛辣な女性にならなくてすむということよ。だけど相手がパトリックなら……なにもかもが違ってくるわ」

「パトリックが今夜来るのは知っているわよね？」

ソフィーははじかれたように顔をあげた。それまでは淡い金色の靴を履いた足を落ち着きなくぶらぶらさせて、シャーロットのベッドカバーの房飾りをつついていたのだ。

「ええ」

シャーロットはソフィーの瞳の奥に、困惑と陰鬱な疑問がのぞいているのに気づいた。いくら平気なふりを装っていても、そのせいでほほえみが揺らいでいる。ソフィーが口でなにを言おうと関係ないのかもしれない。それほどには。今夜ソフィーとパトリックをふたりきりにできれば、もしかすると……。

ドアにノックの音が響き、ソフィーの金色のドレスを持ったメイドが急ぎ足で部屋に入ってきた。まるで異教の女神の祭壇に捧《ささ》げる布であるかのように、伸ばした両腕にそっとドレスをかけている。

「まあ、ベス」マリーがたしなめた。屋敷の使用人のなかで高い地位にいる彼女には、下級メイドを自由に叱《しか》る権利があった。レディづきのメイドの身分は伯爵の側仕えのすぐ下に位置し、側仕えの上には執事しかいない。「レディづきのメイドになりたいのなら、もっと優雅にふるまうことを学ばないと。もう階下《した》へさがりなさい。さあ、行って」

ベスはつまずきながら部屋を出たが、ドアはなんとかきちんと閉めた。

「さて、レディ・ソフィー」

ソフィーは近づいてくるマリーを見て腰をあげた。マリーはまず、透けるほど薄いシュミーズを湿らせ、上質のローン地をソフィーの脚にまとわせた。それが終わると、髪が乱れないように気をつけつつ、頭からドレスをかぶせた。

衣《きぬ》ずれの音をさせながらそっと肩をなでていくドレスは、オレンジの花の香りと、熱いアイロンのにおいがほのかにした。足もとまで落ちていく勢いで風が起こり、シルクの布地がひらひらと揺れた。

「できましたよ」ドレスの背中のボタンを留め終えて、マリーが満足げに言った。「少しお時間をいただけたら、奥さまの髪型に最後の仕上げをして、そのあとお嬢さまの髪を巻き直してさしあげますね」

「すてきなドレスだわ」こぼれた巻き毛をマリーにピンで留めてもらいながら、シャーロットがソフィーに言った。

「ありがとう。マダム・カレームのところから届けてもらったの」

頭に巻きつけたシャーロットの髪に、マリーが容赦なくピンを刺していった。ようやく髪が仕上がって体を起こすと、頭はシャーロットが予想した以上に重く感じられた。彼女は部屋を横切ってスツールの前に立った。すでに移動してそこによじのぼっているマリーに、深紅の夜会服を頭からかぶせてもらうためだ。背が高くて不便なのは、メイドがスツールに乗らないと、ドレスを着せてもらうこともボタンを外してもらうこともできない点だった。

そのとき、ドアを軽くノックする音が聞こえた。急いで駆けていったマリーはなにごとか話し、相手の目の前ですばやくドアを閉めた。

「キーティングでした、奥さま。ヘプルワースご夫妻が到着されたそうです」

シャーロットが差し伸べた手首に、マリーがルビーの連なった細身のブレスレットを留める。ソフィーは興味を引かれて近づいた。

「なんてきれいなブレスレットなの、シャーロット」赤紫色の光を放つルビーがシャーロットのドレスをいっそう輝かせ、彼女の黒髪を際立たせていた。

「妻を溺愛《できあい》する夫からの誕生日の贈り物なの」シャーロットがいたずらっぽく言った。「わたしたちの穏やかな暮らしを祝って」

「どうせあなたにおまるを投げつけられて、もう一度寝室に入れてもらおうと彼が策略をめぐらしたんじゃないの?」ソフィーはからかった。

シャーロットが鼻に皺を寄せて言った。

「そろそろ階下《した》へおりて、集まった男性たちを興奮させてやりましょう。ひとり残らずよ」

ソフィーは鏡で自分の姿を確かめた。ちっぽけなボディスをわざと引きさげ、つややかな金色の生地から胸の先端がのぞきそうになるくらいにドレスを整え直す。

シャーロットがくすくす笑った。

「それ以上人目を引きつけたら大変なことになるわ、ソフィー」

「あら、そうかしら」ソフィーの目はわくわくする気持ちを映して輝いていた。「晩餐会に出席する男性たちの興味を少しかきたてたところで、どこがいけないのかわからないわ。だめなの? わたしは婚約しただけよ。死んだわけじゃないわ」

「まあ、ソフィー! あなたって、ときどきフランス人そのものになるわね」

「夜はフランス人でいるのが好きなの」ソフィーは言い返した。「昼間はイングランド人でいいわ。とくに乗馬をしているときは。でも六時を過ぎたらフランス人らしいドレスを着て、フランス人らしいものの考え方をするのよ」

ふたりで廊下を歩きながら、シャーロットはソフィーが言ったことを考えてみた。

「結婚したあとはどこまでフランス人らしくするつもり？」

ソフィーが笑みを含んだまなざしを友人に投げかけた。

「わたしが夫に誠実でいるかどうか知りたいの、シャーロット？」

「ええ」

「そのつもりよ」ソフィーが答えた。「だって誰かと密通するなんて、面倒が多すぎるわ。当然ながら戯れはするし、もちろん男友だちも持つけれど。既婚女性は崇拝者を従えていないと。だけど、わたしの寝室に入ることは許さないわ。あたり前でしょう？」彼女は小さく肩をすくめた。

そのしぐさがフランス人なのよ、とシャーロットは思った。だがソフィーに寝室での歓《よろこ》びについての知識がない点は、典型的なイングランド人の娘らしいと言える。シャーロットは口もとがほころぶのをこらえきれなかった。パトリックが双子の兄と、すなわちシャーロットの夫のアレックスと少しでも似ているなら、ブラッドンの指輪を指にはめることでなにをあきらめようとしているのか、ソフィーにはっきりわからせることができるに違いない。

ふたりは並んで大理石の階段をおりた。シャーロットは先に立ち、晩餐会の客たちが集まり始めている〈黄色の間〉へ向かった。

「すてき」行き先に気づいたソフィーがささやいた。「この部屋なら、わたしのドレスを完璧に引き立ててくれるわ」

シャーロットはあきれて友人に目をやった。〈黄色の間〉はカーテンと椅子の詰め物が淡い琥珀色《こはくいろ》で、それよりわずかに濃い色の精巧なアキスミンスター絨毯が敷いてある。だが、確かにソフィーの言うとおりだった。部屋に入ったとたん、茶色がかったサフランの色合いが、ソフィーの光沢のある淡い金色のドレスをますます輝かせた。

パトリックはまだ来ていない。彼に関して、ソフィーは第六感が働くようになっていた。あたりを見まわさなくても、パトリックが部屋にいるかどうかがわかるのだ。

ブラッドンが慌ただしく近づいてきた。ソフィーは歩みを止め、膝を折ってお辞儀をした。ブラッドンも笑顔で会釈する。体を起こした彼は無意識にベストの裾を引っぱり、突き出たおなかの上にかぶせた。ソフィーは礼儀正しく視線をさげて、ブラッドンを見ないようにした。

彼は次にシャーロットに会釈してから、もったいぶってソフィーの手を取った。今夜、未来の花嫁を正式に家族に紹介するのだ。これから取るべき行動の順番を、ブラッドンは慎重に考えてあった。

「まずはぼくの母だ」ソフィーを客間の反対側へ導きながら、ブラッドンは小声で言った。「それから姉たちで、最後がぼくの名づけ親だ。彼女はひどく不愉快な態度を取ることがあるんだが、公爵夫人だし……」

ブラッドンの一族は社交界では有名で、思いやりのある優しい人々でさえ、彼らを〝扱いにくい〟と評した。たいていの紳士たちはもっとはっきりと、スラスロウ伯爵未亡人を〝地獄のがみがみ女〟と呼んでいる。けれどもソフィーは、母親から二〇年近くも容赦のない言葉を浴びせられながらも耐え抜いてきたのだ。どれほど失礼なことを言われようとも、決して取り乱さない自信があった。

ブラッドンが母親の前で足を止めた。爪先に軽く重心をのせて立っているのは、必要となればすぐにでも部屋の向こうへ逃げるためだろうか。手ごわいと評判の女性にしては、スラスロウ伯爵未亡人は驚くほど若く見えた。一見すると顔には皺がないように思えるが、ソフィーがすばやく計算したところ、少なくとも五〇歳は超えているはずだった。

ソフィーは従順に頭をさげ、膝を深く曲げてお辞儀をした。

伯爵未亡人が立ちあがった。「レディ・ソフィー」シロップのように甘ったるい声が、部屋の隅々にまではっきり届いた。「哀れな息子を独身の苦しみから救い出してくださって、あなたにはどれほど感謝しているか」彼女はドラゴンの目のように鋭い視線を、早くもたじろぎを見せている息子に向けた。「これまでに三人以上の女性から断られているのをご存じ？　あの方たちはなにを考えていたのかしらね？　とっても若いお嬢さんたちだったの。ブラッドンの光り輝く美徳は、もっと年を取った目でないと理解できないに違いないわ」

なかなかやるわね、とソフィーは感心した。たった一撃で、ブラッドンをだめな男に、わたしを年老いて絶望的ないき遅れにしてしまったわ。

「おっしゃるとおりですわね」ソフィーはつぶやいた。ブラッドンの母親と剣を交えることだけはしたくない。

「それで、あなたのお母さまはいかがお過ごしかしら？」質問には毒を含んだ笑みが添えられていた。

「おかげさまで、元気にしていますわ。もうすぐこちらへ到着するはずです」

「お気の毒に」伯爵未亡人が親切そうに言った。「彼女が抱えている苦しみは、わたしたちみんなが承知していますよ。あなたのお父さまは……まあまあ、それについてはあえて言いませんけれど！」

ソフィーは唇を噛みながらうつむいた。

「姉たちにきみを紹介しなければ」ブラッドンが会話に割って入った。「では、失礼します」

彼はソフィーを引っぱって、部屋の反対側へ急ごうとした。

けれどもソフィーはゆっくりと歩いた。ブラッドンの姉たちに会う前に、落ち着きを取り戻しておく必要があった。

「母は我慢できないんだ」ブラッドンが陰気な声で言った。「心に浮かんだことをなんでもすぐ口にせずにはいられなくて――」

「そしてお母さまの心に浮かぶのは、不快なことばかりなのね」ソフィーは締めくくった。

「ああ」ブラッドンは認め、ぎこちない手つきで彼女の腕を軽く叩《たた》いた。「だからといって、きみとの結婚を喜んでいないわけじゃないんだ。そう、母は喜んでいるよ。先週はずっと、まさかぼくがこれほどうまくやるとは思ってもみなかったと、それこそ何百回も聞かされたんだから。母はただ、自分がなにを言っているのか気づいていないんだよ。あるいは、発言が及ぼす影響を理解していないかだ。それから、ぼくは三人以上の女性に断られてはいない」彼はいくぶん憤慨して言った。「ふたりだけだ。そのあと、きみが申しこみを受けてくれた」

ブラッドンの混乱した話しぶりに、ソフィーは思わず笑みをもらした。「わたしの母もあまり寛容ではないの」それでもあのドラゴンとは比べものにならないけれど、と心のなかでつけ加える。

ソフィーがブラッドンの二番目の姉にお辞儀をしていたとき、パトリックが到着したのを感じた。ドアの近くに立っていた三人の若い女性たちの集団から、突然笑い声があがった。ソフィーは背筋をこわばらせた。絶対に振り向くものですか。彼女は目の前のそばかす顔の女性に、にこやかに笑いかけた。マーガレットは髪をなでつけてシニョンらしきものを作ろうとしたらしいが、耳のまわりにほつれ毛がこぼれ、かなりだらしない髪型に見えた。

「レディ・ソフィー」まるで威嚇するように鋭い声でマーガレットが言った。「わたしたちの家長である弟のために、何人くらい子供を産むおつもりかしら？」

ソフィーは驚いてあとずさりした。

「あの、わかりませんわ」彼女はすばやく頭を回転させてつけ足した。「それは神さまのご意志にお任せするほかありませんもの」

ソフィーの意見に賛成なのか、マーガレットが目を輝かせた。「子供は神が与えてくださる最高の贈り物よ、レディ・ソフィー。一族の長として、スラスロウ伯爵は少なくとも五人、できれば六人は子をもうけなければならないわ。備えておくに越したことはないから」彼女は少しうしろにさがった。「今までにもあなたが踊るところを見たことはあったけれど、こんなふうに明るい場所でちゃんと見るのは初めてだわ」ソフィーの腰のあたりをうかがって言う。ソフィーは首をめぐらして、問いかけるように婚約者を見あげた。しかし、ブラッドンは彼女と目を合わせようとしなかった。

「ヒップは大きそうね」マーガレットがきびきびとした口調で言った。「もちろんあなたは、できるだけ早く子供を作り始める必要があるわ。お母さまにはなにか障害がおありなの？　ひとりしか子供を産まなかったみたいだけど。それともあなたには亡くなったきょうだいがいるのかしら？」彼女は答えを期待するように言葉を切った。

「わたしの知るかぎりではいません」

マーガレットが唇をすぼめた。「うまくいくように願うしかないわね」一瞬厳しい表情が顔をよぎる。「あなたのお父さまが亡くなったら、爵位は廃れてしまうわ、レディ・ソフィー。あなたならこの問題の重要性に気づくはずよ」

「実は爵位はわたしのいとこが受け継ぐことになっているんです」ソフィーは答えなければならない気分になった。

マーガレットが口をゆがめる。「いとこと息子は別物だわ、レディ・ソフィー。あなたのお父さまはきっと、爵位がなくなるとお感じになるはずよ」

お父さまは爵位のことなんてほとんど考えていないわ、とソフィーは思った。本気で息子が欲しければ、結婚して最初の二カ月が過ぎたあとも、お母さまのベッドを訪ねたに違いないもの。お母さまの側から聞いた話だけれど。

マーガレットが続けた。「大切なのは、できるかぎり早く始めることよ。なんといっても、あなたはもう若くないのだから。年を取れば取るほど、出産は楽ではなくなるわ」

ソフィーは怒りが背筋をのぼってじわじわとこみあげてくるのを感じた。「わたしはまだ二〇歳にもなっていませんわ」彼女はこわばった口調で言った。「伯爵には八人か九人の赤ちゃんを差しあげられると信じています」鼻につく笑みをわざとブラッドンに向ける。

「すばらしい心がけだわ」弟の未来の妻が思っていたより使えそうだとわかり、マーガレットは少しほっとしたようだ。「わたし自身、結婚してたった九カ月で夫に最初の子供を与えたのよ。それから続けて七人、ほとんど毎年のように産んだことがわたしの誇りなの」

「まあ」ソフィーは弱々しく言った。

そこへ、面白がるような低い声が割りこんできた。「レディ・ソフィーが手本とするのに、あなた以上の人はいないでしょう、ミセス・ウィンドキャッスル。ここにいるブラッドンにとってレディ・ソフィーは、もっとも繁殖力のあるパートナーになるに違いありません」

ブラッドンが古くからの友人にとがめる視線を向けた。

「わかった、わかった」パトリックの目がいたずらな輝きを放つ。「お許しください。確かに〝繁殖力〟という表現だと、厩舎を想像させてよくなかったかもしれません」

「とんでもない」マーガレット・ウィンドキャッスルは、なにより重要視している話題を打ちきりたくないらしかった。「女性ばかりで集まったときに、みなさんが子供の話をしない理由がわからないの。上流社会には、子供のことを考えるとひるんでしまう女性たちがあまりにも多いわ。その結果は？　夫の血筋が絶えてしまう。爵位が受け継がれなくなるのよ」彼女は声を落として芝居じみた口調で言った。「この世にスラスロウ伯爵が存在しなくなるなんて！」

パトリックが蜜のように甘い声で応えた。

「子供を持つことに関して、レディ・ソフィーはまったく反対の意見をお持ちかもしれませんよ。未来のスラスロウ伯爵にとっては災難だ」

ブラッドンがまたベストを引っぱってちらりと視線を送ってくるので、ソフィーは笑いそうになるのを我慢しなければならなかった。

「そろそろ名づけ親のところへ行ったほうがよさそうだ」

マーガレットが満面に笑みを浮かべた。「ところがレディ・ソフィーはたった今、八人か九人の子供を持つつもりだと宣言したばかりなのよ」

「八人か九人？」パトリックの声のからかうような響きに、ソフィーは彼と目を合わせざるをえなくなった。「なんてことだ。危うくレディ・ソフィーのことを、ただ着飾っているだけの社交界のレディにすぎないと考えるところでしたよ」

意に反して、ソフィーの口の端が持ちあがった。「とんでもない」彼女はマーガレットの言葉を繰り返した。「つねづね子供は一〇人欲しいと思っていたの。切りのいい数字でしょう？　でもわたしみたいに高齢では、それより少ない数でよしとするべきかもしれないと気づいたわ」

「すばらしい」パトリックが感嘆した。「老いることを恐れない女性は実に好ましい。そうだろう、ブラッドン？」

ブラッドンは恐怖に駆られて、呆然と未来の花嫁を見つめた。本当に一〇人と言ったのか？　もしかするとぼくは、姉のような繁殖用の牝馬《ひんば》みたいな女性とうっかり結婚の約束をしてしまったのだろうか？

「年を取るのが楽しみですわ」ソフィーは甘い声で言った。「男性に注目されるのは……もううんざりですの。そうお思いになりません、マーガレット？　マーガレットとお呼びしてもいいでしょう？　わたしたちは姉妹になるんですもの」

マーガレットがほほえんだ。「もちろんよ、ソフィー」

「男性はひどくつまらなくなることがありますわ」ソフィーは続けた。「懇願したり、泣きついたりするときには」

パトリックの奔放な瞳が彼女をとらえた。「懇願したり、泣きついたり？」

「そのとおりよ」ソフィーは断言した。「懇願して、それから泣きつくの」

ブラッドンが息を詰まらせた。「名づけ親のところへ行かないと」彼は早口で言うと、ソフィーの手を取って自分の腕にかけた。「失礼するよ、姉さん。パトリックも」

ソフィーは抵抗しなかった。子だくさんなマーガレットにほほえみかけ、次にまつげの下からちらりとパトリックを見た。じらして気を引くような視線で。

ソフィーを見つめ返すきらめく瞳が告げているのは、依頼ではなく命令だった。懇願や泣き落としの気配はみじんも感じられない。パトリックの目に浮かぶ約束に、ソフィーは激しく揺さぶられた。視線は彼女の顔を離れて胸へ、さらに下へとすべっていく。ソフィーの脚を温かいものが伝いおり、膝の裏から力が抜けた。

ブラッドンと一緒に歩きながら、彼女は思わず自分の体を見おろした。不意に、ドレスが落ちて胸があらわになっている気がしたのだ。空気にさらされてうずいている感覚があった。けれども、ドレスに問題はなかった。巧みに仕立てられたマダム・カレームのボディスは、どんなみだらな視線にも耐えられるようにできていた。

6

　晩餐のあいだソフィーは、左側のブラッドンや、右側に座る彼の友人のデヴィッド・マーロウと談笑しながら食事をしていたが、パトリック・フォークスのことは断固として無視し続けた。まつげの下からそっとうかがったところ――見たのはほんの数回だけだが――パトリックは長いテーブルの対角線上の、彼女からはかなり離れた場所に座っていた。デヴィッドは少年っぽさの残る陽気な副牧師で、ブラッドンの妻となる女性に会うため、わざわざ田舎から出てきたらしい。

「ブラッドンを引き受けるとは、あなたはとても勇敢な人だ」デヴィッドが言った。

「なぜかしら？」

　ソフィーはシャンパンをもうひと口飲んだ。酔いがまわって頭がぼうっとしてきたが、気にしないことにした。泡立つ液体が判断力を鈍らせても、息もつけないほど恍惚《こうこつ》とした喜びを与えてくれるならかまわない。

「学生時代のブラッドンは実に手がかかったんですよ」デヴィッドが笑いながら言った。

「アレックスとパトリック、それにクイルも合わせて、ぼくたちは仲のいい友だちでした。

ブラッドンが試験に合格できるようにみんなで手伝っていました。ですが、簡単にはいきませんでした。試験の前夜には誰かが付き添って、彼の頭に知識を詰めこんでやる必要があったんです。それがいやだったわけではないんですが」彼は急いでつけ加えた。ソフィーの前で、近く彼女の夫となる人物の知能を侮辱するのはまずいと気づいたのだろう。「それより問題なのは、ブラッドンが計略好きなことでした。そのせいで、何度か放校になりかけたんですよ」

「計略？」

ソフィーは半分しか聞いていなかった。テーブルの向こうで、フランス人のダフネ・ボッホが懸命にパトリックの気を引こうとしていたのだ。ダフネがパトリックのほうに身を乗り出し、わざとらしく肩で彼の腕に触れるのを見て、ソフィーは靴の先をいらいらと床に打ちつけ始めた。

デヴィッドはまだ話をしている。ソフィーは彼に注意を戻した。

「たとえばブラッドンは自分のおじのふりをして、教師のウールトンをだまそうとしたことがありました。ご存じでしょうが、ブラッドンのおじ上は有名な探検家なんです。ウールトンは彼のファンで、ぜひ会ってみたいと以前からブラッドンに話していました。そこでブラッドンは適当な衣装を借りておじになりすまし、甥《おい》は非常に聡明《そうめい》な子だと言って自分を褒めようと思いついたんです。そうすれば、ウールトンが配慮してくれるのではないかと思って」

ソフィーは思わず話に引きこまれた。

「ばかげているわ。そのときブラッドンは何歳だったの？」

「一三歳か、もしかすると一四歳だったかもしれません」デヴィッドがふたたび笑った。

「みんなでなんとかして思いとどまらせようとしましたが、ブラッドンはうまくいくと信じて疑いませんでした。彼は芝居が大好きなんですよ。だから……」彼は突然口をつぐんだ。レディに向かって、あなたの未来の夫はこれまで女優とばかりつき合ってきたとは言えない。

「だから……？」ソフィーは促した。

「だから、ブラッドンが思いつく計略には演劇絡みのものが多いんです」デヴィッドはぎこちなく続けた。「彼は大きなマントに身を包んで、偽のひげをつけているときがなにより幸せなんですよ」

「ミスター・ウールトンの件はどうなったの？」

デヴィッドは小さく身震いした。「ブラッドンはハイ・ストリートへ出かけていって、なんとも滑稽《こっけい》なマントを手に入れてきました。そもそも誰が着ることを想定して作られたのか、理解に苦しむ代物でした。色は黒で、裾に赤いサテンの縁取りがしてありました。想像しうるかぎりで、もっともけばけばしい衣装ですよ。ところがブラッドンは、探検家にぴったりだと言って聞きませんでした。さらに、顔じゅうにたっぷり偽物の毛をくっつけたんです」

「それで？」

「もちろん、大失敗ですよ。ウールトンはひと目で正体を見破ったにもかかわらず、ブラッドンに話を合わせることにしたらしく、彼を丁重にもてなしてコーヒーまで勧めました。そして、そのマントはどこで買ったのかと尋ねたんです。ブラッドンは、アルプスの高地に住むトリンゲルー族からの贈り物だと答えました」

ソフィーは横を向いてしげしげとブラッドンを見つめた。彼はせわしなく咀嚼《そしやく》しながらフォークを持つ手を振りまわし、右側に座るバーバラ・ルーンズタウンに話しかけていた。

「とても信じられないわ」ソフィーはデヴィッドに向き直った。「率直に言って、彼にそんな想像力があったなんて」

「ああ、詳細を考えたのはブラッドンじゃありませんよ」デヴィッドが言った。「全部パトリックの考えでした。豊かな想像力の持ち主ですからね。アフリカの奥地やアルプスで起こりそうな、途方もない出来事の数々を彼がでっちあげて、ブラッドンがウールトンに話すことになっていました。ところが、すべては無駄になりました。実はウールトンの姉はハイ・ストリートに店を持っていて、そのマントをブラッドンに売った相手だったことが判明したんです！　ウールトンはマントに見覚えがあったらしく、どうやら自分で欲しいと思っていたようです。そうして、ブラッドンの嘘《うそ》は見破られました。もちろん、ウールトンは彼の行いをよくは思いませんでした。あとで三週間の謹慎を命じたんです」

「まあ」ソフィーは言った。「あなた方の学生生活は、わたしのよりはるかに刺激的だったみたいね」

「イートン校が刺激的だったわけじゃありません」デヴィッドが思い出すように言った。

「学校生活そのものは退屈でしたが、いつもブラッドンがなにかしら計略を思いついて、パトリックが……ご存じのとおりの暴れ者ですから、ブラッドンをけしかけて最悪の事態に陥らせていました。ふたりのおかげで活気づいていたんですよ」

ソフィーは危険を冒して、もう一度テーブルの向こうに目をやった。恐ろしいことに、パトリックは彼女を見ていた。面白がるような温かな目で見つめられて、ソフィーは頬が熱くなった。急いで顔をそむけ、デヴィッドのほうを向く。

「パトリック・フォークスなら、きっと楽しんで嘘をつくでしょうね」ソフィーは辛辣に言い、心のなかで自分を叱った。彼は最悪の放蕩者よ。なにがあっても避けようと誓ったことを忘れたの？

「彼は嘘つきではありませんよ」デヴィッドが言った。「実際のところ、正直であることに関して、パトリックはかなりうるさいんです。罪のない嘘をつくのが倫理的に認められるかどうか、兄のアレックスとよく口論していたのを覚えていますよ。パトリックは嘘が嫌いなんです。どんなに些細《ささい》であろうとアレックスに嘘をつかれると……たとえば音楽の授業をさぼるためのちっぽけな嘘でも、パトリックは激怒したものです」

そのときシャーロットが立ちあがり、場所を移動するよう女性たちに合図を送った。ソフィーはほっとして、母親のあとから部屋を出た。

女性たちが客間に集まると、シャーロットは手を叩いて注意を引いた。

「みなさん、ダンスをするべきだとお思いになりませんか？」

若い女性たちが口々に賛成の声をあげた。ソフィーの母でさえ、カントリーダンスを一、二曲踊るくらいなら不適切ではないと言って反対しなかった。

しばらくして晩餐の席を立った男性たちは、庭園に面した客間に案内された。彼らがコニャックの豊潤な香りと、森を思わせる葉巻のにおいをかすかに漂わせながら部屋に足を踏み入れると、女性たちが従僕に忙しく指示を出しているところだった。従僕たちは椅子を運び出したりソファを壁際に寄せたりと、あちこち飛びまわっている。

シャーロットはそれほど大人数でない今回の集まりで、シェフィールド・ハウスの舞踏室を使うのはふさわしくないと判断した。たった一〇組が踊るには広すぎて、ダンスが貧相に感じられるだろう。だが、庭園に面した客間ならぴったりの大きさだった。さらに今夜はこの季節にしては暖かいので、彼女はテラスへ続くフレンチドアを開けておいた。従僕たちがテラスの周囲に大きなたいまつをさした鉢を並べている。ひとつずつ明かりがともされるにつれて、陰鬱なロンドンの空に金色の光が放たれていった。

男性客のいちばんうしろにいたシェフィールド・ダウンズ伯爵は、客間に入ったとたんに目を細めた。この巨大なたいまつはいったいどこから運んできたんだ？　部屋の隅で音合わせをしている、一二名からなる楽団のことをまったく聞かされていなかったのはなぜだ？　厄介なぼくの妻はなんと説明するつもりなのだろう？

「あなたなら賛成してくれるはずよ、アレックス」シャーロットは甘い声で言うと、彼の前でお辞儀をした。アレックスは優雅に膝を折って応じたものの、体を起こすなり巧みに妻を腕に抱えあげて部屋の外へ連れ出した。

アレックスのふるまいを目撃した女性たちが小さく驚きの叫びをあげた。けれども、シャーロットはくすくす笑うばかりだった。ソフィーの母である侯爵夫人は身震いすると、背を向けて未来の義理の息子との会話に戻った。

外の廊下にたどり着いたアレックスは、シャーロットに腕をまわしたまま、自分の体に沿わせながらゆっくり彼女を床におろした。

「それで、いったいどういうつもりなんだい、奥さま？」

シャーロットはアレックスの大きな手が背中にあてがわれるのを感じた。手はじりじりと下へ移動し始め、同時に彼の息が耳をくすぐった。

「アレックス！」彼女は小声でたしなめた。従僕たちがまだ客間と廊下を忙しく行き来している。

「ひょっとして、美しいソフィーの夫選びに干渉しようとしているのかな？」アレックスの手がさらにさがる。シャーロットの体が思わず揺らいだ。

「違うわ！」

アレックスがそっと彼女の耳を噛んだ。

「わかったわ、ええ、そうよ！　あなたの弟にチャンスをあげようと思って……」

「そんなふうにかすれるきみの声が好きだ」アレックスがささやく。「子供たちの様子を確かめに階上《うえ》へ行かないか？」

「だめ！」

「いいだろう？」温かな唇が首筋をたどっておりていく。

「だめよ」シャーロットはアレックスの手を逃れてまっすぐに立つと、ほほえんで彼を見あげた。「恥知らずな人ね。ソフィーのお母さまにどう思われるか、考えてちょうだい。侯爵夫人がとても厳格なのはあなたも知っているはずよ」

「いつもと同じことを思っているに違いないよ」アレックスはわざと悲しげな顔で言った。「浮かれ騒ぎが好きで奔放なきみが、ぼくに道を踏み外させた。それからソフィーにも同じことをして……。侯爵夫人はやっとの思いで娘を説き伏せて了承させたのに、きみがこの立派な縁組みを壊す計画を立てていると知ったら、きっと生きたまま皮をはごうとするぞ」

「あら、侯爵夫人に教えるつもりはないわ。あなたの協力が必要なの、アレックス。双子の弟を幸せにしたくないの？」シャーロットは懇願の目で夫を見た。

「ソフィーがパトリックを幸せにできるのかどうか、ぼくには確信が持てない。あいつは結婚したいそぶりを見せたこともないし」

「問題はそこじゃないわ。あのふたりは恋に落ちる瀬戸際にいるの。もしソフィーがブラッドンと結婚して、そのあとでパトリックを好きになってしまったら——」

「言いたいことはわかるよ」アレックスが顎をこする。

「それにソフィーに拒まれた反動で、パトリックが間違った女性と結婚してしまったら？」

間違った相手との結婚がどれほど危険か、アレックスはよく知っていた。彼は妻の腕を取ると、ドアのほうへ引き返し始めた。

「ぼくにどうしてほしいんだ？」アレックスは共謀者らしく、いわくありげな笑みを浮かべた。

「ブラッドンを引きつけておいて」シャーロットはすばやく答えた。

伯爵夫妻はなにごともなかったかのように客間へ歩いて戻った。伯爵が断りもなく妻を部屋から連れ出すのは、ありふれたことであるかのように。

パトリックはピアノにもたれかかっていた。ダフネが気だるげな旋律を奏でながら、とろけるような目で彼を見あげている。

シャーロットは夫をつねった。「ほらね？」

アレックスが半ば閉じたまぶたの下から、温かな黒い瞳をシャーロットに向けた。

「きみの望みのままになんでもいたしましょう、伯爵夫人」彼はいたずらっぽくつけ加えた。

「いつものことだけれどね」

シャーロットは頬をピンクに染め、ピアノを取り囲む人々のほうへ歩いていく夫を見送った。

目の前で会釈するブラッドンを見ながらも、ソフィーは視界の隅でパトリックの様子をうかがっていた。パトリックは当然のようにダフネの手を取り、最初のダンス――コティヨン――に誘った。ソフィーとブラッドンは礼儀正しくきっちりとステップを踏んだ。互いの体のあいだに、このうえなく適切な距離を空けて。ソフィーが母のほうを見ると、侯爵夫人は満足そうに目をきらめかせた。

　ふたりはうんざりするほど堅苦しく踊りながら、部屋の隅まで移動した。そこでブラッドンが急に足を速めたため、ソフィーは勢いよく右側に引き戻された。

「申し訳ない、レディ・ソフィー」運動に不慣れなせいで、彼は息を切らしていた。「パトリックが下手なんだ。昔からいつもそうだった」

　ソフィーは好奇心に駆られて肩越しに振り返った。パトリックは無謀にも、ほかの踊り手たちのことをまったく考えずに動いているらしい。彼とダフネがダンスフロアをこちらへやってくる。パトリックはダフネの両手を高く掲げていた。きっとそのせいで彼女の頬がバラ色に染まっているのね、とソフィーは思った。それとも、パトリックと踊っているせいかしら。ソフィーが目で追っていると、彼は即席のステップを踏んで何度もくるくるまわった。さすがのダフネも抗議している様子だ。パトリックは部屋の端で足を止め、笑いながらパートナーを見おろした。

「目がまわってしまうわ！」ダフネの声が耳障りに聞こえ、ソフィーは鼻に皺を寄せた。ソフィーとブラッドンは作法どおりにスピードを落としてから止まった。

　ブラッドンがほっとしたようにため息をついた。「やれやれ」彼は大きなシルクのハンカチで額をぬぐった。「ここは少し暑くないかな？　よければ外に出ないかい？　ぼくたちの立場を考えれば、誰も文句は言わないだろう」

ブラッドンがなんの話をしているのかさっぱりわからず、ソフィーは無言で彼を見つめた。

「婚約している立場だよ」ブラッドンが我慢強く繰り返した。話を理解してもらえないことに慣れているらしく、侮辱されたとは感じていないようだ。

「あら、そうね」ソフィーはつぶやいた。ブラッドンに導かれてテラスへ出ると、ダンスに参加していた人々のほとんどがついてきた。ダフネを気づかいながらテラスに出てくるパトリックを目にして、ソフィーは思わず向きを変えた。

「こっちへ来て、ブラッドン」彼女は早口で言った。

ブラッドンは驚いてソフィーを見た。これまで婚約者からファーストネームで呼ばれたことはない。彼女は返事を待たずに歩き出した。テラスの内側に沿って置かれた大きな鉢をまわり、庭園の小道へと向かう。

「ええと、ちょっと……」ブラッドンは急いであとを追った。

たいまつが照らし出す明かりの輪のすぐ外で、ソフィーは立ち止まった。

「あなたの言うとおりよ」彼女は励ますように言うと、ブラッドンの腕を軽く叩いた。「わたしたちの立場を考えれば、否定的な目で見られることはないわ」ふたりはれんが敷きの小道のひとつをゆっくりと歩いた。

「ここはかなり暗いな」ブラッドンはいささか困惑していた。庭園へ出てきてなにをするというんだ？　人はどう思うだろう？　彼にはよくわからない行動だった。

ソフィーが足を止めて近くの木にもたれかかった。薄闇のなかで金色のドレスが淡く輝き、月の光を映し出しているように見えた。

「わたしにキスをしたい？」

彼女を見おろしたブラッドンは考える前に口を開いていた。「いや」

「いや？」

「その、もちろん、当然じゃないか」ソフィーの顔に浮かぶショックの表情が、平和な結婚生活に影を落とす種類のものだと気づいて、彼は慌てた。「きみのことはそういう目で見ていないんだ」急いでつけ加えた言葉がさらに事態を悪化させた。

「わたしのことをそういう目で見ていない？」

ブラッドンがほっとしたことに、ソフィーはヒステリックになるたぐいの女性ではないらしかった。それどころか、とても思いやりがあるように見える。しかも、かなり美しい。彼はもっと肉づきのいい女性が好みだったが、それでもソフィー・ヨークなら非常にすばらしい伯爵夫人になるだろうと思われた。

「きみはとてもきれいだ」和解の申し出だと受け取ってもらえることを期待しながら、ブラッドンは言った。

「ありがとう、ブラッドン」ソフィーはため息をついた。「もうほかの人たちのところへ戻ったほうがよさそうね」

心のなかを屈辱と困惑が駆けめぐっていた。結婚しようとしている男性は、わたしをキスの対象と見なしていない。わたしがキスの対象と見なしている男性は、わたしのことを完全に無視している。

ちょうどそのとき、背の高いフレンチドアからアレックスが姿を現し、ふたりに穏やかな笑みを向けた。「レディ・ソフィー、少しのあいだきみの婚約者を貸してもらえるかな?」

ブラッドンは息を切らしながらお辞儀をして、いつものようにベストを引っぱると、ソフィーをテラスに残し、うれしそうにアレックスのあとから屋敷のなかへ入っていった。彼女は左のほうに歩き出した。右へは行けない。彼がいるのだ。

リュシアン・ボッホが笑顔で声をかけてきた。彼はソフィーのお気に入りの紳士のひとりだが、どうしても警戒の冷たい目を向けずにいられない。パトリックの腕にぶらさがっているあの孔雀は、リュシアンの妹なのだから。

「悲しいかな!」リュシアンが黒い目をきらめかせた。「どういうわけか、いちばん大切なイングランド女性に嫌われてしまったらしい。どうか、近々執り行われる結婚のせいだとは言わないでくれ、レディ・ソフィー。ぼくの心は今後もつねにあなたの足もとにあるのだから……きみが結婚していようがいまいが」

ばかげた言いまわしを聞いて、ソフィーはいつのまにかほほえんでいた。

リュシアンが身を乗り出した。フランス訛《なま》りのせいで、なにを話しても誘惑しているように聞こえる。「言っておかなければならないんだ、レディ・ソフィー。本物のフランスの男は、結婚証明書などというつまらないものに阻まれて、愛する人に心を捧げることをあきらめたりはしない。絶対に」

「きっとあなたはそうなんでしょうね」ソフィーは笑った。「だけど、わたしみたいに半分だけフランス人の場合は……残念ながらしきたりにとらわれているの」

「なんてもったいない話だろう」リュシアンが悲しげに言った。「レディ・ソフィー、せめて約束してほしい。伯爵夫人となったあとも、ぼくがあなたの騎士でいることを許すと。ぼくは――」リュシアンがどんな大げさな身ぶりで誓いを立てようとしていたにしろ、それはシャーロットが手を叩く大きな音にさえぎられてしまった。

「聞いてちょうだい」彼女は陽気に声を張りあげた。「今夜を終わらせる前に、昔ながらの遊びをしましょう。かくれんぼと目隠し遊びのどちらがいいかしら?」

「かくれんぼがいいわ!」若い女性たちが叫んだ。

「かくれんぼね」シャーロットは手を広げ、光沢のある紫色の長いスカーフを示した。「レディ・ソフィーが鬼よ。今夜は彼女のための集まりですもの。レディ・ソフィーを見つけた人は、このスカーフを受け取って。次はその人が鬼になるの。決まりはひとつだけ。スカーフを持っているかどうか尋ねられたら、正直に答えること」

異議や質問はわずかしかなく、新しく加えた工夫――スカーフ――についてもう一度説明しなければならなかったものの、シャーロットはみんなが目を輝かせていることに気づいた。遊びをしているあいだに目あての人と戯れられるかもしれないと、誰もが気づいているに違いなかった。シャーロットの手短な指示を受けて、従僕たちが明かりのついたたいまつの鉢を持ちあげ、庭園の曲がりくねった小道のあちこちに置いてまわると、あたりはまるで星のきらめく夜空の一角のようになった。

ソフィーがなにも考えられないでいるうちにシャーロットがすばやく近づいてきて、彼女の首にスカーフを巻いた。「東屋《あずまや》へ行きなさい」そうささやくと、シャーロットはテラスの端へ向けてソフィーの体を押した。ソフィーは言われるままに庭園の小道を走り始めた。

みじめな気分だった。シャーロットの主張が正しくて、ブラッドンと結婚するのがいい考えではないとしたら？　東屋を見つけたソフィーは白いベンチに腰をおろした。つかのまの静けさがありがたい。シャーロットが一〇〇まで数える声が、遠くからかすかに聞こえてくる。

いいえ、やっぱりブラッドンと結婚するのは正しいことだわ。今夜の出来事をわたしがはっきり理解できているとすれば、胸が締めつけられるようなみじめさを感じているのは、ブラッドンがキスをいやがったせいではなく――いったい誰が気にするというのだろう？――パトリックがダフネ・ボッホと戯れていたせいだとわかるはずだ。焼けつくような嫉妬《しっと》こそ、ブラッドンと結婚することで逃れようとしていた感情なのだから。

ソフィーはうしろに倒した頭を東屋の格子状の枠組みに預け、そっと目を閉じた。頭がすっきりしてきて、苦悩が体の外へ流れ出ていく気がした。わたしがすべきなのは、ブラッドンとの結婚を急ぐことだ。彼の妻になってしまえば、パトリック・フォークスみたいな最悪の放蕩者を求める気持ちはおさまるに違いない。

首に巻いたスカーフが軽く引っぱられるのを感じて、ソフィーははじかれたように目を開けた。

「まあ！　近づいてくる音が聞こえなかったわ」彼女は弱々しく言った。

「そうか」パトリックにスカーフを強く引かれて、ソフィーはおとなしく首を曲げた。シルクの布が首のまわりをすべっていく。彼と目が合い、急に恥ずかしくなった。

「結婚の歓びについて考えていたのかな？」パトリックが威圧的ではない穏やかな口調で言った。

ソフィーは立ちあがった。この会話が行きつく先に幻想を抱いてはいない。彼女は一歩前に踏み出した。パトリックは片足を階段の上にかけた状態で、東屋の入り口に立っている。ソフィーが近づいても、彼は動こうとしなかった。

ソフィーの背筋で興奮が脈打ち始め、脚に震えが走った。

「結婚の歓び」彼女は考えこみながらいたずらっぽく繰り返し、かすかな笑みに口もとを震わせた。「それは甘美なものかしら？」知りたがりの駒鳥のように小首をかしげる。

「おそらくそうだ」パトリックは感情を表に出さずに答えた。ソフィー・ヨークは信じがたいほどぼくの心をかきたてる女性だ。今まで生きてきて、これほど女性に惹かれるのは初めてだ。彼女の髪は片側に流れ落ち、月光が照らし出す首筋がユリの花のごとく白い。

パトリックは東屋のなかへ入った。大きな手を伸ばしてこぼれ落ちた髪の房をとらえ、軽く引っぱってソフィーの頭を傾けさせる。

「なにをしているの？」ソフィーはひどく不安を感じているわけではなかった。自分に正直になるなら、ひと晩じゅうこの瞬間を待っていたのだ。すぐそばのパトリックの大きな体から、薄いドレスの生地を通して熱が伝わってくる。

「こういう詩を知っているかな？　〝きみの唇は赤く、柔らかく、甘く〟」パトリックの声はかすれていた。つややかに流れる彼女の巻き毛を、彼が指でたどっていく。「この詩を知っているかい、ソフィー？」

「いいえ」ソフィーの声はかすかに震えていた。ふたたび髪を引っぱられて頭が傾く。パトリックは右手で、自分の引きしまった体にソフィーを引き寄せた。彼女が思わず息をのんだとたん、むき出しの喉を温かな唇がすばやくかすめた。

「〝さくらんぼのようなきみの唇は赤く、柔らかく、甘く、その果実の味わいを約束している〟」パトリックは物憂げにつぶやきながら、そのたびに口づけていく。

「これも結婚の歓びのひとつなの？」めまぐるしい興奮に直面して、ソフィーは必死で理性を働かせようとした。

「たくさんあるうちのひとつだ」パトリックが言った。彼は両手でソフィーを抱き寄せていた。その手が彼女の小柄な体のあちこちをさまよい、ヒップの曲線にたどり着く。脚との境目にそっと触れられたとたん、ソフィーの口からあえぎ声がもれた。やがてパトリックの手はなだらかな胸の隆起へと向かい、マダム・カレームの力作であるちっぽけなボディスをいとも簡単に押しさげた。

「わからないわ――」

パトリックに唇をふさがれて、ソフィーの言葉はかき消された。有無を言わさぬキスは、名前も知らない歓びを無言のうちに約束していた。ソフィーは自分から唇を開いてパトリックを受け入れ、両手を彼の巻き毛に差し入れた。

パトリックが顔をあげ、シェフィールド・ハウスのほうに頭を傾けて耳を澄ました。ソフィーの体はひとりでに彼に向かって揺らいでいた。彼女は顔を上向かせた。

「きみは宝箱みたいだ」かすれたパトリックの声には無力感がにじんでいた。「ソフィー」

東屋の暗さに励まされて、ソフィーはほほえんだ。

「わたしが宝箱だというなら、あなたは鍵《かぎ》を持っているの？」

パトリックの瞳を輝かせたほほえみがその答えだった。彼は荒々しくソフィーを引き寄せた。

「奇妙だな」パトリックはヴェルヴェットのようになめらかな低い声で言った。「スカーフはここにあるのに、みんなは向こうでゲームを続けているらしい」そう言われれば確かに、ソフィーの耳にも興奮した人々の声がぼんやりと聞こえてきた。

とたんに彼女は現実に引き戻された。「だめよ！　誰かに見られるかもしれないわ」

パトリックが即座に動きを止め、ソフィーの唇から顔を離した。「きみが気にしているのはそのことだけなんだな？」彼は口もとをゆがめた。「誰かに見つかったら、きみは伯爵ではなくぼくと結婚しなければならなくなる」

ソフィーには意味がわからなかった。東屋の格子屋根から差しこむ月の光がパトリックの顔を照らしていた。輪郭が浮かびあがり、角張った頬骨の美しさや、まつげが投げかける濃い影を強調している。

なにも考えないまま、ソフィーは指で彼の頬に触れてささやいた。「あなたは美しいわ」

けれども、パトリックはうしろにさがってしまった。「残念だが、レディ・ソフィー、婚約者がきみを捜しているに違いない」丁寧な口調とは裏腹に、彼の顎はこわばっていた。

ソフィーは口を開きかけて——思いとどまった。パトリックの言うとおりだ。

パトリックの表情は一瞬のうちに険しくなった。彼は紫のスカーフを手早く自分の腕に巻いた。「会えてよかったよ、伯爵夫人。いつものことだが」

暖かい闇のなかに立っているにもかかわらず、ソフィーは体を震わせた。ふた粒の涙が頬を伝って落ちた。

ああ、どうしよう、大変なことをしてしまった。結婚もせず、放蕩者と恋に落ちて人生を台なしにしてしまったわ。最初の涙のあとを追って、さらにふた粒の涙がこぼれた。

ソフィーは無意識のうちに母をまねて背中をまっすぐに伸ばした。少なくとも彼に知られることはないだろう。世間の人たちにも。今この瞬間から絶対に、なにがあっても絶対に、どうしようもなくブラッドンに恋していると周囲の人たちに思わせなければならない。パトリックへの恋心を少しでも疑われれば、果てしない屈辱にさいなまれ続けるだろう。またしてもソフィーは体を震わせた。

庭園から歩いて戻る途中で、彼女はスカーフや奪われたキスについて熱っぽく話すふたりの若いレディと一緒になった。彼女たちに合わせて楽しそうにおしゃべりしながらも、屋敷へ続くドアをくぐるソフィーの耳には、自分の笑い声がひどくうつろに聞こえた。

イングランドの天気は独自のやり方を貫き、南部の気候をまねるのを急にやめることにしたらしい。庭園のたいまつに細い雨が降り注いでいた。ソフィーたちが屋敷に入ると、従僕たちが急いでドアを閉めた。

母の隣に座っていたブラッドンが、ソフィーの姿を認めてほっとした表情を浮かべた。

「伯爵」彼女は目がくらみそうなほどまばゆい笑みを向けた。

ブラッドンが会釈する。

「レディ・ソフィー、ダンスが始まるみたいだ。踊ってもらえるかな？」

重々しい足取りでダンスに加わるあいだに、ソフィーは一抹の不安を感じた。これから一生、こんなふうにのろのろとしたつまらないダンスが彼女を待ち受けているのだ。これまでの経験から想像しても、結婚後にブラッドンのウエストが今より細くなるとは思えなかった。それどころか、亡くなった彼の父親と同じくらいにまで膨れるかもしれない。

踊りながら部屋の端にたどり着いて顔をあげたソフィーは、ブラッドンが親しみやすい青い瞳を輝かせて彼女を見おろしているのに気づいた。「庭園で楽しいときを過ごせたのかな、レディ・ソフィー？　レディ・シェフィールドが思いついた、いまいましいゲームはどうだった？　ぼくもわずかなあいだスカーフを持っていたんだ。だけどそこへパトリックが実にずうずうしい態度でやってきた。なんと彼も、ぼくのものとそっくりなスカーフを持っていたんだ。レディ・シェフィールドはぼくたちをもてあそんでいたに違いないよ」

ブラッドンの話を聞いてソフィーは疑問に思った。確かに彼の言うとおりだ。スカーフが二枚。パトリックはどうしてあんなに早くわたしを見つけ出せたのだろう？

「ブラッドン、しばらく腰をおろして休まない？　あなたと話し合いたいことがあるの」

ブラッドンは警戒した。経験から考えて、女性が話したいと言うときは、たいていが楽しい話題ではない。

案の定、そのあとすぐに、彼は背骨を揺さぶられるほどのショックを受けた。

「でも……でも……レディ・ソフィー！」

「もう待てないというだけよ。あなたへの気持ちはとても強いの」ソフィーは苦しそうな目でブラッドンを見つめた。

だが、愛のために駆け落ちしたいと言い張っても、ブラッドンは受け入れないだろうと彼女はたちまちわかった。ブラッドンが持ち合わせている、感情を表す語彙《ごい》のなかに、愛などという概念はないのだ。ソフィーは声を低めた。

「堅物の母のせいで頭がどうにかなってしまいそう。あなたとわたしは……」彼女はブラッドンの腕に手をかけた。「もう大人なのに。ねえ、お願い」

「そのとおりだ」ブラッドンはまだ確信が持てずにいたが、ソフィーが母親のことを言い出したために、彼女に対する同情がこみあげていた。自分とソフィーには共通点がある。「きみの言いたいことはわかるよ。ぼくの母も……まあ、知ってのとおりだ」

「それなら駆け落ちしましょうよ！」ソフィーは期待をこめてブラッドンを見あげた。

「できない」彼は首を振った。「礼儀に反する。それに、母は決して忘れないだろう。死ぬまで駆け落ちの話を蒸し返されるに違いない。ぼくが言いつけを守らず闘鶏を見に行ったときのことを、いまだに言われるんだから。あれは一二歳のときの話だぞ」

ソフィーは可能なかぎり魅力的な表情を作り、意識してブラッドンに身を寄せ、かすかに口をとがらせた。

「まあ、ブラッドン、お母さまが怖いんじゃないでしょうね？」

「怖いに決まっているよ」ブラッドンが言い返す。「母はひどく恐ろしいんだ。誰にでも訊いてみればいい。それに」彼は疑わしげな顔になった。「そもそもきみが母上を怖がっているという話じゃなかったのか？」

ソフィーが議論を新たな方向へ誘導しようとしたそのとき、険しい声がふたりの会話に割って入った。彼女の母である侯爵夫人が目の前に立っていた。胸を突き出している様子から、非常に不機嫌だとわかる。

「この晩餐会は」エロイーズの口調には悪意が満ちていた。「恥だわ」

ソフィーは反射的に父の姿を捜した。父はシルヴェスター・ブレドベックの隣に行儀よく座っていた。実際、父はひと晩じゅう、少なくともソフィーが見ているときはいつも、礼儀正しくきちんとふるまっていた。

ブラッドンが急いで立ちあがり、侯爵夫人に椅子を譲った。

腰をおろしたエロイーズは、明らかに馬車を呼んで帰りたがっていた。「ミス・ダフネ・ボッホの姿が見えないの」氷のように冷たい声で言う。「ここの主の弟、パトリック・フォークスの姿も」彼女は、見た人を思わずすくませてしまうような目を娘に向けた。「ふたりで庭園のほうへ行くのを見かけたのが最後なんですって。ミス・ダフネのお兄さまも彼女を見つけられないでいるみたいよ」

ブラッドンが息を詰まらせた。「きっとすぐに戻ってくるはずですよ」以前人々に噂されていた、ソフィーとパトリックの話にあまりにもそっくりだと気づいたのだ。

ソフィーは自分の膝に視線を落とした。どういうわけか両手の指がきつく絡み合っていて、決してほどけない気がした。

「あの若いお嬢さんは、パトリック・フォークスの求婚を拒むほど愚かではないでしょうね」エロイーズが怒りのこもった目で娘を見た。若い娘の体面を傷つけるのが趣味であるとしか思えない男性を相手にソフィーが愚かなまねをしたことに、彼女は骨の髄までいらだっていた。それにしても、フォークスは結婚したくてたまらないのかしら？

ソフィーはブラッドンが椅子を引き寄せながら、彼女を慰めるように肩を押しつけてくるのを感じた。彼は穏やかな声で言った。

「パトリックから、レディ・ソフィーが彼の申しこみを断ったと聞きました。ぼくに言えるのは、彼女がぼくを選んでくれて、自分は最高に運がよかったということだけです」

ブラッドンはきつく組んだソフィーの手を取り、そっと揺すって指をほどかせた。力の入らない手をロマンティックなしぐさで持ちあげ、甲にキスをする。

侯爵夫人は満足した顔でブラッドンを見た。適切な意見を持っているうえに、なかなかいいことを言う若者だ。実を言うとブラッドンは、若いころエロイーズに求愛していた若い紳士たちを思い起こさせた。

ソフィーは心臓が激しく打つのを感じた。パトリックが結婚する、結婚する、結婚する。あのフランス娘のダフネと。

「お母さま」彼女は初めて顔をあげた。「頭痛が始まりそうな予感がするの。スラスロウ卿に家まで送ってもらってもかまわないかしら?」

エロイーズは厳しい目を娘に向けた。伯爵が嫌悪感を抱くような性急で恥知らずなふるまいをして、婚約を台なしにするつもりなの? いいえ、そうではないみたいだわ。ソフィーはつらそうだし、顔色も確かに悪い。エロイーズの顔に母親らしい心配がよぎった。

「もちろんですとも。お父さまに話して、できるだけ早くおいとまの挨拶をすませてもらうわ。シェフィールド・ダウンズ伯爵夫妻の居場所がわかりしだい、あなたとスラスロウ卿が先に失礼したことを謝っておくわね」エロイーズは客間に鋭い視線を向けたが、アレックスもシャーロットも見あたらなかった。

「すぐに家に帰りなさい、ソフィー。シモーヌに言って、料理人にミルク酒を作らせるといいわ。緊張しすぎて頭痛がするときは、あのミルク酒がいちばん効くのよ」

ソフィーは母にほほえみかけて立ちあがり、血の気のない指でブラッドンの上着をつかんだ。彼はいい人だ。ソフィーは気づかいを示して先導してくれるブラッドンに感謝しながら、おしゃべりに興じる人々であふれ返っている部屋を出た。誰もがダフネ・ボッホとパトリック・フォークス、それにダフネの兄のリュシアンが揃って姿を消したことを話題にしていた。大方の予想は、リュシアンがパトリックに決闘を申しこみ、今この瞬間にも、ふたりで介添人の名前を交換し合っているに違いないというものだった。

客たちが噂話に夢中になっているころ、ソフィーはブラッドンを説得する第二案を考えていた。もうすぐ夫となる男性のすぐそばに座れるよう、彼女は馬車の座席を移動しながら言った。「ねえ、ブラッドン、わたしたちに必要なのは計略よ。終わりのない正式なパーティーや、退屈でたまらない婚約期間から逃れる方法を考えないと。延々と四カ月も続くのよ……わたしたちがなにか計略を思いつかないかぎり」

「計略」ブラッドンが繰り返した。

興味を持ったことを示すように瞳を光らせる。

「あなたなら大きくて黒いマントを手に入れられると思ったんだけど」ソフィーはブラッドンの気を引こうとした。「それに、どこに行けば見つかるかあなたが知っていればの話だけど、俳優がつけるみたいな偽物のひげをつけてもいいんじゃないかしら」

「まさにうってつけのものが手に入るところを知っているよ」彼は興奮して言った。「だけど、なんのためだい？」

「わたしたちの駆け落ちのためよ！」ソフィーは叫んだ。「結婚したら家庭に落ち着くことになるわ。お芝居はいっさいなし。劇場にだってめったに行かなくなるでしょうね。わくわくするような出来事はこれが最後になるのよ。駆け落ちをうまくやり抜くためのすばらしい計略さえあればいいの」

「ああ」ブラッドンはささやいた。借りたかつらをかぶり、口ひげをつけている自分の姿が目に浮かんだ。

「なぜなら人生のこの時期を母親たちに支配させたら、ふたりはわたしたちの結婚生活のあらゆる局面にも口を出してくるに違いないからよ。事実、母はわたしが結婚したら、目覚めている時間はずっと一緒に過ごすつもりだと宣言しているの」ソフィーが熱心に語りかける。

「そうなのか」ブラッドンの口調はうつろだった。

「ええ。子供ができたら、状況はもっと悪くなるわ。孫たちと一緒に過ごそうとして、わたしたちの母親がふたりとも絶えず家にいるようになるのよ。自由のためには、ここで一歩踏み出さないと」

ブラッドンは困惑した。この話のどこに自由がかかわってくるんだ？

「マントを手に入れなければならない理由がわからないんだけど」

「駆け落ちしたときに、他人にあなただと悟られないようにするためよ。人が注目するのは着ている服だけなの。マントとひげがあれば、あなたはどんな人物にもなれるのよ！」

一瞬の沈黙が広がった。「そうかもしれない」ブラッドンは口を開いた。「だけど、やっぱりわからない――」

「駆け落ちしないなら」ソフィーはかすかに激しい口調になった。「結婚もやめたほうがいいかもしれない。明日の夜、うちに来てくれないなら、わたしはあなたとは結婚しないわ、ブラッドン・チャトウィン！」がっかりしたことに、彼の許嫁《いいなずけ》にはヒステリックな傾向があるようだった。ヴェルヴェットの上着が破けそうなほどきつくこちらの腕をつかんでいる様子を見れば、間違いなさそうだ。

ソフィーに婚約を解消されたと告げるときの母の顔が頭に浮かんできた。だが、それよりも重要なのは、ドーランや、顔にひげをつけるためのべたつく糊《のり》への渇望が、胸のうちでどんどん膨らんできていることだった。大きな黒いマントの裾をひらひらさせたらどんなに楽しいだろう。ぼくを哀れみの目で見る者や、〝愚かなスラスロウ〟や、もっとひどいあだ名で呼ぶ者は誰もいなくなるはずだ。黒ずくめの衣装に身を包んだぼくを前にしては。

ついにブラッドンは言った。「そんなに怒らなくてもいい。わかった、やるよ」

ソフィーにはブラッドンがじっくり考えたり、彼より分別のある友人に相談したりする前に、この成功を利用しなければならないとわかっていた。

「明日、あなたを待っているわ」彼女はきっぱりと言った。「明日の真夜中に。誰にも言ってはだめよ、ブラッドン。噂はすぐに広まってしまうから」

ソフィーは声を低め、興奮をかきたてるようにささやいた。「計略には真夜中が最適だわ。わたしの部屋の外にはしごをかけておくように手配する。あなたがマントを着てやってきたら、そのはしごをのぼってわたしを連れ出してくれればいいの」

ブラッドンは夜にマントをはためかせてはしごをのぼり、美しい乙女を抱えて運び出すという考えにすっかり魅了された。どのみちソフィーと結婚するのだから、さっさと終わらせてしまえばいい。

「わかったよ、真夜中だね」

馬車ががたんと揺れて止まった。従僕が扉を開けると、ブラッドンは乗りこんだときより颯爽とした気分で馬車をおりた。彼が差し出した手を、ソフィーの小さな指が信頼をこめて握る。大理石の階段を玄関まであがっていくと、ふたりの顔の高さが同じになるように、彼女がブラッドンより一段上で立ち止まった。

「あなたはわたしの勇者よ」ソフィーがささやく。

魅入られた顔でぼうっとしていたブラッドンは、崇めるようにそっと唇で彼女の唇に触れた。それから会釈して帰っていった。

ソフィーは屋敷のなかに入った。疲れ果てていたものの、満足してもいた。パトリック・フォークスが、彼に身を投げ出していたあの忌まわしいフランス娘と結婚することになったら？　大丈夫、わたしはパトリックがリュシアン・ボッホと和解するよりずっと前に結婚しているはずよ。結婚してしまえばパトリックのことも、心をかき乱す彼の瞳のことも、すばやい抱擁のことも、二度と考えなくなるだろう。

そのころシェフィールド・ハウスでは、兄の伯爵と肩を並べてフレンチドアから入ってくるパトリック・フォークスを見て、興奮したささやきが起こっていた。ミス・ダフネ・ボッホの姿はどこにも見あたらない！

　バーバラ・ルーンズタウンはダフネの特別な友人を自認していた。彼女はそれまで、ダフネがパトリックと結婚する幸せを手に入れるかもしれないと、いろいろなところで話してまわっていた。

「まあ」バーバラはパトリックに向かって陽気な声をあげた。「わたしの大切なダフネはどこ？」

　奇妙なことに、パトリックはあまり関心がないふうに見えた。「外へ出たとたん、彼女は目のすぐ下を蜂に刺されたんだ。恐ろしく腫《は》れていた」バーバラの狼狽《ろうばい》した叫びに応えてつけ加える。「傷口に泥を塗るために、シャーロットが連れていったよ」

　ロマンスどころか、蜂に刺されて顔を腫らすとは……。誰よりも熱心に醜聞を言いふらしたがる者たちでさえ、パトリック・フォークスが翌朝かわいそうな娘を訪ねて結婚を申しこむ必要性があるとは思えなかった。もしかすると蜂の騒ぎで彼は永遠に気をそがれたのかもしれない、と彼らは推測した。娘の残酷な運命に心を動かされているにしては、パトリックの口調はあまりにも冷静だったのだ。かわいそうに、ダフネは一週間か、あるいはそれ以上のあいだ、社交行事に出席できないだろう！

7

翌朝、ブラッドン・チャトウィンは気持ちのいい期待感とともに目覚めた。彼はベッドのまわりを囲む、青いチンツ地のカーテンを眠い目で見つめた。黒いマントや偽物の口ひげが出てくる夢を見て混乱していたのだ。

記憶がゆっくりと戻ってきた。ソフィーは駆け落ちを望み、ブラッドンにマントとひげをつけさせたがり、真夜中に彼女のもとへ行かないと結婚を取りやめると言って彼を脅した。ブラッドンは頭のなかでまじり合うソフィーの要求を、苦労して整理した。

朝の光のなかで冷静に考えると、頭がどうかしてしまったとしか思えない要求だった。ほかに表現のしようもない。もしブラッドンと彼女がこっそり逃げ出して駆け落ち婚で有名なグレトナ・グリーンへ行けば、人々はふたりがすでに体の関係を持ってしまったために結婚を急いだと臆測《おくそく》するだろう。ソフィーはそのことに思い至っていないのかもしれない。育ちのいい若いレディたちは、男女の交わりについてなにも知らないものだ。もちろんソフィーも、駆け落ちをすれば世間になんと言われるかわかっていないのだろう。四カ月後にふたりがセント・ジョージ教会で結婚できない理由はなにもないことを考えれば、人々は当然のごとく結論を導き出すに違いなかった。恋愛結婚というわけでもないのだから。

ソフィーはなぜ駆け落ちしたがるのかという疑問を、ブラッドンは頭から締め出した。女性の考えることは理解不能だと、彼はずっと以前に判断を下していた。

ブラッドンは呼び鈴を鳴らしてホット・チョコレートを持ってくるよう合図すると、頭の下で両手を組んだ。さて、ここからが腕の見せどころだ。未来の妻をごまかす策を練らなければ。つまり、彼女の計略をしのぐ計略を思いつかなければならない。その必要もないのに、どうしてわざわざスコットランドまで行って結婚するような愚かなまねをしなければならないんだ？

それだけじゃない。到着するのに少なくとも二、三日、戻ってくるのにも同じ日数がかかる。たとえもっと早く行けるとしても、一二月にスコットランドへ旅をするなんてありえない！　確かに今年はまだ雪が降っていないが。そもそも、一週間であろうとマドレーヌを置いては行けない。今はだめだ。マドレーヌのことを考えるだけでも心に火がつき、ベッドを飛び出したくなる。ほんの少しでも姿を見られはしないかと、彼女の父親の厩舎へ出かけていきたくなるのだ。

ブラッドンの瞳がいらだちに翳《かげ》った。厩舎へ行ったとしても、マドレーヌが喜んで迎えてくれるわけではなかった。何度も訪れるうちに、残念ながら彼女は簡単には身を任せないだろうとわかってきたのだ。実際のところ、彼が懇願する手紙を送っても効き目はなく、贈り物をしても拒まれた。マドレーヌを生涯の愛人にするためにブラッドンがどんなに努力しても、彼女が屈する気配はまったくなかった。マドレーヌはただ断固として、そういう境遇には興味がないと言うばかりなのだ。〈ヴァンサンズ・ホース・エンポリアム〉の経営者の娘に良縁は期待できない、結婚すらできないかもしれないと説明しても無駄だった。マドレーヌは少しも気にしていないふうに見えた。

ブラッドンが唇を嚙みながら考えこんでいると、側仕えのケスグレイヴが朝のホット・チョコレートを持ってやってきた。マドレーヌは将来が心配なのかもしれない、とブラッドンは思った。結局のところ、愛人という立場は不安定だ。彼が通常の愛人関係とは違う結びつきにするつもりでいることが、きっと彼女には信じられないのだろう。代理人を呼んできちんとした契約書を作成し、マドレーヌに財産を分与する旨を明らかにしておくべきかもしれない。そうすれば彼女も、短期間ではなく永遠の関係になることが理解できるだろう。

ブラッドンはうわの空でホット・チョコレートを飲んだ。いかにしてソフィーの言いなりになっていると思わせながら、彼女をこちらの意のままに操るのかが問題だ。駆け落ちはしないと知らせれば、婚約の解消は確実だと思われた。姉が三人いるブラッドンは、女性がヒステリーを起こすところを何度も目にしてきた。ソフィーもかっとなればすぐに自制心を失いかねない。とりあえず真夜中に彼女を訪ねはするが、最終的にグレトナ・グリーンへは行かないというのがうまいやり方と言えるだろう。

ブラッドンは勢いよくベッドから足をおろした。マドレーヌのことを考えるべきではなかった。会いたい気持ちが募ってしまい、ひと目彼女の姿を見るまでは、あるいは父親の目を盗んですばやく彼女にキスをするまでは、ほかのことはなにもできそうにない。

それにしても、なんとも無愛想な父親だ。まるで社交界のレディであるかのように娘を扱い、ブラッドンがマドレーヌの評判を傷つけているとか、くだらないことを言って騒ぎ立てている。そもそも厩舎の階上に住んでいるような女性に評判などないことを、ブラッドンは父とその娘のどちらにも理解させられないでいた。評判になるというなら話は別だが。そう考え、ブラッドンは声をあげて笑った。

主人を着替えさせるためにケスグレイヴが戻ってくると、ブラッドンは評判があることと評判になることの違いについて冗談を言った。だがケスグレイヴは反応せず、いつもどおり無表情のまま尋ねた。「今日は青いモーニングコートをお召しになりますか、だんなさま?」

ブラッドンはため息をついた。ぼくが穏やかな性質でよかった。こんなに頭の回転の鈍いやつらを相手にしていたら、普通なら怒り出すところだ。

「薄茶のコートにするよ、ケスグレイヴ。どれのことかわかるだろう?」

「薄茶ではありません、だんなさま」ケスグレイヴの口調は批判的だった。「焦げ茶です」

「それだ。馬に乗るつもりだから」

「朝食の前にですか?」さらに非難の度合いを増してケスグレイヴが尋ねる。

子供のころからずっと同じ使用人たちに世話をされるのはもううんざりだ、とブラッドンは思った。

「出かけるんだ」不本意ながら、言い訳がましい調子になった。着替え終わったブラッドンはまるで家を抜け出して公園へ行く少年のように、玄関の階段を駆け足でおりた。馬にまたがり、〈ヴァンサンズ・ホース・エンポリアム〉があるブラックフライアーズへ向かって通りを進んでいく。

屋根が低く横長の厩舎は静かだった。まだ早すぎるのだ。もっと遅い時間になれば、前庭の大きなオークの木の下に人が集まって、厩舎から出される元気のいいアラブ種や胸板の厚いクォーターホースを眺める光景が見られるだろう。

ブラッドンは軽やかとは言えない動きで馬をおりると、あわよくば駄賃をもらおうとあたりをうろうろしていた少年に手綱を投げて渡した。

それから、厩舎のほうへ歩き出した。午後のあいだは、厩舎の付近でマドレーヌの姿を見かけることはほとんどなかった。彼女の父親がばかばかしい評判にこだわるせいだ。だがそのおかげで、老いぼれた牝馬を物色しに来る、家柄のよくない将校たちと競い合わずにすむ点はよかった。

ブラッドンは長い通路を急ぎ足で歩いた。厩舎のなかは糖蜜の湿布のにおいがほのかにした。湿布があるところにはたいていマドレーヌがいる。後ろ脚の関節や前脚のねんざといった軽い症状の手当ては、すべて彼女の担当なのだ。

マドレーヌは右手のいちばん奥の馬房にいた。馬が曲げた脚を宙にあげている前で、地面に膝をついている。石畳の通路を歩くブーツの音に気づいたに違いないが、彼女は顔をあげようともせず、茶色の優しい目をした牝馬にささやきかけながら、前脚に湿布を施していた。

落ち着きなく重心を移動させながら、ブラッドンはしばらく待った。

「伯爵さま」振り返らないまま、マドレーヌが声をかけた。「よろしければグレイシーの頭を持って、わたしを手伝っていただけませんか？」

「どうしてぼくだとわかったんだ？」ブラッドンは前方に移動すると、グレイシーがマドレーヌの首筋に温かい息を吹きかけないように、馬の頭を固定した。

マドレーヌが肩越しに振り返った。

「毎朝必ずこの時間帯にいらっしゃるじゃありませんか、伯爵さま」

そっけない言葉に、ブラッドンはたじろいだ。マドレーヌはぼくに来てほしくないのか？　彼は轡《くつわ》から手を離し、マドレーヌのそばにしゃがみこんだ。息を切らさないよう懸命に努力しながら。

「どこが悪いんだい？」

「右の前脚をくじいたんです」彼女が短く答えた。

ブラッドンは馬の脚をすばやくうかがった。それから少しずつマドレーヌの近くへ移動していく。

「伯爵さま！」

マドレーヌは怒っているようだ。ブラッドンはあきらめた。今日はキスはなしだ。ああ、いったいどうしてまた、悪魔のように機嫌が悪く、尼僧のように身持ちが堅いフランス娘に夢中になってしまったのだろう？　美しさでは、彼がパトリックから横取りしたアラベラにとうていかなわない。実際のところ客観的な目で見れば、小柄でぽっちゃりしていると言ってよかった。

　ところがマドレーヌの姿を見るだけで、ブラッドンの脈は速くなった。彼女は前かがみになり、ブラッドンのほうを見もしないで馬の前脚を一生懸命にさすっている。腕のあいだから、豊かな胸の膨らみがのぞいていた。ブラッドンは興奮して、彼女の腕の下に手を差し入れたくてたまらなくなった。

「いけません！」

　びっくりして顔をあげると、マドレーヌが怒りに満ちた目で彼を見ていた。

「どうしてだ？」ブラッドンは挑戦的に訊いた。

　マドレーヌが立ちあがり、ごわごわした厚い生地のスカートを引っぱって直した。いらだっているときのつねで、フランス訛りがきつくなっていた。

「お願いですから、わたしをもてはこぼうとしないでください！」

「もてはこぶ？」

　ブラッドンは困惑し、唇をかすかに開いた。美しい胸を隆起させたマドレーヌが目の前に立っていると、まともにものを考えるのは難しかった。あんなにおいしそうな唇をしていては……。

「そうか、〝もてあそぶ〟か！　そう言いたかったんだな」

「ちゃんとそう言いました」マドレーヌはじれて言い返した。頭にマフィンが詰まっているみたいに物わかりの悪いこの貴族をどう扱えばいいの？　彼は厩舎じゅうあとをついてまわって、ぽかんと口を開けてわたしの胸もとを見ている。安らぎを邪魔されてばかりいて、どうやってまともに仕事ができるというの？

たとえマフィンが詰まっていても、ブラッドンの頭は状況によっては完璧にうまく働くことがあった。彼はすばやく手を伸ばしてマドレーヌを引き寄せたかと思うと、父親に助けを求める隙を与えず唇をふさいだ。キスをしながらうしろ向きにグレイシーの馬房を出て、同時にふたつのことができることを証明してみせた。友人たちのなかには、ブラッドンにはその能力が欠けているのではないかと疑う者もいるのだ。

意思に反して、マドレーヌの体から力が抜けた。何年もつらい日々を過ごしてきた彼女にとって、ブラッドンの腕のなかは天国に感じられた。彼に抱かれていると、恐ろしいことはもう二度と起こらない気がしてくる。

だがマドレーヌは身を震わせてから、ブラッドンの胸を強く押した。彼が耳もとでなにかささやいていた。いつもの気まぐれな約束だろう。なにを言われようと、マドレーヌにはわかっていた。頭にベーコンが詰まったこの求婚者は、本物の求婚者ではない。フランスにいたころ、母さんがよく言っていた放蕩者だ。わたしの体は欲しがっても、結婚は望んでいない。

マドレーヌはブラッドンの腕がふたたび肩にまわされるのを感じた。

「そんなに悲しい顔をしないでくれ、マドレーヌ」ささやき声にもかかわらず、彼女にははっきりと聞こえた。「悲しそうなきみを見るのはいやなんだ」

マドレーヌは当惑してしばらくのあいだ黙りこみ、ブラッドンの青い瞳をのぞきこんだ。

「悲しんではいません。ちょっと母のことを考えていただけです」

「悲しそうに見えたよ」ブラッドンが言い張る。

「母が恋しいんです」マドレーヌは口に出して言うつもりはなかった。心に秘めた感情を、不道徳な崇拝者と分かち合いたくなかった。

ブラッドンが彼女の耳にキスをした。「いつかきみは母親になるんだ、マドレーヌ。自分の子供を持てば、母親を恋しく思う気持ちは薄れるだろう」

マドレーヌは大きく息を吸った。

「あなたが自分の思いどおりにしようとすれば、そんなことは起こりえません」彼女は指摘した。「あなたはわたしを娼婦にしたがっています。そういう女性たちは決して子供を持ちません。生き方を考えれば、産むことはできませんから」

ブラッドンは笑みを浮かべた。娼婦などという例外を持ち出すとは、いかにも融通のきかないフランス人が言いそうなせりふだ。

「ぼくたちは子供を持つだろう」彼は自信たっぷりに言った。「初めてきみを見たときに、そうなるとわかった。きみに出会うまで、ぼくは小さな子供をそばに置きたいと思ったことは一度もなかったのに」

マドレーヌの心はとろけた。状況さえ違えば、このイングランドの貴族を好きになっていただろう。多少頭はまわらないかもしれないけれど、本当に優しい心の持ち主だ。安心して信頼できるし、体も大きい。男性は大柄であるべきだ。わたしなら、彼が愚かなまねをしすぎないように注意してあげられる……。だけど、やっぱりだめよ。一生独身のまま過ごさなくてはならないとしても、娼婦になるわけにはいかない。

マドレーヌはブラッドンを強く押した。「もう帰ってください、さあ！」

ブラッドンは信じられない思いで彼女を見た。マドレーヌの顔はふたたび険しくなっている。

「ぼくは二、三日ロンドンを離れるかもしれない」彼女は残念そうに見えないだろうか？ だが、そうでないことはブラッドンにもわかっていた。

「よかった。それでしたら、やっと仕事を終わらせられます」

やっぱり、残念だとはまったく思っていないようだ。ふたりともしばらく黙りこんだ。

「どこにいらっしゃるんですか？」

「駆け落ちしなければならないんだ」ブラッドンは言った。「つまりその、レディ・ソフィーが駆け落ちしたがっているんだが、ぼくはそうしたくない。だからはしごをのぼってレディ・ソフィーのところに行くつもりだけど、実際に彼女をグレトナ・グリーンへ連れていくわけではないんだ。ぼくは駆け落ちしたくないからね。それに、真冬に駆け落ちする者は誰もいない」

マドレーヌは胸が痛むのを感じた。

「レディ・ソフィーは本当に駆け落ちを望んでいるのですか?」

「ああ」そう言いながらも、ブラッドンの声は自信がなさそうだった。「前にきみに話したときほど、レディ・ソフィーがぼくにぴったりだとは思えなくなってきたんだ。ゆうべはヒステリーを起こしたし、真夜中にはしごをのぼって彼女の部屋へ行って駆け落ちしないなら、ぼくと結婚するのをやめると言い出した」

ブラッドンがあまりにがっかりした顔をするので、重苦しいみじめな気持ちでいるにもかかわらず、マドレーヌは笑ってしまいそうになった。

「一からやり直すなんてできないよ、マドレーヌ……マディー!」いつのまにかブラッドンは長い腕をマドレーヌにまわし、彼女の髪に口づけながら話していた。「やり直すとなったら、また〈オールマックス〉へ行かなくちゃならない。少しでも物わかりのいい娘が見つかるかどうか。それを考えると、レディ・ソフィーを手放すことはできないよ。だから、駆け落ちしないで駆け落ちする方法を考えなくてはならないんだ」

少なくとも、彼は本気で未来の妻を好きなわけではないみたいだわ、とマドレーヌは苦しげに考えた。

「どうして駆け落ちしたくないんですか?」それは妥当な選択肢に思えた。

ブラッドンが体を引き、マドレーヌの少しも同情的ではない茶色の瞳を憤然としてのぞきこんだ。

「ぼくがいなくても寂しくないのか? グレトナ・グリーンへ行って帰ってくるのに、うまくいったとしても一週間はかかる。丸々二週間いない可能性もあるんだぞ!」

「寂しくなんかありません」マドレーヌは反論した。「それと、結婚したあとは、厩舎へいらしても歓迎しませんからね」

「ぼくは寂しくなる」ブラッドンがきっぱりと言った。「きみの言うことは信じないよ。きっとぼくが恋しくなるはずだ。ともかく、ぼくはこんなにすぐに結婚したくないんだ」彼はマドレーヌをきつく抱きしめると、藁《わら》を積んだ山に腰をおろし、彼女を膝に座らせた。

マドレーヌは憤慨して声をあげたものの、やがて体のこわばりを解いた。ブラッドンは彼女を胸に引き寄せ、脚に触れている柔らかな曲線を楽しんだ。

「お召し物がだめになってしまいます」

「現実的なマディー」ブラッドンはマドレーヌの髪にささやいた。

その現実的なマドレーヌの心臓が、強くつかまれたかのように痛んだ。

「脚が折れたことにしてはどうでしょうか?」そう言ったとたん、マドレーヌは後悔した。彼の結婚に関心を示したりして、わたしはいったいなにをしているの?

「脚を折る? どういう意味だい?」

「脚を骨折していれば、はしごにはのぼれません」彼女はぶっきらぼうに説明した。

ブラッドンはじっと考えている。

「きみの言うとおりだ、マディー! レディ・ソフィーに手紙を書いてそう知らせるよ。そうすれば彼女も考え直す時間ができて、駆け落ちで結婚生活を始めるなんておかしなことはあきらめるだろう」

「彼女は本当にヒステリーを起こしたんですか？」

ブラッドンが眉根を寄せた。「それに近かったよ」

「それならあなたの手紙を信じないかもしれませんね。わたしなら信じません。あなたがなんとか理由をつけて、駆け落ちから逃れようとしていると思うでしょうね。あなたは保守的だから、駆け落ちをいやがっていると考えるでしょう」

マドレーヌは愕然としながら心の声に耳を傾けた。今のわたしの声には敵意がこもっていなかった？　伯爵と結婚するなんて、わたしには考える権利すらないのに！　しっかりして、マディー。わたしとの結婚が彼の頭に浮かんだことは一度もないはずよ。

「レディ・ソフィーはぼくの手紙を信じないと思うんだな？」

「婚約を解消するかもしれません」

マドレーヌは、婚約破棄を想像して喜ぶ、小さな心の声を無視した。

「ぼくとの婚約を解消する？」ブラッドンは動揺を隠せなかった。怒り狂う母の姿を頭に思い描き、マドレーヌをさらに近くへと引き寄せて体を起こした。

「そうだ！　本当に脚を骨折すればいいんだ。馬から落ちたことにするよ。誰かに頼んで、いまいましいはしごからレディ・ソフィーを引きはがしてもらう。彼女をぼくの家へ呼んで、脚を見てもらえばいい。確かな証拠を目にすれば、ぼくを責めないだろう」

マドレーヌはため息をついた。このイングランドの伯爵には、本当に誰かがそばについていてあげなくては。

「くだらないことを考えないでください！　脚はそれほど簡単に折れません」

「折れるさ」ブラッドンが反論した。「小さいころに左脚を骨折したことがあるんだ。そのとき医者に、気をつけないとまたすぐに折れてしまうと忠告された。だから、馬の左側から落ちるように気をつければいい。脚が体の下になるようにして。きっともう一度折れるに違いないよ」

マドレーヌはぞっとした。「きちんと治らない可能性もあるんですよ。一生左脚を引きずるかもしれません。そうなったら、レディ・ソフィーはあなたと結婚したくなくなるかも」

「そう思うかい？」

「レディはみんなダンスが好きですから」本物のレディに会った記憶がないにもかかわらず、彼女は断言した。「脚を引きずっていてダンスができない男性とは結婚したがりません」

「なんてことだ」

声に絶望感をにじませているブラッドンを放《ほう》ってはおけないと気づき、マドレーヌは自分がいやになった。「石膏《せっこう》で固めてあげます」彼女はそっけなく言った。

「どういうことだい？」ブラッドンは駆け落ちの問題について考えるのをあきらめたらしく、マドレーヌの華奢な耳に唇をこすりつけた。馬のグレイシーとそっくりだ。

「材料なら全部ここにあります。馬のくるぶしに添え木をあてる場合がありますから。石膏を使った包帯で固めておけば、誰が見ても本当に脚を折ったと思うでしょう」

ブラッドンは歓声をあげて彼女を抱きしめた。「それこそぼくのマディーだ！」

ブラッドンを静かにさせようとマドレーヌが頭をうしろに向けたとたん、彼は唇を奪った。

ふたりが作業に取りかかるまでには、しばらく時間がかかった。四〇分後、ブラッドンはいちばん上等なズボンの横側を切るはめになっていた。ケスグレイヴがどんな反応を示すか予測がついたので少しだけ抗議したが、マドレーヌに聞き入れてはもらえなかった。彼女はブラッドンの左脚の下部分に、本物らしく見えるように石膏包帯を巻いていった。

彼はむき出しの脚を見せるのをいやがり、ひと巻き目は自分で巻くと言い張ってマドレーヌを困らせた。ぐずぐず言われたお返しに、彼女は象のくるぶしでも固定できそうなくらい包帯をぐるぐる巻きにした。

マドレーヌの肩を借りて、飛び跳ねながら厩舎を出るころには、ブラッドンは実際に脚を痛めた気になっていた。

「巻きすぎじゃないかな？」彼は疑わしげに言うと、膝から足首までをすっぽりと覆っている白い大きな膨らみを見つめた。

「そんなことはありません」マドレーヌは請け合った。「あなたの脚はひどい折れ方をしたんです。馬なら安楽死させなければならないところですよ」

ブラッドンは馬の面倒を見てくれていた少年に二シリングを投げて渡した。

「この馬を厩舎に入れて、ぼくには貸し馬車をつかまえてきてくれ」

少年が好奇心をあらわにした。「怪我をなさったんですか、だんなさま」

ブラッドンはため息をついて、もう一枚コインを投げた。「貸し馬車だ」

「承知しました」少年は柱につないだ馬をそのままにして、通りへ走っていった。

「ぼくの馬のことを忘れないといいんだが」ブラッドンは不安そうに言うと、ブーツの片方をそっと抱えて〈ヴァンサンズ・ホース・エンポリアム〉の門を目指して跳ね始めた。ブーツにべたべたと指紋をつけたら、骨折していようがいまいが、ケスグレイヴに殺されるに違いない。

マドレーヌが言った。

「心配しないでください。あなたの馬はわたしがちゃんとしておきますから」

ブラッドンは彼女の乱れた柔らかな髪を愛おしげに見おろした。

「愛しているよ。わかっているんだろう？」

マドレーヌが足を止めて彼の腕をつかんだ。「そんなことを口にしないでください！　父に聞かれたらどうするんですか？　声を低めもしないなんて」

ブラッドンは肩をすくめた。「ぼくは怪我人だよ。きみの父上になにができるというんだ？　それに本当のことだよ。きみを愛している、マディー」

「もう！　やっぱりあなたは放蕩者ですね」マドレーヌは荒々しい口調で言った。「わたしを愛していると言うのは、わたしがあなたの要求に屈しないからにすぎないんでしょう」ふたりは通りの端までたどり着いた。貸し馬車が扉を開けて待っている。

マドレーヌは向きを変えると、さよならも言わずに厩舎のほうへ戻り始めたが、急にあることが気になった。「石膏包帯を外したくなったら、ここへ来なくてはだめですよ。側仕えに命じたら、嘘だとばれてしまいます」

ケスグレイヴに頼むところを想像したブラッドンはぞっとした。「そんなことはするもんか！　ケスグレイヴは怒りっぽい老いぼれなんだ。なにに対しても面白さを感じない。ぼくは絶対に誰にも言わないよ。マディー……」

マドレーヌが立ち止まって振り返った。厩舎の埃《ほこり》っぽい中庭に差しこむ太陽の光が、丸みを帯びた体や茶色い髪を金色に染めている。

「助けてくれてありがとう」

不意にマドレーヌがまばゆいばかりの笑みを浮かべた。「娼婦なら、ご主人さまを結婚させまいとするのはあたり前です」彼女はブラッドンの顔によぎった不快そうな表情を見て笑い出した。

「きみは娼婦なんかじゃない！」ブラッドンが抗議した。

「ええ、娼婦じゃありません」マドレーヌはそう言うとふたたび向きを変え、厩舎の陰へ急ぎ足で歩いていった。

彼女はそこから、貸し馬車に乗りこむブラッドンを見ていた。馬車の扉に大きな音をたてて石膏包帯をぶつけ、派手に悪態をついている。本当に脚を折っていなくてよかった、とマドレーヌは思った。ちょっとあたっただけでもひどく痛んだはずだもの。

大きな体を馬車に押しこむブラッドンを見つめていると、切ない気持ちにならずにいられない。愛人としての暮らしはきっと幸せに満ちているだろう。

マドレーヌはかぶりを振った。かわいそうなグレイシー！　前脚に包帯を巻く途中で放っておかれたままだわ。

確かにグレイシーはかわいそうだった。脚につけるはずの糖蜜を全部なめてしまったのだ。マドレーヌの父親が馬房を訪れたとき、グレイシーは彼の娘にフランス語で、卑しいまねをしたのを叱られているところだった。

8

信じがたい思いで昔からの友人を見つめていたパトリックは、急に笑い出した。おかしさとは無縁の、荒々しく短い笑いだった。

「彼女はきみの花嫁だ。きみが迎えに行けばいい」

ブラッドンは訴えかけるような目でパトリックを見た。計略に穴が見つかっても絶対に最後までやり遂げてくれると信じられる友人は、パトリックしかいない。ブラッドンは房飾りのついた足のせ台に置いた、石膏包帯のせいで巨大化した自分の脚を指差した。

「残念ながら、この脚でははしごをのぼれないんだよ！」

パトリックが肩をすくめる。「それなら駆け落ちはできない」

「まさにそうだ」ブラッドンは声を強めた。「ぼくは駆け落ちしたくない。きみがはしごをのぼってソフィーをここへ連れてきてくれたら、彼女はぼくの脚の状態を自分の目で見ることができる。きっと、駆け落ちなんて問題外だとわかってくれるだろう。脚を引きずらなきゃ歩けないんだ、パトリック。きみに助けてもらわないと、どうにもならない」

「手紙を書けよ」

不機嫌になったときのつねで、ブラッドンは下唇を突き出した。「ソフィーはぼくを捨てるだろう。ヒステリーを起こすたぐいの女性らしい。彼女はゆうべ、はしごをのぼってこなければぼくとは結婚しないと言った。そうか！」彼は唐突に言った。「ソフィーがどうしてそんなにつれない態度を取るのかわかったぞ」にやにやしながら探るようにパトリックを見る。「きみも結婚することになったから機嫌が悪いんだ。そうだろう？　相手はミス・ボッホだな。結婚指輪はもう手配したのか？」

怒りに満ちた目でパトリックににらまれ、ブラッドンはたじろいだ。

「鈍いのもほどほどにしておけよ、ブラッドン」

ブラッドンは口をとがらせた。「そんなふうに冷たい口調になったらいやでも気づくよ。きみはアレックスより怒りっぽくなることがあるけど、どういうときにそうなるかぼくはわかっている。痛いところをつかれたからなんだろう？　昨日の夜は誰もが、きみとミス・ボッホの月明かりの散策を話題にしていたぞ」

不意にパトリックが目を光らせ、ゆっくりと口を開いた。

「ゆうべ、きみが帰る前のことか？」

ブラッドンはうなずいた。「そうだ。ふたりで外へ出たきり戻ってこないことに、ぼくの母が気づかないと思うのか？」

「彼女が蜂に刺されて泣き叫び出したんだ」パトリックはうわの空で説明した。「ぼくが結婚するらしいと聞いたのはいつだ？　ソフィーが婚約期間を早く終わらせようときみに提案する前か、それともあとなのか？」

「おいおい！　その手にはのらないぞ！　ソフィーが駆け落ちしようと言い出したのは、きみがあんな醜聞を引き起こすよりずっと前だった」ブラッドンの口調は得意げだった。「言っただろう、パトリック。確かに、ぼくがフォークス兄弟から女性を奪ったのはこれが初めてかもしれない。だけど、ソフィーはぼくが好きなんだよ」

ブラッドンはいったん口をつぐんだ。「もしかすると、彼女を連れ出す役目をきみに頼むべきじゃないかもしれないな」考えこむように下唇を引っぱる。「ソフィーはきみに腹を立ててると思うかい？」

パトリックはうんざりして友人を見た。少年時代からの絆《きずな》はあるものの、ブラッドンのことは、よくこれまで殺されずにすんだものだと、ときどき不思議に思うことがあった。

「間違いなく怒るだろう」パトリックは冷静に答えた。「従僕の誰かにはしごをのぼらせるほうがいい。ぼくはきみの使用人じゃないからな」そう言うと、手にしたグラスのブランデーを飲み干した。

「それはできない」ブラッドンが反論した。「育ちのいいレディの寝室に従僕を送りこむわけにはいかないだろう？　まして、ぼくの未来の妻だぞ。やっぱりきみしかいないんだ、パトリック。実はアレックスにも手紙を送ったんだが、ここに来ていないところをみると、受け取っていないみたいだ」

「アレックスは田舎の領地へ行った」

「そうか、それならやはりきみだな」ブラッドンが言った。「本当はきみじゃないほうがいいんだ。ソフィーとの過去の一件があるから。でも、ほかにどうしようもない。まさか副牧師のデヴィッドにはしごをのぼってくれとは頼めないし。それに彼にも連絡したけど、返事がないんだ。クイルはぼくよりなお悪い。はしごをのぼれるとは思えないよ」

「あたり前だ」パトリックはむっつりとつぶやいた。

「そうだ、こうしよう」ブラッドンの声が明るくなる。「きみはぼくのひげをつけてマントを着ればいい。ソフィーはきみだと気づかないよ」

パトリックは自分でブランデーを注《つ》いだ。

「なぜぼくがそんなことをしなければならないんだ？」

「どういう意味だい？　なぜって、それはぼくたちが友だちだからじゃないか。ぼくにとって、きみは兄弟も同然だ。それにきみは、ぼくの母がどんなふうか知っている。ソフィーが婚約を解消したら、母がぼくをどんな目に遭わせるかはわかっているはずだ」

パトリックはため息をこらえた。ブラッドンは悲しげな瞳で彼を見つめている。まるでこちらが背中に骨を隠し持っているのを知っているレトリーバーだ。

くそっ、どうとでもなれ。どのみちソフィーはぼくと結婚したくないんだ。彼女が結婚したがっている男のために、娼婦の斡旋《あっせん》人のまね事をしてやってどこが悪い？

ブラッドンはまだしゃべり続けている。「ほら、これを見てくれよ、パトリック！」彼は大きな袋を取りあげて、そのなかから刺だらけのはりねずみのように見える黒いものを引っぱり出した。

「それはいったいなんだ？」

「ひげさ」ブラッドンがうれしそうに言った。「ヘンズロウという男から買ったんだ。ドルリー・レーン劇場で使う衣装をすべて手掛けている男で、最高の腕前なんだよ。マントもある。ほら……」

パトリックは眉をひそめ、ブランデーに口をつけた。レディ・ソフィー・ヨークが急に駆け落ちで自分の評判をおとしめたくなったからといって、なにか問題があるのか？　ぼくになんの関係がある？　なにもない。まったくない。それならはしごをのぼって彼女を連れ出したってかまわないじゃないか。

じっとパトリックをうかがっていたブラッドンは、友人が出した結論に気づいて歓声をあげた。「やってくれるんだな！　わかっていたよ、パトリック。きみなら頼りになるとわかっていた。どんな期待にも必ず応えてくれると思っていたよ」

「正気の沙汰《さた》とは思えないけれどね」パトリックは不機嫌な様子で、ブラッドンの脚に視線を向けた。「ところで、いつまでそれをつけていなければならないんだ？」

「二週間くらいかな」ブラッドンが陽気に答える。

黒い眉の下からパトリックは疑わしそうにブラッドンを見た。

「折れた骨が治るまでには、一カ月半ほどかかると思っていたが」

「きみの言うことのほうが正しいんだろう、きっと」ブラッドンが言った。「それより、そろそろ出かけたほうがいいぞ、パトリック。ソフィーはぼくが真夜中に迎えに来るものと思っている。ぼくに言わせれば、駆け落ちするにはひどく遅い時間だけれど。ともかく、あと二〇分しかない」

パトリックはブラッドンが投げてよこした黒いはりねずみを指でつついた。するとそれはふたつに分かれ、口ひげと顎ひげからなっていることが判明した。ブラッドンは小さな瓶も投げてきた。「それをくっつけるための糊だ。暖炉の上の鏡を使うといい」

パトリックは瓶のふたを開けてにおいを嗅いだ。「いやだ」反論をいっさい受けつけない声で言う。

「それならマントだけでも着てくれ」ブラッドンが懇願した。「フードがついているから、きみだとはわからないはずだ。少なくとも、ソフィーを地面におろすまでは気づかれずにいられるだろう。悲鳴で屋敷じゅうの人々を起こしてしまう事態は避けたい。ぼくではなくきみがはしごをのぼってきたと気づいたら、彼女は喜ばないだろうから」

予測されるソフィーの感情を言い表すとしてはかなり控え目な表現だ、とパトリックは思った。

ブラッドンが楽しげに続ける。「それに地面におりたら、ソフィーをマントで包みこむ必要がある。真夜中に外にいる姿を目撃されれば、未来の妻の評判は台なしになってしまうからな」

パトリックは愉快そうに目をきらめかせた。「きみがぼくに頼んでいるのは、その未来の妻の寝室に忍んでいって彼女を連れ出し、真夜中に彼女の両親の許しも得ないで、ふたりきりで馬車に乗ることなんだぞ。それなのに、彼女の評判を心配しているのか？」マントを身につけてフードをかぶり、暖炉の上に置かれた鏡にちらりと目を向けた。「やれやれ、まるで風刺画じゃないか。中世の死に神みたいだ。あとは腰に巻くロープと鎌《かま》さえあれば完璧だよ！」

ブラッドンが唇を引っぱった。「相手がきみであることにさえ気づかれなければ、ソフィーの評判は傷つかないだろう。だから彼女の顔を人に見られないように、馬車に乗るまではマントで包んでいてくれ。万が一、その時刻に通りを歩いている者がいたときのためだ」

パトリックはため息をついた。ばかげた状況だ。さっさとあの娘を連れに行って、ブラッドンの屋敷に放りこむのがいちばんだろう。

「彼女が到着したあとのことは考えているんだろうな？」

ブラッドンがうなずく。「祖母の屋敷へ行かせるつもりだよ。ここからすぐなんだ。すでに向こうの家政婦には知らせてある。祖母は田舎へ行っているから、ソフィーを送り届けてやってほしい。誰も気づかないさ」

そのマントはパトリックがいつも着る乗馬用マントの二倍の大きさがあった。ばかげて見えるのは間違いない。けれどもブランデンバーグ・ハウスの真っ暗な庭園に立ち、深くかぶったフードの下から、あたり前のように窓に立てかけられたはしごを見あげて初めて、彼は今夜がいかにばかげた夜であるかに気づかされた。背を向けて庭園から出ていこうとしたそのとき、頭上からそっと呼びかける声がした。

「スラスロウ卿！」

パトリックは上を見た。窓からソフィーの小さな頭と肩がのぞいているのが、はしご越しにかろうじて見て取れた。

「おりてきてくれ」彼はつっけんどんに言った。「駆け落ちしたいのなら」とんだロミオだ、とパトリックは腹立ちまじりに思った。

「スラスロウ卿……ブラッドン、だめなの！」ソフィーが泣き声で言った。

パトリックは少し近づいた。「どうしてだ？」

ソフィーは下に広がる暗闇に目を凝らした。ブラッドンの声は驚くほど荒々しい。いつもは優しくて紳士的で、ちょっと舌足らずなのに。庭から抜け出して駆け落ちするなんて型破りなことを無理強いしたから、機嫌を悪くしているに違いない。

「スラスロウ卿、あがってきてくださらない？　駆け落ちする前に少し話がしたいの。お願いよ！」

ソフィーの耳に、食いしばった歯のあいだから絞り出したうなり声が聞こえた。ブラッドンが家のほうへ移動するのがわかり、彼女は不安を覚えながらはしごをつかんだ。のぼっている途中ではしごがうしろへ倒れて、彼が地面に落ちてしまったらどうすればいいの？　間違いなく使用人たちが目を覚ますわ。それに、ブラッドンが怪我をしたら？　機敏とはとても言えない人だもの。

ところが彼は苦労する様子もなく、うまくはしごを扱えているようだ。ソフィーはそわそわしながらも、おかしさがこみあげるのを感じた。昼間に練習したのかしら？　ブラッドンが窓枠の近くまであがってきたので、彼女は急いで部屋の奥へさがり、ベッドに腰をおろした。前もって蠟燭の火を消しておいたため、窓からの月明かりしかない室内はとても薄暗かった。

マントに包まれた大きな体が片脚で窓枠をまたいだとたん、ソフィーは思わず息をのみそうになった。ベッドに座るソフィーに気づいたらしく、彼が動きを止めた。マントのフードに埋もれて顔は見えないが、ブラッドンの視線がゆっくりとソフィーの体をたどっていくのがわかった。

彼がふたたび動き出した。もう片方の脚でも窓枠をまたぐと、軽やかに床におり立つ。なにも言わず窓枠にもたれかかったブラッドンの背後でマントが小さくはためき、広い肩にまつわりついた。ソフィーは音をたてて唾をのみこんだ。

「どうして駆け落ちの準備ができていないのか、不思議に思っているでしょうね」そこでいったん言葉を切った。「スラスロウ卿、あなたに頼んだ理由は……はしごをのぼってここへ迎えに来てほしいと頼んだ理由は」彼女は急いで続けた。「自分がどうしようもない愚か者に思えて、そんな状態から抜け出したかったからなの。だけど、あなたはひどく怒るでしょうけれど、一緒にはしごをおりていくことはできないわ。今夜だけじゃなくて……今後も」

ソフィーはブラッドンの顔を見ようと目を凝らしたが、窓を背にした体の輪郭しかわからなかった。マントが邪魔だ。

「それで？」

彼女は慌てて言った。「わたしは一日じゅう、とてもみじめな気分だったわ。何度も何度も考えたの。あなたが駆け落ちを楽しみにしていたのは知っている。だから、手紙では知らせたくなかったの。でも、駆け落ちはできない……あなたとは結婚できないわ！」

それを聞いて、彼女の婚約者が腕組みをした。ソフィーは彼の大きな体が怖くなってきた。だが、ブラッドンが発したのはたったひと言だけだった。「なぜだい？」

「あなたにとって、どれほど大きな意味を持つかはわかっているの。その、結婚することが。あなたのお母さまのせいね。本当にごめんなさい。だけど……だけど、これは正しいことじゃないわ！」ソフィーは打ちひしがれた気持ちで口を閉じた。

窓のあたりに漂う恐ろしい沈黙に耐えられず、彼女はふたたび話し始めた。昼間に頭のなかで繰り返し考えていたことが、とりとめもなく口からこぼれ出る。

「初めは、わたしたちはうまくやっていけると思ったの。ふたりとも……お互いに対してなんの感情も抱いていないから。いいえ、それは正しくないわね」ソフィーは几帳面に訂正した。「わたしはあなたがとても好きよ、ブラッドン、いいえ、スラスロウ卿。でも、わたしたちは……わたしは……妻が夫に対して抱くべき気持ちになれないのよ！」

一瞬の沈黙ののちにブラッドンが言った。「なれない？」

「ええ！」

「そうか」

ブラッドンの声は本当にどこかおかしい。いつもよりずっと低いし、ヴェルヴェットのようになめらかに響いて、おなかのあたりが震えてしまう。ふたりきりになるのが初めてだからかもしれない。庭園でキスをしたくないと言われたときを別にすれば。そのときの記憶がよみがえり、ソフィーは力を得た。

「わたしたちが庭園にいたとき、あなたはわたしをそういう目で見ていないから、キスをしたくないと言ったのを覚えているでしょう？　だけど夫なら、そういう目で妻を見るべきよ！」彼女は挑むように言った。

それでも窓辺から反応は返ってこなかった。ところが次の瞬間、ブラッドンが流れるような動きで体を起こし、ベッドのほうへ二、三歩足を踏み出した。ソフィーは懸命に目を凝らしたが、フードを深くかぶっているので、どうしても彼の表情をとらえられなかった。突然、頭のうしろに手があてられた。彼女はブラッドンの体が覆いかぶさってくるのを、見るというより感じ取った。

「試してみよう」かすれたつぶやき声がして、ソフィーの唇に硬くて力強い唇が重なった。歓びをもたらしながら攻め入り、愛撫《あいぶ》して征服する。

ソフィーは息をのんだ。今やブラッドンは彼女を押し倒そうとしていた。それともわたしが自分から倒れているの？　促されて自然に唇を開くと、彼の舌がソフィーの柔らかい口のなかに入ってきた。全身に熱い炎が駆けめぐる。パトリック以外、こんなふうにわたしにキスをした人は誰もいなかった。心の一部が勝ち誇ったように言う。〝ほらね？　パトリック・フォークスが特別なわけじゃなかったのよ！〟小さな声は、押し寄せてくる興奮にのまれてすぐに聞こえなくなった。

パトリックはなにも考えていなかった。ついに望んでいた場所で――ベッドの上で――ソフィーを手に入れたのだ。以前キスをしたときと変わらず、彼女の柔らかな唇はパトリックを酔わせ、理性的な思考を奪った。彼はソフィーの肌に口づけた。温かな舌で唇の輪郭をたどり、内側に入りこむ。ソフィーの震える体が本能的にそり返り、指がパトリックの髪をきつくつかんだ。

彼はソフィーに覆いかぶさり、片腕をついて体を支えた。体を少しうしろに引くと、羽毛のように軽いキスを唇の上に散らし、彼女がうめき声をあげるまでじらした。弱々しくかすかなその声が真夜中の静けさのなかに漂っていく。ソフィーが頭を動かしてパトリックをとらえようとした。彼を引き戻して、ふたたび唇を重ねる。パトリックの唇はソフィーの唇の上で燃えあがった。だがすぐに口もとを離れて頬骨へとあがり、まぶたに口づけ、それからやっと唇におりていった。とたんにソフィーが息をのんだ。パトリックの舌は、合わさった口のなかに侵入しては後退する動きを繰り返した。彼の親指は寝間着の上から荒々しくソフィーの乳首をこすっている。

ソフィーはこらえきれず、押し殺した泣き声をもらした。だが、どういうわけか心の奥では、ブラッドンを相手にこんな気持ちになるのは受け入れがたいと思っていた。たとえこれほどの情熱をかきたてる力がブラッドンにあるとしても――そうだとしたら驚きだが――やはり彼の妻にはなりたくなかった。

ソフィーは急いで顔をそむけ、叫ぶように言った。「やめて！」彼の唇が説得するかのように重なり、舌の動きがおなかにまで到達する炎を燃やした。彼女はすすり泣き、あえぎ、それでもなおささやいた。「いや」さらにもう一度。「いやよ、だめ」小さな手で思いきりブラッドンの胸を押すと、まっすぐ前を見て上体を起こした。彼女の婚約者は片肘をついてバランスを取りながら、その場にとどまっていた。思いやりあふれる視線を注がれているのを感じたものの、ソフィーは彼のほうを見ようとしなかった。

「そんなことをしても変わらないわ、ブラッドン」ソフィーは息を切らした。「わからない……どうしてこうなったのかはわからないけれど、あなたとは結婚したくないの」背中に流れる長い巻き毛を大きな手でそっとなでられても、かたくなに前方に視線を向けていた。しかしブラッドンの返事はなく、ソフィーはやむをえず横を向いた。

心臓が止まった。

フードが脱げ、淡い月の光が照らし出しているのは……彼女の体は初めからずっと気づいていた。それがブラッドンではないことを。だが、こうして長いまつげや、銀色のまじる髪や、弧を描く眉や、角ばった顎を実際に目にすると……触れてくる手の感触から、寝間着越しに押しつけられた引きしまった硬い腿から、体がすでに知っていた事実を頭がゆっくりと受け入れていく。

「なんてこと」ソフィーはささやいた。その声は、すやすや眠る赤ん坊の寝息のように夜に吸いこまれていった。

　片方の眉をあげたパトリックが、右手で彼女の髪をなでながら物憂げにほほえみ返していた。彼はシルクのようになめらかな髪の房のなかに手をもぐりこませてそっと引っぱり、ソフィーの体をもう一度ベッドに横たえた。

「断言してもいい」耳のすぐそばでかすれた声がした。「ぼくはそういう目できみを見ているよ、ソフィー」いたずらな舌が華奢な耳のカーブを誘惑するようにもてあそび、温かい息が脚のあいだにふたたび火をつけ、驚きが思考を麻痺《まひ》させた。パトリックに顔を引き寄せられると、意思に反してソフィーの体から力が抜けた。彼女を燃えあがらせようとしてパトリックの唇がおりてくる。これは間違っていないわ。とても正しいことに思える。ソフィーは、マントのことも、駆け落ちも、結婚も、婚約も、すべて忘れた。日中あれほど苦しんでいたにもかかわらず、混乱した思考を解きほぐすのをあきらめた。

　彼女が小さな指でパトリックの頬にそっと触れ、顎の線をたどり始めると、彼の緊張も解けていった。パトリックに合わせて開くソフィーの唇は、経験豊富な男すらもうっとりさせる不変の魅力をたたえていた。

　パトリックはうなり声をあげたくなるのをこらえながら、力ずくでソフィーをその場から動けなくした。たくましい男の体で押さえつけたとたん、彼女が息をのむのがわかった。パトリックは急いで体を引き、体重がかからないようにした。

「すまない、スウィートハート」落胆するソフィーの耳には、パトリックの声がどこか遠いところから聞こえてくるかに思えた。「きみがどれほど小柄か忘れていたよ」

ソフィーは答えなかった。彼女の内部に存在するなにかが、彼の体をふたたび感じ、うっとりする重みでベッドに押しつけられたいと渇望していた。ソフィーは手を差し出してパトリックの肩にしがみつくと、誘いかけるように唇を開いたまま、伸びあがって彼に口づけた。パトリックはキスに応じながら体を傾け、片脚で彼女をベッドに固定した。

彼の手がソフィーの全身をさまよい、柔らかな寝間着のひだをかき分けて、真っ白な乳房を夜気にさらす。

「ああ、ソフィー、きみは美しい。なんて美しいんだ」パトリックが彼女の肌に口をつけたので、声はくぐもって聞こえなくなった。次に聞こえた音は、手の動きを追って動く彼の唇に耐えきれなくなってすすり泣くソフィーの声だった。彼女はパトリックの下で身をよじり、弱々しいつぶやきを発している。その声に、彼の血はわき立った。パトリックはソフィーの寝間着に手を差し入れ、なめらかな巻き毛を指で探った。まつわりつく柔らかいカールが、露に濡れていく。

ソフィーがたちまち身を硬くした。

「なにをしているの？」うろたえた声は情熱と恐れを同時に感じて震えていた。ソフィーは小さな手で彼の手首をきつくつかんだ。

パトリックはすぐに動きを止めたが、手はどけなかった。ソフィーは体じゅうに衝撃が野火のごとく広がり、目がかすんできた。部屋に差しこむ淡く輝く月光を通して、彼女はパトリックを見つめた。

「きみが望まないことはなにひとつしないよ、スウィートハート」パトリックがかすれた声で約束した。彼の唇がソフィーの顔をかすめ、舌が彼女の唇を開かせてなかに入ってくる。その瞬間、ソフィーはこれまで男女のあいだで起こると聞かされてきたことの本当の意味を理解した。パトリックが休みなく指を駆使し、彼女を狂乱の高みへと駆り立てていく。

ソフィーは唐突に口を開いた。「あなたはわたしと愛し合おうとしているのね」

考えをまとめようと、パトリックの思考はあちこちに飛んだ。ソフィーの誰からも教えられていないぎこちない抱擁、初めての場所に触れられるたびに跳ねる体、青い瞳に浮かぶ驚嘆。着ているドレスや会話から、彼女が世慣れていると考えたのは間違いだった。彼は柔らかいソフィーの腿に指先を這わせた。

「スウィートハート、きみがよく見えないんだ」パトリックは彼女の鼻に軽くキスをした。

「蠟燭をつけてもいいかな?」

ソフィーが魅入られた目で彼を見つめ返す。

「シモーヌが……わたしのメイドが、今夜はねずみのひげのように月が細いと言っていたわ」

パトリックは彼女を安心させたくて、すばやく唇を合わせた。そうせずにいられなかったのだ。それから体を反転させてベッドをおり、火打ち石を打って火をつけた。部屋のあちこちで火影がちらちら揺れる。彼はサイドテーブルに置かれた蠟燭にも火をともし、ふたたびベッドに戻った。重みでマットレスが沈む。

「わたしを見たいだなんて！」ソフィーは恥ずかしさと腹立たしさの入りまじった小さな声で言った。はじかれたように体を起こして座ると、寝間着の身ごろを引きあげ、裾を引っぱって膝を隠した。

「ぼくは、男が世界のなによりも欲しいと思う女を見る目できみを見ているんだ」口調は明るいが、パトリックの目は激しく燃えていた。

「まあ」ソフィーはささやいた。彼はすでにマントを脱ぎ、ローン地のシャツを胸のあたりまではだけていた。

「クラヴァットがついていないシャツを見るのは初めてだわ」わたしはなにを言っているのかしら？

パトリックの顔を小さな笑みがよぎった。次の瞬間、彼は一連の動作でシャツの裾をズボンから出し、頭から脱いでベッドの横に放り出した。ソフィーは目をみはった。シャツが床に落ちたときに起こった突然の風に、蠟燭の炎が揺らめいた。パトリックの褐色の肌の上でオレンジ色の影が躍り、筋肉のうねりを映し出す。

ソフィーは開きかけた口をまた閉じた。思いつく言葉は〝まあ〟しかなかったとはいえ、愚か者みたいに繰り返すのはもううんざりだった。彼女はなにも言わず、パトリックの黒い瞳に勇気づけられて彼の胸へと手を伸ばした。パトリックに触れられたのと同じ場所だ。ふたりはベッドに並んで腰かけていた。きちんと座っているわ、とソフィーは思った。だけど……だけど……。彼女は片手の指を広げてパトリックの胸にあて、それからもう一方の手も同様にした。小さな指が乳首をかすめたとたん、パトリックが息を吸い、瞳を欲望で濃く染めた。

彼の目を見て、ソフィーの口の端が持ちあがった。先ほどの動きをゆっくりと繰り返しながら、親指を同じ位置におろしていく。手の下に、パトリックの鼓動を感じた。たそがれどきに庭で見かけたことがある、小さなモグラの動きに似ている。

ソフィーはみずからの力を確信して緊張を解いた。そのとき突然、パトリックが彼女をベッドから抱えあげた。気がつくとソフィーは、彼の胸に手をあてたまま膝に座る格好になっていた。心臓が激しく打っている。パトリックは真夏の夜の香り――カナリア諸島の強いワインが血管を駆けめぐるような、熱狂に満ちた真夏の夜の香り――がした。男らしい香りと、かすかにブランデーのにおいもする。彼女は息をひそめて……待った。

パトリックは自分を信じきってくれているソフィーの目をのぞきこんだ。欲望の波をこらえるために一瞬、目を閉じる。さもないと好色なサテュロスのように、彼女をベッドに押し倒してのしかかってしまいそうだった。代わりに彼は、ソフィーの鼻に軽くキスをした。

「きみはぼくと結婚するんだ」

緊張が解けたパトリックの声は低く、確信に満ちていた。

ソフィーは小さく同意のため息をついた。柔らかくかすかな息だ。ほんのわずかの迷いもなく、子供のころからの数々の誓いをすべて忘却の彼方《かなた》に追いやった。

パトリックが指の関節で彼女の顎を持ちあげた。

「ソフィー」

「わかったわ」ソフィーはすねても、いらだってもいなかった。「わかったわ、あなたと結婚する」その瞬間の彼女は、なにも疑問を抱いていなかった。ただそわそわして、下腹部の熱さと同じ熱が頬をピンクに染めているのを意識していた。

「フォークス?」ソフィーは彼の視線をとらえた。

彼女の唇からささやきをかすめ取るように、パトリックが頭をさげた。言葉を発するたび、彼の息がソフィーを愛撫する。

「これは適切じゃない、ソフィー」欲望にかすれた声でパトリックは言った。「ぼくたちは待たなければならないんだ」

けれども、すでに歓びの泉がソフィーの体をのみこもうとしていた。わたしは放蕩者と結婚するのだ。ただの放蕩者ではない、心から愛している放蕩者と……。ソフィーは大胆になって伸びあがり、くっきりとした彼の唇の輪郭を舌でたどった。彼女をつかむパトリックの手に力がこもったが、彼はなにも言わなかった。ソフィーはパトリックの首にまわしていた両手を胸板までおろし、盛りあがりやくぼみをくまなく探りながら、ズボンのウエストへと消えていく柔らかな毛にたどり着いた。

危険を冒してパトリックの顔を見る。彼の表情は気だるげで、黒い瞳と頬骨の線が官能の歓びを約束していた。ソフィーはにっこりした。

パトリックはしぶしぶほほえみ返してつぶやいた。

「とんでもない小娘だな」

「まあ」ソフィーはからかいをこめて唇をすぼめた。「お説教をするつもり？」

パトリックがソフィーの乳房の下側の、なだらかな曲線へ手を戻す。ソフィーは息をのんで体をそらした。パトリックは彼女の頭を引き寄せてキスを繰り返した。いつのまにか、ふたりはベッドに横たわっていた。彼に寝間着の裾を引きあげられても、ソフィーはただ期待に身を震わせていた。

一瞬パトリックの姿が消えたかと思うと、彼は服を脱いで戻ってきた。

「なんてこと」ソフィーは目を丸くした。「あなた……あなたはなにも着ていないわ！」

パトリックの瞳に笑いがきらめく。「きみもじゃないか」

ソフィーは困惑して体を見おろした。もはや自分の体だとは思えない。服を脱がされたことにはまったく気づいていなかった。ピンク色のなめらかな肌は、これまで想像すらしていなかった興奮と熱いうずきの迷宮に姿を変えている。ソフィーが見ていると、彼の手が乳房を通って腹部へおりていった。そこから先はとても目を向けていられない。

代わりに、彼女はパトリックを見つめた。パトリックの両手が魔法を紡ぎ、唇が小刻みな震えをもたらしていたが、ソフィーは目の前にある彼の体を見つめた。

寝室に広がる官能の霞を小さな声が切り裂いた。「うまくいかないわ」彼女はきっぱりと言った。「残念だけど、わたしたちはお互いに合わないみたい。あの、大きさが」

パトリックは打ち寄せてくる欲望の波を必死で押し戻した。自制心をつなぎ止めているのは、たった一本の細い糸だった。自分でもどうしたのかわからないまま、彼は両肘をついて上体を起こし、ソフィーの怯えた顔を見おろした。

「ぼくを信じてくれ、スウィートハート」説得しながらも同時に慈しむように、パトリックは合わせた唇を動かした。

ソフィーは息をあえがせつつも、なんとか声を絞り出した。

「この件に関しては、わたしのほうが自分の能力をちゃんと判断できると思うけど」

「そんなのは理屈にすぎない」パトリックがつぶやいた。「理屈にこだわるのは愚か者だけだ。神はぼくたちの体が合うように創《つく》ったんだよ、ソフィー」

脚のあいだに働きかけてくる彼の説得に、ソフィーは決意を揺るがされそうになっていた。全身がやめないでほしいと叫んでいて、まともに考えられない。パトリックは差し迫った要求を体で伝え、無言の誘惑を続けながら、そっと唇をあてて彼女の目を閉じさせた。

ソフィーは息苦しくなって口を開いた。

パトリックが口づけたままつぶやく。

「女性にとって、初めてのときはそれほどいいものではないんだ」

けれども、ソフィーはもはや気にしていなかった。

彼女が両腕をパトリックの首に巻きつけ、無意識のうちに体をそらして懇願する。藁葺《わらぶ》き屋根を炎がなめるように、ソフィーの動きが最後まで残っていた彼の抑制を焼きつくした。パトリックはソフィーの唇と体を同時に奪った。彼女の悲鳴を喉でとらえ、つかのま完全に動きを止める。

「すまない……すまない」

彼は本当に申し訳なく思っているみたいだわ。そう考えると、パトリックが身を沈めてきたのに伴う鋭い痛みから気をそらすことができた。ソフィーは髪や耳や喉にささやかれる優しい言葉に意識を集中させた。

そのとき、パトリックがそっとリズムを刻み始めた。最初のうちこそ痛かったが、徐々に痛みは消え、なにかほかのものに姿を変え始めた。ソフィーの口からすすり泣きがもれた。

顔をゆがめて自制心のかけらにしがみついていた様子のパトリックが体を引き、彼女の腰の下に両手を入れた。ソフィーは身をよじり、彼を迎え入れようと体を持ちあげた。たったひとつのことしか考えられない。ついに火花が炸裂《さくれつ》し、炎が強烈な光を放ちながらソフィーの手足を突き抜けていった。浜辺に波が押し寄せるように、彼女はパトリックに強く体を寄せた。

今までに経験したことのない歓喜にとらわれたパトリックは、叫び声をあげながらみずからを解き放ち、前に突き進んだ。祈りの言葉とともに屈すると、締めつけられた喉から声を絞り出す。「ソフィー、ソフィー、ソフィー」その声は、ベッドに広がる、もつれた長い巻き毛のなかに吸いこまれていった。

開け放たれた窓からそっと吹きこんできた真夜中のそよ風に、テーブルに置いた蠟燭の炎がふわりと揺れた。

9

廊下の先ではソフィーの母親がみごとな造りの豪華なベッドの上で起きあがり、体を硬直させていた。エロイーズはずっとひとりで眠っている。結婚して二カ月後に、夫がメイドの腕に抱かれているところを発見してからずっと。あのときエロイーズは厳しい声で、二度と自分のベッドへは来ないでくれと要求し、侯爵もよそよそしい態度で了承した。それからというもの、彼女の夜の眠りを妨げるのは、遅い時間に自室へ戻った夫がたてる物音か、ごくたまに使用人たちが不道徳なふるまいに及んでいるらしい音だけだった。

エロイーズは躊躇なく、ベッドの横にかかるヴェルヴェットのひもを引いた。普段なら真夜中にむやみに使用人を呼び立てたりしないが、彼女は熟睡する能力に確固たる自信を持っていた。夫に対してもたびたび澄ました顔で、これは天から授かった特別な才能だと宣言していた。そんな彼女が目を覚ましたということは、なにか理由があるはずだった。エロイーズは、はっと息をのむ音と叫び声を聞いた気がした。間違いない。屋敷の前の通りで紳士が強盗に遭っているのだろうか？　もしそうなら、その気の毒な人を助けてあげなければ。彼女はもう一度呼び鈴を鳴らした。

ようやく、慌てて服を着たらしいメイドが寝ぼけ顔で姿を現した。エロイーズの目にはかなりだらしなく見えるお辞儀をして尋ねる。「ご用でしょうか、奥さま」

「物音を聞いたの」エロイーズはぴしゃりと言った。「ただちに前の歩道を調べるようカロルに伝えなさい」

ふたたびお辞儀をして、メイドは部屋から出ていった。エロイーズは体をこわばらせたまま横たわり、古風なベッドにかかるバラ色の天蓋《てんがい》をじっと見つめた。不愉快な考えが浮かんでくる。夫がブランデンバーグ・ハウスにこっそり女を連れこもうとする音だったとしたら？　そういえば、あれは女性の声に聞こえた。エロイーズは今や完全に目覚めていた。ええ、そうよ、わたしが聞いたのは女性が息をのむ音だったわ。その音は彼女に、以前メイドが応接間で急に産気づいたときのことを思い起こさせた。あのあと家政婦はもじもじと手をもみ合わせながら、年のわりにおなかが出ているとは思ったものの、誰もメイドの妊娠に気づいていなかったと何度も繰り返し弁明した。あのときの光景を思い浮かべると、いまだに突き刺すように激しい怒りがよみがえってくる。たまたまボーモント公爵夫人がお茶に訪れている最中だったのだ。なんという屈辱！　あの恥ずかしさは死ぬまで忘れられないだろう。

ボーモント公爵夫人の記憶から、エロイーズはブラッドン・チャトウィンを連想した。ふたりは血縁関係にあったのではなかったかしら？　確か公爵夫人がブラッドンの名づけ親だった気がする。彼はきちんと礼儀をわきまえた若者だわ。確かに鈍いけれど、そうでない男性がいるかしら？　それにブラッドンには有力な親類がいる。ボーモント公爵夫人と縁続きになるのは喜ばしいことと言えるだろう。

廊下を走ってくる靴音が聞こえ、エロイーズのメイドが部屋に戻ってきた。

「ああ、奥さま、大変です！　カロルが裏庭ではしごを見つけました。お屋敷に立てかけられていたんです」メイドはそこでためらった。はしごがかかっていたのがレディ・ソフィーの寝室の窓であるという事実は、自分より執事の口から伝えてもらったほうがいいと直感的に悟ったのだ。

エロイーズはベッドから出てきちんとガウンを着こんだ。ひと言も発さずに隣の化粧室へ向かい、そこから夫の寝室に入る。彼女には揺るぎない確信があった。そのはしごは夫の部屋の窓にかかっているに違いない。まるで娼館に忍びこむようにはしごを使って部屋に女を連れこむとは、なんというおぞましい行為だろう。

そう考えていたので、夫の部屋のドアを乱暴に開け、そこでひとり穏やかに眠る侯爵を発見したエロイーズは心の底から驚いた。さらに部屋の窓はしっかりと閉まっていた。いびきをかいている様子からして、寝る前にかなりの酒を飲んだらしい。訪問者を予定していたとは思えなかった。

エロイーズは夫のベッドに駆け寄り、彼の腕をつかんで強く揺さぶった。「強盗よ、ジョージ、強盗がいるの！」興奮していたため、自分が何年ぶりかで夫を洗礼名で呼んでいることには気づかなかった。

「なんだって？　強盗？」侯爵が体を起こし、髪がはらはらと片目にかかった。驚いたエロイーズはもう少しで息をのむところだった。わたしが知らないあいだに、ジョージはこんなにも年を取ってしまったの？　黒い髪には白いものがまじっていた。ぼうっとして彼女をうかがう姿は、疲れて年老いた男に見える。けれどもすばやくベッドからおろした脚は、昔と変わらず引きしまっていてたくましかった。彼はローブをつかんだ。ジョージは今でも寝間着を着ないんだわ、とエロイーズは思った。

　夫のあとから部屋を出ながら、彼女は切なさを感じていた。二〇年の年月を経ても、結婚して最初の数カ月の記憶は色あせていない。楽しさに満ちあふれた毎日だった。続き部屋の戸口に立つジョージは瞳を輝かせ、颯爽とした足取りでベッドへやってきた。生まれたままの姿で。

　けれども正面の階段を駆けおりるジョージに、過去を懐かしむ気持ちはまったくなかった。彼は裏庭へ向かって急ごうとしたが、カロルが肘に手をかけて引き留めた。

「だんなさま」執事の口調のなにかに、ジョージの血は凍りついた。「はしごはお嬢さまの窓に語りかけていました」

「はしごが語りかけていただと？」ジョージは困惑して繰り返した。「語りかける？　おまえも人類の端くれなら、ちゃんと英語を話せ、カロル」

　いつもはフランス人らしさを前面に出せと言うのに、と反論したくなるのをこらえ、カロルは感情のない声で簡潔に言い直した。「はしごの先端がレディ・ソフィーの寝室にかかっているのです、だんなさま。それに」彼は満足げにつけ加えた。「お部屋の窓が開いております」

ジョージは唖然として執事を見つめた。「窓が開いている」彼はただ同じ言葉を繰り返した。

「開いております」うなずくカロルの声はどこか弾んでいた。「お嬢さまはどうやら駆け落ちなさったようです、だんなさま」

「駆け落ち」

カロルはうなずくだけにとどめておいた。侯爵の背後に、急ぎ足で廊下をこちらへとやってくる侯爵夫人の姿が見えたのだ。厄介な事実を知ったあとの彼女とはかかわりたくない。「書き置きがないかどうか、お部屋をお調べになってはいかがでしょうか、だんなさま」そう提案すると、カロルは使用人用のドアから急いで退散した。

使用人の居住区では、ちょうど大騒ぎが起こりかけているところだった。堅苦しい侯爵夫人は、使用人が主の個人的な問題を話題にするのを許さない。この場合は、彼女の娘がグレトナ・グリーンへ出奔したと聞いて使用人たちが大笑いすることだ。

カロルは、ご家族の不名誉になることを口にしてはならないと厳しく説教して――効き目があるとは思えなかったが――全員をベッドへ追いやった。その際にこっそり、一七人の従僕がそれぞれちゃんと自室にいるかどうかを確かめた。若いレディたちにとって従僕は非常に魅力的な存在であることを、彼は十分承知していた。レディ・ソフィーが部下のひとりに目をつけたとすれば、カロルにとっては立ち直れないほどの恥辱となるだろう。

一方、ブランデンバーグ侯爵はその場から一歩も動かず、玄関広間の床を飾るイタリア産大理石の模様を凝視していた。

細い蠟燭を手にした妻が静かに近づいてきた。彼女は寝間着の上にひらひらした化粧着をはおるようなたぐいの女ではない。首から爪先までをすっかり覆う、丈夫なリンゼイの青いガウンにくるまっていた。

「それで?」エロイーズは喧嘩腰に言った。次いで、もっと切羽詰まった口調で続ける。「ジョージ、どうしたの?」

夫が顔をあげて彼女を見た。「あの子が行ってしまった。カロルによれば、ソフィーは駆け落ちしたらしい。われわれの小さなソフィーが」

洗練されたふるまいをすっかり忘れて、エロイーズはぽかんと口を開けた。おそらく人生において最初で最後のことだろう。

「まさか!」

「はしごがかかっているのはあの子の部屋で、しかも窓が開いている」ジョージが打ちひしがれた様子で言った。「この件はすぐに広まるだろうな」

エロイーズは歯を食いしばり、小声で言った。「ありえないわ。ソフィーがわたしを、わたしたちをそんな目に遭わせるわけがないもの。そんな恥さらしな……娘が駆け落ちしただなんて……」

「あの子を甘やかしすぎたとは思わないんだが。そうだろう?」ジョージの顔はすっかりやつれて見えた。「ドレスの件では何度か意見しようとしたんだよ。だが、きっとわたしの考えが時代遅れなんだろうと思って言わなかった」

「ばかばかしい」エロイーズの声には不安がにじんでいた。

彼女は向きを変えて玄関広間を進み始めたが、ふと足を止め、じっと立ったままの夫を振り返った。「さあ、しっかりして、ジョージ。手紙を残していないか確かめないと。まだそう遠くへは行っていないかもしれないわ。その場合は、今夜じゅうに追いついて連れ戻さなければ」

素直についてくるジョージを従え、エロイーズは階段をあがった。夫婦は肩を並べて廊下を歩きながらも、そうして一緒に並んで歩くのが二〇年ぶりであることには、どちらも気づいていなかった。

やがてエロイーズは足を止め、娘の部屋のドアを押し開けた。確かに窓が開いていた。華奢なモスリンのカーテンが夜風にそよいでいる。室内は暗かったが、窓枠から突き出ているふたつの黒いもの——はしごの先端に違いない——がかろうじて見えた。

「手紙はあるか？」背後に立つジョージが部屋のなかをのぞきこんだ。

エロイーズは手にした蠟燭を高く掲げ、化粧台のほうへ歩いていった。なにもない。大理石の暖炉の上にも手紙らしきものは置かれていなかった。部屋のほかの場所を捜してみようと向きを変えかけたとたん、急にジョージが肩のあたりに姿を現した。彼女は思わず悲鳴をあげそうになった。夫はむっとした様子で、蠟燭の火を吹き消した。たちまちあたりが真っ暗になる。廊下の燭台でちらちら揺れる光が唯一の明かりだった。廊下を歩いてくるときに順番にともしたものだ。

「エロイーズ、われわれはできるかぎり急いでふたりのあとを追わなければならん！」早口のジョージの声には奇妙な響きがあった。彼は妻の肩をつかんでドアのほうへせき立てた。まるで、かさばる洗濯物みたいな扱いだわ、とエロイーズは思った。早く出たがるジョージに押されて戸枠に体をぶつけたときには、とくにそういう気分になった。

廊下に出たとたん、彼女はつかまれていた手を振りほどいた。

「いったいどういうつもりなの、あなた？」

ジョージはため息をついた。もう〝ジョージ〟は終わりか。ふたたび交戦状態になったのは明らかだった。

「服を着替えて、ただちに馬車に乗らなければならないのだ、エロイーズ。今すぐ出発すれば、今夜か明日には、ふたりが国境に達する前につかまえられる可能性が高い。スコットランドまで少なくとも二日はかかるだろうからな」

「でも、相手は誰なの？」エロイーズは悲しげな口調で言った。「好きな人と結婚してはいけないなんて、ソフィーには一度も言った覚えがないわ。なぜ駆け落ちなんかする必要があるの？　どうしてわたしに手紙を残さないの？　きっとどこかに書き置きがあるはずよ！」

彼女はソフィーの寝室へ戻り始めた。

ジョージがふたたび鋼のような強さでエロイーズの腕をつかんだ。「書き置きを捜している暇はない、エロイーズ。服を着替えなさい。間に合ってあの子をつかまえられたら、舞踏会からの遅い帰りだというふりができる」彼は半ば引きずるようにしてエロイーズを彼女の部屋へ連れていき、なかに押しこんだ。

「さあ、これを着るんだ！」ジョージはたまたま手に触れたドレスを衣装簞笥《だんす》から引っぱり出した。エロイーズは驚いてサフラン色の舞踏会用のドレスを見つめた。

「とても着られないわ」

妻はロンドンでも手ごわいレディのひとりだが、知らない人が今の姿を見れば、彼女が泣きそうになっていると思うかもしれない、とジョージは考えた。

「いや、着られる」彼はエロイーズのガウンのベルトに手を伸ばして結び目をほどいた。彼女がはっとして寝間着の前身ごろをつかむ。

「五分だけやろう」ゆっくりと、しかし取り違えようのない口調でジョージは言った。「馬車の用意をさせてくる。五分後にわたしが戻るまでに、着替えて出かける準備を終えておくんだ」

エロイーズが麻痺したようにうなずいた。彼がふたたび部屋に行くと、妻は舞踏会用のドレスではなく青いサージ地の散歩着を着ていた。ひとりでは留められなかったのか、背中の部分が開いている。

「だめだ！　このドレスを着るんだ」妻からの無言の問いかけに答えて、ジョージは説明した。「まだ午前一時半だぞ、エロイーズ。舞踏会帰りに見える格好をしないと」

エロイーズはうなずいた。ジョージがすばやく手を伸ばして彼女の肩から散歩着を引きおろし、クリームのように白い胸をあらわにした。エロイーズは思わずあとずさりした。

「もう行ってください。自分で着ますから」彼女の声はかすれていた。

ジョージがうしろへさがり、口の端に皮肉な笑みを漂わせた。「わかっているのか、エロイーズ？　わたしがこの部屋に入るのは、きみがソフィーを産んだとき以来だ。あのときは、生まれたばかりの赤ん坊の顔を見るという名目で招き入れてもらった。五分間だったと記憶している。あれから一度もここへ入ったことはない」

つかのまふたりの目が合ったが、ジョージはすぐに部屋から出ていった。

エロイーズは舞踏会用のドレスを着ると手早く髪をまとめ、なんとかきちんと見えるように整えた。そして寝室とつながる化粧室へ急いだ。ジョージは無言でドレスの背中を留めてくれた。ふたりで揃って階段をおりていくと、奥の廊下の暗がりからカロルが姿を現した。

「妻とわたしは遅い集まりに出かける」ジョージは執事に告げた。「安心してくれ、カロル。おまえの心配は徒労に終わった。ソフィーはベッドにいた。駆け落ちをしようなどとは考えてもいなかったよ」

それを聞いたカロルは小声で喜びを表明した。侯爵夫妻がいつになく慌てた様子で馬車に乗りこむあいだ、彼は扉を手で押さえていた。

〝グレトナ・グリーンへ行く駅馬車街道でないというなら、この真夜中にいったいどちらへお出かけになるのですか？〟主人に向かっては絶対に口にできない問いを、カロルは心のなかで言ってみるのが好きだった。〝はしごはどういたしましょうか？　朝七時になれば、レディ・ソフィーがいつものように呼び鈴を鳴らしてホット・チョコレートをお命じになると、本気でお考えなのですか？〟

ひとつの疑問は答えが出せそうだった。それ以上騒ぎ立てず、カロルは裏庭のはしごをおろすようフィリップに命じた。

ソフィーの寝室では、パトリックが片方の肘をついて体を起こし、ブラッドンの――いや、自分の未来の妻を見おろしていた。そのうちにソフィーが目を開け、薄明かりに輝く青い瞳で彼を見つめた。

パトリックは彼女の下唇を指でたどった。「ふたりでブラッドンに新しい妻を見つけてやらないと。あいつを苦境に立たせたまま放っておくわけにはいかない。きみに姉妹がいないのが残念だよ、愛しい人」

「あなたに姉妹がいないのもね」ソフィーはいたずらっぽく言った。頬が熱くなるのがはっきりとわかった。彼女はベッドにいて、なにも身につけないまま――少なくともシーツは体にかかっているが――パトリックと話をしている。彼はこれから結婚しようという相手で、ほんの少し前に……。

パトリックがにんまりした。

「きみのご両親がさっきこの部屋に来たよ。きみは赤ん坊のように眠っていた」

「なんですって？」ソフィーの口から首を絞められたような叫びがもれた。

唇に触れていたパトリックの指が喉へさがり始めた。「きみの母上はぼくたちを見ていないが、父上は違う。父上はまさに侯爵夫人を放り出さんばかりの勢いで廊下に追いやったよ。母上はきみが駆け落ちしたと思っているみたいだ。書き置きがないかと捜していたからね」

彼の指がシーツの下へと向かう。

ソフィーは言葉によらない意思の伝達を無視して、パトリックの顔に意識を集中させようとした。

「つまり、父はわたしたちを見たにもかかわらず、なにも言わなかったということ？」

パトリックがうなずく。

「でも、どうして？」ソフィーは駒鳥の卵のように目を丸くした。「いったいどうして父はあなたに決闘を申しこむとか、あるいはわたしを情婦とののしるとか、とにかくそういうことをなにもしなかったのかしら？」

パトリックがおかしそうに彼女を見た。

「情婦だって？　どこでそんな古くさい言葉を覚えたんだい？」

ソフィーは顔を赤らめた。「それは……母がある女性たちをそう呼ぶから」

「ふうん」パトリックが片方の脚をソフィーの上にのせたので、彼女の頬はさらに濃く染まった。「思うにきみの父上は、ここから出ていくチャンスをぼくにくれたんだろう」

「まあ！」ソフィーは息をのんだ。頭にかっと血がのぼる。

パトリックが重心を移動させたとたん、彼女の全身の神経が彼を求めて叫び出した。頭をかがめたパトリックの唇がソフィーの唇をかすめていく。だがそのとき、なにかがこすれる音がした。はしごの先端が揺れて窓枠にぶつかったかと思うと、そのまま静かに離れていった。

「ああ、残念だ。発見されるのも時間の問題か」ソフィーの唇の上でパトリックがつぶやいた。

彼女は返事をしなかった。パトリックの背中のなめらかな面を発見するのに夢中だったのだ。キスが急に深まると、小刻みに震える体の端々までが熱くなった。

パトリックはしぶしぶ顔を離して起きあがり、ソフィーの髪に両手をすべらせた。「愛しい人、もう行かなければ」静かに横たわる彼女を見おろし、手の甲でそっと頬をなでる。「きみほど美しい女性には会ったことがない」彼はかすれ声で言った。

ソフィーの唇の上で小さな笑みが揺れた。

「先月わたしが求婚を断ったとき、あなたは心底ほっとして見えたわ」

パトリックが笑った。「本当に？　実を言うと、かなり腹を立てていたんだ」

「そうだったの」ソフィーはうなずいた。それならブラッドンではなく、パトリックがはしごをのぼってきたこととの説明がつく。ふたりの男性が互いに抱く子供っぽい敵対意識のせいで自分の将来が決定されると思うとうれしくはなかったものの、今はあまりに幸せすぎて思い悩む気になれなかった。

「どうしてぼくを拒んだんだい？」パトリックが訊いた。

ソフィーの瞳が翳った。「あなたを拒んだわけではないのよ」頬に赤みが差してくる。「わたしはとても……いえ」彼女は急いで言葉を換えた。「実際に起こったことのせいではなくて、ただ頭のなかで考えていただけなの。わたしが思っていたのは……よくわからないわ」またもや言い直す。「わたしはひどく臆病になっていたの」

ズボンとシャツを身につけていたパトリックは驚いてソフィーを振り返った。臆病になっていただって？　彼が口を開きかけたところで、ソフィーが質問した。

「どうやって出ていくつもり？　はしごは外されてしまったみたいだわ」

「正面の階段からだよ、もちろん」一瞬、パトリックの顔に尊大な表情が浮かんだ。何世代も前の祖先たちから受け継がれてきた貴族の表情だ。「どうしてぼくがこの屋敷にいるのかと、執事に尋ねられるほうが驚きだ」

「わたしの両親はどこへ行ったと思う？」

「おそらくきみの父上は、御者にしばらく駅馬車街道を走らせるだろうな。それから家に戻るよう命じるに違いない」大きなマントを頭からかぶったために、パトリックの声はくぐもって聞こえた。「朝になったら、たっぷり話を聞かれることを覚悟しておいたほうがいい、スウィートハート。侯爵夫人はとくに侯爵に対して腹を立てるんじゃないかな」

「母はしょっちゅう腹を立てているわ」

パトリックが問いかけるような視線を投げかけた。

「父があまりに大勢の女性と関係を持つからよ」ソフィーは説明した。

ブラッドンの仰々しいマントにふたたび身を包み、パトリックはベッドの端に腰をおろした。

ソフィーは重いまぶたを懸命に開けて彼を見あげた。「愛人のことになると、母はひどく怒りっぽくなるの。でも、心配しないで。わたしはきっと寛容になれると思うわ」

パトリックのほほえみはいくぶんこわばっていた。

「なんであろうと、きみが寛容になる必要がないことを願うよ」

ソフィーは再度眠りに引きこまれかけているらしい。「いいのよ。わたしは大げさに騒ぎ立てたりする女じゃないの。それにあなたと結婚するんだから、そういうことに関して泣き言は言わないつもりよ」彼女はまぶたを閉じた。

ソフィーがゆっくりと眠りに落ちていく様子を見つめながら、パトリックは目を細めた。ほかの女性に手を出さずにいられないと思われているのを知って、少しもショックを受けていないとは言えなかった。彼が見ていると、ソフィーは横を向いて片手を頬にあてた。

パトリックはシーツに広がるくしゃくしゃの巻き毛に指を走らせた。ぼくが処女を奪ったときには出血して痛んだに違いないが、未来の妻はそのことについてなにも言わなかった。彼女は臆病者ではない。だが、ぼくを信頼してはいないのだ。なぜだ？　いったいどんな話を耳にしているのだろう？　もしかすると、父に外国へ送られる前のぼくのふるまいを聞いたのかもしれない。そうはいっても、二〇代の普通の男がする悪ふざけ以外に、並外れてひどいことをしたとは思えないのだが。決して評判がいいとは言えないブラッドンの求婚を承諾したソフィーが気にするのなら、よほどとんでもない噂が広まっているのだろうか。いや、違う。ブラッドンの爵位のことを忘れていた。彼女は伯爵夫人になりたかったに違いない。それが今や、未来の公爵夫人だ。

パトリックは歯を食いしばった。ぼくとの結婚がどれほど気の進まないものであろうと、もはやソフィー・ヨークに選択権はない。彼女はぼくのものだ。立ちあがった彼はもう一度身をかがめ、力の抜けたソフィーの体の美しい曲線に衝動的に手を這わせた。くそっ、今すぐここから出ていくほうがよさそうだ。さもないと、また夢中になってしまう。

パトリックが上体を起こすと、肩のところでマントがふわりと動いた。彼は物音をたてずにジャングルを歩く獣のごとく静かにソフィーの化粧台へ近づき、その夜彼女がつけていた真珠のネックレスを取ってポケットに入れた。それから部屋を出て、そっとドアを閉める。パトリックはゆっくりした足取りで階段をおりた。大理石に靴音が響いても、気にはしなかった。

玄関広間には、侯爵夫妻が舞踏会から戻るのを待つようにカロルから命じられたフィリップがいた。平然と階段をおりてくる黒いマント姿の紳士を、従僕は困惑して見あげた。思わず口をあんぐりと開けたが、カロルのすばらしい訓練のおかげで、はっと気をつけの姿勢を取った。戸口に駆け寄ってドアを開き、頭をさげる。

紳士は愉快そうな視線をフィリップに投げかけながら外へ出たが、そこで足を止めた。

「ぼくはここにいなかった」彼は穏やかな口調で言った。

フィリップはうなずいた。だてにフランスで生まれたわけではない。

「だが、泥棒が屋敷にいたかもしれない」紳士がつけ加える。

フィリップはどうしていいかわからず、視線をそらした。カロルがここにいてくれればよかったのに。

「泥棒でございますか？」

「残念ながら」紳士がつぶやいた。「ロンドンにははしごを持ってきて窓から侵入し、化粧台に置かれた宝石類を手あたりしだいに盗む泥棒がいるらしい。今夜、その泥棒がうろついていた可能性はおおいにある」

フィリップは不安で背筋がぞくぞくするのを感じた。どう対処するべきだろう？　背の高いこの紳士に見つめられていると頭がくらくらしてくる。

「ボウ・ストリートの捕り手を呼ぶべきかもしれません」彼はごくりと音をたてて唾をのみこんだ。

よくできたと言わんばかりに、紳士の顔に冷静な笑みが浮かんだ。「それが賢明だ」彼は屋敷の外の階段をのんびりとおりていった。フィリップが目で追っていると、その紳士は角で待っていた馬車に乗りこんだ。そのときになって初めて、彼は手のなかの紙幣に視線を落とした。

「こんなに！」フィリップが三年かかって稼ぐよりも多い金額だ。これだけあれば、妹がいやがっている皿洗い担当のメイドの仕事を辞めさせて、ドレスメイカーのもとで見習いとして働かせてやれる。彼の胸に感謝の思いがこみあげてきた。

フィリップは急いで向きを変え、使用人の居住区へ走った。そういえば、はしごで住居に侵入する泥棒の噂を聞いたことがある。寝ている住人がまったく気づかないほど静かに宝石類を盗んでいくらしい。

そういうわけで、それから一時間ほどあとに帰宅して馬車をおりた、非常に不機嫌な侯爵夫人とその夫は、屋敷じゅうに明かりがともされ、数人のボウ・ストリートの捕り手たちが落ち着かない様子で集まっている光景を目にした。

エロイーズは狼狽して立ち止まった。娘がその場にいたのだ。髪をリボンでまとめただけで、急いで身支度を整えたように見えた。グレトナ・グリーンを目指して駅馬車街道を急いでいたわけでないのは明らかだ。背中にあてられた夫のたくましい手を意識しながら、エロイーズは部屋のなかへ入っていった。

「いったいここでどんな問題が起こったのだ？」侯爵の鋭い声に、集まっていた数人が振り向いた。

捕り手の長が目を輝かせた。やっと屋敷の主人と話ができる。

「実は侯爵さま」グレナブルはもったいぶって言った。「泥棒が入ったのです」

「泥棒だと？」

「さようで。お嬢さまの貴重な真珠のネックレスが――」

「真珠ですって？」

グレナブルは屋敷の女主人に目を向けた。どうやら彼女は放心状態にあるようだ。

「そのとおりです、奥さま。真珠のネックレスがなくなっていることが判明しました」彼は侯爵に向き直った。「過去にも同様の事件が数件起こっております。われわれはお嬢さまの窓の下にはしごの跡と、かなりの数の足跡を発見しました。推測するところ、集団で盗みを働いているのでしょう。数人でやってきてはしごを立てかけ、ひとりが物音をたてずにあがっていく手口に違いありません。お嬢さまがおっしゃるには、ネックレスはお部屋の化粧台の上に置いてあったそうです。失礼ながら、取ってくれと言わんばかりの状態で」侯爵の令嬢に向かって頭をさげると、彼女が面食らった様子でうなずいた。

ソフィーはやっと状況を理解し始めていたが、だからといってこの一時間ほどに経験した驚きは消えなかった。目が覚めると、ベッドにひとりきりだった。シモーヌの興奮した声で起こされたのだ。どういう経緯かわからないが、ソフィーの母のメイドが屋敷に泥棒が入ったことに気づいたらしい。いや、メイドではなく従僕だっただろうか？　はっきりわかっている者は誰もいないようだった。いずれにせよ、脚のあいだに感じるずきずきする痛みのせいで、ソフィーは真珠のネックレスがなくなっていることに集中できずにいた。それにパトリックは彼女になにも言わず、さよならさえ告げずに帰ってしまっていた。少なくとも、ソフィーが覚えているかぎりでは。

グレナブルの不快な声が、ソフィーの物思いをまたしても邪魔した。彼は貧相な顎ひげをたくわえた、ずんぐりして脂ぎった男だった。「お嬢さまには詳しくお尋ねしなければなりません。なぜ窓を開けていらっしゃったのか、そこのところがはっきりしないのです。メイドは自室にさがる前に確かに閉めたと主張しております」

ソフィーは唾をのみこんで顔をあげた。母が眉をひそめて彼女を見ていた。父までもが鋭い視線を向けている。ソフィーはまるで、せりふを覚えていない芝居を演じている気分になってきた。

「ただ夜気を入れたかっただけなんです」声に不安がにじむ。ちらりとうかがった父の目が賛成するようにきらめくのを見て、彼女はわっと泣き出してしまった。涙の理由はパトリックがさよならを言わなかったせいだった。彼の誘惑に、軽率にも屈してしまったせいだ。

侯爵令嬢を泣かせてしまったことで、グレナブルの部下たちは上司が苦境に立たされるという珍しい光景を見ることができた。

侯爵はすぐに娘のそばへ行った。ソフィーの涙を見て驚いたために、エロイーズは少し出遅れた。記憶をたどっても、六、七歳のとき以来、娘が泣く姿を見たことは一度もない。そんなソフィーが涙を流している。真珠のネックレスがなくなったといって！

「ショックを受けたのだろう」ジョージはなだめるように言うと、戸惑っている妻の目を見た。「夜中に犯罪者が部屋をうろついていたのだ。ひどく怯えるのも無理はない」

エロイーズが厳しい目でグレナブルをにらむと、彼は一歩うしろへさがった。「今夜屋敷に忍びこんだ犯人をつかまえるのに、娘があなた方の役に立つ情報を提供できるとは思えません」彼女は辛辣に言った。「それよりも、急いで通りを調べ始めるべきでしょう」

　グレナブルはごくりと唾をのみこんだ。もちろん侯爵夫人の言っていることは正しい。ただ、窓が開いていたのがどうも引っかかったのだ。そろそろボウ・ストリートに戻ったほうがよさそうだ。ネックレスの詳細を、その世界ではよく知られた故買屋に話してみよう。彼はもみ手をして頭を低くさげながら、娘を連れて部屋を出ていく侯爵夫人を見送った。

「奥さまのおっしゃるとおりです」ふたりがいなくなると、グレナブルはドアを閉めて侯爵のほうを向いた。「ここでわたしにできることはもうありません。ところでひとつ申しあげておきたいのですが、残念ながらお嬢さまのネックレスが戻ってくる可能性はかなり低いと思われます」

　彼と握手した侯爵は非常に落ち着いて見えた。「最善をつくしてほしい。最善を。わたしはきみたち捕り手を非難するやからとは違う。これまで見たところ、みんな立派に任務を果たしているじゃないか。つねに悪人を追いかけて」

「承知しました」グレナブルはどことなく合点がいかなかった。「必ず最善をつくします」だがその理由をよく考えてみる間もなく、気がつくと玄関のドアから外に出て、ボウ・ストリートの方角へ歩き出していた。

　グレナブルの仕事をするうえでの信条のひとつは、部下たちの前では決して迷いを見せないことだった。だから彼は、侯爵の奇妙な様子を気にしないと決めた。侯爵のような人物にとっては、ネックレスがひとつなくなるくらいどうということもないのだろう。たとえ見つけられなかったとしても、あの貴族なら大騒ぎしそうにない。そのことを幸運に思うべきだ。そう考えると、気が楽になった。

執事のカロルはさらにほっとしていた。駆け落ちしたなどと、レディ・ソフィーを中傷するようなことを口にしたにもかかわらず、主人は彼を解雇するつもりがなさそうだとわかったからだ。

「くよくよ気にするな、カロル」侯爵は間延びした口調で言った。「その可能性もあったのだ。わたしだってそう考えた。だが、結果的にソフィーはベッドにいた。そうだろう？　残念ながら、われわれは泥棒の一件を知らずに舞踏会へ出かけてしまったが。とにかく重要なのは、ソフィーがちゃんとベッドで寝ていたことだ。さて、もうやすむとしよう、カロル」

そう言うと、両手をこすり合わせながら行ってしまった。

高価な宝石を盗まれたにしてはおかしなふるまいだ、とカロルは思った。だが、わたしになんの関係があるというんだ？

10

翌日の朝、ブランデンバーグ・ハウスの階段をあがるパトリックは、いささか疲れを感じていた。遅くまで起きていたせいだ。ブラッドンは花嫁が奪われたことをひどく深刻に受け止めた。実際のところ、彼の反応の激しさにパトリックは驚いた。これまでたいていのことに対して、ブラッドンはおおらかな態度を見せてきたからだ。彼がポートワインの瓶を取りあげ、脚を固めた石膏包帯を砕き始めたときのことを、パトリックは決して忘れないだろう。一瞬、悲しみのあまり頭がどうかしてしまったのかと思うほど、ブラッドンは激しくいらだっていた。

自身の母親が関係してくると、彼はいつも落ち着かなくなる。ブランデンバーグ・ハウスで取り次ぎを待ちながら、パトリックはそう思った。ブラッドンの結婚は、本質的には彼の母親の問題だった。

ブランデンバーグ侯爵家の執事が戻ってきて、厳かにお辞儀をした。

「侯爵さまは図書室でお会いしたいとのことでございます」

図書室はパトリックが最後に訪れたひと月前とまったく同じだった。変わったものがあるとすれば、それはブランデンバーグ侯爵の態度だろう。前回、侯爵はみずから歩み寄ってきてパトリックを歓迎した。前日の夜に娘の評判を傷つけた男を迎えるにしてはとてもうれしそうで、少し驚いたことを覚えている。けれども今日はソフィーの純潔を奪われたという問題がふたりのあいだに横たわり、侯爵の目は氷河のように冷たかった。

パトリックが部屋に入っていくと、侯爵は短くうなずいてカロルをさがらせた。執事がお辞儀をして退室し、図書室の重厚なドアを閉め終わるまで、ふたりはどちらも口を開かなかった。

パトリックは激怒した未来の義父の目を落ち着いて見つめながら、歩いていって彼の前に立った。「ご令嬢に結婚を申しこむお許しをいただきにまいりました」彼は穏やかに言った。

ジョージはなにも言わず、握りしめたこぶしを振りあげてパトリックの顎に狙いを定めると、一睡もできなかった夜の怒りをこめて彼を殴った。鈍い音とともにパトリックの顎をとらえたこぶしは上に跳ねあがり、目の端をもう一度打った。パトリックはうしろによろめいたが、机の角をつかんで踏みとどまった。体をまっすぐに起こし、ふたたび侯爵の目を見つめた。

激しい動きのせいで、ジョージは息を切らしていた。「黙って殴らせるとは思わなかったよ」

パトリックの返答は簡潔だった。「殴られて当然のことをしましたから」

ジョージはばかばかしくなった。図書室でボクシングまがいのことをするには、わたしは年を取りすぎている。彼は客がついてくるかどうか確かめもせず、暖炉のそばに置かれた椅子のひとつに歩み寄ると、どさりと腰をおろした。あとから来たパトリックも椅子に座った。

「ゆうべはしごをあがったのは、あなたのお嬢さんとスラスロウの駆け落ちを手助けするためでした」パトリックは静かに口を開いた。

侯爵をうかがうと、体を動かしたせいで血色のよくなっていた顔がさらに赤らんでいるように思えた。

「いったいなんの話だ？」

「駆け落ちは」パトリックは椅子の背にもたれかかり、目を閉じて続けた。「レディ・ソフィーの考えで、計画も彼女が立てたものです。しかしながらスラスロウ自身は駆け落ちに反対で、昨日脚を怪我したこともあり、お嬢さんを連れ出して彼の祖母の家へ送り届けるようわたしに依頼してきました。予定ではそこで、駆け落ちは好ましくないうえにスラスロウの脚の状態からして不可能だと、レディ・ソフィーに説明して納得してもらう予定だったのです」

離れて座っている侯爵は沈黙したままだ。

「ところがぼくが部屋へ行ってみると、お嬢さんはすでにスラスロウとの婚約を解消する決意を固めていました」

「当然ながら、娘はきみの求婚に対しても心を変えたのだろうな」侯爵が皮肉たっぷりに言った。

た。


「そう信じています」

「いったいどれほどの醜聞になるやら」侯爵の声はうんざりして聞こえた。

「お嬢さんがスラスロウと駆け落ちした場合ほどではありませんよ」パトリックは言い返した。

ジョージは重苦しい気分で暖炉の燃えさしを見つめた。ソフィーは伯爵との婚約を破棄するだけでなく、わたしの勘違いでなければ、別の男と大急ぎで結婚しなければならないようだ。

「すぐに忘れられるでしょう」パトリックが落ち着いて言った。「ぼくは婚礼のあと、花嫁を長い旅に連れていくつもりです。戻ってくるころには、もっと大きな醜聞が社交界をにぎわしているに違いありません」

「妻にはなんと説明すればいい？　なぜきみと娘が慌てて結婚しなければならないのか、少なからず疑問を抱くはずだ。なにしろソフィーは、ほかの男との婚約を発表したばかりなのだからな」

「真実を告げられてはいかがですか？」

「いや、だめだ」ジョージは眉をひそめて炎を凝視した。「エロイーズは手厳しく見えるが、実際はかなり繊細だ。われわれの娘が結婚前に誘惑されたと知れば、ひどく打撃を受けるだろう」

パトリックは罪の意識の鋭い痛みを感じた。冷たい朝の光のなかで考えると、自分自身のふるまいに愕然とした。ゆうべはどうなっていたんだ？　ソフィーのなにに、あれほど激しく欲望をかきたてられたのだろう？　子供のころから教えられてきた、紳士として礼儀正しくふるまうための決まりをことごとく破ってしまった。

「侯爵夫人には真実の愛のためだとおっしゃってください」

「真実の愛だと！」侯爵が冷笑した。「妻はそんなバラ色の空想にふけるたぐいの女ではない」

「それならなぜ、昨日の夜はレディ・ソフィーのベッドを奥方に見せないようになさったんです？」

「言ったはずだ。妻はひどく打撃を受けるだろうと……きっとソフィーが父親を見習っていると思うはずだ。だが、あの子はわたしとは違う」侯爵は怒りのこもった目でにらみつけた。

片目が腫れ始め、まぶたが閉じかけていたものの、パトリックは侯爵の目をまっすぐに見つめ返した。「わかっています」彼は半ば顔をゆがめてほほえんだ。

娘が初夜を迎えるのを早めた事実を思い出し、ジョージはさらに赤くなった。

「彼女はぼくが面倒を見ます」パトリックが静かに言った。

「わかっている、わかっているとも」ジョージはつぶやいた。「きみと一緒になれば娘は幸せになるだろうとつねづね思っていたのだ。もう少しおとなしい男を見つけることを願ってもいたが。ブラッドンときみは、言わば同じ穴のむじなだよ。そうだろう？　ふたりとも放蕩者だ」彼は目の前の若者にうしろめたそうな視線を向けると、椅子から立ちあがった。

「わたしのこれまでのふるまいも褒められたものではないが」

口もとがぴくりと動いてしまったものの、パトリックは笑わないようにこらえた。本当にこれが、ロンドンのあらゆる三流新聞のゴシップ欄を毎回のようににぎわしている男の口から出た言葉だろうか？　ソフィーとの結婚後に愛人を作るつもりがないことを、パトリックはどうしても侯爵に信じてほしかった。だが婚姻外の関係を多く結んできた侯爵にすれば、放蕩者が改心するなどありえないのだろう。

侯爵がふたたび話し始めた。「わたしの妻は気性が激しい。ソフィーはたびたび……見るべきではないものを目にしてきた」

パトリックは立ちあがった。ゆったりとくつろいだ態度は、侯爵の告白に関心を持っていることを少しも感じさせなかった。

「いい子なのだ、わたしのソフィーは」娘を図書室に呼んでもう一度パトリック・フォークスの申しこみを受けさせるため、侯爵はドアのほうへ歩いていって呼び鈴を鳴らした。「いい娘だよ。一度ならず、わたしを苦境から救い出してくれてね。妻が口やかましく責め立てているときに、わたしに助け船を出してくれた」

パトリックが彼の背後に歩み寄った。

「そういう複雑な事情のとき、レディ・ソフィーはどうやってあなたを助けたんですか？」

パトリックの声には控え目な好奇心がうかがえた。

「あの子はいつも、出来立てのバターのように優しいほほえみを浮かべて、わたしと一緒に競馬に出かけていたとか、そういうことを母親に言うのだ」ジョージの丸い目に自責の念が満ちた。「ソフィーが駆け落ちなどという恥ずべき計画を思いついたのは、わたしの軽率なふるまいのせいだと思うかね？　ゆうべ娘がきみをベッドに迎えたのは、わたしがこれまで――」

「ゆうべ起こったことはすべてぼくの責任です。レディ・ソフィーは本当に無垢でした。ぼくがはしごをのぼって部屋に入っていっても、問題が起こるかもしれないとは理解していませんでした」

「そうなのか？」ジョージは一瞬、驚きに目を見開いた。「あの子は……」わたしはいったいなにを言おうとしているんだ？　未来の義理の息子に、娘が放埓《ほうらつ》な女性だと信じさせたいのか？　もちろん、ソフィーはそんな娘ではない。これまで母親の怒りから父親を守るために、説得力のある嘘を数多くついてきた。そうしているうちに、どういうわけか父親であるわたしまで、娘を無垢な乙女ではなく、都会の世慣れた女だと錯覚するようになってしまった。ジョージは罪の意識を感じて打ちひしがれた。

彼がふたたび口を開こうとしたとき、ドアが開いてカロルが現れた。

「ご用でしょうか」

「レディ・ソフィーにここへ来るよう伝えてくれ、カロル」

カロルは探るような視線をすばやくパトリック・フォークスに向けた。フォークスがレディ・ソフィーに求婚したことや、その結果断られたことは、屋敷じゅうの者が知っている。

もちろん、レディ・ソフィーとスラスロウ卿との婚約が祝われたばかりだということも。それなら、フォークスはいったいここでなにをしているのだろう？

ソフィーは手すりに手を置きながらゆっくり階段をおりた。今日の彼女は、高い襟を二列の布製のバラが縁取る、かなり控え目なモーニングドレスを着ていた。実は以前に一度だけ着て、言葉にならないほどやぼったいと思って放置していたドレスだった。けれども恥ずかしさが次々に押し寄せてきた今朝は、平然と薄いモスリンを着る軽薄な娘ではないことをパトリックに――それに父親にも！――示したくなったのだ。もっとも、ゆうべはまさにそういう軽薄なふるまいをしたのだが。

ソフィーは頬をバラ色に染めた。こうなるのは朝起きてからもう一四度目だ。こんな調子で図書室に入れるかしら？　お父さまはわたしのことをどう思っているだろう？　不安で胃がよじれる。だけど、どれほどゆっくり階段をおりようが、時間は止められない。カロルが図書室のドアを開けると、父の姿があった。

しかたなく父と目を合わせたソフィーは、そこに見えたものに勇気づけられた。父は今すぐ彼女を家から放り出したいとは思っていないらしい。

「ソフィー」侯爵がぶっきらぼうに言った。「どうやらスラスロウ伯爵ではなく、パトリック・フォークスと結婚するみたいだな」

ソフィーは頬をラズベリーのように濃い赤に染め、うつむいてささやいた。

「ええ、お父さま」

「おまえの母親になんと説明するか、考えなければならないぞ」侯爵がため息をついた。「真実は告げたくない。フォークスにも話したのだが、そんなことをすれば死ぬほど苦しむだろうからな」

「ええ、お父さま」ソフィーは喉の奥が詰まるのを感じた。

「さて、おまえたちふたりだけにしてやろう」ジョージはつぶやいた。「だが、少しのあいだだけだぞ！」未来の義理の息子の面白がるような目つきに気づき、彼は吠えんばかりに言った。この男は狼狽することがないのか？　片方の目は腫れてふさがり、顎にはくっきりと痣《あざ》ができかけているというのに、それでも当代一のしゃれ者に見える。そう思うとむしゃくしゃして、いらだちでむせ返りながら部屋をあとにした。

ソフィーは大きく息を吸いこんだものの、恥ずかしくて顔をあげられなかった。パトリックが近づいてくるのが音でわかった。彼のブーツが視界に入ってくる。

「今朝はとてもすてきだ、ソフィー。新しいソフィーだな。慎み深くて、内気で……」パトリックは思わせぶりに言葉を切った。

予想どおり、ソフィーが目に危険な光をきらめかせて顔をあげた。「からかわないで！」

パトリックは大きな手で彼女の顎を包んだ。「どうしていけないんだい？　からかい合わないと、ぼくたちは結婚生活をうまく続けられないよ」

そのとき、ソフィーは自分が目にしているものにようやく気づいた。「なにがあったの？」腫れあがって黒ずんだ彼の目のあたりにそっと触れる。

「食後のデザートみたいなものだ。心配はいらない」パトリックが手を伸ばしてソフィーの手をとらえ、自分の口もとに持っていった。ひっくり返して、てのひらに優しく口づける。

「きみの父上に、求婚する許しを正式にもらったよ」瞳を輝かせて彼女を見ながら、パトリックが言った。

「そうなの？」ソフィーは頭がぼうっとし始めた。

パトリックは彼女に厳然たる事実を知らせたくなかった。彼のキスに屈した瞬間から、結婚に関してソフィーに選択権はないという事実を。今朝はずっと良心と闘っていた。いや、ゆうべブランデンバーグ・ハウスをあとにしてからずっとだ。

「ぼくと結婚してくれるかい、レディ・ソフィー？」

ソフィーは集中できなかった。パトリックの唇にてのひらの中心を愛撫されているだけで、どういうわけか膝に力が入らなくなる。「ええ」彼女は消え入りそうな声で言った。

パトリックが眉をひそめた。「昨日の行為のせいできみの結婚相手が制限されてしまって、心から申し訳なく思うよ」彼は堅苦しい口調で言った。「だけどきみとぼくなら、きみがブラッドンとの結婚に期待していたのと同じくらい、心地よくやっていけると確信しているんだ」

ソフィーはパトリックの黒い巻き毛と彫りの深い目もとに視線をさまよわせた。いったいなんの話をしているの？　彼との暮らしが単なる心地よいものにとどまるとは思えない。パトリックと同じ家で――同じベッドで――眠ると考えただけで、頭のてっぺんから爪先までが期待でぞくぞくするのに。

真に望んでいるのは、もう一度彼の腕に抱かれることだ。昨日の夜みたいに。ソフィーの心を読んだかのように、パトリックが優しく彼女を抱き寄せた。

「ソフィー」彼が決然として言った。「ブラッドンとの結婚を妨げてしまったことを、本気できみに謝りたいんだ。伯爵夫人になるのを楽しみにしていたと知っているからね」

ソフィーは信じられない思いでパトリックを見あげた。夫となる人の爵位を気にするほどわたしが浅はかな女だと、この人は本気で思っているの？

彼女が言葉を発する前に、パトリックは頭を傾けて唇を奪い、ソフィーを引き寄せた。たとえ麻袋のように見えるモーニングドレスを着ていようと、彼女が部屋に入ってきた瞬間から興奮をかきたてられていたのだ。

パトリックの両手がソフィーの巻き毛のなかで躍り、今朝早くシモーヌが時間をかけて慎重に編んだ髪やリボンを解いていく。ソフィーは言葉が出なかった。彼の腕のなかでとろけ、その胸板に乳房が押しつぶされるのを感じて身を震わせた。パトリックが気だるげに舌で何度も彼女の口のなかに侵入を試みる。いつのまにか、ソフィーはパトリックの首に腕を絡めていた。ソフィーがこわごわ舌を合わせると、彼は悪態をつき、首から彼女の手を引きはがして一歩うしろにさがった。

パトリックは目の前の美しい女性に見とれていた。今の彼の姿を見れば、侯爵はきっと面白がっただろう。当世きってのロンドンのしゃれ者の姿は面影もない。瞳は真夜中のように翳り、息をあえがせて、暖炉の前の敷物にソフィーを押し倒してこの場で愛し合うことしか考えられなくなっている。

「ちくしょう」パトリックは食いしばった歯のあいだから絞り出すように言うと、手で自分の髪をくしゃくしゃにした。

ソフィーの瞳はぼうっとしている。無意識のうちに、パトリックの視線はキスで腫れた深紅の唇に落ちた。彼はもう一度手を伸ばしてソフィーを引き寄せ、柔らかな体を硬く張りつめたズボンの前部分に押しあてた。

「一刻も早く結婚しなければならないんだ、ソフィー」パトリックは彼女の首筋に顔を寄せた。「きみをすぐにぼくのベッドへ迎えられなければ死んでしまう」

パトリックの肩に顔をうずめながら、ソフィーは小さくほほえんだ。顔をあげ、細くて白い腕を片方だけ彼の首にまわした。

「数カ月待ってから結婚するのではどうしてだめなのかわからないわ」彼女は生意気な口調で言い、空いているほうの手を伸ばして指先でパトリックの唇に触れた。不意に人差し指を彼の湿った口のなかに引き入れられ、思わず息をのむ。

「ひとつ忘れているぞ」パトリックがフランス製のヴェルヴェットのようになめらかな声で言った。「ぼくたちはすぐに結婚する必要があるんだ」

ソフィーの口の端で笑みが震えた。「これのせいで?」めまいがするほど大胆な気持ちになって、彼女はかすかに身を乗り出した。彼のズボンと自分の体がぴったり合わさるように。

パトリックがうめいた。「やめてくれ！」

そう言いながらも、彼は誘いを断らなかった。パトリックが大きな両手でソフィーのヒップを探り、一対のスプーンのようにふたりの体をくっつけると、ソフィーはまともに考えられなくなった。

息を切らしつつ、それでもなんとか声を出す。「これのせいでないなら……どうして？」

パトリックは彼女から離れた。「安全な距離を保っておくんだ。もちろん、ゆうべの出来事のせいだよ」戻ってきた彼は、ソフィーの困惑した表情に気づいた。「きみは子供を身ごもっているかもしれない、ソフィー」

「子供を身ごもる？」彼女は真っ赤になった。もちろん、そうだわ。父が夫婦のベッドにいないせいで子供を授かることができないと、母が非難するのを何度も聞かされてきたのだ。

「これからはもっと慎重になるべきだな」パトリックが眉をひそめる。「きみはブラッドンの姉のように、子供を持つことに取りつかれている女性とは違うだろう？」

ソフィーはためらった。取りつかれてはいないけれど、でも……。彼はどういう意味で言っているの？　わたしはもちろん子供が欲しい。男性はみんな息子を欲しがるものではないの？　ブラッドンでさえ、跡継ぎが必要だと率直に口にしていたわ。

「あなたは子供に関心がないの、フォークス？」

「ソフィー、頼むからパトリックと呼んでくれ。昨日みたいな夜を過ごしたあとで……」

からかうようなパトリックの目に、ソフィーはまた顔を赤くした。

「質問の答えはノーだ」パトリックが続けた。「子供にはあまり興味がない。いや、実を言うと、むしろひとりも欲しくないんだ」

ソフィーは思わず口ごもった。「だけど……跡継ぎはいらないの？」

パトリックがおどけた顔を作って彼女を見た。「ぼくには息子に継がせる爵位がないのに、どうして跡継ぎの心配をする必要があるんだ？　それに兄には子供がふたりいるし、近いうちにさらにひとり生まれるんじゃないかな。親族がそれだけいれば、財産を残すには十分だろう」彼の声は明らかに皮肉を含んでいた。

ソフィーは途方に暮れた。「ひとりも欲しくないの？」

パトリックはソフィーの口調に気づいたらしく、彼女の手を取って低いソファへ導いた。

「きみは母親になりたいと思っているんだね？　それならなおさら、ゆうべのことは申し訳なかった。きみはブラッドンと同じで、子供は必要だから持つものと割りきっているに違いないと思っていたんだ。ぼくの経験上、上流階級のレディたちはわが子にほとんど関心を示さないから」

ソフィーは唾をのみこんだ。なんと言っていいかわからない。子供たちと一緒にいるシャーロットを見て、おなかの底に強い憧《あこが》れを感じていることを、彼に打ち明けるべきだろうか？　けれども、パトリックは喜ばないだろう。子供を産めないことより、彼と結婚できないことのほうがつらい。

「いつか子供を持つだろうと、わたしはずっと思っていたの」ソフィーは消え入りそうな声で言った。

パトリックがソフィーの手を握って目をのぞきこもうとしたが、彼女は断固としてドレスのバラ模様を見つめ続けた。

「ひとりはいてもいいかもしれない」沈黙のあとで彼が言った。「暴君みたいにふるまいたいわけじゃないんだ、ソフィー。きみが欲しいなら、ひとり作ろう」

ひとりだけ？　ひとり娘のソフィーは昔から、たくさん子供を持ちたいと考えていた。お互いが遊び友だちとなれるように。ブラッドンの姉には軽率に口走ってしまったが、もちろん一〇人も欲しいわけではない。だが、ふたり以上は絶対に欲しかった。子供のころはずっと、遊び相手のいない子供部屋で寂しく過ごしたのだ。

だけどこの二四時間というもの、わたしは子供のころに立てた計画をことごとく無視している。放蕩者とは結婚しないと決意していたのに、ロンドンでいちばん悪名高い放蕩者を夫にすることになってしまった。放蕩者と結婚するなら、子供だってひとりでいい。

ソフィーが青い瞳をあげると、パトリックの黒い瞳が彼女をうかがっていた。そこに見えたものが決意を後押しした。パトリックと結婚して彼をほかの女性と共有するほうが、まったく手に入らないよりはましだ。子供がひとりしか産めないならそれでかまわない。その子を大切にして、決して寂しい思いをさせないようにしよう。

パトリックが不安そうにしているので、ソフィーは彼を安心させようとほほえみかけた。

「子供はひとりでいいわ、パトリック」

彼は安堵が押し寄せてくるのを感じた。母が出産で命を落としたことにどうしてこれほど影響されているのか、自分でもわからなかった。アレックスは違うらしい。パトリックは妻が出産すると考えただけで、恐ろしくてたまらなかった。ところがアレックスは、シャーロットがセーラを産んだときに死にかけたにもかかわらず、次は男の子かもしれないとうれしそうに期待している。だがパトリックは、赤ん坊を産むために女性を死の危険にさらすのは耐えられなかった。子供にそれほどの価値はない。少なくとも、彼には価値が見いだせなかった。

パトリックはソフィーの両手を取ってその上に顎をのせた。「ぼくのクリッパーで新婚旅行に出かけないか、ソフィー？　残念ながらナポレオンのせいで、洗練されたヨーロッパ大陸への旅というわけにはいかないが」

ソフィーは急になにか思い出したらしく、すばやく手を引き抜いた。

「あなたはダフネ・ボッホと結婚するつもりじゃなかったの？」

パトリックは眉をあげた。「あのフランス娘と？　確かに彼女の評判も傷つけたが、きみの評判のほうがもっと傷ついたと思わないか？」

ソフィーがショックを受けた様子で彼を見つめた。

「ああ、頼むよ」パトリックは半ば叫んでいた。「ダフネ・ボッホの評判を傷つけるようなまねはもちろんしていない！　彼女は蜂に刺されて、泥で手当てしてもらうために連れていかれたんだ。万が一ダフネと婚約していたとしたら、ゆうべは絶対にきみの部屋で過ごさなかったよ、ソフィー」

ソフィーはぎこちなく笑みを浮かべた。パトリックにダフネ・ボッホと結婚するつもりがなかったと知ってうれしかった。だが彼のもうひとつの理由のほうには、どうしても疑いを持ってしまう。ダフネと婚約していたとしても、パトリックはわたしの部屋にとどまったのではないかしら？　だって、わたしはすっかり彼に身を投げ出していたんだもの。昨日の夜の出来事が頭にしみ渡ってくる。いったいわたしはなにを考えていたの？　寝室に男の人を迎え入れるなんて。頭がどうかしていたとしか思えないわ！

けれども正確には、彼女はブラッドンがはしごをのぼってくると信じていたのだ。ブラッドンはソフィーにキスをしようともしなかった。彼が相手なら、ゆうべみたいな出来事は起こりえなかったはずだ。

パトリックはいらだちを覚えながら妻となる女性を見つめていた。ソフィーが彼のことを、なんのためらいもなく一週間のうちにふたりのレディの評判を落とす男だと考えているのは明らかだ。

「ソフィー、キスひとつだろうと、もっと長い接触だろうと、ぼくがこれまでの人生で評判を傷つけたのはきみひとりだ」

ソフィーはわかっているとばかりにほほえんでいるが、パトリックはだまされなかった。彼をまったく信じていないと、彼女の目が暴露している。結婚したあかつきには、ぼくを信頼することを学んでもらわなければ。

「結婚式は二週間後の木曜日でどうだろう?」パトリックは尋ねた。

「そんなに早く?」

パトリックは自分でも驚いていた。ひと月か、あるいはひと月半くらい待ってもなんの問題もないはずだった。けれどもソフィーなしでそんなに長く夜を過ごすと考えるだけで、自分がすさまじいいらだちを感じてしまうことに気づいた。

「いずれにしても醜聞になるだろう」パトリックは言った。「きみがブラッドンとの婚約を解消したことが知れ渡る前に、結婚して新婚旅行に出かけてしまうほうがいいと思わないか?」

ソフィーは彼の提案を考えてみた。「ブラッドンに手紙を送らないと」

パトリックはにやりとした。「ほかの男と結婚することにしたなら、一般的には婚約者にその旨を知らせるのが決まりだろうな。だが気が進まないなら、今回は必要ない。彼にはゆうべぼくが話しておいたから」

「ゆうべですって!」ソフィーは驚いてパトリックを見た。「ブラッドンになにもかも話したの?」

パトリックの目つきが鋭くなった。「まさか。すべては話さなかった。きみが彼でなく、ぼくと結婚することに決めたと説明しただけだ」

突然の寒けに襲われ、ソフィーは身震いした。「ごめんなさい」彼女は心から謝った。「あなたが彼に自慢したなんてほのめかすつもりはなかったのよ。ブラッドンはなんて言っていたの？」

彼女の緊張した顔をのぞきこんだパトリックの目はさらに鋭くなった。ソフィーはブラッドンと結婚できなくて残念に思っているのか？　彼女は自分を好きなはずだとわめいていたブラッドンの言葉は正しいのだろうか？

「きみが彼を選ばないと知って、当然がっかりしていたよ」パトリックは慎重に言った。「残念だが、ブラッドンのことはぼくたちにはどうしようもない」彼はいきなり向きを変えて、ソファから楽々とソフィーを抱きあげた。「きみはぼくのものだ、ソフィー。ブラッドンに返すことはできない。もう以前と同じようにはいかないんだよ」

ソフィーの目に涙があふれた。睡眠不足で疲れ果て、話の内容に困惑していた。パトリックに優しくささやかれて腕に引き寄せられた彼女は、慰めを求めて顔をあげた。先ほどからの会話はすべてなかったふりをしようとして。

「キスをして、パトリック、お願い」ソフィーは彼の唇の上でささやいた。

パトリックは小さくうめいて、彼女の願いを聞き入れた。ソフィーを椅子に座らせる。彼が触れるたびにソフィーの体が反応し、頭が朦朧《もうろう》とするほどの歓びが待ち受けていることを暗に示した。パトリックは、ソフィーの唇からこぼれるすすり泣きを、彼女が全身の力をこめて自分にしがみつく様子を吟味した。ソフィーがブラッドンに対して報われない愛情を感じていたとしても、なんの問題もない。これまでいくつもの愛の誓いをささやかれてきた経験からして、ソフィーがぼくに対して愛情を感じ始めるのは時間の問題だ。ふたりのあいだに燃えあがるこの情熱を考えれば間違いない。女性は愛を口にして体の歓びを説明する必要があると感じるようだ。ソフィーとぼくはその歓びをふんだんに分かち合うことになるだろう。

図書室に控え目なノックの音が響き、ふたりは体を離した。パトリックは紅潮したソフィーの顔を、震える指を、そして腫れた唇をじっと見つめた。彼女はたっぷりキスをされて、しかもそれを余すところなく楽しんだ女性に見える。ぼくはソフィーの愛を得るために努力しよう。そうするのみだ。すぐに彼女は、ブラッドンよりもっとぼくを愛するようになるだろう。そうすれば、処女を奪ったせいで感じているこの罪の意識も解消されるに違いない。

母親と話をするためにソフィーが階上へ行ったあと、パトリックは侯爵と結婚の契約をまとめるために図書室に残った。胸のあたりにまだ罪悪感が残っていたが、最終的にはそれを振り払い、契約書に記すための金額を提示した。ブランデンバーグ侯爵が目を丸くする。

「なんとまあ、きみは大富豪かなにかか？」

「そのようなものです」パトリックは簡潔に答えた。

ジョージはひとり娘をとくに金持ちと結婚させたいと考えていたわけではなかった。それよりは家柄がよく、ソフィーが愛せる相手であることのほうがはるかに重要だ。とはいえ、娘が並外れて裕福な男性と結婚するとわかって喜ばない親はいない。

「弁護士にまとめさせよう」パトリックと握手しながらジョージは言った。相手の目と顎の痣に目を向ける。「殴ってすまなかった」

パトリックはなにも言わず、かすかに皮肉のこもった笑みを浮かべた。「殴られて当然のことをしましたから」彼は繰り返した。「幸いぼくのおじが主教なんです。今日の午後、結婚の特別許可証を発行してもらうつもりです」

「特別許可証？」ジョージは驚いた。結婚を急ぐかもしれないとは承知していたが、これでは駆け落ちよりも早い。

「決めたんです。レディ・ソフィーがこうむる不快な思いを最小限にとどめてこの醜聞を乗りきるには、すぐに結婚してロンドンを離れ、長い新婚旅行に行くのが最善の策ですから」

「ああ、なるほど」ジョージはそう口にしたものの、実際はまったく理解できていなかった。

「社交界の人々には恋愛結婚だと思われるでしょう」パトリックが我慢強く説明した。

「ああ、なるほど」ジョージはふたたび言った。

パトリックは一瞬ためらった。未来の義理の父に、議会から爵位が与えられるかもしれないことを告げておくべきだろうか？　いや、やめておこう。まだ正式に決定したわけではないのだから。

彼は会釈した。「では、明日またこちらへうかがいましょうか、侯爵？」

「ああ、そうだな、そうしてくれ」ジョージは言った。「夕食に来たまえ。契約書をまとめてしまおう。そのあとは、いつでもきみの好きなときに娘と結婚すればいい」

「ありがとうございます、侯爵」パトリックはもう一度お辞儀をして出ていった。

彼を見送りながら、ジョージは今朝の一連の出来事に驚きを感じた。状況をよく知らなければ、恋愛結婚かと思うところだ。ただちにソフィーと結婚したいとパトリックが言ったときに、彼の目を輝かせていたなにかのせいでそう思うのかもしれない。

ジョージは考えこみながらベストを引っぱりおろした。すぐにエロイーズと結婚したいと、燃えるように激しい思いを抱いていたころのことを今もはっきり覚えている。彼女に駆け落ちを承諾させようと何時間も説得したのだ。だが、エロイーズはいつもしきたりにこだわった。若いころの自分が彼女の白い胸に顔を寄せて、泣いて懇願しそうになっていたことを思い出し、ジョージの目に愉快そうな光がきらめいた。

11

ソフィーが子供部屋のドアを開けると、暖炉のそばのスツールに腰かけているシェフィールド・ダウンズ伯爵夫人シャーロットの姿が見えた。その黒い巻き毛に、ぽっちゃりした小さな女の子が真剣な面持ちで櫛《くし》をあてている。

「ピッパ！　痛いわ」シャーロットが体をひねって娘の目をのぞきこんだ。「いつかメイドになりたいのなら、もっと優しくしないと」

ソフィーは笑いながら声をかけた。「まあ、シャーロット、そんなことを言ったら本当にメイドになれると思って、ピッパが大喜びしてしまうわよ」

シャーロットが顔をあげて目を輝かせた。「見て、ピッパ、お客さまよ」

熱心なメイド見習いはたちまち櫛を放り出し、ソフィーの膝に抱きついた。

「レディ・ソフィー！」

ソフィーは身をかがめてシャーロットの義理の娘を抱きあげると、頭上に高く掲げた。

「あらあら、ピッパ、これ以上大きくなったら、もうこんなふうに抱きあげられなくなるわ」

ピッパはソフィーにしがみついた。

「ねえ、知ってる？　あたし、もうすぐ三歳になるの」

「本当に？」ソフィーはピッパの鼻にキスをして言葉を続けた。「あなたの誕生日はまだしばらく先……次の夏が過ぎてからだと思っていたわ」

「すぐ夏になるもん」ピッパがむきになって答える。「だってもうすぐクリスマスでしょ。だから、すぐまた夏が来るの」

　ソフィーは笑い声をあげた。「いつのまにそんなに賢くなったの、ピッパ？」

　ピッパが小さな胸を誇らしげに膨らませた。「あたし、鳥に生まれたかったな。つばめがいい。でも、ママはこのままのあたしが好きなんだって」花模様の綿のドレスをうっとうしそうに引っぱる。

　ソフィーはピッパを力いっぱい抱きしめてから床におろし、にこやかにほほえんでいるシャーロットと目を合わせた。

「ねえ、シャーロット、あなたは娘にするなら、羽が生えている子よりドレスを着ている子のほうがいいでしょう？」

　ピッパがシャーロットの足もとに座りこんだ。

「ママたちはみんなそう言うの」ピッパが言った。「ドレスを着て、きれいにしてる子が好きだって。レディ・ソフィーもいつか赤ちゃんができたらそう言うわ」

「男の子が生まれたら？」

「男の子？」ピッパが眉根を寄せた。この子供部屋では、めったに男の子の話が出ない。

「ママもセーラも女の子だもん。それにケイティも」非難めいた口調で言う。セーラというのはピッパの妹で、ケイティはふたりのナニーだ。

「ええ、そうね」ソフィーは瞳をきらめかせた。「だけどわたしに赤ちゃんが生まれて、その子が男の子だったとしたら？　絶対にドレスを着たがらないと思うけど」

ピッパがきっぱりと言う。「男の子じゃないわ。きっとあたしたちみたいな女の子よ。レディ・ソフィー、赤ちゃんはすぐ生まれるの？」

シャーロットが忍び笑いをもらした。

「まさか！」ソフィーは慌てて否定した。「男の子だろうと女の子だろうと、近いうちに赤ちゃんが生まれる予定はないわ」

「どうして？　このあいだママがレディ・ソフィーの婚約のお祝いパーティーを開いたって、ケイティが言ってた。お引っ越しするんでしょ？　赤ちゃんのためにお部屋がいるから。ねえ、誰と結婚するの？　その人、優しい？」

椅子に腰をおろしたソフィーは、母親の膝に寄りかかるピッパをまぶしそうに見つめた。

「ブラッドンという名前の、とても優しい男性と結婚するつもりだったの」

シャーロットがはじかれたように顔をあげて目を細めるのが、ソフィーの視界の端に映った。

「もしかしてその優しいブラッドンって人は、女の子の赤ちゃんを欲しがってないの？」

シャーロットが笑いながら口をはさんだ。「ピッパはなにか思いついたらなかなか引きさがらないわよ、ソフィー。ところで、結婚するつもりだったと言った？」

ソフィーはシャーロットの視線を慎重に避けた。「ピッパ、本当はわたし、気が変わってブラッドンと結婚しないことに決めたの。だから彼は、どこかよそで赤ちゃんを見つけなければならないでしょうね」

シャーロットが思わず相好を崩した。ピッパは質問するのをやめ、椅子のそばまで這っていってソフィーの手をなでた。

「あのね、レディ・ソフィー、赤ちゃんがすぐ生まれないなら、ママに頼んでセーラを連れて帰ればいいわ。ママには女の子がふたりいるから、きっとひとりくれると思う」

「ピッパ、セーラを誰かにあげる話はしないでって言ったでしょう！」シャーロットは鼻に皺を寄せたが、その目はおかしそうにきらめいていた。「ピッパが寛大な心を示すのは、残念ながらあなたが初めてじゃないの。ケイティの妹にもセーラをあげると言ったわ。使用人たちのほとんどに声をかけているのよ。それも何回も。わたしの母にまで」

目の前の無邪気な少女を見つめながら、ソフィーは笑いをこらえるのに苦労した。「いつかわたしに女の子が生まれたら、ときどきあなたを借りたいわ。どうしたらドレスを汚さずにお行儀よくしていられるか、わたしの子供に教えてやってほしいの」

急いで立ちあがったピッパのドレスは、スカートの前の部分が皺になって汚れていた。

「うん、教えてあげる！　レディ・ソフィーが結婚するときは、いちばんいいドレスを着て、うんとお行儀よくするわ」

そのとき子供部屋のドアが開き、ケイティが丸々とした顔をのぞかせた。「セーラお嬢さまをお連れしました、奥さま」彼女はまだ眠たげなセーラを両手で抱き、ささやき声で言った。「今、目を覚ましたところです」

シャーロットが立ちあがり、愛おしそうな表情でセーラを受け取った。「授乳の時間だわ。それから……」振り向いて、親友をにらむふりをする。「あなたに話があるの、ソフィー。居間でお茶でも飲まない？」

「あたしも行きたい！」ピッパが甲高い声で叫んだ。

「だけど、ケイティが髪をとかしてほしいんじゃないかしら」シャーロットにそう言われて、ピッパは急いで自分の櫛を取りに行った。だが階下でレディ・ソフィーと紅茶を飲むか、髪を整えるという大好きなことをするか、まだ迷っているらしい。

「まあ、ピッパお嬢さま、そのドレスときたら！」ケイティが言った。

ピッパは注意深くドレスを見おろすと、そっとスカートの皺を伸ばした。

「あのね、ちゃんと気をつけてたの。最初は。本当よ、ケイティ。ただ、忘れちゃったの」

「あら、どうしましょう！」ケイティが叫んだ。「自分の髪がめちゃくちゃになっているのにちっとも気がつきませんでした。だけど、助けてくださるピッパお嬢さまがここにいらして本当によかった」彼女は椅子に腰をおろして帽子を取った。たちまちピッパは興味を引かれ、ケイティの髪から丁寧にヘアピンを抜き取り始めた。

ソフィーは身をかがめて小さな妖精に鼻をすりつけた。「近いうちに、午後を一緒に過ごせないかしら？　アイスクリームを食べましょう。レディとしての行儀作法も見せてもらいたいわ。セーラに教えるための練習になるでしょう」

「いいわ、レディ・ソフィー」ピッパは上機嫌で答えた。「パパはあたしがアイスクリーム中毒だって言うの。どういう意味かわかる？」

「アイスクリームがとってもとっても好きだということよ」

「じゃあ、レディ・ソフィーはなんの中毒？」ピッパは黒い目を興味深そうに輝かせてソフィーを見た。美しい弧を描く眉の形が父親と――叔父とも――そっくりだ。

わたしの中毒は、あなたみたいな女の子を持ちたいといつも考えてしまうことよ、とソフィーは心のなかで思った。その望みをかなえるためならなんでもするわ。

「あなたと同じよ、ピッパ」ドアのほうからシャーロットの声が聞こえてきた。「ソフィーもアイスクリームが大好きなの。さあ、中毒の話はもういいわ」

「中毒《ヴァイス》……アイス……ねずみ《マイス》！」ピッパは銀色の櫛を持つ手を振りながら叫んだ。

ソフィーは手を振り返して部屋を出た。シャーロットのほっそりしたうしろ姿を追って、一階にある伯爵夫人の居間へと向かう。

シャーロットはドアを開けてなかに入ると暖炉のそばの揺り椅子に腰をおろし、セーラに授乳するために、ゆったりしたモーニングドレスの胸もとを緩めた。ソフィーは落ち着かない気分で居間のなかを歩きまわった。たいていの上流階級のレディの居間とは違って、堅苦しさがまったく感じられない部屋だ。当然ながらシャーロットはここでは絵を描《か》かず、三階にアトリエを持っている。だがバラ色でまとめたこの居間は、一家の生活の中心になっていた。本棚には本が乱雑に並び、暖炉のそばに書類が散らばっていることもある、どこかぬくもりのある部屋だ。女主人である伯爵夫人は慣習にとらわれず、わが子にみずから乳を与えるばかりか、授乳するからといって寝室の薄暗い片隅へさがる気もなかった。

シャーロットが期待に目を輝かせて顔をあげた。

「それで？」

母親の胸に顔をうずめ、小さな手で胸もとのレースを握りしめているセーラを、ソフィーは切ない気持ちで見つめた。

「それで……」ソフィーはふざけた調子でシャーロットの言葉を繰り返した。「わたし、ブラッドンを振ったの」

「まあ、ソフィー、よくやったわ！」シャーロットが声を弾ませた。「ブラッドンはあなたの相手ができるほど賢くないもの。結婚したとしても、決してあなたを理解できなかったでしょう。とても頑固な人だから、あなたにあきれて、ぞっとするようになっていたはずよ。もちろんいい人だけど、あなたにはふさわしくないわ」

「それなら、誰がわたしにふさわしいの？」ソフィーはいたずらっぽく目を輝かせた。

シャーロットは用心深く口を閉ざした。ソフィーがわたしの義理の弟と結婚したくないと思っているなら、なにを言ってもしかたがない。わたしには完璧な組み合わせだと思えるけれど、どうすることもできないわ。

「ああ」ソフィーは不安そうなふりをしてみせた。「新しい婚約者をあなたに気に入ってもらえるかどうか心配だわ」

「新しい婚約者ですって？」

「まさかロンドンでいちばん話題を集めている女性に……あなたはすっかり家庭に落ち着いて醜聞と無縁になったから、それって必然的にわたしのことになるのだけど、その話題の中心の女性に次のお相手がすぐ見つからないなんて考えられないでしょう！」ソフィーは愉快そうに笑い、爪先立ちでくるくるとまわった。「というより、新しい候補者が現れなければブラッドンを振らなかったわ」

シャーロットが鼻に皺を寄せた。「お願いだから、そんな皮肉な言い方をしないで、ソフィー。あなたらしくないし、倍も年上の既婚女性みたいにふるまってほしくないわ」

ソフィーはまわるのをやめてほほえんだ。シャーロットが言いたいことは理解できる。

「冗談よ」だが、そこから先の言葉が出なかった。あれほどパトリックとは結婚しないと断言していたのに、前言を撤回することになったとは言い出しにくい。

　ソフィーは出し抜けにシャーロットの椅子に駆け寄ってセーラをのぞきこんだ。

「まあ、なんて小さな耳なのかしら」

柔らかな髪に覆われたセーラの丸い頭を、ふたりは無言で見つめた。ソフィーはその頭を指先でそっとなでた。

顔をあげたシャーロットが、大げさに眉間《みけん》に皺を寄せた。「話題を変えようとしても無駄よ、ソフィー。誰と結婚の約束をしたのか教えて」そこではっと顔を曇らせる。「まさかレジナルド・ピーターシャムじゃないでしょうね?」

ソフィーは笑い声をあげた。

「いいえ、違うわ。彼は愛想はいいけど、変人だもの。ほかに思い浮かぶのは?」

シャーロットはきつく口を閉じた。またパトリックの名前を出すわけにはいかない。数日前の夜、ソフィーにあっさりと却下されたばかりだ。

「シスキンド公爵をどう思う?」ソフィーが素知らぬ顔で尋ねた。

シャーロットは唖然とした。

「まあ、ソフィー、嘘でしょう? 彼はおじいさんよ。それに子供が八人もいるのに!」

ソフィーはもう一度セーラの頭をなでた。「わたしは子供が大好きなのよ、シャーロット」からかっているのを気づかれないようシャーロットの視線を避けながら、甘い声で歌うように言う。

「だめよ、だめ」シャーロットがうめいた。「シスキンド公爵はどう見ても六五歳を過ぎているじゃない!」

「心配しないで、シスキンド公爵の求婚は断ったわ。わたしは自分の子供が欲しいのよ」ひとりだけしか持てないけれど、とソフィーは心のなかでつけ加えた。「実は、パトリックと結婚するの」彼女はさらりと言った。「彼がなかなか引きさがってくれないから」

シャーロットは一瞬、ソフィーの言葉の意味がのみこめなかった。だが、次の瞬間には歓声をあげていた。セーラが驚いて泣き出す。シャーロットは会話を中断してセーラをあやし、もう一度乳を含ませた。

ようやくソフィーを見られるようになると、片手を彼女の肩にまわして引き寄せた。

「わたしの妹になるのね」シャーロットの顔は喜びに上気していた。

ひとりっ子だったソフィーは、子供のころから姉妹が欲しくてたまらなかった。やっとその夢がかなったのだ。「妹よ」彼女はささやいた。

コインを投げこむと願い事がかなうという井戸の水が早春の嵐《あらし》であふれるように、シャーロットの胸に次々と疑問がわいてきた。「それで、どうするの？ 結婚式はいつ？ 新婚旅行はどこに行くつもり？ 何カ国語も話せることは、もう彼に話したの？ あなたのお母さまはなんておっしゃっているの？」

ソフィーは顔をしかめた。「お母さまはわたしを恩知らずだと言って、昨日は三回もヒステリーを起こしかけたけど、今日は未来の義理の息子に非難の矛先を向けていたわ。パトリックが結婚式を二週間後にすると言っているから。お母さまは、三カ月以内に式を挙げるなんてお話にならないと言って拒絶したわ。結局のところは、一カ月半後になりそうよ。彼のおじさまのウィンチェスター主教に執り行っていただくの」そこまで説明した次の瞬間、自分の言ったことのおかしさに気づき、まごついた。「もちろんあなたは、義理のおじさまが主教だと知っているわよね」

シャーロットがにっこりしたので、ソフィーは思わず息をのんだ。婚約期間が礼儀にかなっていないほど短い理由を追及するつもりかしら？

ソフィーは慌てて言葉を継いだ。「盛大な結婚式にしようと、お母さまは半狂乱になっているわ。お父さまがいくら説得してもだめなの。わたしの評判を損なわないためには、世間に華やかな式を見せつけるしかないと思いこんでいるのよ。メイドたちは総出で、ピンクのタフタで馬用の掛け布を作っているわ。お母さまは正式なやり方で招待状を届けたいのよ」

パトリックがなぜそれほど結婚を急ぐのか、シャーロットは彼女なりの結論を導き出しつつあった。「あら、ソフィー」口の端に笑みを漂わせる。「ヘンリエッタ・ヒンダーマスターがシスキンド公爵との婚約を解消したけど、彼女でさえ、三カ月間待ってからご両親のところの執事と結婚したのよ」

ソフィーは気まずさで頬が赤らむのを感じた。ずっと世慣れた態度を取ってきたくせに、人の噂になるのがこれほど気になるなんて。社交界にデビューしたその日から、肌を露出したドレスを着て人々の顰蹙《ひんしゅく》を買ってきたのに。

シャーロットが同情するようにほほえんだ。「かわいそうなソフィー。からかったりして悪かったわ。パトリックがバルコニーから部屋に忍びこんで、あなたをグレトナ・グリーンへ連れていかなかったのが不思議なだけよ」

さらに赤みを増したソフィーの頬を見て、シャーロットは目をみはった。

「ソフィー、まさか！」

おかしなことに、ソフィーは笑い出したいのか、もっと顔を赤らめたいのかわからなくなり、すばやく立ちあがった。髪をうしろに払いながらあとずさりする。

返事をしないソフィーの視線を無理やりとらえ、シャーロットが強い口調で言った。

「ソフィー・ヨーク！　一部始終を説明してもらいますからね！」


ちょうどそのとき、パトリックは兄の顔から視線をそらしていた。いったいどこまで話せばいいのだろう。くそっ！　ソフィーがシャーロットになんと説明するつもりか、訊いておけばよかった。女性同士がすべてを打ち明け合うらしいのは薄々わかっていた。ということは、ソフィーはシャーロットに性急な結婚のいきさつを全部話すのだろうか？

アレックスとパトリックは、〈ジャクソン・ボクシング場〉でクリップとの激しいスパーリングを終え、更衣室に座ってくつろいでいるところだった。体を洗い終えたふたりの着替えを手伝おうと、それぞれのそばに世話係の少年たちが控えていた。たとえば服に詰め物をしている紳士たちの場合、ふくらはぎのパッドがまっすぐになっているかどうか確かめるなど、あちこち手直しする必要があるのだ。

小さなビリー・ラムレーはふたりをひと目見ただけで、どこにもパッドを入れる必要がないと気づいた。だがチップをもらえる可能性はまだ残っているので、上着を手に辛抱強く待っていた。残念ながら、その上着がふたりのうちどちらのものかはわからない。彼らはビリーが見たことのある、アメリカからやってきた野蛮な現地人たちに似ていて、まったく見分けがつかなかった。実際のところ、このボクシング場に来るたいていの紳士たちとは違って青白くなく、小麦色の肌をしているところも彼らのようだった。

だが、ビリーの期待に反して、パトリックは長い脚を伸ばして深々と息を吸いこむと、手を振って少年たちを離れた場所にさがらせた。アレックスがシャツを頭からかぶりながら、問いかけるように弟を見つめた。

「一カ月半後に結婚することにした」パトリックは口もとを小さくほころばせた。「出席してくれるだろう？」

ふたりのあいだに沈黙が流れた。「ダフネ・ボッホか？」アレックスはしばらくしてからようやく口を開き、何気ない口調で訊いた。

「いや、実は兄さんの奥方の勧めに従った。ソフィー・ヨークだよ」

アレックスが双子の弟と驚くほどそっくりな笑みを浮かべた。「関係ないだろうが、ぼくはソフィーが好きだ。母上もきっと彼女を気に入ったに違いない」

「そう思うだろう？」ふたりはしばし無言で、快活だった母の姿に思いを馳せた。明るい笑い声をあげながら子供部屋に入ってきてふたりを抱きしめてくれた母は、いつもブルーベルの香りがした。死産だった弟の出産で母が命を落としたあと、ふたりは痛風を患った寡黙な父親によってただちに寄宿学校へ入れられた。学校が休みになると、まだ幼いふたりの少年は、彼らの面倒を見てくれる人のところならどこへでも行かなければならなかった。

アレックスが先に立ちあがった。「なぜそんなに急ぐんだ？」穏やかな口調で尋ねる。

「ただの思いつきだよ」パトリックはゆっくりと答えた。

「思いつき？」アレックスが考えこむように言う。

彼はビリーを手招きして上着を受け取ると、がっかりする少年をよそに、助けを借りずに上着の袖に腕を通した。

「人のことをとやかく言えないくせに」パトリックは反論した。自分の上着をはおり、うわの空で少年たちに高額のチップを手渡した。

アレックスの目がおかしそうにきらめく。「それで？」

「新婚旅行は〈ラーク号〉で沿岸をめぐるつもりだ」

アレックスが鋭い目をパトリックに向けた。「沿岸？」

パトリックはうなずいた。「〈ラーク号〉からなら、ブレクスビー卿が言っていたウェールズの防備施設をそれとなく視察できるだろう。いい機会だと思う」

アレックスが顔をしかめる。「ナポレオンがウェールズに侵攻するなんて考えること自体がばかげている。たとえ艦隊を組むとしても、ケントかサセックスに向かうはずだ。まったく、フランス軍には平底船しかないんだぞ！　ブローニュからまっすぐケントへ向かうに決まっている」

パトリックは肩をすくめた。「新婚旅行をするいい口実だ」

「新婚旅行に口実など必要ないだろう」アレックスはそこでためらった。嫉妬に駆られて新婚旅行を台なしにした苦い経験を思い出したのだ。彼は軽い口調を装ってつけ加えた。「ぼくと同じ間違いを繰り返すなよ」

パトリックがにやりとした。「ぼくはそんなに間抜けじゃない。新婚旅行を楽しみにしているんだ。それに兄さんたちとは違う結婚生活になるはずだ。いや、別に兄さんの結婚がよくないとは言っていない。だが知ってのとおり、ソフィーはブラッドン・チャトウィンと結婚したがっていた。兄さんやシャーロットとは違って、ぼくたちには心の結びつきがまだないのさ」

アレックスは片方の眉をあげて無言でパトリックを見つめた。

「ソフィーはブラッドンの爵位に惹かれていたんだ」パトリックが言った。

「おまえが公爵になることはなんと言っている？」

「彼女には話していない」穏やかではあるものの、口出しは無用だと言わんばかりの口調でパトリックは言った。

だが、双子のあいだでは、いつも遠慮なく思ったことを言い合ってきた。

「話していないって、どういうことだ？　結婚するまで待つのか？」

パトリックが肩をすくめる。「そんなつもりじゃない。その話題が持ちあがったことがないだけだよ。オスマン帝国へはひとりで行く予定だ。ほとんど一年も先の話にソフィーが興味を示すとは思えないし」

アレックスは黒いまつげの下から弟を見つめた。

「本気で結婚を望んでいるのか、パトリック？」

「どうせ結婚という足かせをはめられるなら、相手はソフィーがいい。ぼくはソフィーが好きだし、彼女は――」

「目をみはるほどの美人だからな」アレックスはさえぎった。

「そのとおり」太陽の光をまぶしたようなソフィーのきらめく巻き毛を思い浮かべて、パトリックはほほえんだ。

「それに、驚くほど知的だ」アレックスがつけ加える。

パトリックはもう一度肩をすくめ、肩越しに振り返った。

「ああ、男を誘惑することにおいてはね。ソフィーとはいい関係を築いていけるだろう」

「誘惑？」弟は事実を知らないのだと気づき、アレックスは笑いをこらえた。「いつか……いつか彼女に外国語のことを訊いてみるといい」

「さて、そろそろ行かないと」パトリックは気もそぞろで、兄の言葉をほとんど聞いていなかった。許嫁の両親との晩餐の時間が迫っている。機嫌のよくないソフィーの親と会うのは気が重かったが、彼にしがみつき、さくらんぼのような唇で息をのむ彼女を想像すると胸が高鳴った。結婚に踏みきることになった理由を忘れるな、とパトリックは自分に言い聞かせた。昔から、結婚という名の罠《わな》には決して近づかないと誓っていたのに。

「これから六〇年ほどのあいだ続く、平穏な結婚生活を思い描いているのか？」アレックスはからかった。ふたりは〈ジャクソン・ボクシング場〉を出てピカデリーにおり立った。

「おまえが数カ月間もオスマン帝国に出かけてしまってもソフィーに気づかれないような、お上品な夫婦になるんだろうな。一週間の狩猟に出かけるみたいな顔で、妻に別れを告げるわけか」

「ぼくは美しさに惹かれる気持ちと愛情を混同したりしない。これまで大勢の美女とつき合ってきたが、心を奪われたことは一度もないんだ」

「相当な自信だな」アレックスは皮肉を言った。「そのうちにわかる。そうだろう？　はたしてそのとおりかどうか、賭けないか？」

「賭けるって、なにに？」

「おまえの心にだよ。五〇〇クラウン賭けよう。一年後、おまえはどうしようもなく妻を愛していると認めるはめになるだろう」

「役立たずの道化師みたいな兄さんから金を巻きあげるのはいささか気が引けるね」パトリックは冷ややかに笑ってみせた。「自分が妻に夢中だからといって、弟にもそのつらさを味わわせられると思わないでほしいな」

「そう言うなら、賭けに応じればいい」アレックスが言い返す。

「ぼくが勝ったら、五〇〇クラウンを兄さんの名前で寄付するよ」パトリックは愉快そうに言った。「賭けに負けるなんて、ぼくが寝間着を着て寝るのと同じくらいありえない話だ」

アレックスも楽しそうに目を輝かせた。「忘れているらしいが、ぼくはおまえがソフィーと一緒にいるところを見たんだぞ。彼女がそばに近寄ってきただけで、涎《よだれ》を垂らしそうな顔をしていたじゃないか。もし……いや、おまえから五〇〇クラウンをいただいたあかつきには、ブラッセルレースのついた寝間着を買ってやるよ」

パトリックは手綱を手に取り、四輪馬車の階段に飛び乗った。

「グロヴナー・スクエアまで送ろうか？」

「いや、いい。〈ホワイツ〉に寄って、レディ・ソフィーの新たなる婚約に関する賭けがどうなっているか見てくるよ」

パトリックは兄をにらんだ。「寝間着にはフリルとリボンがついているんだろうな？」

「もちろんだ」シェフィールド・ダウンズ伯爵は気取った様子でマホガニーのステッキを振り、通りを歩き始めた。今日からきっかり一カ月半後――外聞が悪いほど早い――の午後三時にセント・ジョージ教会のチャペルで、愛する弟が結婚という足かせに身をゆだねようとしていることを、彼が誰よりも喜んでいるのは明らかだった。

12

一カ月半がたった今も、ソフィーは結婚式までの期間があまりに短すぎた気がしていた。ウエディングドレスの試着をするのはもう何回目だろう。五人のお針子たちが、まるでローマ法王みずからが刺繡を施した祭壇布を掲げるようなうやうやしさで、ドレスを階上へと運んでいく。ソフィーはため息をついた。普段の日の午後なら、一、二時間は腰を落ち着けて勉強できるのに。彼女は机のほうへ視線をさまよわせ、誘いかけるように置かれたトルコ語の文法の本を見つめた。

ほかの女性の机なら、きっと手紙や請求書が置かれているのだろう。そう思いながらソフィーがトルコ語の本を取りあげたとき、ドアが開いて母親が寝室に入ってきた。

「ソフィー、思うのだけど……」エロイーズは言葉をのみこんだ。「まあ、ソフィー、まさか、手に持っているのは語学の本じゃないでしょうね？」

ソフィーは小さな茶色の本に視線を落とした。「ええ、そうよ、お母さま」

「いったいなぜ、こんな愚かな娘に育ってしまったのかしら？」エロイーズは自分の問いかけを無視して続けた。「まだわからないの？　女性は結婚したら、そんな子供じみたことをやっている暇はないの。外国語を学ぶなんてくだらないわ。何の役にも立たない学校の勉強と同様、すべて忘れなさい」

ソフィーはためらいがちに言った。「わたしが数カ国語を話せることを知っても、パトリックは気にしないかもしれないわ。彼は物わかりがよさそうだもの」

「おかしなことを言わないで、ソフィー。男性は学問好きな女を煙たがって粗探しをするものよ。不必要に高い教育を受けた女性ほど退屈な生き物はいないわ！」

ソフィーは反論の言葉をのみこんだ。おそらく彼女はロンドンでもっとも学問好きな女に位置づけられるだろうが、男性から退屈だと言われたことは一度もなかった。

「まったく、こんな愚かなふるまいを続けさせるのではなかったわ」エロイーズがいまいましそうに言った。「外国語の勉強なんて、恐ろしくつまらないのに」

母が部屋のなかを歩きまわり、装飾品のひとつひとつをまっすぐに置き直していく様子をソフィーは目で追った。ソフィーに思いがけず語学の才能があるとわかったとき、母はとくに気にしなかった。家庭教師は女性でなければならないという条件はあったものの、フランス語、イタリア語、ウェールズ語、ゲール語を、次々と自由に学ばせてくれたのだ。それだけでなく、ソフィーは毎朝屋敷を訪れるドイツ人の女性から幸運にもトルコ人の移民の妻の話を聞き、ドイツ語と並行してトルコ語を学ぶ機会も得た。

「わたしだってばかではないのよ」母はそっけない口調で言い、ソフィーの衣装簞笥を開いて眉をひそめた。「あなたのお父さまはごまかそうとしているけれど、わたしにだってあなたたちがこれほど結婚を急ぐ理由はわかるわ。だから、結婚初夜の心得の説明は省きましょう」

ソフィーの鼓動が速くなった。気まずさと羞恥心《しゅうち》で心臓が喉から飛び出しそうだ。

母は言いにくそうに言葉を続けた。「そんなことはたいして重要じゃないのよ、ソフィー。それよりもあなたがわたしの二の舞を演じず、幸せな結婚生活を送れるように忠告したいの。だけど、なにから話せばいいのかわからないわ」

ソフィーの目の奥が熱くなった。「いいのよ、お母さま」

エロイーズは向きを変え、暖炉のそばの高い背もたれの椅子に腰をおろした。「いいえ、よくないわ、ソフィー。わたしはもしかすると、みずからの手で結婚生活をだめにしてしまったのかもしれない。何年間ものあいだ、あなたのお父さまばかりを責めてきたけれど、ほかにやりようがあったかもしれないと今になって思うの。わたしが厳しすぎたのかもしれないわ」

ソフィーは向かいの椅子に座った。どうやら母は、ソフィーが思っていたのと同じ結論にたどり着いたらしい。母が父の浮気癖に目をつぶってさえいれば、ふたりはもっと幸せに暮らしていたのではないだろうか。少なくとも、きょうだいは生まれていたに違いない。

「でも、わたしには許せなかった」エロイーズは険しい口調でささやいた。「わたしはもともとそんなことができる性格ではないのよ。それに、結婚したときは一八歳になったばかりだった。あなたはもうすぐ二〇歳だし、わたしよりずっと快活だわ、ソフィー。だからお願い……お願いだから、夫がほかの女性を口説いていたら、見て見ぬふりをしてちょうだい。なにも言わず、彼をベッドに迎え入れるの。疎ましがられるようなことは、いっさいしてはだめ。もちろん、何カ国語も話せることをひけらかすのは禁物よ」

ため息をついたソフィーは懸命に、母を安心させるような口調を心がけた。「やってみるわ、お母さま。わたしが英語以外の言葉を話せることは、パトリックに知られないようにする。それから、彼がほかの女性と浮気をしても取り乱さないようにするわ。そもそもわたしは、パトリックが放蕩者だと知っていながら結婚するんですもの」

「気がつかないふりをしなさい」エロイーズは身を乗り出し、真剣なまなざしで娘の目をのぞきこんだ。「結婚生活の真の喜びと楽しみは、子供によってもたらされるのよ」

ソフィーは力なく笑った。

「あなたが欲しがっていたきょうだいをあげたかったわ、ソフィー!」母が激しい口調で言った。「覚えている? あなたはいつも妹が欲しいと懇願したわね。だけど、わたしにはどうしようもなかったの。あのころすでに、あなたのお父さまとわたしは言葉も交わさなくなっていて、わたしには関係を修復する方法がわからなかった。わたしたち夫婦のたったひとつの共通項はあなただったわ、ソフィー。わたしたちはあなたが愛おしくてたまらないの。あなたが自尊心を捨てさえすれば、子供たちがパトリックとあなたを結ぶ絆になってくれるわ」

ソフィーは唾をのみこんだ。思わず言葉が口をついて出る。

「パトリックは、子供はひとりだけでいいと言っているの、お母さま」

エロイーズはしばらく黙りこんだ。「それは残念だわ。あなたが本当に子供好きだと知っているもの。でも、それなら生まれてきた子を大切にしなさい。あなたの遊び友だちのこととなると、どうしてわたしがひどく厳しくなるのか不思議に思ったことはない？」

ソフィーはうなずいた。ほかの子供の家を訪ねることは一度も許されなかった。監視つきの短い散歩のあいだも、近づいてくる者は誰彼なく追い払うようにと、ナニーは厳しく指示されていた。

「あなたを守るためだったのよ、ソフィー。わたしのたったひとりの娘ですもの」エロイーズは目に見えて落ち着きを取り戻した。「重要なのは子供の数ではなくて、結婚生活をいかに満ち足りたものにするかだわ。わたしの場合は、苦痛と無関心しかなかった。そんな結婚生活は、子供がひとりもいないよりもさらに悲惨よ」

エロイーズはかすかに気まずそうな表情を見せた。「単刀直入に言うわ。ベッドでは絶対に夫を拒んではだめ。わたしは軽率にもあなたのお父さまを寝室から追い出してしまったけれど、それを悔やみ続けているの。愚かだった。わたしはもうじき四〇歳よ。あのときの言葉を取り消せるならなんでもするわ。わたしと同じ間違いを繰り返さないで、ソフィー。どれほど腹の立つことがあったとしても、パトリックにはその思いを悟られないようにするのよ。そして、決して彼を部屋から追い出さないこと。子供が生まれるまでは」彼女はつけ加えた。

ソフィーは無言でうなずいた。

「わかったわ、お母さま」ささやくように答える。

ちょうどそのとき、ソフィーのメイドのシモーヌが、数人のメイドの集団を従えて寝室へやってきた。シモーヌはかさかさ音がする薄紙を両手いっぱいに抱えていた。

「失礼いたします、奥さま」シモーヌは侯爵夫人にお辞儀をした。「レディ・ソフィーの荷造りをする準備が整いました」

エロイーズはうなずいて立ちあがり、娘に目を向けた。手を伸ばしてソフィーの髪をなでる。「パトリックはあなたを愛さずにいられないわ、おちびちゃん《ミニヨン》。わたしの忠告はきっと無駄になるわね」

ソフィーはほほえみ返した。だが、エロイーズが部屋から出ていったあとも身動きせずに座ったまま、革表紙の小さな本を握りしめていた。母の言うとおりだ。母の妻としての最大の過ちは、自分ではどうしようもない問題を嘆き悲しんできたことだ。だとしたら、パトリックがほかの女性に目移りしたとしても、わたしは気がつかないふりをしなければならない。

ブレクスビー卿はいつになく興奮をあらわにして机を指で叩いた。

「なんと忌まわしい！」

目立たない服装の小柄な男が、愉快そうな表情をちらりとブレクスビーに向けた。

「ナポレオンはつねに迷惑なことばかりする」

「我慢の限界だ」ブレクスビー卿は怒りで声を詰まらせた。「こんなことをして許されると思っているのか？」

「発見できたのは幸運としか言いようがない」訪問者が指摘した。

ブレクスビーはため息まじりに言った。

「パトリック・フォークスにこの件を伝えるべきだろう」

「聞いたところによると、フォークスは新婚旅行の航海に出かけるそうだ……沿岸に」小柄な訪問者は眉ひとつ動かさず、パトリック・フォークスがウェールズ方面に向かう理由を把握していることを示した。

「ああ、そうだ。くそっ」ブレクスビーはまた指で机を叩き始めた。

「なぜ彼に伝える必要があるんだ？」小柄な男は目を伏せて言った。

ブレクスビーは訪問者を見据えた。どうやら、この男は外務大臣の自分以上に政府の内情に精通しているらしい。その考えにブレクスビーの怒りはさらにかきたてられたが、事実は変えようがなかった。

「フォークスに伝えないわけにはいかないだろう？　危ない目に遭う恐れがあるのだ。もし笏が爆発したらどうする？」

「すり替えられなければ、爆発の心配はない。笏が鍵となるが、持っているのはフォークスではなくわれわれだ」男はそう指摘すると、短い訪問は終わりだとばかりにドアのほうへ向かった。「リスクは避けるべきだろう。フォークスがうっかり妻に秘密をもらさないとは言いきれない。恋をしている男は危険だからね」彼はつぶやきながら部屋をあとにした。

　ブレクスビーは閉じられたドアを見つめた。訪問者は勝手に立ち去り、ブレクスビーも引き留めなかった。あの男がこれからどんな秘密文書を盗むのかは、誰にもわからない。ブレクスビーは肩をすくめた。どのみち、彼を止められはしない。

　ブレクスビーは机に向かい、紙を取り出した。しかし結局は、フォークスに宛てた優雅な筆跡の手紙を破り捨てた。

　あの小男は正しい。いまいましいことに、彼の言うことはいつも正しかった。それがよけいに腹立たしい。だがもしかすると、当初の計画どおりひそかに笏を送るのが最善の方法かもしれない。セリム三世に献上するほんの一時間前にフォークスの手もとに届くようにすれば、危険は最小限に抑えられるだろう。それにしても爆発する笏だと！　なんとばかげた思いつきだ。しかし……。ブレクスビーは考えずにはいられなかった。フォークスが危険な笏を携えてセリム三世の戴冠式に参列し、その笏が爆発すれば、イングランドにとっては最悪の事態になる。たとえ爆発で死ななかったとしても、神経が過敏なセリム三世は侮辱されたと受け止めるだろう。ナポレオンと結託して、イングランドに宣戦布告するのは間違いない。

「まずいことになったな」ブレクスビーはつぶやいた。やがて従者を呼んで外出の準備をさせると、帽子をかぶった。大蔵省にはナポレオンの陰謀を知らせておかねばならないだろう。

　その夜、娘が現れるのを待っているあいだ、ブランデンバーグ侯爵夫妻は居間でふたりきりになった。これから家族で夕食をとるのだ。最後の晩餐だと思うと、エロイーズは喉が締めつけられる思いがした。明日になれば愛する娘はこの屋敷を出てセント・ジョージ教会へ向かい、もう二度と家族として戻ってくることはない。

エロイーズはカロルが運んできたシェリーのグラスを手に、庭園を見渡す大きな窓に歩み寄った。ソフィーとの会話が脳裏をよぎる。エロイーズはこれまで誰にも話したことのない秘密を娘に告白した。そのせいで、夫と同じ部屋にふたりきりでいるだけで恥ずかしさを覚えてしまう。

だが、たとえこの気まずい雰囲気を感じ取っていたとしても、ジョージはなにも言わなかった。彼はご機嫌な様子で窓に近づき、エロイーズのかたわらに立った。

「似合いのふたりだと思わないか?」

エロイーズは息苦しくなった。いつもと同じ夫の姿に、むき出しの胸や脚が重なって見えた。すぐそばに立つジョージはきちんと服を着ているにもかかわらず、彼女の目には結婚当初の姿が浮かんできて、思わず体が震えた。

不意にさまざまな記憶がよみがえった。あのころジョージは、エロイーズのうなじに何度もキスをしたものだった。エロイーズは振り返って夫を見あげた。彼は妻が返事をしないのにも気づかない様子で庭園を眺めている。

「ジョージ」エロイーズは夫の名前を呼んだ。とたんに頬が熱くなる。

妻を見おろすジョージの灰色の瞳が真剣味を帯びた。彼は手を伸ばしてエロイーズのうなじに指を這わせた。彼女が思い出していたまさにその場所に。長いあいだ、こんなふうに親密に触れられたことはなかった。

エロイーズは怯えた兎のごとくじっと立ちつくしていた。今こそ勇気を出さなければ。だが、長年にわたる夫婦の不和を克服する勇気は簡単にわいてくるものではない。胸が詰まり、声にならない言葉が喉をふさいだ。エロイーズはなすすべもなく、恥じらうように首を傾けた。

ジョージはなにも言わず、わずかに指を広げて彼女の首筋に親指で小さな円を描いただけだった。やがてソフィーの先に立ってカロルが居間へ入ってくると、彼はその手をおろしてしまった。

13

外がまだ暗いうちに目を覚ましたソフィーは、夜明けの最初の淡い光を見ようとベッドを出た。結婚式の朝はなにをするものなのだろう？　十分に睡眠を取りなさいと母なら言うに違いない。最高の姿を見せられるように睡眠を取りなさいと。だが、ソフィーは眠れなかった。

興奮で胸が高鳴っている。あの夜パトリックが忍びこんだ窓にもたれながら、自分は正しいことをしているのだと彼女はおのれに言い聞かせた。もう何十回となく同じ言葉を心のなかで繰り返している。目を凝らすと、窓枠にかすかに残る白い引っかき傷が見えた。パトリックがかけたはしごの跡だ。

男がふたり乗った大きな荷馬車がゴロゴロと音をたてながら通り過ぎていく。汲《く》み取り人がロンドン郊外へ肥料を運んでいるのだ。街は目覚めようとしていた。もうすぐコヴェント・ガーデンに果物売りが到着し、スピタルフィールズでは小鳥売りが店を開けるだろう。子供のころのソフィーは、露店に並ぶゴシキヒワやモリヒバリ、ムネアカヒワ、アオカワラヒワといった小鳥を眺めるのが大好きだった。けれども今日は小さな鳥かごを思い描くだけで喉の奥が締めつけられ、泣きたくなった。

「ばかね。しっかりしなさい！」ソフィーは小さな声で自分を叱った。うまくいく結婚もあれば、そうでない結婚もある。『ロミオとジュリエット』で無理やりパリスと結婚させられるジュリエットでもあるまいし、式の前に大騒ぎしてどうするの？

ソフィーは薄いシャンブレー織りの寝間着に包まれた体に腕をまわした。ああ、わたしは彼を求めているわ。ジュリエットがロミオを求めたように、わたしもパトリック・フォークスを求めている。もしかすると、ジュリエット以上かもしれない。結婚する前に、すでにパトリックと歓びの一夜を経験しているのだから。

それならなにを心配しているの？　ソフィーは冷たいガラス窓に額を押しつけて、通りを見おろした。二台の配達の荷車が角を曲がり、ブランデンバーグ・ハウスと並行する小道へゆっくりと入ってきた。この朝初めて見る二頭立ての四輪馬車が、ガタガタと音をたてて通りを進んでいく。

これが普段の日の朝なら、呼び鈴を鳴らしてホット・チョコレートを持ってきてもらい、二時間ほど机に向かってからお風呂に入っただろう。ふと少しだけトルコ語の動詞の勉強をしようかと考えたが、すぐにさげすみに満ちた母の言葉が頭のなかで鳴り響いた。結婚したら子供じみた遊びにふけっている暇はない。屋敷から家政婦が出てきて、ドアの前に停まった荷車の野菜を吟味し始めるのが見えた。

お母さまもわたしと同じくらい気まずい思いをしたに違いないわ。冷たいガラスに額を押しあてたまま、ソフィーは思った。それでも有益な助言をしてくれた。何カ国語も話せることを知られるとパトリックに嫌われるというなら、彼には絶対に気づかれないようにしなければならない。もうひとつの助言に関しては、ベッドでパトリックを拒むこと自体が考えられなかった。わたしには必要のない助言だわ、と彼女は頬が熱くなるのを感じながら思った。

大切なのは、わたしがパトリックを大切に思い始めているのを、絶対に彼に悟られてはならないということだ。パトリックに真実を知られなければ、わたしはなにがあっても取り乱さない洗練された妻の役割を淡々と演じられるだろう。だが彼を愛していることに気づかれたら、きっと屈辱を感じるに違いない。そのことを想像して、ソフィーは思わずぞっとした。

「絶対に教えないわ」ソフィーがささやくと、温かい息で窓ガラスが曇った。気分が落ち着いてほっとしたとたん、足もとの木の床が冷たく、寒さで爪先が丸まっているのに気づいた。ソフィーは急いでベッドの横の温かい絨毯に戻り、ベッドにのって毛布にくるまった。

次に目覚めると、絨毯を縁取る絡み合ったバラの模様の上に金色の朝の日差しが降り注いでいた。仰向《あおむ》けになったソフィーは、眠そうにまばたきしながら頭上の天蓋を見つめた。イタリア語の夢を見ていた。四年前にイタリア語を習得して以来、初めてだ。不思議な夢で、思い出そうとしても記憶はするりと抜け落ちていく。仮面舞踏会の夢だった気がする。ロマの仮装をしようと、麦藁帽子をかぶって顎の下でひもを結んでいた。ソフィーは顔をしかめた。ある意味、今日はわたしの人生における仮面舞踏会の始まりかもしれない。彼女は手を伸ばして呼び鈴のひもを引くと、ベッドに腰かけて脚をぶらぶらさせた。

水曜の午後三時、セント・ジョージ教会のチャペルを埋めつくした上流階級の人々をそれとなく見渡し、エロイーズは満ち足りた思いに浸っていた。彼女とジョージの親類が全員出席しているかどうかくまなく捜し、ひとり残らず来ているのを確認すると、次にパトリック・フォークスの親類を捜した。とはいっても、彼の兄のアレックスとおじ、それにおばだけだ。だがたとえ人数が少なくとも、彼らは全員が目立っていた。パトリックのおじが式を執り行い、おばのヘンリエッタ・コランバーは新婦の母の隣に席を与えられていた。「じろじろ見るのはおやめなさい、エロイーズ」七〇歳をとうに過ぎたヘンリエッタは、かなり偏屈な女性だった。「みんな揃っているんだから、心配ないの。それにしても、あのふたりは今世紀最高の組み合わせだわね。間違いないわ！」彼女は甲高い声で満足そうに笑った。

エロイーズは強い嫌悪感を覚えながらヘンリエッタを一瞥《いちべつ》した。この意地悪な老女にぴしゃりと言い返してもかまわないかしら？　いいえ、やめておくほうがいい、と思い、エロイーズは祭壇に顔を戻した。スラスロウ伯爵がパトリックの花婿付添人を務めると知って、エロイーズはとても喜んだ。ゴシップ好きな人々も黙りこむに違いない。スラスロウ伯爵はいくぶん不機嫌そうに見えるが、それはいつものことだ。考えれば考えるほど、ソフィーはパトリック・フォークスと一緒になるほうがいいと思えてくる。

パトリックは落ち着き払った様子で、兄とともに祭壇の前に立っていた。そわそわと足を踏み替え、ベストの裾を引っぱっているブラッドン・チャトウィンと違って、フォークス兄弟は岩のようにぴくりとも動かない。

ちょうどそのとき、花嫁の入場に先立って起こるざわめきがチャペルを満たした。ほどなく、父親の腕に軽く手を置いたソフィーが、チャペルの片側に立つ柱のあいだに姿を現した。

エロイーズの説得で、彼女は白いドレスを着ることを承諾していた。父のかたわらを静かに歩くソフィーのドレスは午後の遅い日差しを浴びて白く輝き、彼女を無垢で繊細で、この世のものとも思えないほど美しく見せていた。今のソフィーの姿を見れば、磁石がつねに北を指すようにいつも恥ずべき注目を集めてきた若い女性と同一人物だとは誰も思わないだろう。なぜ結婚をこれほど急いだのか、意地悪く臆測することさえためらわれるくらいだ。うしろに流したつややかな琥珀色の巻き毛には、クリーム色のバラのつぼみだけが飾られている。まるでロシア民話の雪の女王のようでもあり、アイルランドの恋物語のあどけない妖精のようでもあった。

真珠色に輝くサテンのドレスはボディスの下で切り替わり、重ねたオーバードレスがまばゆい光を放ちながらうしろのトレーンへとつながっている。袖が短く、胸もとの開きが控え目なドレスに、ソフィーはサテンの長手袋をつけていた。マダム・カレームに初めてこのドレスを見せられたときは、きっと正真正銘の未亡人に見えるに違いないと嘆いたものだ。

確かにソフィーが社交界にデビューして以来、エロイーズが目にしたなかでもっとも保守的なドレスだ。だがマダム・カレームのお針子たちが懸命に手を加えたおかげで、ありふれた型のドレスがうっとりするほど魅力的なものに変化を遂げていた。マダムがボディスとオーバードレスのスカートにつけた金色のブラッセルレースは、胸から短いほうのドレスへ、さらに長いほうのドレスに沿って、トレーンまで流れ落ちていた。ソフィーのクリームのように白い肌が引き立ち、胸の曲線と長く細い脚が強調されている。

まさに、マダム・カレームは女性を魅力的に見せる方法を熟知していた。金色のレースとソフィーの髪が互いを輝かせ、まるで象牙《ぞうげ》と金でできた美しい偶像のようだ。もちろん、神を冒瀆《ぼうとく》する不敬な偶像ではあるが。このチャペルに参列している男性たちのなかで、彼女を神聖な目で見つめている者はひとりもいないはずだ。みだらな欲望がこみあげてくるのを、懸命に抑えているに違いない。象牙色のドレスや肌の色とは対照的に、紅潮したソフィーの頰は彼女が生きていることを、教会ではなく広い草原で、墓場ではなくベッドで息づく命であることを語りかけていた。

目を伏せたまま近づいてくるソフィーを見つめ、パトリックは息をのんだ。侯爵とともに祭壇に到着して初めて、彼女が視線をあげた。

ほんのつかのま、ソフィーとパトリックの目が合った。とたんに彼女は頰を染め、うつむいて手にしたバラの花を見つめた。パトリックは唇を震わせてかすかにほほえんだ。やがて、気だるくも強烈な熱が体のなかからわき起こってきた。

こうして結婚しようとしている理由を、少なくとも彼は承知していた。ソフィー・ヨークに絶えず感じているほど激しい欲望はこれまでに経験がなく、これからもほかの誰かに対して抱くことはないと思われた。合図を受けて、パトリックはソフィーの小さな手を取った。

リチャード・フォークス主教は、ふさふさとした眉の下から諭すようなまなざしを甥に向けた。彼は自分の兄であるパトリックの亡父に敬意を表して、この式を執り行うことに同意したのだ。シェフィーはいつも双子の息子たちに悩まされていた。だがもし兄が生きていて今日ここにいれば、この結婚をさぞ喜んだだろう。リチャードは昔からずっと、結婚すればふたりとも落ち着くはずだと助言してきた。けれどもシェフィーはその言葉に耳を貸さず、息子たちを結婚させる代わりに、それぞれヨーロッパ大陸と東洋へ送ってしまったのだ。ふたりとも無事に帰ってきたのは幸運としか言いようがない。シェフィーは息子たちの帰りを待たずに亡くなったが、今こうしてリチャードが兄の代わりに見守っている。

さあ、いよいよ式を執り行うときがきた。リチャードは主教の帽子の位置をそっと直した。すぐうしろに傾いて、嵐に遭遇した船のように見えてしまうのだ。

「みなさん」リチャードは抑揚をつけて言った。「われわれは神のみもとに集い……」

夢見心地でぼうっとしていたソフィーは、主教の低い声ではっとわれに返って身を震わせた。パトリックの大きな手が彼女の手を握りしめている。それだけで彼への欲望が波のように押し寄せてきて、ソフィーはチャペルから逃げ出したい衝動に駆られた。目の前に陰鬱で実りのない未来が広がっている気がする。ほかの女性と戯れる夫を見ながら、苦悩と屈辱にさいなまれる未来が。

結婚の儀式におけるなじみの言葉を口にしつつ、リチャードは新郎が新婦の手を握りしめたままでいるのに気づいた。いいことだ。おそらく参列者たちは、ふたりが熱烈に愛し合っていると思うだろう。この特別な結婚を醜聞とは無縁のものにするには、恋愛結婚であることを強調する必要がある。

リチャードは甥に向き直った。なんとまあ、パトリックはただでさえ皮肉屋に見える眉をさらにあげている。神聖な場所に立っているというのに、そのせいでひどく嘲笑しているように見えた。

やがて主教がソフィーのほうを向いた。「いつ、いかなるときもこの者を汝《なんじ》の夫として、ともに生き……」けれども彼女の脳裏をよぎったのは、嘆き悲しむ母の姿だった。突然、父に頼まれて居場所をごまかすためについた嘘の数々がよみがえってきた。偽りによって築かれ、偽りによって粉々に砕け散った醜悪な結婚。ソフィーは言葉にならない疑問を投げかける悲痛なまなざしでパトリックを見あげた。

彼はまるでソフィーの心のうちを読んだかのように、彼女の手を握った指に力をこめた。パトリックの目がほほえみかけている。漆黒の美しい瞳と目尻の皺を見つめ、ソフィーは背筋を伸ばしてはっきりと答えた。「誓います」

少なくともパトリックは育ちのいい娘と結婚するらしい、とリチャードは思った。彼個人としては、震える手を祈禱書《きとう》に置き、青ざめた顔で誓うソフィーは甥の妻にふさわしいと認めていた。花嫁は小柄で従順なほうがいい。そう、小柄で従順。それがなによりだ。祈禱書を閉じたリチャードは、いつのまにか儀式を終えていたことに気づいた。

「ここにふたりを夫婦として認める」彼は宣言し、すばやく帽子を直した。

ソフィーの唇が動いたが、声にはならなかった。

リチャードは眉をひそめた。頬を染めて震えている花嫁が〝くそっ《メルド》〟とののしらなかったか？　まさかそんなはずはない。洗練された様子の彼女が、どの国の言葉であれ、悪態をつけるとは思えない。リチャードは目の前のふたりに陽気にほほえみかけた。「花嫁にキスをしてもよろしい」彼は甥に言った。

パトリックはソフィーの顔を自分のほうに向けさせた。大満足だった。なにもかもが正しいと思える。アメリカの新興企業からボルティモア・クリッパーを買ったときも、まったく同じ気分だった。その帆船は期待どおりの働きをしてトリニダード沖のハリケーンを乗りきり、もうすぐ五度目の航海に出る。

パトリックを見あげたソフィーの瞳は、黒に近いほど深い青に見えた。その瞳の奥によそよそしさがちらりとのぞいた気がして、パトリックははっとした。彼女を引き寄せて顔を近づける。従順に彼の胸に手を置いたソフィーの唇は冷たく、反応がなかった。

まずいな、とパトリックは思った。短い婚約期間は愛し合うゆえだと強調するために、ソフィーをなだめて情熱的なキスを引き出さなければならない。パトリックはソフィーの背中に両手をあてて引き寄せ、キスに激しさをこめた。すると急にソフィーが抗《あらが》うのをやめ、彼の唇の下で溶け始めた。愛撫するような彼女の吐息がパトリックに火をつけた。燃えあがった炎が勢いよく首のうしろをのぼってくるのを感じ、彼はめまいに襲われた。

顔を離したふたりは、夫と妻として互いを見つめた。自分の呼吸が速くなり、全身がソフィーの体のあらゆる部分にたちまち反応したことに、パトリックは衝撃を受けていた。一方のソフィーは、自分がみだらに体を押しつけてしまったのを意識していた。ドレスの下で膝がくずおれたのを、誰かに気づかれたかしら？

人々のささやき声で、チャペルのなかが騒がしくなった。社交界の人たちは、トランペットの音に合わせて向きを変え、ひとときも無駄にせずに見つめ合いながら急ぎ足で通路を進む新郎新婦には慣れていた。

「まあ、あのふたりは本当に愛し合っているんじゃないかしら」レディ・ペネロープ・ラスターが親友に言った。「彼女を見つめる様子を見てごらんなさいよ！　こちらまでうっとりしてしまうわ」

「ばかね、ペネロープ」連れの女性が、抑えてはいるものの甲高い声で言った。「一カ月ほど前にわたしが開いた舞踏会であのふたりを見つけたとき、彼は同じ表情をしていたわ。言っておくけど、あの目つきと愛はなんの関係もないの！　あなたは結婚したことがないからわからないでしょうけど」

ペネロープはほとんど憎しみに近い視線を友人に投げかけた。セーラ・プレストルフィールドに目つきのなにがわかるというの？　彼女はずんぐりとした五〇代の未亡人だ。パトリック・フォークスが新妻に向けるような目で、セーラがプレストルフィールド卿に見つめられたことが一度でもあるというなら、わたしは帽子を食べたっていいわ。「あなたになんと言われようと気にしないわ、セーラ。わたしにはどこの誰よりも愛し合っているふたりに見えるもの」

　セーラが信じられないと言わんばかりに顎をあげた。

「これだけは間違いないわ」ペネロープは引きさがらなかった。「まともな女性がパトリック・フォークスよりスラスロウを選ぶなんて考えるのは、とんでもなく頭の鈍い人たちだけよ」

　セーラはあきれたようなまなざしをペネロープに向け、そっけなく言った。「あなたは愚か者ね、ペネロープ。スラスロウは伯爵よ。フォークスがどれほど裕福だろうと、まともな女性なら爵位のない次男のために伯爵を袖にしたりしないわ」

　新郎新婦が彼女たちの席に近づいてきた。パトリックが新婦の腕を取り、ぴったりと添わせて通路を歩く姿を見て、ペネロープはふたりが熱烈に愛し合っているに違いないという確信をさらに強めた。

　それだけでなく、元婚約者のうしろを歩くスラスロウはどことなくブルドッグを思わせる容貌で、ペネロープは身震いせずにいられなかった。彼女には黒い瞳のパトリックのほうが、小太りで温和なブラッドンよりはるかに勝っていると思えた。富も爵位も関係ないわ。この……パトリックが振りまく官能的な魅力の前では。

「あれを見て」セーラが声をあげる。「アースキン・デューランドが歩いているわ。お医者さまに二度と歩けないと言われたとばかり思っていたのに」

ペネロープはアースキンに目を向けた。親しい友人たちにクイルと呼ばれている彼は、関心のなさそうな表情で通路を進んでいく。ペネロープは新郎新婦が出ていくところを見ようと、体をひねってうしろを向いた。チャペルの扉が開かれ、ふたりは大理石の階段の最上段に立っていた。気だるい午後の太陽を浴びたソフィーの細い体はまるで金色の炎のようだ。ペネロープが見ていると、パトリックが身をかがめてもう一度花嫁にキスをした。

「あなたは好きなように言えばいいけど、あのふたりは本当に愛し合っていると思うの！この件に関しては絶対に譲れないわ」ペネロープは激しい口調で親友に言った。

頑固そうに口を閉ざしたペネロープを、セーラは横目で一瞥した。ペネロープは穏やかな性格だが、言い出したら聞かないところがある。

「わかったわ、ペネロープ、わかったわよ」セーラはささやいて親友の手を取った。「もちろん、あなたの言うとおりでしょうね。あなたも知っているでしょうけど、マリアもロマンスが大好きなのよ。ほら、ハンカチではなをかんでいるのが見えない?」伯爵夫人のマリア・セフトンは、ロンドン社交界でもっとも影響力のあるレディのひとりだ。

このようにして、パトリック・フォークスはロンドン一の美女を親友から奪い取って間髪をいれずに結婚し、なんの罪にも問われなかった。そしてロンドン社交界の面々は、嘲笑や侮辱を浴びせる代わりに、ふたりを寛大な心で祝福したのだった。パトリックとソフィーはなんてすてきで美しいカップルなのかしら！　参列者たちは口々に叫び、やっぱりふたりは愛し合っていたのだと納得するのだった。

一方、またしても女性をパトリックに奪われたブラッドンは、無念さをこらえて可能なかぎり男らしくふるまっていた。

「『ロミオとジュリエット』みたいなものだったんだ」挙式のあとの舞踏会で、親友に婚約者を奪われた心境をウィンクル卿に尋ねられ、ブラッドンは深く考えもせずに答えた。「誰にも邪魔できない。そうだろう？　あるいは『トリスタンと……』」彼は口ごもった。学校で習った、あのうまくいかない恋人たちの話はなんといっただろう？

「『トリスタンとイゾルデ』かしら？」シシーと呼ばれているミス・セシリア・コモンウィールが助け船を出した。

「ああ、それだ」ブラッドンは感謝をこめて彼女に笑いかけた。

「でも」細かいことにこだわるシシーがさらに言った。「トリスタンはイゾルデのおじでしたから、『ロミオとジュリエット』ほどロマンティックじゃありませんわ。有名な恋人たちといえば、ほかにはアベラールとエロイーズがいますけど、アベラールはとっても不運な出来事にみまわれるので、たとえとしてあげるには不適切ではないでしょうか」

ブラッドンはぼんやりとシシーを眺めた。とうが立ち始めていることと、息継ぎをあまりしない奇妙な話し方をすることを除けば、彼女はそれほど悪くはない。一週間前なら花嫁候補として考えてみたかもしれなかった。だが、もう花嫁探しは終わったのだ。

ブラッドンが答えずにいると、シシーが言葉を続けた。「そういえば、『ロミオとジュリエット』もたとえるにはかなり物悲しい話ですわ。そうお思いになりませんか、スラスロウ卿？　だって、みずから毒を飲んで命を絶つんですもの」

ブラッドンはもう一度シシーに笑いかけてから、部屋のなかに視線をさまよわせた。母上はどこだろう？　いや、捜すより先に、逃げるほうがいいんじゃないか？

婚約解消の知らせにひどくショックを受けた彼の母はソファに倒れこみ、気付け薬を嗅がせなければならなかった。だがブラッドンが姉たちに介抱を任せてこっそり逃げ出そうとしているのに気づくと、母はいきなり立ちあがり、すぐに相手を見つけて結婚するのが彼に課せられた務めだと、とうとうとまくし立てたのだ。

いいだろう、ぼくは結婚する。でも、相手は母上が思い描いているような娘ではない。マドレーヌを友人たちの誰とも引き合わせずにいてよかった！　優雅にお辞儀をして結婚披露の舞踏会から退散する前に、ぜひともソフィーと話をしなければならない。彼女とパトリックが愛のために結婚するとみんなに思わせるために、ぼくはできるかぎりの協力をした。毎日たくさんのゴシップ記事が発表されるというのに、困ったことに、昨今のロンドンはニュースに乏しい。人々は話題に飢えている。

不意に危険を察知して、ブラッドンは身構えた。会いたくない人物の姿が視野をかすめたのだ。

「ミス・コモンウィール、それではまた」彼は深々とお辞儀をした。礼儀作法に関しては専門家、つまり母に厳しくしつけられてきたため、異様なほど低く頭をさげてお辞儀をするのがつねだった。シシーはブラッドンの頭の禿《は》げている部分が上下するのを、おもしろそうに目で追った。

彼女は手袋をした手をブラッドンの腕に置いて引き留めた。「スラスロウ卿、母のところまで連れていっていただけませんか？」ブラッドンがシシーと結婚したいと思わないのと同様、シシーもブラッドンを花婿候補とは見なしていなかった。ただ、舞踏室の真ん中にひとり取り残されるのが気に入らなかったのだ。

ブラッドンは無意識のうちに唇の内側を噛んでいた。「それはできません、ミス・コモンウィール」彼女の驚いた表情に気づいて言い添える。「ぼくの母があなたの母上と話をしているもので……」

シシーは苦い笑みを浮かべた。不機嫌な母親のことならよく知っている。実際のところ、なかなか結婚しない息子を持つ母親より、婚期を逃した娘を持つ母親のほうが倍も怒りっぽいのではないかと思うほどだ。

ブラッドンの表情が明るくなった。

「それなら新郎新婦と話をしに行きませんか？　ちょうど部屋に入ってきたところだ」

「ええ、喜んで」シシーはほっとして答えた。

ブラッドンが人ごみをかき分けてどんどん進んでいったので、シシーは気づくといつのまにかパトリック・フォークスの前に立っていた。彼のことはほとんど知らない。

「パトリック、少しのあいだ花嫁を借りてもいいかな？」ブラッドンはそう言うと、大きな柱の向こう側へソフィーを連れていってしまった。

シシーは気づまりでしかたがなかった。いったいブラッドンは花嫁になにを話すつもりなの？　ソフィーの夫はどう思うかしら？

パトリック・フォークスには感情を抑える特技があるらしく、顔はあくまでも無表情だった。それでも、彼を怒らせる側にはまわりたくない。

「新婚旅行にいらっしゃるんでしょう？　政治情勢が厳しいなかですから、まさかヨーロッパ大陸へは向かわれませんわよね？」

パトリックは目の前の娘にほほえみかけた。彼女はなんという名前だったかな？　シシーか？　それにしても、どうしてこんなばかげた羽根を頭につけているんだ？　ロンドンの女性たちが誰もつけなくなってから、もうずいぶんたつというのに。

「沿岸を船でまわるだけですよ。今夜出航します」パトリックは答えた。

シシーが眉をひそめた。「今夜ですって？　船を出せるのは潮の流れの変わり目だけだとばかり思っていましたけれど？　すでに流れは変わってしまったはずです。確か『タイムズ』に……」

パトリックは彼女の話を聞いていなかった。いったいブラッドンはぼくの妻になんの用があるんだ？

ぼくの妻。その言葉に、パトリックはめまいがするような興奮を覚えた。なんと心地よい響きだろう。妻か。彼の視線は柱の向こうから唯一見えているソフィーの白く細い腕にさまよっていった。そのあいだもシシー・コモンウィールは、潮に関する話を延々と続けている。

パトリックは満足感でいっぱいだった。面倒な手続きはすべて終わった。初夜の前にすでに処女を奪ってしまったのだから、今夜はなににも邪魔されず、ふたりで楽しむことができる。なによりもまず、あのドレスを肩から脱がせて、腕にキスをしながら肘の内側へ……。

けれどもパトリックの計画は、ふたつのことのせいで中断を余儀なくされた。ひとつは、シシー・コモンウィールの声が聞こえなくなって、彼女が黙りこんでいると気づいたこと。そしてもうひとつは、ブラッドンにソフィーを独占されるのに我慢できなくなったことだ。これではソフィーに振られてもブラッドンは少しも気にしていないとロンドンじゅうの人々に信じこませることはできない！　それにしても、ふたりでいったいなにを話しているんだ？

シシーは決まり悪さに耐えきれなくなり、ピンクの靴を履いた足もとに視線を落とした。スラスロウ伯爵の声は鋭くて、部屋じゅうの人に聞こえてしまいそうだ。実際、彼は叫ばんばかりの勢いでソフィーに話している。シシーの耳に伯爵の声がはっきり届いた。

「きみはぼくに借りがあるはずだぞ！」

そのとき、シシーは白昼夢から覚めたらしいパトリック・フォークスが、魅力的なほほえみを浮かべて自分を見つめているのに気づいた。間違いなくスラスロウ伯爵の言葉が聞こえたはずなのに、少しも気にしていない顔だ。

「踊りませんか？」パトリックはシシーの腕の下に手をすべらせ、彼女をダンスフロアのほうへ向けた。

「でも……」シシーは不安げなまなざしでブラッドンとソフィーをちらりと見た。ふたりは夢中で話しこんでいる。「まず花嫁と踊るべきではありませんか？　あなたも奥さまと踊りたいはずですわ」

パトリックの笑みがかすかに冷ややかになった。「かまいません。ぼくはあなたと踊りたいんです」それだけ言うと、不安がる彼女を促して、リールを踊るためにダンスフロアへ向かう男女の列に加わった。

シシーは頬を赤らめた。パトリック・フォークスとダンスをするなんて信じられない。みんなに見られるわ。

彼女は小声で言った。

「まあ、どうしましょう、わたしったら、真っ赤になっているでしょう？」

パトリックがにっこりした。「いいえ。赤くなる理由があるんですか？」

「もちろんです！」シシーはすっかり動揺していた。「だって、花婿と踊るんですよ。あなたの評判のこともありますし、それにあなたの奥さまは――」

「ミス・セシリア……シシーと呼ぶほうがいいのかな？」彼女が恥ずかしそうにうなずくと、パトリックは言葉を続けた。「では、シシー、一年たてば、ぼくたちがここでどんなにダンスをしても誰も気にも留めないはずですよ」

そう言われても、シシーの気は休まらなかった。ちょうどそのとき、激怒している母親と目が合った。

「なぜ一年後なんですか？」シシーは尋ねた。レディは会話を途切れさせてはならないと、母からいつも言い聞かされていた。

「一年後なら、ぼくたちはふたりとも結婚しているでしょう。既婚者が誰とダンスをしようが、注目を浴びることはありませんからね」

「あなたはそうでしょうけど」思わず言葉が口をつき、シシーは慌ててつけ加えた。「わたしは一年後も結婚していないと思いますわ」

パトリックはほほえんだ。彼女のみじめな表情に同情心をかきたてられていた。

「いや、きっと結婚しているはずです」

「まあ、そんなことは信じられません」シシーはすっかり取り乱し、気づいたときには苦しい胸のうちをあらわにしていた。「わたしはいつも間違った人を好きになってしまうんです。結婚相手としての条件を満たしていない男性ばかりだと、母に言われるんです」言い終わったとたん、遅ればせながら、非常に無作法な話題だったと気づいた。

だが、パトリックはただ笑っただけだった。その温かいまなざしに、シシーは爪先が丸まるのを感じた。

「あなたに忠告しておきましょう」パトリックが言った。「まず、好きな若い男を選ぶこと。その男と話すときはいつでも必ず、まっすぐに目を見つめること。そして相手がなにを言おうと、どんなにつまらない話をしようと、〝なんてすばらしいお考えかしら〟と言ってやるんです。若い男というのは不安を感じているものだから、誤りを指摘されるのを嫌うんですよ」

シシーはまるで神の言葉を聞くような顔でパトリックを見あげた。「本当に？　だって母にはいつも、会話を途切れさせてはいけないと教えられてきたんです。だけどときどき、わたししか話していないことに気づくんです！」

「相手に話をさせればいいんです」パトリックは皮肉めいた口調で言った。「男は自分の声を聞くのが好きなんですよ。絶対に知識をひけらかさないことだ。いったん結婚してしまえば、一日じゅうでも好きなだけ潮の流れの話をしてやればいいんです」

列が進み、パトリックとシシーはようやくダンスフロアにたどり着いた。まわって、まわって、進んで、さがって、右へ、左へ……。パトリックはステップを踏みながら移動して、シシーの母親の前で足を止めた。

流れるような動作でお辞儀をする。

「ミス・コモンウィール、踊っていただいて光栄でした」

シシーも膝を曲げた。「ありがとうございます」

体をかがめたパトリックが彼女の耳もとでささやいた。

「それから、その羽根飾りはやめたほうがいいですよ」

最後にウインクをして、パトリックは行ってしまった。シシーは頭のなかで彼の言葉を繰り返しながら、うしろ姿を見送った。振り返ると、母がほほえんでいた。悪いことが起こる前兆の薄笑いだが、母と娘が仲のいいところをまわりに示さなければならないという合図でもあった。

「あなたにファーガス・モーガンを紹介したいの」母が言った。「ミスター・モーガンは田舎にある地所のお隣の、スクワイア・モーガンのご子息なの。外国を長く旅していて、帰国なさったばかりなんですって」

シシーはお辞儀をする若い男性をすばやくうかがった。青い瞳をしていて、髪はいくぶん薄いけれど、感じのいい人だ。

「文学にお詳しいそうですね」ファーガスが緊張気味の声で言った。

「そうなんですのよ」母が口をはさんだ。「セシリアは文学に関することならなんでも知っていますわ！」

「母は大げさなんです」シシーは穏やかな口調で言い、ファーガスの目をまっすぐに見つめた。

「それは残念だな」ファーガスが額にかすかな皺を寄せた。「実は、詩の愛好会を作りたかったんです。ぼくはドイツから帰国したばかりなんですが、あちらでは若者のあいだで大流行しているんですよ」

「まあ、なんてすばらしいお考えかしら！」シシーは目を輝かせて言った。心からそう思えるのがうれしかった。

ファーガスは見るからに元気になった。「よろしければ、晩餐の席へエスコートさせていただけませんか、ミス・コモンウィール？　つまり、ダンスのあとで」

シシーはもう一度〝なんてすばらしいお考えかしら〟と言いそうになるのをこらえてほほえんだ。「ええ、もちろんですわ。詩の愛好会のお話をもっとお聞きしたいですし」

シシーの推測どおり、舞踏室の反対側の柱の陰では、ブラッドンとソフィーの話し合いが議論に発展していた。

もともとブラッドンは、いつもの穏やかな口調で話していた。

「ソフィー、ぼくの言うことをよく聞いてほしい」

ソフィーは驚いて彼を見返した。短かった婚約期間中、ブラッドンは少なくとも人前では、彼女をファーストネームで呼ばなかった。それが今になってソフィーですって？

彼は一瞬黙りこんでから話し始めた。「きみの助けが必要なんだ」自信のなさそうな口調で言う。

ソフィーは元婚約者にほほえみかけた。幸せの絶頂にあり、誰であろうと手助けしたい気分だった。「喜んで力になるわ」彼女は請け合った。

神経質なブルドッグにも似たブラッドンの表情がかすかに和らいだ。「こういうことなんだ、ソフィー。ぼくがすぐに結婚しなくてはならないのは知っているだろう？」

ソフィーは同情のこもったまなざしをブラッドンに向けてうなずいた。

「実は、結婚したい女性を見つけた」ブラッドンは唾をのみこんだ。ここからが難しい。

「問題はマディーが……マドレーヌがレディではないことなんだ」

ソフィーは怪訝《けげん》な顔をしていたが、不意に目を大きく見開いた。「薄物を着た、そういうたぐいの女じゃない。絶対に違う。ああ、なんてことだ！」

「違うよ！」ブラッドンは大声で言った。

ブラッドンの表現に、ソフィーは笑い出しそうになるのをこらえた。

「中身はレディなんだよ、ソフィー。ぼくは彼女以外の女性と結婚するつもりはない」ブラッドンは熱のこもった口調で言った。「きみとはもう少しで結婚するところまでいった。だけど、もう結婚相手を探すのはやめたよ。ぼくはマドレーヌと結婚したいんだ」

ふたりの婚約について淡々と話すブラッドンに、ソフィーは目をしばたたいた。少なくとも、婚約を解消したことで彼を傷つけたのではないかと心配する必要はなさそうだ。

「それは……それは誰なの？」

「マドレーヌの父親はヴァンサン・ガルニエだ」ブラッドンがすがるような目で説明し始めた。「ガルニエはまるでマドレーヌがレディであるかのように、彼女の評判を守っているんだ。ロンドンに知り合いはひとりもいない。もちろん、ぼくを除いては。ふたりはフランスの情勢が悪くなってからこちらへ渡ってきたんだ。マドレーヌは英語もまだ完璧には話せない」彼はそこで深呼吸をした。「彼女の父親は馬の調教師なんだ」

ソフィーの心は重く沈んだ。「馬の調教師の娘と結婚するなんて無理よ、ブラッドン」

けれども、ブラッドンはほほえんだ。「馬の調教師の娘と結婚するつもりはないよ。ぼくが結婚するのは、一七九三年に断頭台で処刑されたフランス貴族の娘だ」

ソフィーは目を見開いてブラッドンを凝視した。

「まあ、だめよ！　ブラッドン、そんなことができるはずはないわ」

「いいや、できる」彼は引きさがらなかった。「それに、ソフィー、きみが手伝ってくれるんだから」

彼女は首を振った。

「きみはぼくに借りがあるんだぞ！　グレトナ・グリーンへ行って駆け落ちしようとぼくを無理やり説き伏せたあげく、その舌の根も乾かないうちに一方的に婚約を破棄したんだ。ぼくがどんな目で見られているかわかっているのか？」苦々しい思いを吐き出すようにブラッドンが言う。

ソフィーは羞恥心で頬が熱くなるのを感じた。「ごめんなさい、ブラッドン」彼女は神妙な面持ちで言った。「でも、わたしには無理だわ。あなたと調教師の娘を結婚させるなんて、できるわけがないでしょう？」

「マドレーヌを教育してほしい。レディにしてほしいんだ、ソフィー。きみは礼儀作法だとかそういうことに精通しているじゃないか。マドレーヌにきみの知識を教えてほしい。彼女がフランスの貴族を装って舞踏会へ行けるように。そこでぼくと出会って、たちまち結婚するんだよ。みんなに疑問を抱かれないうちに」

「気は確かなの、ブラッドン？」ソフィーは呆然と彼を見つめた。「こんな計略がうまくいくはずがないわ。馬の調教師の娘をフランス貴族の娘に仕立ててあげるなんて不可能よ」

「ぼくはそうは思わない」ブラッドンがまたしてもブルドッグを思わせる頑固な顔つきになった。この表情になると、たとえ彼の家族でもどうしようもなくなる。「レディになるのがそれほど難しいとは思えないよ。それになんといってもマドレーヌはフランス人だから、イングランドの娘みたいにふるまうとは誰も期待していないさ。最近はフランス貴族が大勢こちらへやってきているけど、半分は偽物だと思うね」

ソフィーは父が不満げに同じことを言っていたのを思い出した。「だからといって、あなたのお友だちを……マドレーヌだったかしら？　レディにするという問題は解決しないわ」

「マドレーヌにはもともとレディの素質がある」ブラッドンはあくまでも前向きだった。「簡単だよ、ソフィー。扇の持ち方やドレスの着こなしについて、いくつか教えてやってくれればいい。きみならできるよ」彼は熱心に言った。「そのくらいしてくれてもいいはずだ。きみはぼくを飢えた狼《おおかみ》の群れのなかに置き去りにしたんだからね。また面倒な手順を繰り返して、望んでもいない女性に結婚を申しこむなんてまっぴらだよ」

「脚を折ったのはわたしじゃないわ」ソフィーは言い返し、とても怪我をしていたようには見えないブラッドンの脚に疑いのまなざしを向けた。

ブラッドンが不安げにソフィーを見返す。「あの夜の話題は避けたほうがいい」

ようやくブラッドンが立ち去っても、ソフィーの耳には懇願する彼の声がいつまでも残っていた。「すぐにでもマドレーヌのレッスンを始めてほしいんだ、ソフィー」すがりつくような目で彼は言っていた。「自分で教えられるものならそうしたいが、母が姉たちに口やかましく言っていたのを横で聞いていただけだからね。きみはちょっとぼくを助けてくれるだけでいいんだよ」

パトリックは舞踏室のなかを歩きまわりながら巧みに進路を変えて、妻とブラッドン・チャトウィンがいた柱の方向へと向かった。だが、少し歩くとすぐに呼び止められ、祝福の言葉をかけられる。ソフィーのいる場所まであと少しというところで、どこからともなくブレクスビー卿が姿を現した。

「お祝いを言わなくては」ブレクスビーが口を開いた。「それと感謝の言葉も。海岸線に沿って、ちょっとした航海をしてくれるのだろう？　ときおり岸に目を向けてくれればいい」

パトリックはお辞儀をして答えた。「喜んで」

「戻ったら、防備施設に関する報告を聞かせてもらうのを楽しみにしているよ」ブレクスビーがにこやかに言った。「結婚しても、今年外国へ旅する予定に変更はないと信じているのだが、どうかね？」

結婚して丸一日も経過していないというのに妻の尻に敷かれているとほのめかされ、パトリックは体をこわばらせた。「もちろんですよ」彼は傲然《ごうぜん》と答えた。

ブレクスビーが声を低めた。「それなら新婚旅行から戻ったら、きみに話さなければならないことがある。われわれが話していた、例の贈り物の件だ」

一瞬なんの話かわからず、パトリックはブレクスビーを見つめた。ああ、あの笏のことか。パトリックは会釈した。「仰せのままに」

ブレクスビーは両手をこすり合わせた。「よかった、よかった。実はあの件に関して、問題が起こってね。いや、なに、たいしたことではない。だがとりあえず、きみの耳に入れておいたほうがいいと思ったのだ」

この老いぼれはいったいなんの話をしているんだ？　たとえあのいまいましい第にくっつけるルビーが足りないとしても、ぼくになんの関係がある？　パトリックはもう一度頭をさげて約束した。「戻ったら、すぐにうかがいましょう」

ブレクスビー卿と別れたパトリックがようやく柱にたどり着いたとき、ソフィーとブラッドンの姿はすでになかった。人々の好奇の視線を避けながら、彼はしばらくそこに立ちつくして舞踏室を見まわした。ソフィーはどこにもいない。ちょうどそのとき、義理の姉が歩いてきた。

「ソフィーは身支度を整えに行ったわ」シャーロットがからかいのほほえみを向けてきた。

パトリックはいらだった。そんなにあからさまに捜していたのだろうか？　「花嫁はぼくの付添人と逃げたのかと思ったよ」皮肉をこめた口調で言った。

シャーロットが笑みを広げ、声をあげて笑った。「まあ、新婚の夫らしい熱意ね。わたしが一時間くらいここから姿を消しても、アレックスはきっと気がつきもしないわよ」

「ありえないね」そばに姿を現した彼女の夫が腹を立てるふりをしてうなり、妻のウエストに腕をまわした。

パトリックはうめいた。「ああ、リチャードおじ上が来たぞ」

彼らのおじはすでに主教の法服を脱ぎ、甥の結婚を祝うためにめかしこんでいた。聖職者の衣装をまとって儀式を執り行うリチャード・フォークスは威厳に満ちていたが、さくらんぼ色と銀のベストを着て白と金色の夜会服に身を包んだ彼は、恐ろしく派手なしゃれ者に見えた。

「あれはひもつきのクラヴァットかしら？」恐怖に満ちた口調でシャーロットがささやいた。

「五〇年も前の剣結びが最高にしゃれていると思いこんでいるんだ」アレックスが笑いながら言った。

パトリックはアレックスとシャーロットを従えて舞踏室の入り口に向かった。だが彼らがそこへたどり着く前に、フォークス主教の背後にソフィーが姿を現した。彼女が魅力的で気取らない笑顔をおじに向けるのを目にして、パトリックの胸にひそかな喜びがわいてきた。おじはクリームを前にした猫のようにうれしそうで、ひとりでくすくす笑っている。

「ああ、そのとおり。若いころからわたしは聖職者になる運命だったのだよ。三男だからね。しかし、それを知らない者たちからは議員だと思われたことがあるし、ヴェネチアの伯爵と間違われたこともある」主教はチャペルにいたときよりはるかに熱心な様子で、ソフィーの手を軽く叩いた。「魅力的なレディだ、まったく。あなたとパトリックなら間違いなく、最高に幸せになるだろう」

主教の左側にいた噂好きな人々の集まりは、フォークス一族がこの結婚を心から喜んでいるのだと気づいた。もちろん、レディ・ソフィーは父親の財産を相続する立場にあるのだから、彼女を身内にしたがらない者はめったにいないだろう。それにこの縁組みに問題があるとすれば、ウィンチェスター主教はあれほどうれしそうな顔をしないはずだ。

「だけど、もし七カ月後に赤ん坊が生まれたら、主教の顔に泥を塗ることになるでしょう？」レディ・スキフィングは生まれながらに人を陥れるのが大好きで、盛大に祝福したばかりの相手を酷評することになによりも幸せを感じた。

セーラ・プレストルフィールドは、ふたりが結婚を急いだ理由にいかがわしいところはなく、ただ愛し合っているからだというペネロープの意見に賛同することを決めていた。彼女は威厳たっぷりに言った。「そんなひどいことをほのめかすのは、食べすぎで胸やけに悩まされている人だけだわ。レディ・ソフィーはようやく愛する人を見つけたのよ。上流階級ではそういう夫婦をあまり見かけないのは確かだけれど」というよりも、存在しないわ、と心のなかでつけ加える。「ともかく、あの愛しい子たちが不道徳な理由で結婚を急いだと考える人なんて、わたしたちのなかにはいないはずよ」

疑問が消えたわけではなかったが、レディ・プレストルフィールドよりも身分の低いレディ・スキフィングは立場をわきまえていたので話題を変えた。「ところで、ミセス・ヤールブロッサムのことはご存じ？　チズウィックに住んでいるあの赤毛の未亡人よ。求婚者のなかに、インドの王子がいると自慢しているんですって」

セーラはたちまち興味を引かれた。

「愛玩犬《あいがん》を一六匹も飼っているという、あの赤毛のふしだらな人のこと？」

ソフィーは背後に夫の気配を感じて目をあげた。熱い視線で見つめられ、思わず主教のほうをうかがった。夫のまなざしが伝えるものに気づかれたかもしれないと、心配になったのだ。

「おじにはかまわなくていい」パトリックがソフィーの耳もとでささやいた。彼の息が髪にかかる。

ソフィーは頬をピンク色に染めた。パトリックが彼女のヒップからウエストへと手でたどっていく。これからもこんなふうに震えてしまうのかしら？　彼のてのひらを感じただけで、体じゅうから力が抜けてしまう。

彼女の瞳に映るなにかに、パトリックは興奮をかきたてられた。

「そろそろ行かなければ、スウィートハート」彼はかすれ声で言った。

ソフィーはびくりとして目を見開いた。「行く？」もちろん、わかっている。パトリックとともに舞踏室を出ることを言っているのだ。彼女のトランクは朝のうちに運び出され、水の恐怖を克服できていれば、メイドがすでに〈ラーク号〉に乗りこんでいるはずだった。パトリックがにやりとして説明してくれたところによると、船は彼らがベッドから出るよりずっと早い時間に出港する予定になっているらしい。

だがどういうわけか、ソフィーには舞踏会をあとにする自分が想像できなかった。馬車に乗りこみ、パトリックとふたりきりになって、彼とベッドに入るなんて！

「ねえ、まだ出発できないわ」ソフィーは急いで言った。「あなたのおじさまとちゃんとお話しできていないんですもの」彼女はにやにやしている夫に背を向けて、リチャードのそばに近寄った。主教はシャーロットを相手に熱心に話しこんでいる。

「この食餌療法を始めてから、体調が格段によくなったよ。確かに血色もよくなった。ドクター・リードは一日にホット・チョコレートを一杯と、水っぽいかゆを三杯しか許可してくれない。それに、夕食の一時間前に焼きりんごをひとつだ」

ソフィーの頭のなかは、このあとふたりきりになったとたんにパトリックがするに違いないことでいっぱいだった。

主教は愛想よく彼女にほほえみかけた。「この食餌療法について聞きたいことがあれば、遠慮なく尋ねてくれればいい。ドクター・リードはこの独創的な方法で名を馳せつつあるのだよ」

「あの……」ソフィーはなにも思いつけなかった。背後に立つパトリックの体温に気を取られていた。「どんな種類のりんごを召しあがるのでしょう？」ソフィーのうなじのほつれ毛を、パトリックが大きな手でもてあそんでいる。

「いい質問だね！　わたしは金色のものが好きなんだ。泉の水で洗って、清潔なれんがの上で焼かせるようにしている」

パトリックが低い声でさえぎった。「リチャードおじ上、花嫁とぼくはそろそろ失礼しますよ。乗船の時間が迫っていますので」

「乗船？　船に乗るのか？」リチャードが不快そうに言った。「まさか花嫁を外洋に連れ出すのではあるまいな？」

「海岸線に沿って短い航海に出るだけです」

「岸に近いところを航海するのだな？　それならいいだろう。だが女性たちは海上にいると、水から出たあひるみたいになる。ひどく気分が悪くなるに違いない。その場合はりんごを食べなさい」主教は元気づけるようにソフィーに言った。「今夜、出港する前に金色のりんごを買いに行かせなさい。パトリック！　朝いちばんに食べられるように、りんごを手に入れておくんだぞ。誰かに買いに行かせるのを忘れるな」

大きな体のおじの頭越しに、パトリックは笑いをこらえるアレックスと目を合わせた。

「わかりました」彼は重々しく言った。「ソフィーには必ず焼きりんごを食べさせて、船酔いを克服させますよ」

主教はまだなにか考えこんでいた。「船の上には適当なれんががないかもしれないぞ、パトリック。今夜のうちに、れんがも手配させなさい。忘れるんじゃないぞ。さて、そういうことなら急いだほうがいい。夜が明けるまでに、すべて揃えなければならないのだから」

神経が高ぶっているにもかかわらず、ソフィーは笑ってしまいそうになった。リチャードおじさまもわたしと同じで、頭がいっぱいなんだわ。欲求の種類は違うけれど。

「お母さま！」ソフィーは急に思い出してあたりを見まわした。

パトリックが彼女を引き寄せる。

「戸口に立っていらっしゃるよ、ソフィー。きみにさよならを言うために」

深呼吸をしたソフィーは、シャーロットの楽しそうな視線に気づいた。彼女はソフィーを温かく抱きしめ、耳もとでささやいた。

ソフィーは顔を離した。「聞こえないわ、シャーロット」

シャーロットがもう一度顔を寄せて同じことをささやいたので、ソフィーは急に真っ赤になり、やっとのことでうなずいた。

「いったいソフィーになにを言ったんだい？」ドアへと向かう新郎新婦のうしろ姿を見送りながら、アレックスはシャーロットに尋ねた。

シャーロットが欲望をきらめかせたまなざしで夫を見あげる。

「ああ、なるほど」アレックスの声が低くなった。「同じ言葉をぼくの耳にもささやいてくれないか？」

シャーロットは目を輝かせてうなずいた。

メヌエットが始まった。アレックスは妻の手を引いてダンスフロアに向かうと、ゆっくりと優雅なステップを踏んだ。シャーロットが踊りながら、夫の耳に唇を寄せてささやいた。

「なんだって！」アレックスは思わず大声を出してしまった。

「不謹慎すぎるかしら？」

アレックスは笑いをこらえた。「もちろんそんなことはないよ、ダーリン。すべての花嫁に聞かせたい忠告だ」一瞬、口を閉ざしてから言葉を続ける。「ダンスフロアで妻にキスをして、ゴシップ好きの連中の目を楽しませてやろう」シャーロットが無言のままかすかに顎をあげた。きらめく瞳が言葉以上に心のうちを語っている。

ソフィーとパトリックが舞踏室の入り口にたどり着くと、彼女の父と母が待っていた。

ソフィーは両親の前で膝を折り、うやうやしくお辞儀をした。娘の金色の頭を見つめながら、エロイーズは涙で目を潤ませた。

「ああ、わたしの娘《マ・フィーユ》」エロイーズはソフィーを抱き寄せ、フランス語でつぶやいた。「幸せになってちょうだい！　あなたが幸せな結婚生活を送れるなら、わたしはそれで満足なのよ……」

「ええ、幸せになるわ、お母さま」

父は静かにソフィーを抱きしめてから、パトリックの手を握った。「わたしたちのソフィーをよろしく頼むぞ」目には緊張感が漂っているものの、ジョージはまるでハイドパークにピクニックに出かける娘を見送るかのごとく陽気だった。

ソフィーは父の額にキスをした。「心配しないで、お父さま。わたしは大丈夫だから」

娘とパトリックが出ていってしまうと、エロイーズはすすり泣きをこらえられなくなった。思いがけず、ジョージが肩に手をまわして抱き寄せてくれる。

「あの子は大丈夫だよ、エロイーズ」彼はぎこちなく言った。「心配する必要はない。フォークスは信頼できる。立派な男だよ」

エロイーズは不意にジョージを押しのけたかと思うと、なにも考えないまま舞踏室を出て控えの間に向かった。ジョージは廊下の向こうの部屋に入る妻を追った。エロイーズの頬が涙で濡れているのを見て、彼の胸は痛んだ。こんなふうに泣いている妻を見るのは初めてだ。

ジョージは彼女の手を取った。「どうした、愛しい人?」

エロイーズはふたたびすすり泣いた。

「あなたにはわからないわ。あの子は……あの子はわたしのすべてなの」

ジョージは息をのんだ。静まり返った部屋に、エロイーズの泣き声だけが響いている。彼は妻のほっそりとした体に腕をまわし、その顔を自分の胸にもたれさせた。

「わたしがいるじゃないか、エロイーズ」

首を横に振って泣き続ける妻に、ジョージはもう一度言った。

「きみにはわたしがいる、エロイーズ。わたしはいつもきみのそばにいるんだよ」

顔をあげ、涙に濡れた目で夫を見つめて初めて、彼女はジョージの言葉の意味を理解した。

エロイーズが返事をしようと口を開いたとき、反論を阻止するかのように、ジョージの唇が彼女の唇をふさいだ。彼はキスで妻を黙らせ、切望にかすれる声で言った。

「やり直そう、エロイーズ。お願いだから、やり直そう」

14

ソフィーは夢うつつで目を覚ました。疲れ果て、底なしの眠りに引きこまれていたところ、体がなにかにあたって……あたる？　波のうねりに合わせて、ベッドがかすかに揺れていた。顔をうずめたシーツからレモンの香りがしたが、それをしのぐ潮の香りがあたりに満ちている。

彼女は仰向けになって目を開けた。パトリックのベッドの、彫刻が施された曲線が見える。ベッドは船室の壁際に置かれていた。これほど豪華な船室は、見たことも想像したこともない。もっとも船に乗ったこと自体、ゆうべが生まれて初めてだったのだが。パトリックはこのベッドをインドで買ったらしい。外観はひとつの箱のようで、屋根の部分にも彫刻がなされており、開いている面の両脇には花の彫刻でまわりを囲んだ柱があった。柱に刻まれた無数の小さな花は深紅色に塗られ、螺旋《らせん》を描きながら柱をのぼっていく。その先の屋根ではさらに数多くの花々が咲き乱れていた。ソフィーはしばらくのあいだ手のこんだ装飾に見とれた。これが新婚初夜のベッドなんだわ、とぼんやり思い出す。

次の瞬間、彫刻の花のことはどこかへ消えてしまった。そこに、すぐかたわらに、日に焼けたたくましい腕があった。新婚のベッドというのは結婚を完全な形にするためのもので、結婚を完全な形にするにはもちろん夫が必要で、その夫が……ここにいる。ソフィーはくすくす笑いそうになるのを我慢した。パトリックは腹這いになり、顔を彼女と反対に向けて眠っていた。見えているのは銀色の筋が入った、乱れたつややかな黒い巻き毛だけだ。どうやら彼はなにも身につけていないらしい。自分も寝間着を着ていないのに気づき、ソフィーは頬を赤らめた。

記憶の奥のほうから前夜の出来事が次々とあふれ出し、同時に下腹部と膝の裏側が熱を帯びてきた。

上掛け用のシーツはパトリックの腰のあたりまですべり落ち、広い肩がむき出しになっている。記憶の断片がよみがえってきて、ソフィーは唇を噛んだ。わたしはあの肩にしがみつき、彼の胸板に体を押しつけ、背中をそらして懇願し、息をのみ、あえいだのだ。

ソフィーはそっと起きあがると、自分の体の上にシーツを引きあげた。パトリックの肩は美しかった。小麦色の肌は朝の陽光を浴びて金色に輝き、隆起した筋肉をなめらかに包んでいる。

そのとき彼がかすかなうめき声をあげて寝返りを打ったため、シーツが腰の下までさがった。ソフィーははっと息をのみ、反射的にシーツをつかんで胸を覆った。パトリックは眠ったままだ。深く規則正しい寝息が聞こえてくると、彼女の鼓動もようやく静まった。

ああ、わたしの夫はなんて美しいのかしら！　ソフィーはうっとりと見とれた。頬に影を落とす長いまつげも、弧を描く眉も、夜の深い闇を思わせるほど黒い。ソフィーは思いきって視線をパトリックの胸部に向けた。だってこの人はわたしの夫だもの。別に問題はないでしょう？　昨日の夜、わたしはこの胸に自分の体を押しつけた――ぴったりと。

　パトリックの荒々しいうめき声を思い出し、バラ色に染まっていたソフィーの頬がますます濃い色になった。彼もすぐにはほかの女性を求めないだろうと思い、彼女は緊張を解いた。あまりにきつく抑えこんでいたために、緊張していることにすら気づいていなかった。

　ソフィーは慎重に、パトリックの腰にかかるシーツの端に指先を引っかけた。シーツが盛りあがったその部分を見てみたい。彼の知らないあいだに、明るい陽光のもとで見てみたかった。体の真ん中からいつもあんなものが突き出ているなんて、いったいどんな感じだろう。

　ソフィーはなんとかシーツの端を数センチ持ちあげ、身をかがめてなかをのぞきこもうとした。そのとき、眠っているはずのパトリックが押し殺した笑いをもらしたかと思うと、驚くほどのすばやさで動いた。彼女はなにか考える暇もなく、仰向けに倒されていた。これではまるでひっくり返った亀《かめ》だわ、とソフィーは憤慨した。ソフィーが興味を持っていたまさにその部分が、今では彼女を軽く突いている。愉快そうにほほえむ夫の黒い瞳を、ソフィーは上気した顔で見あげた。

「いつから起きていたの？」

「ずっと前からだよ」パトリックが官能をにじませた声で機嫌よく答えた。身をかがめた彼の唇が唇をかすめると、ソフィーの全身が喜びに震えた。「新妻が目を覚ましたのは知っていたよ。シーツで美しい胸を隠したところも見た。ああ、ソフィー、きみは自分がどれほどみごとな胸をしているか、わかっているのか？」

ソフィーは胸もとに視線を落とした。真珠色の光に照らされてピンク色に輝く乳房は、小柄な体に似合わず豊満だ。「フランス風のドレスのおかげできれいに見えるのよ」ソフィーは自信のない口調で言った。なんと答えればいいの？　自分の胸についてじっくり考えたことなんてない。

だがパトリックがおろしてきた口に乳首を含まれたとたん、ソフィーは無意識のうちに背中をそらしていた。声にならないうめきが喉からもれる。パトリックは彼女の脚と脚のあいだに片膝を入れ、愛撫を続けながら胸の上でなにごとかつぶやいた。

シーツが床にすべり落ちてしばらくたち、ベッドの揺れがふたたび穏やかな波の動きだけに戻ったころ、ソフィーは先ほどパトリックが言った言葉が気になってきた。夫のほうを向いて横たわり、彼の胸を伝う汗をぼんやりと指でたどりながら尋ねる。

「わたしの胸のことをなんて言ったの？」

パトリックは重いまぶたを閉じていた。妻と愛し合うと、こんなふうに叫び出したい気持ちになるのはどうしてだろう？　きっと、結婚の儀式となにか関係があるに違いない。今後はほかの女性とかかわることなく、ただひとりの相手と生涯をともにするとわかっているからだ。そこには体の交わりを、ただの快楽からもっとすばらしいものに変えるなにかが存在するに違いない。

「なんだって？」パトリックは気だるげに訊き返し、ソフィーを引き寄せた。

彼女が恥ずかしそうに同じ質問を繰り返す。

パトリックは片目を開けた。「きみの胸がみごとだと言わなかったかな？」

ソフィーがうなずいた。「そのあとよ」

パトリックは両目を開けた。「思い出せないよ」蜜のごとく甘い声で言う。「もう一度きみの胸を見たらわかるかもしれない」彼はソフィーを軽く押して倒し、このうえなく美しいその部分を真上から目でとらえられるようになるまで体を下へすべらせた。

クリームのようになめらかで、それでいてずっしりと重い完璧な乳房を、パトリックはたまらず両手で包んだ。ソフィーの背中からわずかに力が抜ける。

「野生のりんごより大きいと言ったのかな？」

「違うわ」ソフィーがささやく。

「確かにりんごとは色が違うな。りんごは誰が見ても赤いが、きみの乳房はミルクのように白くて、かすかなピンク色が透けて見える」パトリックが親指で胸の先端を転がすと、ソフィーは息を弾ませた。彼は胸が熱くなった。

「ワインよりも甘いと言ったのかな？」パトリックはソフィーの片方の胸のまわりを舌でたどった。

「違うわ」

「ボタンかポピーの花を食べているみたいに、蜜の味がするんだ」小さな円を描きながら、徐々に先端へと舌を近づけていく。

「そう言ったんじゃないと思うわ」ソフィーがか細い声で言った。

「ぼくが言ったのは、きみの肌が柔らかくて……」パトリックはなにを言おうとしていたのかわからなくなった。ついに可憐《かれん》なピンク色の乳首に到達したのだ。声にならないうめきをあげると、彼は頭をさげてそれを口に含んだ。

パトリックがようやく顔をあげたとき、妻は唇から小さなあえぎをもらし、熱に浮かされた瞳で彼を見つめていた。

「さて」彼は欲望をにじませた低い声で言った。「もう片方の胸も調べるべきだ。きみもそう思うだろう？」

ソフィーがただちに荒々しい反応を示した。彼女はパトリックの肩を両手でつかむと、笑いながら抗議する夫を無視して引っぱりあげ、ベッドの上で膝をつく格好にさせた。

「わかった、わかったよ。気性の激しい妻だな。さっき言ったことを、やっと思い出したよ」目にいたずらな光をきらめかせて、パトリックはソフィーをベッドに押し戻した。「目を覚ましたとき、きみはぼくの体に興味津々の様子だった。だから、きみの探究心を満たすチャンスをあげようと言ったんだ」

ソフィーは頬を赤らめながらも夫の提案を受け入れ、彼の胸からなめらかな腹部、さらにはその下方へと視線をさげていった。彼女の瞳がちゃめっけたっぷりに輝く。ソフィーは筋肉の盛りあがるパトリックの肌を指でたどり、そのあとを視線で追っていった。

「ふうん」ソフィーがかすれた声をあげた。

パトリックは目を細め、半ば絞り出すように言った。「どういう意味だい？」彼女の指先が触れたあとの肌は、火がついたように熱かった。今、ソフィーが無邪気な表情でしている行為が、さらに激しく彼を燃え立たせているのは言うまでもない。

ソフィーは自分の息づかいが荒くなり、もはやなにを話しているのかわからなくなっているのに気づいた。

「探究を終えるためには、もっと調査が必要だわ」彼女はささやいた。指でたどったあとを、今度は唇が追った。

パトリックは息をのみ、うめき声をあげた。心臓が激しく打っている。

「調査は必要ない」自分のものとも思えない声だった。パトリックは筋肉質の両腕で体を支えると、おのれを圧倒する激しい欲望をソフィーにも感じさせようと、挑発的に彼女を駆り立てた。

「あとで話し合いましょう」ソフィーはなんとかそれだけ言った。話をする時間は終わりだった。

パトリックとソフィーがようやく〈ラーク号〉の甲板に姿を現したときには、太陽はすでに高い位置にあった。

ソフィーはまぶしい光と冷たい空気に目をしばたたいた。見渡すかぎり、泡立つ波と急降下を繰り返すカモメしか見えない。

「岸からどのくらい離れているのかしら？」

「たいした距離じゃない」パトリックが答えた。「カモメがぼくたちと一緒にいるということは、陸からそれほど遠くないよ。いずれにしろ、この旅では海岸からあまり離れるつもりはない。コーンウォールの先端をまわって、適当なところでウェールズの沿岸に立ち寄る予定だ」

ウェールズの防備施設を視察するつもりだと言いかけて、パトリックは思い直した。話すのはあとでいいだろう。ロマンティックな話題ではない。

「ぼくの両親の新婚旅行のように、イタリアへ行けなくて残念だ」彼はぼんやりと言ったが、目を輝かせてつけ加えた。「きみが一緒でなければ試してみたかもしれないな。全速力で海峡を渡ってこっそりフランス沖をまわり、レグホンに錨《いかり》をおろすんだ」

「レグホン？」ソフィーが興味を引かれた声で言った。「リヴォルノのこと？」

「そのとおりだ」パトリックは甲板の手すりにもたれると、ソフィーを見つめて笑いながら、背後で鳴き声をあげるカモメに向かって肩越しにオレンジの皮を投げた。「学校の地理の授業で習ったのかい？」

「いいえ。わたしは〈チェルザム女学校〉へ行ったの。上流階級の若いレディに地理の授業は必要ないと言われたわ。女性はイングランドの国境を越えることがないから」

「それなら、どうしてレグホンのイタリア名を知っているんだい？」パトリックは無意識のうちに船じゅうを見渡して、斜桁《しゃこう》の索具やマストの横帆の状態、船員たちが規律正しく行動しているかどうかを確認していた。

ソフィーは彼を見つめた。「たまたまよ」

パトリックはなにか別のことに気を取られている様子だ。「イタリア語を話せるのか？」

彼女は内心で凍りつき、思わず口走った。「いいえ、よくわからない……」なんて愚かなことを！　外国語はよくわからないと言うつもり？　それともイタリア語はあまり話せないと？　ああ、下着のあいだに隠しているトルコ語の文法の本をどうしたらいいの？　パトリックが見ていないときに、海に捨ててしまおうかしら。

「きみみたいな若い女性が外国語を話すとは、誰も期待していないよ」パトリックがなだめるように言った。「ぼくがこれまでに〈オールマックス〉で出会った女性のほとんどは、かろうじて母国語がわかるという程度だった。だけど母上の出身を考えれば、きみはフランス語に堪能《たんのう》なんだろうな」

ソフィーはうなずいた。口を開くのが怖かった。

「ぼくは語学が苦手なんだ」パトリックがオレンジの甘い房をソフィーの口に入れた。「フランス語も下手だし、ほかの国の言葉も知っているのは変な言いまわしばかりだ。ところで、どの国の言葉であろうと関係なく、いちばん大切な表現がなにか知っているかい？」

意思に反して興味がかきたてられるのを感じつつ、彼女は首を振った。

「あててごらん」

ソフィーはしばらく考えた。彼女の語学の知識は純粋に学問的なものなので、実際に自分が異国を訪れているところを想像するのは難しかった。

「〝治安官はどこにいますか?〟かしら?」

パトリックがあきれたように目をぐるりとまわした。

「治安官なんて、役に立つよりも迷惑な場合のほうが多いよ」

「〝宿屋へ案内してもらえますか?〟というのは?」

「違うね」パトリックがソフィーに歩み寄り、彼女のボンネットをつまんで上に傾けた。オレンジのひと房を手に取って、彼女の目の前に掲げる。「〝どうか、わたしと祖国からの心ばかりの贈り物をお受け取りください〟だよ」

みずみずしいオレンジで唇をこすられ、ソフィーは笑いながらしぶしぶ口を開けた。

「今のせりふなら一四カ国語で言える」パトリックの目はほほえんでいた。「残念ながら、これ以外のウェールズ語は話せない。だから、ぼくたちは英語で押し通さなければならないな」

ソフィーは唾をのみこんだ。自分はウェールズ語を流暢《りゅうちょう》に話せると打ち明けるにはもう遅すぎる。

けれどもパトリックは、彼女の顔に一瞬浮かんだ警戒の表情を誤解したらしい。「心配はいらないよ、スウィートハート。ウェールズでは英語が通じるんだ。英語を話せない者がいるとしても、学ぶべきだよ」彼は言葉を続けた。「彼らはフランス語も勉強したほうがいいかもしれない。ナポレオンがブレストから軍を出すという噂があるんだ。まさにこんなふうにしてコーンウォールをまわり、ウェールズに上陸して、後方からイングランドに攻め入ると考える者もいる」

「まあ、ナポレオンが?」パトリックが半分に切ったオレンジをもうひとつ唇に近づけてくるので、ソフィーは会話に集中できずにいた。刺激的な香りが鼻腔をくすぐる。

「気にする必要はないよ。〈ラーク号〉は世界でも最速の船のひとつだ。ナポレオンがどんな艦隊を海峡に送りこもうが、振りきることができる。それにどのみち、フランス軍には平底船しかないんだ」

「〈ラーク号〉はボルティモア・クリッパーなの?」

パトリックが驚き、感心した顔でソフィーを見た。

「そのとおりだ。V字型の船体は波を切って進むことが可能だよ」

オレンジのせいで頭にかかっていた官能的な靄《もや》を、いらだちが切り裂いた。ソフィーは眉をひそめてパトリックをにらんだ。「わたしは字が読めないとでも思うの?」懸命に穏やかな口調を心がける。「『タイムズ』は五年くらい前から、フェルズ・ポイントの造船所に関する記事を載せているわ!」

パトリックはソフィーに食べさせるつもりだったオレンジを無意識のうちに自分の口に運んでいた。「ぼくはちゃんとしたイングランドのレディについてよく知らないんだ。子供のころに母を亡くしているし、それ以降は……」彼は肩をすくめた。「イングランドで長く過ごしたわけじゃないからね」

「ええ、そうでしょうとも」ソフィーが口をはさんだ。「帰国してからも、レディたちと過ごす時間はなかったのよね！」

パトリックは声をあげて笑った。

「レディと過ごした経験がないわけじゃないが、ちゃんとした、、、レディではなかったな」

思わずパトリックはにやりとした。頭の回転が速くて辛辣に言い返すくせに、目では彼を切望している花嫁が気に入った。パトリックはソフィーに歩み寄ると、彼女の背中を甲板の手すりに押しつけて、体と体をぴったり合わせた。

ソフィーが切なげな甘いまなざしで彼を見あげる。

「あなたは一四もの国に行ったことがあるの？」

「少なくともそれくらいは行ったな」

「わたしも旅がしたいわ」彼女がうらやましそうに言った。「東洋に行ってみたいの」

「ちゃんとしたレディたちは、毎日なにをしているんだい？」

ソフィーの頭にふたたび靄がかかってきた。

「みんな……あちこちを訪問して、カードを残してくるの」

「なんだかひどく退屈そうだな。それ以外には？」

「買い物に行くわ」

「なぜ？」

ソフィーは思わず息をのんだ。かすかではあるが、パトリックが彼女に腰を押しつけているのは間違えようがない。

「パトリック！　誰かに見られたらどうするの？」ソフィーの位置からは、彼の体が邪魔してなにも見えない。

「見るべきものなんてなにもないじゃないか」パトリックはのんきに答え、ソフィーの両脇の手すりに手をついた。「ちゃんとしたレディたちはどんなものを買うんだい？」

「ええと、ボンネットとかドレスとかよ」ソフィーは曖昧《あいまい》に言った。実はたいていマダム・カレームに屋敷へ来てもらっているので、その質問にはうまく答えられなかった。

　パトリックはからかうのをやめ、困惑した顔でソフィーを見おろした。

「きみは毎日、買い物に行くのか？」

「いいえ」ソフィーは用心深く言ったが、そこでパトリックが放蕩者であるのを思い出した。どんなに無知を装っていても、レディやその行動について知らないはずはない。つねに女性を追いかけまわしていたんだから。そうでしょう？

「ほかになにをすると思うの？」ソフィーは挑発するように目をきらめかせた。「あなたはよくご存じでしょうけど、レディが最大の関心を寄せるのは、新しい衣装をひと揃いあつらえることなのよ」

「そうなのか？」パトリックがゆっくりと言った。彼がまたしても腰を前に突き出すと、ソフィーの腹部にとろけるぬくもりが広がった。

レディとしての務め。この結婚のためになにをあきらめたかを突然はっきりと意識し、彼女は胸に鋭い痛みを感じた。心の奥底では、ボンド・ストリートを訪れることを務めと考えるような既婚女性にはなりたくなかった。服装に興味がないわけではないが、断片的な言葉の組み合わせが意味のある文章に形作られていくのを目のあたりにするときの、ぞくぞくする感じとは比べるべくもない。

パトリックは不思議な思いで妻を見つめた。レディの日々の過ごし方を説明することが、なぜこれほどソフィーの瞳を翳らせるのだろう？

「ぼくのちゃんとした奥方は、船室《した》へ戻って風呂に入りたくないかな？」彼は妻の額に軽くキスをした。「ちゃんとした夫は、船長と話をしなければならないんだ」

ソフィーは目を輝かせた。「ぜひそうしたいわ」彼女は心から言った。

パトリックが残念そうに体を離した。「それじゃあ、あとで」

主船室に戻ったソフィーは、青ざめた顔のシモーヌに湯を取りに行かせた。メイドが出ていくと、胡桃材の重厚なドアにもたれかかった。

広くはないが、豪華な部屋だ。家具はすべてねじで壁か床に固定されている。食事用の椅子だけは例外で、悪天候の際には壁に取りつけた横木に引っかけられるようになっていた。

やっとひとりになれた。パトリックと結婚した日の朝以来だ。ソフィーは静寂のなかでため息をついた。

そのときシモーヌが戻ってくる気配がして、彼女は慌ててドアから離れた。メイドは湯気のあがっている大きなバケツを手にしたふたりの若い船員を連れてきた。部屋の隅にねじで留められた真鍮《しんちゅう》のバスタブは、すぐに桜の花の香りがする湯でいっぱいになった。胃を押さえて泣き言をこぼすメイドを、ソフィーはベッドにさがらせた。

痛む体にひたひたと打ち寄せる湯を心地よく感じながら、彼女はバスタブに体を横たえた。そうして長いあいだ、昨夜の出来事を思い返していた。これまでは考える時間がなかった。考えなければならないことは山ほどあるのに。

たとえば、ブラッドンに頼まれたことはどうすればいいのだろう？　彼の計略は無謀すぎる。社交界の人々に馬の調教師の娘をフランス貴族だと信じこませるなど、とうてい不可能だ。

ソフィーは、母が裕福な商人の娘の育ちを酷評していたのを思い出した。従順で美しく、ソフィーと同じ学校へ行っていたのだが、そんなことは問題ではなかった。母やその友人たちは誰よりも手厳しい判断を下すのだ。言葉づかいや扇の振り方、目の伏せ方を事細かに分析し、悪い血が流れていると指摘した。

絶対に無理だわ、とソフィーは浮かない顔で思った。ブラッドンを説得してあきらめさせなければ。母はすぐに偽物だと見破るだろう。馬の調教師の娘だということにさえ気づくかもしれない。やっぱりだめ。ブラッドンはマドレーヌとの結婚をあきらめるしかないわ。

思案に暮れていたソフィーはようやくわれに返り、肌をなでる湯がすっかりぬるくなっているのに気づいた。彼女は立ちあがって、タオルを体に巻きつけた。わざと深く考えないようにして、慎重に隠してあった場所からトルコ語の文法の本を取り出した。

ソフィーは思わず喜びのため息をもらし、すぐさまトルコ語の動詞に引きこまれていった。人称によって動詞が変化する、とくに興味深い箇所だ。「セニ・セヴィヨルム」小声でつぶやく。「わたしはあなたを愛しています。セニ・セヴィヨル。彼はあなたを愛しています」彼女はかぶりを振って気持ちを切り替え、もっとありふれた例文を読み進めた。

母の言いつけにそむいているのはわかっていたし、それが快感でもあった。わたしならマドレーヌを訓練して貴族の娘に仕立てあげられると、ブラッドンが考えたのも不思議はないわ、とソフィーはぼんやりと思った。なにしろ、礼儀作法の権威と言われるブランデンバーグ侯爵夫人に鍛えあげられてきたのだ。母が知らない作法なら、知る必要がないと言ってよかった。

うしろめたさを感じ、ソフィーはパトリックが急に部屋に入ってきたときに備えて文法の本を下に置いた。良識ある男性なら、自分より知識のある妻を決して受け入れないだろうという、母の厳しい声がよみがえる。

ソフィーはため息をついた。パトリックはふざけながらも、外国語はフランス語を少し話せるだけだと打ち明けた。母は間違いなく正しいことを言っていたらしい。

かわいそうなお母さま！　娘の語学への夢をあきらめさせようと、母は何年ものあいだソフィーを説得し続けてきた。とりわけ難色を示したのはラテン語だった。〝ラテン語を学ぶなんて女らしくないわ。女性がひげをつけるみたいなものよ〟母は怒りに唇を白くして反対した。だが父が取りなしてくれたおかげで、ソフィーは動詞の活用で頭をいっぱいにして毎朝を過ごすことができた。

母の忠告を思い出すにつれ、ソフィーの笑みが薄れていった。〝若い女性は結婚相手の見つけ方さえ知っていればいいの〟というのが母のお気に入りのせりふだ。ブラッドンの計略がうまくいく望みがあるとしても、マドレーヌはかなり必死に学ばなければならないだろう。ソフィーはブラッドンと調教師の娘が置かれた苦境についてそれ以上考えるのをやめ、もう一度トルコ語の文法の本を手に取った。運がよければ、パトリックが戻ってくる前に、複雑な過去形を理解できるかもしれない。

パトリックは妻が待ち焦がれていらだっているものと予想しながら主船室に戻った。これまで女性について学んだ経験から、新婚の妻はひとりにされるのをいやがるに違いないと信じていた。お茶を飲んだり買い物をしたりの毎日から無理やり引き離された妻なら、とくにそうだろう。コーンウォール沖の海流の状況や二等航海士がひとり足りないことなど、船長との話し合いに三時間もかかっていた。

だがシルクの寝間着を身にまとい、穏やかな表情で肘掛け椅子に座る妻の姿を目にしたとたん、パトリックは自分の考えが恥ずかしくなった。続いて別の感情がこみあげてくる。ああ、ぼくはなんと美しい女性と結婚したのだろう！　肩から背中へと流れる巻き毛はまだ湿っていて、淡い蜂蜜色の輝きを放っていた。蠟燭の明かりに照らされた瞳が、桑の実《マルベリー》のように濃い色に見える。

「メイドはどこだい？」パトリックは声がかすれているのが自分でもわかった。

ソフィーが驚いて顔をあげた。

「シモーヌはひどい船酔いに苦しんでいるの。今夜はもう自分の船室へさがらせたわ」

パトリックは唾をのみこんだ。ソフィーは体が痛んでいるに違いない。今朝あれほど激しく愛し合ったのだから。彼は妻に近づいて肘掛け椅子の横にしゃがみこんだ。

ソフィーはにっこりした。幸せが幾重にも重なって彼女を満たしていた。結婚生活は悪くない。すばらしいと言っていいかもしれない。それに、トルコ語の動詞の過去形も習得できた。口にはしないものの、記憶のなかに言葉を刻みつけてある。〝セニ・セヴディ。わたしは彼を愛していました〟

ソフィーは半透明のシルクが胸もとで開くように、わざと前かがみになった。

「ねえ、パトリック、〝デザビーユ〟という言葉を英語でなんて言うか知っている？」

彼の瞳が眉の下で漆黒のインクのように濃くなった。「ぼくのフランス語はどんどん下手になっているんだ」パトリックがキスで胸もとを広げると、温かい息が彼女の首筋にかかった。「〝デザビーユ〟とはどういう意味だい？」

ソフィーは息を弾ませた。

「〝裸〟あるいは〝半裸〟よ。それに〝ネグリジェ〟という意味もあるの」

パトリックが唇を下方へ移動させていく。

「ああ、悲しいかな……」彼の声はくぐもって聞こえた。「聡明な妻に、またしても外国語を投げかけられてしまったな。〝ネグリジェ〟ってなんだい？」

筋肉の盛りあがったたくましい肩を抱き、ソフィーはくすくす笑った。

「これまで数えきれないほどの〝ネグリジェ〟を女性に贈ってきたくせに！」

その言葉を聞いてパトリックは唇の動きを止め、顔をあげてソフィーの目をのぞきこんだ。

「なぜぼくの妻は、ぼくのことを〝経験豊かな放蕩者《ルウ・リベルタン》〟だと言い張るんだ？」

ソフィーは憤慨して息をのんだ。

「完璧な発音じゃないの。フランス語が下手だなんて嘘だったのね！」

「ジュヌ・スィ・パ・アン・リベルタン、エジュ・ナシェトゥレ・プリュ・ドゥ・ネグリジェ・プール・ユヌ・ファム・キメパ・マ・プロプル・ファム。聡明な妻よ、これを英語に直してごらん」

ソフィーは唇を突き出して答えた。「〝ぼくは放蕩者ではないし、今後は絶対に妻以外の女性にネグリジェを買わないと約束する〟」

そのとおりだと言いかけて、パトリックはソフィーの唇に目を奪われた。「美しいソフィー」彼はかすれた声でささやいた。「ぼくの花嫁《マ・マリエ》」

ソフィーは目を閉じた。パトリックのフランス語は信じられないほど官能的だった。生まれたときからフランス語を聞いて育ち、六歳になるまで英語を教えられずに過ごした彼女にとって、フランス語はもっとも慣れ親しんだ言語だ。だが、まさかその言葉で愛し合えるとは思ってもいなかった。

鼓動が急に速くなった。ソフィーは目を開けて身を乗り出し、夫の唇に軽く唇を重ねた。パトリックはうなり声をあげて彼女の唇をとらえ直すと、妻の体が膝にのりそうになるほど近くへ引き寄せた。

「キスして《アンブラス・モア》、あなた《モン・マリ》」ソフィーはささやいた。

「お望みのままに、美しい人《マ・ベル》」パトリックはすばやく立ちあがり、両腕で妻を抱きあげて夫婦のベッドへと運んだ。ふたりはまるでインドの奥地の花園に紛れこんだかのような、絡まる蔓や深紅の花々の下に倒れこんだ。

そのころ甲板の下の厨房《ちゅうぼう》では、フランス人の料理人が主船室に晩餐を運ぶ合図の呼び鈴を待ち続けていた。莫大《ばくだい》な報酬を払うと説得されて航海に同行している料理人は、初めのうちこそ不機嫌そうなだけだったが、そのうちに癇癪《かんしゃく》を起こした。

「完全にだめになってしまった、わたしのすばらしい料理が！」フローレは悲劇にみまわれたと言わんばかりに周囲を見まわした。スープは銀の深皿のなかですっかり冷めてしまっている。肉料理はどうにか手直しができるかもしれないが、最高傑作の鱒《ます》料理はいかに手をつくそうともはやどうにもならない状態だ。

屈強な一等航海士のジョンが首を振った。「少しばかり風変わりだが、まずくはない」彼は口いっぱいにブイヨンスープ《クール・ブイヨン》煮こみを頬張って言った。

それを聞いたフローレがわっと泣き出したので、ジョンはうんざりした。

ソフィーのメイドは絶え間なく襲いかかってくる船酔いに苦しみながら、ベッドに横たわっていた。女主人がひとりで着替えられることは、シモーヌにとっては神の恵みとしか思えなかった。アヘンチンキを飲んだせいで、彼女はますます気分が悪くなっていた。

「奥さまはきっとなにも着ないで寝るはずだわ」弱々しい忍び笑いをもらしながらシモーヌはひとり言をつぶやいた。「だんなさまはあんなにすてきなんだもの」

舵《かじ》を取る一等航海士を除いたすべての船員が眠りに就き、〈ラーク号〉が静寂と闇に包まれたころ、パトリックとソフィーは船室を抜け出して厨房へ向かった。

銀の深皿にはまだアスパラガスのスープが入ったままだった。さらにうれしいことに、氷が溶けた水のなかにシャンパンの瓶が浮かんでいた。パンはすでに硬くなっていたが、それは別にかまわない。夜間は壁にかけられている椅子を動かすのが面倒で、ふたりは厨房のテーブルの上に並んで座った。スープをすすり、硬くなったパンをシャンパンに浸して口に運ぶ。

脚が触れ合うほど近づいて座っていたので、くしゃくしゃになって背中を流れるソフィーの髪がときおりパトリックの肩をなでた。

このうえなく贅沢《ぜいたく》な晩餐だった。

15

「そんなことはできないわ、ブラッドン。絶対に受け入れられない」〈ラーク号〉が航海に出て二週間たったころ、ロンドンではブラッドンがかねてからの計画を実行に移すべく、準備に取りかかっていた。彼はマドレーヌに懇願した。

「試してみるだけなら害はないだろう?」

グレイシーの丸みを帯びた硬い脇腹にブラシをかけながら、マドレーヌは顔もあげずに言った。「いけないわ。あなたはわたしに嘘をつけと言っているのよ」固く引き結んだ口もとは、強情なブラッドンと変わらないくらい頑固そうだ。

彼はうんざりして目をぐるりとまわした。この表情をするのは初めてではなかった。

「大義のための小さな嘘だということがわからないのか?」

「大義?」理解できない言葉に遭遇すると、マドレーヌのフランス訛りはひときわ強くなった。

「大義というのは」ブラッドンの口調は弱々しかった。「ええと……正しいことをするためには、それより小さな間違いを犯しても許されるという意味だよ」

「フランスの哲学者の意見とは違うわ」マドレーヌが鋭く言った。「ムッシュ・ルソーはレ・ボン・ソヴァージュと唱えている。つまり、真に汚れのない者は善行だけを行うのよ」

マドレーヌはいらだつと、ブラッドンの頭になにかを投げつける癖があった。彼はその兆候を見なかったことにして手を伸ばし、彼女の頬をなでた。最近のマドレーヌはまるで暴君で、キスさえ許そうとしない。今も少しずつ移動して、ふたりのあいだにグレイシーの大きな体が立ちはだかるようにしてしまった。

「お願いだ、マディー。頼むから、ぼくの伯爵夫人になってほしいんだ」ブラッドンはささやいた。「ぼくの子供を産んでほしい。夜中にきみの家を出て自宅に帰るような生活はごめんだ。ぼくの家に住んでほしいんだよ。わからないのか？　愛人ではなく、妻になってほしいと言っているんだ！」

「欲しいものをすべて手に入れることはできないわ」そうつぶやいたものの、マドレーヌの表情が和らいできているのがブラッドンにはわかった。グレイシーの脇腹にブラシをかける手も先刻までほどきびきびと動いてはいない。

糊のきいた白いスカーフが巻かれたマドレーヌの首を見つめ、ブラッドンは唾をのみこんだ。レースのスカーフの下で控え目に誘いかけている、あのなめらかな肌を奪ってしまいたくてたまらない。

「たった三週間だよ、マディー。三週間後に、ぼくは舞踏会できみと出会ってひと目惚《ぼ》れする。そうしたらソフィーとパトリックみたいに、特別な結婚許可証を取って結婚できる。結婚さえしてしまえば、誰もきみの過去を詮索しようとは思わないだろう。だって、きみはスラスロウ伯爵夫人になるんだ。伯爵夫人に疑問を持つ者なんて誰もいないよ」

そのとき初めてマドレーヌの顔に、ブラッドンの意見には頑として応じないと言っているいつもの表情ではなく、打ちひしがれたつらそうな表情が浮かんだ。

「わたしには絶対に無理だわ」マドレーヌがグレイシーの脇腹に額を押しつけて小さな声で言った。「貴族じゃないんだもの、ブラッドン。わたしはただの馬の調教師の娘よ」

ブラッドンは頬を緩めた。勝利のにおいがしてきたぞ。「ただの馬の調教師の娘が、いつからルソーやディドロを引用するようになったんだい？　きみの父上の蔵書は、持っている鞍《くら》の数よりも多いじゃないか」

マドレーヌが顔をあげてまっすぐブラッドンの目を見つめた。「わたしは教育を受けているわ、ブラッドン。だから、字が読める。でも、それだけではレディになれないのよ。ダンスもできないし、貴族の令嬢たちがすることはなにひとつ知らない。馬の前脚に添え木をあてる方法は知っていても、刺繍のやり方さえわからないのよ！」

ブラッドンは険しい表情でグレイシーの首の下をくぐると、馬房の奥に大きな体を押しこんでマドレーヌの横に立った。「自分のことをそんなふうに言うんじゃない、マドレーヌ。きみはぼくが知っている誰よりもレディと呼ぶにふさわしい女性だ。刺繍なんてどうでもいい。ぼくの姉たちだって刺繍は苦手だよ。いつも母がこぼしていた。姉たちはピアノやハープも習得できなかったし、歌を歌わせたらとんでもない音痴だ。そんなものがレディを作るわけじゃないんだよ」

マドレーヌがすがるような目でブラッドンを見つめた。「あなたはわかっていないのよ、ブラッドン。服はどうすればいいの？　優雅なレディ・ソフィーと違って、わたしは舞踏会に着ていくようなドレスなんて持っていないわ」彼女は『モーニング・ポスト』でソフィーについての記事を読んでいた。いつ誰とどこへ行き、なにを着て現れたか、いつも詳しく載っている。そのレディ・ソフィー本人に会うと考えるだけでも身のすくむ思いがするのに、レディになるための手ほどきをしてもらうなんて無理だ。

「ソフィーがなにもかもうまくやってくれるよ」ブラッドンはあっさりと言った。「彼女にいくらか渡しておくから、ドレスを何着か選んでもらうといい」グレイシーの大きな体のおかげでマドレーヌとぴったりくっついていられるこの状況を、彼はひそかに楽しんでいた。

「ああ、やっぱり無理よ！」グレイシーの背にこぶしを打ちつけながら、マドレーヌが感情を高ぶらせて叫んだ。驚いたグレイシーがいななき、どうなっているのか確かめようと首をめぐらす。馬は騒ぎから逃げるように、数歩うしろにさがった。さらに強くマドレーヌの体に押しつけられ、ブラッドンは思わずうめきそうになった。

「なにをしているの？」

マドレーヌは本気で怒っているらしい、とブラッドンはぼんやりと思った。

「あっちに行って！　あなたの……あなたは……まったく恥知らずな人ね！」

答える代わりに、ブラッドンは彼女の体に腕をまわした。「愛しているんだ、マディー」

かすれた声で彼は言った。「愛している。きみが欲しい。お願いだよ、ダーリン。言うとおりにしてくれ。そうすれば、ぼくたちは結婚できるんだから」

「いいえ」マドレーヌはかたくなに言うと、身をよじって腰を離そうとした。だがブラッドンは礼儀をかなぐり捨てて、強く体を押しつけた。

「承諾してもらえなくてもきみと結婚する」彼は静かな声で断言した。「きみがなんと言おうが関係ないんだ、マディー。結婚してスコットランドで暮らそう。アメリカでもいい。きみと一緒にいられるなら、どこでもかまわない」

マドレーヌが息をのんだ。

「本気のはずがないわ。あなたは伯爵よ。社交界から追放されてしまう」

ブラッドンはマドレーヌをきつく抱きしめ、甘い香りのする彼女の髪に頬をこすりつけた。

「かまわないよ。ぼくはきみ以外の女性と結婚するつもりはない。フランス貴族のふりをしたくないと言うなら、そのままのきみと結婚するまでだ」

「家族は二度と口をきいてくれなくなるわよ！」マドレーヌは驚愕している。

「家族を好きだと思ったことは一度もない」ブラッドンはためらいなく言った。

「でも、あなたのお母さまが」

今やブラッドンは楽しげな口調になっていた。「母が恋しくなることはないだろう」

「だめよ、だめだめ」マドレーヌのフランス訛りがきつくなった。「あなたにそれほどの犠牲を払わせることはできないわ」

「犠牲ではないよ」あらゆる曲線をはっきり感じられるほどブラッドンが強く抱きしめているることに、彼女は気づいていないようだった。「なにも心配はいらない、マディー。ぼくたちの息子はちゃんと爵位を受け継ぐだろう」

「だけど……その子はのけ者にされるわ！」

ブラッドンは肩をすくめた。「そのころには、みんなぼくたちのことなんて忘れているさ。そもそも、いったい誰が気にするというんだい？　遠い未来の話じゃないか」

マドレーヌは顔をしかめた。現実的なフランス人の彼女は、ブラッドンと違って将来の問題に目をつぶることができなかった。アメリカで暮らす？　彼は頭がどうかしてしまったの？　アメリカは広大な荒れ地にすぎず、犯罪者と野蛮な原住民しか住んでいないことは誰でも知っている。ルソーはもっともらしく書いているが、アメリカの未開人が無邪気によい行いだけをしたがるとはとても信じられなかった。

「いいえ、世間に認められる形で息子を産める可能性があるなら、わたしたちは努力してみるべきだわ。たとえ嘘をつかなければならないとしても。レディになる方法を学ばなければならないとしても」

ブラッドンはマドレーヌの唇をとらえ、唇を合わせたまま愛の言葉をつぶやいた。だが彼がキスに夢中になったところで、マドレーヌがまた声をあげた。

「ああ、だめよ、父のことをすっかり忘れていたわ！　あなたの無謀な計略には絶対に賛成しないでしょう」

「たぶんきみの言うとおりだろう」ブラッドンはなだめるような手つきでマドレーヌの背中を上下になでた。ふくよかな腰に触れてもとがめられないことを願いつつ、言葉を続ける。「今夜のうちに結婚しよう、マドレーヌ。計略はきっとうまくいかない。それなら、これから国境を越えればいい」

マドレーヌが身をよじってブラッドンの手を逃れると、眉間に皺を寄せてぴしゃりと言った。「やっぱり恥知らずな人ね。どうしてわたしはあなたなんかと結婚したいのかしら」

その言葉を聞いたとたん、ブラッドンはマドレーヌを抱きあげた。「そうなのか？　本当に？　きみはぼくと結婚したいのか？　ああ、マディー……」頭をさげて情熱的に彼女の唇を奪う。

膝から胸へと熱いものがこみあげ、マドレーヌは身を震わせた。わたしのブラッドンは世界でいちばん賢いとは言えないけれど、彼のキスにはわたしを溶けたゼリーみたいにしてしまうなにかがあるわ。

〈ラーク号〉はウェールズ沿岸の最初の寄港地を目指していた。ソフィーとパトリックは甲板に座り、いつになく穏やかな午後の日差しを楽しんでいた。ふたりはバックギャモンをしていて、ソフィーが夫を完敗に追いこんでいるところだった。

パトリックは不機嫌そうに言った。「ずるいぞ。一回おきにいまいましいダブルを宣言する以外、きみには戦略というものがない」

ソフィーがにこやかにほほえみ、彼の駒をふたつ振り出しに追いやった。

「これがボードゲームでのわたしの唯一の技だと、祖父がいつも言っていたわ」

パトリックはしぶしぶながら妻に称賛の目を向けた。

「きみはチェスでもうまくやっていたよ」

「三回のうち二回はあなたが勝ったじゃないの」

「そうだ。だけど普段は一度だって負けない」パトリックは言った。「それに、女性に負けたのは初めてだ」かすかな皮肉をこめてつけ加える。

「かわいそうなパトリック。苦しんでいるあなたを見ると胸が締めつけられるわ」

彼はソフィーをにらんだ。「きみはまるで魔女だな。魔女みたいに意地悪な妻だ」

ソフィーがそっと唇をなめる。

「そうね……あなたにどんな魔法をかけてあげようかしら？」

パトリックは思わず身を乗り出し、ソフィーの唇の優美な輪郭を指でなぞった。

「きみはこの世の誰よりもキスをしたくなる唇をしている」

ソフィーが瞳をきらめかせて彼の指に舌で触れ、温かい口のなかに引きこんでささやいた。

「あなたがわたしに魔法をかけたのかもしれないわ」

パトリックが椅子から立ちあがろうとしたそのとき、左側からぎこちない咳払いが聞こえた。

「失礼します」ヒバート船長が帽子を手に、いくぶん心配そうな面持ちで立っていた。「もしよければ東のほうを見て、意見を聞かせてもらえませんかね？　お邪魔をしてすみません、奥さま」

ソフィーはほほえんだ。口数が少なく、不器用で人見知りするこの船長が気に入っていた。「ヒバート船長、どうぞわたしのことはお気になさらないで」彼女は椅子から立ちあがった。「ちょうど船室に戻ろうと思っていたところですから」

ぎこちないお辞儀をしてヒバートが気圧計の前へ戻っていくと、ソフィーはまつげの下からそっとパトリックをうかがった。彼は眉をひそめ、筋状の雲が浮かんで青緑色に変わった東の空を見つめている。

「嵐が来るの？」

「あれは鰯雲《いわしぐも》というんだ」パトリックがソフィーの肩に腕をまわして抱き寄せた。「右にいくにつれて、雲がまだらになっているのが見えるだろう？」

「小さな雲が何列にもなっているところ？」

「そうだ。ぼくたちが船室にさがる前に声をかけたヒバートの判断は正しかった」パトリックはかすかに頬を染めるソフィーを見て笑い、ささやき声で言った。「妻は何時間もぼくをベッドから出してくれないだろうからね」

ソフィーはなにも言わず、ただ彼の肩に頭をのせた。

パトリックは安心させるように彼女を強く抱きしめた。「心配はいらないよ。この船はどんな嵐よりも速いんだ。ヒバートとぼくは何度もハリケーンを振りきった経験がある」そのときのことを思い出すと血が騒いだ。板をきしませ、ロープをはためかせ、船体を揺さぶる力に必死で耐えながら、風がうなりをあげる大海原を高速で走る。船の限界を試す唯一の方法は嵐の前方を疾走することだ。暴風にあおられれば、どんな船でも最高速度が出るからだ。

けれども肩にかかるソフィーの柔らかな巻き毛を見おろして、パトリックは考えを改めた。

「だけど、今日はそういうことをするつもりはないよ」

ソフィーが驚いたように顔をあげた。「なぜ？」

パトリックは身をかがめて彼女の唇に長々とキスをした。「きみが乗っているからだ」彼は議論を受けつけない低い声で言った。

ヒバートのあとを追う夫のうしろ姿を見送ると、ソフィーは方向を変え、ゆっくりした足取りで主船室に向かった。

男性たちが妻を家に残していく理由を、ソフィーはしだいに理解し始めていた。彼女が語学の勉強を許されて大喜びしているあいだ、パトリックは嵐から逃れようと懸命に船を走らせていたのだ。

ソフィーはため息をついて、それ以上考えないようにした。死ぬほど思い悩んだところで変えられないことはどうしようもないと、彼女のナニーはいつも言っていた。

一時間もすると、〈ラーク号〉はひと晩停泊するための場所を探して、ウェールズの西海岸沿いをゆっくりと進んでいた。

「船長！」見張り番が声を張りあげた。

後甲板に立っていたパトリックとヒバートは顔をあげた。

「明かりが見えます！」

パトリックは望遠鏡を手に取り、陸地に焦点を合わせた。奥まったところに入り江がある。少なくとも船のいる位置からは、裸眼で認識できないほど細い入り江だ。その奥で揺れているのは大きな建物の明かりのようだった。

「古い修道院かもしれない」彼はヒバートに言った。

ヒバートが望遠鏡をのぞく。「ここにしましょう」いつものごとく、船長の言葉は簡潔だった。自分の腕と勘だけを頼りに見知らぬ港に〈ラーク号〉の錨をおろす任務を遂行するため、張りつめた面持ちで操舵輪《そうだ》に向かった。

三〇分ほどして、パトリックは口笛を吹きながら下へおりた。主船室のドアをノックしかけて手を止める。運がよければ、風呂に入っている最中のソフィーをびっくりさせられるかもしれない。

けれどもドアを開けたパトリックの目に飛びこんできたのは、お気に入りの椅子に座り、読書をしている妻の姿だった。ドアが開いた音には気づいていないらしい。パトリックはその場で足を止めたまま彼女を見つめた。

ソフィーは唇を動かしながら熱心に本を読んでいる。かわいそうに、とパトリックは思った。教育といっても女性が受けられるのは形ばかりのものなので、口を動かさないと読めないのだろう。ソフィーが学校で学んでいる姿を想像したとき、彼の胸はなぜかうずいた。

パトリックが数歩足を踏み出すと、ブーツの音に気づいたソフィーがぎょっとしたように顔をあげた。小さく悲鳴をあげて飛びあがる彼女を見て、パトリックも驚いた。椅子に座り直したソフィーが眉をひそめて彼をにらむ。

「びっくりさせないで！」

パトリックは椅子に近づき、口もとに笑みを浮かべて小柄な妻を見おろした。

「デ、ザ、ビ、ー、ユ、なきみに出くわすのを期待していたんだが」

こわばっているものの、ソフィーに笑みが戻った。

「なにをしていたんだい？」

「あなたを待っていたのよ」彼女は大きな目を無邪気に見開いた。

パトリックは顔をしかめた。「読書していたんだろう、ソフィー？　嘘をつかないでくれ。本の上に座っているじゃないか」

ソフィーは冷静に彼を見つめ返した。「ええ、そうよ」パトリックの学生時代からの友人であるデヴィッドの言葉を思い出した。パトリックは嘘が嫌いで、たとえそれがどんな些細なものでも激怒したと言っていた。だが本当のことを話して妻がなにを読んでいたか知ったら、彼はもっと腹を立てるかもしれない。

パトリックは片方の眉をあげた。きっと放埓なフランスの恋愛小説にでも夢中になっていて、夫にそれを知られたくないのだろう。妻の気持ちを汲んでそばを離れると、彼はシャツを脱ぎ始めた。だが視界の隅に、慣れた手つきでそっと本を引き出しにしまうソフィーの姿が見えた。

彼女の母親なら、面白そうな本はすべて禁止するに違いない。パトリックは内心でにやりとした。あの厳格な侯爵夫人ならおおいに考えられる。娘が通俗小説を読んでいるところを見つけたら卒倒しかねない。ソフィーが字を読むのを苦手にしているのは母親のせいだろう。説教書以外は読ませてもらえなかったということも十分ありうる。一度ソフィーとゆっくり話をしなければ、とパトリックはひとり満足げに思った。妻には読書を恥じたり、小説を不道徳なものだと考えたりしてほしくない。

「シモーヌを呼んだほうがいい」妻が本を隠したことに気づかないふりをして、パトリックは言った。「あと三〇分ほどで上陸する。ジョンがボートで偵察してきたところによると、ひと晩泊まれそうな古い修道院があるらしい。まともなベッドがあることを祈るよ。この船で嵐が過ぎるのを待つより、八〇〇年前の建物で過ごすほうがまだましだろう」

ソフィーはパトリックの顔を探った。本の上に座っていることを指摘されたとき、一瞬彼の顔に見えた気がしたのだ。その本がトルコ語の文法の本だと知っていて、ひそかにあざ笑っているような表情が。いいえ、きっと思い過ごしだわ。今のパトリックはまったくそんなふうに見えないもの。

ソフィーがシモーヌを呼ぶために呼び鈴を鳴らすと、パトリックはブーツを履いて言った。「準備ができたらあがっておいで、ダーリン」彼はソフィーの額にキスをして船室から出ていった。

ソフィーは壁に作りつけの衣装箪笥から厚手のドレスをのろのろと取り出した。この数日間、パトリックは彼女を〝ダーリン〟と呼んでいる。彼が何気なく口にしているのだとわかっていても、愛情が感じられるその言葉を聞くと、膝の力が抜けてわっと泣き出してしまいたくなった。

シモーヌが主船室に駆けこんできた。いつもはきちんと結っている髪が乱れ、頬を上気させている。

「急ぎましょう、奥さま！　ひどい風が吹いています。ジョンがそう言っているんです。魚の雲が出ているんですって」

「鰯雲よ」ソフィーはシモーヌの言葉を訂正した。まだストッキングもはいていない。

「なんの雲だってかまいません」シモーヌが辛辣に言った。「空は恐ろしい色ですよ。ジョンが言うには、すぐにこの船からおりなければならないそうです！」このところ一等航海士のジョンと戯れているので、メイドは船乗りの知識や言いまわしを存分に仕入れていた。

シモーヌに大急ぎでドレスをかぶせられたソフィーは、ため息まじりに立ちあがった。

「髪をちゃんと整えている時間はありません」シモーヌは震える指でソフィーの巻き毛をねじって丸め、頭の上で留めた。ようやく船酔いはおさまっていたが、嵐に襲われたときに船には乗っていたくなかった。〈ラーク号〉は波にさらわれ、もみくちゃにされたあげくに海の底に沈むかもしれない。シモーヌは手の動きを速めた。

考える暇を与えず、プラム色の外套で女主人をくるみ、毛皮のマフに手を突っこませると、ドアから外へ押し出した。

　主船室の大騒ぎとは打って変わって、甲板は落ち着いていた。パトリックが手すりの横に立っている。船員たちは冷静に手際よく帆をおろし、マストを縛っていた。

　ソフィーはパトリックのそばへ歩いていくと、一瞬立ち止まって空を見あげた。ブロンズ色にもう少し濃い黄みがかった色がまじり、玉虫織りのシルクを思わせる。ふわふわの小さな雲が、まるで銀行家のひげのように薄く陰気な筋に変わっていた。風が強くなってきた。ヴェルヴェットのボンネットからこぼれたほつれ髪が頰を打つ。

　パトリックは興奮に顔を輝かせていた。「空気が重苦しくなっているのがわかるかい、ソフィー？　風が吹いているが、その合間には空気がよどんで動かなくなる」

　ソフィーはうなずいた。〈ラーク号〉がすでに錨をおろしていてよかった。

　そのとき、鈍い音がして大きな声が聞こえた。船員たちが上陸するためのボートの準備を終えたらしい。

「さて、ここからが問題だ」パトリックがにやりとした。「きみとメイドを縄ばしごでおろさなければならない。船着き場の近くは水深が浅いから、ずっとこの船で行くことはできないんだ」

　ソフィーは手すりに近寄って下をのぞきこんだ。ボートがはるか下方に見え、長い縄ばしごが不安をかきたてるように揺れている。それだけでなく、灰色がかった海面を見れば、縄ばしごから手を離した者には氷風呂が待ち受けているとわかった。

「ぼくがきみを抱えておりよう」すぐそばに立ったパトリックが言った。

「おかしなことを言わないで」ソフィーは即座に応じた。「ひとりで大丈夫よ。シモーヌ！」

メイドが女主人のそばにじりじりと近づいてきた。縄ばしごをおりることを考えて、恐ろしさのあまり取り乱しているのは明らかだ。

「誰の手も借りずにひとりでちゃんとおりられたら、布製のバラがついた舞踏会用のドレスをあげるわ。悲鳴をあげたり、気を失ったりしてはだめよ」

シモーヌが躊躇した。「長いトレーンのついたドレスですか？」

ソフィーはうなずいた。

シモーヌのフランス人らしいほっそりした顔に決意が浮かんだ。彼女は一瞬のためらいもなく船べりに寄ると、船員の手を借りて縄ばしごのいちばん上に足をのせた。そこからゆっくりと慎重に縄ばしごをおりていく。

メイドが小型のボートに乗りこみ、手助けされて腰をおろすまで、ソフィーは目で追っていた。そしていざソフィーが縄ばしごをおりようとしたとき、温かい腕がうしろから彼女の体を包み、耳もとでささやく声がした。「きみに褒美はいらないのかな？」

ソフィーはくすくす笑った。「あなたの刺繍入りのベストをくれるの？」

低い笑い声が耳をくすぐる。「おばのヘンリエッタにもらった、ヤグルマソウとブルーベルが刺繍されたベストしか持っていないんだ。派手すぎるし、きみには大きすぎる」

「まあ」ソフィーは悲しそうに言った。「残念ながらそのとおりね。でも、この縄ばしごをおりる気がなくなってしまったわ。だってあなたったら、ろくにご褒美を考えようとしないんだもの」

「おいおい」

耳に歯を立てられ、ソフィーはパトリックのたくましい胸にもたれた。冬の海が甲板じゅうに冷たい波しぶきを浴びせているにもかかわらず、ソフィーの体は熱くうずいていた。

「ぼくの妻は服には心を動かされないらしい。ロンドン社交界ではフランス女性に次いで洗練されていると思われているきみが、ファッションに関心を示さないとは意外だよ」

ソフィーは憤慨した。「服は大好きよ！」

「だけど、身支度に何時間もかけないじゃないか」パトリックが反論した。「レースがどうこうという話を延々としたりもしない。ところで、縄ばしごの褒美はキスでどうかな？」

「キスはなにもしなくてももらえるものだと思っていたけど」ソフィーは生意気な口調で言った。

「それもそうだな」パトリックの声がヴェルヴェットのように深くなめらかになった。唇はソフィーの耳を愛撫し続けている。「きみには物じゃないほうがよさそうだ。行動は言葉やドレスよりも雄弁だというしね。なにをしてほしい、ソフィー？　なんでも望みをかなえてあげるよ」

どんな行動について言っているのか、彼に尋ねてもいいのかしら？

「そうね」ソフィーは耳をくすぐる温かい舌の感触を無視した。「わたしがとくに好きなのは……」けれども、声に出して言えることはなにも思いつけなかった。パトリックに触れられると、いつも頭がぼんやりしてしまう。

「あのフランス人の娘さんが吐きそうになってますよ」手すりから身を乗り出していた船員がボートを指差した。

ソフィーは下を見おろした。確かに、シモーヌがみじめな泣き声をあげながらボートの縁ににじり寄っている。ソフィーは縄ばしごを押さえる船員のもとへ行こうとしたが、またしても力強い腕に引き留められた。

「待ってくれ、ソフィー」パトリックは船べりをまたいで縄ばしごに足を置くと、片手を手すりにかけ、もう片方の手を差し出した。

「本当にひとりで縄ばしごをおりられるわ」ソフィーはいらだって言った。

パトリックが首を振る。「だめだ」

夫の有無を言わせぬ表情を目にして、ソフィーはしぶしぶ毛皮のマフを船員に手渡した。だが、ふたたびためらった。パトリックの目に浮かんでいるのは懇願ではなく命令だ。

「ひとりでおりてはいけない理由がわからないわ」船員に抱きあげられ、待ち構えるパトリックに渡されながら、ソフィーはぶつぶつ言った。パトリックは苦もなく彼女の小さな体を胸に抱き、縄ばしごをおり始めた。

「すまない。だけど、きみはぼくのソフィーだからね」

「失礼します、奥さま」パトリックがソフィーをボートにおろすと、先に乗っていた船員が声をかけた。シモーヌが身を乗り出して嘔吐している。ソフィーはメイドに近づいた。「ほかの船員たちは一緒に来ないの？」彼女はパトリックに尋ねた。

「彼らは船に残るんだ」パトリックは答えた。実は嵐のために彼が〈ラーク号〉を離れるのは今回が初めてだったが、それは言わないでおいた。「ボートをもう一往復させて、フローレを連れてくる。陸にあげなければ、二度とスープは作らないと脅されているんだ」

小さなボートが船着き場に着くころには風は激しさを増し、氷のように冷たい雨がソフィーの頬に打ちつけていた。ボートから飛びおりたパトリックが、妻に両手を差し出した。

続いて彼がシモーヌに手を貸しているあいだ、ソフィーは一行を待ち受けていた小太りの若い男性にほほえみかけた。金髪の巻き毛に丸顔をしたその男性は、いたずらな子供のような表情をしていた。カトリックの修道士が着るような長いローブを身につけているが、修道士だとは思えない。このあたりに修道士はもう残っていないはずだ。たぶんローブが好きなんだわ、とソフィーは思った。

「はじめまして。ご機嫌いかが？」

男性がソフィーの顔をのぞきこんだ。「いいです、機嫌はいいですよ」彼はしばらくしてからやっと口を開いた。ウェールズで生まれ育ったらしく、話し方に抑揚がある。

ソフィーの背後に来たパトリックが手を差し出した。

「ぼくはパトリック・フォークス。こちらは妻のレディ・ソフィーだ」

「ジョン・ハンクフォードです」ウェールズ人が言った。「ただのミスター・ジョン・ハンクフォード」

愛嬌《あいきょう》のある人だわ、とソフィーは思った。まるでおしゃべりな天使《ケルビム》みたい。今はこれ以上話す気がなさそうだけど。

「あなたのご親切に感謝いたしますわ、ミスター・ハンクフォード」

ハンクフォードは目の前の一行をそわそわと眺めていたが、ボートが戻っていき、灰色のしぶきをあげる波の向こうに見えなくなったとたん、ローブの下から錆《さ》びついたライフルを取り出して銃口をパトリックに向けた。

ソフィーは身を震わせたが、声は出さなかった。シモーヌが消え入りそうな悲鳴をあげる。パトリックはライフルにすばやく視線を向けたものの、無言のままだった。

ハンクフォードが口を開いた。「心配ない、心配いらない。女の人たちを怖がらせるつもりはないんです。本当、本当です。ただ問題は……ええと、問題は、誰にも言わないと約束してもらわないと、この家のなかに連れていけないということです。あなたたちが気に入らないことがあるかもしれない。きっと気に入らないと思います。ぼくにはわからないけど、あなたたちはたぶんロンドンの人たちだろうし。だから、秘密にすると約束してほしいんです」

ソフィーが問いかけるようにパトリックの顔を見あげると、彼は眉間に小さく皺を寄せてハンクフォードを凝視していた。

「誰かに危害を加えたり、監禁したりしているのか？」

「いえいえ、とんでもない」ハンクフォードがはっきりと言った。「まったくその反対です。本当に正反対なんです。われわれは怪我人の手当てをしてます。問題は誰の手当てをしてるかです。これ以上は言えません。ともかく、このことをロンドンの誰にも言わないと誓ってもらわないと、ここから先へは連れていけません」

パトリックがソフィーに視線を向けた。

彼と目を合わせたソフィーはほほえんだ。たとえ口に出さなくても、こんな事態のときに妻の意見を聞こうとする男性は多くないだろう。

「ミスター・ハンクフォードについていくべきだと思うわ」ソフィーはシモーヌのうめき声を無視して言った。

パトリックはすでに、ソフィーがあらゆるものに関心を持っていることに気づいていた。彼女なら機会さえあれば危険に飛びこんでいくだろうと、承知しておくべきだった。

彼は明らかにたじろいでいるウェールズ人を凝視した。なにをたくらんでいるにしろ、ハンクフォードは危険人物ではなさそうだ。

パトリックはそっけなくうなずいた。「いいだろう。きみが誰にも危害を加えないなら、われわれもきみたちの活動をロンドンには知らせないと約束しよう」

ハンクフォードはひと言も言わずに向きを変え、古い修道院の長く曲がりくねった階段をあがり始めた。

ソフィーが目をきらめかせた。「彼はここでなにをしているのかしら?」

パトリックは彼女の目に楽しそうな好奇心を見て取り、内心でうめいた。妻がフランスの恋愛小説に夢中なのは間違いない。これから行くのは幽霊の出る修道院だとかいった、くだらないことを考えているのだろう。

「密輸をしているんだと思う」軽蔑《けいべつ》をこめて言うと、パトリックはシモーヌを振り返った。彼女は体を震わせ、明らかにヒステリーを起こす寸前で、崖《がけ》に造られた階段をあがろうとしない。「修道院か〈ラーク号〉か、どちらかしかない」冷たい口調にならないよう気をつけて言って聞かせた。

シモーヌが不安そうに暗緑色の雲を見あげた。

「彼が振りかざしているのは、ほとんど使われていない旧式の銃だ」パトリックは指摘した。「それに、ハンクフォードは使い慣れていないふうに見える」

そのときになって突然、シモーヌはソフィーがすでに階段をあがってかなり上のほうまで行っているのに気づいたらしい。

「奥さまをひとりで泥棒の巣窟《そうくつ》へ行かせてはいけません!」

彼女はパトリックの返答を待たずに慌てて彼の横を通り過ぎ、ソフィーのあとを追い始めた。

パトリックはため息をついてふたりに続いた。階段をあがりきったところに、オーク材の大きなドアが開いているのが見えた。なかに足を踏み入れると、泥棒の巣窟とは思えない部屋だった。というより、まるで墓のようにがらんとしてなにもなかった。ずんぐりしたウェールズ人はローブを脱ぎ、石造りの大きな暖炉の前に立っていた。

パトリックはいらだちもあらわにハンクフォードに詰め寄った。

「それで？　秘密を教えてくれるはずじゃなかったのか？」

ハンクフォードは不安を感じながら見つめ返した。このフォークスと名乗る男は油断できない相手という気がする。きっとそうだ。

「ここで悪いことをしているわけではありません。本当です。ただの病院にすぎません」

パトリックは冷ややかに笑った。

「ただの病院なら、なぜぼくたちに秘密にすると誓わせなければならないんだ？」

だが次の瞬間、彼はすべてを悟った。

「なんてことだ！　ナポレオンの支持者の隠れ家だったのか！」

ハンクフォードが身構えるようにパトリックをにらんだ。「われわれはフランス人の味方ではありません。絶対に違う。でも、あなたたちイングランド人の味方でもありません。戦闘で怪我をして逃げてきた少年たちを介抱してるだけなんです」

「脱走兵か」パトリックは全身をこわばらせた。「彼らはどうやってここにやってきたんだ？」

「少年たちは酔っ払った軍医とともに病院に残され、虫けらみたいに死ぬのを待っていたのです。それでいちばん年下の兵士が、できるだけ多くの怪我人をボートに乗せて逃げ出しました。みんなかわいそうなただの歩兵にすぎません。そのうちのふたりはまだ一四歳です。フランス軍は彼らを見殺しにしようとしていたんです」

「なんてひどい！」ソフィーが叫んだ。「その人たちの面倒を見るなんて、あなたはなんていい人なのかしら」彼女は温かな笑みをハンクフォードに向けた。

「彼らは脱走兵だぞ、ソフィー」パトリックは険しい声で言った。確かに脱走兵かもしれないが、怪我をしたふりをしているだけの健康なフランス兵という可能性もある。

ソフィーが肩をすくめた。「傷ついた子供たちよ。ミスター・ハンクフォードが彼らの手当てをしたところで、誰が気にするの？」

パトリックの頭の片隅に、ナポレオンを支持するウェールズ人の集団の存在に強い興味を示すと思われる人物たちの顔が浮かんだ。その筆頭がブレクスビー卿だ。英国政府はまさにこうした事態を懸念して、ウェールズ沿岸に防備施設を建てるよう命じたのだ。だが頭がどうかしたウェールズ人たちがフランス軍を招き入れるなら、そんなものを建てたところでなんの役にも立たない。

パトリックはゆっくりと諭した。「わかっているはずだよ、ソフィー。イングランドはナポレオンに宣戦布告したんだ」

ソフィーが眉間にかわいらしく皺を寄せて彼を見あげた。「もちろんよ。アディントンがマルタ島を手放さないと決めたからには、わたしたちにほかの選択肢はなかったわ。おかげで停戦協定を破ることになったのよ」

パトリックの口もとに皮肉な笑みが浮かんだ。まったく、妻には驚かされてばかりだ。けれどもソフィーはすでに彼に背を向け、ハンクフォードに向き直っていた。「よければあなたの病院を見せていただけないかしら？　手当てのことはなにもわからないけれど」彼女は急いでつけ加えた。「わたしはフランス語が話せるの」

ハンクフォードが目を輝かせる。「本当ですか？　それはすばらしい。わたしはフランス語が少ししかわからないんです。牧師も、母もフランス語はわかりません。母は英語も話せませんし。みんなをここに連れてきた少年は……ヘンリーというんですが、英語を少し話すんです。それでも何人かは、なにを言っているのかさっぱり理解できません。まったくわからないんです」

パトリックは鼻を鳴らした。牧師だと？　牧師が国を裏切る行為に関係しているのか？　だが、ハンクフォードとその母親が言葉も話せないのに多くのフランス兵たちをかくまっているのだとしたら、彼らがナポレオンの支持者だとは考えにくい。

ソフィーはハンクフォードの腕に手をかけ、彼の案内で脇のドアへ向かった。

「喜んであなたの患者さんたちとお話しするわ」

ハンクフォードは疑わしげな表情だった。「やはりあなたを向こうへ連れていくべきではないと思うんです。すみません。あなたのご主人がロンドンの偉い人たちに連絡する気だとしたら？　あの子たちの首をはねてしまうつもりなら？」

「ぼくは誰にも言わないと約束したはずだ」パトリックは無作法なウェールズ人をにらみつ

けた。

「それはそうですが」ハンクフォードは曖昧に答えた。やがてあきらめがついたのか、脇のドアを開け、パトリックとソフィーを通した。シモーヌがあとを追う。

一行は大きな部屋へと続くアーチ状の通路を進んだ。ドアにかけられた毛布を押しのけたパトリックは、ソフィーのかたわらで足を止めた。室内には簡易ベッドが並べられ、そのひとつひとつに負傷者が横たわっていた。頭や脚に包帯を巻かれた者もいれば、手足を失った者もいる。パトリックたちが部屋に入っていっても、そのほとんどはドアのほうを見ようともしない。肉づきのいい女性がちらりと顔をあげたが、すぐに兵士の胸の包帯を取り替える作業に戻った。

パトリックはソフィーを見おろした。すっかり血の気の引いた顔をしている。彼は元気づけるように彼女の肩に腕をまわした。

「ああ、なんてことなの、パトリック。みんな、まだ子供だわ。あなたにもわかるでしょう？」

「怪我をしているせいで幼く見えるのかもしれない」パトリックはそっと言った。

「そんなことはないわ」ソフィーが震える息を吸いこんだ。「あの子はどう見ても一四歳以上には見えない」パトリックは彼女の指の先に目を向けた。インドで頭に怪我をした者を何度も見たことがあったが、その少年が生き延びる見こみはほとんどないと思われた。

そのとき、彼らの前に小柄な少年が飛び出してきた。ぼろぼろになったフランス軍の制服をまとい、腕組みしている。

「ここでなにをしている？」少年が問いただした。訛りがきついものの、はっきり理解できる英語だ。灰色の目は殺気立っていた。実際のところ、ライフルを持ったハンクフォードよりもずっと危険そうに見えた。少年がハンクフォードに視線を移した。「なぜここに連れてきた？」

ハンクフォードが咳払いをして申し訳なさそうに言った。「この人たちのクリッパーが突然入り江に現れたんだよ。ここで夜を過ごすつもりに違いないと思ったんだ、ヘンリー。だから話すしかなかった」

パトリックは興味を引かれてウェールズ人を見た。ハンクフォードがナポレオンの支持者かもしれないという疑念は完全に消えた。彼は明らかに、この浮浪児のようなフランスの少年の言いなりになっている。

ソフィーが膝を曲げてお辞儀をした。「あなたが仲間の命を救った勇敢な男性ね」柔らかな声は称賛に満ちていた。

少年は目の前の美しい女性を値踏みするように見つめた。「ボートに乗せただけだよ。みんな、ただ寝かされて死ぬのを待っていたんだ。蠅《はえ》がまわりを飛んでいた。だけど……全員を連れてくることはできなかった」

パトリックは室内を見まわした。

「きみは一〇人の命を救ったんだ」

少年がパトリックを見あげる。

パトリックは頭をさげて会釈した。

「きみは自分を誇りに思うべきだ、ヘンリー。とても勇敢な行いをしたのだから」

彼らが部屋に入ってきて初めて、少年が戸惑った表情を見せた。「ぼくの名前はア、、アンリです」彼は小さくではあるものの、間違いなく正式なお辞儀をした。

パトリックは眉をあげて思わず妻の顔を見た。視線で互いの考えていることを語り合う。アンリがただのフランス人の少年でないのは明らかだった。

「アンリ、きみはいくつだい？」パトリックは訊いた。

「もうすぐ一三歳です」

「なんだって」パトリックは腹立ちをこらえきれずに驚きの声をあげた。「一二歳の歩兵なのか？」

「いいえ、ぼくは……英語でなんというのかわからないけど、旗を持つ係だったんです。一四歳になったら、すぐに兵士になる予定でした」

ソフィーが息をのみ、パトリックの腕をつかむ手に力をこめた。

女性に興味を抱き始める年ごろのアンリは恥ずかしそうにソフィーを見た。「兵士たちに会いますか？」ベッドのほうを手で示す。

ソフィーがフランス語で答えると、残っていたアンリの警戒心が解けたらしい。彼は顔を輝かせ、怪我をした少年たちひとりひとりの名前をささやきながら、彼女の先に立って部屋のなかを案内した。

パトリックはアンリを見つめた。フランスの貴族たちが断頭台へ送られ始めたころ、この少年は三歳か四歳だったに違いない。優雅なお辞儀は農民に教えられたものではないはずだ。

「きみはなぜこの修道院にいるんだ？」パトリックはハンクフォードに訊いた。

彼は悲しげな表情であたりを見まわした。

「母とわたしは〈愛の家族〉のメンバーなんです。聞いたことがありますか？」

パトリックはうなずいた。知らない者がいるだろうか？　エリザベス女王の時代から、姦《かん》通《つう》や裸体主義などで糾弾されてきたオランダの宗教集団だ。彼は、包帯の交換を終えて別のベッドの上掛けを直しているふくよかな女性に目を向けた。姦通の罪を犯すようにはとても見えない。

「〈愛の家族〉がまだ活動を続けていたとは知らなかった」パトリックは慎重に言葉を選んだ。ハンクフォードを怒らせてもしかたがない。少なくとも夕食にありつくまでは。

「もちろん続いています。ウェールズではちゃんと存続してるんです」ハンクフォードが沈んだ声で言った。「祖父は一七三二年にメンバーになりました。ここで家族を作れるだろうと考えて、この修道院を買ったんです。それから祖母と結婚したのですが、祖母は〈愛の家族〉を嫌って、全員を追い出してしまいました。そのあと母がメンバーになり、わたしも続きました。祖父はもう亡くなりましたが、われわれはまだ家族の一員です。ボートがここに打ちあげられたとき、フランスの少年たちを見捨てることはできませんでした」

パトリックはこれまでの話をつなぎ合わせた。

「つまり、アンリが少年たちをボートに乗せ、そのボートがここに着いたのか」

「そうです。岬をまわって入り江に流されてきました。先ほども言ったとおり、われわれは少年たちを見捨てられなかった。彼らはつかまれば、銃殺刑になるでしょうから。〈愛の家族〉は政府が行う処刑をよく思っていません」

無理もない、とパトリックは思った。過去一〇〇年間でかなりの数の、いわゆる家族のメンバーたちが英国政府によって処刑されている。それでもなお、この修道院がナポレオンの侵攻の先頭に立つとは考えられなかった。

ほどなく、修道院の厨房の磨きこまれた長いテーブルに夕食の準備が整った。船をおりてともに来た料理人のフローレは、テーブルの端についたシモーヌの向かいに背中を丸めて座っている。ソフィーが長椅子に腰をおろすと、彼女の影になると決めたかのようにあとをついてまわっているアンリが横に座った。彼はソフィーのそばを離れようとしない。

「まあ、おいしそうじゃない？」

パトリックはじっと妻を見つめた。このとてつもなく美しい女性をロンドン社交界の人々に見せてやりたい！　脱いだボンネットはどこかにやってしまったらしく、ソフィーの髪は乱れていた。一三世紀の修道院で使用人たちと同じ夕食のテーブルを囲むのがよほどうれしいのか、瞳をきらきらと輝かせている。

「そうだな」めまいがするような温かい感動を抑えつけて、パトリックは答えた。いかにも貴族らしい冷淡な雰囲気をわざと漂わせる。「こんなもてなしを受けるとは、比類なき喜びだ」

ソフィーが鼻に皺を寄せて彼を見た。「ふざけているのね。マスター・アンリと夕食をともにするこの場以上にすばらしい場所なんて思いつかないわ」

彼女の夫は、それ以上にすばらしい場所をいくらでも思いついた。だが、どれも少年の耳に入れるには刺激が強すぎる。パトリックは自分の胸に秘めておくことにした。

16

翌朝、ソフィーは早くに目を覚ましてそっとベッドを出た。パトリックはかすかにかびのにおいのするシーツに埋もれ、黒い巻き毛と片方の耳の先だけをのぞかせて横たわっている。冷たい石の床に足をおろしたとたん、ソフィーは思わず爪先を丸めた。彼女は昨日と同じドレスを静かに身につけ、シモーヌの手を借りずになんとか背中のボタンを留めると、外套をはおり、ハーフブーツを履いて部屋を出た。

ソフィーがいなくなると、パトリックは寝返りを打って仰向けになり、三メートル以上もありそうな天井の、蜘蛛《くも》の巣だらけの板を険しい顔で見つめた。彼の経験の範囲を超えたことが起こっていた。どれほど巧妙に誘惑しようとも、妻は決して屈しない。パトリックは彼女が思っているような放蕩者ではないが、それでも以前の恋人たちはみな、ある程度関係が進むと永遠の愛を誓ってくれたものだ。

パトリックは眉をひそめた。なんと傲慢でうぬぼれた男だろう、ぼくは！　ソフィーはブラッドンのことを――彼女が結婚しようとしていた男のことを――すっかり忘れてしまうだろうと思いこんでいた。ほかの女性たちから率直に愛を告白されても、うれしいと思ったことなど一度もなかったのに、それが今では……状況が変わってしまった。

パトリックは大きくうめいた。ソフィーの口から愛の言葉を聞きたい。くそっ、結婚という名の罠にはまってしまった。愛の言葉が新たな意味を持つようになったのだ。結婚式で口にした誓いにとらわれているわけではない。パトリックを抜き差しならない状態に追いこんでいるのは、屈辱的なまでに妻を求めてしまう、自分自身の強い欲求だった。

彼は口もとにかすかな笑みを浮かべた。結論を言えば、ソフィーはぼくの妻だ。ぼくが逃れられないなら、彼女も逃れられない。甘い愛の言葉をささやいてくれないからといって、それがどうした？　ソフィーは口にする必要を感じていないのかもしれない。これまでの女性たちは、ぼくが喜ぶと思うから言っただけかもしれない。

そのときパトリックの脳裏に、息をあえがせながら夢中で彼に体を押しつけてのけぞるソフィーの姿がよぎった。そうだ、言葉にしなくても、彼女は自分の気持ちを伝えているじゃないか。そこに口先だけの愛の言葉が含まれていないとしてもなにも問題はなく、むしろ喜ばしいことだ。お互いに正直な関係を築いているのだから。ふたりのあいだでは空虚な無駄話など交わされたりはしない。

パトリックはのろのろと上体を起こした。胸のなかでは決意が固まりつつあった。なんとかして、ソフィーの口から愛の言葉を引き出そう。たとえむなしいお飾りにすぎないとしても、ソフィーに言ってほしかった。いや、なんとしてでも聞かなければ。なぜなら……。

だがパトリックはその答えと向き合おうとはせず、服を着て部屋を出た。誰にもなにも求めたことのないぼくがなぜ、ひとりの女性の口から愛の言葉を聞く必要がある？

パトリックは厨房へ行って、ひとりで朝食をとった。フローレがウェールズ人の女性たちに取り囲まれていた。フローレの言葉はひと言も理解できないに違いないが、女性たちは彼の特技のひとつである、片手で卵を割る技に見とれていた。

厨房の窓にかかった油布《オイルクロス》が風に吹かれ、その隙間から晴れ渡った空がのぞいた。嵐は過ぎ去ったらしい。パトリックは〈ラーク号〉に戻って、船が損傷を受けていないかどうか確かめたかった。

ソフィーは病室にいた。部屋の奥のほうでハンクフォードの母親と話している。アンリはまだ妻にくっついているようだ。

「ヘンリーはよほど奥さまを気に入ったみたいですね」そばで声がした。ハンクフォードがうしろに立って、パトリックと同じ方向を見ていた。「自分の母親の話やらなにやらを、ひっきりなしにしゃべり続けてますよ」

パトリックは天使のように無邪気そうな顔の青年に視線を向けた。

「怪我が癒《い》えたら、アンリやほかの少年たちをどうするつもりだ？」

ハンクフォードの顔がかすかに曇った。「今はまだわかりません。少年たちの何人かはすぐにここを出られるくらい快復してますが、どこに行かせればいいのかわかりません。このあたりはもともとフランス人がほとんどいないので、彼らは間違いなく人目につきます。もちろん国へは帰れません。また兵士として使い捨てられるだけでしょうから」

パトリックはため息をついた。「ロンドンに行かせるといい」ハンクフォードが警戒の目を向けた。「どういうことです？」

「少年たちがロンドンに来れば、ぼくがどこかに働き口を見つけてやろう。フランス人が大勢いるから、彼らが疑われる心配はない」

まるでパトリックが急に金の像に姿を変えたかのように、ハンクフォードが青い目をうれしそうに輝かせた。「なんと思いやりのある方でしょう。ご親切にありがとうございます。実は奥さまも同じ提案をしてくださったのですが、あなたが賛成かどうかわからなかったのでお断りしたんです。聖書の教えでは、一家の長は男性ですから。ああ、本当にありがたい話です」

広い病室を横切りながら、パトリックはなにか腑《ふ》に落ちないものを感じていた。ハンクフォードは、母親が英語を話さないと言っていなかったか？　フランス語もほとんど話せないのでは？　そうだとしたら、彼女とソフィーはどうやって会話をしているのだろう？　だがパトリックがたどり着いたときには、すでにミセス・ハンクフォードは患者のもとへ戻っていた。ソフィーが笑みを浮かべて振り返った。

「おはよう、パトリック。ちょうどアンリに、わたしたちのところへ来てくれたらうれしいと話して――」

少年がさえぎった。「きっとあなたは反対だろうと言ったんです。だって、それではまるでお客みたいですから。ぼくは、よかったら厩舎で働かせてもらえないかと思っていたんですが」

パトリックはアンリを見おろした。小さな顔を不安にこわばらせ、断られても落胆するまいと身構えるように背中を丸めているが、灰色の瞳には強烈な誇りが感じられた。

「きみと友情を深めるのを楽しみにしていたんだ。厩舎番としてではなく、招待客として」パトリックは厳粛な口調で言った。

アンリが首を振った。

「施しは受けたくありません。生きていくために、ぼくは働かなければならないんです」

「きみの父上の名前は、アンリ？」

少年が背筋を伸ばした。「そんなことは重要じゃありません。父はぼくが小さいころに死んだんです。ぼくは漁師のムッシュ・ペールに育てられました」アンリが共和制の理念を吸収しながら育ったのは明らかだった。

「誰にお辞儀を教わったの？　英語が話せるのはどうして？」ソフィーが尋ねた。

「以前はイングランド人のナニーがいたんです。でも、ナニーも母も死んでしまいました」

アンリはそれだけ言うと口を閉ざした。

この少年が上流階級の出身なのは間違いない、とパトリックは思った。もしかしたら、親類を見つけられるかもしれない。生き残っていればの話だが。

「きみは父親の名前を知っているのか、アンリ？」パトリックは穏やかではあるものの、答えなければならないとはっきりわからせる口調で訊いた。

「ムッシュ・レイ・ラトゥール」アンリがしぶしぶ口を開いた。パトリックの視線に気づいて急いでつけ加える。「サヴォイヤール伯爵です」

ソフィーがひざまずいて少年の手を取った。「ぜひお客さまとしてロンドンに来てちょうだい。わたしはときどき寂しくなるの。あなたが一緒にいてくれたらうれしいわ」

パトリックは笑い出しそうになるのをこらえた。ソフィーが……寂しい？

アンリは濃いまつげの下からソフィーを見あげていたが、すぐに足もとに視線を落とした。「ぼくは……立派なお屋敷にふさわしくありません。それに、ぼくの両親はご恩に報いることができませんし」今にも泣き出しそうな声で言う。

「きみが来てくれたらとても助かるんだ。ぼくは家を留守にすることが多い。妻が言ったように、彼女に寂しい思いをさせているんだ。ぼくがいないあいだ、きみが妻の……補佐官を務めてくれるとありがたい」パトリックは言った。

アンリが唇を噛む。

「フランスには帰れないのよ。かといって、永遠にこの修道院にいるわけにもいかないわ」ソフィーが指摘した。

少年がなおも心を決めかねている様子なので、パトリックは後押しした。「きみの父上もそれを望んでいるはずだ」彼はきっぱりと言った。

「父のことは覚えていません」アンリが答えた。

くそっ、騾馬《らば》みたいに頑固な子供だ！　パトリックは可能なかぎり重々しい口調で告げた。

「それなら、ぼくの言うことを信じるしかない。父上はきみにウェールズの修道院ではなく、上流階級の家で暮らしてほしいと思うだろう。ましてや厩舎で寝起きするなど、望むはずがない」

ソフィーが立ちあがってスカートを払い、歯切れよく言った。「さあ、これで決まりね。アンリ、シモーヌとフローレを捜して、そろそろ〈ラーク号〉に戻ると伝えてちょうだい」

アンリが厨房のほうに駆けていくと、ハンクフォードが近づいてきた。これまでのやりとりを無言で聞いていたようだ。「あなたの部下が来て、あなたたちがここで嵐をやり過ごすと知ったとき、わたしは残念に思いました。ロンドンの人たちは悪人だと思っていたからです。でも、今は喜んで言えます。そうではなかった。ロンドンにも腹黒くない人がいるとわかってよかった」

口を開こうとしたソフィーをさえぎって、ハンクフォードはさらに続けた。「それからもうひとつ……あなたがわたしたちの言葉をこれほど上手に話せるとは思ってもみませんでしたよ。本当に驚きました。感動しました。だから今夜、酒場で友だちに教えます。ロンドンから来た人がウェールズ語を話したと！　すべてのイングランド人が悪者ではないことを理解させるにはそれだけで十分でしょう」

ソフィーは不安に駆られてパトリックをうかがった。彼が今の会話に困惑しているのは明らかだ。

いいわ、知られてしまったのならしかたがない。ソフィーはパトリックを無視してウェールズ語に切り替えると、ハンクフォードの母親に別れの挨拶をした。それから夫を振り返り、にっこりしてみせる。

「〈ラーク号〉に戻りましょうか?」実際は心臓が激しく打っていた。パトリックは怒っているかしら? そうは見えない。どちらかといえば、戸惑っているみたいだわ。

廊下に出るなり、パトリックが言った。「ウェールズ語? ウェールズ語だって? きみの母上はウェールズ人の血を引くフランス人なのか? そんな組み合わせがあるのかどうかわからないが」

「あら、違うわ」ソフィーは答えた。「洗濯をするメイドがウェールズの出身だったのよ」

「洗濯をするメイドだって!」パトリックはあきれ返っている。「洗濯場で働くような者たちと、いったいどうしてかかわりを持ったんだ?」

「メアリーという名前だったわ。わたしはいつもかなりの時間をメイドたちと一緒に過ごしていたの。家庭教師が次々に辞めていったり……辞めさせられたりしていたから。それで最終的には、メアリーにウェールズ語を教わることになったのよ」

パトリックが考えこむように彼女を見た。

「なにをして家庭教師を追い出したんだい? ベッドのなかにねずみを隠しておいたとか?」

ソフィーは思わず笑い出しそうになった。「まさか! 違うわ。わたしは誰よりも従順な子供だったもの。実は父のせいなのよ」彼女は気まずさを感じながら言った。

「ああ、なるほど」パトリックがソフィーにマフを手渡した。アンリは補佐官の役目を真剣に受け止めているらしく、ふたりの先に立ち、シモーヌとフローレを率いて曲がりくねった崖の階段をおりていく。澄みきった寒空にはすでに太陽がのぼっていた。頭上高くを舞う二羽の鷹《たか》が、修道院の崩れかけた煙突のまわりで円を描いていた。

「見て」ソフィーは話題を変えようと声をあげた。「鷹は空で蜘蛛の巣を掃除しているんだって、ナニーがよく言っていたわ」

「ナニーといえば、きみが洗濯担当のメイドと仲よくしているあいだ、ナニーはどこにいたんだ？」パトリックが話を蒸し返した。

「彼女はメアリーのお兄さんの妻だったの。だから、メアリーはうちで働けたのよ。そうでなければ、父がフランス人以外の使用人を雇うことはなかったわ」ソフィーは説明した。

パトリックは、ソフィーがかなり奇妙な子供時代を過ごしたらしいことに思い至った。

「つまり、家庭教師も含めて使用人は全員フランス人で、父上はみんなを口説いてまわっていたというわけかい？」

「その表現は正確じゃないわ。父が口説いていたとは思わない。だって、いつも母がそばを通り過ぎるときを選んで、女性たちを抱き寄せていたんだもの。あからさまだった。わたしは子供だったけれど、父の態度は家庭教師たちに興味があるというより、母をいらだたせようとしてのものだと気づいたわ」

「女性たちはいやがっただろうな」パトリックは言った。

「ええ、そうなの。父が本気で言い寄っていたなら、それほど拒まれなかったかもしれない。だけど、そんな父でさえ手出しができなかった家庭教師もいるのよ。たとえばマドモワゼル・デリダとか。船の舳先《へさき》みたいに胸が突き出た女性だった。彼女はかなり長いあいだ、わが家にいたわ」

「それで？」

「父はそのときの愛人に振られて、舞踏室で母を挑発できなくなったの。だから屋敷内の女性にちょっかいを出そうとしたわ。だけどそのころには母がすべての使用人を、年を取っているか、極端に見栄えのよくない女性に入れ替えてしまっていたの。父はしかたなく、マドモワゼル・デリダを口説き始めたのよ」

　ぞっとしながらも興味を引かれ、パトリックは先を促した。

「そのあと、父上はどうしたんだい？」

「わたしの記憶によると、父は〈青の間〉でマドモワゼル・デリダに抱きついたの」

「それで？」

「彼女はブランデーのデカンターで父の頭を殴ったわ」

　パトリックは思わず顔をしかめた。

「マドモワゼル・デリダのせいじゃないの。手の届くところにそれしかなかったのよ。母ではなくて、父が家庭教師を解雇したのはそのときが初めてだったわ。父の目の上にはしばらくのあいだ瘤《こぶ》ができていた。でもその一週間は父が毎晩家にいて、わたしはとてもうれしかったの。マドモワゼル・デリダがいなくなったあと、わたしは〈チェルザム女学校〉に送られたわ。たぶん母が、もうふさわしい家庭教師は見つからないとあきらめたんでしょうね」

パトリックはこわばった笑みを浮かべた。ソフィーが背を向けたとたんに、ぼくがほかの女性のためにネグリジェを買いに行くのではないかと彼女が考えるのも無理はない。ブランデンバーグ侯爵との暮らしは、聞いているだけで頭がどうにかなりそうだ。

一行が船着き場に着くと、すでにボートが待っていた。嵐雲の残りを海へ吹き飛ばさんばかりの強風から逃れようと、シモーヌさえ文句ひとつ言わずに縄ばしごをのぼった。

パトリックは妻が船室へ向かうのを見届けたのち、信頼できる船員のひとりにアンリを預け、ヒバート船長を捜しに行った。〈ラーク号〉はこれといった損傷を受けていなかったので、予定通り航海を続けてミルフォード・ヘイヴンを目指すことにした。

理由はわからないが、パトリックはいつものように船室におりてソフィーと過ごす気になれなかった。実際に、これまでと違って食事も階上でとると妻に伝言したほどだ。

操舵輪を握り、岬をまわるころになってようやく、彼は憂鬱な気分の原因に気づいた。くそっ、世の中の男はすべて自分の父親のようにふるまうと確信している妻が、ぼくを愛することなどあるだろうか？　ソフィーは夫も父と同類の放蕩者だと、なんの疑問も抱かずに思いこんでいる。パトリックの心は重く沈んだ。確かに、放蕩者でなければ誰が女性の寝室に忍びこむだろう？　最悪の放蕩者でなければ、誰が学生時代からの友人の婚約者を奪うだろうか？

下の船室では、ソフィーも絶望と闘っていた。男性は学問好きな女性を嫌うという母の考えは正しかったみたいだ。これまでパトリックが一日じゅう甲板で過ごしたことは一度もなかった。わたしにうんざりしているのだろう。思っていたよりも、彼は尊大なのかもしれない。ウェールズ語が話せることは言うまでもなく、洗濯係のメイドと一緒にいた話をわたしがしたとたん、パトリックは不機嫌になった。

ソフィーは舷窓《げんそう》を開けると、大切なトルコ語の文法の本をためらいもせずに海に捨てた。わたしが七カ国語を話せることを、パトリックには絶対に知られてはならない。

磨き抜かれた主船室の木の床に影が落ち始めるころには、彼女はすっかりみじめな気分になっていた。最悪なのは、語学の才能をパトリックに知ってほしいとひそかに思っていたことだ。本当のことを言えば、彼の前でウェールズ語を流暢に話し、自分の能力を示して喜んでいた。心のなかでは自慢していたのだ。驕《おご》る者は久しからず、というわけだろう。

ソフィーは失望の種をきっぱりと心のうちに封じこめた。パトリックは夫だ。彼がほかの男性と同じだとわかったところでたいして影響はない。ソフィーは両親の夫婦関係から、たとえ相手に失望しても、それを思い悩んで傷口を広げてはならないことを学んでいた。受け入れて、そして忘れるのよ、とソフィーは自分に言い聞かせた。この教訓は小さな問題から大きな問題まで、語学や愛人の問題にまでもあてはまる。

パトリックは夕食の時間になってようやく主船室に戻ったが、自分の態度を少々恥じていた。〈ラーク号〉は波に合わせて穏やかに船体を揺らしながら停泊していた。明日の朝になれば、半分建てただけで放置されているに違いない防備施設を調査に行く予定だ。ソフィーは一日じゅう船室から出てこなかった。

そのあいだパトリックは船の舵を取り、ロープの結び方を覚えたアンリを褒め、船長の航海日誌に目を通し、そしてソフィーが姿を見せるのではないかと、主船室に続く階段に何度も目を向けた。しかしソフィーは現れず、パトリックは彼女が恋しくてたまらなかった。

結局彼はたまりかねて階段を駆けおりたが、船員たちは眉ひとつ動かさなかった。主のそういう様子にはすでに慣れてしまっていたうえ、どんなことが起きても見て見ぬふりをしないとひどい目に遭わせると、ヒバート船長に警告されていたからだ。

ところが、ソフィーはパトリックを待っていなかった。夫婦のベッドでぐっすりと眠っていたのだ。驚いたことに、頬には涙の跡があった。どういうわけか彼は、そのうち来たくなればソフィーのほうから甲板にあがってくるだろうと簡単に考えていた。自分がますます恥ずかしくなる。なぜ彼女を連れに来なかったのだろう？

パトリックが髪をなでると、ソフィーが目を覚ました。

「これはなんだい？」頬の涙の跡を指でなぞりながら、彼はわずかにかすれた声で言った。

ソフィーがほほえんだ。

「ちょっと憂鬱な午後を過ごしただけよ。泣くのは女性の特権だと知っているでしょう」

パトリックはそっと唇を重ねた。

「ぼくが甲板でのバックギャモンにきみを招待しなかったから泣いていたのか？」

「違うわ」

「会いたかった。語学の天才の妻が来てくれることをずっと願っていたんだよ」パトリックの温かい息に、彼女は背筋を震わせた。

ソフィーは必死でパトリックの顔をのぞきこんだが、彼の黒い瞳からはなんの感情も読み取れなかった。

「わたしがウェールズ語を話すのが気に入らないんでしょう？」

「まいったな。いったいどうしてぼくが気に入らないと思うんだ？」

パトリックの声には純粋な驚きが感じられた。

「ぼくはショックを受けた。ウェールズ語のことじゃなくて……あれはうれしい驚きだったけれど、そうではなくてきみの子供時代の話を聞いてだよ。きみが置かれたような環境で育つのはつらかっただろう」

これ以上議論をしてもしかたがない、とソフィーは思った。

「あなたのご両親はどうだったの？　口論をしたことはない？」

「さあ、わからない」パトリックは彼女の隣に横たわり、肘をついて上体を起こした。「父とは公式の場でしか顔を合わせなかったから。だけど、両親はかなり仲よくやっていたと思うよ。そうでなかったという話は聞いたことがない」彼はわざわざ言い添えなかったが、ソフィーの両親の不仲は社交界の誰もが知っている事実だった。

「お母さまはどんな方だったの？」ソフィーの目には好奇心が表れていた。

パトリックは身を乗り出し、彼女の頬骨に指を這わせた。「きみに似ていた。小柄で華奢な人だった。母が子供部屋に来るたびに、アレックスとぼくが膝に乗ってドレスを皺くちゃにして、よくナニーに叱られたよ。いつも洗練された格好をしていたのに、ぼくたちがドレスを押しつぶしてもちっとも気にしなかった。フープスカートをはいていたのを覚えているんだ。ブルーベルの香りがしたことも」

「お母さまが亡くなったとき、あなたはいくつだったの？」ソフィーが訊いた。

パトリックは妻の顔から手を離した。

「ぼくたちは七歳だった。母は出産で命を落とし、生まれた男の子も生きられなかった」

ソフィーが彼の手を取り、あやすように自分の頬にあてると、かすかに身をよじって温かい体をぴったりと添わせた。

「残念だわ、パトリック。お気の毒に」

パトリックは驚いて振り返った。それまでぼんやりと壁を見つめながら、当時のことを思い出していたのだ。「遠い昔の話だよ」彼はソフィーを見おろしてほほえんだ。まるで巣のなかの雛《ひな》のように胸にすり寄ってくる妻には、男なら夢中にならずにいられない。

「まだほかにぼくをびっくりさせることがあるんじゃないか？　もしかしてノルウェー語を話せるとか？　それともスウェーデン語かな？」

心臓がひとつ打つあいだだけ、船室は沈黙に包まれた。

ソフィーが首を激しく振った。

「いいえ、とんでもない。これ以上驚かせることなんてないわ、パトリック」

彼は仰向けになってソフィーを胸に抱き寄せ、夢見心地の口調で言った。「こんなに賢い妻がいるなんて誇らしいよ。明日、港に入ったら、一週間ほどは船を出さない。宿に泊まろう。きみは食べたいものをなんでも注文すればいいし、宿屋の主人とも好きなだけ口論していい」

ソフィーはパトリックのリネンのシャツに頬を寄せた。「お母さまが亡くなって、あなたはひどく寂しかったでしょうね」今にも泣き出しそうな声で言う。

「ああ」彼は淡々と言った。「ぼくは母親っ子だったんだと思う。アレックスは跡継ぎだから、父に呼ばれて一緒に過ごすことが多かった。そうなると、ぼくは母をひとり占めできた。跡継ぎでないほうに与えられる慰めだよ。だけど実際のところ、母と一緒にいられるならアレックスはなんでも差し出していただろう。そのことはふたりともわかっていた」

ソフィーの頬を伝った涙が真っ白なシャツを濡らした。幼いパトリックが母を恋しがる姿を想像すると、胸が張り裂けそうになる。彼女にはとても耐えられなかった。

「あなたは泣いたの？」不自然に高い声だったが、パトリックは気づきもしなかった。母が死んだ週の、夜の沼に沈みこんだような日々が脳裏によみがえっていたのだ。

「泣いたかって？　涙が涸《か》れるまで泣いたよ。実は母が亡くなる前日、ぼくはいい子じゃなかった。いくつか嘘をついて、母に叱られた。アレックスとぼくが生まれたときはなんの問題もなかったから、まさか出産が命取りになるとは誰も予測していなかったんだ。あの晩、ぼくは母を待っていた。いつもおやすみのキスをしに来てくれたし、もう怒っていないこともわかっていたからね。だけど、母はいつまで待っても姿を現さなかった」

ソフィーの頰にさらに涙がこぼれ、彼のシャツにしみこんでいった。「ああ、パトリック！」彼女がかすれた声をあげたが、パトリックはほとんど忘れかけていた記憶にまだとらわれていた。

「それでぼくはベッドを出て、寝間着姿のままこっそり廊下を進んだ。母は毎晩来てくれていたからね。だけど、いくらも行かないうちに――」

「なにが起きたの、パトリック？」

彼は無意識のうちにソフィーを強く引き寄せていた。「母の叫び声が聞こえたんだ。ぼくは走ってベッドへ戻って、上掛けの下に頭からもぐりこんだ。翌朝目が覚めたときは、なにもかも夢だったに違いないと思ったよ。でも、母は亡くなっていたんだ」

「パトリック、かわいそうに！」

肘をついて体を起こしたパトリックは、ソフィーを見て驚いた。いつも優雅な彼の妻は泣きじゃくっていた。

「いったいどうしたんだ？　ソフィー！　泣かないでくれ、スウィートハート。ぼくはそこまでつらくはなかったんだから」

けれどもソフィーはますます激しく泣き出し、彼のシャツに顔をうずめた。パトリックはソフィーの額の端にキスをした。かろうじてそこだけが見えていたのだ。しばらくしてようやく泣きやんだ彼女は、パトリックがハンカチで頬をぬぐっても抵抗しなかった。

「ごめんなさい」ソフィーが恥ずかしそうに言った。「今日はどうも気分が沈んでしまうの」

パトリックに嘘をついているのを意識して、彼女はかすかに頬を赤らめた。落ちこむ理由はわかっていた。

ソフィーの顔を見ていたパトリックがはっとした。

「ぼくが一日じゅう甲板にいたせいなのか？」

「いいえ、関係ないわ」ソフィーは答えた。首筋に沿ってキスをされると、声が震えてしまう。「泣きたい気分なの。それだけよ」彼女はかすかに身構えるような口調で言った。

なるほど、とパトリックは思った。きっと月のものが来ているのだ。幸い妻は元恋人のアラベラ・カルフーンのように物を投げるのではなく、涙もろくなるらしい。アラベラの場合は時計仕掛けのように周期が正確で、毎月その時期になるとパトリックの頭に食器を投げつけた。ソフィーは気づいていない様子だが、こういうことに関して彼をごまかすことはできない。

「きみは規則正しいのかい？」パトリックは尋ねた。

ソフィーが困惑した表情になった。「規則正しいって、なにが？」

パトリックの日焼けした首がかすかに赤くなった。「つまり、その……女性特有のあれだよ」彼はぎこちなく手を動かしながら言った。

ソフィーは彼女のウエストあたりを指しているらしいその身ぶりを魅入られたように見つめた。ようやくパトリックの言わんとすることを理解したとたん、今度はソフィーの顔が赤く染まった。

「ああ、そうね、だいたいは……でも、それほど正確じゃないわ」

「じゃあ、不規則なのか。おそらく処女だったせいだろう。結婚したのだから、これからは安定するはずだ」パトリックは心得たように言った。

ソフィーが驚いた顔で彼を見た。「なぜそんなことを知っているの？」

パトリックは質問をはぐらかした。「ぼくたちは率直に話し合わないと、ソフィー。規則正しい周期が妊娠を防ぐ鍵になるからね」

ソフィーが息をのんだ。「いったいなんの話をしているの？」

「妊娠の心配をせずに愛し合える日が毎月、何日かあるんだ。それ以外の日も、妊娠しないようにする方法がある。ぼくがどうにかできる話ではないんだが」パトリックはかすかに顔を曇らせてつけ加えた。「きみしだいなんだよ、ソフィー」

「わたししだい？」

パトリックはソフィーの唇に触れそうなほど近くに顔を寄せた。「きみの体だよ。このひと月ほど、ぼくはきみに夢中になっていた。だけど、いつまでも無責任な恋人たちみたいなふるまいを続けるわけにはいかないんだ、ソフィー。次に月のものがきたら知らせてくれ。ふたりで計画を立てよう」

「そんなのは誰にも教えたことなんかないわ」彼女の声には怒りが感じられた。「計画を立てることにしろ、その日を教えることにしろ、誰からも要求されたことはないの」

「きみは結婚していなかったじゃないか」パトリックは指摘し、ソフィーの顎を軽く嚙んだ。

「これまでは運がよかった。明日から始まると思うかい？」

ソフィーが明らかにこわばった声で言った。「わからないわ」

ぼくにはわかる。パトリックは心のなかでつぶやいた。だが、妻の前で女性の気分を熟知していることをひけらかしてもしかたがない。ソフィーはすでに彼を、女たらしのドン・ファンと同類だと思っているのだから。

「夕食はベッドでとろう。ぼくが食べさせてあげるよ」パトリックは説得するように言った。

ソフィーは目を見開いた。「あなたが？」

パトリックのいたずらっぽい笑みはたまらなく魅力的だった。

「きっと気に入るよ。約束する」

パトリックが言ったとおり、ソフィーはベッドで食事をとることに魅了された。体にのせたレモンムースを少しずつかじられる感覚はすばらしく、妊娠や計画といった現実的な問題はふたりの頭からすっかり消えてしまっていた。

娘にアメリカの荒野をさまよわせるか、あるいはほんの数週間フランス貴族のふりをさせるか、選択を迫られたマドレーヌの父はためらわなかった。

「おまえはこのうすのろを愛しているのか？」ブラッドンが行儀よく立っているそばで、彼はフランス語に切り替えて娘に尋ねた。

「ええ《ウィ》、お父さん」マドレーヌは従順に答えた。「でも、ブラッドンはうすのろじゃないわ！」

「いや、うすのろだ」重々しい声で父が言った。「だが、同時に伯爵でもある。もっと条件の悪い相手しか見つからない可能性もあるだろう」

　彼は太い灰色の眉をひそめ、ブラッドンをにらんだ。「きみは領地を持っているのかね？」フランス語に切り替わるたびに、ブラッドンは話についていくことができずにいた。外国語はどれも苦手だった。

「はい」マドレーヌに肘で突かれて、ブラッドンは慌てて答えた。「年収は二万五〇〇〇ポンドです。領地はレスターシャーで、デルビントンとロンドンに屋敷があります。レスターシャーに大きな厩舎があり、最後に数えたときは三四頭の馬がいました」

「三四頭だと！　まともな貴族の屋敷では、馬の数は五〇頭を下らないものだ」ヴァンサン・ガルニエはぴしゃりと言い、未来の義理の息子を鋭い目で見つめた。イングランドの貴族たちは内輪で結婚を繰り返しすぎる。スラスロウの問題はそこだ。「それで、きみはどの伯爵なんだ？」

　ブラッドンは口をあんぐりと開けた。いったいなにを言っているのだろう？「スラスロウ伯爵ですが」彼は口ごもりながら言った。

「違う！　何代目かと訊いているんだ」

「ああ」ブラッドンは答えた。「二代目です。父は六〇年代に伯爵になったので」

彼はガルニエの眉間に皺が寄ったのに気づいた。馬の調教師でも、伯爵家の歴史が浅いことはわかるらしい。「曾祖父は子爵でした」ブラッドンは弁解するように言った。

「ふむ」

「わたしはこの人と結婚したいの」マドレーヌは父に告げた。馬の数も爵位の新しさも、彼女にとってはどうでもよかった。

「この男がおまえをアメリカに連れていくつもりなら、結婚を許すわけにはいかない」

「それならロンドンにとどまって、フランスの貴族のふりをするわ」マドレーヌは淡々と言った。「どうすれば本物のレディのようにふるまえるか、ブラッドンのお友だちが教えてくれるの。わたしは舞踏会に出かけ、そこでブラッドンがわたしを見初める。それで終わりよ」

ガルニエが口もとを引きつらせた。こんな危険な計略を容認するのは彼の性分に合わないのだろう。

「誰かに見破られたらどうするつもりだ？」彼はブラッドンに詰め寄った。

「すぐにマドレーヌと結婚します」ブラッドンは答えた。「本当は今すぐにでも結婚したいんです。家族には口出しさせません。社交界でどんな噂が立っても平気です」

それを聞いて、ガルニエは心を動かされたらしい。

「フラマリオン侯爵の娘を名乗ればいい。おまえと同じ年だ」しぶしぶながら、彼はマドレーヌに言った。

「まあ、お父さん、すばらしい考えだわ！」マドレーヌが叫び、ブラッドンを振り返った。「父はフラマリオン侯爵のもとで働いていたの。フランスをあとにしたときのわたしはまだ小さかったから、当時のことはなにも覚えていないけれど、父がよくリムーザンの領地や、パリのヴォジラール通りにあったお屋敷の話をしてくれたわ。侯爵はかなり変わった人で、めったに出歩かなかったらしいの。だけど、侯爵夫人はとてもきれいで上品な方だったんですって」

「親類はいないのですか？　ロンドンにはフランスからの亡命者が大勢いて、お互いをよく知っているようですが」

「フラマリオン侯爵の家族を知る者は誰もいない」ガルニエが答えた。「彼は人づき合いを避けていた。奥方は、そうだな、ときおりパリに出かけていた。だが、侯爵と娘はつねに屋敷に残っていたのだ」

ブラッドンはほっとした。「それなら大丈夫でしょう。多くを説明する必要はないよ、マドレーヌ。そもそも侯爵の娘がきみと同じ年齢なら、フランスでいろいろ問題が起こったときのことをあまり覚えていないだろう」

彼はガルニエに向き合った。「フラマリオン侯爵はもう亡くなっているのでしょう？　まさかロンドンに現れたりしないでしょうね」

ガルニエは唇を固く引き結び、きっぱりとうなずいた。

だが、マドレーヌはまだ安心していないらしく、弱々しい声で父親に訴えた。「わたしにフラマリオン侯爵の娘のふりができるかしら？　侯爵夫人がどれほど優雅で完璧な女性だったか、お父さんは何度も繰り返し話してくれたわ。彼女を知る人がいたらどうするの？　わたしをひと目見たら、美しい侯爵夫人とは似ても似つかないことがわかってしまうわ！」

この世で誰よりもマドレーヌを愛するふたりは、あっけに取られて彼女を見つめた。「きみは美しいよ」ブラッドンは断固とした口調で言った。「それに母親に似ていない娘はいくらでもいる。ぼくの姉のマーガレットがいい例だ。母はいつも、あんなにそばかすがある娘が自分の子のはずはないと言っていたよ。それでもマーガレットはまずまずの結婚をしたんだ」

いささか脱線したブラッドンの話のあと、しばらく沈黙が続いた。

ガルニエが眉をひそめた。「おまえは愛らしい娘だ」彼は確信に満ちた口調でマドレーヌに言った。「それに、みんなはおまえが侯爵に似ていると考えるだろう」

「でも、フラマリオン侯爵の外見も知られているはずよ。ほっそりして上品な人だったに違いないわ」マドレーヌが言い張り、ふくよかな自分の体を見おろした。「わたしではどう見ても貴族の娘に見えない」

「頭が空っぽの浮ついた娘たちより、おまえのほうがよほど魅力的だ」ガルニエが大声を張りあげた。「自分を卑下する言葉はこれ以上ひと言も聞きたくない！」

マドレーヌは驚いて飛びあがった。彼女の父は寡黙であまり多くを口にせず、怒鳴ることもめったにない。

「わかったわ、お父さん」

ブラッドンが彼女の腕を取って笑いかけた。澄んだ青い瞳は誠実さを映し出していた。

「痩せて優雅になってほしいとは思わないよ、マドレーヌ。そのままのきみがいいんだ」ブラッドンの口調にひそむものに、彼女は頬を赤く染めた。

「そんなことを言わないで《ヌ・ディトゥ・パ・サ》！　父に聞こえてしまうわ」マドレーヌは抗議した。

けれども彼女が振り返ってみると、父はすでに帳簿に目を戻していた。その口もとにかすかに浮かんだ笑みがブラッドンの言葉を耳にしたせいなのかどうか、マドレーヌには判断がつかなかった。

「さあ、もう行きたまえ！」ガルニエが吠えるように言い、鋭い目でブラッドンを見据えた。「新婚旅行から戻ったらここを訪ねるよう、レディ・ソフィーに頼んでほしい。娘にレディの作法を仕込む女性とは、ぜひ会っておきたいのでね。『モーニング・ポスト』の記事によると、軽薄な娘にすぎないようだが」

ブラッドンは礼儀正しく会釈した。ソフィーが個人の経営する厩舎でも気にせず訪れてくれることを祈るしかない。〈ラーク号〉がすぐに帰港することも。

ブレクスビー卿もブラッドン同様、〈ラーク号〉の帰りが待ち遠しくてならなかった。セリム三世への贈り物をナポレオンが仕掛けを施したものとすり替えようとしているという不快な事実を知って以来、彼はずっとやきもきしていた。

そしてソフィーの母もまた、めまぐるしいものの決して不快ではない新たな状況に置かれて、娘がロンドンに戻ってくるのを待ちわびていた。四〇人もの使用人がいるにもかかわらず、ソフィーのいない屋敷はひどく静かに感じられた。とはいえ、エロイーズは振り向くたびにジョージと鉢合わせしている気がしていた。ソフィーが結婚する前は、夜しか姿を見かけなかったというのに。

どういうわけか、彼女の夫はクラブに出かけることに以前ほど興味がなくなっていた。今では妻の寝室という聖域に立ち入るのを許されていて、堅苦しい侯爵夫人を不謹慎にも日中に誘惑するのはかなり楽しかった。だが、そんなジョージでさえも、彼の小さなソフィーが恋しかった。いつも陽気に父親を受け入れ、愛情を示してくれた娘にどれほど助けられていたことだろう。ソフィーがいなければもっと——孤独感にさいなまれていたに違いなかった。ジョージは物思いを振り払い、エロイーズを捜しに行った。まだ朝の一〇時だけれども、妻に言い寄って悪いことはない。

そういうわけで、ロンドンでは多くの人々が〈ラーク号〉の帰港を待ち望んでいた。ホワイトフライアーズとして知られる地域でも、めかしこんだしなやかな身のこなしの紳士が、その願いを強く表明していた。

「〈ラーク号〉が戻ってきたら、即刻フォークスに接近しよう」頭上の黒ずんだ垂木にぶらさがる蜘蛛を眺めていた彼は、視線を移して言った。「ただし穏やかに」

　彼の連れはその言葉の意味を懸命に考えて指摘した。「穏やかであろうがそうでなかろうが、フォークスは笏を持っていない。こうなったからには、彼が向こうへ行くまで渡さないつもりだと聞いている。まったく残念だ。とんでもなく残念だ」

　ロンドンではムッシュ・フーコーの名で知られている男はため息をついた。セリム三世に贈られるルビーの笏を爆弾入りのものとすり替えるというすばらしい計画がなぜ英国政府にもれたのかわからないが、いつまでも嘆いていても始まらない。「クレンパーは使えなくなった。つまり、われわれが笏に近づく方法はもうない」彼の口調には非難がこもっていた。「従って目的を達成するためには、ほかの手段を見つけなければならない。われわれの目的は、イングランドの特使がセリムの戴冠式に深刻な危機をもたらすようにすることだ」

「そうはいっても、まだ残念でしかたない」親しい者たちからモールと呼ばれている男が言った。「みごとに準備を整えたのに。あとはクレンパーが笏をすり替えるだけでよかった」

　フーコーはふたたびため息をついた。彼にとっても痛手だった。なぜならフーコーは、ふんだんにちりばめられたルビーのいくつかを着服しようともくろんでいたのだ。

「おれが新しい職人のひとりになりすますのはどうだ？」モールが提案した。

「不可能だ」フーコーは答えた。モールの小さな家に漂うにおいは実に不快だった。口で息をしようと決めたため、妙に息のまじった声になる。「もとの宝石職人は全員解雇された。新しい職人たちは間違いなく、われわれのクレンパーほど友好的ではないだろう」

「まあ、あんたの言うとおりかもしれないな」モールが認めた。「フォークスが戻ってきたら、なんと言って会うつもりだい？」

「セリムの宮廷からの使節として近づくべきだと思う」

「そうか」つかのま、ふたりとも黙りこんだ。

「きみはトルコ語が話せるんだな？　はっきりと覚えているが、それが雇う条件だったはずだ」フーコーは穏やかに言うと、ポケットからレースのハンカチを取り出して鼻の前で振った。モールには目もくれなかった。

「多少は。子供のころ、母親の膝で教えられたものでね。ああ、話せるとも」モールの口ぶりはわずかに心もとなかった。

モールの母が彼にトルコ語を教えたとは信じがたいが、フーコーはそれについては触れないでおいた。「〝ブ・マサ・ミ〟もしよければ、訳してみてほしい、モール」和やかな口調の奥には、有無を言わせぬ厳しさがのぞいていた。

だが、モールは果敢に挑んだ。「〝これはテーブルだ〟」思いきって目の前の頑丈な木のテーブルを叩いてみせた。

フーコーが頬を緩めたので、モールはほっと胸をなでおろした。「あまり口を開かなくていい」フーコーが言った。「わたしは自分のことを、セリムの宮廷から来た外交使節だと紹介するつもりだ。わたしのトルコ語は完璧だから」

モールはうなずき、毛織りのズボンをつまんだ。

「仕立屋を手配しよう」フーコーはおかしそうに目を輝かせた。天才的な仕立屋で繊細なフランソワに、このホワイトフライアーズの路地のように暗くて危険な場所へ行けと命令するのはさぞ愉快に違いない。

モールがふたたびうなずいた。

「これからの数日間は、パトリック・フォークスのロンドンの屋敷から目を離さないでもらいたい。船が戻ってきたらすぐに接近したいのだ。できればそのあいだに、フォークスの家族について調べてもらえるとありがたいのだが。万が一にも、われわれの丁重な接触が成功しなかったときのために」

モールの表情が明るくなった。それなら理解できる。「承知した」彼はいそいそと答えた。

フーコーは薄い唇に笑みを浮かべながら、待たせていた馬車へ戻っていった。

17

〈ラーク号〉が一カ月半の航海を終えて帰港したのは、三月のある火曜日の夜遅くだった。パトリック・フォークスとその一行は下船するまでたっぷり三〇分待たなければならず、おかげで埠頭《ふとう》をぶらついていた四人の荷役人夫たちは彼らの様子を眺めることができた。人夫たちはフランス人の少年には気づかなかったが、小柄で金髪の巻き毛という、イングランド美女を象徴するようなソフィーにはしっかりと目を留めた。上品で取り澄ましたイングランドのレディだ。

ソフィーがそうでないことを荷役人夫たちは知らなかった。

〈ラーク号〉は謀反人を乗せて帰港していた。ウェールズへ向けて出発した時点では、ソフィーにブラッドンを手助けする気はなかった。だが船が港に近づくにつれて、これからは買い物で店をまわったりお茶を飲んだりといった、つまらないことで時間をつぶすしかないと思うようになった。すると、だんだん胸にいたずら心がわいてきた。母のエロイーズは鋭い洞察力を誇りにしており、作法が完璧でない女性がいれば、一〇歩離れたところからでも見つけられるのが自慢だ。そんなエロイーズの娘以上に、社交界全体を欺き、馬の調教師の娘をフランス貴族に仕立てあげるのにふさわしい人物はいない。

決して使う機会のない言葉を学ぶことなんて忘れなさい、とソフィーは自分に言い聞かせた。親友のシャーロットみたいに芸術家になるのよ。絵に描いたようなフランスのレディを作りあげるわ。厳格な教育の成果を見せるの。お母さまが知ったらどう思うかしら。いいえ、それはだめ。道徳心が強すぎて、社交界の神聖な壁を打ち破ってくる侵入者を認めるわけがない。

だが、大きな問題がひとつ存在した。この計略をパトリックはどう思うだろう？　ソフィーは、彼なら劇的な状況や多少の危険を楽しみそうだという気がするときもあれば、うんざりするに違いないと感じるときもあった。

その夜、パトリックやアンリとともに遅い夕食をとっていたソフィーは、食事が終わりそうなころになるとパトリックに尋ねた。「あなたとブラッドンは学生時代に、ふたりでかなり多くの計略をやり遂げたのではなかった？」

ブラッドンの名前を耳にして、パトリックは顔をあげた。偶然にも、ソフィーはまだブラッドンを忘れていないのだろうかと考えていたところだった。どうやらそのとおりだったらしい。

「子供じみた無謀な行為だよ」パトリックはそっけなく答えて鶏肉《とりにく》料理の皿に視線を戻した。

「どうしてそんなことを訊くんだ？」

「あら、別に理由はないの」ソフィーが陽気に言った。「あなたとブラッドンがどんな子供だったのか考えていただけよ」

パトリックからすれば、事態は悪化の一途をたどっていた。なぜぼくの妻がブラッドンのことを考えて過ごしたがるんだ？　あいつに会いたくてたまらないというのなら話は別だが。

「なにをしたんですか？」アンリが好奇心に目を輝かせた。

「ブラッドンはいつも教師をだまして、別人になりすまそうとしていたんだ」

アンリは肩をすくめた。あまり興味を引かれなかった様子だ。「ぼく、失礼してもいいですか？」戦争の悲惨さとはかけ離れた、普通の一二歳の少年らしい関心が徐々に戻りつつあった。アンリは午後にパトリックの厩舎で過ごした際、厩舎番の少年に頭がふたつある牛の絵を見せてもらう約束をしていたのだ。

「それで、ブラッドンの変装は成功したの？」アンリが立ち去ると、ソフィーは訊いた。

パトリックがあざけるようにぐるりと目をまわした。「一度も成功しなかった」

「まあ、かわいそうなブラッドン」別のことに気を取られていたソフィーは、無意識のうちにそう口走っていた。未来の妻にフランス貴族のふりをさせようとするのは、ブラッドンのいつものやり方のようだ。そして彼の新たな無謀行為に、パトリックは加担したがらないであろうこともはっきりした。だがそれよりも重要なのは、ブラッドンの変装がことごとく失敗に終わっている事実を知って、今度の計画がひどくむちゃなものに思えてきたことだ。

眉間に皺を寄せたソフィーの心配そうな顔に気づき、パトリックはいらだちを募らせた。あんな役立たずのうすのろに、妻はなぜ同情するのだろう？　もはや長年の親しい友人としてのブラッドンは、彼の心のなかから消えてしまっていた。

「ブラッドンは嘘つきだ」パトリックがぶっきらぼうに言った。急に不機嫌になった声に驚き、ソフィーははじかれたように彼を見た。パトリックはなにより正直さにこだわると言っていた、デヴィッド・マーロウの声がよみがえる。

「嘘つきですって？　いったいどういう意味なの？」

「ブラッドンは詐欺師と変わらない。真実と偽りの見分けがほとんどつかないんだ」

ソフィーの目が説明を求めていたが、パトリックはそれ以上続けたくなかった。あれやこれやで彼自身が不安になっていることに気づいたのだ。気分をよくするには、少しばかり妻と親密なときを過ごす必要がある。そう思ったパトリックはテーブルをまわりこみ、ソフィーの椅子の肘掛けに腰をおろした。なにも言わず、彼女の髪からピンを抜いて絨毯に落としていく。蜂蜜と太陽の色の巻き毛がゆっくりとほどけ、ソフィーの肩から背中へ流れていった。パトリックが器用な長い指で最後にもう一度髪を梳き、ドレスのホックへと手を伸ばすころには、ソフィーはブラッドンのことも彼の問題のことも、考えるのをやめてしまっていた。

そんなわけで、翌朝いちばんにスラスロウ伯爵からの書簡が届けられたとき、パトリックは動揺を隠せなかった。

「あいつはいったいどういうつもりだ？」彼は声を荒らげた。まさに嫉妬に駆られる夫そのものだった。

ソフィーが驚いた顔でパトリックを見た。

「ただの社交上のご機嫌うかがいよ。外出に誘ってくれているの」

パトリックは鼻先で笑った。ブラッドンはいつからそんな細かいことに気がつくようになったんだ？　度が過ぎるほどのんきなやつなのに。

「きみは都合が悪い」彼は断言した。

「わたしが？」ソフィーは本気で驚いていた。パトリックは独占欲の強い夫なのだと考えると、背筋がぞくぞくした。だが、ぞくぞくすると同時に、ばかげているとも思った。

ソフィーは膝の上で手を組み、夫を見あげた。

「わたしをブラッドンに会わせたくない理由でもあるの？」

「正しいことではないからだ」パトリックが答える。

「わたしは結婚しているのよ。独身男性と馬車で公園をまわったからといって、誰も気にも留めないわ」

「きみはその独身男性と婚約していたんじゃないか！」

「わたしはあなたと結婚したの。あなただって、わたしがブラッドンと関係を持つとは思っていないはずよ」

冷静に筋道を立てて考えてみれば、相手がブラッドンだろうと誰だろうと、ソフィーが結婚の誓いを破るはずがないことは、パトリックも認めざるをえなかった。彼のソフィーは高潔な女性だ。

「ああ、わかったよ」どういうわけかパトリックは、まるで戦いに敗れた気分だった。「好きなだけ会えばいいだろう！　やつをきみの愛人にしてやるといい！」

「わたしがそんなことをするわけがないでしょう」ソフィーが穏やかな声で反論した。「愛人にするなら、もっと口のうまい人にするべきよ。そう思わない？」彼女の瞳にいたずらっぽい光が輝くのを見て、パトリックはかなり気分がよくなった。

ソフィーは朝食室を出ようとドアへ向かい、からかうように言った。

「わけのわからない会話をしたければ、夫と話せばいいというのは本当ね」

パトリックはわざとうなり声をあげ、くすくす笑う妻をつかまえようと手を伸ばした。だがソフィーはその手をすり抜けると、そのまま部屋の外へ出てしまった。残されたパトリックは、彼女が置いていったブラッドンからの手紙に目を留めた。放置していったことからして、愛人からの手紙というわけではなさそうだ。〝どうしてもきみに会う必要がある。四時に幌《ランドー》つき馬車で迎えに行く〟ランドーの綴りが間違っていた。

ぼくは理性を欠いていた、とパトリックは認めた。ただ……ただそれは、ソフィーが愛していると言ってくれないからだ。それどころか、彼女の頭にはその言葉が浮かんですらいないらしい。狭い船室で二カ月近くもともに夜を過ごしたのに、妻は心のうちを明かす気配すらなかった。

そのとき、ソフィーが戻ってきて部屋のなかをのぞきこんだ。「言い忘れていたけど、わたしはフランス語が流暢でない人を愛人にするつもりはないの！」彼女は生意気な口調で言った。立ちあがったパトリックは、いたずらな挑発をのぞかせる妻の視線を受け止めた。かすれた声でフランス語をささやきさえすれば妻を奔放な女性に変貌させられると知ったのは、彼にとっては喜ばしい大発見だった。

不意にソフィーの口もとから笑みが消えた。「わたし宛の手紙を読んだの？」突如として、声の調子まで冷ややかになっていた。手もとに視線を落としたパトリックは、自分がまだブラッドンの手紙を握りしめていたのに気づいた。彼は、まるで火がついているかのように慌てて手紙を落とした。

「なぜブラッドンがきみに会う必要があるんだ？」

ソフィーが背筋を伸ばした。「逢《あ》い引きしようとしているからじゃないわよ。そもそもあなたには関係のないことだけど」

パトリックは唇を固く引き結んだ。ソフィー宛の手紙を読んだうしろめたさのせいで、よけいに刺々しい口調になっていた。

「おおいに関係があるぞ！　きみはぼくの妻だ。きみの評判はぼくに影響する」

「ブラッドンと馬車で出かけただけでわたしの評判に傷がつくと言いたいの？」

「いや、きみの評判はすでに完璧とは言いがたい。そうだろう？」パトリックは深く考えもせずに言った。「結婚したからには今後は夫を困らせるだろうと、世間のみんなが期待しているんだ！」

「夫を困らせる」ソフィーはひと言ずつ区切ってパトリックの言葉を繰り返した。鼓動があまりに激しくて、喉から心臓が飛び出してきそうだ。「あなたはわたしの評判が……世間にそんなふうに思われるくらい、評判が悪いと思っているのね？」

「きみの評判はそれほど問題じゃない」パトリックは先ほどと正反対のことを言っていた。「重要なのはブラッドンの意図だ。名うての放蕩者が若い既婚女性を誘う目的がわからない。明白なひとつの点を除いては」

「放蕩者には放蕩者のことがよくわかるんでしょうね」ソフィーは不快感もあらわに言った。「だけどブラッドンは結婚する前から、わたしを誘惑することにほとんど関心を示さなかったのよ。今ではその関心も皆無になっているはずだわ」

「ブラッドンは頭がどうかしているんだ」パトリックがもどかしそうに髪をかきむしる。「あいつがきみにつきまとうのは気に入らない。どんな魂胆があるか知れないんだぞ。やつの狙いはお見通しだ。親友の池で魚を釣りあげるつもりなんだよ！」

「口にするのもはばかられる、低俗な発言だわ」ソフィーは冷たく言った。「わたしたちはお互いに品位を落としているみたいだから言わせてもらうけど、そもそもブラッドンの池から魚を盗んだのはあなたのほうでしょう？」

「きみとブラッドンの関係を疑ってどこが悪い？」パトリックが大声で言い返した。感情を抑えきれなくなったらしい。「確かにあいつはキスをしたがらなかったかもしれない。だからといって、きみも同じだとは言えないだろう？」

ソフィーは息をのんだ。「なにを言っているの？」

「つまりこういうことだ」パトリックは激しい口調で言った。「きみはブラッドンに夢中で、駆け落ちするよう彼を説得したそうじゃないか。きみにとって不運なことに、ブラッドンを待っていたにもかかわらず、はしごをのぼっていったのはぼくだった……きみの寝室に向かって！」

ソフィーの背中を怒りが駆けのぼった。「信じられない！　まさかあなたはわたしに誘惑されたとほのめかしているの？　よりによってあなたが！　誰もが知る女たらしじゃないの！」ソフィーは容赦なくつけ加えた。「親友の婚約者を盗むような男よ。わたしがブラッドンを誘惑するつもりだったなんて、よくも言えるわね。わたしはすでに婚約の解消を決めていたの。あなたは知っていたはずよ！　正体を明かす前に、しばらくわたしの話を聞いていたんだから」

「体を奪ってもかまわないと知らせたいのでないかぎり、男を寝室へ招き入れるレディはいない。ぼくがベッドに行っても、きみはまったく抵抗しなかった！」

ソフィーは喉の奥が焼けつくように痛んだ。叫び出したい衝動と泣き出したい衝動が同時に襲いかかってくる。

「抵抗したわよ。押しのけようとしたわ。あなたがフードを取るまでは」

「相手がぼくだとわかったから受け入れたとでも？　そんな話を信じられるわけがないじゃないか！」

「でも、真実だわ」

「愛しているから結婚したと言われて、ぼくがそれをうのみにすると思うのか？」パトリックが鼻を鳴らし、床の上を足音もたてずに近づいてきた。「きみはぼくに夢中になるあまり、ぼくの求婚を断って、駆け落ちしてくれるようほかの男に懇願したというわけか」

「そんなことは言っていないわ！」

パトリックがあざけるように眉をあげた。「そうなのか？」

「あなたを愛しているから結婚したなんて、言った覚えはないわ」ソフィーが語気を荒らげた。

パトリックは今や手を伸ばせば妻に触れられるほど近づいていた。彼女の瞳が涙で光っているのを見たとたん、怒りはどこかへ消えてしまった。

「それならきみは、欲望のためにぼくと結婚したんだ」先ほどより穏やかな声で言う。「ぼくたちは同じ罠にとらわれた。そう思わないか？」

ソフィーはいらだちながらも黙って彼を見つめ、怒りをのみこんで平静な声を保とうとした。これまで無駄に一〇〇回もの――いや、一〇〇〇回かもしれない――夫婦喧嘩を見てきたわけではない。

「わたしとスラスロウ伯爵のあいだにやましいことはなにもないし、これからもそんな関係を結ぶつもりはないわ」彼女はゆっくりと明確に言った。

「そうか」答えながらもパトリックは、口論のきっかけがなんだったのかわからなくなり始めていた。

「あの夜あなたでなくブラッドンが寝室に現れたとしても、わたしは絶対に彼を誘惑しなかった」ソフィーが断言する。

「わかった」

「それからもうひとつ」彼女はこわばった口調で言った。「わたしがあなたと結婚したのは欲望のためかもしれない。でも、あなたがこれから欲望の対象をどこに求めようが問いただしたりしないわ。お互いに別の楽しみを見つける日が来るかもしれないけれど、わたしはあなた宛の手紙を読まないし、あなたにもわたし宛の手紙を読んでほしくないの」

「いいだろう。きみはぼくの行動を詮索しない代わりに、ぼくもきみの行動を詮索しない。きみの取り決めに従えば、すばらしい結婚生活になりそうだ、マイ・ラヴ」パトリックは最後の言葉に辛辣な皮肉をこめた。

ソフィーは顔を紙のように白くして背を向け、部屋から出ていった。炎が燃え広がるかのごとく、怒りがふたたびパトリックの背中をとらえていた。彼は無意識のうちに歯を食いしばっていたのに気づき、ショックを受けた。

「くそっ、くそっ、くそっ」憤りを懸命に抑えながらつぶやいた。明らかになったことがひとつある。ソフィーが別の楽しみを見つけるなんて耐えられない。ブラッドンであろうとほかの誰であろうと、絶対にだめだ。

パトリックははっと足を止めた。なにも考えず、ソフィーを追って階上に向かおうとしていた。彼はきびすを返して玄関のドアへ向かった。険しい顔のまま外に出ると、テムズ川のある南のほうへと歩き出す。

三〇分もたつと、気分はかなりよくなっていた。本当のことを言えば、欲望のために結婚したというソフィーの言葉を思い出すたびに、まだ顔をしかめてしまうのだが。それでも、ソフィーは絶対に愛人を作らないだろうと思えた。そういう誠実なところが、彼女に惹かれる理由のひとつだ。ひどく傷つきやすく見えるかと思えば、次の瞬間には洗練された様子を見せるところも。

今から帰途に就けば、家に着くのは三時ごろになるだろう。ブラッドンが迎えに来るのを見張るつもりだとソフィーに思われるかもしれない。彼女が誰と出かけようが気にするんじゃない、とパトリックは自分に言い聞かせた。ウエスト・インディア・ドックの事務所に顔を出すべきだろう。ウェールズの沿岸をまわっているあいだに、留守を任せたヘンリー・フォスターから届いた一五件の伝言は、あとになるにつれて切迫した文面になっていた。

だが貸し馬車に飛び乗ったパトリックは、事務所ではなく外務省へ向かった。彼がウェールズから戻るのを待たず二通も手紙をよこした理由を、ブレクスビー卿に確かめておくほうがいいと思われたのだ。

ところがブレクスビーと会ってみると、パトリックの気分は晴れるどころかますます重く沈んだ。防備施設が役立たずだという報告を、ブレクスビーは平然と受け止めた。最初からわかっていたことだった。

「きみの骨折りに感謝する」外務大臣が堅苦しく礼を言った。「わたしの見解が正しいとただちに証明されたことは、実に喜ばしい」

パトリックは頭をさげた。「ご用件はこれだけでしょうか？」

「いや、まだだ」パトリックの記憶にあるかぎりで初めて、ブレクスビーが――尊大な実力者のブレクスビー卿が――不安がっていると受け取れるほど困惑した表情を見せた。「もうひとつ……例の贈り物の件で話がある」

ブレクスビーは言葉を切った。ナポレオンの破壊工作のことをパトリック・フォークスに伏せ続けるべきかどうか、もう一度考えた。こうして目の前にすると、この男はかなり――かなり手ごわそうに思える。

「なんでしょう？」パトリックはじれったい思いで先を促した。ソフィーがブラッドンと出かけてしまう前に家に帰りたかった。そして寛大なところを見せるのだ。ブラッドンを夕食に誘うのもいいかもしれない。そうすれば、妻が誰と過ごそうが少しも気にしていないとソフィーに示せる。

「セリムの戴冠式で贈呈する予定の笏を取り巻く状況が、いささか不快な様相を呈している」ブレクスビーは、ナポレオンが笏をすり替えようとしている件を持ち出すのはやはり避けようと決意した。「実は、その笏を盗み出す計画があるらしい。盗人《ぬすっと》どもが狙っているとすれば、当然われわれは慎重に警備を固める必要がある。それが本当だとしたら、きみを危険にさらすことにもなりかねない。従って、笏は別の方法で運ぶ。われわれの使者が戴冠式の数時間前に、コンスタンティノープルのきみの滞在先に届けることになるだろう」

「笏が盗まれる危険性は高いとお考えなのですか？」

ブレクスビーはうなずいた。「いかにも」

これ以上の質問を歓迎しないブレクスビーの口ぶりを聞いて、パトリックも追及はしなかった。「ぼくは九月の初めにオスマン帝国に出発しようと考えています。あなたの使者がコンスタンティノープルへ来るころには間違いなく到着しているはずですから、ぼくに接触するのはなんの問題もないでしょう」

「その点に関しては心配していない」ブレクスビーが応じる。

パトリックは立ちあがった。

「ミスター・フォークス」ブレクスビーが穏やかに声をかけた。「まだきみの爵位の話が残っている」

焦りで胃がよじれるように感じながら、パトリックはもう一度腰をおろした。今ごろはもう、ソフィーはブラッドンと出かけてしまったに違いない。

「すでに手続きに入った」ブレクスビーが言った。「これまでのところ、好ましい反応しか起こっていないとつけ加えておこう」

パトリックはうなずいた。

ブレクスビーはため息をこらえた。懸命に奔走してやったというのに、当の本人は爵位に少しも興味を示さず、彼としてはいささか気分を害していた。「唯一持ちあがっている問題は、ジズル公爵位を世襲の爵位にするかどうかということだ」そこでいったん口をつぐんだ。フォークスは無言で続きを待っている。

まったくこの男は変わり者だ。普通なら、なんとしてでも息子に爵位を受け継がせようとするはずじゃないか！　ブレクスビーは言った。

「世襲にするよう、最善をつくすつもりだ」

パトリックは笑顔を見せた。ブレクスビーは寛大な人物だ。自分が彼の期待に添う感謝の表し方をしていないことを、パトリックは十分承知していた。

「この件で尽力していただき、あなたに大きな借りができました、ブレクスビー卿」

これまでの多くの人々同様、ブレクスビーもパトリックの笑顔の魅力にとらわれてしまった。「あー、いや。自分の務めを果たしているだけだ」

パトリックは笑みを広げた。

「息子は……息子に恵まれればの話ですが、わたし以上にあなたに感謝することでしょう」

ブレクスビーはもう少しでにやけてしまうところだった。「そうであってほしいね」

未来のジズル公爵と別れたブレクスビーは非常に満足していた。笏が盗まれるよりすり替えられるほうが心配だとフォークスに告げなかったのは、賢明な判断だった。それに彼自身、すり替えられる可能性はほとんどないと考え始めていた。そもそもナポレオンがわざわざ笏に爆弾を仕掛けるだろうか？　どう考えても突飛な考えだとしか思えない。なにも起こらないのだとしたら、まったく言及しないほうが外務大臣としての評価をさげずにすむ。必要もなく怖じ気づいていると、フォークスに吹聴《ふいちょう》されてはかなわない。

今にも雨が降り出しそうな空模様の下、パトリックは外務省をあとにした。ソフィーとブラッドンはとうに出かけてしまっただろう。パトリックはテムズ川へと続く大理石の大階段をおり、途中で足を止めて濁った水面に目を向けた。それから向きを変えると、貸し馬車を呼び止めた。仕事をおろそかにするなんて、ぼくはいったいなにを考えていたのだろう？通常ならしばらくロンドンを離れていたあとは、真っ先に倉庫に顔を出していたはずだ。結婚してひと月半しかたっていないのに、もう自分の責任をおろそかにしてしまった。

ウエスト・インディア・ドックに到着すると、恰幅のいい男がほっとした顔で駆け寄ってきた。「ああ、よかった、お待ちしていましたよ！」

パトリックはたちまち喧噪《けんそう》に包まれた。所有する船の一隻がマドラス沖で座礁し、積み荷の綿が失われたらしい。セイロンにいる部下からは、紅茶の供給に関して緊急の連絡が入っていた。さらにフォスターは、〈ローズマリー号〉の船長が積み荷の砂糖を横領しているのではないかとの疑いを抱いていた。パトリックは本腰を入れて仕事に取りかかった。埃っぽい事務所は、隣の倉庫から聞こえる労働者たちの大声や荷物を運ぶ音で騒々しいものの、心をかき乱す妻もいなければ、彼女の非難めいたまなざしに良心の呵責《かしゃく》を感じる必要もなかった。彼は事務所の机で軽い夕食をとり、時間を忘れて仕事に没頭した。

ソフィーは通りを注意深く見まわしてから、ブラッドンの馬車に乗りこんだ。だが、夫の姿は見あたらない。こみあげる涙でまだ喉の奥が痛かったものの、表面上はすっかり冷静を取り戻していた。明日マドレーヌの父親に会ってほしいと頼まれた彼女は、躊躇せずに承諾した。

「ミス・ガルニエしだいだけれど、たぶん週に一度か二度なら時間が取れると思うわ」ソフィーは告げた。

ブラッドンに異存はなかった。

「ひとつだけお願いがあるの」ソフィーが言った。

ブラッドンは思わずもぞもぞと身をよじった。女性がこういう表情をするのは以前にも見たことがあったが、彼は好きではなかった。「なんでも聞くよ」ブラッドンは心のなかでうめいた。

「夫にはこのことを知らせたくないの」

「なんだって？　パトリックにかい？」

「もちろんパトリックによ」ソフィーがぴしゃりと言う。「ほかに夫がいると思う？」

「でも……」ブラッドンはすっかり困惑していた。「なぜ知らせないんだい？　パトリックとぼくはいつも行動をともにしてきた。もっとも、彼が今回のことに賛同してくれるかどうかはわからないが……」

「パトリックに知れたら、ミス・ガルニエに教えることはできなくなるわ」問答無用とばかりにソフィーが言った。

だが、あきらめの悪さはブラッドンの第二の天性と言えた。「だけど、ソフィー、それなら今日の午後はどこへ行っていたと説明するつもりだい？　今後きみがマドレーヌと過ごすたびに、パトリックはどう考えるだろう？」

ソフィーは鋭い目でブラッドンをにらんだ。「妻は愛玩犬じゃないんだもの。夫に監視される必要はないでしょう。わたしの母はいつだって好きなように行動するわ」

ブラッドンは言葉が出なかった。ソフィーの両親が適切な例にならないことを、彼女にどう伝えればいいのか。

「ぼくの母が毎週どこに出かけるのか、父は必ず把握していたよ」ようやく口を開いた彼の声はとても弱々しかった。

「わたしとパトリックはお互いに了解しているの。わたしの午後の居場所になんて、彼はまったく興味を示さないはずよ。だけどもし訊かれたら、ブライドウェルの子供たちを慰問していたと答えるわ」

「ブライドウェルだって！　パトリックがそんなところにきみを行かせるわけがないよ」かなり治安の悪い地域にある貧しい人々のための施設を思い浮かべて、ブラッドンは思わず叫んだ。

ソフィーが眉をあげた。「ミス・ガルニエもそんなふうに威嚇するつもり？」穏やかな口調で尋ねる。「ロンドンのレディたちは定期的にブライドウェルを訪れて、捨てられた孤児たちと遊ぶのよ。わたしたちは病院の職員たちから歓迎されているわ」

「ああ、やめてくれ。本気なのかい、ソフィー？　パトリックに本当のことを話せばいいだけじゃないか。そのほうがよっぽど簡単だ」ブラッドンは困惑した。

「だめよ。もしあなたがパトリックに話したら、わたしはこの件から手を引きますからね」

「ばかばかしい！」

ソフィーがいらだたしげに言う。

「本当にそう思うなら、ほかの人を探して助けてもらえばいいでしょう？」

ブラッドンは唖然としてソフィーを見た。女性たちはいつも、男が手綱を持ち替えなければならないような忙しいときにかぎって文句を言い出す。

「気が変わったなんて言わないでくれ」細心の注意を要する地点を過ぎ、馬車がセント・ジェームズ公園のアーチ道を穏やかに駆け出すころになって、ようやくブラッドンは言った。「やっぱりきみの言うとおりだろうな。そういえば、ぼくの前回の計略にパトリックは批判的だった」

確かに、骨折した脚を見せたときのパトリックの反応を考えれば考えるほど、彼がこの最新の計略を知らなくてよかったと思えてくる。ブラッドンが石膏を砕き始めたときのパトリックの表情も、そのあと説教されたことも、絶対に忘れられないだろう。かなり耳が痛かった。

「そうだ。きみが正しいよ」ブラッドンは急に元気が出てきた。「真実を知る者は少なければ少ないほどいい。きみとマドレーヌの父親とぼくの三人だけでも多すぎるくらいだ」

そのときソフィーが身を乗り出し、手袋をした手を振った。

「ねえ、馬車を停めてちょうだい、ブラッドン。見て、シャーロットとアレックスよ！」

ブラッドンが馬車を停めると、ソフィーが見守るなかでアレックスも並行して二輪馬車を停めた。

「いい装備だね」ブラッドンはアレックスに言った。彼はどちらかというとアレックスよりパトリックと親しく、パトリックの双子の兄には今も畏怖《いふ》の念を抱いていた。気が短いパトリックと違ってアレックスはいつも冷静で、鋼のような目で見つめられるとブラッドンはついたじろいでしまった。

「パトリックはどこ？」二輪馬車の向こう側の座席から、シャーロットが陽気な声をあげた。ソフィーは落ち着きなく座り直した。女性が馬車を飛びおりて草地を横切り、別の馬車に駆け寄ることが作法上許されていればよかったのに。ソフィーはしかたなく無言で首を振った。よくないことが起こっていると、沈黙を通じてなんとかしてシャーロットに伝えたかった。

友人の反応はすばやかった。「軽い夕食を一緒にどうかしら、ソフィー？」

ソフィーはシャーロットの姿が見えるように、ブラッドンの大きな体の横から身を乗り出した。「ぜひそうしたいのよ、シャーロット。だけど、今夜のパトリックの予定がまだわからないの。わたしたちは昨日、ロンドンに帰ってきたばかりだから」

「結婚してまだ日が浅いんだ」アレックスが口を開いた。「パトリックはきみを追いかけまわしているんだろうな。ところで、もう家に帰らなければならないよ、シャーロット」彼はソフィーにウインクをした。「世の中には妻の言いなりになる男たちがいるが、ぼくたちはナニーの言いなりなんだ。そろそろセーラとピッパを客間で過ごさせる時間だ」

シャーロットが鼻に皺を寄せる。「かわいそうな子供たち。ピッパは糊のきいたドレスを着せられて、たっぷり三〇分も本物のレディらしくふるまわなければならないのよ。八時なら会えるかしら？」

ソフィーはうなずいた。

その夜、八時になってもパトリックは帰ってこなかった。ソフィーは事務的な伝言を書いて執事のクレメンズに託すと、アンリにおやすみの挨拶をしてから馬車で義理の兄の屋敷に向かった。

だが自分でも驚いたことに、到着してシャーロットを目の前にしても、ソフィーはパトリックとの口論について打ち明けなかった。親友に話したくてたまらなくはあったものの……。欲望のために結婚したと夫が率直に認めたことを、本当にシャーロットに知られたいの？ときにはどうにかして、多少なりとも威厳を保たなければならないこともある。

食事の時間は、セーラに歯が生えてきた話や、ウェールズで会ったフランスの負傷兵の話をして過ぎていった。だがアレックスが図書室に行ってしまうと、ソフィーはいよいよ試練に立ち向かうはめになった。

シャーロットは時間を無駄遣いせず、ずばりと訊いた。

「パトリックはいったいどうしたの、ソフィー？　喧嘩でもしたの？」

胸が締めつけられるように感じながら、ソフィーは低い長椅子に腰をおろした。悲痛な口調にならないよう注意しつつ言う。「ああ、シャーロット、あなたは知っているでしょうけど、わたしって本当に怒りっぽいの」

軽い物言いにはだまされず、シャーロットは親友の目をじっと見つめた。「ソフィー」厳しい声でもう一度促した。

ソフィーが背筋を伸ばした。

「パトリックがどこにいるのかわからないの。愛人と夜を過ごしているのかもしれない」

「まさか！」シャーロットは叫んだ。「愛人なんているはずがないじゃない。パトリックがほかの人に目を向けると思っているなら、あなたは愚か者よ」

「ブラッドンのことで喧嘩になったの」ソフィーが説明した。

「ブラッドンですって？」シャーロットには予想外の展開だった。「なぜそんな、こ、ことで喧嘩になるの？」

「ブラッドンが外出に誘ってくれたんだけど、パトリックは行かせないと言ったの」

「まあ」シャーロットは小さな声で言った。「嫉妬しているに違いないわ。困ったものね」

彼女がソフィーの目をのぞきこむと、ふたりのあいだにほほえみが広がった。「ブラッドンに嫉妬するなんて。男性っておかしな生き物だわ。ねえ、あなたは別にブラッドンと過ごしたかったわけじゃないわよね。まったく、陽気な放蕩者のブラッドンがパトリックの新妻を盗もうとするなんて！」くすくす笑う。

シャーロットはさらに言葉を続けた。

「喧嘩の原因がパトリックの嫉妬なら、ブラッドンに会うのをやめればいいだけよ」

マドレーヌのレッスンのことを誰にも言わないとブラッドンに約束したソフィーは、シャーロットの言わずもがなの忠告にただうなずくしかなかった。

屋敷に帰った彼女をクレメンズが出迎え、外套を受け取りながら飲み物を勧めた。ソフィーがなにもいらないと答えると、クレメンズは彼女が預けていったパトリックへの伝言を返してきた。「だんなさまはまだお帰りではございませんので」執事は抑揚のない声で言い、階段をのぼる女主人を頭をさげて見送った。

ソフィーは自分の部屋に入って美しい細工の置き時計に目を向けた。夜の一一時三〇分だ。シャーロットを訪ねていたあいだじゅう、最後の瞬間まで、もしかしたらパトリックが先に帰っているのではないかと、見こみのない希望を抱き続けていた。

脱いだボンネットを椅子の上に放りながら、ソフィーは考えた。お父さまとお母さまの幸せな結婚生活はたった二カ月間だったけれど、わたしたちの場合はもっと短い。指を折って数えてみると、夫はたった七週間でベッドを空けるようになった……。わたしはお母さまより魅力がないというわけかしら。〝どこまでも正しい〟として知られるお母さまの言うことは、全部真実だったんだわ。

それとも、とソフィーはみじめな気分で考えた。お父さまはお母さまを愛していると思って結婚したけれど、あとになって実は欲望を感じているにすぎなかったと気づいたのかもしれない。でも頭脳明晰《めいせき》なわたしの夫なら、愛のために結婚しようなどとは絶対に思わないはずだ。

一時になってやっとベッドに入ったものの、ソフィーはどうしても眠れなかった。泣くこともできない。彼女はベッドに横たわり、乾いた目で天井を見つめながら、続き部屋から物音が聞こえないかと耳を澄ました。だが、なんの音もしなかった。六時になると、パトリックの側仕えのキーティングが部屋に入ったらしく、カーテンを開ける気配がした。彼はパトリックが妻のベッドにいると思っているに違いないわ、とソフィーは陰鬱に思った。そんなことはもうどうでもよかった。

午前八時になって、ようやく隣室からきびきびとしたブーツの音と快活な声が響いてきた。「なんてことだ。ひどい顔をしているぞ！ 風呂に入って、ひげを剃《そ》らなければ」続いて服を脱ぐ音が聞こえてきた。

胸に大きな石をのせられたかのように息苦しかったけれど、ソフィーは泣かなかった。やがて水の音が聞こえなくなり、隣室は静かになった。ソフィーの部屋のドアが開いたが、彼女は顔をのぞかせたメイドに手を振ってさがらせ、それからとうとう眠りに就いた。

朝のあいだ、パトリックは屋敷じゅうをうろうろと歩きまわりながら、ソフィーが起きてくるのを待っていた。だがそのうちに、彼女は夫を避けるために部屋にとどまっているに違いないと思い至り、シモーヌを呼びつけた。鋭いまなざしを向けられたシモーヌは、奥さまはおやすみ中ですと、本当のことを告げるしかなかった。午後三時、玄関に現れたブラッドンを目にしたとたん、ついにパトリックは我慢できなくなった。

「やあ、パトリック、ソフィーはどこだい？　誘いに来たんだが」ブラッドンが屈託なく言った。

「まだ起きていない」パトリックは答えた。

ソフィーはちょうど部屋から出たところだったが、夫の声を耳にして階段の上で身をこわばらせた。

「昨日もソフィーと出かけたんじゃなかったのか？」

「そうだよ」ブラッドンが言った。「今日も連れ出したいんだ。ところで、新婚生活はどうだい？」彼は天にものぼる心地だった。マドレーヌが妻になる日は近い。なにもかもがうまくいくに違いなかった。

パトリックはブラッドンを一瞥して冷ややかに言った。

「足かせをはめられたようなものだが、悪くはないね」

「足かせだって！」

夫の鼻先で妻を誘惑しようとしている男に、それほど驚いた顔をする権利はないはずだ、とパトリックは思った。

「きみは社交界でも指折りの美しい女性のひとりと結婚したんだぞ。いや、たぶんいちばんの美女だ。それなのに、足かせをはめられたというのか？」

「まあ、ましなほうだが」パトリックはそっけなく言った。「彼女はきょうだいがいない。多産の家系ではないから、ぼくは大勢の子供にまつわりつかれなくてすみそうだ」

パトリックのひと言ひと言が燃える矢となってソフィーの胸に突き刺さった。

「ずいぶん辛辣だな」ブラッドンが嗅ぎたばこを取り出そうとポケットを探った。「それはそうと、パトリック、ぼくの新しい調合を試してみないかい？　ローズヒップ入りで……このあたりに入れたはずなんだが」

パトリックは食いしばった歯の隙間から言った。

「嗅ぎたばこにバラの香りが合うとは思えないが」

ようやく捜し物を見つけたブラッドンがうれしそうに嗅いだ。

「彼女はまだ準備に時間がかかるかな？　通りに馬を待たせているんだ」

「さあね」パトリックは答えた。

ブラッドンが眉をあげた。

「言わせてもらうけど、パトリック、きみは幸せな花婿とはとても思えないぞ」

「いや、十分幸せだ。幸せだとも」パトリックは急にたとえようもないほどの疲労感に襲われた。夜半まで倉庫で仕事をして家に帰り、図書室でブランデーを飲みながら寝てしまったのだ。

「きみはまだメイフェアの家に愛人を住まわせるつもりなのか？」パトリックはくだけた口調で訊いた。

「いや、実はもう別れたんだ」ブラッドンは友人の視線を避けた。嘘をついても、なぜかパトリックには見破られてしまうのだ。

目を伏せたブラッドンを見て、パトリックはあざけりをこめて眉をあげた。恥じているらしい。愛人を捨てて代わりにソフィーを選んだのだから当然だろう。

そのとき、誰かが階段をおりてくる気配がして、ふたりは同時に振り向いた。淡くきらめくバラ色のドレスをまとい、完璧に身だしなみを整えたソフィーだった。彼女は友好的なまなざしで夫を見つめた。

「いい一日を過ごしているのだといいけれど」

パトリックがどれほど勘ぐってみても、辛辣さのかけらも感じられない穏やかな声だった。

ソフィーはブラッドンが差し出した手を取って、パトリックに魅力的な笑みを向けた。

「あとで夕食のときに会えるかしら?」

パトリックは首を振った。よそで食事をする予定があるわけではなく、ソフィーが動揺するかどうか知りたかっただけだ。だが、彼女は動じなかった。

「それなら楽しい夜を過ごしてね」ソフィーは明るい口調で言うと、ブラッドンと一緒にドアの外に姿を消した。

「ちくしょう」パトリックは向きを変え、すでにひと晩を過ごした図書室へ戻っていった。

寝室に引きこもりたい気持ちをやっとの思いでこらえ、ソフィーは意を決してブラッドンの馬車に乗りこんだ。だが実際のところ、その午後はとても楽しいひとときとなった。彼女はブラッドンの頼みを聞き入れるかどうか迷っていたのだが、彼が恋に落ちた女性と会ったとたん、心が決まった。馬の調教師の娘だなんて、とても信じられない。マドレーヌはすばらしい女性だわ。フランス人らしく現実的で、とても愉快な人だ。

　正しい作法の複雑さについて話し合いながら、ソフィーとマドレーヌはいつのまにか大笑いしていた。ソフィーが当然だと思ってきた数々の作法を、マドレーヌはくだらないと言ったのだ。

「スープをこぼされたのに、どうしてなにもなかったふりをしなければならないの？」

「そうするべきだからよ」ソフィーは説得力のない口調で言った。「酔った公爵が、あなたの顔じゅうに肉汁をはねかけるかもしれないわ。ええ、可能性はある。わたしは実際に目撃したもの。顔をぬぐうのはかまわないけれど、その事件が起こったこと自体は否定しなければならないのよ」

「くだらない！」マドレーヌは小さな花火がはじけるようにどっと笑い出した。

　彼女をレディに仕立てるのは、想像していたほど難しくなさそうだわ、とソフィーは思った。マドレーヌには生まれながらの自然な品のよさがあり、おかげでレッスンが簡単になった。ソフィーが宮廷のお辞儀《ラ・レヴァランス・オン・アリエール》の仕方を教えると、その午後の終わりにはマドレーヌは完璧にこなせるようになっていた。彼女はかかとだけが触れ合うように爪先をすべらせ、このうえなく優雅に身を沈めた。

ソフィーはぽかんと口を開けた。

「そんなふうにできるようになるのに、わたしは何週間もかかったのよ、マドレーヌ！」

マドレーヌがにっこりした。「毎朝、馬たち一頭一頭にお辞儀をしようかしら」お辞儀のレッスンはそれで終わりにして、次にふたりは正式な紹介の方法へ移ることにした。

18

「問題ない」モールは熱心に言った。「あっというまだ。あの小僧はいつだって厩舎のまわりをうろついてるんだから」ムッシュ・フーコーが黙っているので、彼がこの絶好の機会をものにする気があるのかないのか、モールには判断がつかなかった。

「いいかい、だんな、あいつはすでにこっちの手のうちにあるも同然なんだ。数を五まで数えられる馬を知ってるから一緒に見に行こうと言ってやった。屋敷の外で会うことになってる。馬車へ押しこめたら、それで終わりだ！」

フーコーが眉をあげた。「いったいなんの話をしている？」

「なんのって、あの屋敷の小僧をつかまえようって話だよ」モールは足もとの砂が崩れていくような頼りなさを覚え、つい声を荒らげた。

「もしかして、アンリという名のその小僧がフォークスの息子だと言いたいのなら」フーコーが物憂げに言った。「それは違うぞ。あの少年はフォークスがどこかから拾ってきたフランス人の浮浪児だ」

「だけど、やつらはあの小僧を気に入ってるだろう？　来週には家庭教師がつくらしい。本人の口から聞いたんだが、春になれば立派な学校へ行かせてもらうそうだ。だから、早くやっちまわないと。とにかく、あいつはもうこっちの手のうちにあるも同然なんだ」モールは繰り返した。「家庭教師を雇ってやるほどあの小僧を気に入ってるなら、身代金だってたっぷり払うはずだ。思うに、あいつはフォークスがよそでこしらえた息子に間違いない」

「身代金など不要だ」フーコーが初めていらだちをあらわにした。「厩舎の連中にさんざん酒をふるまっておきながら、なにひとつ重要な情報を仕入れていないのか？」

「夫婦仲は冷えてるそうだ」モールは即座に答えた。「結婚直後は仲睦《なかむつ》まじかったみたいだが、今じゃだんなは毎晩出かけて遅くまで倉庫の事務所で過ごし、女房の寝室へ入ることはまったくないらしい。女房は女房で、しょっちゅう伊達《だて》男と馬車で出かけるそうだ。厩舎で耳にしたところでは、女房はもともとその男と結婚するつもりだったのに、なにかの事情でそいつを袖にしたんだとか」

「興味深いが、役に立つ話ではないな」フーコーはぶつぶつと言った。「フランソワはもうきみのささやかな住まいを訪ねたのかな、モール？」相手がうなずいたので、彼は続けた。「それなら二週間後の火曜日にわたしと一緒に来てもらおう。パトリック・フォークスを訪問するのだ。バイラク・ムスタファを演じてほしい。だが、英語はひと言も口にしてはならないぞ。わかっているか？」

それだけ言うと、フーコーは返事を待たず、膝まであるブーツについたわずかな塵《ちり》を払い、ゆっくりした足取りで部屋をあとにした。

パトリックはドルリー・レーン劇場のボックス席の奥で脚を伸ばして座り、前方にいる妻を見つめた。ブランデンバーグ侯爵の美しい娘であるレディ・ソフィー・ヨークが社交界で成功をおさめた若い女性だったとするなら、パトリック・フォークスの魅力的な妻であるレディ・ソフィー・フォークスは、間違いなく上流社会を率いる存在になるだろう。そのソフィーは現在、大勢の紳士に囲まれていた。結婚適齢期の娘たちはそれなりに魅力的ではあるが、つねに崇拝者が取り巻いているのは若い既婚女性たちのほうだった。未婚女性に特別の関心を向けて結婚に追いこまれるのを恐れる若者や、乙女の耳にはきわどすぎる冗談を口にしたがる若者は、既婚女性の周囲に群れたがるからだ。

ソフィーがおかしそうにまたたくすくす笑うのを見て、パトリックは口もとをゆがめた。まるで強風に吹かれる柳の枝のように、崇拝者たちがいっせいに彼女のほうへ身をかがめる。ドレスの胸もとをのぞこうとしているに違いない。パトリックは不愉快になった。ソフィーは胸もとが深く切れこんだ濃い金色のオペラドレスを着ていた。

「劇場へ着ていくには大げさすぎるんじゃないか？」ここに来る前、肘まである手袋をつけながら玄関広間へ現れたソフィーを見て、パトリックは尋ねた。

彼女はまつげの下から誘いかけるような目で夫を見た。「ときどき、必要以上に着飾りたくなるの。そうすれば、人はドレスを脱がせることを考えるでしょうから」

パトリックは言葉を返せなかった。今にもドレスからこぼれ出しそうな、クリームのように真っ白でなめらかな胸を見るだけで股間が張りつめてしまう。彼は急いでヴェルヴェットのショールをソフィーにかけ、彼女を玄関の外へ連れ出した。欲情している証拠を妻に見られたくなかった。

ぼくはいったいなにをしているんだろう？　ソフィーは妻なんだぞ。ふたりは口論したが、ソフィーはぼくに対して怒っているそぶりをまったく見せない。しかしぼくのほうはここ数週間ずっと、本来いるべき場所――ベッドのなか――で妻を歓ばせる代わりに、ロンドンの裏通りを歩きまわって夜を過ごしている。

パトリックは深呼吸をした。彼が座っているのはソフィーを取り巻く紳士たちのうしろだが、そこからでもドレスに押しあげられた豊かな乳房の曲線が見えた。パトリックは脚を組んだ。もうそろそろ『トルコ人になったキリスト教徒』の次の幕が開くころだろう。問題のキリスト教徒がいつまでたってもトルコ人にならないせいで、パトリックにはソフィーの体について考える暇がたっぷりあった。幕間《まくあい》が終わって、妻の周囲に群がっている間抜けどもがボックス席を出ていけばいいのだが。その間抜けどものなかには、当然ブラッドンも含まれていた。パトリックは学生時代からの古い友人に、明らかな憎しみを抱き始めていた。

ボックス席の前列に座るソフィーはうしろを見ないようにしていたが、それでも夫の落ち着きのない動きのすべてを意識していた。今、彼女は笑い声をあげながらリュシアン・ボッホの手首を扇で叩いている。辛口すぎず、機知に富んだ軽口が得意な彼が、取り巻きのなかではいちばんのお気に入りだった。

リュシアンがソフィーの手をとらえて口づけた。

「すっかりきみの瞳の虜《とりこ》になってしまったよ、美しい人」

「神さまがあなたを救ってくださいますように。だって、わたしは救ってあげる気がないんですもの」ソフィーはいたずらっぽい口調で言った。

「ぼくを救えるのはきみだけだ……きみは女神だよ！」

「では女神として、自分の席へ戻るようあなたに命じるわ」

「悲しいかな、それはできない」リュシアンが芝居がかったしぐさで胸を叩いた。「ぼくは美しいきみのしもべなんだ、レディ・ソフィー。喜びの源であるきみのそばを離れて、生きていけるとは思えない」

ソフィーはくすくす笑った。「大げさな。あなたは嘘つきね」

「嘘だってつくよ。きみがぼくのベッドカーテンの内側へ来てくれるのなら」リュシアンも笑いながら返した。

ソフィーが何気なく振り返ると、パトリックは眉根を寄せて演目に見入っていた。彼女は既婚女性たちのあいだで普通に交わされる、思わせぶりなきわどい会話にまだ慣れていなかった。この程度で困惑している自分が情けない。パトリックと結婚する前は、大胆な発言をすることで知られていたのに。だが今でこそわかるが、あのときのソフィーはまだ少女にすぎず、ほとんどの場合、自分が口にしていることの本当の意味を理解していなかった。今ならそれがわかる。

　正直なところ、ソフィーはリュシアンとの戯れに集中していなかった。全身の神経が夫に向けられていた。ところがパトリックは、ほかの男たちが彼女に色目を使っていることにさえ気づいていないらしい。

　リュシアンがソフィーの手首をそっとつかんだ。「冗談だよ、レディ・ソフィー」彼女の目を見て言う。「ぼくがお世辞を言ったりふざけたりするのは、それが社交界の流儀だからだ。でも、多感なあなたを狼狽させるようなまねはしたくない」

　ソフィーはほほえんだ。

「どんな女性に対しても、あなたはこんなふうに親切にするんでしょう？」

「そのとおり」リュシアンが認めた。「ぼくはきみが大好きだから、これ以上きわどい言葉はかけない。顔が赤くなっているのを見れば、きみがこうした遊びには不慣れだとわかるから」

　ソフィーの顔がますます濃い色に染まった。

　ちょうどそのとき、偶然顔をあげたパトリックは、目にした光景に思わず眉をひそめた。ソフィーがフランス語で口説かれるのに弱いと知っている彼にすれば、リュシアンは要注意人物だ。ちくしょう。パトリックは心のなかで毒づいた。用心しないとぼくもソフィーの母親のようになって、フランス人の男は年寄りしか家に入れないと言い出しかねないぞ。

　ソフィーがリュシアンの耳もとでなにごとかささやいた。落ち着け、とパトリックは自分に言い聞かせた。リュシアンが亡き妻に誠実であるのは誰でも知っている。彼はただ戯れて、ソフィーを喜ばせているだけだ。

パトリックはいらいらしながら立ちあがってボックス席を出た。いつまでもこんなところに座って、ほかの男が妻に言い寄るのを眺めていなくてはならない理由がどこにある？　自分はどうも取りつかれてしまったらしいと、劇場の廊下を足早に歩きながら彼は考えた。妄想と嫉妬に取りつかれている。たとえば昨日の午後、ソフィーがどこへ行ったのかが気になってしかたがない。二時きっかりに馬車で迎えに来たブラッドンがようやく彼女を送り届けてきたのは、夜の七時になるころだった。パトリックと一緒に出席を予定していた音楽会のために、ソフィーは急いで着替えなければならなかった。しかも、先週の金曜日にも似たようなことがあったのだ。

ドルリー・レーン劇場横の薄汚い路地を大股で歩きながら、パトリックは胸に怒りがこみあげていた。午後じゅう昔の恋人となにをしていたのか、どうしても妻を問いただせなかった。

ソフィーはまるでひとしずくの水だ。澄んでいて、正直で、誠実。ベッドで愛を交わすときの彼女は、恥ずかしがらずに歓びをあらわにする。それは純粋に欲望に基づくもので、愛しているなどと嘘をつくことはなかった。もっとも本心を言えば、ソフィーのそういう誠実な面が取り立てて好きだというわけではないのだが。

最悪なのは、パトリック自身がひどく混乱してしまい、妻の寝室へ入ることも彼女を抱きしめることもできなくなった点だ。おかげで甘い香りのする小柄な妻は、毎晩ひとりでベッドに横たわっている。

ソフィーが少しでも怒りや悲嘆を、あるいは彼がベッドへ来ないことを気にするそぶりを示しさえしたら、この話題を切り出すのはずっと簡単になるだろう。ところが、彼女はつねに快活で友好的な態度なのだ。

「ぼくが一緒に寝ようと寝まいと、どうでもいいんだな」パトリックはひとり言をつぶやき、向きを変えて劇場へ戻る道をたどった。ぼくが夜中にロンドンの通りを徘徊したり、夜明け近くまで倉庫内の事務所にこもったりすることも悪い。今だってソフィーを劇場にひとり残して、どうせ見つかるわけもない心の平穏を求めてこんなところを歩きまわっているべきではないのだ。

パトリックがボックス席の奥にかかる重厚なヴェルヴェットのカーテンを開けてなかに入ると、そこにはソフィーとブラッドンしかいなかった。どうやらキリスト教徒はとうとうトルコ人になったらしい。舞台上では激しい戦いの場面が繰り広げられ、元キリスト教徒が三日月刀をふるっていた。

パトリックの目には、ブラッドンとソフィーが似合いのふたりに映った。ソフィーの巻き毛はブラッドンの髪とほとんど同じ色合いだ。彼らのあいだには幼いころから友情を育《はぐく》んできたかのようなくつろいだ雰囲気があり、パトリックはそれにいらだちを覚えた。

彼はずかずかと歩いていって、ソフィーの右隣に座った。視線をあげたブラッドンがパトリックを見て立ちあがった。パトリックの椅子のうしろにまわり、親しげに肩を叩く。

「じゃあ、ぼくは行くよ、パトリック。向こうで母が待っているんだ」

ブラッドンの言うとおり、ちょうど真向かいのボックス席にスラスロウ伯爵未亡人の姿が見えた。彼女は鋭い目つきで息子をにらんでいた。

「ぼくがなかなか結婚相手を見つけないから、母は激怒しているんだよ」ブラッドンが陰気な声で言った。彼を嫌っているのをつい忘れ、パトリックは同情のこもった顔を向けてしまった。

舞台では芝居が続いていた。ますます激しくなるブリキの剣の音を聞いているうちに、パトリックの意識のなかに切れ切れでまとまりはないものの、理性的な思考が浮かんできた。ブラッドンはうまく秘密を守れたためしがない。ほかはともかく、ブラッドンがさりげなくふるまえているということは、ソフィーと彼とのあいだに不適切な関係が存在しないことを示している。だがそれがわかったからといって、パトリックがベッドをともにしなくても彼女が平気でいる理由は理解できなかったが。

情事にふけっているのでないとしたら、ソフィーとブラッドンは長いあいだ馬車で出かけてなにをしているのだろう？　パトリックの胃がよじれた。どんな男女でも、あれほど長い時間を一緒に過ごしていれば必ず……しかも、ソフィーはあんなに満ち足りた雰囲気を漂わせているじゃないか。

その週の終わりごろ、出荷報告書から目をあげたパトリックは、すぐ前に双子の兄が立っているのに気づいた。

「兄さん！」

いつもはあまり感情をあらわにしない弟が、兄を抱きしめようとテーブルをひっくり返しそうな勢いで近づいてくるのを見て驚いたとしても、アレックスはなにも言わなかった。

「話をしたいと思っていたんだ」パトリックは力なく言った。

アレックスが片方の眉をあげて、口もとに笑みを漂わせた。「あててみせようか……フォークス家の男の例にもれず、おまえの結婚生活にも問題が生じたんだろう。それで、ぼくになんとかしてほしいと考えているんだ」

「違うよ」パトリックはひるまずに兄の目を見た。

「ごまかすな」アレックスは言い返した。「この悪天候のなか、シャーロットを連れてわざわざロンドンまで来てやったんだぞ。簡単に引きさがると思うか？」

パトリックはいらだって兄をにらんだ。「別に来てくれと頼んだわけじゃない」

「そんな必要はないだろう？」アレックスが強い口調で言った。不思議なことに、双子の彼らは相手の肉体的な苦痛こそ感じないものの、一方が感情面で傷つくと、もう一方はたちどころにそのことに気づく。アレックスの最初の結婚が破綻《はたん》への道をたどっていたとき、パトリックは何カ月も胃の調子が悪かった。「全部吐き出してしまえよ、パトリック」

沈黙が広がった。「わかった」ようやくそう言うと、パトリックは兄に背を向け、窓辺へ近づいて外を見た。三月の雪が、水たまりに舞い落ちては溶けていく。「ぼくはフォークス家の流儀にならって結婚生活をだめにしてしまったんだ。厚意はありがたいけど、兄さんにどうこうできる問題じゃないと思う」

アレックスは弟が先を続けるのを待った。

「ぼくたちはもう同じベッドで寝ていない」パトリックは兄を振り返った。「どうしたらこの状況を修復できるかわからないんだ」

「それを選んだのはおまえか？　それとも彼女なのか？」

「ぼくだよ、くそっ！　いや、違う、選んだわけじゃない。なぜかこうなってしまったんだ。くだらないことで喧嘩して、その夜ぼくは家へ帰らずに――」

「大きな間違いだ」アレックスが口をはさむ。

「倉庫へ行ったんだ。娼館に行ったわけじゃない」

「結婚生活に関して助言をしてやろう。喧嘩をしたら、仲直りするまでは家を離れるな」アレックスが言った。「おまえがやったみたいなことをしたら、女性は決して許さないぞ。シャーロットだったら、ぼくを八つ裂きにしただろうな」

「問題はそこなんだ。ソフィーはぼくの不在に気づいてもいないふうだった。だから、次の夜も家を空けた」パトリックがちらりと兄を見ると、アレックスは驚きと思案の入りまじった表情をしていた。「ばかげているかもしれないが、ぼくがソフィーのベッドを避けていることに、彼女がなんらかの反応を示すのを待っていたんだ。ところがソフィーときたら、まるでパーティーに出席している伯爵夫人のごとく礼儀正しい。率直に言って、ぼくがもう二度と寝室へ行かなくても、ソフィーはまったく気にしないんじゃないかと思う」

アレックスは顔をしかめた。「ベッドで彼女は楽しんでいたか？」

パトリックがまごついた顔になった。「楽しんでいたと思う。いや、ソフィーは確かに楽しんでいたよ。それはぼくも同じだ。だけど、今では……もう二週間以上たつんだ。ソフィーは毎晩一緒に過ごしているかのように、にこやかに声をかけてくる。ぼくがなにをしようと完璧に如才なくふるまうんだ」

「だったら、おまえのほうから話を切り出さないと」アレックスは意見を述べた。

パトリックがあきれた様子で兄を見た。「満足しきっている女性に、夫がベッドへ来ないことに気づいているかどうか尋ねろというのか？　ソフィーは不都合を感じていないみたいなのに！」

「それはどうかな」アレックスは反論した。「とにかく、はっきりさせるべきだ。彼女の寝室に行けよ。話し合う必要はない。ただ行けばいいんだ」

しばらくのあいだ、ふたりとも口をきかなかった。「わかった、やってみるよ」パトリックはゆっくりと言った。

「どうせおまえに失うものはなにもないんだ」

パトリックの顔に苦々しさが満ちる。「たぶんそのとおりだな」

「彼女を愛していると言ったのか？」

それを聞いたパトリックが、兄にいらだたしげな視線を向けた。

「もちろん言うわけがないだろう！」

「そうか、おまえは愛しているんだな」アレックスは断言した。「そうじゃなければ、ソフィーが夫婦の楽しみにおまえほど熱意を示さないからといって、これほど悩むはずがない」

「熱意だって！　兄さんはちっともわかっていない」パトリックがぴしゃりと言った。「ソフィーは尼僧みたいな暮らしに満足しているんだ。くそっ、いっそ修道院に入ればよかったのに」

「もう一度彼女の寝室に入ってみるまではわからないぞ」アレックスはにやりとした。「ところで、そろそろ五〇〇クラウンの使い道を考え始めるとするよ。おまえはフリルつきの寝間着を着るのを今から覚悟しておくんだな」

パトリックが顔をしかめた。「いったいなんの話を――」

「まだあれから一年もたっていないぞ」アレックスはわざとからかうように言った。「忘れたのか？　おまえが一年以内に妻に夢中になっているほうへ、ぼくは五〇〇クラウンとフリルつきの寝間着を賭けた。結婚してまだ数カ月にしかならないというのに、もうこのありさまだ」

アレックスは真顔に戻って続けた。

「なぜソフィーに言わない？　愛していると告げればいいじゃないか」

絨毯から視線をあげたパトリックの目には、胸のうちがはっきりと映し出されていた。

「一方的な感情なんだよ、兄さん。ぼくが近くにいようといまいと、ソフィーはまったく気にしない。しょっちゅう家に出入りしている大勢の男たちとほとんどの時間を過ごしていれば幸せなんだ。ブラッドンなんて、わが家に同居しているも同然だよ」

問題は深刻化しているようだ。アレックスは弟の肩に腕をまわした。「ぼくたちはあと数週間もすればロンドンへ移ってくる予定だが、それまでならおまえはいつでも好きなときにダウンズを訪れてかまわないんだぞ。わかっているだろうが」

パトリックは兄に向かって苦笑した。「ありがとう」

「さて、シャーロットを迎えに行かないと。田舎に帰る前に買い物をしたいらしい。今夜、彼女は両親を訪ねることになっていて不在なんだ。一緒にビリヤードをしないか？」パトリックがうなずくのを確認して、アレックスはドアのほうへ歩いていきかけたが、ふと立ち止まった。

「結婚がつねにうまくいくとはかぎらないぞ、パトリック」アレックスの最初の結婚は悲惨な結果に終わり、彼がようやく立ち直ったばかりだということはふたりともよくわかっていた。「自分を責めてもしかたがないんだ」

アレックスが部屋を出てドアが閉まると、パトリックは肘掛け椅子にぐったりと腰をおろし、無意識のうちに力を入れていた顎の筋肉を緩めた。兄さんの言うことは正しくもあり、間違ってもいる。寝室の問題をソフィーと話し合うなどありえない。だが、黙って彼女の寝室へ入っていくことならできるだろう。ああ、できるとも。今夜はピーターシャムと一緒に夕食をとり、そのあと兄さんとビリヤードをするから無理だが……。よし、明日の夜、ソフィーの部屋へ行こう。このままでは頭がどうにかなってしまう。冷淡な妻がどう考えているのかはわからないが、気が立っている夫は自分のベッドに彼女を押し倒したくてうずうずしている。いや、どこのベッドでもかまわない。

パトリックは知らなかったが、そのころ屋敷の二階では、その冷淡な妻が不覚にも熱い怒りの涙を流していた。

元気よくソフィーの居間へ入ってきたアンリが困惑して足を止めた。「レディ・ソフィー、どうしたんです？」アンリの英語はいまだに少々怪しかった。だが数週間後にアンリは学校に入るので、それまでに少しでも英語を上達させようと、ソフィーはふたりでいるときにはフランス語を話さないようにしていた。

彼女は頬の涙をぬぐった。

「なんでもないわ、アンリ。なんだかわたし、泣き虫になってしまったみたいなの」

「泣き虫？」アンリが眉根を寄せる。

「泣いてばかりいる人のことよ」ソフィーは説明した。

アンリはためらった。微妙な問題がかかわっていることは彼でもわかった。「あなたが泣いているのは……あなたが……ムッシュ・フォークスと離れて《セパレ》いるからですか？」

やはり屋敷じゅうの者たちが、パトリックが彼女のベッドで寝なくなったことを知っているのだ。もちろん使用人たちは、パトリックが夜をともに過ごしている相手も知っているに違いない。使用人というのは、なぜかそういうことに詳しいものだ。

「パトリックのお友だちが誰なのか、階下《した》で話題になっているの?」ソフィーは大胆にも尋ねた。

「なんの話ですか?」アンリが当惑して問い返した。

「パトリックは誰と……夜を過ごしているのかしら?」

アンリの顔に実際の年齢よりずっと大人びた同情の色が浮かんだ。彼は首を振ったものの、みんながパトリックに愛人がいると信じていることは否定しなかった。ソフィーが頻繁にスラスロウ伯爵と馬車で出かけることも使用人たちの噂になっていたが、そのことは黙っておいた。

ソフィーは目がちくちくするのを感じ、深く息を吸った。アンリとこんな会話をするなんて、不適切もいいところだ。彼女は懸命に落ち着きを取り戻そうとした。

「ぼくなら調べられます」アンリが熱心な口調で申し出た。「今日の午後、ムッシュ・フォークスの跡をつけます。ボウ・ストリートの捕り手みたいに。彼がどこで過ごすか確かめます」

「だめよ、アンリ、絶対にだめ」ソフィーは慌てて言うと、少年に愛情のこもった視線を注いだ。「この話はなかったことにしましょう。一緒に王立取引所へライオンの像を見に行く予定になっていたわね?」

アンリはうなずいた。しかし、その日の夕方、客間へそっと入ってきた少年の様子を見たソフィーは、たちまちなにかまずいことがあったのだと悟った。

「どうしたの？　大丈夫？」

　近づいてきて彼女のそばに立ち、アンリは堰を切ったように話し出した。「ぼく、跡をつけたんです、レディ・ソフィー。だめだと言われていたけど。彼は……ボンド・ストリートで見失ったと思ったら、建物から出てきたんです。あの、レディ・ソフィー、ムッシュ・フォークスは女友だちと一緒でした」

　ソフィーは胃がむかむかした。「アンリ、そんなことをしてはいけないわ。パトリックの跡をつけたりするなんて、ひどく無作法よ」自分でも驚いたのだが、彼女は声を震わせずに話すことができた。

　アンリの目に困惑の色が浮かんだ。ソフィーを敬愛している彼の目から見れば、パトリックが女性と一緒にいたのは許しがたい裏切り行為だった。

「そんなのおかしいです！」アンリは激しい口調で言った。「ムッシュ・フォークスにはっきり言います！　あの……あの黒髪の女性は……ふん！　あんな女、あなたに比べたらまるで豚です！」

　思わず笑いそうになりながらも、ソフィーの心は深く傷ついていた。パトリックは黒髪の女性と一緒だった。きっとわたしと結婚する前からの恋人に違いない。彼は結婚後もその女性と縁を切らなかったのだ。

「アンリ、パトリックの跡をつけるなんて恥ずかしいことよ。とりわけ彼が……お友だちと一緒にいるところを見張るなんて」ソフィーはアンリの目を見つめて戒めた。

アンリはかすかに羞恥心を覚えた。「だけど、ぼくはみんなの話を信じなかったんです」彼はこらえきれずに言った。「使用人たちが、ムッシュ・フォークスは娼婦といるんだって話していたけど、ぼくは信じなかったんです！」

ソフィーの胸に痛みが走った。アンリのとがった小さな顔は不満そうだった。「世の中というのはそういうものなのよ、アンリ」ソフィーは優しく言って少年に腕をまわした。「結婚生活にとってはなんの意味もないことだわ……そういうものなの」

アンリは納得しないまま夕食をとりに行った。ソフィーはみじめな気分だった。パトリックの愛情を勝ち取るチャンスは最初からなかったに違いない。わたしより前に黒髪の女性がいた。パトリックが夕食に姿を見せないのは、その女性と楽しく食事をしているからなんだわ。

その夜、今日こそパトリックがベッドへ来ることを祈りながら、ソフィーは午前三時まで起きていた。だが、ようやく帰宅する物音がして側仕えをさがらせる声が聞こえたと思ったのもつかのま、パトリックは自分のベッドに入ってしまった。

きっと寝返りも打たずに熟睡しているのだろう。ソフィーは夫婦の部屋をつなぐドアをほんの少し開けておいたので、夫がぐっすり眠っているのがわかった。女性の相手をして疲れているのだ。ところがそう考えても、パトリックの行為に対する怒りはわいてこなかった。

感じたのは怒りではなく、かすかな恐怖だった。〈ラーク号〉に乗っていたあいだ、ソフィーは月のものについて夫と話すのを避けていた。だがパトリックがはしごをのぼって部屋へ忍んできて以来、一度も出血がないことに彼女は気づいていた。わたしはすべてにおいて、お母さまと同じ道をたどっているみたい、とソフィーはつらい気持ちで考えた。すぐに妊娠した点でも、結婚に失敗した点でも。

妊娠によって、すでに体は変化し始めていた。乳房が大きくなると同時に感じやすくなり、腹部が少しずつ丸みを帯びてきた。朝はだんだん遅くまで寝るようになっていたが、彼女のメイド以外は誰もそれに気づかなかった。

もうすぐおなかが大きくなって、目もあてられない体つきになるんだわ。そうしたら今でさえよそで楽しみを見いだしているパトリックは、二度とわたしのベッドへ来なくなるだろう。ソフィーは枕《まくら》に顔をうずめて泣いた。けれどもそれはパトリックがほかの女性と戯れているからというよりも、恥ずかしいほど彼を求めてしまい、あれだけ欲しいと思っていた赤ちゃんのことを考えてもあまり楽しい気分になれないせいだ。こんなに早く子供ができるのが、不当なことに思える。パトリックはすでにわたしの体への興味をなくしている。それに彼は、子供をひとりしか欲しがっていない。パトリックがわたしのベッドへ戻ってくる理由はなにもなくなってしまった。

これから先のわたしは、お母さまとまったく同じ結婚生活を送るはめになるんだわ。夕食の席で夫と顔を合わせ、食事が終わればすぐにまた別れる。ハウスパーティーに出席すれば、女主人が夫と別の部屋を用意してくれるようになる。廊下の端と端か、あるいは別の階に分けて。

問題のひとつは、パトリックを見るたびにソフィーの腹部にはちりちりとうずく温かな感覚が生じ、それがしだいに脚のほうへ広がって、めまいがしそうなほど熱い欲望へと変わることだった。その欲望が一方的なものであるのが明らかなだけに、彼女は屈辱感にさいなまれた。その夜、ソフィーは自分の鼓動を感じながらベッドに横たわっていた。隣の部屋に忍んでいって、寝ているパトリックに身を投げ出したい。

だが、自尊心がそれを許さなかった。ほかの女性との情事で疲れている男性のもとへ行くつもりなの？　冷たく拒絶されたらどうするの？　パトリックの体からほかの女性の香水の香りがしたら？　もし彼が……。あらゆる可能性が次々に浮かんできた。どれも恐ろしいものばかりだ。ソフィーは身じろぎもせずに横たわっていた。自分のベッドに。

19

翌朝、ソフィーは自分の置かれた状況についてじっくり考えてみた。夫はわたしのベッドを捨てて、娼婦のもとを訪れている。でも、重要なのは夫といい関係を保つことだ。そうしないと、生まれてくる子はわたしと同じような子供時代を過ごさなければならなくなる。それに、わたしが夫の行き先を気にしていることは誰にも気づかれないようにしなければならない。嫉妬しているとわかれば、両親につきまとったのと同じ不快な噂を立てられるだろう。

〝愛するお母さま〟ソフィーは上質の便箋《びんせん》にしたためた。〝お父さまと田舎の生活をお楽しみのことでしょうね。ミセス・ブラドルの春の園遊会に関するお手紙を楽しく拝読しました。このところパトリックの仕事が忙しいため、そちらへうかがうことはできません。でも、誘ってくださってありがとう。ロンドンにはまだ人がそれほどいませんが、最近は多くの時間をフラマリオン侯爵のご令嬢マドレーヌ・コルネイユと過ごしています。こちらへ戻ったら、お母さまにもぜひマドレーヌに会ってもらいたいのです。きっとわたしと同じく、彼女を好きになることでしょう。アンリは元気にしています。彼のことを気にかけてくださって感謝します。ハロー校に入学するというので、アンリはたいそう興奮しています。来週、パトリックが連れていくでしょう。お母さまの欲しがっていたガラスの器をなんとか見つけて、できるだけ早くそちらへ送りますね〞ソフィーは手紙に署名をした。〝お母さまの忠実な娘、ソフィーより〞彼女はためらわず手紙に封をして、召使に渡した。娘が身ごもっていることを知らせたら、母は今日じゅうにロンドンへ出てきてしまうに違いなかった。

エロイーズは娘から来た手紙を読んで、小さく眉をひそめた。ソフィーからはたびたび手紙が届いていたが、夫のことはめったに書かれていない。取り越し苦労にすぎないのか、それとも娘の結婚生活がうまくいっていないのか、エロイーズは判断しかねていた。

その晩の夕食の席で、彼女は言った。

「ねえ、ジョージ、パトリック・フォークスについてなにか知っていらっしゃる?」

ジョージがぽかんと口を開けた。「なんだって?」

「フォークスには愛人がいるのかしら?」

エロイーズは昔から歯に衣着せぬ物言いをする、とジョージは思った。彼は慎重に言葉を選んだ。「若いころには悪さもしたものだが」

「若いころのことになんて興味はないわ」エロイーズがじれったそうに言った。「フォークスが愛人を囲っているかどうかを訊いているの」

上流社会の常識から考えれば、パトリックに愛人がいないわけがない。ジョージの沈黙が答えだった。

「そう、わかったわ」エロイーズは半ばひとり言のように言った。「わたしはソフィーに放蕩者との結婚を勧めてしまったのね。なんて愚かだったのかしら」

ジョージは使用人にうなずいて合図を送ってさがらせると、妻に歩み寄り、肘をつかんで立たせた。「愛しいエロイーズ、ソフィーは母親に似ているかもしれないぞ」

エロイーズがまごついた顔で夫を見あげた。

ジョージは頭をさげ、彼女の唇に軽くキスをしてささやいた。

「あの子の母親は夫の愛人たちを撃退してしまったのだから」

エロイーズの顔にいらだちが広がった。「まあ、ジョージ、そんないいかげんなことを言って、わたしを寝室へ誘いこめると思わないで。あなたの愛人たちはあなたと……戯れるためにも食事を抜いてもいいと考えたかもしれないけど、わたしはお断りよ」大理石の柱のようにぴんと背筋を伸ばして椅子に座り直す。「悪いけれど、呼び鈴を鳴らしてもらえないかしら。フィリップが持ち場を離れているみたいだわ」

ジョージはにやりとして、テーブルをまわって椅子に戻った。いまいましいと思いながらも、まるでフェンシングの試合のような侯爵夫人とのやりとりを楽しんでいた。彼女は騾馬並みに頑固だ。

「ソフィーのことは心配しなくていいだろう」ジョージはのんびりした口調で言うと、テーブルの上の大皿からアプリコットのタルトを取った。「あの子は賢いからな」

「あなたって本当に愚かな人ね、ジョージ」エロイーズがぴしゃりと言った。だが、その目は優しかった。

20

ムッシュ・フーコーが振り向いて、とがった白い歯をモールに見せた。

「忘れないように。話すのはトルコ語だけだぞ」

モールはうなずいた。自分のトルコ語の理解度を考えれば、無口なふりをするしかないだろう。

フーコーは馬車をおりると、パトリック・フォークスの町屋敷の、開いているドアを目指してぶらぶら進んでいった。ローマの賢帝ティトゥス風の髪型で、縞模様のベストを着て指でレースのハンカチをつまんでいる姿は、まるで洗練を絵に描いたようだ。モールもまた縞模様のベストを身につけていたが、仕立屋のフランソワの懸命なる努力にもかかわらず、残念ながら洗練という点ではフーコーにとうてい及ばなかった。

数分後、フーコーはパトリックに説明していた。

「わたくしどもは偉大なるスルタン、セリム三世の宮廷を代表してまいりました」

パトリックは慇懃《いんぎん》にお辞儀をした。「お近づきになれて光栄です」彼はつぶやいた。外国の宮廷が丁重な作法を重んじることはよく知っている。これから長く退屈な三〇分を覚悟しなければならないようだ。

「申し訳ありませんが、こちらのバイラク・ムスタファはまだ英語を習得しておりません」フーコーが言った。「彼はセリム三世に忠実です。もしかして、あなたはトルコ語をお話しになりますか？」

「いや、残念ながら」パトリックは答え、ムスタファに会釈してからふたたびフーコーのほうを向いた。「なにか飲み物はいかがです？」

フーコーがムスタファを振り返り、トルコ語で話しかけた。パトリックは興味を持って彼らの様子をうかがった。一瞬、フーコーを詐欺師ではないかと考えたのだが、彼はトルコ語を流暢に話している。連れに対する態度から判断して、ふたりは対等な関係ではなさそうだ。ムスタファはおそらく、きわめて上品なフーコーより身分の低い、供の者かなにかなのだろう。

ムスタファがにっこり笑い、トルコ語で答えながらパトリックに向かって何度もうなずいた。

「ここにいる連れもわたくしも、あなたとさらにお近づきになりたいと願っております」フーコーが物憂い口調で言った。

パトリックは呼び鈴を鳴らした。「トルコ語にたいそう堪能でいらっしゃるようですね」フーコーを振り返って言う。

フーコーは含み笑いをしてレースのハンカチを振った。「ああ、そのことでしたら、お気づきかもしれませんが、わたくしはオスマン帝国生まれではないのです」

パトリックの問いかけるような視線に応えて、彼は続けた。「初めてセリム三世にお会いしたのは、彼が一七八八年にフランスを訪れたときでした。われわれはたちまち……意気投合しました」フーコーは薄い唇を曲げて笑みを作った。それは本当だった。ふたりが出会ったのはセリムがパリで遊び暮らしていたときで、あの浮薄なトルコ人は次から次へと女に手を出し、行く先々で騒動を巻き起こしていた。

その説明を聞いて、パトリックは納得した。セリムに会ったことがあるが、この口先のうまいフランス人はまさに彼が取り巻きにしたがるたぐいの男だ。

「そのあと、あの不幸な出来事が起こったために、セリムはフランスとの断絶を余儀なくされましたが……」オスマン帝国の主要な領土のひとつであるエジプトへナポレオンが侵攻した事実を、フーコーは白い手のひと振りで簡単に片づけた。「その出来事のあともふたりの友情を絶たないでほしいとわたくしに懇願してきたのです。実を言えば、わたくしはずっと以前からイングランドの首都で暮らしたいと強く願っておりました。それを知ったセリムが親切にも、わたくしを彼の使節にしてくださったのです。ここにいるムスタファはわたくしの献身的な助手でして、われわれのもとにはセリムからの信書が届くようになっております。ときおり、ちょっとした要求をかなえてさしあげているのですよ。たとえばセリムは軽騎兵のブーツに目がないのですが、イングランド製のブーツが最高であるのは周知の事実ですからね」彼は言葉を切り、自分のブーツをうっとりと見つめた。

「セリム三世はあなたが戴冠式に出席するために遠路はるばるオスマン帝国まで来られると知り、当然ながらわたくしにあなたとお近づきになるようにと言ってきたのです。ああ、きっとすばらしい式典になるでしょう！」フーコーは果実酒《ラタフィア》を上品にすすった。

パトリックはうなずいた。内心では、この男の狙いはなんだろうと疑問に思い始めていた。フーコーから漂ってくるかすかな緊張に、パトリックは警戒心を抱いた。それに、連れの男は民衆を扇動する活動家のようにも見える。フーコーがセリムの望みの品を調達する係だというのは真実かもしれないが、オスマン帝国に送っているのはイングランドの革製品だけではないだろう。

しかし、フーコーはいっこうに急ぐ様子を見せなかった。長々と社交辞令を口にし、さすがにもう礼儀は十分だと思われるころになってようやく本題に入った。

「わたくしもぜひセリムの戴冠式に出席したいところですが、残念ながらどうしてもロンドンを離れられないのです」

あらゆる貴族から熱烈な招待を受けている印象を与えたがっていることが、その口ぶりから伝わってきた。だが記憶にあるかぎり、どの屋敷でもフーコーと顔を合わせたことがなかったパトリックには、かなりうさん臭く感じられた。

フーコーが続けた。「そういうわけで、今日こちらへうかがったのは、ささやかな感謝のしるしをスルタンに……あるいはセリム皇帝にと言うべきでしょうか、献上したいと思い、それをあなたの手からお渡しいただけないかと考えたからです。これほど重要な式典に駆けつけないのはセリムを大切に思っていないからではないかと、一瞬でも彼に疑われたくはありませんので」

パトリックは心のなかでため息をついた。フーコーは今後イングランドを去らなければならなくなった場合に備え、オスマン帝国で歓迎される下地を作っておきたいのだ。パトリックの推測が正しければ、この男は犯罪者とは言えないまでも、かなり抜け目ない人物に違いない。

それでもパトリックはフーコーの頼みを聞き入れ、セリム皇帝への贈り物を預かって、戴冠式の折に直接手渡すと請け合った。

二カ月後に品物を持って再訪することを約束すると、フーコーは深々と頭をさげ、あとに竜涎香《りゅうぜんこう》のかすかな香りを残して帰っていった。彼は去り際に熱っぽい口調で言った。

「セリムはルビーがことのほか好きでしてね。贈り物にはルビーをはめこんだ銀のインク壺《つぼ》をと考えているのですよ」

それを聞いて、フーコーに対するパトリックの疑惑はいくぶん薄らいだ。セリムはルビーが大好きだと、ブレクスビー卿が話していたことを思い出したのだ。鼻持ちならないフーコーがどのようにして高価な品を手に入れるかは知ったことではない。

パトリックは閉じられたドアをぼんやりと見つめた。長いことセリムの戴冠式については考えていなかった。けれども今、この任務にまったく新たな意味合いがあることに気づいた。ぼくはソフィーを残してオスマン帝国へ旅立たなければならない。何カ月も留守にすることになる。ぼくが戻ってくるころには、ソフィーはブラッドンと同居しているも同然の関係になっているかもしれない。

その日の晩、側仕えが上着の肩のあたりの皺を念入りに伸ばすのを待ちながら、パトリックは心を決めた。兄さんの言うとおりだ。くそっ、ぼくはまるで思春期の娘みたいなふるまいをしている。ソフィーがぼくを愛するように仕向けるのが当初の計画だっただろう？ 彼女のベッドを避けていたのでは、とても目的を達成できないぞ。

パトリックが客間へ行ってみると、ソフィーは部屋の反対側に立って窓の外を眺めていた。淡い緑色のシルクの、簡素なイヴニングドレスを身にまとっている。蠟燭の数が少なく、室内はかなり薄暗かった。夕方になって急に雨が降り出したので、使用人たちが壁の燭台に火をともしてまわる時間がなかったのだろう。

ソフィーのドレスは煽情的《せんじょう》なものではなかった。先日着ていた金色のオペラドレスほど胸もとが深く開いていない。むき出しの腕を小さなショールで覆いさえしていた。それにもかかわらず、胸の上でぴんと張った柔らかな布地が乳房の曲線の下でいったん絞られ、そこから床へ流れ落ちているさまに目を奪われて、パトリックは根が生えたように動けなくなった。

「今夜はアンリも一緒に食事をとるのか？」

ソフィーがはっとして振り返った。「いいえ、彼は――」

パトリックは大股で部屋を横切り、彼女を胸に抱き寄せた。

ソフィーは驚きの叫びをあげてショールを落とした。パトリックの頭がおりてきて彼女の口をふさぎ、呼吸を奪う。最後にキスをしたのがまるで昨日であるかのように、ソフィーはすんなりと唇を開いて彼を迎えた。焼けつく感覚が両脚を伝っておりていく。パトリックが戻ってきた。戻ってきたんだわ。感謝と勝利の喜びと愛と、そして欲望のすべてがまじり合うのを感じながら、ソフィーはパトリックの抱擁に身をゆだねた。

パトリックがゆっくりと唇を離し、彼女を床におろした。

彼はソフィーを見おろしながら、彼女の腫れた下唇を指先でなぞっている。真夜中のごとく黒い彼の瞳からはなにも読み取れなかった。

言葉を発するのが怖くて、ソフィーはただパトリックを見つめ返した。妻がいることに突然気づいたのだろうか。思わず非難の言葉が口をついて出そうだった。〝あなたは毎晩どこへ行くの？　なぜこんなふうにわたしにキスをするの？　今夜は愛人の都合が悪いの？〟だが彼女はなんとかこらえて、顔に笑みを張りつかせた。

けれども、パトリックはなにも言わなかった。しかたがなく、ソフィーは半ばつかえながら言った。「今のはとても……とても……楽しかったわ、パトリック」それでも反応はなかった。ソフィーは彼の腕を取り、ともに黙ったまま食堂へ向かった。

パトリックは困惑していた。腕のなかのソフィーが身をゆだねてきたと感じた瞬間、彼は喜びのあまり天にものぼる心地になった。唇を合わせた彼女があえぎ声をもらして強く体を押しつけてきたときには、正しいことをしているという気持ちになった。

ところがソフィーがいつもの穏やかな表情でパトリックを見て、今のキスは楽しかったと言ったときには、そのまま部屋を出て二度と戻りたくない気分になった。

夕食の席で、彼は普段の三倍もの量のワインを飲んだ。テーブル越しにソフィーを見るたびに股間が反応し、そのつどワイングラスに手を伸ばさざるをえなかったのだ。永遠に続くかに思えるこの食事が終わったら妻にどんなことをしようかと、それぱかり考えていた。

ソフィーは蜂蜜色の髪を頭の上で緩くまとめていた。つややかな巻き毛が幾筋かこぼれ、くるくるカールしながら肩に落ちている。なかでも長いひと房が椅子の高い背もたれにかかり、年月を経て黒ずんだ木材を背景に美しい琥珀色を浮かびあがらせていた。その様子を見つめながら、パトリックはソフィーが彼の胸に頭をすり寄せてきたときのことを思い出していた。

執事のクレメンズが子牛のフィレ肉の皿をさげ、鹿の腰肉の料理を運んできた。

ソフィーは椅子の上で身じろぎした。肌を蟻《あり》が這いまわっているかのような気がする。パトリックの視線のなにかに、彼女は不安と同時に興奮を覚えていた。窓を打つ冷たい雨が小さな菱形《ひしがた》のガラスを鳴らしているので、会話を続けるのが難しかった。なにか気のきいたことを話そうとするものの、頭がうまく働かない。そのうえ、どんな話題を持ち出してもパトリックはそっけない返事しかしないので、結局は沈黙してしまった。

ソフィーが必死になって言葉を探していると、突然パトリックが口を開いた。

「昨日、兄がロンドンへ出てきた」

ソフィーは顔を輝かせた。「シャーロットはどんな様子だった？」

どうしてぼくにはこんな笑顔を向けてくれないのだろう、とパトリックは思った。

「尋ねなかった」

ためらいを見せながらも、ソフィーが訊いた。「子供たちのことも？」

「忘れた」

ソフィーはため息をつき、別の話題を考えようとした。本当に、結婚生活は簡単にはいかないわ。彼女は懸命に頭を働かせた。文学はどうかしら？　パトリックが夜の楽しみを求めて外出するまでに、まだコース料理の次のひと皿分の会話をつなぐ必要があった。

「『恋がたき』は面白かった？」数日前にふたりで劇場へ見に行った芝居だ。

「二五年も前に書かれただけあって、古くさい感じがしたな」

ソフィーは粘った。

「わたしはリディア・ラングウィッシュをとても愉快だと思ったけど」

「彼女がヒロインだったかな？　くだらない小説ばかり読みふけっていた人物だろう？」

「ええ」

パトリックが鼻を鳴らした。

「『罪なき不貞』に『細やかな苦悩』か！　あんな本を読むのは時間の無駄だよ」

「『細やかな苦悩』を読んだわ」ソフィーは目をきらめかせた。「レディ・ウッドフォードの回顧録という形を取っているの。彼女は驚くべき人生を送っていたのよ」

ふたたび会話が途切れた。ソフィーは皿の上の鹿肉をつついた。さっきのパトリックのキスが頭から離れない。どうして彼はあんなことをしたのだろう？　それより、パトリックはもう一度キスをしてくれるかしら？

ついに勇気を奮い起こし、ソフィーはテーブル越しに夫をうかがった。パトリックは椅子の背にもたれてワイングラスを見つめていた。黒ずくめの服装のせいで、まるで悪魔のように見える。いらいらして手で乱したのか、銀色のまじった黒髪がもつれていた。ふたりのあいだに置かれた燭台の、一本の蠟燭の炎が揺らいだかと思うと、そのまま消えてしまった。テーブルにできた影が彼の顔の輪郭を際立たせる。こんなにも美しい男性を、なぜわたしはひとり占めできると考えたのだろう？

パトリックを見ているだけで、心臓が躍り始めてしまう。もしかしたら、彼は今夜は出かけないのかもしれない。これまでの我慢が報われて、パトリックをベッドに誘いこめるかもしれないわ。

考えていると気持ちがくじけそうだったので、ソフィーは手を振って従僕をさがらせ、椅子をうしろに引いた。だが、なにか思案しているらしいパトリックは気づかない様子だった。

彼女は足音を忍ばせて長いテーブルをまわった。絨毯を踏む靴音がかすかに聞こえる。体内からわき起こるぬくもりが隅々にまで広がり、ソフィーは大胆になっていた。彼女は腰をひねると、パトリックとテーブルのあいだに割りこんだ。

パトリックが驚いて顔をあげたが、ソフィーはかまわずに身をかがめ、誘いかけるように彼の唇の曲線を舌でたどった。たちまちパトリックが手を伸ばしてきて、膝の上に引き寄せられる。だが、ソフィーはほとんど気づいていなかった。彼に触れたせいで、何週間もこらえてきた激しい欲望がいっきに燃えあがり、頭がぼうっとなっていたのだ。

パトリックはソフィーがうめき声をあげるまで彼女の口をむさぼり続けた。従順で感じのいい、いい彼の妻が、食堂の真ん中で夫のシャツをはぎ取ろうとしているのをぼんやりと意識する。従僕たちは言うまでもなく、クレメンズがいつ入ってこないともかぎらないのに。

それでも、魔法にかかったようなこのひとときを終わらせたくなくて、パトリックはソフィーを止めなかった。温かな体が押しつけられるのを感じた彼がためらうことなくドレスをたくしあげると、触れ合ったソフィーの口から叫びに似た小さな声がいくつもこぼれた。

妻を床に横たえ、ペルシャ絨毯の上で体を奪おうとしたそのとき、パトリックははっとした。執事とふたりの従僕が聞き耳を立てているかもしれない。

立ちあがった彼はソフィーをやすやすと抱きあげ、ドアの外に立つ従僕たちの前を無言で通り過ぎた。おそらく執事は、食後のデザートが不要になったと判断を下すだろう。

パトリックがしっかりとした足取りで階段をあがっていくあいだ、ソフィーは人に見られるのを避けるように彼の喉もとに顔をうずめていた。しかし実際は、熱く火照るパトリックの肌に舌を這わせ、ところどころに小さな歯を立てて、彼の背筋に欲望の震えを走らせていた。

寝室へ入ったパトリックがドアを足で蹴《け》って閉めるや、ソフィーは体をくねらせて彼の腕から逃れた。そしてパトリックが見ている前で首とウエストのひもをほどき、ホックもボタンも無視して頭からドレスを脱いだ。

そこに彼女がいる……夜ごと夢に見た女性が。

パトリックは低いうなりをあげてソフィーに突進すると、もつれ合ってベッドに倒れこんだ。ソフィーは彼の首に腕をまわさなかった。両手をパトリックの腰に伸ばし、彼と一緒になってズボンのボタンを外そうとする。手荒くみずからを解放したパトリックは服を脱ごうともせず、ソフィーをつかんでベッドの端に引き寄せると、すでに潤っている彼女のなかへ深々と身をうずめた。ソフィーが叫び声をあげてのけぞる。パトリックはうめき、ふたたび奥深く突き入れた。

あとになって目覚めたソフィーは、夫が彼女のヒップに手をかけ、自分のほうへ引き寄せようとしているのに気づいた。窓から朝日が差しこむころ、今度はパトリックが目を覚まし、日の光でところどころバラ色に輝く真っ白な体がすぐそばにあるのに気がついた。彼は探るように見おろす青い瞳に笑顔で応え、その体を自分の上に引きおろした。

パトリックが仕事を任せている部下は、いつもどおり一一時きっかりにやってきた。彼は三〇分ほど書斎で時間をつぶしていたが、そこへ何食わぬ顔で執事が現れ、今日は主人の都合が悪いと告げた。マダム・カレームがパリ風の美しいドレスの二回目の寸法合わせに訪れたけれども、結局レディ・ソフィーは姿を見せず、マダムは無駄足を踏んで帰っていった。

フォークス夫妻は朝食の席で顔を合わせなかった。廊下で偶然出会うこともなければ、コヴェント・ガーデン劇場で再演されている『じゃじゃ馬ならし』を見に出かけることもなかった。というのも、ふたりはその日一度も離れなかったからだ。パトリックを苦しめてきた渇望は、何時間も官能的にふざけ合い、気だるげに触れ合うことでようやく静まった。ソフィーをさいなんできた絶望は、夫に体を繰り返し求められたことによっていくらかなだめられた。

重要な問題についてふたりが話し合うことはなかったが、世界はふたたび正しい状態に戻ったかのようだった。言葉を交わさずとも、ふたりは〈ラーク号〉の親密な空間に戻れたのだ。尋ねなくてもソフィーには、パトリックが今夜は外出しないとわかった。パトリックはといえば、ベッドで一緒に寝ようが寝まいがソフィーは気にしないだろうと考えた自分の愚かさが不思議でならなかった。何人もの好色な恋人たちと関係を持ってきたが、妻ほど強く喜ばしい欲望で彼を求めた者はいなかった。パトリックはこれまでのことを、言葉を介さずにソフィーに詫《わ》びた。彼女もまた言葉に出さずに、うっとりとしてその謝罪を受け入れた。

21

翌朝、最後にもう一度キスをしてから、パトリックとソフィーはそれぞれの部屋へ戻った。階下の使用人部屋では、ふたつの呼び鈴が同時に鳴った。

「お呼びだぞ、キーティング」クレメンズが怒鳴った。使用人たちがいる階下の区域から青銅製のドアを一歩越えたら、絶対に使わないロンドン訛りが出ている。「おまえもだ、シモーヌ」

シモーヌは目をぐるりとまわし、食べかけのパンを押しやった。「やっとだんなさまが奥さまをベッドからお出しになったに違いないわ。奥さまが歩けたらいいけど」

キーティングが彼女を横目で見て顔をしかめた。「だんなさまのことをそんなふうに言うなよ」彼はうなるように言った。

シモーヌは使用人用の階段を駆けあがっていくキーティングの背中に向かってしかめっ面を作り、ぶつぶつつぶやいた。「まったく、堅苦しいんだから。愛しいだんなさまが昨日一日じゅう、ベッドでなにをしていたと思っているのかしら？　チェスをしていたとでも？」

ソフィーは幸せそうな笑顔でシモーヌを迎えた。「呼び鈴を鳴らして、お風呂の用意をさせてくれないかしら？　今日は緑の乗馬服を着るつもりよ」

シモーヌは笑みを隠した。ふたりがなにをしていたかは説明されるまでもない。レディ・ソフィーの幸せそうな様子を見ればわかる。

奥さまはおなかの赤ん坊のことをまだだんなさまに話していないのかしら、とシモーヌはいぶかった。彼女は女主人が妊娠したことをとっくに見抜いていたが、この家の主はわかっていないらしい。シモーヌは室内を見まわした。妊娠を知ったら、きっとだんなさまは奥さまに宝石かなにかを贈るはずだわ。たぶんダイヤモンドだ。誰でも知っていることだけど、だんなさまはインド帰りの大富豪だもの。

ソフィーはといえば、あまりにも幸せだったので、雲の上を歩いているようなふわふわとした気分で、迎えに来たブラッドンの馬車に乗りこんだ。今日はマドレーヌに複雑なテーブルマナーを教える予定だった。

午後のレッスンにはブラッドンも参加するようになっていた。彼はマドレーヌをじっと見つめ続け、それだけでは足りずに部屋を横切って彼女の隣に座ろうとするので、結局出ていってもらわなければならないことがほとんどだったが。

「男の人って」マドレーヌが楽しげな口調でずばりと言った。「女性にキスをすることしか頭にないのね。父から教わったわ。わたしは、厩舎を訪ねてくる紳士たちとは絶対に会わせてもらえないの。父が言うには、みんなキスを盗もうとするから」

「それなら、どうやってブラッドンと出会ったの？」

「ああ、ブラッドン」マドレーヌの口から小さな笑い声がほとばしり出た。「ある日、まだ厩舎が開いていない時刻に、わたしはお気に入りの牝馬のグレイシーを世話していたの。確か、オーツ麦をまぜて温かくしたえさを作ってやっていたのよ。グレイシーは少し年を取ってきたから、ときどきごちそうをあげるの。それでふと顔をあげたら、金髪の巨人がわたしを見おろしていたのよ。ブラッドンだったわ。前日にステッキをなくして、捜していたの」

マドレーヌはくすくす笑った。

「父は正しかった。男の人は機会さえあればキスをしようとするわ」

なるほど今のブラッドンを見れば、マドレーヌの父親が厩舎を訪れるロンドンの紳士たちから娘を守ろうとした理由がよくわかる。まるで食べたくてたまらないケーキを見るような目で、絶えずマドレーヌを見つめているのだ。

ソフィーは厳しい声で言った。

「ブラッドン、お行儀よくできないのなら、席を外してもらうわよ」

ブラッドンの無邪気な青い目に傷ついた色が浮かんだ。「なにもしていないよ」そう言うと、マドレーヌの腰にまわしていた手を慌てて引っこめた。

ソフィーは声をあげて笑った。今日はなにもかもが楽しく感じられる。「マドレーヌは集中しなければならないの。さあ、座りましょう」彼女は厳しい表情を作った。

三人はガルニエ家の食堂の四角いテーブルに腰をおろした。テーブルに敷かれている白い布は粗末だが、その上に置かれた三人分の食器は最高級の磁器で、それぞれのまわりに銀でできた一四個のカトラリーが並べられていた。ブラッドンがピカデリー・ストリートで買ってきたものだ。

「ぼくの執事は銀製品に目を光らせているんだ。家のなかに泥棒がいると思わせるわけにはいかないから、わが家のは持ち出せなかった」ブラッドンが説明した。

ソフィーはカトラリーに目を走らせた。

「よくできたわね、マドレーヌ。テーブルは完璧に整えられているわ」

ブラッドンが顔をしかめた。「彼女にこんなことを教える必要はないよ、ソフィー。なにしろうちには従僕が一四、五人いて、みんなすることがなくて一日じゅうぶらぶらしている――」

「テーブルを整えるのは従僕の仕事じゃないわ。メイドが執事の監督のもとで並べるのよ」マドレーヌが口をはさんだ。

ソフィーはブラッドンに説明した。「一家の女主人は、使用人のすることをすべて知っておかなくてはならないの。さもないと、なにかが間違っていてもわからないでしょう？」

「ふうん」ブラッドンは明らかに納得していない様子だ。彼はマドレーヌの隣に座り、ソフィーはその向かい側に座っている。

「わたしたちは今、正式なディナーの最中よ」ソフィーは宣言した。「マドレーヌ、あなたの左うしろに従僕が、豚肉料理のお皿を持って立っているわ」

マドレーヌは想像上の従僕に上品にほほえみかけて小さくうなずき、豚肉を食べる意思を示した。それから彼女は正しいフォークを取りあげた。

「これほどたくさんのカトラリーが並んでいるのを見たのは生まれて初めてだよ。ちょっと細かすぎないか、ソフィー?」ブラッドンがこぼす。

「いいえ、マドレーヌがセント・ジェームズ宮殿のディナーに招待されたらどうするの?」ソフィーは容赦なく言った。

「そんなことはありえないよ」ブラッドンがぼやいた。「あの好色な王族公爵たちをマドレーヌに近づけるつもりは絶対にない」

「マドレーヌ、実際にわたしがあなたと食事をしているなら、この時点でブラッドンを厳しくやりこめなければならないわ。彼はテーブル越しにわたしに話しかけているんですもの。これは礼儀に反するの。レディが話していいのは、両隣に座っている人だけよ」ブラッドンの動きをとらえて、ソフィーの視線が鋭くなった。「それにレディは決して脚を押しつけてくる男性を許してはならないわ。扇を手に取って、マドレーヌ」

マドレーヌが困惑をあらわにした。「扇はショールと一緒に従僕に渡したと思うけれど」

「まあ、だめよ、レディは絶対に扇を手放してはいけないわ。さて、今度はその隣の紳士に気分を害されたとしましょう。そうね、いかがわしい冗談を聞かされたことにするわ。あなたは不快に感じていることを示して、反対側の人のほうを向けばいいの」

マドレーヌがブラッドンをにらみつけ、勢いよく顔を左側へ向けた。

「だめ、だめよ! 荒々しすぎるわ。その人には注目する価値もないのよ」

マドレーヌはブラッドンに軽蔑の目を向けると、すっかり関心を失ったかのように上半身を動かして左を向いた。

「それでいいわ！」ソフィーは手を叩いて褒めた。

ブラッドンの反応は穏やかとは言えなかった。彼は婚約者の肩をつかんで、無理やり自分のほうを向かせた。「そんな目で見ないでくれ」

「道楽者がマドレーヌにきわどいことを言ったらどう感じるか考えてみて」ソフィーはブラッドンに提案した。

ブラッドンがぱっと目を輝かせる。

「彼女の言うとおりだ、マディー。もう一度やってごらん！」

マドレーヌがくすくす笑った。

「母が生意気な使用人をよくあんな目で見ていたわ」

ソフィーは眉根を寄せた。「使用人？　どんな使用人なの？」

マドレーヌが滑稽なほど驚いた顔をした。「わからないわ。ただ頭に浮かんだから、口にしてみたの」彼女はゆっくりと言った。

「あなたのお父さまがフラマリオン侯爵家の厩舎で仕事をしていたのなら、お母さまは結婚前にそのお屋敷で働いていたのかもしれないわね」

マドレーヌがうなずく。

ソフィーは続けた。「では、今度はブラッドンが許しがたい行為に及んだことにしましょう。たとえば、あなたに脚をこすりつけるといった行為よ」

　マドレーヌが扇を手に持ち、ブラッドンの指の関節をきつく叩いた。

「痛い！」ブラッドンが手を引っこめた。「マディー、指の骨が折れたかもしれないぞ！」

「けちをつけないで、ブラッドン」ソフィーはたしなめた。「マドレーヌ、もう一度やってみましょう」彼女はまず手本を見せた。「あまり激しくしないで、こんなふうに軽く叩くのよ。そうすれば誰かに目撃されても、ふざけているようにしか見えないわ。男性の厚かましい態度は戒めたいけれど、ほかの人の注意は引きたくないの。脚をすりつけられたと知れたら、その男性ではなくてあなたのほうが非難されるのよ」

「そのとおりだ」ブラッドンが口をはさんだ。「ソフィーやぼくの母親みたいな口うるさい連中は、決まって女性のせいだと考えるよ。よし、やってみよう」彼はうれしそうに言って、テーブルの下でマドレーヌに脚を押しつけた。

　マドレーヌが脚を引き、いさめるようにブラッドンを見るとその手に軽く扇をあてた。

「あら、ごめんなさい。あなたの手がわたしのお皿へ伸びてきたように見えたものですから」彼女は厳しい視線のまま、わざとらしく甘い声で言った。

「まいったな」ブラッドンが恐れ入った口調で言った。「きみの目つきときたら、ソフィーの母上に負けないくらい冷たいぞ。彼女は社交界でいちばん辛辣な目をしているのに」

　マドレーヌがうれしそうな顔になった。

　ソフィーはふたりに忠告した。「侯爵の娘で通すには、わたしの母よりもっと冷ややかにならないと。礼儀作法について陰でひそひそささやかれるようではいけないの。さあ、次は従僕がイタリア風のクリームケーキを運んできたことにしましょう」

数週間後、パトリックは紫檀の机に散らばる書類を険しい顔で見つめていた。船荷の書類を調べたり、国外の事業を任せている者たちからの手紙を読んだりする合間にも、今朝ベッドを出たときの光景が頭に浮かんでくる。彼の肘をつかむ柔らかな白い手をそっと外すと、ソフィーが吐息をついて寝返りを打ち、その拍子に薄い綿の寝間着の胸もとがはだけたのだ。彼女から離れるには、気力を振り絞らなければならなかった。

そのとき急に書斎のドアが開けられ、パトリックはいらだって顔をあげた。使用人たちには普段から、仕事の邪魔をしないよう厳しく指示してあった。けれども、それは秘書ではなく、申し訳なさそうな顔をした従僕でもなかった。静かに入ってきて重いドアを閉めたのは、彼の妻だった。

ソフィーは分厚い絨毯を音もなく横切り、パトリックの机のほうへ歩いてきた。夫に驚きの視線を向けられて少したじろいだふうだが、それでも足を止めずに近づいてくる。彼女はパトリックの椅子のかたわらに立って、彼のむき出しの腕に手を置いた。パトリックはインクで汚れないように、カフスボタンを外してシャツの袖をまくりあげていたのだ。筋肉質の腕に、ソフィーは指を巻きつけた。

「ブラッドンとの約束があるんじゃないのか？」今日が木曜日であるのを、パトリックはずっと意識していた。ソフィーはほとんどの木曜日をブラッドンと過ごしている。ブラッドンの日――パトリックはひそかにそう呼んでいた。

「断ったわ」ソフィーが答えた。「なにをしているの？」

「ただの仕事だよ」

するとソフィーが片方の眉をかすかにあげてパトリックを見たので、彼は机へ視線を向けた。「ロシアからの船荷の書類に目を通していたんだ」

「これをどうするの？」本気で興味を覚えたらしく、彼女は書き殴られた数字の一覧を読もうと少し身を乗り出した。

「これはなにを表しているのかしら？」バラ色の指先を一四・四〇ＳＬと読める箇所で止める。

「それは……」パトリックは目を細めて文字を見た。「サモワール……卓上で紅茶用の湯をわかすものだ。注文を受けて、ロシアからサモワールを四〇……いや、一四個、イースト・エンドの商人に届けたことを示している」

ソフィーがため息をついた。「ロシアへ旅行できたらいいのに」

「行きたいのかい？」

ソフィーは目を輝かせた。

「コツェブーがシベリアを旅したときの記録を読んだことがある？」

「いや」パトリックは羽根ペンを置いて椅子の背にもたれ、若い妻を詮索するように見た。

彼の経験からして、育ちのいいイングランドのレディたちは、バースまでの旅でさえひどく遠いと思うものだ。

今朝のソフィーは誰よりも立派なイングランドのレディらしく見えた。彼女は縁に沿って精巧な幾何学模様が施してある白いモスリンのモーニングドレスを着ていた。美しいドレスではあるものの、驚くほど目を引くわけでもなければ、煽情的でもない。これまでにも感じていたことだが、ソフィーは結婚してから服装が変わった。不満なわけではない。白いモスリンの生地を通してかすかにのぞくピンク色の脚を見て、パトリックは熱い血が股間に集まるのを感じた。

彼は身を乗り出すと、コツェブーの冒険譚《ぼうけんたん》について熱っぽく語り続けるソフィーの腰をつかみ、軽々と持ちあげて膝の上に座らせた。

ソフィーはくすくす笑っただけで、パトリックの膝からおりようとはしなかった。それどころか、青紫色へと濃さを増した瞳で彼の顔を見あげている。パトリックはいい兆候だと解釈して頭をさげ、抵抗する余裕を与えずにさくらんぼのような唇を奪った。

ソフィーは逆らわなかった。口を開けて、最初からずっと親密な夫婦であったかのように、全身に熱い血がどっとあふれることに慣れているかのように、彼を受け入れた。パトリックが力強い手で彼女の頭を引き寄せ、手荒にヘアピンを抜いて絨毯の上に投げ捨てていくと、蜂蜜色の髪が彼の腕をなでながら、褐色に焼けた手の上へ滝のごとくなだれ落ちた。

パトリックはさらに強くソフィーを抱き寄せて唇をむさぼり、舌でもてあそんで、彼女から小さな叫びを引き出した。ボディスの胸もとを押しさげられて乳房をあらわにされ、親指で荒々しく乳首をこすられると、ソフィーはたまらず身をよじり、パトリックのうなじを両手でつかんだ。彼女にとってはパトリックの唇が世界の中心だった。その世界が溶け出してめまいのするような感覚だけが残り、体がうずいた。

ソフィーはいっそう強く体を押しつけた。パトリックの左手がソフィーの頭を離れ、誘惑するように脚を愛撫し始めたときも、彼女はまったく抗わず、目を閉じて頭をうしろへ倒した。パトリックの濡れた熱い舌が首筋をゆっくりとおりていく。

そのとき彼が突然手の動きを止めたのを感じ、ソフィーははじかれたように目を開けた。怖じ気づいたのかしら？　気がつくといつのまにか体が持ちあげられ、パトリックの机の上に横たわる格好になっていた。背中の下で書類がくしゃくしゃになっているのがわかる。夫は白いシャツの前をはだけ、のしかかるようにして立っていた。わたしが襟もとを緩めたの？　彼の胸の筋肉は黒い胸毛で覆われている。ソフィーは衝動的にてのひらをあて、盛りあがった筋肉をそっとたどりながら胸毛に指を絡めた。

パトリックは手で愛撫を続けながら、いぶかしげに妻を見おろした。いつも指をすべりこませる、フリルがついた小さなひもはどこにあるのだろう？

さらに指を動かしていると、ソフィーがふたたび体をそらして小さな叫びをあげた。

「下着《ドロワーズ》をつけていないのか？」

ソフィーは息をのんで目を開け、ぼうっとしたままパトリックを見つめた。なぜそんなに冷静でいられるの？　わたしはどうしても身をよじらずにいられないのに。

「ええ」彼女の声は震えていた。

「なぜだ？」パトリックは落ち着いた声を出せてほっとした。もちろん、つけていない理由はわかっている。今日は木曜日、ブラッドンの日だ。くそっ、ソフィーはおそらく、木曜日はドロワーズをつけないことにしているのだろう。彼はふたたび手を止めた。突然室内に満ちてきた息苦しいほどの静寂が、妙な音を聞きつけた子鹿のように、初めて耳にする猟犬の吠える声で危険を察知した子鹿のように、彼女を警戒させている。ソフィーが唾をのみこんだ。

　パトリックは妻を、彼の美しい妻をじっと見おろした。ぼくの妻だ！　ぼくの、ぼくの、ぼくの妻。その言葉が耳のなかで鳴り響き、血管を炎が駆けめぐる。違う、ぼくのものではない。

　ソフィーが起きあがってパトリックの腰に両腕をまわし、胸の硬い筋肉に顔を押しつけて唇を這わせた。

「まだ子供部屋にいたころ、ナニーが結婚を間近に控えたメイドに話しているのを聞いたの。まさかわたしが聞いているとは思わなかったのね。ナニーは言ったわ。夫を……魅了したかったら、ときどきドロワーズをつけるのを忘れなさいって」

　ソフィーの声が低くなった。「それで今朝……たぶん覚えていないでしょうけど、真夜中に目が覚めたら、あなたはわたしを愛撫していたわ。ぐっすり眠ったまま」彼女は急いで続けた。「とにかく今朝、わたしはドロワーズをつけないでおこうと考えたの。だけどもちろんシモーヌが身支度を手伝ってくれるから、そのときはつけないわけにいかなかったわ」

パトリックは胸の上を動きまわるソフィーの唇を痛いほど意識した。彼女は言葉の合間にキスをしては、吐く息で胸毛をくすぐっている。

「だからシモーヌが階下《した》へ行くのを待ったの。ドロワーズを脱いで、彼女がするようにきちんとたたんで引き出しへ戻したわ。そうすれば気づかれないでしょう」ソフィーはもっともらしく言い添えた。「でも昼食をとっているときに、夜はいつもシモーヌに服を脱がせてもらっていることを思い出したの。わたしがドロワーズをはいていないのに気づいたら、彼女はどう思うかしら？」

パトリックの全身に安堵が広がった。これでこそぼくの愚かなソフィーだ。そもそもドロワーズをはく時点で、彼女は十分にフランス人らしい。多くのイングランド女性は、いまだにドロワーズは急進的すぎると考えている。そのくせドロワーズをつけていないことを知ったときのメイドの反応が気になるというのは、十分にイングランド人的だ。

今やソフィーはひどく息をあえがせていた。

「それでわたし、あなたがなにをしているのか見に来たの――」

パトリックがソフィーの柔らかなヒップを引き寄せると、彼女は話すのをやめて彼の腰に両脚をまわした。パトリックは三歩で寝椅子にたどり着いて妻をおろし、驚くソフィーの前にひざまずいた。静かな喜びに、妻の体を所有したいという甘い切望にとらえられていた。

「パトリック！」

パトリックは返事をせず、ただ笑みをたたえた黒い目でソフィーを見おろした。それから身をかがめ、キスで彼女の目を閉じさせると同時に、手でドレスを腰まで押しあげた。

ソフィーはこれまでパトリックが触れたどんなものよりも柔らかだった。彼が触るたび、あえぎと懇願の吐息がソフィーの口をつく。パトリックはにやりとして、彼の体を乗っ取ろうとする荒れ狂う炎を抑えつけた。ぼくのしとやかな妻は大胆にも、ドロワーズもつけずにここへやってきた……この機会を見過ごすことは絶対にできない。

ドアに鍵をかけると、パトリックははぎ取るようにして自分の服を脱いだ。そしてソフィーに覆いかぶさり、動きを止める。パトリックは彼女をじらし、さらにじらし、弱々しいすすり泣きを楽しんだ。とうとう我慢しきれなくなったソフィーが目を開き、鋭い声で言った。

「パトリック！」

彼はうつむいて舌をソフィーの唇に這わせ口を開けるよう促しながら体を押しつけるが、彼女の要求に応えることは慎重に拒み続けた。

ところが突然ソフィーが強く身をよじり、パトリックの下からすべり出た。小さい両手で決意をこめて彼の肩を押し、幅の広い寝椅子へ仰向けに押し倒す。

パトリックの目と同様に、ソフィーの目もいたずらな輝きを放っていた。笑いと欲望できらめくふたりの視線が絡み合い、大胆にも互いを挑発する。ソフィーがパトリックの上になり、彼の肩にてのひらをあてて、ヴェルヴェットの寝椅子の表面に押しつけた。

「あなたが気に入るかどうか試してみましょう」彼女が口を合わせたままささやいたので、甘い息がパトリックの唇をなでた。身をくねらせるソフィーの動きは誘惑するというより未熟さを感じさせるものだったが、それでも彼にとっては燃え盛る炎も同然だった。パトリックが思わずあえぐと、彼女はにっこりした。

ソフィーはさらに体をくねらせ、粗い胸毛が乳房にこすれる感触を楽しみながら下のほうへ移動していった。唇でパトリックの乳首を見つけ、自分がしてもらった動作をまねる。とたんに彼の息づかいが荒くなり、指先に感じていた鼓動が激しくなった。

彼女が寝椅子からおりると、シルクのドレスがかすかな衣ずれの音をさせてむき出しのヒップをすべり落ちた。全身の神経という神経が目覚め、パトリックを求めている。ソフィーは唇を嚙んでこらえた。両手で彼をとらえて、蝶《ちょう》のように軽く口づける。

「ソフィー！」パトリックの声には聞いたことがないほど荒々しい苦悶《くもん》の響きがあった。ソフィーはいっそう大胆になり、どうにかしてふたたびドレスをたくしあげようとする彼の手を無視して床に膝をついた。ピンク色の小さな舌先でおずおずと欲望の証《あかし》に触れ、唇を開いて迎え入れる。

彼女の行為は、かすれたうめき声でもって報いられた。

そこで、ソフィーはそっと歯を立ててみた。乳首にキスをしたときに彼が歓んだ気がしたので、同じように小さく嚙んだだけだ。ところがそれに対する反応は、うめき声ではなく大きな叫びだった。

「ソフィー！」

寝椅子から転がり落ちたパトリックの動きがあまりにもすばやかったので、ソフィーはなにが起きたのか理解できなかった。一瞬ののちには厚い絨毯の上に仰向けにされ、腰の上までドレスをまくりあげられていた。ソフィーは本能的にパトリックの腰に脚を絡めた。ひとつになったふたりの体が太古からの律動を刻み始める。室内にソフィーの声が切れ切れに響き、パトリックのかすれたうめき声がときどきそれをさえぎった。

「ああ、ソフィー、ソフィー」彼が叫んだ。ソフィーは体を張りつめさせ、全身の神経に火をつけられて燃えあがる無上の歓びをつかまえた。

そのあとに続いた静寂は、ソフィーが部屋に入ってくる前のものとはまったく違っていた。パトリックは体を動かして仰向けになると、彼女を自分の胸に引きあげた。ソフィーはまだ体を小刻みに震わせ、小さく息をあえがせていた。

「パトリック？」

「なんだい？」

「気に入らなかったの？　あの、わたしが噛んだとき」

「ああ、そうだ」パトリックはきっぱりと言って、ソフィーにそっと腕をまわした。「そのうちに上手になるよ」彼の声には期待の響きがこめられていた。

「実は打ち明けなくてはならないことがあるの。全部正直に話したわけではなかったのよ」

ソフィーがささやいた。

パトリックはほとんど注意を払わず、妻の穏やかな声にぼんやりと耳を傾けていた。

「あなたの邪魔をしたのは……ドロワーズの問題を解決しなければならないと気づいたからだけじゃないの。あなたを歓ばせたかったのよ。今朝はそのことしか考えられなかったわ」

パトリックは答えなかった。代わりに、小さな体が彼の胸でつぶれそうなほどソフィーをきつく抱きしめた。ああ、妻がいるというのは、なんてすばらしいのだろう。書類の上で、寝椅子で、書斎の床で愛し合える。朝からずっとぼくを誘惑することばかり考えていた妻と。

その日の午後遅くになって初めて、パトリックの頭にある考えがよぎった。まったく無意識のうちに、彼はソフィーのゆったりしたドレスを腰まで押しあげたときのことを思い返していた。手におさまらないほど豊かな乳房が、キスを懇願するように盛りあがっていた様子が頭に浮かび、思わずうめいてしまいそうになった。

大きくなった、とパトリックは考えた。ソフィーの乳房は大きくなった。愛撫のせいだろうか？　だがその疑問は、徐々に脳の理性的な部分へ浸透していった。真実はそんなロマンティックなものではなさそうだ。

不意にパトリックは背筋をこわばらせた。ソフィーの丸みを帯びた体が脳裏に浮かぶ。彼は無意識に立ちあがり、必死に計算しようとした。初めて彼女の部屋へ行った夜……くそっ、あれはいつだった？　確か四カ月くらい前の話だ。

なんと愚かだったのだろう。ぼくは信じられないくらい間抜けだ。あちこちの女性とつき合いながら、妊娠させないようにいつも気をつけてきた……どうでもいい女性たちに対して。

それなのに、ようやく愛する女性にめぐり合えたとたん……もう認めてもいいだろう？　ぼくは彼女を、ソフィーを愛している。心の底から。彼女を手に入れ、彼女の愛を求め、今のところうまくいっていた。自分でもそれはわかっていた。なのにぼくは愚かにも、女性が直面しうるもっとも大きな危険にソフィーをさらしたのだ。

「このばかやろう！」パトリックは自分が上を向き、天井の精巧な渦巻き状の漆喰《しっくい》の装飾に向かって怒鳴っていることすら気づいていなかった。

心の奥では、そのうちソフィーを説き伏せて子供をあきらめさせるつもりでいた。彼が妻にした美しい女性はあまりにも小柄で華奢だ。パトリックは彼女の細い腰やウエストを思い浮かべた。両手でつかめるくらい細い。なぜ気づかなかったのだろう？　証拠はすべて揃っていたのに。

ソフィーは絶対に出産を乗りきれないだろう。義理の姉のときを思い出してみるといい。シャーロットはソフィーよりもずっと背が高いのに、それでも出産で命を落としかけた。そうだ、ソフィーに比べたら、シャーロットはアマゾネスと言ってもいいくらいだ。それに母上……出産で亡くなるのを目にしたインド人の女性でさえ、ソフィーよりも大柄だった。

パトリックは大声で呼びながら妻の寝室へ入っていった。「ソフィー！　ソフィー！」

勢いよくドアを開けて現れた夫を、ソフィーは期待のこもった目で見つめた。トルコ語の文法の本を海に捨ててからというもの、彼女はみずからに課した外国語禁止令を今も忠実に守っていた。マドレーヌと過ごす時間を別にすると、残念ながら毎日はひどくつまらなかった。そこでソフィーはしかたなく、家政婦と話をしたり買い物に出かけたりして退屈を紛らした。本格的な社交シーズンを迎えていないので、友人の多くはまだ田舎にいる。夫が入ってきたとき、ソフィーは偶然手にしたベン・ジョンソンの戯曲を読破しようとしていた。だが昔の言葉で書かれた会話は理解するのが難しかった。学者ではないのだからしょうがない。わたしが得意なのはただひとつ、語学だけだ。

パトリックが一瞬で部屋を横切り、彼女の隣の椅子に乱暴に座った。「聞いてくれ、ソフィー！　ぼくがはしごをのぼってきみの部屋へ行ったのは四カ月ほど前だ！　きみはこれまでに……あのあとに出血があったのか？」

「もうそんなになるの？」それほど日がたっていたと、ソフィーは気づいていなかった。

パトリックが表情を和らげた。「ああ、そうだ。怖いんだよ、ソフィー。きみの周期がもともとかなり不順でないかぎり、ぼくたちに子供ができたみたいだ」

「そうかしら？　ありえないように思えるけれど。だって、結婚してからまだそれほど長くないんですもの」ソフィーはぼんやりと言った。

「長い期間は必要ない。一日あれば十分だ」

「まさか！　母の話では……」そう言いかけて、ソフィーは口をつぐんだ。メイドたちの話を思い出したのだ。実際の妊娠のこととなると、メイドたちはソフィーの母よりもはるかに詳しく知っていた。

パトリックはソフィーの沈黙を誤解した。「なかには妊娠しづらい女性もいる。たぶんきみの母上がそうなのだろう。きみがひとりっ子なのはきっとそのせいだ。爵位は男子にしか継がせられないから、きみのご両親はもっと子供を作ろうとしたに違いないからね」

彼は立ちあがると、落ち着かない様子で窓辺へ行き、外を眺めた。

ソフィーは口をつぐんだまま両親の別々の――とても離れている――寝室のことを考えた。ここで真実を話すのは、両親への裏切り行為に思えた。

部屋が静寂に包まれた。ソフィーは懸命に頭をめぐらした。わたしは赤ちゃんのことをパトリックに話すのを先延ばしにし続けてきた。このところは幸せだったけれど、その幸福はとてももろく感じられて、壊さないようにそっとしておきたかった。それでも心の片隅では、赤ちゃんのことを考えるたびに純粋な喜びが花開くのを感じていた。もうそろそろパトリックにも、子供ができたことを教えてあげなくては。

けれども振り返って彼の顔をひと目見たとたん、ソフィーの胸に咲いた小さな花はあっというまにしぼんでしまった。

パトリックはまるで水たまりに投げこまれた猫だった。顔をこわばらせ、目を怒りに燃やしている。

「どうしたの？」ソフィーは震えそうになる声を寸前で落ち着かせて訊いた。

パトリックは顔を向けたものの、彼女のことはほとんど目に入っていないふうだった。しばらくしてようやく口を開いた彼の声は、冷たくよそよそしかった。「前に言っただろう、ソフィー、ぼくは子供ができたと聞いて大喜びする男ではないんだ。こういう事態が起こらないように、これまではつねに用心してきたんだよ！」

「でも、わたしたちは結婚しているわ！」

「それがどうした？」

「子供をひとり持つことで意見がまとまったと思っていたけど」ソフィーは用心して言った。

「ああ、確かに同意した」パトリックはそっけなく応じた。自分が最低のふるまいをしているのはわかっていたが、どうにもならなかった。妻の妊娠に気づいた瞬間から、彼の心は恐怖にすくんでいたのだ。くそっ、どうしてもっとうまくやらなかったんだろう？　これまでずっと守ってきた習慣をかなぐり捨てて、なぜあんな無責任で愚かなやり方で愛し合ってしまったのだろう？

「それなら、どうしてそんなに怒っているの？」ソフィーは途方に暮れている様子だ。

「自分に腹を立てているんだ」そう言ったあとで、パトリックは無分別にもつけ加えた。「くそっ、ソフィー、きみは兎並みに妊娠しやすいに違いない」

ソフィーの顔から血の気が引いた。「残酷なことを言うのね」夫の顔を探りながらゆっくりと口を開いた。

パトリックが背を向け、窓の外に目を向けた。「この話はもうやめよう。いいだろう？　これ以上話し合ったところで意味はない。すでに賽《さい》は投げられたんだから」

ソフィーはうなずいたが、パトリックは彼女を見ていなかった。まるで氷の壁越しに話しているようだ。ソフィーは呼び鈴まで歩いていき、ひもを引きながら言った。

「そういうことなら、シモーヌを呼ぶわ。入浴の時間なの」

パトリックは困惑して肩越しに妻を振り返った。ソフィーの顔は緊張が解け、楽しそうにさえ見える。彼女がドアの脇に立って待っているので、パトリックはしかたなく部屋の外へ出た。これほど……愛想のいい妻を前にして激怒し続けるのは難しい。階段を一段おりるごとに一枚ずつ怒りがはがれ、階下に着いたときには冷たく厳しい恐怖だけが残っていた。

ところがまるで稲妻に打たれたかのように、ふたたび激しい怒りが体内に満ちてきた。パトリックは玄関のドアを開けようと駆けつけてきた従僕を押しのけ、勢いよくドアを開けた。玄関前の階段を乱暴な足取りでおりると、ひと息つくこともなく、通りかかった貸し馬車を呼び止めた。ここを出なくては。ここから離れなくてはならない。

二時間後、〈ジャクソン・ボクシング場〉では、物見高い紳士たちが大勢集まって歓声をあげていた。またひとり、パトリックが相手を打ちのめそうとしている。

「ほう！」リングのコーナーに立つプロボクサーのひとりが、かたわらのクリップに言った。「伊達男にしてはなかなかじゃないか？」

「いい体をしている」パトリックの腕の動きを熱心に見つめながら、クリップがうわの空で答えた。「ほら、そこで右だ」彼は大声で言った。

「指示は不要だろう」先ほどのボクサーが憤慨のまじる口調で言った。確かにそのとおりだった。パトリックは強烈な最後の一撃で、またしてもクリップのところのボクサーをリングに沈めた。

パトリックが肩で息をしながらクリップを振り返り、次の対戦相手をリングへあげるよう合図した。だが、クリップはかぶりを振った。

「助かった」隣に立つボクサーがつぶやいた。次に相手をすることになっていたのだ。金を払ってもらえれば誰とでも対戦して、観客の前で戦うのが仕事だった。

クリップがパトリックに言った。「怒りに駆られているときにボクシングをするのは、いい考えではありませんね」彼は背を向け、次にリングにあがろうとしているレジナルド・ピーターシャムに注意を向けた。

リングをおりたパトリックは、喝采《かっさい》を浴びながら顔と胸の汗をぬぐった。すんだことはすんだことだ。ソフィーは妊娠している。ふと、母親の巻き毛と美しい笑みを受け継いだ小さな女の子の姿が目に浮かんだ。

パトリックはタオルを投げ捨てて更衣室へ向かった。推測が間違っていなければ、ソフィーはまだ医者に診てもらっていないだろう。ロンドンで最高の名医を——ロイヤル・カレッジ出身の誰かを——見つけて、明日にでもソフィーを診察させなくては。

パトリックは〈ジャクソン・ボクシング場〉に備えつけの便箋に走り書きした。それから少年のひとりにクラウン銀貨を一枚与え、〈ジェニングズ・アンド・コンデル法律事務所〉の弁護士であるジェニングズの自宅に届けさせた。

三〇分後、ジェニングズは眉間に皺を寄せて伝言を見ていた。〝赤ん坊を取りあげる腕においてロンドン随一の医師を紹介してもらいたい〟と書いてあるだけだった。パトリック・フォークス独特の目立つ署名がなければ無視するところだ。

それにしても、なぜ今夜届けられたのだろう？　明日まで待てない医師の問題を、わたしならなんとかできると考えたのか？　それに、どうしてこれをボクシング場から送ってよこしたのだろう？

ジェニングズは不安を覚え、書斎にある背もたれの高い椅子の上で小刻みに体を揺すった。フォークスが外に子供を作ったのなら厄介だ。非嫡出子の扱いにはいろいろと面倒な金銭上の措置が必要になってくる。彼はそれについては知りつくしていた。〈ジェニングズ・アンド・コンデル法律事務所〉は王室の顧問も務めているのだ。

これまでのところフォークスの保護下にある者は少なく、妻に寛大な夫婦財産契約書を用意するほかにはたいして面倒な手続きもなかったので、彼を担当することを喜ばしく思っていた。それがどうだ。結婚してまだ数カ月しかたたないのに、わたしはもうある種の不道徳な行いの後始末をさせられようとしている。

ジェニングズは不快そうに唇を引き結んだ。ふしだらな貴族の側に立って厳しい訴訟を闘うことに躊躇はないとはいえ、熱心なメソジスト教徒である彼個人は、依頼人たちの行為をよしとしていなかった。

パトリックは屋敷に戻ろうとしたときにようやく、妻と不愉快な別れ方をしたことを思い出した。またしても怒りにわれを忘れてしまった。だが、少なくともソフィーは腹を立てていなかった。それとも怒っていたのだろうか？

ぼくのために寝室のドアを開けながらほほえんでいたソフィーの姿がよみがえる。彼女のあの目。〝残酷なことを言うのね〟とソフィーは言った。それは覚えている。そのあと突然、まるで園遊会に出かけるようにぼくにほほえみかけたのだ。けれども彼女の目は笑っていなかった。今後のために覚えておくべきだろう。ソフィーの目は真実を語るということを。

帰宅したパトリックは階段をあがり、身構えながらソフィーの寝室へ入った。じめじめした寒い夜だったので暖炉では火がたかれ、そのかたわらに寝間着をまとったソフィーが座っていた。

パトリックは歩み寄ってもうひとつの揺り椅子に腰をおろした。両脚を前に伸ばして目をあげる。ソフィーがほほえみかけてきたが、青い瞳は警戒するように濃くなっていた。パトリックは少しうれしくなった。妻の心のうちが読めるようになったのはいいことだ。なにも知らない男なら、彼女は完璧に幸せだと考えたかもしれない。だが、ぼくにはわかっている。

「すまなかった」パトリックは口を開いた。

ソフィーがうなずいた。「尋ねられたら話していたわ、パトリック」彼女は膝に置いた手をよじった。

ソフィーの心を読むもうひとつの手段だ、とパトリックは思った。穏やかな顔をしていても、手は不安そうに動いている。ソフィーはなにも言わず、暖炉で燃えている炎に視線を移した。

実際のところ、ソフィーは怒りに体をこわばらせていた。でも、なにを言えばいいのだろう。いったん口を開けば、大声で夫をののしってしまいそうだ。まだ生まれていない赤ちゃんに対してなぜそんなに冷淡なのか、いろいろなことに対してなぜそれほど愚かなのか、と。それなら黙っているほうがいい。彼女は関節が白くなるほどきつく手を握りしめた。

「医者に診てもらったのか、ソフィー？」

ソフィーは驚いて顔をあげた。「いいえ」

パトリックが顔をしかめた。「それなら、ぼくが医者を見つけよう」

彼は立ちあがると、大きな一歩で近づいてソフィーを抱きあげ、そのまま彼女の椅子に腰をおろした。妻は体を硬くしたが、すぐに緊張を解いて夫の胸にもたれかかった。

「妻と赤ん坊か」パトリックはソフィーの首筋に唇をつけてささやいた。どんなときも守ると言わんばかりに彼女の体に腕をまわす。ふたりはそうやって、長いあいだ一緒に座っていた。

22

五月になると、上流階級の人々が次々にロンドンへ戻り始めた。立派なオーク材のドアにノッカーが取りつけられ、ダマスク織りを用いた家具から埃よけカバーが外された。家政婦は蠟燭を数え、リネン類の状態を確かめた。

執事たちは最近の若い者の無責任さを嘆き合い、必死の思いで職業紹介所へ問い合わせた。〝レディ・フィドルスティックスが来週までに経験豊富な従僕を四名希望〟〝急募、上級メイド二名。できれば田舎出身の娘であること。かなわなければ、ピドルズフォード男爵の家政婦が正気を失う可能性あり〟〝レディ・ブリムティッキーが従僕ひと組を募集中。髪の色、体重、身長が同じであること。お仕着せを着て馬車のうしろに立つため。なお、黒髪が好ましい。赤毛は不可〟

社交シーズンがまさに始まろうとしていた。この一カ月間、女性誌の『ラ・ベル・アサンブレ』の挿し絵をじっくり見てきたレディたちは、お気に入りの外套の裁縫師を自宅へ呼び、何時間もかかる寸法合わせに耐えて過ごした。紳士たちは仕立屋を訪れたり、軽騎兵風の新しいブーツを購入したりした。鏡代わりにして、手のこんだ結び方のクラヴァットを手直しできるくらい磨きこまれたブーツだ。もっと大胆な、あるいはもっと虚栄心の強い者たちは、ふくらはぎや肩に入れる最新式のパッドを試してみようと、側仕えにこっそり買いに行かせた。そしてふくらはぎを流行の大きさに膨らませると、その格好で〈ホワイツ〉の近くをぶらぶらしたり、貴族院を訪れてみたりした。

一週間もすると、ピカデリーや王立取引所のあたりに馬車がひしめくようになった。座席の高い二頭立て四輪馬車がハイドパークを走りまわったが、乗っている者たちが湿った地面におりることはめったになかった。コヴェント・ガーデンの果物売りはますますにぎやかになり、ラヴェンダー売りはメイフェアの通りやハノーヴァー・スクエアを駆けながら、声をからして甘い香りのする花束を売ってまわった。

アンリは春の学期からハロー校で学ぶため、新しい衣服に身を包み、パトリックの厩舎番たちに教わった英語の悪態を身につけて送り出された。灰色の瞳を期待にきらめかせた彼は、年若い者に特有の回復力で戦争の精神的ショックを過去のものとし、これから受ける紳士のための学校教育に胸を高鳴らせていた。ソフィーとマドレーヌはレッスンの最終段階に入った。マドレーヌはすでに普通のレディが身につけるマナーはすべてものにして、めざましい進歩を遂げていた。彼女はスポンジのように知識を吸収した。ある日の午後を『デブレット貴族名鑑』を読んで過ごした結果、マドレーヌはイングランドの貴族の家系について、ソフィーが知ろうとも思わなかったことまで詳しい知識を得た。

レディとして身につけるのがもっとも難しい事柄でも、マドレーヌは簡単に自分のものにした。生意気な使用人のやりこめ方を身につけ、扇を武器のごとく――か弱い武器ではあるが――駆使し、あひるが水になじむように自然とダンスになじんだ。最新流行のフランス風のドレスを着た彼女は、馬の調教師の娘にはまったく見えず、王室の一員のようだった。

それなのにわたしはなぜうれしくないのかしら、とソフィーは自分に問いかけた。彼女が行った教育は成功したのだ。マドレーヌは伯爵夫人と言っても通るだろう。今夜ソフィーとパトリックは晩餐会を催し、彼女はそこで上流社会の人々にマドレーヌを紹介するつもりだった。

けれどもパトリックは……彼は赤ん坊のことをまったく口にしない。医師の名前を告げたきり、ただの一度も。

「ランベスという名だ。明日、きみを診に来る」パトリックが言った。

ソフィーは呆然として夫を見つめた。

「シャーロットを担当したお医者さまにかかるのかと思っていたわ」

「シャーロットの医者だと！　頭がどうかしたのか？　セーラを出産するとき、シャーロットはもう少しで命を落とすところだったんだぞ」

パトリックの語気の荒さに驚いて、ソフィーはなにも言えなくなった。記憶をたどるかぎり、セーラを出産する際に問題が生じたのは医師のせいではなかったはずだ。だが、そのことで言い争ってもしかたがない。ソフィーはどの医師にかかろうとかまわなかった。

「どうやってドクター・ランベスを選んだの？」

「ぼくが選んだわけじゃない。弁護士に出産時の母親の死亡率を調べさせたんだ。その点ではランベスの数字がいちばんよかった」

ソフィーは体を震わせ、それきり口をつぐんだ。

ドクター・ランベスの診察を受けたあと、問題はなにもないと告げられたことを、彼女は素直にパトリックに話した。彼は無言でうなずいた。

ふたりはともに夕食をとり、朝食も一緒にとった。しかし、ソフィーが宿している子供については、いっさい話題にのぼらなかった。一度か二度、パトリックは赤ん坊のことを考えているに違いないと思える出来事があった。まるで寸法を測るように、彼が不意に大きな手を、膨らみつつある彼女のウエストにあてたからだ。だが、パトリックはそれでもなにも言わず、ソフィーが赤ん坊について話そうとするたびに話題を変えるか、部屋から出ていくかした。

「わたしたちの子供が欲しくないのね」不安に目を翳らせ、ソフィーはひとり言を言った。おなかの上で両手を重ねる。今になって初めてわかったことでもないわ。パトリックはずっと前に、子供に関する自分の考えを明らかにしていたもの。

愛し合えないのが腹立たしいのかもしれない、とソフィーは期待をこめて自分に言い聞かせた。以前母から、女性が細心の注意を要する状態にあるときは夫婦関係を控えなければならないと言われたことがあった。それをパトリックに話すと、彼はただうなずき、その日からソフィーにほとんど触れなくなった。ソフィーは母の助言に従うつもりはないと言いたかったのだが、それをパトリックにどう打ち明ければいいかわからなかった。せめてドクター・ランベスに相談してみるべきだとは思っていたが。

けれど、ソフィーは恥ずかしくてその話題を持ち出せなかった。結局のところ、ふたりはウェールズから戻ったあとの中途半端な状態に戻ってしまった。夕食になるとパトリックがソフィーの腕を取って食堂へ導き、食事がすむと彼女を連れて階段をあがる。ソフィーを見るパトリックの目に感謝はあっても、渇望の色はなかった。ふたりは彼女の部屋のドアの前で、礼儀正しくおやすみの挨拶を交わした。

ソフィーは気づくといつのまにか、飢えたように夫の長い脚を盗み見ていることがあった。パトリックの背中に触れたくてたまらず、夜になると、ついばむように全身に軽く触れてきた彼のキスを夢に見るようになった。触れてほしいとほのめかすことはできなかった。妊娠中は夫婦生活を控えるべきだという母親の意見を口にしたのは、彼女自身だったのだから。さらにパトリックは、ベッドをともにしなくなった前のときと同様に、ソフィーに興味をなくしたふうに見えた。きっとまた黒髪の愛人のもとを訪れているのだろう。彼は週に一、二度は、朝まで帰ってこなかった。

ソフィーは悲しい気持ちで考えた。おそらくパトリックは、おなかが大きくなってきた彼女の姿に嫌悪感を抱いているのだろう。自分の姿を鏡に映してみると、胸も頬もおなかも、至るところに余分な肉がついているのがすぐにわかる。ソフィーはぞっとして肩を落とし、鏡に背を向けた。

公園でときおり、高級娼婦の馬車が貴族の馬車にまじって走っていることがあった。ソフィーは黒髪の娼婦たちの顔を探り、そのほっそりした優雅な体と自分の丸くなった体を、美しい黒髪と自分のさえない金髪を比較した。

わたしは賢いのよ。絶望と恥ずかしさを感じるとき、ソフィーはきっぱりとそう自分に言い聞かせた。わたしは愚か者じゃないわ。

意を決した彼女は、その豊かな知性を夫との夕食を演出することに使った。まずはその日の『タイムズ』や『モーニング・ポスト』に目を通し、書店で手に入る戯曲や風刺的な物語詩を読むようにした。そして夕食の席につくとできるだけ快活にふるまい、東方におけるナポレオンの軍事作戦の成否についてパトリックにちょっとした論争を挑んだり、工場の見習工を保護するためにできた新しい労働法の倫理性について議論を戦わせたりした。パトリックの輸入事業について語り合った夜、ベッドに入ったソフィーは、ロンドンのウエスト・インディア・ドックを出航していく帆船の夢を見た。

ふたりが決して話題にしなかったのは子供のことと、『モーニング・ポスト』のゴシップ欄に載っている記事だった。『モーニング・ポスト』はまるで夫婦の不義に取りつかれているかのようだ。ソフィーが記事に目を通すのは、夫が夜どこへ行くのかを知りたいがためにすぎなかった。パトリックの名前が一度もゴシップ欄に載らないのは、彼女の父親と違って慎重に行動しているからだろう。

ソフィーは幻想を抱いてはいなかった。夫は娼婦と夜を過ごしているかもしれない。それはしかたがないとしても、せめて夕食時には家へ帰ってきてもらうようにしたかった。

航海から戻ったあと、ソフィーは一度もロンドンを離れなかったので、新しい社交シーズンに向けて準備をする必要がなかった。マダム・カレームからはすでに、おなかを目立たせない上品な妊婦用のドレスが何着も届けられていた。けれどもソフィーは小柄で、このところ急激に胴まわりが大きくなってきたため、マダム・カレームがデザインしたドレスでも、妊娠している事実は隠せなかった。

実際、シャーロットはソフィーをひと目見て妊娠に気づき、甲高い喜びの声をあげた。

「ソフィー！　驚いたわ。どうして連絡してくれなかったの？」

背の高い美しい友人はソフィーを抱きしめた。あとから部屋に入ってきたアレックスは、壁際の小さな寝椅子に座った妻が、義理の妹に向かって早口でまくし立てている姿を目にした。ソフィーを見たとたん、彼は双子の弟を振り返った。

アレックスの視線に気づいたパトリックは、不本意ながらもつい笑みを浮かべてしまった。子供ができたことに喜びを見せるつもりはなかった。喜ぶわけにはいかない。それにもかかわらず、彼は小さな誇りを覚えずにいられなかった。

アレックスが弟を手荒に抱きしめた。「では、状況は改善しているんだな？」

パトリックは肩をすくめた。「まだ同じ部屋では寝ていない。だけどそれはソフィーの状態を考慮してのことだから、その意味では改善に向かっていると言えるだろうな」

アレックスはぞっとした表情になった。

「ぼくには耐えがたいな。医者はどう言っているんだ？」

「尋ねなかった。どのみちソフィーは妊娠しているんだ。彼女が望まないなら無理強いはできない」張りつめた弟の声に、アレックスは胸騒ぎを感じた。

「くだらない迷信じゃないのか？　医者の名前はなんていうんだ？　ほかの夫婦はそんなことは気にしていないぞ」

「デヴィッド・ランベスだ。出産に関しては、ロンドンで最高の医者のはずだよ」パトリックが答えた。

「話を整理させてくれ」アレックスはあきらめて言った。「先月、おまえとソフィーの寝室は別だった。そして今、彼女が妊娠したのでおまえはすっかりふさぎこんでいる。やれやれ、パトリック、なんとなくおまえたちは結婚生活で苦労しそうな気がしていたんだ」

彼はためらったあとで続けた。「ベッドをともにしなければ、男と女は心も離れ離れになってしまう。妊娠しているから一緒に寝ないなんて、ぼくに言わせればばかげた考えだ」

「決める権利はソフィーにある」パトリックはそっけなく言った。「とにかく、子供を作るのはこれきりだ。二度と彼女をつらい目に遭わせるつもりはない」

「ソフィーは若くて健康だ。出産するのに問題はないだろう」

「シャーロットに問題がなかったように？」

アレックスは体をこわばらせた。彼もパトリックも、シャーロットが娘の出産で命を落としかけたことが、体格とはなんの関係もないことを知っている。

パトリックが続けた。「ぼくが言いたいのは、シャーロットみたいにかなり大柄な女性でも、妊娠すれば死ぬ危険があるということなんだ。ましてソフィーはひどく小さい……母上のように」

アレックスはほっそりとした愛らしい妻を見やり、彼女を〝かなり大柄〟と表現した弟の言葉に笑いそうになった。だが、彼は慎重な態度を保った。母親が出産で死んだことをパトリックがどれほど悲痛にとらえているか、アレックスは誰よりもよく知っていた。

彼はきっぱりと言った。「ソフィーは母上とは違う。母上はもともとか弱い感じだっただろう？　ソフィーは小柄かもしれないが、か弱くはない」

パトリックが反論しようと口を開きかけたとき、居間の戸口にクレメンズが現れ、ブランデンバーグ侯爵夫妻の到着を告げた。

「お母さま！」ソフィーがドアに駆け寄った。

姿を現したエロイーズは、早口のフランス語で娘に話しかけた。ソフィーの父親はただ愛情のこもった笑みを浮かべ、部屋の反対側へゆっくりと歩いていった。二日前に会ったばかりでも、エロイーズには娘に注意したり助言したり、話すことがいくらでもあるらしい。

「まあ、お母さま、牛乳風呂ですって？　冗談でしょう！」ソフィーは笑った。

エロイーズが英語に切り替えた。「女性の体に牛乳風呂は欠かせないわ。あなたは妊娠中だから、普段よりも体を大切にしなくてはならないの。マリー・アントワネットをごらんなさい。週に一度は牛乳風呂につかっていたのよ」

「あの気の毒な女性のことは考えたくないわ」ソフィーは身震いして、ルイ一六世の妃《きさき》のことを頭から追い出そうとした。「牛乳風呂なんていやよ、お母さま。なんだかべとべとしそう。マリー・アントワネットが好んだのは健康のためではなくて、きっと肌をなめらかにするためよ」

クレメンズがふたたび戸口に現れた。「レディ・スキフィング、フラマリオン侯爵ご令嬢レディ・マドレーヌ・コルネイユとミセス・トレヴェリアン、ミスター・シルヴェスター・ブレドベック、ミスター・アースキンならびにミスター・ピーター・デューランドのご到着です」

ソフィーの鼓動が少し速くなった。マドレーヌとほかの客の到着が同時だったのは不運だ。できれば誰もいないところで、彼女を母に引き合わせたかった。だがシルヴェスター・ブレドベックはエロイーズのごく親しい友人のひとりだったので、母は娘の新しい友人に簡単な挨拶をしただけで、さっそく彼女とくつろいだ会話を始めてしまった。

マドレーヌは、怖いと聞かされていた侯爵夫人がほほえんで解放してくれたのでほっとしていた。かたわらの紳士に挨拶しようと振り返った彼女は、アースキン――クイル――が立っているのもつらそうな状態であるのに気づき、たちまち茶色の目に同情を浮かべた。

生まれつき心根の優しいマドレーヌは、ソフィーから教わった社交界のしきたりのひとつ――年長者が立っているあいだは、若いレディは座ろうとしてはならない――をさっそく破り、馬車に乗ってきたので少し疲れたと口にした。そのあとマドレーヌはシャペロンと一緒に腰をおろし、クイルもほっと安堵の息をつきながら肘掛け椅子に座った。

ソフィーの父親が通りがかりに娘にささやいた。「よくできたお嬢さんだ。デューランドの上の息子のために彼女がしてやったことを見ただろう？　それにしても、おかしな呼び名だ。〝羽根ペン《クイル》〟といったかな？」彼は鼻息を荒くした。「わたしに言わせれば、男に筆記用具の名前などつけるべきではない。それはそうと、レディ・マドレーヌのふるまいは立派だった。外見もすばらしい。最近の若い娘たちは少しも肉がついていないことが多いのに」

ソフィーは父親に鋭い視線を向けた。まさか、お父さまはマドレーヌを口説くつもりじゃないでしょうね！　だが、マドレーヌに向けたブランデンバーグ侯爵のほほえみには、父親が娘を見るときのような称賛がこもっていた。ソフィーは心のなかで感謝の祈りを捧げた。父がマドレーヌに好色な関心を寄せれば、この計画は失敗に終わる。母はかわいそうなマドレーヌを嫌悪するに違いないのだから。

「フラマリオン侯爵なんて聞いたことがないな。きみはどうだい？」シルヴェスター・ブレドベックは共通の知人に関する微妙な噂をひとしきりしたあと、室内を見まわした。彼は動くたびにきしむコルセットをつけた小柄な男性で、ゴシップに目がない。

「ありますとも」エロイーズがきっぱりと言った。彼女はフランス貴族に大勢の知り合いがいるのを誇りにしていた。「侯爵は世間から離れてひっそりと暮らしていたのよ。わたしは一度も会ったことがないの」彼女は眉根を寄せた。「領地がどこにあったか、正確な場所は覚えていないわ。確かリムーザンあたりではなかったかしら」

「近ごろは、いくら用心してもしすぎることはないよ」シルヴェスターが言う。

エロイーズはむっとした。シルヴェスターの発言は、彼女の娘が身分を詐称する者を招いたとほのめかしているに等しい。エロイーズの視線に気づいたシルヴェスターがひるんだ。

「別に、侯爵令嬢だという点を疑ったわけじゃない。きみのご家族の特別な友人みたいだし」彼は慌てて弁解した。

「それだけではないわ。レディ・マドレーヌは完全なフランス貴族よ。ひと目見ただけでわかる。彼女が偽者なら、わたしにはすぐにぴんときたはずよ。ええ、レディ・マドレーヌは断じて偽者ではないわ」エロイーズはぴしゃりと言った。

シルヴェスターは力強くうなずいた。エロイーズと言い争いたくなかった――正直なところ、彼女が怖かった――のはもちろん、マドレーヌはとても魅力的に思えたからだ。

「誤解しないでもらいたい」彼はおもねるように言った。「レディ・マドレーヌの素性を疑うつもりはなかった。一般論を述べただけだよ。きみほど鋭い見識を持っているなら当然、ロンドンにはパリよりもフランス貴族が多いようだと気づいているだろう。ルイ一六世が在位中のパリよりも多いくらいだ」

エロイーズは怒りを静めた。「ミスター・ブレドベック、その点はあなたの言うとおりだわ」彼女は声を低めた。「ヴィサール伯爵と名乗っている人物が、実はただのフランス人だったことをご存じ？　マダム・ド・メネヴァルによれば、彼は本物のヴィサール伯爵のお子さんたちの音楽教師にすぎなかったんですって」

シルヴェスターが目を輝かせた。「なんと。実をいうとつい先週、その伯爵……いや、偽伯爵と話をする機会があったんだよ」彼はおかしそうに忍び笑いをした。

ソフィーが母親のところへやってきた。

「お母さま、みなさんお揃いになったので、そろそろ始めようと思うの」

エロイーズはドアのほうを見た。確かにソフィーの言うとおり、パトリックの双子の兄と義理の姉であるシェフィールド・ダウンズ伯爵夫妻が晩餐の席へ向かおうとしている。

だが、シルヴェスターにはあとひとつ尋ねたいことが残っていた。

「それで、偽伯爵は今どこにいるんだい？　音楽学校にでも職を求めているのかな？」

「マダム・ド・メネヴァルは、彼が国外へ逃げたと言っていたわ」エロイーズが答えた。

「おそらくアメリカに渡ったんでしょう。あちらにはあらゆるたぐいの盗人や詐欺師が住んでいるそうですもの」

「まあ」ソフィーは軽い口調で言った。「いったいなんのお話をしていらっしゃったの？」

シルヴェスターがソフィーを振り返った。「あなたの母上はマダム・ド・メネヴァルと親しくて、フランス貴族のことを実によくご存じなのだよ。今も、身分をかたっていたフランス人の愉快な話を聞かせてもらっていたところだ。マダムに会ったことはあるのかな？」

ソフィーは首を振った。「どういう方かしら？」

エロイーズがじれったそうに口をはさんだ。「なにを言っているの、ソフィー。先週、マダムの話をしたわ。聞いていなかったのね。ルイ一六世の宮廷では評判の方で、フランス貴族をひとり残らず知っていたのよ。現在はロンドンにお住まいで、フランス貴族のふりをする偽者の正体を暴くという不愉快な務めを果たしていらっしゃるわ。なにしろ、この国には偽のフランス貴族が押し寄せてきているんですもの！」

ソフィーは目を見開いた。マドレーヌには、なにがあってもマダム・ド・メネヴァルを避けさせなければ。エロイーズはすでに背を向け、ドアのところで待つ夫のほうへ歩き始めていた。

ソフィーはマドレーヌをクイルとレジナルド・ピーターシャム卿のあいだに座らせた。クイルは女性の気分を損ねることは絶対に言わないだろう。レジナルドは自分の武勇伝をまくし立ててマドレーヌをうんざりさせるに違いなかったが、害はないはずだ。

ブラッドンは招待していなかった。彼を同席させれば、状況を忘れてマドレーヌに親しげな笑みを向けてしまうだろう。もっとも、ブラッドンが今回の計略をひどく真剣に考えていることは、ソフィーも認めざるをえなかった。イングランド社交界で最高位の女性をシャペロンとしてマドレーヌにつけるべきだと主張したのはブラッドンだ。ミセス・トレヴェリアンは人々から尊敬を集めている未亡人で、公爵の末息子であった主教と結婚していた。

彼女は夫の死後、切りつめた生活を強いられていたため、レディ・ソフィー・フォークスの親しい友人で母親を亡くした若いフランス人女性のシャペロンを喜んで引き受けた。ミセス・トレヴェリアンのおかげでマドレーヌの評価があがったのは間違いない。ロンドンに大勢いるフランス人女性でなく、育ちのよいイングランド女性を選んだブラッドンは正しい選択をしたと言える。

全員が席につくと、ソフィーはロブスターに手をつける気になれないほど緊張していることに気づいた。燭台を四つ隔ててテーブルの反対側に座っているパトリックをうかがう。彼はわずかに身を左側にかがめ、レディ・スキフィングと話をしていた。

ソフィーは意図を明かさずに、できるだけ多くのゴシップ好きを招待していた。洞察力の鋭いブランデンバーグ侯爵夫人の監視のもとにソフィーの自宅で会うなら、いくら詮索好きな人々でもマドレーヌの出自に疑いを抱かないだろうと考えたのだ。

今のところ、それが功を奏していた。レディ・スキフィングはうれしそうにほほえんでパトリックの話に耳を傾け、レディ・プレストルフィールドは七万ポンド以上の借金を作ったと噂されている皇太子の最新の不名誉な散財について、本人は抑えているつもりなのだろうが、かなり高い声で話し続けていた。レディ・スキフィングもレディ・プレストルフィールドも、そしてミスター・シルヴェスター・ブレドベックも、マドレーヌになんの疑念も抱いていないように見えた。

マドレーヌ本人も、フランス社交界のもっとも高位に属する娘の役を、少しも動じることなく演じていた。彼女はソフィーに教わった社交界のしきたりを思い出すのに忙しく、今も頭のなかで数えていた。九分、一〇分……さあ、ピーターシャム卿に礼儀正しくほほえんで、それから左を向いてアースキン・デューランドに話しかける時間だわ。

驚いたことに、ミスター・デューランドはちょうど左側に座るクロエ・ホランドとの会話を終えたところだった。これではまるでわたしたちがダンスをしているように見えるに違いない。マドレーヌはおかしくてたまらなくなった。みんなが同時に頭を行ったり来たりさせるなんて。

「お尋ねしてもいいでしょうか?」クイルが口を開いた。「いったいなにを考えていらっしゃるのです、レディ・マドレーヌ? イングランドの晩餐は非常に厳粛なものですから、誰もめったに笑わないのですよ」

マドレーヌは彼にほほえみかけた。「わたしたちはきっと、振り付けされたバレエを踊っているように見えるだろうと考えていました。小さなころにフランスで見たことがあるんです。踊り手たちはみんな爪先立ちでバランスを取って、頭をこちらへ向けたりあちらへ向けたりしていました。このテーブルを囲んでいるわたしたちも、まったく同じように頭を動かしていましたわ」

クイルが濃い緑色の目を愉快そうに輝かせた。

「お話を聞いていると、幕間の余興と似ているように思えますね」

マドレーヌは興味を引かれた。

「人形芝居ですよ」クイルが説明した。

彼女は小さくほほえんだ。「イングランドの上流階級の方々を人形芝居になぞらえるなんて、そんな失礼なまねをするつもりはありませんでした」

それを聞いたクイルが大声で笑い、たちまちレディ・スキフィングやレディ・プレストルフィールド、それにミスター・シルヴェスター・ブレドベックの注意を引いた。

レディ・スキフィングがかすかに眉をひそめた。「レディ・マドレーヌとアースキン・デューランドでは釣り合いが取れないわね」彼女はパトリックに言った。「確かに彼はいずれ子爵になるでしょう。だけど、子供を作れるのかしら？　表面上はあの事故からすっかり快復したように見えるけれど、聞いたところによると、お父さまは弟のほうをインドの女相続人と結婚させることにしたそうよ。家族はわたしたちの知らないなにかを知っているに違いないわ」

　パトリックはレディ・スキフィングを一喝してやりたい衝動を必死にこらえた。ソフィーが今夜の催しをなんとしても成功させたがっていると知っていたので、いくら鼻持ちならないとはいえ客に嚙みついて、これ以上妻を不安にさせたくなかった。

　そこで彼は親しげな表情を作り、レディ・スキフィングを穏やかに見つめた。「クイルはぼくの特別な友人なんです。レディ・マドレーヌの結婚相手として、彼以上の人物は望めないでしょう。もっとも、クイルが申しこめばの話ですが」

　レディ・スキフィングが不満げに鼻を鳴らした。かすかな非難ともっとかすかな称賛を声の抑揚にこめることで、ゴシップにスパイスをきかせて長い年月を過ごしてきた彼女は、パトリックの発言に含まれる言外の意味を完全に理解していた。

　レディ・スキフィングは寛大な笑みを浮かべて首をかしげ、甘い声で言った。「あなたにはかなわないわね。もちろんみんな覚えているでしょうけど、あなたのお兄さまがあれほど長いあいだ外国へ行っていたので、あなたが爵位を継ぐと考えた人が多かったの。だけど結局はふたりともこうしてここにいるわ」レディ・スキフィングは楽しそうにほほえんでから、左側に座っているブランデンバーグ侯爵のほうを向いた。

一本取られた！　レディ・スキフィングの言うとおりだ。ぼくが伯爵家の下の息子で爵位を持っていないことを、彼女はやんわりと指摘した。

それにしてもソフィーはなぜ、結婚後初めて催す晩餐会にこんな奇妙な顔ぶれを選んだのだろう？　確かにクイルは、ソフィーの友人のマドレーヌを相手に楽しそうにしている。彼はめったに家を出ないので、その点ではすばらしいことだ。ウィル・ホランドと彼の愛らしい妻のクロエに会えたことも喜ばしいし、少なくともブラッドンは招かれていない。

だが、干からびたスモモみたいなレディ・スキフィングを招待したのはどうしてだ？　それにレディ・セーラ・プレストルフィールドを招く理由がどこにある？　彼女にはカンバーランド公爵家の舞踏会で、ぼくとソフィーがキスをしているところを目撃されている。

パトリックはため息をついてソフィーの母親の側を向いた。エロイーズは詰め物をした鶏肉料理を不満そうにつついている。

彼はエロイーズのほうへ体を傾けた。「従僕を呼んで皿をさげさせましょうか？」

エロイーズはかすかにびくりとした。もちろん、本物のレディはなにがあろうと決して驚いてはならない。物思いにふけること自体が無作法だからだ。レディはつねに食事の相手に注目していなければならなかった。

「ソフィーの赤ちゃんのことを考えていたのよ」彼女は率直に言った。

今度はパトリックが驚く番だった。彼とソフィーはある種の穏やかな関係を保っていた。赤ん坊の話題は持ち出さず、妻が妊娠していることすら忘れている日もあった。とにかく今夜のパトリックの頭にそのことはなかったのだ。テーブルの反対端に座るソフィーは、まるでクリスマスツリーのてっぺんを飾る妖精のように光り輝いていた。妊娠しているようには見えない。綿菓子みたいにおいしそうで、思わず食べてしまいたくなる。

エロイーズが言葉を続けた。「ソフィーはきちんと食事をとっていないふうに見えるわ」

「ちゃんと食べているようですが」パトリックはぎこちない口調で言った。

「牛乳風呂に入れれば体力がつくはずよ」エロイーズが心配そうに顔を曇らせてパトリックを見た。「でも、あの子はいやがるの。食事にオレンジを加えるよう勧めたときも聞き入れなかったわ。ご存じでしょうけど、オレンジは胃を落ち着かせてくれるのよ」

「だが、ソフィーは胃が悪いわけではないのでしょう？」パトリックは慎重に言葉を選んだ。妻の体調が悪いことを知らなかった自分が少し恥ずかしかった。

「ええ、悪いわけじゃないわ。それでもやはり、一日に一個はオレンジを食べてほしいの。週に一度、苦味チンキを飲むといいかもしれないわ」

「苦味チンキですって！」

エロイーズがうなずく。「苦味チンキはとても体にいいのよ。血が濃くなるから」

「知りませんでした」パトリックは真剣な口調で答えた。

会話が途切れて一瞬の沈黙が広がったが、テーブルを囲む一六名もの人々の上品な話し声がすぐにそれを埋めた。侯爵夫人はそのあと、ソフィーには雉肉を定期的に食べさせるべきだと助言し、その理由について説明を始めた。パトリックは妻のほうに目をやった。

今夜のソフィーはどこから見ても立派なレディだった。〈ラーク号〉でしょっちゅう彼のベッドに入り浸っていた、官能的で小さな妖精とは似ても似つかない姿だ。彼女は耳と喉もとにダイヤモンドをつけていた。冷たい輝きが真っ白なドレスにぴったりだ。

食堂のアーチ形の天井からさがっているシャンデリアは、イタリアがナポレオンに包囲されるずっと前にパトリックが取り寄せたものだった。細かいクリスタルが客たちのはるか上方できらきらしている。食堂を出入りする従僕の動きで微風が起こり、クリスタルが回転して光を放つのだ。蠟燭の明かりを受けてきらめくソフィーのダイヤモンドが、その光を反射してさらに輝いていた。

だがダイヤモンドが冷たく光っても、ソフィー自身が冷たく見えることはなかった。それどころかバラ色のなめらかな彼女の胸はかえって温かく柔らかに見え、ますますおいしそうに感じられた。

パトリックはごくりと唾をのみこんだ。自身が主催する晩餐会の席上で紳士が絶対にしてはならないのは、不快なほどズボンがきつくなるまで妻を見つめることだろう。

彼は妻を客観的に見ようとした。妊娠したせいで胃の調子が悪いのかと、ぼくはなぜ尋ねなかったんだ？　どうやらよくあることらしい。どうしてぼくたちはソフィーのおなかにいる子の話をしなかったんだろう？

パトリックはひとりでしゃべり続けるエロイーズに注意を戻した。彼女は牛乳風呂の効能に話を戻していたようだ。

「ぼくからソフィーに勧めておきます」彼は真剣な口調で応じたあと、ふたたび別のことを考え始めた。

パトリックはどんどん広がっていく妻との距離を強く意識した。自分が作った蜘蛛の巣にとらわれてしまったかのようだ。恐怖に胸が詰まるので、子供のことは考えたくなかった。出産と結びつくからだ。嫉妬で息苦しくなるため、長い午後の遠出でソフィーとブラッドンがなにをしているのかも考えたくなかった。それでも日に二〇回も三〇回も、ブラッドンのことを考えずにいられなかったのだが。恐怖と嫉妬というふたつの敵と闘うため、夜になるとパトリックは何時間も町を歩きまわった。

心のうちの理性的な部分では、ソフィーとブラッドンが情事にふけっているのではないとわかっていた。だが、ときにはどうしても疑惑が頭をもたげてくる。たとえば外でブラッドンと出会うと、ソフィーは必ず愛情のこもった笑みを向けて挨拶した。しかもパトリックが彼女と一緒にどこかへ出かけると、必ずと言っていいほどブラッドンと出くわす気がするのだ。劇場へ行けば、そこに彼がいた。オペラを見に行っても、必ずいる。ソフィーが予定を教えているとしか考えられなかった。

なぜ教えるのだろう？　耐えがたいほど親しげなほほえみを浮かべて、元婚約者に挨拶するためか？　絶えずブラッドンをそばにおいて腕に手を添えさせ、ぼくが怒りを爆発させるまで待つつもりなのか？　考えているうちに腹が立ち、耳まで赤くなったパトリックは、懸命に気持ちを静めようとした。晩餐会で紳士が自分の妻に欲情してはいけないように、答えのない疑問に頭を悩ませてかっとしてはならない。

エロイーズのほうを向いたパトリックは、すでに持ち時間の一〇分が過ぎ、彼女がピーター・デューランドと快活な会話を始めているのに気づいた。申し訳なく思いながら反対側を向くと、寛大にもレディ・スキフィングはそれまで無視されていたことを許してくれた。

「妊娠中であることを考えれば、あなたの奥さまはとても元気そうに見えるわね」レディ・スキフィングが感想を述べた。

パトリックは心のなかでうめいた。

「もう少ししたら、出産準備のために家にこもるんでしょうね」レディ・スキフィングが続ける。「こう言ってはなんだけど、あんな状態で晩餐会を催すのはきわめて異例よ。わたしのころは、たっぷり六カ月間は長椅子を離れなかったわ。近ごろの若い人たちは好きなだけ遊び歩いているみたいだけど」

パトリックはうなずいた。普通なら出産までの最後の数カ月間は、社交行事に出席しないものであることをすっかり忘れていた。彼はふたたび妻に視線を向けた。すると偶然にも、同時にソフィーが顔をあげた。

糊のきいたリネンのテーブルクロスの端と端で、澄んだ青い目がパトリックの黒い目と合ったとたん、ソフィーの頬がほのかに赤く染まった。パトリックは無言でワイングラスを手に取り、ソフィーに向かって掲げてみせた。ソフィーはぼくの妻だ。おなかにぼくの子を宿している。そして彼女はたとえようもなく美しい。

ソフィーは口もとにかすかな笑みを浮かべ、夫に合わせてグラスを掲げた。パトリックは欲望のこもった目で彼女を見ていた。妊婦は愛し合ってはならないと母に主張される前の彼は、たびたびこんな目つきをしていた。

ふたり一緒の夕食の席で、彼らはよく何食わぬ顔でフランスとの戦争について語り合った。だがそんなときでも、パトリックの視線がソフィーの顔からすべりおりて肩をゆっくり移動し、乳房の上でとどまるので、彼女は着火する寸前の花火のような気分になった。パトリックが椅子から立ちあがり、食堂を出ようと腕を差し出すころには、全身がどくどくと脈打っていた。

そのことを思い出して、ソフィーはワイングラスをそっとテーブルに置き、パトリックの目から無理やり視線をそらした。今はみだらな物思いにふけっているときではない。意を決して右側に座るパトリックの兄のほうを向くと、彼はにんまりしながらソフィーを見ていた。彼女はふたたび顔を赤くした。きっとアレックスはパトリックの視線に気づいたのだろう。

「知っているかな?」アレックスがソフィーの耳に口を近づけ、くだけた調子で言った。「ぼくはきみが弟と結婚したことを心から喜んでいるんだよ、レディ・ソフィー」

「ありがとう」彼女はおずおずと言った。

その夜遅くになって、パトリックとソフィーはようやく居間でふたりきりになった。ソフィーは疲れきってため息をつくと、ぐったりと椅子に体を預けた。

パトリックがかたわらに立って彼女を見おろした。「大成功だったな、ソフィー」彼の口調は穏やかだった。

ソフィーは夫を見あげてほほえんだ。

「ありがとう。マドレーヌは立派にふるまったと思わない？」

パトリックは少し驚いた様子だった。「もちろんそう思うよ。愛らしい女性だ」

自分が完璧に仕立てあげたためにこれほど誇らしいのだと説明することはできない。けれどもソフィーは、パーティーの出席者が誰ひとりとしてマドレーヌの出自を疑っていなかったと確信していた。

「胃の調子が悪いのか、ソフィー？」

今度はソフィーが驚く番だった。「いいえ、ちっとも」彼女はにっこりした。「あなたの席を母の隣にしたんだったわね。ひょっとして、牛乳風呂の話を聞かされたんじゃない？」パトリックがにやりとするのを見て、さらに続ける。「苦味チンキのことは？」ソフィーは大げさに身震いしてみせた。「苦味チンキなんて大嫌いよ」

パトリックが笑い声をあげ、手を差し伸べてソフィーを立たせた。

「レディ・スキフィングが言うには、きみは休んでいなくてはならないそうだ」

ソフィーは気の毒そうに夫を見あげた。

「ふたりの話にうんざりさせられたのね。しかもあなたの嫌いな話題で。ごめんなさい」

パトリックが妻を見おろし、彼女の腕を取って階段のほうへ歩き出した。「寝る時間だ」深く豊かな声は、誘惑しているように聞こえた。ソフィーはいぶかしく思って見あげたが、彼の表情は読めなかった。

彼女は寝室の入り口で立ち止まって振り返り、ためらいがちに言った。

「おやすみなさい、パトリック」

突然、パトリックがほほえみかけた。いわくありげな優しい笑みだ。

ソフィーは驚いて飛びあがりそうになった。

「今夜はぼくがきみのメイドの役目を果たそうか？」

彼女は口を開けたものの、言うべき言葉が思い浮かばなかった。パトリックが歩み寄って、体の熱が感じられるほどすぐそばに立った。

「でも、母が……」ソフィーは小さな声で言った。

「キスもするなとは言わなかったよ」パトリックが頭をさげ、飢えたように口を押しつけてソフィーの唇を開かせた。彼はソフィーを押して寝室のなかへ入り、キスをやめて彼女を化粧台の前のスツールに優しく座らせると、シモーヌにうなずきかけて部屋から出ていかせた。

ソフィーの髪はただ巻いてピンで留めてあるだけだった。パトリックはシモーヌが慎重に押しこんだ髪の先端を見つけて引っぱり出し、手荒に振った。金色のピンがあちこちへ飛んでいく。音をたてて化粧台の鏡にあたるものもあれば、絨毯の厚い毛足のあいだに沈むものや、ソフィーの膝の上に落ちるものもあった。

ソフィーは声をあげて笑った。

「ポニーになった気分よ。あなたはわたしの尻尾《しっぽ》を振りまわしているの！」

鏡のなかでふたりの視線が合ったとたん、パトリックの瞳の色が濃くなった。彼は一方の手をさげ、ソフィーの首を愛撫するようにそっとなでた。ソフィーは体がどうしようもなく震え出した。「きみがぼくのポニーなら」パトリックがヴェルヴェットのごとくなめらかな声でささやく。「きみにまたがって連れ出すのに」

ソフィーの顔は真っ赤になり、深く開いたボディスから見える肌がバラ色に染まった。パトリックが視線をさまよわせてうめいた。

「ああ、ソフィー、もう我慢できそうにない」彼は手をボディスの下へ忍びこませ、丸みを帯びた柔らかな乳房にあてがった。

ソフィーは思わず顔をほころばせた。この数週間、パトリックはもうわたしに関心がなくなったと思っていたけれど、そうではなかったんだわ。

「じゃあ、わたしがこんなに不格好でも気にしないのね？」不安が声に表れている。

「不格好だなんて！　きみは男がのぼせあがる体になっているんだぞ、ソフィー」パトリックはもう一方の手で反対の乳房を覆った。

ソフィーは鏡に映るふたりの姿をちらりと見たかと思うと、奔放にのけぞった。

「キスをして、パトリック」かすれたささやきが口をついて出た。

パトリックがスツールのかたわらにひざまずき、ソフィーの顔を両手で包んで唇を重ねた。ソフィーは彼の首に腕をまわした。

長い時間が経過したあと、パトリックは身を引いてソフィーをスツールに戻した。いつのまにか彼女も床にひざまずいていたのだ。彼の瞳は欲望できらめき、心臓が激しく打っているのがわかった。

夫と妻はつかのま互いを見つめた。

「こんな状態がいつまでも続いたら死んでしまいそうだ」われに返ったパトリックが軽い口調で言った。

ソフィーは気づかわしげに彼を見ると、小さな白い歯で唇を噛んだ。「ごめんなさい、パトリック。母がとてもうるさいの」しばらく黙りこむ。「だけど、妊娠中に愛し合ってはいけないということも、牛乳風呂や苦味チンキと同じように考えていいのかもしれないわね?」

驚きに胸を高鳴らせたパトリックは、〝そのとおりだ〟と叫びそうになった。「いや、それはまずいだろう。しばらくのあいだだけだ。なんとか我慢できるよ」彼は重々しく言った。

〝わたしは我慢できないわ〟と言いかけて、ソフィーは唇を噛んだ。

パトリックがため息まじりに言った。「それじゃあ、ぼくはひとり寂しく寝るとしよう」

ソフィーはスツールが倒れそうな勢いで立ちあがった。

「あの……あなたもここで寝たらどうかしら?」彼女は早口で言った。「一緒に寝るだけならかまわないと思うの」パトリックがいつまでも黙っているので、ソフィーは恥ずかしくなって顔を赤らめた。

パトリックがそばに来る。「ソフィー、きみはちっともわかっていないんだな」

彼女はかぶりを振った。

「愛しいソフィー、ぼくのズボンを見てごらん」

ソフィーは言われるままに視線を下へ向けた。パトリックがはいているのは、脚にぴったり沿う最新流行のズボンだ。彼女はすぐに目を伏せ、さらに顔を赤くした。

「きみと並んで寝ることはできない、ソフィー。一睡もできないに決まっているからね。向こうで横になるよ」パトリックはふたつの部屋をつなぐドアを示した。「ドアを蹴破って、こちらの部屋へ押し入らないように我慢する。隣で寝たら、きっと眠ったまままきみを奪ってしまうだろう。それほどときみが欲しいんだ」

ソフィーはにっこりした。ときどき彼が愛人と夜を過ごすくらいかまわないわ。まだわたしの体に飽きていないことがわかったんですもの。

「ああ」パトリックは、ソフィーの乱れた蜂蜜色の髪や、目に浮かぶ官能的な思い、そして赤からピンクへと色が戻りつつある頬を目で追って、ため息まじりにささやいた。「もう行ったほうがよさそうだ」彼は向きを変え、ソフィーの寝室を出てドアを閉めた。

寝室にひとり残されたソフィーは、まるで発作を起こしたかのようにくすくす笑い出した。大きなおなかを抱えて体を斜めに傾け、円を描いて歩きまわる。パトリックはわたしを欲しがっているわ！　今でもわたしが欲しいのよ！

メイドの役目を果たすと言っておきながら、パトリックはほとんどなにもしないまま去ってしまった。髪をほどいただけで、背中にずらりと並んだホックはそのままだ。ソフィーは目がくらむほどのうれしさに浸りながら、呼び鈴を鳴らしてシモーヌを呼んだ。

階下の厨房にいたシモーヌは、鈴の鳴る音を聞いて不機嫌そうに顔をしかめた。上流階級の人たちがすることなんて、少しも理解できないわ。ベッドのなかだろうが外だろうが。すぐに気が変わるんだもの。シモーヌはため息をつき、重い足取りで裏の階段をあがっていった。

23

「レッスンをやめるなんてだめだよ」ブラッドンがうろたえた口調で言い張った。

「どうして、ブラッドン？　マドレーヌはゆうべの晩餐会で間違いなくうまくやっていたし、わたしはもう彼女に教えることを思いつかないの」ソフィーは日傘を広げた。ふたりが乗っているブラッドンの二頭立て四輪馬車のなかへ、日光が斜めに差しこんでいた。

「きみがいなかったら、どの招待を受けたらいいのかさえわからない」

「おかしなことを言わないで！」ソフィーは少し厳しい声で言った。「それについてはもう話し合ったでしょう。これからの数週間で、マドレーヌは八つか九つの社交行事に出る。そのたびにあなたが彼女に言い寄る。そしてレディ・グリーンリーフの舞踏会で、あなたたちの婚約を発表するのよ」

ブラッドンがすがるような目でソフィーを見た。「どうしてやめたいんだ？」

「どうしてって」ソフィーはいらだった。「そんなに知りたいのなら教えるけれど、これからは家にいたいの。夫と一緒にいたいのよ」彼女がブラッドンと午後を過ごす日は、決まってパトリックが晩に家を空けていた。ソフィーは黒髪の娼婦から夫を取り戻せるかどうか、試してみようと決意したのだ。

「前にも言ったけど、パトリックは気に入らないんだろう」ブラッドンが鋭く言った。「きみがぼくとこうして馬車で出かけるのを快く思っていないんじゃないか？　今考えてみると、この数カ月はぼくに対してやけに冷たかった」

「パトリックはなにも言わないの。正直な話、気づいてもいないんじゃないかしら」ソフィーは穏やかに、だがきっぱりと言った。

ブラッドンは最優先にすべきことをあげた。

「それなら、きみがマドレーヌと会ってはいけない理由はなにひとつない」

ソフィーは日傘をおろしてまっすぐ彼のほうを向いた。馬車はウォーター・ストリートを進んでいる。きっと〈ヴァンサンズ・ホース・エンポリアム〉へ向かっているんだわ、と彼女はいらだたしく思った。わたしは行かないとはっきり断ったのに。

「ブラッドン、馬車を停めて。お願いだから」

彼は肩をすくめた。ソフィーと結婚しなくて本当によかったと思う。

「ブラッドン！」ソフィーが、彼の母が命令するときと同じ冷たい響きで言った。

ブラッドンは馬車を停め、手綱をフックにかけた。

「なぜわたしをこれからも毎週マドレーヌに会わせたいの？」

「きみが一緒でないと、彼女がぼくに会おうとしないんだ、ソフィー。もうキスさえしてくれないんだよ！」

「これからは夜にマドレーヌと会うじゃないの。今週が終われば、彼女を誘って公園で馬車に乗ることもできるわ。午後に催される社交行事に誘ってもいいし。もちろん、シャペロンは必要だけど」

ブラッドンが反抗的な顔をする。

「駄々をこねないで、ブラッドン。わたしはそろそろ家に帰らないと」ソフィーはふたたび日傘を取りあげた。

「悪いけどそれはだめだ、ソフィー」

ソフィーは驚いて振り向いた。聞き間違えたのかしら？　だが、どうやらそうではないらしい。ブラッドンは哀れな犬が懇願するような目で彼女を見つめている。

「きみの助けが必要なんだよ、ソフィー。最後まで手を貸してくれ。あと三週間だけでいいんだ。わかっているだろう？　とてもじゃないが、ぼくの手には負えない。きっとへまをしでかして、これまでの努力を水の泡にしてしまうよ。マドレーヌの正体をみんなに知られてしまうだろう。ああ、ソフィー、この計略を思いついたとき、ぼくは自分とマドレーヌのことしか考えていなかった。だけど二、三日前、真実が明らかになれば母がどれほど傷つくか気づいたんだ」

ソフィーはしばらく黙って座っていた。

「やっぱり、これ以上マドレーヌに教えることはないわ」

「礼儀作法に磨きをかければいい」ブラッドンが言った。「きみも知ってのとおり、ぼくの母は意地が悪くて刺々しい。それでも、ぼくみたいな間抜けが息子ではかわいそうだ。ぼくが社交界の人々を欺こうとしたあげくに失敗したら、母は二度と世間に顔向けできなくなるだろう」

ソフィーはブラッドンの言っていることの正しさを認めないわけにいかなかった。

「先にその可能性を考慮しておくべきだったわね」

「ああ」ブラッドンが哀れな声で言った。「だけど、前もって考えるのは昔から苦手なんだよ」

「いいわ、わかった」彼女はため息をついた。

翌朝、ソフィーは爽快な気分で目覚めた。前の晩にマドレーヌがミセス・トレヴェリアンを伴って音楽会に現れたのだが、ブラッドンが彼女に夢中であるのは誰の目にも明らかだった。彼はプログラムの後半をずっとマドレーヌの横に座って過ごし、熱心にシャンパンを勧めていた。この三年ほど、ブラッドンが自分にふさわしい妻を探し続けていることはよく知られている。若くて愛らしいフランス人のレディ・マドレーヌ・コルネイユが、スラスロウ伯爵の今度の標的になったらしいと人々が推測するのは簡単だった。

マドレーヌがブラッドンの求婚に応じるか否かが、さっそく〈ホワイツ〉の賭け帳に書きこまれ始めた。だが、レディ・ソフィー・フォークスのときと同様に、マドレーヌもまた最後の瞬間になってブラッドンを袖にしてほかの男と結婚するという側に賭ける金額は、それ以外を予想する側の額よりもはるかに多かった。ブラッドンは賭け帳に目を通して顔をしかめたものの、内心ではほっとしていた。これまでのところ、マドレーヌ・コルネイユがフランスの侯爵の娘である点を疑う噂は耳にしていなかった。

実は――もちろん上流階級の人々はまだ知らなかったが――マドレーヌとブラッドンの計画では、今夜ふたりはさらに世間の注目を集める行動に出る予定だった。レディ・コモンウィールが娘のシシーの婚約を祝って催す舞踏会に出席し、マドレーヌが晩餐の席へのエスコートをブラッドンに許可するのだ。

その晩、コモンウィール家の舞踏会へ行くのに、パトリックは九時になっても姿を現さなかった。ソフィーは家のなかを歩きまわっていたが、やがて心を決め、毅然《きぜん》とした態度でひとり馬車に乗りこんだ。

ちょうど舞踏室に入ろうとしたとき、ドアのところで偶然カンバーランド公爵と出会った。彼はいつものごとく、好色さのまじった寛大な目をソフィーに向けてきた。藤紫色《ふじむらさきいろ》の布を肩にかけ、数年前に国王より賜った褒章で留めている姿がいかにも王族公爵らしい。

「今やあなたは公爵夫人だそうですね」カンバーランド公爵がソフィーの手の甲に湿った唇を押しつけた。

「なんとおっしゃいました？」

「公爵夫人なのでしょう？　なんでしたかな、そう、ジズル公爵夫人だ。詳しい話は聞いていませんが」彼は美しい新公爵夫人に可能なかぎり近づいて言った。「わたしには隠し通せませんよ。今日の午後、議会で承認されたとか」

相手が困惑しきっている様子を見て、公爵はほほえんだ。美しいレディ・ソフィーとその夫が不仲であるという噂はどうやら本当らしい。彼女が子供を産み落としたら言い寄ってみよう。

公爵はゆっくりと説明した。「議会があなたの夫君に爵位を授けたのです。授与したのはジズル公爵の称号ですから、あなたはジズル公爵夫人ということになる」

ソフィーは王族公爵の熱い息を首筋に感じ、思わずあとずさりした。

「ああ、そのことですか」彼女は小声で言うと、膝を折って深くお辞儀をした。「忘れていましたわ。思い出させてくださってありがとうございます、公爵」

カンバーランド公爵の目を見たソフィーは、自分が感じている深い屈辱に気づかれたことを悟った。彼は口をつぐんでいられないだろう。ジズル公爵は爵位を授与されたことを妻に教えようとさえしなかったのだ。自分の称号を知りもしない公爵夫人だなんて！

結局、その夜パトリックは舞踏会に現れなかった。ソフィーは一時間ほどで家に帰った。カンバーランド公爵が流した噂が野火のように広まり、興味津々の人々から公爵夫人と呼びかけられるのに耐えられなくなったのだ。〝公爵はどちらにいらっしゃるの、公爵夫人？　なんと名誉なことでしょう！　だけど、ご本人は新しい爵位に興味をお持ちでないのかしら？〟

帰宅したソフィーはクレメンズと言葉を交わし、書斎へ行った。

暖炉の前では、パトリックがくつろいだ様子で本を読んでいた。

ソフィーはたちまち怒りにとらわれ、顔を真っ赤にした。

「ひどい人ね！　なぜコモンウィール家の舞踏会へ出かける時刻までに帰らなかったの？」

顔をあげたパトリックが礼儀正しく立ちあがった。「そう言われても、どこへ出かけるのかは聞いていなかったし、招待に応じたかどうかもきみは話さなかった。ぼくと一緒に出かけたがっていると知っていれば、当然その時刻までに帰宅したよ」彼の口調はのんびりしていた。

舞踏会のことは話しておいたはずだ。もっとも、最近のソフィーは細かい事柄をよく忘れてしまう。もしかしたら、伝え忘れていたのかもしれなかった。

「わたしにはあなたの付き添いが必要なことくらいわかっているはずよ」ソフィーは言い返した。

パトリックの目が翳り、感情を抑えているのがわかった。「だったら謝るよ、申し訳なかった」

「そう」ソフィーはいらだたしげに言ったあとで、自分が怒っている理由を急に思い出した。「だけどそんなのはどうでもいいの。あなた……あなたは公爵になったことを教えてくれなかったわね！」

「ブレクスビー卿はもう承認させたのか？」

ソフィーは異国からの訪問者を見るかのような目で夫を見つめた。パトリックはあまり関心がないらしい。お気に入りの馬がアスコット競馬で優勝したと聞かされた程度の関心だった。

「頭がどうかしているんじゃない？　いったいなんの話をしているの？」ソフィーの声が甲高くなった。

「称号の話だよ」パトリックがいくぶんそっけない口調で答えた。「いくらブレクスビー卿でも、これほど早く議会に承認させることができるとは思っていなかった」

「わ、わ、わたしに話そうとは思わなかったの？」今やソフィーは激怒していた。「カンバーランド公爵から公爵夫人になったと教えられて、どんなに恥ずかしかったかわかる？　急に公爵夫人にされたうえに、夫はそのことを妻に伝えようともしなかったのよ。舞踏会に来ていた人たち全員にくすくす笑われてわたしがどんな気持ちになったか、あなたに想像できる？」

パトリックが顔をゆがめ、表情が読めなくなった。彼は近づいてソフィーの腕を取り、椅子へ連れていった。「きみが動揺するのはわかる。正直なところ、うっかり忘れていたんだ」そう慰めるように言った。

「うっかり忘れていたですって！」ソフィーは目の前に立つ夫を見あげた。はじかれたように椅子から立ちあがる。「あなたは公爵になることをうっかり忘れていた！　公爵夫人になることを妻に話すのを、うっかり忘れていたというのね！」

「そんなに怒る理由がわからないな」パトリックはだんだん腹が立ってきて言い返した。「そういえば、きみは爵位のある相手と結婚したがっていたな。今ではきみの大事なブラッドンよりも、ぼくのほうが身分は上だ！」

息苦しい沈黙が広がった。ソフィーはパトリックの攻撃に対抗する言葉を探そうとしたが、あまりにも激しい怒りにとらわれてまともに考えられなかった。

「わたしが爵位のある相手と結婚したがっていたなんて、どうしてそんなふうに思うの？」

やっとのことで言葉が出た。

パトリックは肩をすくめた。「きみの望みは知っていたよ」ブラッドンは太った愚か者だと言いたいところだが、それを口にすれば彼自身が思いあがった愚か者に見えるだろう。それにパトリックは、ソフィーが実際に、間抜けなブラッドンに愛情とは言えないまでも、好意を抱いていたに違いないとますます強く疑っていた。認めざるをえないが、ブラッドンにはそれなりに愛すべきところがある。

ソフィーは心にぽっかり穴があいたようなむなしさを感じていた。夫の思考の道筋がさっぱり理解できない。彼女はふたたび椅子に腰をおろし、危険なまでに穏やかな口調で尋ねた。

「教えてもらえないかしら？　なぜ議会はあなたを公爵にしたの？　ジズル公爵だったかしら？」

「今年の秋に、ぼくは大使としてオスマン帝国へ行く予定になっている」パトリックは肩をすくめた。自分が本当にろくでなしに思えてきた。

「オスマン帝国へ……セリム三世となにか関係があるの？」妻が普通の人の知らないことまで知っているとわかっても、パトリックはもう驚かなかった。ソフィーは非常に聡明な女性だ。結婚生活を通して、少なくともそれだけはわかった。「今年の秋に？」

　ソフィーが彼を見あげた。蠟燭の明かりのなかで、彼女の瞳はパトリックの目と同じくらい濃い色に見える。「そう。わたしたちのことは心配していただかなくてけっこうよ。母のもとへ戻るから」ソフィーは皮肉のこもった声で言った。じっとしていられないとばかりに腹部をさすっている。

「そんな必要はない」パトリックはいらだった。

「どうして？　あなたは忘れているみたいだけど、わたしの子供は秋の初めに生まれるのよ」

　ソフィーがわざと〝わたしの子供〟と言うのを聞いて、彼の胸に痛みが走った。

「きみの母上のところへは移らないほうがいい。なにかあったのかと思われる」

　ソフィーが目を細める。「なにかあったのかと思われる？」口調は冷ややかだった。「あなたはわたしたちの結婚生活が他人の目にどう映るのか、いつも気にしているのね、公爵さま」彼女は精いっぱいの皮肉をこめて呼びかけた。

　パトリックは顔を赤らめた。「称号のことを話さなかったのは悪かった。謝るよ、ソフィー」だが、それ以上の説明をしても意味がないと思えた。だいいち、なにを言えばいいんだ？　どうでもいい称号のことなどすっかり忘れていたと認めればいいのか？　妻は称号をどうでもいいものだとは考えていない。その証拠に、公爵夫人になったことをこれほど騒ぎ立てている。

「きみは公爵夫人になった。この事実をただ喜んだらどうだ？」

ソフィーは、暖炉の火を見おろしている夫の背中を見つめた。喜ぶですって？　わたしの結婚は最悪だわ。子供のころに想像していたよりずっと悪い。

「もしかすると、母上のもとにいるほうがいいのかもしれない」薪《まき》を足で蹴って、パトリックが言った。「ぼくは数カ月ほど家をあけるだろうから」

これでおしまいだわ。お母さまでさえ、実家に送り返されたことは一度もなかった。パトリックはわたしにほとんど関心がない。存在すら忘れてしまったらしい。そうでなければ、公爵になることをわたしに伝え忘れたりするかしら？　それに、まもなくわたしたちの子供が生まれることも完全に無視している。そのときにこの国にいるつもりがないからなのだろう。

目の奥がちくちくして涙がこぼれそうになった。ソフィーはぐっとこらえて立ちあがると、静かに部屋を出た。これ以上パトリックと話しても無駄だ。

それからの数週間、ソフィーが毅然と顔をあげていられたのは、生まれながらにして持つ強い誇りのおかげにほかならなかった。マドレーヌの社交界での成功に、ソフィーはいくらか喜びを感じた。けれどもその一方で、パトリックは毎晩帰りが遅くなった。ソフィーがシャーロットに連絡を取り、社交行事に同行させてもらったことも二度ほどあった。もはや夫が連れていってはくれないからだ。

アレックスは、外見はそっくりだが弟とは違う黒い目でソフィーを見つめた。パトリックがまるでロンドン社交界から姿を消したかのように見える理由について、アレックスもシャーロットもなにも尋ねようとしなかった。友人の無言の支えにソフィーは力づけられた。

だが、エロイーズだけは説明を求めた。ソフィーは紅茶を飲みながら、おなかの子を順調に育てるためには少なくとも週に一羽は雉を食べたほうがいいという母親の話をぼんやりと聞いていた。

するとエロイーズが膝の上で両手を組み、じっと娘を見つめた。いつものごとく、火かき棒のようにまっすぐ背筋を伸ばしている。

「語学のせいなの、ソフィー？」

ソフィーは質問の意味を理解できなかった。

「語学？」

「あなたとパトリックを引き離したのは語学だったの？」

ソフィーは顔を赤らめた。

「まあ、違うのよ、お母さま。少なくとも、わたしはそうは思っていないわ」

エロイーズの視線が鋭くなった。「思っていない？」

「ウェールズ語を話せることを彼に知られてしまったけど、気にしたふうには――」

「わたしのせいだわ」エロイーズが苦悩のにじむ声で叫んだ。「あなたのお父さまに決して、決して好きなようにさせるべきではなかった！　学がありすぎたせいで、パトリックに嫌われたのね。そうなんでしょう？」

ソフィーは首を振った。「それは違うと思うわ、お母さま。どちらにしても、パトリックはわたしにあまり関心がないの。わたしが存在していることさえ忘れているわ」

「まさか」エロイーズがきっぱりと言った。

ソフィーはエロイーズにほほえみかけた。どんな欠点があろうと、彼女は母を心から信頼していた。「それほどひどくはないのよ、お母さま。わたしはあまり気にしていないわ。それにパトリックは……彼には彼の楽しみがあるの」彼女は肩をすくめた。「わたしがそばにいようがいまいが、気づいていないみたい。秋になったら、こちらへ戻ってお母さまやお父さまと過ごすよう提案されたわ。パトリックは大使としてオスマン帝国に行く予定があるの」

エロイーズの表情が鷲《わし》のように鋭くなった。「それについてはお父さまにお任せしましょう！　パトリックは汚れた服を脱ぐように花嫁を放り出してもいいと考えているのね！　赤ちゃんはどうなるの？」

ソフィーは膝の上で両手を握りしめた。どういうわけか、母親の口からはっきり言われると、状況がいっそうひどいものに聞こえた。目に涙がたまる。最近では、帽子が落ちただけでも泣き出してしまうのだ。

ソフィーは声を振り絞った。「お願い、お母さま。なりゆきに任せるわけにはいかないかしら？　誰にもどうしようもないんですもの。どうかお父さまには話さないで」

エロイーズは長椅子の娘の横に腰をおろし、愛情をこめて腕をまわすと、慰めるように言った。「心配はいらないわ、おちびちゃん《ミニヨン》。あなたは自分とおなかの赤ちゃんのことだけを考えていればいいの。秋にあなたがここで過ごしてくれたら、お父さまもわたしもうれしいわ」

ソフィーの手に涙がこぼれ落ちた。「そのことは話したくないの」そう言いながらも、彼女は続けた。「愛人のことでは、わたしは一度もパトリックを責めなかったのよ。だけど、結果は同じだった。パトリックは夜になっても帰ってこなくなって、それから……それから彼は……わたしたちは話をしていないの。だからパトリックが公爵になったことも知らなかったし、オスマン帝国へ行くことも知らなかった……ちょうど子供が生まれるころに……」

「もうその話はよしましょう」エロイーズが優しく言う。

しばらくしてふたりとも落ち着きを取り戻すと、ブランデンバーグ侯爵夫人はもとの椅子へ戻った。エロイーズは、今やジズル公爵夫人となった美しい娘をじっと見つめた。

「あなたをどんなに誇らしく思っているか、話したことがあったかしら？」

ソフィーは笑った。母が誇りにする点が自分にあるとは思えなかった。悲惨な結婚をどうにか続けている娘なのだから。

エロイーズが熱っぽい口調で言った。「近ごろのあなたのふるまいは本当に立派で、わたしは誇りに思っているの。結婚につまずくと、それまで友だちだと思っていた人たちがどれほど冷酷になるか、わたしはよく知っているわ。だけど、あなたはどんなときでも堂々としている。本当にあなたが誇らしいわ、ソフィー」

ソフィーはふたたびこみあげてきた涙をこらえた。荒廃した結婚生活において、誇りを持って立ち続ける力。母から娘へ受け継がれるものとしては変わっているかもしれない。

「ありがとう、お母さま」彼女は言葉を絞り出すと、喉につかえた大きなかたまりをのみこんだ。

24

翌朝、ソフィーがちょうど身づくろいを終えたところへクレメンズが来て、レディ・マドレーヌ・コルネイユの来訪を告げた。

なにごとだろうと、ソフィーはかすかな胸騒ぎを覚えながら客間へ行った。マドレーヌとは前の晩に会ったが、今朝訪ねてくるとは言っていなかった。

マドレーヌはいつもと変わらず魅力的だった。ソフィーが椅子に座って楽な姿勢を取るのを――最近は胴まわりが大きくなったせいで椅子に座るのもままならないため――待ってから、訪問の理由を話し始めた。

「身分を偽るのをやめようと決めたの」静かな部屋に響くマドレーヌの澄んだ声は、落ち着いて揺るぎなかった。

ソフィーは息をのんだ。「どうして?」

「正しい行いではないんですもの。こんな……嘘で固めた結婚をするわけにはいかないわ。これから一生、偽りの自分を演じ続けるなんて想像できる、ソフィー? わたしには無理よ」

「でも、演じ続けなくてもいいのよ。いったんブラッドンと結婚してしまえば、あなたはスラスロウ伯爵夫人になるんですもの。誰もあなたの素性なんて気にしないわ」ソフィーは指摘した。

「わたしが気にするの」マドレーヌがきっぱり言った。「ブラッドンとわたしのあいだにいつか子供ができる……その子たちになんて説明するの？　母親が嘘つきで本当は低い身分の生まれだと、わたしの息子にいつ教えたらいいの？　子供が何歳になれば、わたしが厩舎の上で育ったことを話してもいい？　母親の過去を人に悟られないよう、これから一生用心しなければならないと話すとき、息子はいくつになっているかしら？　それに子供たちのおじいさんは？　父をブラッドンの厩舎の馬丁頭にするの？　自分の父親にそんな仕打ちはできないわ！　どう考えても無理なのよ、ソフィー。こんなことを考えたわたしたちが愚かだった」

ソフィーの目に涙が浮かんだ。「ごめんなさい。そんなつもりはなかったの……」

マドレーヌも涙ぐんだ。「まあ、ソフィー、あなたはちっとも悪くないわ！　あなたの友情にも、わたしに教えてくれたことにも心から感謝しているの。だけど、ブラッドンとわたしは愚かな夢を見ていたんだわ。こんな結婚で幸せになれるはずがないのよ」

「それはどうかしら。ブラッドンは心からあなたを愛しているわ」ソフィーは反論した。

「わたしたちの人生が嘘の上になり立っていたら、すばらしい結婚生活になるわけがないわ」マドレーヌの声には、フランス人らしい現実を見据えた冷静な響きがあった。「愛だけでは十分じゃないの」

「そうね」ソフィーはつぶやいた。わたしはパトリックを愛している。それでも結婚生活は粉々に砕けつつある……愛していようがいまいが。「それで、これからどうするつもり？」

「ゆうべ、ブラッドンと話し合ったの。アメリカに行くことになるかもしれない。わたしがいなければ、彼はイングランドにいたくないんですって。すっかり心を決めているわ」

「自分の目の届かないところへは、絶対にあなたを行かせないでしょうね」ソフィーは断言した。「だけど彼の家族はどうするの、マドレーヌ？」母親が恥ずかしい思いをするだろうとブラッドンが悩んでいたのを思い出し、ソフィーはためらいがちに尋ねた。

マドレーヌがうなずく。「問題はそこなの。だから、新しい計画を考えついたわ、ソフィー。来週までこのお芝居を続けて、レディ・グリーンリーフの舞踏会でふたりの婚約を発表する。そして次の日、わたしが急に病気になったという噂を立てるのよ」彼女は早口で説明した。「わたしは熱病で死んで、ブラッドンは傷心を癒やすためにアメリカへ渡るの」

「あなたも一緒に行くのね？　まあ、いかにもブラッドンの考えそうなことだわ」ソフィーは思わず笑みを浮かべた。

マドレーヌが鼻に皺を寄せた。「わたしは……わたしは行きたくないのよ。だけど、自分でついた嘘だから、最後までやり通すべきだと思う。アメリカに渡って、ただの馬の調教師の娘になるわ。そしてスラスロウ伯爵が愚かにもアメリカの馬の調教師の娘と結婚する気を起こしたら、ええ、結婚するわ。わたしたちの子供はいつか、イングランドへ帰ってくるかもしれない。でも、わたしは帰らないつもりよ」

「あなたが行ってしまったら寂しくなるわね」ソフィーは心から言った。

「感謝しているわ、ソフィー。あなたはレディになるための作法をいろいろ教えてくれた。わたしもあなたと離れたら寂しくなるでしょうね」マドレーヌはためらったあと、急いで続けた。「あなたのパトリックは……彼はあなたを愛しているわ」

ソフィーははっとした。屈辱感でうなじが熱くなる。

マドレーヌの茶色の目は真剣で、深い同情の色をたたえていた。「彼はあなたを愛しているわ」彼女は繰り返した。「わたしは知っているの……パトリックがあなたを見ていることを。あなたが見ていないときに、いつもあなたのことをうかがっているわ。パトリックの目を見れば、どんな気持ちでいるのかわかるのよ、ソフィー」

ソフィーはほほえんだ。引きつった小さな笑みではあったが。彼女はマドレーヌと抱き合って別れを惜しんだ。

マドレーヌが去った数分後、クレメンズが来客の名が記されたカードをのせたトレイを持ってソフィーの居間の戸口に現れた。「ミスター・フーコーとミスター・ムスタファがお越しです」

その口調には敵意が感じられた。ソフィーはたちどころに、人の品性を容赦なく判断するこの執事が、訪問者にいい印象を抱かなかったことを悟った。

「わたしの知っている人たちかしら？」ソフィーは尋ねた。

「いいえ、ご存じないと思います、奥さま。だんなさまとお知り合いの方々です。それも遠いお知り合いの」クレメンズが答える。

「よくわからないわ、クレメンズ。その人たちはわたしに会いたがっているの？」

「だんなさまに会いにいらしたのです。お留守だと申しあげたところ、それなら奥さまとお話ししたいとおっしゃって」クレメンズは下唇をゆがめ、礼儀知らずな行為に対する不快感を示した。主人が留守と聞いて、奥方との面会を求めるとは！　あきれてものも言えない。

「奥さまもお留守だと伝えてお引き取り願いましょう」

ソフィーがうなずくと、クレメンズはあとずさりして部屋を出ていった。しばらくして戻ってきた彼は、銀製のミニチュアの城をのせたトレイを持っていた。それぞれの小塔の先端にきらきら光るルビーがついた、すばらしい細工の優美な城だ。

ソフィーは眉をあげた。

「オスマン帝国のスルタンであるセリム三世への贈り物だそうです」クレメンズが言った。まだ腹立たしそうな口ぶりではあるが、見るからに高価なミニチュアの城によっていくぶん敵意が薄らいだのは明らかだった。「ミスター・フーコーのお話では、だんなさまはこのインク壺が届くことをご存じだそうです。なんでも、ミスター・フーコーの代わりにこれをスルタンに献上することに同意されたとか」

「まあ、そうだったの」ソフィーは立ちあがった。「そういうことならお会いしたほうがいいわね。それにしても、なんて美しい品かしら」彼女は近づいて城の屋根に手を伸ばした。

「これはきっとインク壺のふたに違いないわ」

しかし、クレメンズがかぶりを振った。「インク壺のその部分には、くれぐれも手を触れぬようにとのことです。オスマン帝国までの輸送に備えて、継ぎ目に封をしてあると。壺にはスルタンの好みのインクが入っているらしいのです……緑色だとか」クレメンズは下唇で、緑のインクに対する自分の考えを表明していた。

ソフィーは手を引っこめた。「それなら触れてはだめね。あちらへ置いてもらえないかしら、クレメンズ」部屋の隅の、小さな寄せ木細工のテーブルを手で示した。「それで、お客さまはどこに？」

「客間へお通ししておきました」クレメンズが答えた。

「わたしのところへ来るようシモーヌに伝えてちょうだい。お客さまとは一五分後にお会いするわ」

クレメンズは頭をさげて部屋を出た。主人が公爵の称号を授与されてからというもの、クレメンズの自尊心は——そしてロンドンの執事たちのあいだにおける彼の立場は——天井知らずに高まっていた。その結果は、セント・ジェームズ宮殿の広間以外では見られないほどの格式ばった儀礼となって表れている。

呼ばれたシモーヌが駆けつけてソフィーの髪を整え終えるころには、一五分以上が過ぎていた。けれどもソフィーが遅くなったことを詫びると、フーコーは軽く受け流した。

「このようなすばらしい部屋でしたら、何時間待たされようとまったく苦になりません」彼はソフィーの手の甲に軽く口づけた。「多くのイングランドの女性はとても……とても趣のある服装をしておられますね！」

フーコーの唇の柔らかい感触に、ソフィーはかろうじて身震いをこらえた。彼に連れのバイラク・ムスタファを紹介されたときには、トルコ語で挨拶すべきだろうかと一瞬迷った。簡単な会話なら十分交わせる程度には習得しているつもりだった。だが、このところ妊娠のせいで記憶力に自信がなくなっていたので、ここは無理にトルコ語を使わないほうがいいかもしれないと思った。そこで彼女はただうなずき、英語で丁重に挨拶した。きっとムッシュ・フーコーが通訳してくれるだろう。

フーコーのトルコ語は、ソフィーにも難なく理解できた。しかし、ムスタファの返答はかなり興味深いものだった。ソフィーに理解できるかぎりにおいてではあるが、実際のところ、まったく意味をなしていなかった。深いお辞儀とともに発せられた彼の言葉は、子守歌や童謡の一節から取られたもののように聞こえた。きっとわたしが間違っているに違いないわ、と彼女は思った。フーコーが少しも驚いているふうに見えなかったからだ。彼は意味不明の言葉を、ごく普通の挨拶と賛辞の表現に訳した。

ソフィーはますます混乱して椅子に深く身を沈めたものの、好奇心をかきたてられた。フーコーはフランスとイングランドの流行の違いを話したい様子だったが、しばらくして彼女はなんとか話題をバイラク・ムスタファに戻した。

「ミスター・ムスタファをおひとりで放っておいては申し訳ありませんわ」ソフィーはフー

コーに言った。「よろしければ、わたしに代わってお尋ねいただけませんか？　偉大な都市のコンスタンティノープルと比べて、イングランドの都市をどう思っていらっしゃるのかしら？」

一瞬、フーコーの顔にいらだちがよぎったが、すぐさま彼は満面に笑みを浮かべた。「わたくしの連れのムスタファを気づかってくださるとは、なんとお優しい」甘ったるい声で言う。「それはそうと、すばらしいお屋敷でおもてなしいただき、つい長居をしてしまいました。そろそろ失礼して――」

「どうかもうしばらくいらしてください。ぜひコンスタンティノープルのお話を聞かせていただきたいわ！」ソフィーはフーコーに劣らず甘い口調に断固たる意志をこめて言った。

フーコーがうなずいてムスタファを振り返った。ソフィーは上品な笑顔を保とうと気をつけながら、ふたりの会話に聞き耳を立てた。

確かに、フーコーは彼女の質問をそのまま訳して伝えていた。だがムスタファの返事はまったく理解不能な言葉の羅列にすぎなかった。しかもソフィーの間違いでなければ、ムスタファが口にするのは名詞だけで、動詞はひとつも含まれていなかった。

さらに、彼女のトルコ語の知識が不完全である点を差し引いても、フーコーが聞いたとおりを英語に直していないのは明らかだった。フーコーによれば、ムスタファはイングランドの首都のほうが偉大な都市コンスタンティノープルよりもはるかにすばらしいと感じているそうだ。

通訳し終えたフーコーは、ソフィーに口をはさむ隙を与えず、すぐに大げさな言葉で謝り始めた。「どうかお許しください、公爵夫人。本当にもうおいとましなければならないのです。わたくしは……」彼は前に出て、ふたたびソフィーの手に口づけた。「奥さまの忠実なるしもべです。ところで、公爵さまはきっとあのインク壺に興味を抱かれるでしょう」いったん言葉を切ってから続ける。「そこでお願いがあります。インク壺に封がしてあることを、どうぞ公爵さまにお伝えください。オスマン帝国への長旅を終えられるまでは、あの状態を保っておいていただかねばなりません」

ソフィーはほほえんで立ちあがった。「もちろんですわ。決してインク壺の封に触らないよう注意します。これほど美しくて心のこもった贈り物をお選びになるなんて、すばらしいですわ」

フーコーはお辞儀をすると、英語で別れの挨拶をくどくどと述べながら、部屋の外へ出るようムスタファを促した。ムスタファは黙ってお辞儀をしただけで、もうトルコ語は口にしなかった。

ふたりが去ったあと、ソフィーは眉をひそめて階段をあがり、居間へ戻った。インク壺に歩み寄ると、宝石をはめこんである精巧な作りの小塔に一本の指でそっと触れた。フーコーとムスタファにはどこか怪しいところが、いや、かなり怪しいところがあった。

だがコモンウィール家の舞踏会のあとで口論してからというもの、パトリックとはほとんど顔も合わせていない。フーコーのことをどう伝えればいいだろう？　ソフィーが頭を悩ませていると、銀のトレイに訪問客の名前入りカードを何枚ものせたクレメンズがやってきた。ジズル公爵夫人になって以来、挨拶に訪れる客があとを絶たない。ソフィーは夫との問題をしばらく脇へ置いておくことにした。

その週の終わり近く、混雑した通りで偶然出会ったパトリックとアレックスは、足を止めて互いに当惑のまなざしを向けた。

「おまえのせいで、このところずっと胃が痛いぞ」アレックスが沈黙を破った。

「ぼくの知ったことじゃない」パトリックは言い返した。夜ごと眠れずに町をうろつきまわっているせいで、神経がいらだっていた。

アレックスが顔をしかめた。「せめて妻の手助けをするよう従僕に指示くらいしたらどうだ」彼の口調は辛辣だった。「昨日、ソフィーがひとりで馬車をおりるところを見かけたぞ。もう少しで歩道に倒れるところだった」

パトリックの背筋を怒りが走り抜けた。だが、彼は感情を抑えて礼儀正しく頭をさげた。「従僕たちにもっと務めに励むよう命じておくよ」パトリックはアレックスの無言の非難を無視した。ソフィーは妊娠七カ月に近いのだから、どこへ行くにも夫であるおまえが付き添うべきだと、兄はほのめかしている。

アレックスは悪態をついた。小柄な義理の妹をすっかり好きになっていた彼は、ソフィーの目の奥に傷ついた困惑を見て取り、彼女が夫の理不尽な行動をさっぱり理解できないでいることに気づいたのだった。

「おまえは自分が出産に恐怖を抱いていることを、ソフィーに話したのか？」アレックスは不意に尋ねた。

　パトリックは体をこわばらせ、目に怒りをくすぶらせた。「五人にひとりの女性が出産で死ぬことを考えたら、ぼくの恐怖は当然の反応だと思うけれどね。兄さんと違って、ぼくは子供を作るという愚かな喜びのために、妻を危険にさらしたくないんだ」

　今やふたりの顔は、上品なオクスフォード・ストリートに似つかわしくない荒々しい表情に変わっていた。

　アレックスが冷ややかな声で言った。「おまえが弟でなかったら、その無礼な言いぐさに対して決闘を申しこむところだ。まったく、頭がどうかしたとしか思えないぞ。愚かで子供じみた恐怖以外たいした理由もないのに、おまえは自分と妻をみじめな状況へ追いこんでいるんだ」

　パトリックは兄に殴りかかりたい衝動を必死にこらえて歯を食いしばった。

「だったら教えてくれ」ようやく彼は言った。「五人にひとりという確率を知って心配することのどこが愚かなのか、教えてほしい」

「出産時の死亡率が高いのは、医者や産婆の手を借りずに子供を産む女性が多いからだ。そのなかに、上流社会の女性が何人いると思う？」

「大勢だ」パトリックは静かな力をこめて言った。「兄さんだってわかっているじゃないか。

現にシャーロットは死にかけたんだから」

ふたりはどちらも黙りこんだ。やがてアレックスが声を絞り出すようにして言った。「ぼくが姿を見せるまで、シャーロットの出産にはなんの問題もなかった。それはおまえも知っているはずだ、パトリック。あれはぼくのせいだった。おまえの望みはぼくの心を引き裂くことなのか？」

通り過ぎる馬車の音だけが響いた。

「まいったな。ぼくはピストルで自分を撃つべきだ。そう思うだろう？」パトリックはそっと言った。

それを聞いて、アレックスがかすかにほほえんだ。「その前に、ぼくに撃たせてくれ」

ふたりはぎこちなく歩み寄ると、慣れない抱擁を交わした。パトリックはごくりと唾をのみこんだ。アレックスが彼の背中を手荒に叩く。パトリックには言葉が見つからなかった。

「あともう少しだな。二、三カ月後には生まれるんだろう？」

パトリックは困った顔で兄を見た。

「わからない。ソフィーとぼくは子供の話をしないんだ」

「ソフィーは公爵夫人になることをおまえから聞かされていなかったと、町じゅうの人々が噂しているぞ。妻にも話さないとは、いったいなにを考えていたんだ、パトリック？」

パトリックは肩をすくめた。「忘れていた。本当に忘れていたんだよ。ぼくが爵位に関心がないのは知っているだろう？　公爵夫人になれて喜んでくれるだろうと思ったのに、ぼくが教えなかったせいでソフィーは激怒している。最近ではほとんど話もしていないんだ」

アレックスは黙ってうなずいた。すでに察していたことだ。弟の結婚生活は破綻寸前の状態にある。

「確か、ソフィーは妊娠七カ月目に入ったところだ」アレックスの声に非難の響きはなかった。「明日の夜のレディ・グリーンリーフの舞踏会を最後に、公の場に出るのをやめるつもりだとシャーロットに話したらしい」

ソフィーが社交シーズンの残りをあきらめようとしているとは初耳だった。「ぼくも一緒に出席するよ」パトリックは静かに言った。ソフィーがたびたび、シャーロットとアレックスに夜の催しへの同伴を頼んでいることは知っていた。

アレックスがうなずく。「言ってもしかたがないことかもしれないが、ソフィーとよく話し合ったほうがいいんじゃないか?」

パトリックは表情を曇らせた。「努力するよ、兄さん」

その晩、クレメンズがソフィーの寝室のドアをそっと叩き、公爵さまは自宅で夕食をとるおつもりだとシモーヌに伝えた。主は二、三週間ほど家で食べていなかったので、今夜の食事はひとりきりではなく夫が同席することを、公爵夫人の耳に入れておくほうがいいと考えたのだ。

ブレスレットをつけようとしていたソフィーは、その会話を耳にしてはっと動きを止めた。シモーヌが女主人の顔をうかがい、すぐに目を伏せた。夫婦仲が疎遠になっていることは、当然ながら屋敷じゅうの者が知っていた。

実際シモーヌは主人の毎晩の行き先のことで、側仕えのキーティングと激しく言い争っていた。だんなさまは浮気などしていないとキーティングが主張すると、シモーヌは鼻を鳴らし、公爵は着飾ったレディとどこかで過ごしているに違いない、キーティングも恥ずかしく思うべきだと責めたのだ。口論が熱を帯びてくると、キーティングは女性の香水やおしろいのにおいがしないのを証明するために、パトリックの上着を階下へ持ってくることまでした。

ソフィーはクレメンズの伝言など聞かなかったかのように、落ち着き払ってブレスレットを留めた。身にまとっているゆったりした青緑色のイヴニングドレスは、どんどん大きくなるおなかに合わせられるように、前の部分にたっぷり生地を使っていた。

鏡の前に立った彼女は一瞬ぎくりとした。最近は自分が醜く感じられてしかたがない。求められていない醜い妻。妊娠した妻。ソフィーは腹が立ってきた。食事は部屋へ運ばせるほうがいいかもしれない。

だがそこで気持ちを落ち着かせ、階段をおりていった。前に突き出した腹部のせいでバランスを崩さないよう、用心してゆっくりとおりる。階段の下ではパトリックが待ち構えていた。

ソフィーは夫に向かって儀礼的にほほえみかけ、彼の腕を取って食堂へ歩いていった。

彼女は雉肉を機械的に口へ運んだ。

「フローレが雉の肉を出すのは、これが今週二度目じゃなかったかな?」パトリックが尋ねた。

「ええ、そうよ。残念ながら、母は彼を買収したみたいね」ソフィーは我慢してさらにふた切れ食べながら、フローレが火曜日の夕食にも雉肉を出したことを、なぜパトリックが知っているのだろうといぶかった。あの夜、彼はソフィーが寝るまで帰ってこなかったはずだ。最近の彼女は夫の帰りを待つのをやめていた。パトリックがめったに夜明け前に帰らないのを確かめることより、睡眠を取ることのほうが大事だった。

ソフィーはさらにひと切れ口に運んだ。雉肉はおがくずのような味がした。

「明日の晩のレディ・グリーンリーフの舞踏会へはぼくも一緒に行くよ。きみさえよければ」パトリックが言った。「きっと大勢の人が詰めかけるだろう」

ソフィーはうなずいた。珍しく夕食に帰ってきたと思ったら、今度は舞踏会へ連れていってくれるというの？

妻が黙りこんでいても、パトリックはかまわず話し続けた。「きみは面白がるんじゃないかな。来週あたりブラッドンがきみの友だちのマドレーヌに結婚を申しこむかどうか、〈ホワイツ〉で賭けが行われているんだ」

ソフィーはなにも言わない。パトリックは心のなかで悪態をついた。くそっ、ぼくはなにをしているんだ？　ソフィーの気持ちを考えれば、ブラッドンがほかの女性と結婚しようとしていると聞いて愉快に思うわけがないのに。

「今度の週末に天気がよかったら、田舎へピクニックに出かけてもいいな」パトリックは不意にひらめいた。従僕ふたりが控えている食事の席よりも、ソフィーとふたりきりになったほうがずっと話しやすいだろう。

ソフィーがはじかれたように顔をあげた。驚いたことに、彼女は目を細めてパトリックをにらみつけていた。

「まるでこのひと月なにもなかったかのようにふるまわれたあげくにピクニックに誘われて、わたしが応じるわけがないでしょう」彼女は激しい口調で言った。

パトリックはクレメンズを見あげてうなずいた。執事は部屋から出るようふたりの従僕に手で合図すると、自分も足早に彼らのあとを追った。

「なぜいけないんだ？」パトリックは呆然として妻を見た。これはぼくの知らない新しいソフィーだ。目に燃える激怒は読み間違えようがない。

ソフィーが立ちあがり、ナプキンをテーブルに放り出した。「あなたが愛人のところへ出かけても文句を言わなかったし、とがめたことだってなかったわ……ただの一度も。行きたいのなら、勝手に行けばいいのよ！　だけど、わたしを好きなときに釣りあげられる魚みたいに扱わないで。わざわざ時間を割いてやるのだから、妻は喜んでピクニックに行くだろうと思ったの？」

パトリックは動じず、じっとソフィーを見つめた。

「部屋に戻るわ」彼女はそっけなく言った。「明日の舞踏会の付き添いは受け入れるけれど、ピクニックへのご親切なお誘いはお断りするわ。今日はふしだらな娼婦になる気分じゃないし、それは明日だって同じでしょう。だから」皮肉たっぷりに告げる。「わたしと一緒にいてもきっとつまらないわよ」

それだけ言うとソフィーは部屋を出ていき、身重の体が許すかぎりの早足で階段をあがっていった。

その夜、ジズル公爵夫妻はそれぞれの部屋のベッドに横たわり、じっと天井を見つめていた。たまたまその夜にアッパー・ブルック・ストリートの屋敷をのぞきこんだ天使がいたなら、まんじりともせずに上を見ているふたりの姿を目撃しただろう。より大きな絶望を抱えているのは、おそらくパトリックのほうだった。爆発させた怒りを思い出したソフィーは、それが不愉快な感情ではないのに気づいた。

もしその同じ天使が次の日の夜に、ハノーヴァー・スクエアにあるレディ・グリーンリーフの屋敷の入り口を目指して走るジズル公爵の馬車を見つけ、優雅なシルクの屋根からなかをのぞきこんだとすれば、押し黙ったまま離れ離れに座っているふたりの姿が見えたに違いない。ただし、昨夜とはひとつだけ違いがあった。ソフィーが馬車の壁を見つめ、パトリックはそんな彼女を見つめていたことだ。

ソフィーは最近大きくなった体をわざと強調するようなドレスを着ていた。駒鳥の卵よりも明るい色合いの、ごく淡い青の薄いシルクをボディスのまわりに巻いているのが、かえって胸の曲線を目立たせている。

馬車が停まり、パトリックに見つめられているのに気づかないままソフィーがカシミヤのショールを直すと、弾みで華奢な布地から乳房がこぼれ出そうになった。

好色な目で見るんじゃない、とパトリックは心のなかでつぶやいた。嫉妬もするな。つぶやきを繰り返しているうちに本当にそのとおりになるのではないかと、彼は小さな希望を抱いていた。そうとも、ぼくはいやらしい目で妻を見ている。パトリックは馬車からおり、反射的に手を差し伸べてソフィーがおりるのを手伝った。それに、ぼくは嫉妬している。晩餐会に出席する名士たちを見物しようと集まって目を大きく見開いているロンドン市民を見ながら、彼はやけになって認めた。

ただ……ただソフィーがぼくに笑いかけてくれさえすればいいのに。偶然にでも、彼女の腕がぼくの腕に触れたらいいのに。地面に足がついたとたんに手を離すのではなく、馬車からぼくの腕のなかへ飛びこんできてくれればいいのに。しかし、ソフィーがパトリックの存在をなんとか我慢している状態なのは明らかだった。苦悩がパトリックの胸をわしづかみにした。あまりにも美しくて魅力的な、そしてあまりにも冷淡なこの妻といるより、ロンドンの通りを歩きまわるほうがよさそうだ。

客を出迎えるレディ・グリーンリーフと挨拶をすませたとたん、若くて美しい公爵夫人と晩餐前のダンスをする栄誉を手に入れようと、紳士たちの一団が押し寄せてきた。初めのうち、パトリックは黙って脇に控えていた。だがすぐに耐えられなくなり、生意気な若者のひとりを無作法にもさえぎって、ダンスの相手は自分だと宣言した。

ソフィーはちらりと彼を見ただけで、なにも言わなかった。パトリックがよく知っているように、舞踏室にいるときの彼女は決して醜態を見せない。彼はお辞儀をして、その場を離れた。

ソフィーは周囲で話し続ける紳士たちを無視して、しばらくのあいだ夫のうしろ姿を見ていた。どういうわけか彼女の怒りは、それがいちばん必要なときにもかかわらず薄れ始めていた。ソフィーは深呼吸をした。人前に出てつらい思いを我慢するのも今夜が最後だ。これが終われば、社交シーズンの残りからは身を引くことになる。最近ではますます、妊娠した女性が引きこもるのはいいことだと思うようになっていた。それに本心を言えば、パトリックと踊るほうがよかった。夫がしばしば家を空けることで見え透いた気づかいの言葉をかけてくるのに、ソフィーはうんざりし始めていた。

ダンスが始まり、パトリックは妻のそばへ行った。ところが彼がお辞儀をしようと思ったとたん、ソフィーが舞踏室の反対側にいる誰かにうなずいた。振り返ってみると、そこにはマドレーヌの手を取ったブラッドンが立っていた。

グリーンリーフ卿がもったいぶった咳払いをしたかと思うと、大声を張りあげた。「ここでみなさんにひとつ喜ばしい発表があります。レディ・マドレーヌ・コルネイユがスラスロウ伯爵との結婚に同意されました」

彼らのそばにはうれしそうにほほえむブラッドンの母親がいた。静まり返った室内にメヌエットの旋律が流れ始めると、ブラッドンがグリーンリーフ卿のほうを向いて礼を述べ、婚約者の腕を取ってダンスフロアへ向かった。婚約したばかりのふたりは、慎み深く体を数センチ離して踊った。ブラッドン・チャトウィンはレディ・マドレーヌのドレスに脚をこすりつけたりせず、なれなれしい態度で彼女に触れようともしなかった。

ブラッドンが優しくほほえみかけ、上流階級の人々の前で踊る恐怖を克服したマドレーヌがほほえみ返すのを目にして、感動のあまり目を潤ませた女性はソフィーひとりではなかった。

だがパトリックが感じた胸の痛みは、ブラッドンの幸せとはなんの関係もなかった。あいつがソフィーをもてあそんだのは明らかだ。ブラッドンが婚約したせいで、彼女は人前にもかかわらず泣き出しそうになっている。

しかし、ブラッドンが悪いと言えるだろうか？　パトリックは良心の呵責を覚えた。そもそもぼくがソフィーとベッドをともにしていなければ、今ごろ彼女はブラッドンと結婚していただろう。そう考えると、自己嫌悪に陥った。

パトリックはソフィーをダンスフロアへ連れ出した。ほかはともかく、妻を好奇の目から守ることならできる。振った男のために泣いたりすれば、彼女は笑い物にされてしまうだろう。

ふたりは黙って踊った。ソフィーはパトリックから顔をそむけ続けた。彼女の目を見たパトリックに、怒りが消えていることを気づかれるのが怖かったのだ。自分が結婚した放蕩者がどれほど家を空けようと、戻ってくればソフィーは喜んで迎え入れてしまうに違いない。あまりに屈辱的で認めるのがつらい事実だ。彼女はそれほど夫を愛していた。

彼らはにぎやかなほかの客にまじって晩餐に向かい、大きな円テーブルに席を見つけた。食事が半分ほど進んだころ、ソフィーはパトリックがシラバブのお代わりを取りに行ったときを選び、断りを入れて席を立った。

「お願いがあるの、シシー。夫が戻ってきたら、わたしは女性用の控えの間にいると伝えて」彼女は友人に声をかけた。

シシー・コモンウィールが同情のこもったまなざしでソフィーを見た。最近のわたしはどこへ行っても、上流社会の人々から同じような目で見られる。きっとシシーはパトリックがどこで夜を過ごしているのか知っているんだわと考え、ソフィーはうんざりした。それにしても、誰もわたしに黒髪の女性の名前を教えてくれないのが不思議だ。ソフィーは一度も振り返らずにテーブルを離れたので、彼女のシラバブを持ったパトリックが人々のあいだを縫うようにして戻ってきたのに気づかずにいた。

いつまでも控えの間に閉じこもっているわけにはいかなかった。パトリックがソフィーを見つけ、二度目のダンスを踊ろうと主張したのだ。ありがたいことに、あまり体が触れ合わないカントリーダンスだった。機械的に足を運んでいたソフィーは突然、こみ合う人々の隙間を通して、息が止まるかと思うような光景を目にした。母のエロイーズがにこやかにほほえみながら、マドレーヌを年配のフランス人女性のところへ連れていこうとしている。その女性が偽のフランス貴族の正体を暴くことで名高いマダム・ド・メネヴァルであるのは間違いなかった。ソフィーはたちどころにステップを踏むのをやめて夫の手を放し、ダンスフロアを横切って歩き出した。

パトリックは唖然として妻の背中を目で追った。作法にうるさいブランデンバーグ侯爵夫人に育てられた娘が、ダンスの途中でパートナーを置き去りにするとは。彼は気を取り直し、急いで妻のあとを追った。

ソフィーは間に合わなかった。人々をかわしてようやくたどり着いてみると、すでにマドレーヌはマダム・ド・メネヴァルの前にいて、優雅に膝を折ってお辞儀をしているところだった。

「まずいわ《メルド》！」ソフィーはつぶやいて立ち止まった。娘に気づいたエロイーズが手を差し伸べる。

「ソフィー、こちらへ来てマダム・ド・メネヴァルにご挨拶なさい。ちょうど今、マドレーヌを紹介したところなの」

ソフィーは暗い気分で母親のもとへ歩いていった。マダム・ド・メネヴァルはたちまちマドレーヌがフランス貴族でないことを見破り、ブラッドンの計略はめちゃくちゃになってしまうだろう。

夫がそばに現れてソフィーの腕に触れた。彼女は動揺した視線をパトリックに向けた。

パトリックは困惑して眉をひそめた。いったいどうなっているんだ？　色あせた黒いシルクのドレスに身を包んだフランス人の年配のレディを、ソフィーは体が震えるほど恐れているらしい。確かに鷲のような鼻をしているが、それほど恐ろしいとは思えなかった。むしろ、とても情に厚い女性に感じられる。彼女は泣いているのだろうか？

マダム・ド・メネヴァルは確かに泣いていた。涙がひとしずく頬を伝い落ちたことから、それがわかった。彼女は杖《つえ》を落としてマドレーヌに両手を差し出した。

「マドレーヌ、ああ、マドレーヌ！　死んだとばかり思っていたわ。あなたのお母さまが亡くなって、わたくしはとても寂しい思いをしていたの。そうしたら、ここにあなたが現れるなんて……あなたはエレーヌに生き写しね。小さいころのあなたをよく覚えているわ。まだほんの五歳だった。お母さまがバレエを見にパリへ出てきたときに、あなたも一緒に連れてきたのよ。彼女はバレエが大好きだったわ。踊るのがなによりも好きだったの」

ソフィーは無言だった。それはマドレーヌも同じだ。ふたりともマダム・ド・メネヴァルの額に突然角が生えたかのように、彼女をじっと見つめている。だがマダムはそれに気づかない様子で、レティキュールから繊細なレースのハンカチを出して、そっと目頭を押さえた。

「宮廷の数多いレディのなかでも、お母さまはひときわ美しく輝いていたの。あなたを見ていると、まるであのころのエレーヌがふたたび目の前に現れたみたいな気がしてくるわ。目もとも髪も……あなたの姿は彼女にそっくりなの。国王陛下がよくエレーヌの胸をじろじろ見ていたことを、昨日の出来事のようにはっきりと覚えているわ。マリー・アントワネットがあなたのお母さまに嫉妬していたことも！　だけど、マリー・アントワネットはなにも言えなかったの。あなたのお母さまのふるまいは非の打ちどころがなかったんですもの。決して前に出ようとしない、本当に控え目な人だったわ。国王陛下が魅力《トレ・デジラブル》を感じたのはエレーヌのせいではないもの」

そのときになってやっと、マダム・ド・メネヴァルはマドレーヌの顔に驚愕の表情が浮かんでいるのに気づいた。「自分がお母さまに生き写しだと知っていた？」

「父がいつもそう言っていました」マドレーヌがゆっくりと言った。「でも、とても信じられませんでした」

ちょうどそのとき、マドレーヌの背後にブラッドンがやってきて、彼女の肘に触れた。

「ぼくと踊る約束の曲だよ」彼はそう言ってお辞儀をした。

「ブラッドン！」マドレーヌが叫んだ。人前では正式な名で呼びかけなければならないという決まりをすっかり忘れてしまっている。「マダム・ド・メネヴァルは、わたしが母にそっくりだとおっしゃるの！」

ブラッドンの口があんぐりと開くのを見て、ソフィーは緊張した。彼はきっとなにか愚かなことを言ってしまうわ。そう思うと気が気でなく、彼女はパトリックの袖をきつく握りしめた。

パトリックは関節が白くなった妻の指を見おろした。なぜソフィーがこれほど動揺しているのか、彼にはさっぱりわからなかった。

幸いブラッドンがマドレーヌの正体を明かしてしまう前に、マダム・ド・メネヴァルが口を開いた。

「あなたがスラスロウ伯爵に違いありませんわね」彼女はブラッドンに批判がちな視線を注

いだ。まじりけのない金髪や青い目といった、あまりにもイングランド的なところが好みではなかったのだ。「あなたはわたくしの友人であるフラマリオン侯爵のご令嬢と結婚する栄誉に浴したとお聞きしました」

「そのとおりです」ブラッドンが不安そうに言って、ふたたびお辞儀をした。

マダム・ド・メネヴァルは不満げに鼻から息を吐いた。なんて愚鈍そうなのかしら。とはいえ、エレーヌの夫ほど変わった人ではなさそうだわ。

「では、あなたのお父さまである侯爵も生き延びられたのね」彼女はマドレーヌに向き直った。マドレーヌはまるで石になったかのように、白い顔をして立ちつくしていた。

「一七九三年に、父がわたしをイングランドへ連れてきたのです」彼女は答えた。

「まあ、一七九三年ですって？」マダム・ド・メネヴァルは身震いした。「恐ろしい年だわ。あれほど恐ろしい年はなかった。あなたのお母さまが告発されたのもその年だったの。四月の話よ。本当に恐ろしい年だったわ」

マドレーヌの顔がますます青くなった。「父からは、母は熱病で亡くなったと聞かされてきました」彼女は慎重に言った。

「いいえ、違うわ。彼女は逮捕されたのよ。あさましいフーキエには理由なんて必要なかった。あなたのお父さまが世捨て人同然の暮らしをしていたから、エレーヌはめったにパリへは出てこなかったの。でも、あのときはなにかを買いに来ていたのね……たぶん新しい衣装を。確かなことはわからないけれど」

マドレーヌは知っていた。流行のもの、なかでもはやりの衣装を好む女性を、父がたびたび痛烈に非難していた言葉がよみがえる。

マダム・ド・メネヴァルが続けた。「エレーヌがとらえられたので、パリへ出てきたあなたのお父さまは革命裁判所で彼女の命乞いをしたの。投獄されなかったのは、大変な変人だったからよ。いつも土にまみれて厩舎で過ごしていたわ。蹄鉄《ていてつ》の打ち方まで身につけたとか」

「ええ、そうです」マドレーヌが力のない声で言う。

マダム・ド・メネヴァルは先を続けた。「とにかく、それで助かったのよ。革命裁判所は、あなたのお父さまをただの役立たずの貴族ではないと判断したの……卑しい庶民にすぎないあの者たちがよ！　高貴な人々に死刑を宣告するなんて、思いあがりも甚だしいわ！」マドレーヌに向けられた目がぎらぎらと光った。「あなたはこちらにいるほうが幸せよ。たとえイングランド人と結婚するにしても。お父さまの領地がなくても、やはりこちらのほうがいいでしょう。お父さまは財産をいくらかでも持ち出せたのかしら？」

「ええ」マドレーヌは答えた。彼女のドレスを買ったりミセス・トレヴェリアンを雇ったりする必要が生じたときに、父がどこからともなく大金を出してきたのに驚いたことを思い出したのだ。「ええ、持ち出せました」

「そう」マダム・ド・メネヴァルはしぶしぶながらマドレーヌの父親を称賛するように言った。「わたくしはヴァンサン・ガルニエがあまり好きではなかったの。若いころから変わっていたから。でも、エレーヌは彼を愛したのよ。すっかり夢中になって、反対意見を聞き入れようとしなかった。結婚後、ガルニエはリムーザンの領地へエレーヌを連れていって、宮廷にあがることもめったに許可しなくなったの。それなのに、よりによってなぜ一七九三年にエレーヌがパリへ行くことを許したのか、わたくしにはわからないわ」彼女は口をつぐんだ。

ブラッドンを振り返ったマドレーヌの目には涙が光っていた。彼は即座に反応した。「申し訳ありませんが、未来の花嫁に用があるのです」そう言うと、マダム・ド・メネヴァルに深々とお辞儀をした。「失礼します、マダム」

マダム・ド・メネヴァルはまるで国王のごとく、おそらくはルイ一六世よりも威圧的に顎を動かした。だがマドレーヌに顔を向けたとたん、目を和らげた。

「ああ、マドレーヌ、ごめんなさいね。あなたにとってはつらい話をしてしまったわ。どうか許してちょうだい」

「いいえ、とんでもありません。母を知っていた方にお会いできてうれしいですわ。残念ながら、わたしには母の記憶がほとんどありませんから」マドレーヌはそっと言った。

「いつかわたくしのところへお茶にいらっしゃい。あなたのお母さまのことは生まれたときから知っているの。エレーヌのお嬢さんにその話ができるなんて、わたくしもうれしいわ。彼女が今のあなたを見たら、どんなに誇らしく思うでしょう！」

それを聞いて、マドレーヌは目から涙があふれそうになった。お辞儀をし終えるのを待って、ブラッドンはそっと彼女を舞踏室から連れ出した。ぼくは頭が切れるほうではないが、愛するマディーのことならよく知っている。彼はなにも言わずにマドレーヌを隣接した客間へ案内すると、ドアを閉めて彼女に両腕をまわした。

「ブラッドン、ブラッドン、ブラッドン」マドレーヌがすすり泣いた。「母なの。エレーヌはわたしの母なのよ」

「なんだって？」

「マダム・ド・メネヴァルは……彼女は、わたしの母の話をしていたのよ！」

「まさか。きみの母上は馬の調教師と結婚したんじゃないか。フランス宮廷にいた女性と友だちだったなんてありえないよ」ブラッドンは優しく言った。

「わからないの、ブラッドン？」マドレーヌは涙で光る茶色の目で彼を見あげた。「わたしの父は、蹄鉄の打ち方まで覚えるほど変わった侯爵なのよ。わたしをイングランドへ連れてきたときに、父は厩舎を開いたんだわ。だから、わたしにフラマリオン侯爵の娘のふりをするように勧めたのよ。こんな計画にあっさり同意するなんて、おかしいと思っていたの」

「つまり、きみは本当にその女性の娘なのか？」

マドレーヌは愛する人の顔を見た。ブラッドンの青い目にはまだ混乱の色が浮かんでいる。

「わたしの父はフラマリオン侯爵なのよ」彼女は辛抱強く説明した。「母が死刑を宣告されたので、父はわたしを連れてイングランドへ逃げてきたに違いないわ。そしてこちらで厩舎を開いたのよ」

ブラッドンがぽかんと口を開けた。「きみはフランス貴族なのか!」

マドレーヌはうなずいた。涙がまだ頬を伝い落ちていた。

「でも、ブラッドン、わたしの母が」

彼はぎこちない手つきでマドレーヌの髪をなでた。

「母上が亡くなったことは知っていたじゃないか、マディー」

「ええ。だけどあんなふうに、断頭台で亡くなっていたなんて……」

「マディー、あの年を取ったマダムの言うとおりだよ。母上は今のきみを誇りに思うだろう。母上が教えたかったに違いないことをすべて学んで、誰よりも美しくて立派なレディになったんだから」

マドレーヌはブラッドンの肩に顔をうずめ、くぐもった声で言った。

「ああ、ブラッドン、あなたを愛しているわ」

「本当に? そうなのか? 本当にぼくを愛しているのか、マディー?」

その言い方に、マドレーヌは泣きながら小さな声をあげて笑った。「愛しているわ」

「ああ、マディー」

キスから顔をあげたブラッドンが言った。「ぼくと結婚してくれ、マディー、お願いだ」

「もう結婚するって言ったわ」マドレーヌのささやき声には、かすかにいつものいたずらっぽい調子が戻っていた。

「違う、今すぐ結婚してくれと言っているんだよ。明日、結婚しよう」

「駆け落ちしようというの？」

「きみのためなら、はしごだってのぼる」ブラッドンが真剣な顔で言う。

マドレーヌがかわいらしい声でどっと笑い出した。「わたしは一階で寝ているのよ、ブラッドン」真面目《まじめ》な口調になって続ける。「いいえ、駆け落ちはできない。父がいやがるもの。でも、きっとすぐに結婚できるわ」

「明日だ」

「明日はだめ」

「あさって」

「だめよ！」

「来週は？」

ブラッドンのキスはとてもすばらしかった。マドレーヌは胸が高鳴った。「来週ならいいわ」彼女は譲歩した。

25

翌朝、ソフィーは新たな力をみなぎらせて居間へ入っていった。これまではただそこで過ごすだけの部屋だったが、今後は自分らしい部屋に改装するつもりだ。もともと貼《は》られていた壁紙は、まるでピンクの雲に見えるほど、格子《ラティス》にバラの花がびっしりはびこる模様が連続した、目がちかちかするような代物だったが、それはたいして気にならない。それより不快に感じたのは、片方の壁に飾られている、なんとも部屋と不釣り合いな裸の女性の船首像だった。

ソフィーはまず、呼び鈴を鳴らして従僕を呼んだ。続いて窓の下の低い棚から本を取り出し始めた。階下のパトリックの書斎におさまりきらなかった本だ。適当に抜き出しては、磨きこまれた木の床に高く積んでいく。それらは奇妙な取り合わせだった。ソフィーは『魔術を禁ずる神の教え』の上に『畜産の管理と歴史』をのせ、さらにその上に蒸気機関のすばらしさを解説した埃まみれの小冊子集をのせた。

ドアが開く音がしたので、ソフィーは作業を続けながら快活に声をかけた。「おはよう。この本を全部、屋根裏に運びあげてもらいたいの。あそこの……あの女性も」彼女は南の壁の船首像のほうへ手を振った。

「ソフィー！　もっと気をつけないとだめじゃないか」顔をしかめたパトリックが彼女のうしろに立っていた。「重い本を持ってはいけないはずだ。そうだろう？」

ソフィーは手の汚れをドレスで拭《ふ》いた。淡い黄色のモーニングドレスに茶色の筋がついているのを見たら、シモーヌが大騒ぎするであろうことは考えなかった。ソフィーはつい皮肉な言葉を発しそうになるのをこらえて夫を見あげた。これが先月なら、本の詰まった重い箱を抱えあげても、夫は気づきもしなかっただろう。

「重くなんかないわ。ほとんどが小冊子ですもの」

彼女は床に散らばっている薄い本を指し示した。

「どうしてぼくの船首像を屋根裏へ運ばせたいんだい？　あれは海の精のガラテイアの像だとされているんだ」

「自分の居間の壁から、半裸の女性が突き出ているなんてまっぴらなの」

「半裸じゃないよ」パトリックはぶらぶらとガラテイア像まで歩いていくと、目を近づけて見た。「ほら、左の乳房を布で覆ってある。趣味のいい像だ」

ソフィーは返事をせず、埃をかぶった小冊子をさらに二冊、足もとの本の山に重ねた。

「わかったよ。屋根裏部屋へ片づけさせよう」パトリックは少し間を置いてから、ぎこちない口調で続けた。「きみが出かけるときに付き添わないのはぼくの怠慢だと兄から言われた。これからは、馬車を使いたくなったら教えてくれ。ぼくが一緒に行く」

ソフィーは口を引き結んだ。急に現れた理由はそれだったのね。まったく、アレックスったら！

「そろそろ出産準備のために引きこもろうと思うの。だから、あなたに面倒をかけることはほとんどないと思うわ」たった今ソフィーは、出産がすむまでは二度と家を離れるまいと決意した。

小柄な妻を見おろしたパトリックは絶望的な気分に陥った。言うべき言葉がひとつも思い浮かばない。話をしろと兄さんは言った。だが、いったいなにを話したらいいんだ？　すでにソフィーが全身をこわばらせているところをみると、早くもなにかまずいことを口にしたに違いない。

パトリックはためらっていたが、軽くうなずき、向きを変えてドアを開けた。ちょうど従僕が手をあげてドアをノックしようとしていた。脇へ寄ったパトリックは、ちらりと妻を振り返った。

「ソフィー、壁紙は変えなくていいのか？」彼にはバラがピンクのマッシュルームに見えた。

ソフィーが口もとにかすかな笑みを浮かべて顔をあげた。「ええ、結構気に入っているの。明るい気分になるわ。それより、新しい家具を買おうと思うの。あなたが反対でなければ」

「今日の午後にでも一緒に買いに行こうか？」

「週の後半のほうがいいかもしれないわ」

けれどもパトリックは、今すぐ妻のためになにかをしたかった。

「公園を馬車で走るのはどうかと思っていたんだが、本当に行きたくないのかい？」

「ええ。でも、ありがとう」

「ぼくからシャーロットやきみの母上に手紙を出して、話し相手になってくれるようにこちらへ来てもらおうか？」

「いいえ、結構よ。ありがとう、パトリック」ソフィーは明らかに彼が出ていくのを待っている。

パトリックは部屋を出た。ほかにどうすればいいというんだ？　階下におりた彼は、身ごもった女性を喜ばせる方法を考えて頭を悩ませた。まず、ガラテイア像を屋根裏部屋へ運ばせるため、彼女の新たな住まいとなる居間に従僕をひとり行かせた。次に別の従僕に命じて、大きなバラ――ふっくらして柔らかそうな種類――の花束を三つ買いに行かせた。ソフィーが明るい気分になれるのなら、家じゅうをバラでいっぱいにしてどこが悪い？

苦労したあげく、ソフィーはようやく本棚を自分の好きなように整理した。この機会に本をきちんと分類しておきたかったので、オランダ語から始まってアルファベット順に、フランス語、ドイツ語、イタリア語、ポルトガル語、ウェールズ語の文法の本を並べた。ポルトガル語とウェールズ語のあいだを少し空けておく。そこにはトルコ語を入れようと決めていた。機会ができしだい、もう一冊トルコ語の文法の本を買うつもりだった。

昼食のときにはパトリックがふたたび、午後にどこかへ一緒に出かけたくはないかと尋ね、ソフィーはもう一度断った。背中が痛み、疲れを感じていた。

「ムッシュ・フーコーとそのお連れのバイラク・ムスタファという人に会ったわ。ふたりがインク壺を持ってきたときに」ソフィーが出し抜けに言って、昼食の席に広がっていた重苦しい沈黙を破った。「あの人は好きになれないわ、パトリック」

　慎重に桃の皮をむいていたパトリックは、驚いて顔をあげた。ソフィーが以前と同じように彼にほほえみかける白昼夢を見ていたのだ。

「ムッシュ・フーコー？　ああ、確かにあまり好感の持てる人物とは言えないな」彼は同意した。

「好感が持てるとか、そういうことじゃないの」ソフィーは言った。ひどく疲れていた。

「わたしは少しトルコ語を理解できるけど、もうひとりの人はちゃんと話せていなかったわ。ムッシュ・フーコーがトルコ語で話しかけたら、ミスター・ムスタファは二度ともわけのわからない言葉で応じたの」

「わけのわからない言葉？」パトリックは、ムッシュ・フーコーと初めて会ったときに感じた胸騒ぎをはっきりと思い出した。それに気を取られていたため、トルコ語を理解できると言ったソフィーの言葉には注意を払わなかった。「ぼくもあの男にはおかしなところがあると思ったんだ。くそっ、最初からブレクスビー卿と連絡を取り合っておけばよかった！」

　ソフィーは彼がなんのことを言っているのかわからなかったが、あまりに倦怠《けんたい》感がひどく気にしていられなかった。昼食をすませると、重い足を引きずってゆっくり階段をあがった。

　パトリックが階段の下に立ち、心配そうに彼女のうしろ姿を見つめていることにも気づかなかった。

昼寝をしたにもかかわらず、夕食が近づくころになると疲れはますますひどくなった。とうとう、ソフィーは食事を部屋へ運ばせることにした。パトリックと顔を合わせることだけでなく、ベッドを出ることにすら疲労を感じていた。パトリックのほうは、ソフィーが自分を避けているのか、それとも本当に具合が悪いのか、いぶかしみながらひとりで食事をした。料理はまたしても雉肉だったので、あとでフローレに文句を言おうと決めた。

パトリックは妻の様子を見に行きたい衝動とひと晩じゅう闘い続けた。我慢できなくなって寝室へ行ってみると、彼女はベッドでぐっすり眠っていた。彼はその寝顔をしばらく見つめていた。顔は紙のように白く、目の下に黒いくまができて、疲れ果てて見えた。

パトリックは妻の膨らんだおなかにそっと手を置いた。ソフィーは身動きもしない。

「やあ」彼はささやきかけた。とたんに、何年も感じたことがないほどの気恥ずかしさを覚え、慌てて手を引っこめた。パトリックはそのまま家を出ると、今やすっかり精通してしまった近くの通りを目指して歩いた。

翌朝になっても、ソフィーの体調はよくならなかった。それどころか、だるさは全身に広がっていた。どうにかベッドを出たものの、椅子へたどり着くのがやっとだった。おそらくこれから出産までこの状態が続くのだろう。そう考えると、頭痛までしてきた。

胸に芽生えた小さな不安が少しずつゆっくりと膨らんでいく。気力が失《う》せて体が火照り、頭が痛かった。だけど、赤ちゃんはどうしてこんなに元気がないのだろう。ソフィーは気がかりになって腹部に両手をあてたが、わずかな動きさえも感じられなかった。

　しばらく呆然としていた彼女は、はっとわれに返って呼び鈴のひもを引き、やってきたシモーヌに告げた。「ドクター・ランベスに連絡して。すぐに診てもらう必要があるの。使いの者を待たせて、その馬車でドクターをお連れするのよ」

　シモーヌがお辞儀をして部屋を出ていった。階段を目指して廊下を走る足音が聞こえてくる。ソフィーはもう一度腹部に手をあて、なんとか動きを感じ取ろうとした。かすかでもいい、なにか……。だが、なにも伝わってこなかった。目の前に突き出たおなかは重く感じられ、ぴくりとも動かない。きっと眠っているのよ、と彼女は自分に言い聞かせた。わたしの体調が悪いせいで、赤ちゃんも疲れているんだわ。

　三〇分後、部屋へ入ってきたドクター・ランベスを、ソフィーは怯えた目で見あげた。

「急にお呼び立てして申し訳ありません、ドクター」

「とんでもない」ランベスはきっぱりと言った。椅子に座っているソフィーに歩み寄ると、身をかがめ、大きくて清潔な両手を彼女の腹部にあてた。彼はすぐに体を起こした。

「お召し物のボタンを外していただけないでしょうか、公爵夫人」医師は穏やかな口調で言った。

　ランベスの背後ではシモーヌがうろうろしていた。彼が気をつかって窓辺へ行って外を眺めているあいだに、シモーヌはソフィーに手を貸してボタンを外し、寝間着の前を開いておなかをあらわにした。

診察を受けながら、ソフィーは医師の錆色《さびいろ》の赤毛をじっと見つめていた。大きな手が腹部をなでたり押したりする。彼がなにも言わないので、恐れていた事実がしだいに現実味を帯びてきた。

「もう服を着ていただいて結構です」ランベスは経験上、服をきちんと着ているときのほうが人は冷静でいられるのを知っていた。

ソフィーが無言でランベスを見つめ、それからメイドにうなずいた。彼は廊下に出て待つことにした。じっと壁を見る。医師としての実績を尋ねられたときの、フォークスの弁護士の厳しい顔が思い出された。子供が死んだと知れば、夫は大騒ぎするに違いない。ランベスはため息をついた。ときどき、なぜこれほど多くの時間を貴族の患者のために費やすのだろうと自問することがある。もちろん金のためだ、と彼は自分に思い出させた。

メイドがドアを開けてランベスを寝室へ呼び戻した。ソフィーはふたたび椅子に座っていた。患者の目を見たランベスは、そこに恐怖の色がないのに気づいた。絶望が取って代わっている。

「本当に残念です。理由はわかりませんが、お子さまは生きられなかったものと思われます。このような場合は、神のご意志によるものとしか言いようがありません」彼は優しく言った。

「死んでいるんですね」ソフィーがぼんやりと言った。

「まだ確実ではありません」ランベスは応じた。「ただ、申しあげるのは大変心苦しいのですが、生きていることを示す兆候がまったく見られないのです。妊娠期間中に胎児が死亡するのはままある話です……理由は誰にもわかりません。ここは痛みますか?」彼はソフィーの胃のあたりに軽く触れた。

「いいえ」

「亡くなったとすれば、今日か明日にでも陣痛が始まるでしょう」

「陣痛」

「胎児を体外へ出さなければならないのです、公爵夫人」

ソフィーには言うべき言葉が見つからなかった。

「ご主人にはわたしからお知らせしましょうか?」

ソフィーは医師を見てかぶりを振った。

ランベスはすぐには引きさがらなかった。

「呼び鈴を鳴らして、公爵がご在宅かどうか確かめましょうか?」

「いいえ!」ソフィーの顔は蒼白《そうはく》だった。「少し考えたいんです。わたし……」

「本当に、わたしからお知らせしなくてよろしいのですね?」ランベスはもう一度念を押すと、メイドのほうを向きかけた。

「ええ、わたしが自分で話します。あとで。お願いします、ドクター・ランベス」ソフィーは陰鬱な声で言った。

医師はうなずいてメイドに向き直り、小声でいくつか指示を与えた。それから、ふたたびソフィーを見た。

「予想される症状をメイドに教えておきました」ランベスはソフィーの手首をつかんで脈を取った。「少しでも陣痛の気配がしたり出産の兆候が現れたりしたら、どうか使いをよこしてください。ベッドに入っていることをお勧めします。それでは明日の朝、またまいりますので」

〝出産〟という言葉は奇妙に思えた。生きている赤ちゃんに使われるものとばかり思っていたのだ。

「それはできません」ソフィーは言った。ベッドのなかで待っていろというの？　考えただけでぞっとする。母親の厳しいしつけで礼儀正しさが身にしみついているソフィーは、医師を見送るために椅子から立ちあがった。

「明日、とおっしゃいました？」ソフィーはまるで園遊会の話をしているかのような口調で尋ねた。

うなずいたランベスは鋭い視線で観察し、公爵夫人が夢遊病のような状態に陥っているのを見て取った。ショックのせいだろう。かえって好都合かもしれない。

「暖かくしてさしあげなさい」彼はメイドを振り返った。

シモーヌが目に涙をたたえてうなずく。

ランベスは慇懃にお辞儀をした。「では、よろしければ明日またまいります、公爵夫人」

「階下《した》までご一緒しましょう」ソフィーが言った。

ランベスはなにも言わなかった。普通、貴族の患者は彼をドアまで見送ったりしない。頭が正常に働かなくなっているに違いなかった。

ランベスはもう一度確認した。

「奥さま、本当にわたしからご主人にお話ししなくてよろしいのですね？」

「ええ、結構です。どうもありがとう」彼女がぼんやりした声で丁寧に答えた。

ふたりは大理石の大階段を並んでおりた。少し風変わりだが威厳のある、赤毛で疲れた目をしたランベスと、輝くばかりに美しいソフィー。彼女の顔はもはや青白くなかった。頬が燃えるように赤く染まっているのに気づいていれば、ランベスは帰るのをためらったに違いない。

しかし彼は頭のなかで、早くも今日のこれからの予定を考えていた。ここを出たら、子爵夫人を診に行かなくては。すでに四人の子持ちで、今日が出産予定日だ。四人の女の子が難なく生まれたように、今回も安産だろう。だがもしまた女の子だったら、子爵は言うまでもなく、ヒステリックな母親の相手もしなければならない。四人目の娘が生まれたとき、子爵はまったく喜びを示さなかった。もし五人目が……。

ランベスは玄関広間でもう一度お辞儀をすると、明日の朝に訪れることを約束してドアを出た。そして待たせてあった馬車に飛び乗って、子爵の屋敷へ向かうよう御者に命じた。慰めの言葉を考えながら。

26

内心ではすっかり動揺していたものの、ソフィーは平静を装って医師を送り出した。彼女が階段をあがっていると、パトリックが書斎から出てきた。

「医者がなんと言っていたか、教えてくれるだろう？」

「ええ、あとで」

「いいや」パトリックが食いしばった歯のあいだから押し出すように言った。「今すぐ教えてくれ。きみが医者を家に呼んだ理由を知りたいんだ」

ソフィーはすばやくあたりを見まわした。たまたま持ち場を離れているらしく、廊下に従僕たちの姿はなかった。

「今は話したくないの。部屋へ行くわ」

「ソフィー！」

パトリックの怒鳴り声は使用人たちのところまで聞こえただろう。ソフィーは階段を引き返しておりていくと、下から三段目で足を止めた。

「お医者さまの……お医者さまの話では……」彼女は医師が言った言葉を口に出せなかった。

する。

「明日の朝、また来てくれるそうよ」半分は真実だ。いや、半分も真実を言っていない。耐えがたい苦悩に、ソフィーの胃がよじれた。ああ、なんとかして二階へあがらないと。パトリックの不審そうな険しい顔から逃れないと。波のように襲ってくる痛みで、頭がずきずきする。

「あなたは子供を欲しがっていなかったわね」ソフィーはそう語る自分の声を聞いた。まるで水の底から聞こえてくるように、鈍くて遠い声だった。

パトリックの険悪な表情に恐れをなした彼女は、よろめいて手すりにしがみついた。わたしの頭はどうなってしまったのだろう？　パトリックがなにか話しているのに、彼の声が聞こえない。頭蓋骨のなかで暴れている痛みと、胸郭を破りそうなほど激しく打っている心臓。ふたつの攻撃を同時に受け、ソフィーは手すりをつかむ指に力を入れた。指にこもる力を感じていれば、たとえ一瞬だけでも苦痛から逃れられる気がした。

パトリックは彼女に怒鳴っていた。パトリックの背後の廊下の先で、クレメンズが驚いた表情で立ち止まる。ソフィーは気持ちを落ち着けて、パトリックの声に集中しようとした。見おろすと、光を放つ黒い目が彼女をにらみつけていた。あれは憎悪の目かもしれないわ、とソフィーはぼんやり思った。

パトリックの声は怒りでかすれていた。

「どういうことだ？　どうしてぼくにそんなことが言える？　ぼくは子供が欲しいんだ」

ソフィーは夫に向かって小さくほほえんだ。そのとき突然、頭が肩を離れて今にもどこかへ漂っていきそうに感じられた。少なくともひどい頭痛はおさまってきた。「あなたが子供を欲しがっていないことは知っているのよ」まるで彼自身が子供で、諭そうとするかのように言う。

「くそっ、ソフィー、なにを言っているんだ？」

「あなたはわたしと結婚したことを喜んでいたでしょう？　わたしはきっと母に似るだろうから、足もとをうろうろする子供たちにわずらわされないですむと考えたのよ。でも、わたしは母とは違う……」そう思うと、さらに頭がふらふらしてきた。

パトリックはようやく廊下に立つクレメンズに気づいた。パトリックがにらみつけたので、執事は慌てて使用人の居住区のほうへ戻っていった。パトリックは胸に渦巻く怒りを懸命に静めようとした。ソフィーは自分でもなにを言っているのかわかっていないに違いない。彼女は妊娠している。妊娠中の女性はみな理屈に合わないことを言うものだ。

「なんの話をしているんだ？」パトリックは子供に言い聞かせるように一語一語を区切って訊いた。

ソフィーは驚いて夫を見た。今はただ早くこの会話を終わらせて寝室へ戻り、ベッドに横たわって休みたい。「あなたがブラッドンに言ったのよ」彼女はパトリックに思い出させようとした。「あなたがブラッドンに話していたの。わたしも偶然聞いたわ。たとえ足かせをはめられるのだとしても、わたしと結婚できたのはうれしいと。わたしは母に似て子供をあまり産まないだろうから、大勢の子に悩まされずにすむと言ったの」

重苦しい沈黙が続いた。

「もうベッドに戻ってもいいでしょう?」ソフィーはうしろ向きに階段をあがり出した。今や頭部は完全に肩から離れ、宙に浮いている感じだった。心臓が激しく打っているせいで、めまいがする。彼女は手すりにしがみついて、次の段を慎重に足で探った。パトリックの顔が怒りでどす黒くなっているときに、彼に背中を向けたくなかった。どうしようもなく体が震え出す。

パトリックのかすれ声が聞こえた。「あれは本気で言ったんじゃないんだ、ソフィー」

ソフィーはただ彼を見つめた。厚い綿を通しているかのように、パトリックの声がふたたび遠くから聞こえてくる気がした。

「きっとあなたの言うとおりなんでしょう」彼女は弱々しくうなずき、小声でささやいた。

パトリックはどうしたらいいのかわからなくなって妻を見つめた。ソフィーは口もとに笑みを張りつけたまま、うしろ向きに遠ざかっていく。彼の足もとには底なしの黒い絶望の穴があいていた。ソフィーはぼくが口にした言葉を本気にしている。ぼくを愛さなかったのも無理はない。ぼくを悪魔の化身かなにかのように見るのも当然だ。

「ソフィー!」鬱積したやりきれなさと胸に膨れあがっていく苦悩に駆り立てられ、パトリックは声を張りあげた。「ソフィー、ぼくは子供が欲しいんだ!」

だが、ソフィーにはパトリックの言葉が理解できなかった。彼のかすれた声は怒りに満ちたわめきにしか聞こえなかった。パトリックはさっきから怒鳴ってばかりいる。ありがたいことに心地よい闇が頭を覆い始め、耳鳴りが和らいできた。彼女は小さくあえぎ、手すりをつかんでいる指の力を抜いた。

ソフィーの体がかすかに揺れて前のめりになるのを見たパトリックは、驚いて駆け寄った。なにもかもの速度が遅くなったかに感じられた。彼女の体が布製の人形のように前へ倒れたかと思うと、膝が下から二番目の段にあたり、大きなおなかが大理石の床にぶつかった。パトリックは必死に身を投げ出したものの、とらえることができたのはソフィーの頭だけだった。両手を前へ伸ばし、頭が大理石に打ちつけられるのをなんとか防いだ。

彼は妻の体をそっと仰向けにして腕に抱いた。頬の赤みをのぞいて、顔は真っ白だ。ああ、なんてことだ、この赤みは頬紅じゃない。ソフィーの顔は燃えるように熱く、体は力なくぐったりとしていた。パトリックには、血管を流れる血が耳のなかでとどろく音しか聞こえなかった。それは恐ろしい律動で叫んでいた。〝頼む、頼む、頼む、頼む、頼む〟

助けてくれ。誰か助けてくれ。ソフィーの目は閉じられ、まぶたは真っ青だった。

「クレメンズ！」

ドアのすぐうしろにいたのか、たちまちクレメンズが駆けつけてきた。

「医者を呼べ！」パトリックは命じた。

クレメンズは床に横たわっている公爵夫人を呆然と見おろし、次いで主人の顔を見た。執事の目に浮かんでいた恐怖が非難へと変わる。

「ドクター・ランベスを呼ぶんだ、早くしろ！」執事の非難に、パトリックは自責の念をあおられた。ソフィーを振り返り、まぶたにそっと口づける。だが、彼女はぴくりとも動かなかった。

パトリックは妻の手足にすばやく触れて、折れたり怪我をしたりしているところがないか調べたが、異状はなさそうだった。彼は妻にささやきかけた。「ソフィー、きみを二階へ運ぶよ」返事はなかった。

パトリックは妻を両腕で抱えあげた。ソフィーの頭がうしろに倒れ、彼の左腕からぐったり垂れる。彼女の腹部は、パトリックの腕が支えている肩と膝よりも高く突き出ていた。

彼はごくりと唾をのみこんだ。ああ、赤ん坊になにかあったらどうすればいいんだ？　耳鳴りが大きくなった。〝頼む、頼む、頼む、頼む〟

ソフィーのメイドが息を切らして駆けつけてくるころには、パトリックはすでにソフィーのモーニングドレスを脱がせ、寝間着を着せようとしているところだった。ありがたいことに、シモーヌは黙って彼を手伝った。ソフィーをベッドに寝かせて上掛けを首までかけてから、パトリックは助けを求めるようにシモーヌを見た。

「このあとはどうしたらいいだろう？」

「奥さまは体を動かしたり、なにか話したりなさいませんでしたか？」

パトリックはただシモーヌを見つめた。

「階段から落ちたあと、目を覚ましませんでしたか？」

「ああ」パトリックの声は恐怖でかすれていた。

「奥さまの熱を冷まさなくてはなりません。どんどん熱くなっていらっしゃいます。おかわいそうに」

　パトリックは部屋を出て、廊下の先をうろうろしている従僕に水を持ってくるよう命じた。それからシモーヌがソフィーの顔を濡れたタオルで優しくぬぐうのを見守った。ソフィーはもがいたりうめいたりして、冷たいタオルから逃れようとする。パトリックはただ見ているだけでなにもしない状態に耐えられなくなり、タオルをシモーヌの手から奪い取って彼女を押しのけると、ベッドの端に腰をおろした。

「目を覚ましてくれ、ソフィー」彼は優しく言い、タオルで妻の額をぬぐった。数分後、ソフィーがまぶたを開けた。

「苦しいわ」彼女は夫をじっと見つめた。

「ソフィー、すまなかった、怒鳴るつもりはなかったんだ……」パトリックはほっとして早口で言った。

　ソフィーが顔をしかめて繰り返す。「苦しいわ」

　パトリックは妻の小さな顔を両手で包みこみ、額にそっとキスをした。焼けるような熱さが唇に伝わってくる。

「きみは熱がある。だから苦しいんだ。心配しなくていい、ドクター・ランベスがもうすぐ来るだろう」

「いいえ、だめ！　来させないで！　彼はきっとあれをしてしまう」

「なにもさせはしないよ、ソフィー」パトリックはふたたび妻の額を濡れたタオルでぬぐい始めた。「ぼくがなにもさせない」

「あなたに止められるとは思えないわ」ソフィーが小声で言った。暗い色をたたえた青い瞳は夫の目を見つめたままだった。「あなたはきっとわたしを憎むでしょう」美しい瞳から涙があふれた。

パトリックは心を揺さぶられた。ソフィーはうわ言を言っている。彼は身をかがめ、キスで涙をぬぐった。

「どうしてきみを憎むんだ、ソフィー？　なにがあろうとそんなことはしない。それくらいわかっているだろう？　ぼくがどんなにきみを愛しているか知らないのか？」

だが、ソフィーはパトリックの顔から視線をそらしただけだった。「苦しい！」彼女が突然叫んだ。

シモーヌから別の冷たいタオルを手渡されて初めて、彼は妻の首や顔をぬぐっていたタオルが熱くなっているのに気づいた。

次のタオルもすぐにぬるくなった。ときどきソフィーが目を開けて、パトリックはわたしを憎んでいるといった、わけのわからないことを口走った。そのあいだパトリックは、妻の顔をぬぐい続けた。濡れたタオルからにじみ出た水が彼女の顔を伝ってシーツにしみこんでいく。ほかになにをすればいいかわからず、パトリックは従僕たちを呼びつけてはランベスの様子を見に行かせた。

ドアが開き、やっと医師が姿を現した。気の弱い男なら、パトリックが向けたすさまじい目つきを見て震えあがっただろう。だが、ランベスには怒りに燃える患者の家族を大勢相手にしてきた経験があった。つい先ほども、五番目の娘が生まれて憤る子爵に対応してきたばかりだ。ランベスの見るところ、出産に関して分別を失いがちなのは妻よりも夫のほうだった。急いでベッドに歩み寄った彼は、ソフィーの枕もとに立って彼女の額に指を二本あてた。

「熱がかなり高い」ランベスは考えこみながらつぶやき、公爵を振り返って尋ねた。「もう始まりましたか?」

「始まった?」

「もちろん流産です!」ランベスはぴしゃりと言った。実際のところ、無駄な会話をしている暇はなかった。

「流産……妻は赤ん坊を失うのか?」パトリックは心臓を短剣でえぐられた気がした。

「ええ」ランベスはそれ以上なにも言おうとしなかった。パトリックが質問をしようと口を開きかけたが、医師はわずらわしそうに指を一本立てて黙らせた。パトリックはランベスがソフィーのぐったりした手首をつかんで脈を測っているのに気づいた。それが終わると医師はソフィーの頭を起こし、アヘンチンキをたっぷり飲ませた。

ランベスがパトリックをちらりと見た。

「今すぐにこの部屋から出ていっていただかなければなりません」

公爵が無言でにらみ返してきた。こういう事態——跡継ぎを失うという不幸——が生じると、たいていの夫は悪魔のようにふるまうものだ。だが、この夫は悪魔そのものに見える、とランベスは心のなかでひそかに思った。彼は若い公爵夫人が階段から落ちた事実が気に入らなかった。気に入らないからといって事態が変わるわけではなかったが。

黒い目に怒りをたぎらせて立ちあがる公爵を見て、ランベスは確信を強めた。フォークスは悪魔のように見えるだけでなく、実際に悪魔のようにふるまっている。

公爵の声は低く抑えられていたものの、激怒しているのは明らかだった。

「ぼくはここにいる」彼はそう言って、一歩うしろへさがった。

ランベスは肩をすくめた。上掛けを引きさげると、かろうじて気持ちを抑えているらしい夫の動きを無視して、公爵夫人の寝間着をめくりあげた。患者が女性だからといって、医師が遠慮して診察するとでも思っているのだろうか？　部屋の反対側から診るとでも？　ランベスはすばやく診察をすませた。すでに破水したようだから、それほど長くはかからないに違いない。

夫の相手をしようと心を引きしめて振り向いた医師は、公爵の顔が死人のように青ざめているのに気づいた。やはり夫が産室にとどまるのを許すべきではないようだ。いったいなぜフォークスは出るのを拒んだのだろう。患者の出血はわずかなのに、彼は今にも気絶しかねない様子だ。ランベスはベッドに向き直って、患者に上掛けをかけた。

「やはり出ていっていただかなければなりません」ランベスは声に可能なかぎりの威厳をこめてきっぱりと言った。

公爵が燃えるような目で彼をにらみつけた。

「なぜだ？」

「あなたがいると気が散るからです」ランベスは単刀直入に言った。「高熱を出して半ば意識を失った状態の母親に死産の胎児を出させるには、全神経を傾ける必要があります。あなたがそばに立って、わたしが彼女を診察するたびに殴りかかろうとするのでは、とても集中できません」

パトリックはランベスを敵意もあらわに見つめ返した。

「赤ん坊は生きられないのか？　もう……七カ月なんだぞ」

「いいえ」医師の口調は断固としていた。「すでに生きてはいません」

「ぼくはなにもしない。そこでじっとしている」パトリックは壁を指差した。

「だめです」

ランベスを見たパトリックは、脅しても無駄だと悟った。この医師は自分の務めの重大さをよく心得ている。

「妻の命は危険にさらされているのか？」

「そうは思いません」ランベスは患者を振り返りもせずに落ち着き払って答えた。「ソフィーは眠ったまま苦しげに身をよじっている。「奥さまにとっては、意識がはっきりしていないほうがいいでしょう。子供が完全に成長していないことを考えれば、痛みはそれほどないはずです」

パトリックはごくりと唾をのみこんだ。ドアへ向かって歩きかけたが、途中で足を止めて振り向いた。

「赤ん坊を見たい。生まれたら見せてくれ」心のなかに吹き荒れる苦悩がかすれた声に表れていた。

なんてことだ。ランベスは内心でため息をついた。

「男の子だったかどうかお教えすることは可能です」医師として賛成しかねるとはっきりわかる口調で言う。

公爵の青白い顔のなかで、目がぎらりと光を放った。「性別なんかどうでもいい。赤ん坊を見たいんだ。ソフィーは埋葬するまでに目を覚まさないかもしれない。どんな子供だったのか知りたがるはずだ」

ランベスは患者の夫に向かってかすかにほほえんだ。そういうことなら、喜んで聞き入れよう。

「では、そのときになったらお呼びします」医師はそう言って、部屋を出ていくよう身ぶりで促した。「階下《した》でお待ちいただくほうがいいでしょう。たとえば、書斎とか。来ていただきたいときには、呼び鈴を鳴らして使用人に知らせますから」

パトリックはぼうっとしたまま、ランベスに押し出されるようにして部屋から出た。ほんの二時間前にソフィーの手がつかんでいた手すりをなぞりながら、まるで亡霊のごとく階段をおりていく。一階までたどり着いた彼は、塩のかたまりになったかのようにその場に立ちつくした。玄関のドアから入ってきた白衣姿の看護婦が、クレメンズに案内されて階段をあがっていくときになって初めて、彼らを通すために脇にどいた。

ソフィーを怒鳴りつけなければよかった。熱があって具合が悪いことに気づいてさえいれば。なぜ、いったいなぜ怒鳴りつけてしまったのだろう？　そのせいで、ソフィーは階段から落ちたのだ。そこに立っていてもしかたがないと悟ったパトリックは、書斎へ行ってグラスにブランデーを注いだ。だが二〇分たっても、グラスは口がつけられないままだった。

一時間、二時間と、彼は同じ敷物の上を行ったり来たりし続けた。オーク材の書棚の前で向きを変え、父親のものだった書見台の前まで行って、そこでまた向きを変える。頭に浮かぶのは同じ疑問ばかりだった。なぜぼくは怒りを抑えられなかったのだろう？　なぜ妻が熱を出しているのに気づかなかったんだ？　彼女が頰紅をつけないことを知っていたのに。

パトリックが自己嫌悪の荒波にのまれて精も根もつき果て、二〇歳も年を取った気がしてきたころ、ようやくドアを静かにノックする音が響いた。戸口にたたずむマザーズ看護婦は不安そうに公爵を見た。一時間ほど前に休憩を取ったとき、公爵が怒鳴りつけたせいで夫人が階段から落ちた話を聞いたのだ。彼は決して怒らせたくないたぐいの男性らしい。

「公爵さま……」彼女は言いよどんだ。死んだ赤ん坊を見たいと言った父親など、これまでひとりもいなかった。いつもなら、生まれた男の子を父親のところへ抱いていって〝立派なお世継ぎです〟と告げるか、女の子を見せて〝本当にきれいなお嬢さまです〟と言えばよかった。しかし、今回の事態は経験の範囲を超えている。「女の子です」やっとそれだけを口にした。

公爵が無言で近づいてきて、マザーズ看護婦の腕から小さな包みを受け取った。彼女の口があんぐりと開く。

「行け」彼はぶっきらぼうに言った。

書斎を逃げ出したマザーズ看護婦は息を切らして階段をあがり、亡くなった哀れな赤ん坊を父親から受け取る役目はしたくないと医師に訴えた。あの悪魔みたいな公爵とはかかわりたくない。あの恐ろしげな眉！　自分の母親にどんなふうに公爵の様子を説明しようかと考えて、彼女は身を震わせた。

書斎にひとり残されたパトリックは、お気に入りの肘掛け椅子に座った。赤ん坊の顔には布がかけてあった。彼は娘の小さな顔から布を取って、その首のまわりにかけた。わずかに体をうしろへそらし、腕のなかの子を見つめる。ふわりと落ちてしまいそうなほど軽く、肌は雪のように白かった。

やがて立ちあがったパトリックは、ゆっくりと階段をあがっていった。自分が三〇代ではなく、九〇歳の老人になったかに感じられた。

四日後に目を覚ましたソフィーは、すぐになにがあったのかを悟った。胸から不安があふれ出て、手がいやおうなしに腹部へと移動していく……けれども、もはやそこに赤ん坊はいなかった。逝ってしまった、逝ってしまったんだわ。まるで最初からそこにいなかったかのように。小さな空間でおなかを蹴っていたのが嘘のように。

ソフィーは声を出さなかったが、パトリックには静寂に包まれた部屋の空気が変わるのが感じられた。ベッドのかたわらの椅子に座っていた彼は、目の前の壁をじっと見つめる妻を見て、彼女はすべてを知っていると気づいた。恐れていたときが来てしまった。ソフィーは夫の姿も目に入らない様子で前方を見つめている。その目からゆっくり涙があふれて頰を伝った。

パトリックは椅子を離れてベッドのそばにひざまずいた。日に焼けた大きな手でソフィーの華奢な手を取り、顔を押しつける。

ソフィーは黙ったまま彼を見た。次から次に頰を流れる涙が、奇妙なほど冷たく感じられた。

「すまない、ソフィー」魂の奥底から絞り出されるような声だった。「なにをしても償いにはならないとわかっている。だけど、ああ、すまなかった!」

ソフィーは眉をひそめた。「それなら、あなたは子供が欲しかったの?」

パトリックが顔をあげた。夫の頰が涙で濡れているのを見て、彼女は驚いた。「ぼくは子供が欲しかった。どうしてブラッドンにあんなひどいことを言ったのか、自分でもわからない。あれは嘘だったんだ。いつだって子供のことを考えていたよ」

ソフィーは喉を鳴らして唾をのみこんだ。

「ごめんなさい、パトリック。なにがいけなかったのかわからないの」

パトリックが喉の詰まったような声で問い返した。「なんのことだ?」

「赤ちゃんよ、赤ちゃんのこと。わたしがしたことのいったいなにが悪かったのかわからない。赤ちゃんが死んでしまうほどの、どんな悪いことをしたのかしら」ソフィーは手を引き抜き、落ち着きなくシーツを握りしめたり放したりした。みじめな気持ちでパトリックの目を見る。

そこに浮かんでいたショックに、ソフィーはびっくりした。「きみがなにをしたというんだ？」パトリックの声はささやきのように小さかった。「ぼくがきみを怖がらせた。階段から落ちたのはぼくのせいなんだ」

ソフィーはかぶりを振った。ここ数日間の記憶は曖昧で、階段のことはまったく覚えていなかった。「階段ですって？」

「きみは階段から落ちたんだよ」パトリックがゆっくりと言う。「階段から落ちて流産したんだ、ソフィー。すまなかった」彼は繰り返した。

「違うわ」ソフィーは首を振った。「階段のことは覚えていないけれど、ドクター・ランベスは赤ちゃんは生きられなかったと言っていたわ。だけど気分が悪くて、ちゃんと考えられなかったの」そこで言葉を切って震える息を吸うと、ふたたび続けた。「でも、教えられる前からわかっていたのよ。だってあの子は動かなくなって――」

「女の子だったよ」パトリックが言った。

「女の子？」

「ぼくたちには娘ができたんだよ、ソフィー。かわいらしい小さな女の子だった。赤ん坊が早く生まれたのは、きみが階段から落ちたせいじゃないというのか？」パトリックの声はかすれていて、ほとんど息にしか聞こえなかった。

ソフィーがうなずき、小声でなにかつぶやいた。

胸の奥から抑えきれない嗚咽《おえつ》がこみあげてきて、パトリックは頭をさげて上掛けに顔を押しつけた。ほっそりした二本の腕が肩にまわされるのを感じる。

「ああ、あなた、泣かないで、お願いよ！　わたしたちのどちらが悪いのでもないわ」ソフィーがささやく。「まだこの世に生まれてくる用意ができていなかった、それだけなのよ」

パトリックはじっとしたまま、ソフィーの腕の優しさを心地よく感じていた。心にわきあがってきた大きな喜びが深い悲しみとまじり合う。それは健全な、前向きな悲しみだった。

「横になったほうがいい」彼は妻を寝かせて、頭の下に枕をあてがった。

「赤ちゃんを見たの？」ソフィーの声は風のささやきかと思うほど小さかった。

「きれいな子だったよ、ソフィー。きみによく似ていた」パトリックは優しく妻の涙をぬぐった。「きみがどんなに愛していたか、伝えておいたよ」

涙がソフィーの頬を流れ落ちた。パトリックはベッドの端に腰かけて、彼女の髪をなでた。

「シーツに包まれているだけでは寒そうに見えたから、ここへ連れてきて、ぼくの冬用のクラヴァットでくるんだよ。カシミヤのだ」見おろすと、妻はまだ泣いていた。

ソフィーが震える手をあげてパトリックの肩にかけたので、彼は身を乗り出して、両脚をベッドにあげてそばに横たわった。ソフィーがため息をつきながら、パトリックの肩に顔をうずめる。

「その子はどこに？」

「一族の墓地に埋葬した。ぼくはきみのそばを離れたくなかったから、アレックスとシャーロットに頼んでダウンズへ運んでもらったんだ。あの子はぼくの母の隣に眠っているよ……母は赤ん坊が大好きだった」パトリックは静かに言い、妻の柔らかな髪に頰を寄せた。

ソフィーがさらに深くパトリックの肩に顔をうずめた。しばらくしてようやく口を開いたが、それは聞き逃してしまいそうなほど小さくかすかな声だった。

「名前をつけた？」

パトリックはかぶりを振ってから、彼女には見えないことに気づいた。

「ふたりでつけるほうがいいと思ったんだ」

生まれる前に死んでいた子に洗礼名は与えられないのだとは説明したくなかった。聖なる地に死産だった赤ん坊の埋葬はできないと、フォークス家の司祭に拒まれたことも。アレックスはただちにその司祭を解任し、わざわざロンドンまでデヴィッド・マーロウを連れてきてくれた。

「兄から手紙が来た。きみに宛てたシャーロットからの手紙もある。ふたりは明日、ロンドンへ出てくるそうだ。デヴィッドが赤ん坊のために祈りを唱えてくれたよ。デヴィッドを覚えているだろう？」

ソフィーはうなずいた。もちろん覚えている。茶色の目をした優しいデヴィッド副牧師は、ブラッドンやパトリックの学生時代からの友人だ。

やがて、ソフィーが全身が震えるほど激しく泣き始めた。パトリックは彼女を抱きしめ、愛情に満ちた温かい言葉をささやき続けるしかできなかった。

27

それからの数日間、ソフィーはベッドに横たわって過ごし、フローレが丹誠をこめて作った病人用の食事をまずそうにひと口かふた口だけ食べた。パトリックはベッドのそばの椅子に何時間も腰をおろして、彼女の好きな小説や、『モーニング・ポスト』のゴシップ欄や、『タイムズ』の海外ニュースなどを読んで聞かせた。だがソフィーはほとんど聞いていなかった。数分は耳を傾けているが、すぐに思いが現実に戻ってしまうのだ。涙が静かにこぼれていることに気づいたパトリックに、頬をぬぐわれ抱き寄せられることもあれば、自分の心にぽっかりと開いたむなしさに耐えながら、じっと壁を見つめていることもあった。

彼女の母親は毎日やってきて、いずれまた子供はできるだろうから元気を出しなさいと言って励ました。一度、父親が足音を忍ばせて入ってきて、黙ってベッドのかたわらに立っていたこともあった。

「わたしにもうひとり子供がいればよかったんだが」しばらくして父が言った。「そうしたら、おまえがこれを乗り越えるのを妹が手助けしてくれたかもしれない」

ソフィーは乾ききった目で父を見た。「どうだっていいわ、お父さま」

「おまえの母親とわたしはたくさんの過ちを犯した。わたしが愚かだったんだよ」ソフィーは無言で父を見つめた。お父さまはついに女性を追いかけるのをやめる気になったのかしら。だが、ずっとそうなるのを願っていたにもかかわらず、今のソフィーはもうどうでもいいと思うようになっていた。

「よかったわね、お父さま」彼女はささやいた。

ジョージは目に緊張を浮かべてためらっていたが、結局なにも言わずに部屋を出ていった。

数週間ベッドにとどまり、ようやく出血が止まったのを確認して、ランベスはソフィーにもう起きてもいいと宣言した。ソフィーはよろよろとベッドを出て、シモーヌの用意した、湯気の立つ浴槽のなかに腰をおろした。自分の体がいとわしく感じられてしかたがない。赤ちゃんが生まれてくるまで守ってやれなかった、出来損ないの体だとしか思えなかった。

急速に冷えていく湯のなかにソフィーがいつまでも壁を見つめたまま座っているので、シモーヌは女主人の力ない手から石鹸《せっけん》を取り、布で体をこすった。

パトリックが現れたのは、シモーヌがソフィーを立たせてタオルで体を拭いているときだった。ソフィーの動きはまるで夢遊病者のようで、夫が部屋へ入ってきたことさえ気づいていなかった。

シモーヌが女主人に服を着せ終えると、パトリックはうなずいてさがらせ、妻を暖炉の前に導いてヴェルヴェットを張ったスツールに座らせた。そして、彼女の濡れた長い髪をタオルで拭き始めた。気の抜けたソフィーの様子に、パトリックは不安になった。ランベスに言わせれば、これが普通なのだそうだ。だが、あの医師は本当にわかっているのだろうか。いつも陽気で生き生きとしていたソフィーがこんな状態になるなんて、とても普通のこととは思えない。無表情な顔や翳った瞳を見るたび、パトリックの胸に痛みが走った。

彼が気持ちを奮い立たせて話しかけていると、ソフィーが穏やかな声でさえぎった。

「シャーロットのところへ行きたいわ……お墓を見たいの」

パトリックは話すのをやめ、髪を拭く手に力をこめた。

「明日の朝いちばんにダウンズへ発《た》とう」彼は約束した。

「今すぐ行きたいの。ひとりで」ソフィーの声が冷たく響いた。

心配になったパトリックはタオルを床に落とし、低いスツールに座るソフィーの前へまわって膝をついた。

彼はささやいた。「ぼくを心から締め出さないでくれ、ソフィー。このぼくを」喉が詰まって、それ以上声が出なかった。

ソフィーは穏やかな目でパトリックを見た。絶えず流れていた涙が、この二日間は涸れていた。彼女はまるで濃密な白い雲を通して世界を見ているような気がしていた。

「もちろん、あなたを締め出してなんかいないわ、パトリック。最初はひとりでお墓に行きたいだけよ」

パトリックは、やつれた顔にあいた黒い穴のような目で妻を見た。「どうしてだい？」

「わたしはあの子の母親だから」そう言ったあと、ソフィーはすぐに言い直した。「あの子の母親だったから」

「ぼくはあの子の父親だ」パトリックが言い返す。

「わたしはあの子を何カ月もおなかに宿していたのよ！」ソフィーは叫んだ。「だから、あなたに謝らなくてはならないわ」

「なにを謝るというんだ？」

「それは……」ソフィーの全身が震え出した。「それは、これがわたしの体のせいだから。わかるでしょう？」

「いいや、いったいなんの話をしているんだ？」パトリックがきっぱり言った。

ソフィーの目に涙が戻ってきた。わたしに説明させて、苦労してやっと手に入れた自制心を打ち砕くつもりなの？「わたしのせいであの子が……わたしのせいで」

「きみのせいなんかじゃない」パトリックはソフィーの頬を愛おしそうになでながら、優しい声で慰めるように言った。

ソフィーは視線をそらし、かたくなに言い張った。

「ひとりで行きたいの。どうしてもそうしなくては――」

「きみは悪くない！」パトリックが彼女の肩をつかんで揺すった。「子供はまだこの世に生まれてくる用意ができていなかった。きみがそう言ったんだぞ、ソフィー、覚えているだろう？　きみの体のせいじゃない。あの子はか弱すぎたんだ」

パトリックはソフィーを抱いて肘掛け椅子へ運んだ。腰をおろすと、転んで膝をすりむいた子供をあやすように彼女を優しく抱いた。

「わたしが赤ちゃんを望んでいなかったことを、あの子は知っていたのよ」ソフィーの声はひび割れていた。

「どうしてそんなことが言える？　きみは子供をひどく欲しがって、何カ月もぼくがきみに触れるのを許さなかったほどじゃないか！」

一瞬の沈黙が広がった。「怖かったの」やっとの思いでソフィーは口を開いた。「子供を失うのが怖かったのよ」

「それならどうして、望んでいなかったなんて言うんだ？」

「あなたはずっと愛人のところにいて、わたしの部屋へ戻ってこなかった。だから、次の子供を身ごもることは絶対にないとわかったわ。おなかの子はどうしても欲しかったけれど、ときどき考えたの。妊娠していなければ、あなたはまだわたしの寝室を訪れていたに違いないと——」

パトリックは愕然とするあまり、妻を抱く手に思わず力をこめた。

「ほかの女性と一緒だったわけじゃない、ソフィー」

ソフィーは彼の言葉を聞いていなかった。

「わたしにはわかっていた。あなたはわたしと愛し合うのに飽きたのよ」

「そんなわけがない。どうしてぼくたちに次の子供ができないと思うんだ？」パトリックの張りつめた声に、必死にこらえようとするソフィーのすすり泣きがまじる。彼女はこれ以上なにも隠しておきたくなかった。

ソフィーは正直に言った。「だって、あなたは結婚生活にうんざりしているわ。跡継ぎができようとできまいと気にしていないから、わたしたちのあいだにこれ以上子供は生まれないでしょう。妊娠したとき、わたしの心の一部が子供に腹を立てたの。なぜなら、それは終わりを意味していたから……」声はしだいに小さくなって消えた。

「ソフィー」パトリックが喉を締めつけられたような荒々しい声で言った。「いったいなにを言っているんだ？　きみのもとへ行けなくて、ぼくが毎晩自分の部屋で苦しんでいたのを知らないのか？　きみの言っていることは筋が通らないよ！　きみが妊娠しているにもかかわらず、ぼくは愛し合いたくて頭がどうにかなりそうだったのに、子供が生まれたあとできみを求めなくなるわけがないだろう？」

ソフィーは目をしばたたいた。以前なら、パトリックの言うことをすべて信じただろう。「でも……でも、このひと月、あなたは一週間のうち五日も家を空けていたわ」ひとり残されて流した涙が思い出され、懸命に嗚咽をこらえた。「あなたに愛人がいるのは知っているのよ」彼女の声は苦痛に満ちていた。「黒髪の女性のことは。あなたを責めているんじゃないの」急いで言い添える。「結婚したときは、夫に愛人がいる暮らしがどういうものか、わかっているつもりだった。だけど、それがどれほど心を傷つけるものかということまでは理解していなかったの」

体にまわされているパトリックの腕に荒々しい力がこもったので、ソフィーは息をのんで口をつぐんだ。

「それは間違いだ」パトリックが激しい口調で言った。彼女の顎をつかんで上を向かせ、目をのぞきこむ。「誓ってもいい。カンバーランド公爵家の舞踏会できみにキスをしてからというもの、ほかの女性を求めたことは一度もない」ソフィーは驚いてパトリックを見つめた。「あの夜から、ほかの女性とはベッドをともにしていないんだ。黒髪の女性となんかつき合ったりしていないよ。ほかの女性に目を向けたことさえない。本当だ！　ぼくはいつもきみのことばかり、きみの体のことばかり考えていた。ああ、ソフィー、ぼくを放蕩者だと思いこんでいるせいで、きみは勘違いしているんだ。わからないのか？」

ソフィーはなにも言わなかった。あまりにも疲れすぎていて、パトリックの言っていることが理解できない。だが、わかったところもある。

「それなら、あなたは今もわたしが、つまりわたしと――」

「ああ、そうだ！」こみあげる感情をこらえているせいで、パトリックの声はかすれていた。彼女を抱いている腕に力がこもる。

ソフィーは黙って夫の肩に頭をのせた。頭はまだ混乱していたが、ひとつだけははっきり理解できた。パトリックは今もまだわたしを求めている。彼が言ったのはそういうことなんだわ。それはつまり、わたしの体がすっかりよくなったら、パトリックはまたわたしのベッドへ来て、ふたりで愛を交わし、そしておそらくもう一度子供を身ごもるということだ。ソフィーは無意識のうちに緊張を解き、ヴァイオリンの弦のように張りつめていた体の力を抜いた彼の胸にもたれた。

「本気なの?」パトリックのシャツに顔をうずめていたので、彼女の声はくぐもって聞こえた。「本当にわたしと愛し合いたいの? 飽きたのではないのね?」

「飽きただって! ソフィー、まったく、いったいどこからそんな考えが浮かんできたんだ?」

「あなたに愛人がいると思ったの。あなたは毎晩のように出かけていたのよ、パトリック」

ソフィーの澄んだ目に見つめられて、彼が目を伏せた。

「ぼくは自分を苦しめていたんだ」パトリックは短い言葉で認めた。毎週木曜日にソフィーが出かけていたことを、ここで問題にする気にはなれなかった。嫉妬で胃がよじれそうだったので、ブラッドンに対する彼女の気持ちは聞きたくなかった。ブラッドンを愛していると言われたら、ぼくはとても耐えられないだろう。それに、ソフィーが肉体的には一度もぼくを裏切っていないという確信がある。それならほかの男を愛していると彼女に認めさせることに、いったいなんの意味があるだろう? ソフィーは高潔な女性で、不実ではない。だとしたら、彼女の愛まで求める権利がぼくにあるのだろうか? とりわけソフィーを誘惑して結婚させた、ぼくのあのやり方を考えたら。

夫が続きを話さないので、ソフィーは口を開いた。「どうして自分を苦しめなくてはならないの? わたしはここで……」自分の手に視線を落としてささやく。「あなたを待っていたのに」

パトリックは喉を締めつけられている気がして息苦しかった。いったいなにを言えばいいのだろう？　〝きみを見たくなかった。一緒に食事をとったり、話をしたりしたくなかった。きみがぼくを愛していないことを知っているからだ〟とでも？　ソフィーは大声で笑い出すに違いない。

「自分でもなにをしていたのかわからないんだ」パトリックはやっとの思いで、沈んだ声で打ち明けた。「だが、ほかの女性とベッドをともにしていたわけじゃないよ、ソフィー。断言してもいい。たいていは通りを歩きまわっていたんだ。ときには倉庫の事務所で過ごしたこともある」

ソフィーは夫の口調に偽りのない誠実さを感じた。

彼女は小声で言った。「わたしは……とてもうれしいわ。たとえ……永遠にこの状態が続かないとわかっていても――」

「くそっ、なにを言うんだ、ソフィー！」パトリックの声は鋭かった。「ぼくのことをそこまで軽蔑すべき男だと思っているのか？　ぼくについてどんなことを耳にしたんだ？」

不意に、ソフィーは夫を侮辱してしまったのに気づき、不安そうに言った。「とくにあなたのことを言ったわけじゃないの、パトリック。だけど、わたしは男と女がどういうものかは知っている。男性がどういうものかを知っているのよ」頭が混乱してきて、彼女はいったん口をつぐんだ。自分がそのうちにパトリックの体に興味を失うだろうというふりをするのは無意味な気がした。「あなたが一生ひとりの女で満足できるわけがないのはわかっているわ。でも、あなたが愛人を作ったからといって騒ぎ立てはしない。現にそうだったでしょう？　あなたが毎晩出かけても、わたしは不満を口にしなかったわ」

「確かにそのとおりだ」パトリックは食いしばった歯のあいだから言葉を絞り出した。「きみが文句を言わないものだから、ぼくが家にいようといまいと、少しも気にしないのだろうと思っていたんだ」

「まあ」ソフィーは息をあえがせた。「わたしは、あなたが自由を奪われたと感じないように――」

「そうしないと、ぼくが二度ときみのベッドへ行かないと思ったんだろう？」パトリックはふたりが互いのことをどう誤解していったのかを理解し始めていた。アレックスとシャーロットのときと同じだ。ソフィーがうなずいたので、パトリックは穏やかな口調で続けた。「ぼくはきみの父上とは違うよ。それに、きみも母上とは似ていない。ぼくは八四歳の老人になっても、きっと毎晩きみのもとへ行くだろうと確信している。実を言うと、きみの寝室のベッドを燃やしてしまおうかとさえ考えているんだ。そうすれば、ぼくたちにはひとつのベッドしかなくなるからね。どう思う？」

ソフィーは呆然と彼を見つめた。「なぜなの？」

「毎晩きみとベッドをともにしたいからだよ」パトリックは熱っぽく言った。「ぼくたちは会話が足りなかった。家に戻ってきみのベッドにもぐりこみたいと思いながら夜中に通りを歩きまわっていたけど、そんなことをしていないできみと話をするべきだった」

今度もパトリックは、ブラッドンに対するソフィーの気持ちについて話し合うことを避けた。確かに、その件は無視するわけにいかない。だけどそれはソフィーの体調がよくなって、ぼくの気持ちがもっと落ち着いてからにしよう。そのときなら、彼女がブラッドンについて語るのを聞いても平静でいられるに違いない。重要なのは、ソフィーがぼくをベッドへ迎え入れたがっていることだ。

パトリックは頭をさげ、彼女の顎の線に沿って軽くキスをした。「ぼくが愚か者だったんだ」彼は後悔していると認めた。「許してくれるだろうか？　これからの六〇年間、きみと一緒のベッドで寝ることを許してくれるかい、ソフィー？」

ソフィーが小さな手でパトリックの頬をなでた。「ええ、もちろんよ」彼女が顔をわずかに上へ向けると、そこにパトリックの口があった。ソフィーは首を伸ばして、柔らかな唇を彼の唇と触れ合わせた。情熱にのみこまれるようなキスではないが、愛のこもったキスだった。

しばらくしてようやくパトリックが唇を離し、ソフィーの潤んだ目を見おろした。

「ひとつ話しておくことがあるんだ、ソフィー」

彼女は涙をのみこんでうなずき、小さな歯で唇を噛んだ。

「ぼくは子供が欲しい。どれほどあの子を求めていたか、言葉では言い表せないほどだ」

一瞬の沈黙があった。

「それならどうして冷たかったの？　なぜあんなに残酷なことを言ったの？」

「ぼくの母が関係しているんだ」パトリックは咳払いをして続けた。「母が死んでからというもの、ぼくは誰かに……自分の妻にあの苦しみを味わわせたくないと思うようになった。母は苦しんだだけでなく、命まで落とした。母の死後、実際にはそうでないとわかっているんだが、アレックスとぼくはふたりきりになった。ぼくたちには帰る家がなかった。学校が休みになると、自分たちを受け入れてくれるところならどこへでも行ったよ。誰もいないがらんとした家に帰るよりよほどましだった。そしてぼくは、絶対に子供を作らないと誓ったんだ。きみに会うまでは、欲しいと思ったことが一度もなかった」

ソフィーは黙ってパトリックの首に腕をまわして彼を抱きしめた。〝アレックスとぼくはふたりきりになった〟という言葉は、使用人によって育てられた子供たちの人生を雄弁に語っていた。

パトリックがかすれた声で優しくささやいた。「だけど、きみとの子供なら欲しい。また子供を作ろう、ソフィー。きみの体を心配するのはやめられないが、きみが好きなだけ……三人でも四人でも、あるいは一〇人でも、ぼくたちは子供を持てるだろう」子供は一〇人産むつもりだとソフィーが言っていたのを思い出し、からかうように言った。

ソフィーは黙って彼の首に唇を押しあてた。いったん口を開いたら、愛しているとヒステリックに叫び出してしまいそうだった。パトリックはわたしを求めていると言ってくれた。ほかの女性とはベッドをともにしたくないとも。わたしとのあいだに子供を作りたいとも言った。それで十分だわ。これ以上は望めない。

の」

「愛しているわ」やはり、その言葉を口にせずにはいられなかった。「あなたを愛しているの」

パトリックがわずかに身を引いて彼女の顎を持ちあげた。「言わなくてもいいんだ、ソフィー。きみの気持ちはわかっている。たくさん子供を作ろう」

ソフィーは驚きと恥ずかしさに視線をそらした。わたしの気持ちがわかっている？　わたしが愛していることをずっと知っていながら、そうではないふりをしていたというの？　ソフィーは屈辱を感じた。だが、唇を噛んでパトリックの肩に頭を戻した。どうすることもできないでしょう？　わたしは彼を愛している。頭がどうかなりそうなくらい、どうしようもなく夫を愛しているの。

一方でパトリックは、胸に短剣を突き刺されたような痛みを感じていた。ずっとその言葉を聞きたいと願ってきたにもかかわらず、いざ耳にしてみると、本当は少しも聞きたくなかったのだと気づいた。また子供を作ろうという約束に対する、ただの感謝にすぎない愛なんて欲しくない。赤ん坊が死んだために夫婦のあいだに生まれた優しさなど、欲しくはなかった。あるいは、少なくとも、ここで〝愛〟と名づけられたものは求めていなかった。ぼくが感じているこの激しく燃えあがる愛を、ソフィーにも感じてほしい。彼女になにかあったら正気ではいられないと確信するほどの愛を。

「ソフィー」彼女の髪に顔をうずめて言ったものの、急にまた息が詰まって声が出なくなった。ソフィーは待ってくれていたが、パトリックはそれきりなにも言わず、ただ彼女の髪や耳にキスをし続けた。しばらくしてようやく口を開いた彼は、意図していたのとはまったく違う話題を持ち出していた。

「今でも今日じゅうにダウンズへ向けて発ちたいと思っているかい？」

ソフィーは窓に目を向けた。何時間もこうして話していたと思ったのに、不思議なことにまだ太陽が輝いている。彼女は深く息を吸った。

「ええ、お願い」

「手配しよう」パトリックが静かに言い、一瞬言葉を切ってから尋ねた。「二、三日したら、ぼくも行っていいかな、ソフィー？」謙虚な口調だった。

ソフィーは彼の首筋に顔を伏せた。「一緒に来て、パトリック。わたしと一緒に来て」彼女の声は震えていた。

パトリックはこらえきれなくなって、ソフィーの柔らかな唇をとらえた。

「きみと一緒に行くよ。きみが望むならいつでも、どこへでも一緒に行く」

数日後、ダウンズ・マナーの大きなベッドで目覚めたソフィーは、まるで神の息吹が彼女の胸に癒やしの香油を注ぎこんでくれているような気がした。わたしの赤ちゃん――わたしたちの赤ちゃん――はいなくなったけれど、きっとほかの子たちが生まれる。そして、ここにわたしの夫がいる。ベッドのわたしの隣で、シーツの上に手足を伸ばして眠っている。どういう理由があるのかわからないが、パトリックはアレックスに強く主張され、レースの縁飾りのついた滑稽な寝間着を着ていた。顎にうっすらとひげが伸びたパトリックの顔は、瘦せて疲れ果てているように見えた。でも、とソフィーは思った。これまでの彼の人生で、いちばん美しい姿に違いないわ。

28

誰かが鼻をくすぐっている。目を開けたソフィーは花でくすぐられているのに気づき、物憂げにほほえんだ。

「どのくらい眠っていたのかしら？」

「一時間くらいかな」ソフィーの上にかがみこんだ夫が、煙るような黒い瞳で彼女の顔を見つめた。

伸びをしたソフィーは、肩甲骨の下にちくちくする草を感じた。パトリックの視線が、柔らかな綿のドレスに包まれた、はちきれそうな胸に引き寄せられる。鼻をくすぐっていたヒナギクの花が頬から喉をたどって胸もとで止まった。

「このドレスには飾りが必要だな」パトリックの声はかすれ気味だった。日に焼けた器用な指でむしられた花びらが、白いシャワーのようにボディスに降り注ぐ。

ソフィーは思わず身震いして夫を見あげた。

パトリックの髪はくしゃくしゃだった。彼もまどろんでいたに違いない。ひと眠りする前、ふたりは軽い食事をとっていた。上品なトライフルとシャンパンで。

パトリックとソフィーがつらい思いを抱えてロンドンを発ち、ここにやってきてから二カ月がたっていた。

　彼らは娘のために簡素な白い墓碑を建てた。そこにはふたりで決めたフランシスという名前と、〝最愛の娘〟という言葉が刻まれていた。ある日、シャーロットとソフィーは一族の墓地へ出かけ、レディがみずから土で手を汚すことにあきれる庭師を横目に、その墓の周囲におびただしい数のマツユキソウの花を植えた。そうしたあとも、パトリックとソフィーはロンドンには帰らなかった。

　会話のない日々や寒々とした夜の記憶に満ちているロンドンの屋敷は、彼らにとって幸せな場所とは言えなかった。ふたりは二羽の傷ついた小鳥のように、ダウンズ・マナーの大きな寝室のひとつに身を寄せた。

　それは癒やしのための時間だった。シャーロットとアレックスは慰め、ほほえませてくれる存在だった。ダウンズ・マナーはもはや、パトリックが子供のころに嫌っていた、がらんとしたむなしい場所ではなかった。ハロー校の夏学期が終わると、アンリがやってきてピッパを喜ばせた。屋敷の廊下には、子供たちの笑い声と大人の忍び笑いが聞こえるようになった。

　しかしそれよりも大切なのは、ソフィーがどちらを向いても、そこにパトリックがいることだ。ソフィーが椅子を立とうとすると、彼が駆け寄ってきて手を貸し、刺繍枠より重いものは決して持たせようとしなかった。夜にはシモーヌを追い払ってブラシを手にし、誘いかけるようにゆっくりとソフィーの髪をとかした。

　パトリックは顔をソフィーの首筋にうずめ、彼女と手足を絡めて眠った。夜中に寝返りを打つとすぐに彼に抱き寄せられるので、ソフィーはそのたびに目を覚ましてしまった。眠っているときも、パトリックは彼女を放そうとしなかった。

　その晩は屋敷で開かれるハウスパーティーのために、客たちが到着する予定になっていた。一〇を超える部屋の準備で屋敷じゅうが大騒ぎになっているのを見たパトリックは、ソフィーをつかまえ、ピクニック用のかごとともに放りこむようにして馬車に乗せたのだった。

「御者はどこ？」ソフィーはのんびり尋ねた。周囲を見まわすと、パトリックが草の上に広げた毛布や昼食の残りは目に入るものの、馬車はどこにも見えなかった。

　パトリックは顔をあげなかった。ヒナギクでの愛撫に夢中になっていたのだ。「家へ帰した」彼はうわの空で言った。

「帰した？　それならわたしたちはどうやって帰るの？」ソフィーは訊いた。だが川のそばで暖かな日差しを浴びてのんびりするのはとても心地よく、彼の答えをそれほど気にしてはいなかった。

　返事はなかった。パトリックは新しい遊びを発見していた。ピンク色の毛布はスイカズラの茂みの陰に広げてあった。彼はスイカズラの小さな巻きひげをちぎっては、妻の明るい色の巻き毛のなかへ押しこんでいた。

「パトリック？」ソフィーは気だるげにほほえんで伸びをすると、夫の瞳の色が漆黒へと変わっていく様子を楽しんだ。

「なんだい？」

「ちょうど今のあなたがしているように、わたしのナニーがよくヒナギクの花びらをむしっていたわ」

「なんのために？」

「それで恋占いをするの」ソフィーは急に恥じらいを覚えて起きあがった。スイカズラの花が絡まった巻き毛が顔を覆う。たくましい手が、完璧な形をしたヒナギクの花を差し出した。

「彼はわたしを愛している」ソフィーはゆっくりと言いながら、花びらを一枚取り去った。

パトリックが優しい指で、彼女の顔を隠す黄褐色の髪を押しのけた。

「愛していない」ソフィーは言った。パトリックが歯で彼女の耳をそっと噛んだ。ソフィーは体を震わせ、もう一枚花びらを引き抜いた。

「愛している」突然、パトリックがソフィーのうしろへまわって彼女を自分の膝の上にのせた。

「愛していない」

「愛している」たくましい腕に包みこまれ、ソフィーは力を抜いてパトリックの胸にもたれた。唇がささやくようにそっと額に押しつけられる。ソフィーの指から花びらが静かに舞い落ちた。

「愛していない」

「愛している」最後の花びらがひらひらと揺れながら地面に落ちていった。

「彼はきみを愛している」パトリックが自信に満ちた低い声で言った。そこにはソフィーのすべてがあった。

「わたしがどんなにあなたを愛しているか、わかっているかしら、パトリック・フォークス？　わたしはあなたに夢中なのよ」

ソフィーの穏やかな言葉がパトリックの頭にゆっくりとしみこんでいった。気だるい午後そのものが息を止めたように、あたりは静寂に包まれ、なにもかもが動きを止めたかに感じられた。つかのま、こおろぎの鳴き声も、蜂が飛びまわる羽音も耳に入らなくなる。世界が狭まって、見えるのは妻の生き生きした青い目だけになった。

パトリックは言葉を発することでこの瞬間を壊したくなかった。

「本当に？」ようやく出た声はかすれていた。「きみがぼくを？」

ソフィーの顔がバラ色に染まって、クリーム色のボディスからのぞく肌がほんのりと赤くなった。

彼女は身をよじり、パトリックの顔を両手で包んだ。「もちろん、愛しているわ」いったん言葉を切ってから続ける。「どうしてそんなに驚いた顔をするの？　わかっていると思っていたのに。そう言っていたじゃない」

「ぼくはてっきり……」パトリックの声はまだ少しかすれていた。「きみが愛しているのはブラッドンだと思っていたんだ」

「ブラッドンですって！」ソフィーの目が鋭くなった。ショックを受けたのだな、とパトリックはぼんやり考えた。「どうしてわたしがブラッドンを愛しているなんて思えるの？　彼はマドレーヌを愛しているのよ！」

「ブラッドンがマドレーヌを愛しているからといって、きみがブラッドンを愛せないことにはならない」パトリックは引きさがらなかった。こうなったからには、全部はっきりさせなければ。

ソフィーは彼の顔から手を離した。「なぜそんなくだらないことを考えたの？」

「くだらないことだって？」パトリックの声には皮肉がにじんでいた。「ブラッドンは、きみが自分に夢中だと言っていたし、実際にそう見えた。きみはブラッドンと駆け落ちすると言い張ったんだぞ。それに、彼とマドレーヌの婚約が発表されたとき泣いていた」

「わたしが？」

ソフィーは懸命に思い出そうとした。「たとえそうだとしても、ブラッドンが婚約したせいじゃなかったはずよ。だって正直なところ、ブラッドンが誰と結婚しようが全然気にならないんですもの。一度も気にしたことはなかったわ」彼女は淡々と言い、一瞬の沈黙ののち続けた。「ブラッドンがあなたに、わたしが彼に夢中だと言ったの？」

パトリックがうなずく。

ソフィーの青い瞳が燃えあがり、濃い色に変わった。

「うぬぼれもいいところだわ！　このわたしがブラッドンに夢中ですって！」

パトリックは膝の上でふたたび彼女を抱きしめた。胸に幸せが押し寄せてきて、大きな声で歌い出したい気分だ。「なるほど、こういうことかな。ブラッドンが言ったのは、きみにとても敬愛されているという意味だったんだろう」彼はからかうように言った。

「彼の皮をはいでやるわ！」思わず叫んだあと、ソフィーはどっと笑い出した。「マドレーヌに頼んで、わたしの代わりに仕返ししてもらおうかしら。ふたりが新婚旅行から戻ったらすぐに」

「ぼくはマドレーヌが好きだな」パトリックが言った。「きみが彼女に初めて会ったのはどこだった？」

「あれは確か、カンバーランド公爵家の舞踏会だったと思うわ」ソフィーの声は弱々しかった。

パトリックがかぶりを振る。「そんなはずはないよ。マドレーヌから聞いたけど、彼女が初めて出た舞踏会は、レディ・コモンウィールがシシーの婚約披露のために開いたものだったそうだ。きみがマドレーヌを夕食に招待したのは、それよりもずっと早かった」

彼に見つめられるより早く、ソフィーは顔をそむけた。気持ちが乱れていた。パトリックに嘘をつくのは本意ではなかった。

結局、真実を半分だけ話すことにした。

「ブラッドンにマドレーヌを紹介されたのは覚えているけれど、場所を思い出せないの」

「ブラッドンか」パトリックは黙りこんだ。

彼には、他国と貿易する複雑な交渉の場でおおいに役立つと判明した、非常に優れた記憶力が備わっている。今も、まるで網にかかった鰊《にしん》を引きあげるように、ブラッドンの言葉がするりとよみがえってきた。〝マドレーヌは特別なんだ。彼女はぼくのものになる。永遠にぼくだけのものだ〟ブラッドンの新しい愛人――アラベラに取って代わった恋人だ。ブラッドンは彼女をメイフェアに住まわせようと考えていた。いつも彼女のそばにいたがった……。

そのとき、パトリックは稲妻に打たれたようにひらめいた。ああ、なんてことだ。ブラッドンは自分の計略にソフィーを巻きこんだに違いない。しかも危険な計略だ。少なくとも社会的には。

そして最後に、まるで天からの祝福のごとくすべての霧が晴れた。ソフィーは毎週木曜日に、ブラッドンの恋人と一緒にいたのだ。マドレーヌと。マドレーヌはブラッドンの恋人だった。

「マドレーヌに手袋のはめ方やお辞儀の作法を教えたのはきみだったんだな？」

ソフィーがくすくす笑った。うしろめたそうな笑いだ。

「マドレーヌにはあまり教える必要がなかったわ」

パトリックは深く息を吸った。

「きみはブラッドンと馬車で遠出をしているものとばかり思っていた」

「ブラッドンとは一緒だったわよ」ソフィーは半ばうわの空で言った。まだマドレーヌのことを考えていたのだ。「でも彼が子犬のようにうるさくつきまとうものだから、ほとんどの場合は席を外させなければならなかったの。ブラッドンはマドレーヌのことしか考えられないみたいだったわ」

パトリックは妻にまわした腕に力をこめた。ぼくはなんという愚か者だったのだろう。

「まさかあなたは……まあ、いやだ！　嫉妬していたのね」ソフィーが彼の目を見あげて責めた。

一瞬、パトリックは否定しようかと考えた。だが、これからは互いに正直になろうと約束したはずだ。

「猛烈に嫉妬していたよ」彼は認め、頭をさげてソフィーの唇にキスをした。「頭がどうにかなりそうだった」

「だけど、あなたには……あなたには愛人がいたじゃないの！」

「その件できみに尋ねたいんだが」パトリックは興味をかきたてられていた。「ぼくが一緒に過ごしているときみが思いこんでいた黒髪の女性とは、いったい誰だったんだい？」

パトリックが見当違いの焼きもちを焼いていたことで、ソフィーはまだくすくす笑っていた。「あなたがブラッドンに嫉妬していると、シャーロットに言われたことがあったの。でも、ちっとも信じられなかった」そこで彼女は目を丸くした。「シャーロット！　まあ、パトリック、あなたの愛人というのはシャーロットのことだったに違いないわ！」

パトリックは笑い出した。「気づかなかったな」彼は愛らしい妻を強く抱きしめた。

「あなたが美しい黒髪の女性といるところを、アンリが見かけて――」

「学校へ行く前、アンリは一度もアレックスに会う機会がなかったから、ぼくに双子の兄がいることを知らなかった。どうりできみも夫を疑うようになったわけだ！」

彼は深く息を吸って、妻と額を合わせた。

「ぼくたちはどちらも愚か者だったんだ、ソフィー。なぜ話し合わなかったんだろう？」

ソフィーが鼻をそっと夫の鼻にこすりつけた。「わたしには無理だったわ」彼女はあっさりと言った。「あなたがわたしの父と同じふるまいをしているように見えたの。だから、話し合っても無駄だと思ったのよ。舞踏室にいるとき、あなたがわたしの前でその女性を見せびらかさなかったことを感謝したくらい。わたしになんの権利があって文句を言えたというの？」

パトリックは驚いた。「なんの権利だって！　きみには権利があるに決まっているじゃないか！　ぼくの妻なんだぞ」

「あなたはわたしがブラッドンと馬車で出かけても不満を口にしなかったわね」ソフィーがそっと言った。「ブラッドンはあなたが怒るだろうと心配したけれど、わたしはあなたが気づいていないと思っていたの」

「不満なんて言えなかったよ。きみがブラッドンと会いたがっているのに、どうしてぼくが文句を言えるんだ？　ぼくがあんな行動を取らなければ、きみはブラッドンと結婚して幸せな生活を送っていただろう！」

そう考えただけで、パトリックは胸をかきむしられる思いがした。「ソフィー、ぼくを愛しているというのは間違いないのか？　兄さんに言わせると、ブラッドンは愛すべきやつらしいが」

「確かにブラッドンは愛嬌があるわ」ソフィーはそう言うと、夫の顔をまた両手で包んでそっと唇にキスをした。「でも、あなたは違う。理屈っぽくて、ばかげた結論ばかり導き出すんですもの。わたしを無視しておきながら、わたしのことばかり考えていたと主張するし」彼女の声が小さくなった。「ベッドで自分を求めるように仕向けておきながら、理由も告げずに出ていってしまう。公爵になっても、そのことをわたしに伝え忘れたわ。あなたの考えがさっぱり理解できない。それなのに、どうしてこんなに愛しているのかしら」

　自分でも驚いたことに、パトリックの目には涙があふれかけていた。彼は妻を仰向けに倒すと、荒々しく唇を奪った。いつものように、ふたりのあいだに燃えあがった情熱の炎がソフィーの骨をとろけさせ、彼女の体から力を奪う。パトリックは顔を離した。

「ぼくがきみを愛する理由はわかりきっているよ、ソフィー。きみが愛すべき人だからだ」

「んー」それが妻の答えだった。彼女は夫の乱れた髪に手を入れ、もう一度キスをしようと体を弓なりにそらした。

　ふたりの目が合い、静かな約束を交わす。「すまなかった、ソフィー」パトリックの声はかすれていた。「ぼくは嫉妬していた……そしてきみが妊娠すると、今度は怖くなった。普段怖いと思うことはないのに。ぼくはきみに腹を立てて、きみのために恐怖に襲われた。とにかく、距離を置くことしか思いつかなかった」

ソフィーがキスをした。その唇によって、彼は許されたことを悟った。ふたりはしばらくそのままじっとしていた。パトリックは大きな手で妻の華奢な顔を包みこみ、目をのぞきこんだ。

「もう二度ときみのそばを離れないよ、ソフィー」人生におけるもっとも重要な誓いが、彼の心のいちばん奥底からこみあげてきた。「心も……体も」

軽く唇を触れ合わせたままソフィーがささやいた。

「約束を破ったらわめき散らすわよ。それでもいいの?」

パトリックは彼女の唇を軽く嚙んだ。「ああ、かまわない。今度のことでわかったんだ。きみは聡明すぎて、従順な妻にはなれっこない」

ソフィーがにっこりした。「マドレーヌの件でわたしがうまくやったことをやっかんでいるのね? わたしの次の計画は」パトリックの唇にささやく。「ジズル公爵をちゃんとした公爵にすることなの」

「そうなのかい?」パトリックはまたもや彼女にキスをした。「ジズル公爵のどこに問題があるんだ?」

「公爵は自分が他人にどう見えるのかが全然わかっていないの」ソフィーはためらいなく言った。「彼の馬車の内装は飾り気のないただの青いシルクで、紋章もついていないのよ。目下の者にえらぶることもめったにないし、自分専用の嗅ぎたばこさえ持っていないわ」

「嗅ぎたばこは嫌いなんだ、ソフィー」

彼女が笑った。「そんなのはどうでもいいの。ちゃんとした公爵はみんな、好みに合わせて調合した嗅ぎたばこをお店の目立つところに並べさせているのよ。ほかの人は誰もそれを買えないというのに」

「本当の問題は、公爵夫人のほうにあると思うな」パトリックは妻の体に手をすべらせながら言った。ソフィーが身を震わせるのがわかる。

「公爵夫人は礼儀作法の達人だと聞いたわ。なんでも、馬の調教師の娘を伯爵夫人に仕立てあげたそうよ」ソフィーがささやく。

「問題は、公爵夫人がずっと公爵に嘘をついていたことだ」

パトリックの目が真剣だったので、ソフィーは警戒心を抱き、かぶりを振った。

「マドレーヌのことをあなたに話すわけにはいかなかったのよ、パトリック」

「そのことじゃないよ」パトリックは体を起こし、髪がぴんと立つほど頭をかきむしった。

「コツェブーがシベリアを旅した話をぼくにしてくれたことを覚えているかい、ソフィー?」

困惑顔のソフィーが、両肘をついて上体を起こした。

「ほら、午後にぼくの書斎で」彼は思い出させようとした。

ソフィーの顔が赤くなった。「ああ、あのときね」

「ぼくはウォーターズ書店へ行って、コツェブーの本を買おうとした」

ソフィーの目がたちまち用心深くなった。

「そうだ」パトリックはうなずいた。「その書店に置いてあったのは、ドイツ語で書かれた

『わが人生の驚くべき一年《メルクヴュルデイグステ・ヤー・マイネス・レーベンス》』という本だけだった」

ソフィーの顔がさらに赤くなった。「確かベレスフォード師という人が翻訳をしているのではなかったかしら」彼女は小さな声でうしろめたそうに言った。

「クリスマスに、それをきみから贈り物としてもらおうかな」パトリックは厳しい口調を保とうとしながらも、口もとがほころぶのを抑えきれなかった。「それから昨日、ブレクスビー卿からの手紙を受け取ったんだ、ソフィー。バイラク・ムスタファはトルコ人ではなかった。母親はトルコ出身だったかもしれないけれどね。だがムスタファ自身はどう見ても無教養なイングランド人で、モールという名で知られているそうだ」

ソフィーは目を丸くした。

「なぜふたりはあのインク壺をわたしたちのところへ持ってきたのかしら？」

「フーコーとモールはナポレオンに雇われていた」パトリックは満足げに答えた。「実はやつらはセリム三世を爆死させる計画だったらしい」

「あのインク壺で？」ソフィーが息をのむ。

「そのとおりだ」パトリックは妻の鼻を上から下に指でたどった。「インク壺が爆発して、セリムが……死ななかったとしても、彼がイングランドに宣戦布告するとナポレオンは考えたようだ。ところが、ぼくの聡明な妻が手先の正体を暴いてしまった」

パトリックはソフィーの上に身をかがめ、彼女の目をまっすぐ見つめた。

「どうして教えてくれなかったんだい、ソフィー？」

ソフィーは押し殺した声で言った。「母に言われたの。学問好きだと知られたら、きっとあなたに嫌われるだろうって。自分より多くの言語に通じている妻なんて、男性は誰も望まないと言われたのよ」

「学問好きだって？」パトリックは口をつぐみ、小柄で美しい妻を見おろした。戸外でピクニックをしてしばらく昼寝をしたあとでも、ソフィーは女性誌の『ラ・ベル・アサンブレ』の挿し絵から抜け出してきたかに見えた。

「きみがドイツ語を読めると気づいて、ぼくは誇らしかった」パトリックは言った。「ロンドンでもぼくだけに違いないよ。フランス語にウェールズ語にトルコ語、おまけにドイツ語まで話せる女性を妻に持つ男は」

一瞬あたりが静かになった。深い井戸に落とされた石が水面に到達するまでの、つかのまの静寂に似ていた。

「やれやれ」パトリックは口を開いた。「ぼくは間抜けもいいところだな。いったいジズル公爵夫人は何カ国語を話せるんだ？」

ソフィーの顔がますますピンク色に染まった。

「ええと、イタリア語はフランス語にとても近いから数に入らないわね」

「そんなことだろうと思ったよ」パトリックは目をきらめかせ、観念した口調で言った。

「きみがレグホンのイタリア名を知っていたときに気づくべきだった。そうだろう？」

ソフィーが彼ににっこりと笑いかけた。

「ほかには？」パトリックはわざと暗い声で訊いた。

「ポルトガル語とオランダ語を少しずつ」ソフィーが早口で答える。

「少し？」パトリックは身をかがめると、ソフィーの唇に激しくキスをした。「それはつまり、流暢に話せるという意味かな？」

ソフィーは慌てて言った。「いいえ、オランダ語の練習相手になってくれる適当な女性を見つけられなかったから……」

「それで終わりなのか？」

「怒っているの？」彼女は不安に思いながら夫の顔を探った。

パトリックは心から驚いている様子だった。「どうして怒らなくてはならないんだ、ソフィー？　ぼくは旅をするのが好きだ。そして、きみは外国語を話すのが得意だ。まったく驚くべき女性だな。ぼくは誰よりも運がいいと思う。とくにうれしいのは、きみがトルコ語を話せることだよ！」

ソフィーは大きな目で問いかけるように彼を見た。

「知らなかったのか？　今度の旅にはきみを連れていくつもりなんだ」

彼女はかぶりを振った。

「きみと離れるのはつらい」パトリックが真剣な目つきで言った。「もう二度とひとりでは寝たくない。だから、ぼくが来月オスマン帝国へ向かうとき……きみも一緒に行くんだ」

「まあ、パトリック。きっとすばらしいわ」

「よかった」彼はうわの空で応じた。両手はソフィーの心をかき乱そうとするように、彼女の体の上をさまよっている。

ソフィーはパトリックの手首をつかんだ。

「あなたは気にならないの？　わたしが……わたしがあなたの知らない言葉を話しても？」

パトリックの目は罪深い歓びを約束していた。身をかがめた彼は、ソフィーの口の端にゆっくりと舌を這わせて彼女をじらした。

「きみは甘い唇をしている」かすれた声で言ってから、パトリックがソフィーの質問に答えた。「きみに何語で話しかけられようが気にしないよ、ソフィー。ただし……」

「ただし？」ソフィーはからかうように訊き返した。

「朝も昼も夜も、きみをぼくの思いどおりにさせてくれるなら」

「たったそれだけ？」

「そして、ぼくを永遠に愛してくれるなら」

「それはたぶん大丈夫よ」彼女は笑った。

「それから、ぼくが理由を説明せずに黙っていることがあっても、許してくれないと」

ソフィーは片肘をついて体を起こした。「わたしもあなたに話さなかったわ。怖かったの。両親がよくしていたような激しい言い争いは、なんとしても避けたかった。だけど、礼儀正しく黙っているのもよくないのかもしれないわね」

パトリックがうなずく。「またきみが毎週ブラッドンと出かけ始めたら、ぼくは大騒ぎするから覚悟しておくんだな」

ソフィーは厳しさと楽しさの入りまじった表情を目に浮かべた。「あなたこそ、朝の四時までに帰宅しなかったら、口やかましくわめいておまるを投げつけるわよ」

「あとひとつだけ」パトリックがささやいた。「少なくとも、五人は子供を産んでほしい」

一瞬、ソフィーは言葉を失った。目に涙がこみあげてくる。「本気なの、パトリック?」

「きみが身ごもるたびに、ぼくは怯えるだろうな」パトリックは率直に言った。「手に負えない子供みたいに暴れるかもしれない、ソフィー。だけどぼくは……小さなフランシスをひと目見たとたん、ぼくはあの子を愛した。そして、また子供を持つべきだと思ったんだ」

妻の目からあふれた涙が頬を伝うのを見て、パトリックはささやいた。「ばかだな、ソフィー」目にはいたずらな光がきらめいている。「どうやら心配事を忘れさせてあげなくてはならないらしい」彼は優しいキスで妻の涙をぬぐったが、その手は無邪気とは言いがたい道筋をたどって、ソフィーの脚の柔らかな内側をあがっていく。

ふたりの頭上では、穏やかな風に吹かれたいくつかの雲が、真っ青な空を漂っていた。どこか近くで蜂が巣を作っているのだろうか、こおろぎの鳴き声や小鳥のさえずりといった午後のかすかな物音にまじって虫の羽音が聞こえてきた。しばらくしてまぶたを閉じたソフィーは、手に目の代わりをさせることにした。パトリックのむき出しの肌に手をさまよわせてなめらかな筋肉の小さな震えを感じ取り、胸の粗い毛の感触を楽しんだ。

追記

一八〇五年一二月

ソフィーははっとして目覚め、片肘をついて上半身をもたげた。まだ真夜中で、室内を照らしているのは暖炉の火明かりだけだ。彼女は寝室の壁に躍る影をぼんやりと見つめた。例年になく寒い一二月だったが、室内は暖かい。

そのとき、またそれが聞こえた。喉を鳴らすような小さな音に続く、低い忍び笑い。ソフィーは眠たさに目を細め、暖炉のそばに置かれた揺り椅子の高い背もたれを見つめた。背もたれは心地よさそうに前後に揺れていた。

「パトリック?」

「ぼくたちはここだ」

ソフィーはほほえみを浮かべると、大きなベッドのマホガニー材のヘッドボードに枕をいくつか立てかけてもたれた。彼女とパトリックはオスマン帝国のある屋敷の続き部屋でこのベッドを目にした。そしてパトリックが熱心に交渉した結果、最終的に、所有者のパシャから買い取ることができたのだ。帰国後、パトリックは約束を守って、ソフィーの寝室のベッドを処分させた。

「ジズル公爵夫人とその献身的な夫が寝るベッドはこれしかない」ソフィーに腕をまわし、シルクのシーツの上に彼女を仰向けに倒しながらパトリックは言った。「怒ったきみに追い出されたら、ぼくは廊下の硬い木の床で寝るしかないことを忘れないでくれ」

ソフィーは声をあげて笑い、それ以来、公爵夫妻はずっとそのベッドを――実はある王のために作られたものだという――分かち合ってきた。

揺り椅子のほうからまたうれしそうな高い笑い声が聞こえてきた。

「まあ、パトリック、だめよ」ソフィーは言ったが、赤ん坊の笑い声が室内に満ちているときに厳しいことを言うのは難しかった。「あなたと遊んだあとは、朝まで寝てくれないんだから」

「そんなことはない」パトリックが愛情のこもった声で応じた。「寝るよな。そうだろう、スウィートハート？　ママのためにも寝てくれるだろう？　ああ、いい子だ」

赤ん坊は不満そうな小さな声で応えたものの、次には震えるような細い笑い声をあげた。

「おなかがすいているのかな？」パトリックが思案しつつ言った。「ああ、たぶんおなかがすいているんだ」

立ちあがった彼は、しっかりとくるまれた赤ん坊を抱えてベッドのほうへ歩き出した。ソフィーに見えるのは、うれしそうに振られている小さなこぶしがひとつだけだ。

パトリックは娘と鼻をこすり合わせながらゆっくり近づいてくる。「痛い！」小さなこぶしが彼の髪を握りしめていた。

「キャサリンなの？」

「賢い母親なら、自分の子がわかるはずだぞ」パトリックは真面目な口調を装って言うと、赤ん坊をソフィーの腕のなかに置いた。「この小さないたずらっ子はエラに決まっているじゃないか」

うれしそうにしていたエラの顔が真剣な表情へと変わった。赤ん坊は期待するような目で母親を見ている。

「さあ、スウィートハート……」ソフィーは寝間着の前を開けた。

彼女の夫はベッドの端に腰かけて、母と子の様子を楽しそうに見守った。「キャサリンはぐっすり眠っているんだ。ナニーがエラを連れてきたときに訊いたんだが、朝まで起きないだろうと言っていた」

「彼女は楽観的だから」

「ナニーとしてはいい性質だよ」パトリックが言った。「だけどその楽観的なナニーでさえ、エラが夜通し眠るようになるまでにはまだしばらくかかると考えているらしい」

ソフィーは恍惚とした表情で乳を飲んでいる小さなエラを見おろした。「この子は子豚ちゃんなの」彼女は愛情をこめて言った。「お乳を飲み損なうのがいやだから、あまり眠りたがらないんだわ」

「あるいは笑い損なうのがいやなのかもしれない」パトリックが娘を弁護した。「その子は遊ぶのが好きなんだ。おなかがすいているときでさえも」

「エラがお乳をよく飲むのは、生まれたときにキャサリンよりも小さかったからだと思うの」ソフィーは言った。

「この三カ月、懸命にキャサリンに追いつこうとしてきたんだな」夫が応じる。「このおなかを見てごらん」彼はエラの丸々とした腹部を指でそっと突いた。

「きみがベッドに入ったあと、知らせが届いたよ」パトリックがじらすように言った。

ソフィーは目を輝かせた。「母からなの？」

「ああ。きみの母上は、また母親になった。母子ともに健康だそうだ。父上の手紙によれば、出産にかかったのは四時間だったらしい。ぼくが思うに、母上はきみを手本にするつもりだな、ソフィー」

パトリックは愛おしそうに目をきらめかせて妻を見た。ソフィーのおなかがどんどん膨れて船ほども大きくなると、彼の恐怖も同じく膨れあがった。だが、陣痛が始まってから双子が生まれるまでがとても早かったので、なんとか駆けつけるのに間に合ったドクター・ランベスは、パトリックを部屋から追い出す暇がなかった。そのため、姉に続いて急いでこの世へ出ようとするエラの頭をつかんだランベスが驚きの笑い声をあげたとき、パトリックはキャサリンを抱いていた。その瞬間を思い出すたび、彼の胸はいつも幸福感でいっぱいになる。

「わたしにできたのは妹？　それとも弟？」

「弟だそうだ。きみの父上はきっと天にものぼる心地だろうな」

「父はあまり爵位のことは気にしていなかったわ」今度はソフィーが父親を弁護する番だった。

「そうはいっても、跡継ぎができたんだ。アレクサンダー・ジョージは未来の侯爵だよ」

ソフィーは好奇心をかきたてられてパトリックを見た。

「アレクサンダーの話を聞いて、あなたも跡継ぎの男の子が欲しくなったの？」

「いや、娘たちを産むのにきみが苦労しなかったことを考えれば、いつか男の子が生まれたらいいとは思うけれどね。だけど跡継ぎが欲しいんじゃなくて、息子が欲しいんだ」

ソフィーは幸せを感じて笑い声をあげた。双子を出産する際に唯一緊張したのは、公爵夫人は農婦のような腰をしているとドクター・ランベスが感想を述べ、それに腹を立てたパトリックが殴りかかりそうになった瞬間だけだった。

彼女はからかうようにかぶりを振った。「どうかしらね、パトリック。シャーロットたちに三人目の娘が生まれて、わたしたちにはフランシスと双子の娘たちが生まれたから、あなたとアレックスには女の子ばかり六人できたことになるわ。娘しか生まれない運命なのかもしれないわよ」

パトリックはただ笑って妻に軽くキスをした。「〝下手な鉄砲も数撃てばあたる〟と言うだろう？」唇をつけたままささやく。

エラが小さくむずかったが、両親が見おろしたときにはもうぐっすり眠っていた。

「ぼくが子供部屋へ連れていこう」パトリックが手を伸ばして、幼い娘を上手に抱き取った。

「ベッツィーを呼んでもいいのよ」ソフィーはそう言うと、ぷくぷくとしたエラの体を毛布でくるんでいる夫にほほえみかけた。

「自分で娘たちを運びたいんだ。小さかったころ、従僕になりたいと父に言ったことがある。お仕着せが気に入ってね」

ソフィーはにっこりした。「お父さまはなんて?」

「覚えていないよ。たぶん激怒したんじゃないかな。父は自分の地位を重要視していた。息子が従僕になりたいなんて、とんでもない話だろう」

ソフィーがふたたび眠りの世界へ引きこまれようとしていたとき、主寝室に通じるドアが開いてパトリックが戻ってきた。

「まあ、大変」ソフィーはうめいた。パトリックがフランネルでくるんだ包みを両腕にひとつずつ抱えていたのだ。

「こちらをきみに任せる」彼は癪に障るほど愉快そうに言い、手足をもぞもぞさせている赤い頬の赤ん坊をソフィーに差し出した。

「キャサリンね?」ソフィーはささやき、赤ん坊を受け取ろうと両腕を伸ばした。

「そう、キャサリンだ」パトリックは室内履きを蹴って脱いでベッドにあがり、ソフィーの隣に横たわった。エラは彼に抱かれたまま眠っている。キャサリンが腕のなかに落ち着いて真夜中の食事をとり始めると、ソフィーはエラを顔で示し、パトリックに目で問いかけた。

彼がうしろめたそうにほほえんだ。「子供部屋へ行ったらナニーは椅子で寝ているし、ベッツィーは簡易ベッドでぐっすり眠っていた。キャサリンだけが起きていたんだよ。足をばたばたさせて、今にも泣き出しそうだった。だから抱きあげて、ふたりともこっちに連れてきたんだ」

「エラを寝かせてくれればよかったのに」ソフィーは厳しい口調を装った。

パトリックは答えようともせず、エラの小さな寝顔を見つめている。

「この子は大変な美人になるぞ、ソフィー。大きくなったら、寄ってくる紳士たちをぼくがステッキで追い払わなければならないだろうな」

ソフィーは胸に抱いている幼い娘を見ながら考えた。双子はそっくりだった。どちらも父親からは弓形の眉を、母親からは光沢のある赤みがかった金色の巻き毛を受け継いでいる。

ソフィーはほんの一瞬だけ、最初の娘のフランシスが生きていたら、やはり同じくらい美しかっただろうかと考えた。

パトリックの肩がソフィーの肩にぶつかり、彼女の耳に彼の唇がつけられた。「あの子はとてもきれいだった、スウィートハート。この子たちとは違う美しさだ。きみと同じ眉をしていたよ」

ソフィーの目がかすかに潤んだ。パトリックが空いているほうの手をまわしてきたので、彼女は彼の肩に頭をもたせかけた。

「泣かないでくれ、ソフィー」パトリックが優しくささやく。

ソフィーが顔をあげると、ふたりの視線が絡まった。どちらの目にも、永久に愛し続けるに違いない娘に対する悲しみがあふれていた。瞬時にふたりのあいだをあらゆる感情が行き交った。深い嘆きと、それを癒やす愛情、互いを強く結びつける幼い命への思い。

「なにを考えているのかいつもわかってくれる夫がいて、わたしはとても運がいいわ」ソフィーは猫のように頭を彼の肩へすりつけた。

パトリックは満足げな笑みを浮かべた。結婚後の三年間で彼は、ソフィーの目の色が濃くなることがなにを表しているのか、正確に判断できるようになっていた。どんな感情も夫に隠せないと悟って、ときどきソフィーが眉をひそめることもある。

パトリックは妻の眉に軽くキスをした。

「よき妻はつねに夫の考えがわかるものだよ。きみはどうかな？」

「朝食のことを考えているんでしょう？」

「違うよ」

キャサリンがげっぷをし、力を抜いてソフィーの腕にもたれかかってきた。やがてバラのつぼみのような唇がすぼまって、安らかな寝息の音がし始めた。

パトリックはため息をついた。「やっぱり子供部屋で寝かせるほうがいいみたいだな」しばらくして彼が戻ってくると、ソフィーはまだ目を開けていた。

パトリックは足を止めて、魅力的な妻を眺めた。枕にもたれたソフィーは疲れて見えるが、それでも美しい。

「ぼくがなにを考えているのかわかったかい？」

「たぶん……」ソフィーがからかうように言った。「わかったわ！〈ソフィー号〉のことを考えているのね！」パトリックの新しい船には妻の名前がつけられていた。

ベッドに横たわったパトリックは、横向きになって妻のほうを向いた。「〈ソフィー号〉は明日、中国から戻ってくる予定だ」いたずらっぽい目つきをして言う。「入港したら、さっそく乗ろうと思っているよ」

先ほど授乳したばかりなので、ソフィーの白いレースの寝間着の胸もとはまだはだけていた。パトリックは布をそっと引っぱって、先端がピンク色になった片方の胸をあらわにした。乳房の下側に沿って手を走らせると、ソフィーが体を震わせた。日に焼けたたくましい手が真っ白な肌を際立たせている。

「さあ、言ってごらん、愛する人。ぼくはなにを考えていると思う？」パトリックが片方の眉をあげたので、彼女は誘惑されているのに気づいた。

ソフィーは夫の顔を探るようにうかがった。毎晩起きているために少しやつれた様子の顔に、彼女への激しい欲望と深い愛情が見て取れた。

「〈ソフィー号〉に乗ることを考えているのなら」ソフィーは震える声で言うと、夫に身を寄せて片方の手を彼の首にまわした。「彼女はたった今、入港したところよ」

〈ソフィー号〉の所有者は妻に覆いかぶさり、飢えたようにその唇を奪った。

暖炉で最後の薪がふたつに崩れ、細かい火の粉が煙突を舞いあがっていった。夫婦のベッドの上の天井では消えかけた火明かりが最後のダンスを踊っていたが、気づく者は誰もいなかった。薪がはじけて音をたてたものの、暖炉脇のかごから薪を足そうとする者は誰ひとりいなかった。

部屋を満たしているのは、ベッドから聞こえる不明瞭《ふめいりよう》な音だけだ。欲望の音、歓びの音、そして恍惚の声。至福の瞬間のあえぎと、愛の言葉。

大きなベッドがふたたび静かになった。火さえも音をたてるのをやめ、薪は暖炉の奥で深紅色に輝く燃えさしへと変わりつつある。

深みのある声が静寂を破った。「エトゥル・アヴェク・トワ、セ・トゥジュール・コム・ルトゥルネ・ア・ラ・メゾン、ソフィー。きみと一緒にいると、家に帰ってきた気分になる」

ソフィーは手を伸ばし、目に愛情をこめて夫の頬を優しくなでた。「わたしにとっては、あなたが家よ、パトリック」彼女の髪に顔をうずめながら、大きな体を刻みこもうとするように、パトリックがふたたびきつく抱きしめた。「あなたと一緒なら、わたしは家にいられるの」

笏、スルタン、そして見知らぬ人と駆け落ちする楽しさに関する覚え書き

一六一三年にロバート・テイラーの戯曲『真珠をなくした守銭奴』がロンドンで上演されました。その第一幕、若い紳士のカラカスが、愛するマリアと駆け落ちするため、部屋の窓の下に立って彼女がはしごをおりてくるのを待っています。けれどもなんと！　窓からはしごを伝っておりてきたのは、彼の親友のアルバートでした。マリアの部屋へ忍びこんだアルバートはカラカスのふりをし、彼の言葉を借りれば〝カラカスから血よりも大切なものを奪った〟のです。すなわちマリアの処女を。

この最高に緊迫した場面のあと、『真珠をなくした守銭奴』はいささか退屈な展開を見せ始め、最後には三人の恋人たちが変装して森のなかをさまようことになります。さらにロマンスという視点から見れば、最終幕はかなり期待外れです。カラカスとアルバートが〝今や死のほかはなにものもわれわれを分かつことはできない〟と永遠の友情を誓い、三人で一緒にロンドンへ戻るのです。一七世紀という時代には、明らかに男性同士の絆が強く生きていました！

わたしは失礼ながらテイラーの戯曲の構想を変えてしまいましたが、それもナポレオンを

爆発する笏の黒幕にしたことに比べれば、まったくどうということはありません。実際にセリム三世（オスマン帝国のスルタン、在位一七八九年から一八〇七年まで）はナポレオンを皇帝と認め、イングランドに宣戦布告しています。しかしながらセリムがスルタンという高貴な称号を捨てて皇帝を名乗ろうとしたというのは、完全にわたしの創作です。それにナポレオンはイングランド侵略という非現実的かつ危険な計画を練るのに忙しく、ルビーをはめこんだ笏などには注意を払わなかっただろうと思われます。もっとも、それが一二月の彼自身の戴冠式に華を添えることになれば、そのかぎりではなかったでしょうが。

訳者あとがき

お待たせしました。『星降る庭の初恋』に続くエロイザ・ジェームズの Pleasure シリーズ二作目、『花嫁は夜の窓辺で』（原題 Midnight Pleasures）をお届けします。

パトリック・フォークスは、双子の兄アレックスとともに外務省に呼び出されます。表向きは、ナポレオンが侵攻してきた場合に備えてウェールズ沿岸の防備状況を調べておくため、船を出してほしいというものでした。パトリックは素行の悪さが原因で父親に東方へ行かされていたのですが、そのあいだに貿易で巨万の富を得て、今ではロンドンでも指折りの富豪となっています。しかし、外務大臣の狙いは別にありました。そのころオスマン帝国では、スルタンであるセリム三世が皇帝ナポレオンに心酔するあまり、みずからも皇帝を名乗ろうとしていました。その戴冠式に大使として出席し、高価な贈り物を献上してイングランドへの宣戦布告を防いでほしいというのが本当の依頼だったのです。パトリックはこの密命を引き受けることにしました。彼は少し前にソフィー・ヨークに求婚して断られていたのですが、そのソフィーが彼の友人の伯爵と婚約したと聞かされ、彼女が爵位を選んだと思ってむしゃくしゃしていたのです。

ブランデンバーグ侯爵のひとり娘ソフィーは、婚約発表を前に不安な気持ちを抑えられず、本当にこれでいいのかと自問します。ふとした瞬間に思い出される物憂げな瞳、偶然触れ合っただけでも胸がどきどきする、これまでに経験したことのないキスを交わした相手。けれども夫の浮気に苦しむ母を見て育ったソフィーには、パトリックの求婚を受けることはできませんでした。本気で心を惹かれる男性と結婚すれば、その人の気持ちが別の女性に向いたときに耐えられなくなる。彼女はそう考え、スラスロウ伯爵ブラッドン・チャトウィンと婚約したのです。ところがパトリックがほかの女性と話しているのを目にしただけで、心が騒いでしまいます。焦ったソフィーは、ブラッドンにある計画を持ちかけるのですが……。

ナポレオンがフランス第一帝政の皇帝となり、イングランドへ逃れてきたフランス貴族たち、フランス軍の少年兵、中央のロンドンに対するウェールズの人々の思いなど、前作から引き続き、イングランドを取り巻く情勢がストーリーに絡んでいます。といっても堅苦しいものではなく、作者エロイザ・ジェームズの創作も含めて、ときにはにぎやかに、ときにはほろりとさせつつ物語は進んでいきます。前作をお読みになった方は信じられないかもしれませんが、だんだんブラッドンにも幸せになってほしいと思えてくるのです。本書は独立した話ですが、ほぼ同時期の社交界を描いていますので、一作目と合わせれば、なおいっそうこの世界をお楽しみいただけるのではないでしょうか。

最後に、本書を読み終えられた方に情報をひとつ。作者エロイザ・ジェームズのもとには、読者から〝ピッパとアンリのロマンスは？〟との問い合わせがあるそうです。執筆する予定があるかどうかは別にして、残念ながらピッパのお相手は別の男性だとか。

二〇一一年七月

ライムブックス

花嫁《はなよめ》は夜《よる》の窓辺《まどべ》で

著　者　エロイザ・ジェームズ
訳　者　白木智子《しらきともこ》

2011年8月20日　初版第一刷発行

発行人　成瀬雅人
発行所　株式会社原書房
〒160-0022東京都新宿区新宿1-25-13
電話・代表03-3354-0685　http://www.harashobo.co.jp
振替・00150-6-151594
ブックデザイン　川島進(スタジオ・ギブ)
印刷所　中央精版印刷株式会社

落丁・乱丁本はお取り替えいたします。
定価は、カバーに表示してあります。
 ISBN978-4-562-04414-6　Printed in Japan